Alexandre Dumas

Die drei Musketiere

LIWI
LITERATUR- UND WISSENSCHAFTSVERLAG

Bibliografische Information der Deutschen Nationalbibliothek
Die Deutsche Nationalbibliothek verzeichnet diese Publikation in der Deutschen Nationalbibliografie;
detaillierte bibliografische Daten sind im Internet über http://dnb.dnb.de abrufbar.

Alexandre Dumas
Die drei Musketiere
Übersetzt, bearbeitet und gekürzt durch Georg Carl Lehmann.
Erstdruck des Originals: Les Trois Mousquetaires, 1844.
Durchgesehener Neusatz, der Text dieser Ausgabe folgt:
Zenith-Verlag Erich Stolpe, Leipzig 1928.
Neuausgabe, Göttingen 2024.
Umschlaggestaltung und Buchsatz: LIWI Verlag
LIWI Literatur- und Wissenschaftsverlag
Thomas Löding, Bergenstr. 3, 37075 Göttingen
Internet: liwi-verlag.de | Instagram: instagram.com/liwiverlag | Facebook: facebook.com/liwiverlag
Druck: Libri Plureos GmbH, Friedensallee 273, 22763 Hamburg
ISBN Taschenbuch: 978-3-96542-882-9
ISBN Gebundene Ausgabe: 978-3-96542-883-6

Die drei Geschenke des Herrn d'Artagnan, des Vaters.

Am ersten Montag des Monats April 1625 schien es, als ob der Flecken Meung derart im Aufstand begriffen sei, als wären die Hugenotten gekommen, um die Schrecknisse von Rochelles zu erneuern. Mehrere Bürger beeilten sich, als sie die Weiber durch die Straßen ziehen sahen und die Kinder an den Türschwellen kreischen hörten, die Panzer anzuschnallen und, indem sie ihre etwas unsichere Haltung durch eine Muskete oder eine Partisane unterstützten, sich nach der Herberge des »Freimüllers« zu wenden, vor der sich eine dichte, geräuschvolle und neugierige Schar hindrängte, die sich von Minute zu Minute vergrößerte.

Um diese Zeit gab es viele solche panische Schrecken und es verflossen oft nur wenige Tage, ohne daß die eine oder die andere Stadt einen Vorfall dieser Art in ihren Archiven aufzuzeichnen hatte. Es gab da Edelleute, die sich untereinander bekriegten; hier führte der König Krieg mit dem Kardinal, und da überzog der Spanier den König mit Krieg. Außer diesen geheimen oder öffentlichen, diesen stillen oder lauten Kriegen gab es Räuber, Bettler, Hugenotten, Wölfe und Lakaien, die sich mit aller Welt herumkriegten. Die Bürger bewaffneten sich jederzeit wider die Räuber, die Wölfe und Lakaien, oft wider die hohen Herren und Hugenotten und bisweilen auch wider den König – doch niemals wider den Kardinal und den Spanier. Aus dem geht nun hervor, daß die Bürger an dem besagten ersten Montag des Monats April 1625, als sie das Getöse vernahmen und weder den gelben und roten Standartenjunker noch die Livree des Herzogs von Richelieu sahen, eilig nach der Herberge des »Freimüllers« hinstürzten.

Als sie hier ankamen, konnte jeder die Ursache dieses Getöses sehen und erkennen. Ein junger Mann – zeichnen wir sein Bild mit einem Federzug – man stelle sich Don Quixote im achtzehnten Jahre vor; Don Quixote ohne Brustschild, ohne Panzer und Schienen; Don Quixote in einem schafwollenen Wams, woran sich die blaue Farbe in eine unkenntliche Mischung von Weinhefe und Himmelsazur verwandelt hat. Das Gesicht war länglich und braun, der Backenknochen vorragend, im Zeichen der Verschmitztheit; die Kiefermuskeln ungemein stark ausgebildet, ein unfehlbares Zeichen, an dem man den Gascogner auch ohne Barett erkennt, und unser Mann trug eine Art Barett, das mit einer Feder geschmückt war; das Auge offen und verständig, die Nase gebogen und fein gezeichnet, zu groß für einen Jüngling, zu klein für einen ausgebildeten Mann, so daß ihn ein wenig geübtes Auge für den Sohn eines Pächters auf Reisen gehalten hätte, den langen Degen abgerechnet, der an einem ledernen Wehrgehänge hing und an die Waden des Eigners schlug, wenn er zu Fuß ging, und an das struppige Fell seines Kleppers, wenn er zu Pferde saß.

Denn unser junger Mann hatte einen Gaul, und dieser Gaul war ebenso bemerkenswert, als er bemerkt wurde. Es war ein Klepper von Béarn, zwölf bis vierzehn Jahre alt, von gelblicher Farbe, ohne Haar am Schweif, doch nicht ohne Beinfäule an den Füßen; er hielt im Gehen den Kopf tiefer als die Knie, machte den Gebrauch der Reitgerte unnütz, und legte täglich ganz hübsch seine acht Meilen zurück. Zum Unglück waren die Eigenschaften dieses Pferdes so gut unter dem seltsamen Fell und unter seinem strauchelnden Gang verborgen, daß zu einer Zeit, wo jedermann ein Kenner von Pferden war, das Erscheinen des besagten Kleppers in Meung, wo er vor etwa einer Viertelstunde durch das Tor Beaugency hereingetrabt war, ein Aufsehen erregte, dessen Ungunst sogar auf den Reiter zurückfiel. Als der Jüngling von seinem Vater das Pferd als Geschenk erhielt, bekam er noch eine kleine Rede als Draufgabe zu hören.

»Mein Sohn,« sprach der gascognische Edelmann, »dieses Pferd wurde vor beinahe dreizehn Jahren in dem Hause deines Vaters geboren, und ist seit dieser Zeit hier geblieben, weshalb dir dasselbe lieb sein soll. Verkaufe es nie; laß es ruhig und ehrenvoll an Altersschwäche absterben, und machst du mit ihm einen Feldzug, so halte es so, wie du einen alten Bedienten halten und pflegen würdest. Solltest du die Ehre haben, nach Hofe zu kommen, eine Ehre, zu der uns übrigens unser alter Adel berechtigt, so behaupte würdevoll unsern adeligen Namen, den unsere Ahnen seit mehr als 500 Jahren würdig getragen haben, sowohl für dich als auch für die Deinigen. Unter den Deinigen verstehe ich deine Verwandten und Freunde. Laß dir von niemandem etwas gefallen, als von dem Herrn Kardinal und dem König. Nur durch Mut, verstehe mich wohl, durch Mut allein macht heutzutage ein Edelmann seine Bahn. Wer eine Sekunde lang zittert, läßt vielleicht den Köder entschlüpfen, den ihm das Glück gerade in dieser Sekunde darbot. Du bist noch jung, und so hast du zwei Ursachen, um tapfer zu sein; fürs erste, weil du ein Gascogner, und fürs zweite, weil du mein Sohn bist. Ich habe nur noch ein Wort hinzuzufügen: es ist ein Beispiel, das ich dir vorstelle, aber nicht das meinige; denn ich war noch nie bei Hof und habe nur als Freiwilliger die Religionskriege mitgemacht; ich will von Herrn von Tréville sprechen, der einst mein Nachbar war und die Ehre genoß, noch als Kind mit unserm König Ludwig XIII. zu spielen, den uns Gott bewahre. Bisweilen arteten ihre Spiele in Schlachten aus, wobei der König nicht immer der Stärkere war. Die Schläge, die er da erhielt, flößten ihm für Herrn von Tréville viel Achtung und Freundschaft ein. Jetzt ist er, ungeachtet der Edikte,

Befehle und Urteilssprüche, Kapitän der Musketiere; Oberhaupt einer Legion der Cäsaren, auf die der König große Stücke hält und die der Kardinal fürchtet, der sich selbst vor niemandem scheut, wie jeder weiß. Ferner bezieht Herr von Tréville jährlich zehntausend Taler, und so ist er ein wahrhaft großer Herr. Er hat so angefangen wie du; gehe zu ihm mit diesem Brief und richte dich nach ihm, damit du werdest, was er ist.«

Hierauf umgürtete Herr d'Artagnan, der Vater, seinem Sohne den eigenen Degen, küßte ihn auf beide Wangen und erteilte ihm den Segen.

Der junge Mann begab sich noch an demselben Tag auf die Reise, ausgestattet mit den drei väterlichen Geschenken, die, wie schon gesagt, aus fünfzehn Talern, aus dem Pferd und dem Brief an Herrn von Tréville bestanden; die Ratschläge waren bloß die Daraufgabe, wie es sich erachten läßt.

Als er vor der Tür des »Freimüllers« im Städtchen Meung vom Pferde stieg, ohne daß ein Wirt, ein Kellner oder Stallknecht kam, um ihm den Steigbügel zu halten, so erblickte er durch ein halbgeöffnetes Fenster im Erdgeschoß einen Edelmann von schönem Wuchs und edler Miene, obwohl mit etwas gerunzelter Stirn, während dieser mit zwei Personen sprach, die ihn aufmerksam anzuhören schienen. D'Artagnan war, wie gewöhnlich, ganz natürlich der Meinung, er sei der Gegenstand des Gesprächs und horchte. Diesmal hatte sich d'Artagnan nur halb getäuscht; es war nicht von ihm, sondern von seinem Pferde die Rede. Der Edelmann schien seinen Zuhörern alle Eigenschaften dieses Kleppers aufzuzählen; und da diese Zuhörer, wie gesagt, eine große Ehrfurcht vor ihrem Erzähler zu haben schienen, so erhoben sie ein lautes Gelächter. Wie nun schon ein halbes Lächeln hinreichte, um die Zornmütigkeit des jungen Mannes zu entflammen, so erklärt es sich, welche Wirkung solch eine lärmende Fröhlichkeit auf ihn hervorbrachte. Zuvörderst wollte sich aber d'Artagnan über die Physiognomie des Verwegenen, der ihn verhöhnte, Rechenschaft geben. Er richtete seinen Blick stolz auf den Fremden, und erkannte in ihm einen Mann von vierzig bis fünfundvierzig Jahren, mit schwarzen, durchdringenden Augen, blasser Gesichtsfarbe, stark hervorragender Nase und einem schwarzen, gutgeschnittenen Schnurrbart; er trug ein Wams und violettblaue Beinkleider mit Schnürnesteln von derselben Farbe, ohne eine andere Verzierung als die gewöhnlichen Schleifen, durch die das Hemd ging. Obgleich dieses Wams und die Beinkleider neu waren, so schienen sie doch stark zerkrümmt, als wären sie lange auf der Reise verpackt gewesen. D'Artagnan machte alle seine Bemerkungen mit der Raschheit des genauesten Beobachters, zweifelsohne von einem instinktartigen Gefühl angetrieben, das ihm sagte, daß dieser Unbekannte auf sein künftiges Leben einen großen Einfluß haben sollte.

Wie nun in dem Augenblick, als d'Artagnan sein Auge auf den Edelmann mit der violettblauen Hose richtete, dieser in bezug auf den béarnischen Klepper eine seiner gelehrtesten und gründlichsten Demonstrationen machte, so erhoben seine zwei Zuhörer ein lautschallendes Gelächter, und er selbst ließ, sichtlich wider seine Gewohnheit, ein blasses Lächeln, wenn man so sagen darf, über sein Gesicht hingleiten. Diesmal lag es außer allem Zweifel, d'Artagnan wurde wirklich verhöhnt. Er drückte somit, voll von dieser Überzeugung, sein Barett tief in die Augen, und indem er einige Hofmienen nachzuahmen bemüht war, die er bei vornehmen Herren auf ihrer Reise durch die Gascogne aufgehascht hatte, fuhr er mit der einen Hand nach seinem Degengriff und stemmte die andere an seine Hüfte. Zum Unglück verblendete ihn der Zorn immer mehr, je weiter er vorwärts schritt, und statt einer würdevollen und stolzen Rede, mit der er seine Herausforderung zu machen gesonnen war, fand er an seiner Zungenspitze nur mehr eine derbe Persönlichkeit, die er mit einer ungestümen Gebärde begleitete.

»He, mein Herr,« rief er, »mein Herr, der Ihr Euch hinter jenem Ballen versteckt; ja, Ihr! sagt mir doch ein bißchen, worüber Ihr lacht, und wir werden dann mitsammen lachen.«

Der Edelmann lenkte seine Augen langsam von dem Gaul auf den Ritter, als benötigte er eine gewisse Zeit, um zu begreifen, wie man doch so seltsame Worte an ihn richten könnte; und dann, als ihm kein Zweifel mehr übrig blieb, runzelte er leicht die Stirn und antwortete Herrn d'Artagnan, nach ziemlich langer Pause, mit einem Tone von Ironie und Kühnheit, der sich nicht beschreiben läßt: »Mit Euch rede ich nicht, mein Herr.« »Aber ich rede mit Euch, mein Herr!« rief der junge Mann, erbittert über dieses Gemisch von Keckheit und guten Manieren, von Anstand und Verachtung. Der Unbekannte maß ihn noch einen Augenblick mit seinem leichten Lächeln, zog sich vom Fenster zurück und verließ langsamen Schrittes das Wirtshaus, näherte sich d'Artagnan bis auf zwei Schritte und hielt vor dem Pferd an. Seine ruhige Haltung und höhnische Miene erhöhte die Heiterkeit der Männer, mit denen er am Fenster gesprochen, die aber zurückgeblieben waren. Als ihn d'Artagnan herankommen sah, zog er seinen Degen einen Fuß weit aus der Scheide. »Dieses Pferd ist entschieden oder war vielmehr in seiner Jugend ein Goldfuchs,« sagte der Unbekannte, während er seine angefangenen Untersuchungen fortsetzte; dann wandte er sich an seine Zuhörer am Fenster, ohne daß er aus die Erbitterung d'Artagnans zu merken schien, der sich zwischen sie und ihn stellte. »Diese Farbe«, sprach er, »ist wohl in der Botanik sehr bekannt, doch bisher höchst selten unter den Pferden.« »Wer es nicht wagen würde, über den Herrn zu lachen, der lacht über dessen Pferd!« rief der Nacheiferer Trévilles in

Wut. »Ich lache nicht oft, mein Herr,« entgegnete der Unbekannte, »wie Ihr es selbst aus meinen Gesichtszügen entnehmen könnt, aber ich halte auf das Vorrecht, lachen zu können, wann es mir beliebt.« »Und ich,« rief d'Artagnan, »ich will nicht, daß man über mich lacht, wenn es mir mißfällt.« »Wirklich, mein Herr?« entgegnete der Unbekannte, ruhiger als zuvor, »nun, das ist doch ganz recht!« Dann drehte er sich auf seinen Fersen und schickte sich an, durch das große Tor in das Gasthaus zurückzukehren, unter dem d'Artagnan ein Pferd bemerkte, das ganz gesattelt war. Doch d'Artagnan hatte nicht den Charakter, auf solche Weise einen Mann von sich zu lassen, der so keck war, ihn zu verhöhnen. Er zog seinen Degen ganz aus der Scheide, folgte ihm nach und rief: »Wendet Euch, Herr Spötter, wendet Euch um, damit ich Euch nicht auf den Rücken zu klopfen brauche.« »Mich klopfen? mich!« sprach der andere, indem er sich auf den Fersen herumdrehte und den jungen Mann mit ebensoviel Verwunderung als Verachtung anstarrte. »Geht, mein Lieber, Ihr seid ein Narr!« Dann sagte er mit leiser Stimme, gleichsam zu sich selber sprechend: »Das ist verdrießlich; welch ein Fund wäre das für Seine Majestät, die nach allen Richtungen wackere Leute aufsucht, um sie für die Musketiere anzuwerben!«

Kaum hatte er das gesprochen, so machte d'Artagnan mit der Degenspitze einen so wütenden Streich nach ihm, daß er, wäre er nicht rasch zurückgesprungen, wohl zum letztenmal gehöhnt hätte. Der Unbekannte sah nun ein, daß die Sache über allen Scherz hinausging, zog seinen Degen, verneigte sich vor seinem Gegner und nahm ernst seine Stellung. In diesem Moment aber fielen seine zwei Zuhörer samt dem Wirte mit Stöcken, Schaufeln und Zangen über d'Artagnan her. Das gab dem Angriff einen so raschen und vollständigen Vorschub, daß der Gegner des d'Artagnan, während sich dieser umwandte, um dem Hagel von Schlägen zu begegnen, seinen Degen mit seiner gewöhnlichen Gleichmütigkeit einsteckte und aus einer handelnden Person wieder ein Zuschauer des Kampfes wurde, aber dabei doch in den Bart murmelte: »Die Pest über die Gascogner! Setzt ihn wieder auf sein orangegelbes Pferd, und er möge sich sputen!« »Nicht, eh' ich dich durchbohrt habe. Feiger!« rief d'Artagnan, während er sich, so gut es anging und ohne einen Schritt zu weichen, gegen die Streiche seiner drei Feinde hielt. »Das ist wieder eine Gascognade!« murmelte der Edelmann. »Auf Ehre, diese Gascogner sind unverbesserlich! Setzt doch den Tanz fort, weil er es durchaus wünscht. Wenn er müde ist, wird er schon rufen: jetzt ist es genug!« Allein der Unbekannte wußte es noch nicht, mit welchem Kämpen er es zu tun habe; d'Artagnan war nicht der Mann, der um Gnade bat. Somit dauerte der Kampf noch einige Sekunden fort, endlich aber ließ d'Artagnan erschöpft den Degen sinken, den ein Stockstreich in zwei Stücke zerschlug. Ein zweiter Streich, der nach seiner Stirn geführt wurde, schleuderte ihn fast zu gleicher Zeit ganz blutend und beinahe ohnmächtig zu Boden.

In diesem Moment eilte man von allen Seiten zu diesem Auftritt herbei; der Wirt, der einen Skandal befürchtete, trug den Verwundeten mit Hilfe seiner Burschen in die Küche, wo man ihm einigen Beistand leistete. Was den Edelmann betrifft, so kehrte er an seinen früheren Platz am Fenster zurück und blickte mit einer gewissen Ungeduld auf die wogende Menge, die ihm durch ihr Verweilen einen lebhaften Widerspruch machen zu wollen schien.

»Nun, wie geht es dem Tollen?« fragte er, indem er sich bei dem Geräusch der aufgehenden Tür umkehrte und zu dem Wirte wandte, der sich nach seinem Befinden erkundigte. »Ist Ew. Exzellenz gesund und unversehrt?« fragte der Wirt. »Ja, ganz wohl und unversehrt, mein lieber Gastwirt! Und ich frage Euch, wie steht es mit unserm jungen Manne?« »Es geht ihm besser,« entgegnete der Wirt; »er ist ganz ohnmächtig geworden.« »Wirklich?« rief der Edelmann. »Ehe er aber ohnmächtig wurde, raffte er alle seine Kräfte zusammen, um Sie zu rufen und herauszufordern.« »Dieser Junge ist doch der Teufel in Person!« rief der Unbekannte. »Ach nein, Ew. Exzellenz! es ist nicht der Teufel,« entgegnete der Wirt mit einer Miene der Verachtung; »denn während seiner Ohnmacht untersuchten wir ihn, und fanden in seinem Pack nur ein Hemd und in seiner Börse nur elf Taler, was ihn aber, bevor er ganz ohnmächtig wurde, nicht abhielt zu sagen: wäre das in Paris geschehen, so würden Sie es auf der Stelle bereuen, während Sie es hier erst später zu bereuen hätten.« »Dann ist er«, versetzte der Unbekannte kalt, »irgendein verkleideter Prinz von Geblüt.«

»Ich sage Ihnen das, gnädiger Herr,« sprach der Wirt, »damit Sie sich vor ihm hüten können.« »Hat er in seiner Zornwut niemand genannt?« »Ja, er schlug an seine Tasche und rief: Wir werden sehen, was Herr von Tréville zu dem Schimpfe sagen wird, der seinem Schützling angetan wurde.« »Herr von Tréville?« sagte der Unbekannte, aufmerksam werdend; »er schlug an seine Tasche und sprach den Namen Tréville aus? – Nun, mein lieber Wirt, während der junge Mann bewußtlos dahinlag, habt Ihr es gewiß nicht unterlassen, in seine Tasche zu blicken. Uno was hat sich darin gefunden?« »Ein Brief an Herrn Tréville, Kapitän der Musketiere.« »Wirklich?« »Es ist, Exzellenz, wie ich Ihnen zu sagen die Ehre habe.«

Der Wirt, der eben keinen großen Scharfblick besaß, bemerkte den Ausdruck nicht, den seine Worte im Antlitz des Unbekannten bewirkten. Dieser verließ die Fensterbrüstung, an der er stets auf den Ellenbogen gestützt gesessen war, und runzelte die Stirn in tiefer Unruhe. »Teufel,« murmelte er zwischen den Zähnen, »hat mir denn Tréville diesen Gascogner zugeschickt? Er ist noch sehr jung. Aber ein Degenstich ist ein Degenstich, wie alt auch derjenige sein mag, der ihn versetzt, und man mißtraut einem Kinde weniger als jedem andern; bisweilen reicht ein schwaches Hindernis hin, um einen großartigen Entwurf zu vereiteln.«

Der Unbekannte verfiel in eine Betrachtung, die mehrere Minuten dauerte. »Herr Wirt,« sprach er dann, »werdet Ihr mich nicht von diesem Wahnsinnigen befreien? Ich kann ihn mit gutem Gewissen nicht töten, und doch,« fügte er mit einem kalt drohenden Ausdruck hinzu, »doch ist er mir lästig. Wo liegt er?«

»Im Gemach meiner Frau, wo man ihn verbindet, im ersten Stockwerk.« »Sind seine Bündel und Säcke bei ihm? Zog er sein Wams nicht aus?« »Im Gegenteil, das alles befindet sich in der Küche. Weil er Ihnen aber lästig ist, dieser junge Narr –« »Allerdings. Auch verursacht er in Eurem Gasthaus einen Skandal, womit er ehrbare Leute versuchen wird. Geht hinauf, macht mir meine Rechnung, meldet es meinem Lakai.« »Was, gnädiger Herr, Sie wollen uns schon verlassen?« »Ihr wißt es wohl, weil ich Euch den Auftrag gab, mein Pferd zu satteln. Hat man mir nicht gehorcht?« »Ja, und wie es Ew. Exzellenz schon sehen konnte, so steht das Pferd am Haupttor zur Abreise gesattelt und gezäumt.« »Es ist gut; tut jetzt, was ich sagte.« »Ach,« seufzte der Wirt, »sollte er sich etwa vor dem Jungen fürchten?«

Aber ein gebietender Blick des Unbekannten erschütterte ihn. Er verneigte sich demutsvoll uud entfernte sich.

»Mylady darf von diesem Jungen nicht bemerkt werden,« fuhr der Unbekannte fort; »sie muß alsbald vorübergehen; sie hat sich ohnedies schon verspätet. Es ist offenbar besser, daß ich das Pferd besteige und ihr entgegenreite. – Wenn ich nur erfahren könnte, was in diesem Brief an Tréville enthalten ist.« Der Unbekannte fuhr fort zu murmeln und wandte sich der Küche zu. Mittlerweile war der Wirt, der nicht daran zweifelte, die Anwesenheit des jungen Mannes verscheuche den Unbekannten aus seinem Gasthause, zu seiner Frau hinaufgegangen, wo er d'Artagnan schon als Meister seiner Sinne antraf. Er machte es ihm nun ganz begreiflich, wie ihm die Stadtwache übel mitspielen könnte, weil er mit einem vornehmen Herrn Händel anfing; denn in der Meinung des Wirtes konnte der Unbekannte nur ein vornehmer Herr sein, wonach er dem Verwundeten zuredete, sich ungeachtet seiner Schwäche aufzurichten und seine Reise fortzusetzen.

Halb betäubt, ohne Wams und den Kopf mit Linnen umwunden, erhob sich d'Artagnan und schickte sich an, vom Wirt angetrieben, die Treppe hinabzusteigen; als er aber zur Küche kam, fiel sein erster Blick auf seinen Herausforderer, der ruhig neben einem Wagen plauderte, der mit zwei plumpen, normannischen Pferden bespannt war.

Er besprach sich mit einer Frau von zwanzig bis zweiundzwanzig Jahren. Sie steckte ihren Kopf durch das Fenster des Kutschenschlages. Wir haben schon angemerkt, mit welch rascher Spürkraft d'Artagnan eine Psyiognomie aufzufassen verstand; er sah also auf den ersten Blick, daß die Frau jung und schön war. Diese Schönheit fiel ihm nun um so mehr auf, als sie eine ganz fremde Erscheinung in den südlichen Ländern war, die d'Artagnan bisher kennengelernt hatte. Sie war blaß und blond, hatte lange, geringelte Haare, die bis auf die Schulter herabflossen, große, blaue und schmachtende Augen, und führte mit dem Unbekannten ein sehr lebhaftes Gespräch.

»Seine Eminenz befiehlt mir also –?« sagte die Dame. »Unverzüglich nach England zurückzukehren, und ihr sogleich Nachricht zu geben, wenn der Herzog London verlassen hat.« »Und was meine andern Aufträge anbelangt?« fragte die schöne Reisende. »Sie befinden sich in dem Kästchen, das Sie erst öffnen dürfen, wenn Sie über den Kanal la Manche gefahren sind.« »Ganz wohl! Und Sie, was tun denn Sie?« »Ich kehre nach Paris zurück.« »Ohne den ungebührlichen Jungen zu züchtigen?« versetzte die Dame.

Der Unbekannte wollte eben antworten, doch in dem Moment, wo er den Mund öffnete, sprang d'Artagnan, der alles angehört hatte, an die Türschwelle und rief: »Der ungebührliche Junge züchtigt andere, und ich hoffe, diesmal werde ihm derjenige, den er züchtigen soll, nicht wie das erstemal entschlüpfen.« »Er wird nicht entschlüpfen?« fragte der Unbekannte, die Stirn runzelnd. »Nein, ich setze voraus, daß Ihr es vor einer Dame nicht wagen werdet.« »Bedenken Sie,« rief Mylady, als sie sah, wie der Edelmann nach seinem Degen griff, »bedenken Sie, daß die mindeste Verzögerung alles verderben könnte.« »Sie haben recht,« erwiderte der Edelmann, »reisen Sie also ab, und ich werde desgleichen tun.«

Er empfahl sich von der Dame mit einem Nicken des Kopfes und stieg zu Pferde, während der Kutscher mit der Peitsche lebhaft auf die Pferde einhieb. Somit entfernten sich die zwei Sprechenden im Galopp in entgegengesetzter Richtung des Weges.

»He doch. Eure Zeche!« schrie der Wirt, dessen Ergebenheit für den Reisenden sich in eine tiefe Verachtung verwandelte, als er sah, daß er fortging, ohne seine Rechnung zu berichten. »Bezahle ihn, Maulaffe!« rief der Reisende fortgaloppierend seinem Reitknecht zu, der auch dem Wirte zwei oder drei Silbermünzen vor die Füße warf und dann seinem Herrn nachsprengte. »Ha, Feiger! Ha, Nichtswürdiger! Ha, falscher Edelmann!« rief d'Artagnan und ging ebenfalls auf den Reitknecht los. Allein der Verwundete war noch allzu schwach, um eine solche Erschütterung zu ertragen. Er hatte kaum noch zehn Schritte getan, als ihm die Ohren klingelten, eine Blendung ihn ergriff und eine Blutwolke über seine Augen hinzog, worauf er mitten auf die Straße hinsank, während er noch immer ausrief: »Feiger! Feiger! Feiger!« »Es ist auch in der Tat recht feige,« murmelte der Wirt, indem er zu d'Artagnan trat und sich durch diese Schmeichelei mit dem armen Jungen wieder auszusöhnen suchte, wie der Held in der Fabel mit seiner Nachtschnecke. »Ja, er ist recht feige,« murmelte d'Artagnan, »doch sie ist sehr hübsch.« »Wer, sie?« fragte der Wirt. »Mylady,« stammelte d'Artagnan. Er fiel zum zweitenmal in Ohnmacht. »Es ist gleichviel,« sagte der Wirt, »ich verliere wohl zwei, doch bleibt mir dieser hier, den ich sicher einige Tage beherbergen werde. Es sind doch immerhin elf Taler zu gewinnen.«

Der Wirt rechnete auf elf Tage Krankheit und für jeden Tag einen Taler; allein er hatte die Rechnung ohne seinen Reisenden gemacht. D'Artagnan stand am folgenden Morgen schon um fünf Uhr auf, ging selbst hinab und begehrte unter andern Ingredienzien, deren Verzeichnis nicht bis zu uns gelangt ist, Wein, Öl, Rosmarin, sodann bereitete er sich mit dem Rezept seiner Mutter in der Hand einen Balsam, mit dem er seine zahlreichen Verwundungen salbte, legte sich selbst wieder die Verbände an und wollte keinen Arzt zur Hilfeleistung annehmen. Ohne Zweifel hatte es d'Artagnan der Wirksamkeit des Zigeunerbalsams und wohl auch der Abwesenheit jedes Doktors zu verdanken, daß er sich noch an diesem Tage auf den Beinen befand und am andern Tage fast gänzlich hergestellt war. Aber in dem Moment, wo er den Rosmarin, das Öl und den Wein bezahlen wollte, die einzige Auslage, die er sich bei seiner strengen Diät machte, indes das gelbe Pferd, wenigstens nach der Behauptung des Wirtes, dreimal soviel verzehrt hat, als man bei seiner Konstitution vernünftigerweise hatte glauben können – fand d'Artagnan in seiner Tasche nur noch die kleine Samtbörse, worin sich die elf Taler befanden; was aber den Brief an Herrn von Tréville betrifft, so war er verschwunden. Der junge Mann schickte sich mit großer Geduld an, diesen Brief zu suchen, wandte seine Taschen um, durchwühlte seinen Reisesack, schloß seine Börse wiederholt auf und zu; als er aber die Überzeugung gewann, der Brief sei nicht mehr auffindbar, wandelte ihn zum drittenmal die Zornwut an, wonach er aufs neue seine Zuflucht zum aromatischen Wein und Öl nehmen sollte; denn als man sah, wie dieser Brausekopf abermals entglühte und Drohungen ausstieß, er wolle alles im Hause zerschlagen, wenn sich sein Brief nicht vorfinde, so griff der Wirt nach einem Spieß, seine Frau nach einem Besenstiel und die Kellner nahmen dieselben Stöcke, die tags zuvor benutzt worden waren. »Meinen Empfehlungsbrief!« schrie d'Artagnan, »meinen Empfehlungsbrief! oder ich will euch alle wie Fettammer aufspießen.«

Zum Unglück hinderte den jungen Mann ein Umstand an der Ausführung seiner Drohung: sein Degen war, wie gesagt, beim ersten Kampf in zwei Stücke zerbrochen, worauf er ganz vergaß. Als nun d'Artagnan seine Klinge wirklich ziehen wollte, sah er sich ganz nett und einfach mit einem Degenstumpf von 8 bis 10 Zoll bewaffnet, den ihm der Wirt sorgfältig in die Scheide gesteckt hatte. Den Überrest der Klinge schaffte der Hauswirt geschickt auf die Seite, da er sich daraus eine Spicknadel machen wollte. Indes hätte diese Täuschung unseren jungen Feuerkopf wahrscheinlich nicht zurückgehalten, allein der Wirt bedachte, daß die Forderung ganz gerecht sei, die der Reisende an ihn machte. »Aber wirklich,« sprach er, seinen Kopf senkend, »wo ist doch dieser Brief?« »Ja, ja, wo ist dieser Brief?« sagte d'Artagnan. »Ich sage Euch im voraus, dieser Brief ist an Herrn von Tréville gerichtet und er muß sich finden, widrigenfalls würde er schon machen, daß er gefunden werde.« Auf diese Drohung ward der Wirt völlig eingeschüchtert. Nach dem König und Kardinal war Herr von Tréville derjenige Mann, dessen Name von den Kriegern und selbst von den Bürgern am häufigsten genannt wurde. Es lebte zwar noch der Vater Josef, doch wurde sein Name stets nur leise ausgesprochen, so groß war der Schrecken, den die graue Eminenz einflößte, wie der Vertraute des Kardinals genannt wurde. Nachdem der Wirt seinen Spieß weit von sich geschleudert hatte, befahl er seiner Frau, mit ihrem Besenstiel desgleichen zu tun, und seinen Burschen, die Stöcke wegzulegen, und als er ihnen hierzu das Beispiel gegeben, fing er an, den verlorenen Brief zu suchen.

»Enthielt wohl dieser, Brief etwas Wichtiges?« fragte der Wirt, nachdem er eine Weile vergeblich gesucht hatte. »Beim Himmel, das will ich meinen!« rief der Gascogner, der mittels dieses Schreibens seine Lebensbahn zu gründen hoffte; »er hat mein Glück enthalten!« »Geldanweisungen aus Spanien?« fragte der Wirt beunruhigt. »Anweisungen auf den Privatschatz Seiner Majestät,« entgegnete d'Artagnan, der darauf rechnete, er werde auf diese Empfehlung in den Dienst des Königs aufgenommen, weshalb er, ohne zu lügen, diese etwas kühne Antwort geben zu dürfen glaubte. »Teufel!« rief der Wirt ganz verzweifelt. »Doch, gleichviel,« sagte d'Artagnan mit nationaler Derbheit, »gleichviel, an dem Gelde liegt nichts; der Brief war alles. Lieber hätte ich tausend Pistolen verloren als ihn.« Er hätte ebensogut zwanzigtausend Pistolen sagen können, doch hielt ihn eine gewisse jugendliche Scham zurück. Ein Lichtschimmer zuckte plötzlich durch den Geist des Wirtes, der sich zum Teufel verwünschte, da er nichts fand. Er rief: »Dieser Brief ist ganz und gar nicht verloren.« »Ha!« schrie d'Artagnan. »Nein, er wurde Ihnen entwendet.« »Entwendet? Von wem?« »Gestern von jenem Edelmann. Er ging in die Küche hinab, wo Ihr Wams lag, und blieb daselbst allein. Ich möchte darauf wetten, er hat ihn mitgenommen.« »Glaubt Ihr das?« fragte d'Artagnan, wenig überzeugt, denn er wußte besser als irgend jemand die ganze persönliche Bedeutsamkeit dieses Briefes, und sah nicht ein, wie es einen andern danach gelüsten konnte. Kein Hausdiener, kein Gast hätte mit dem Besitze dieses Briefes einen Vorteil erlangt. »Ihr sagt also,« fragte d'Artagnan, »daß Ihr diesen verwegenen Edelmann in Verdacht habt?« »Ich sage Ihnen,« erwiderte der Wirt, »ich bin davon vollkommen überzeugt; denn als ich ihm sagte, Eure Herrlichkeit wäre ein Schützling des Herrn von Tréville und Sie besäßen sogar einen Brief an diesen mächtigen Herrn, so schien er sehr beunruhigt und fragte mich, wo denn dieser Brief sei; dann ging er sogleich in die Küche hinab, da er wußte, daß Ihr Wams dort liege.« »Er ist also mein Dieb?« versetzte d'Artagnan; »ich will darüber bei Herrn von Tréville Klage führen, und Herr von Tréville wird dasselbe bei dem König tun.« Sofort zog er majestätisch zwei Taler aus der Tasche, reichte sie dem Wirt, der ihn mit dem Hut in der Hand bis zur Tür begleitete, und stieg wieder auf sein gelbliches Pferd, das ihn ohne weiteren Unfall bis zum Tore Saint-Antoine in Paris trug, wo er es für drei Taler verkaufte, was recht gut bezahlt war, in Anbetracht, daß es Herr d'Artagnan auf dem letzten Ritte stark hergenommen hatte. Auch hat es der Roßhändler, als er die besagten neun Livres ausbezahlte, Herrn d'Artagnan keineswegs verhehlt, er gebe diese übermäßige Summe nur wegen der eigentümlichen Farbe des Tieres. Somit ging d'Artagnan zu Fuß in das Innere der Stadt, trug seinen kleinen Pack unter dem Arm und kreuzte so lange umher, bis er ein Mietzimmer auffand, das seiner geringen Barschaft entsprach. Dieses Zimmer war eine Art Dachstube in der Gasse Fossoyeurs, nahe dem Palaste Luxembourg.

Das Vorgemach des Herrn von Tréville.

Herr von Tréville war ein Freund des Königs, der bekanntlich das Andenken seines Vaters Heinrich IV. hoch in Ehren hielt. In jener unglückseligen Zeit war man eifrig bedacht, sich mit Männern zu umgeben, die von Trévilles Schlage waren. Ludwig XIII. ernannte Tréville zum Kapitän der Musketiere und diese sind durch ihre Ergebenheit oder vielmehr durch ihren Fanatismus für Ludwig XIII. das gewesen, was die Ordinaires für Heinrich III. und die schottische Garde für Ludwig XI. war.

Was den Kardinal betrifft, so stand er in dieser Hinsicht hinter dem König nicht zurück. Als er sah, daß sich der König Ludwig XIII. mit einer erwählten Mannschaft umgab, wollte er gleichfalls seine Garde haben. Somit hatte er seine Musketiere wie Ludwig XIII. und man sah, wie die zwei mächtigen Rivalen in allen Provinzen Frankreichs und selbst in auswärtigen Ländern berühmte Männer für ihre großen Schwertstreiche anwarben.

Der Hof des Hotels, das Tréville bewohnte, das in der Rue Vieux-Colombier lag, glich einem Feldlager, und zwar von sechs Uhr morgens im Sommer und von acht Uhr im Winter. Fünfzig bis sechzig Musketiere, die sich hier abzulösen schienen, gingen ohne Unterlaß, kriegsgerüstet und zu allem bereit, auf und nieder. Auf einer der großen Treppen, auf deren Raum unsere moderne Zivilisation ein ganzes Haus erbauen würde, wandelten die Bittsteller von Paris auf und nieder, die nach irgend einer Begünstigung strebten; ferner die Edelleute der Provinz, die sich anwerben lassen wollten und die mit allen Farben verbrämten Lakaien, die an Herrn von Tréville die Botschaften ihrer Gebieter überbrachten. Im Vorgemach saßen auf langen, kreisförmigen Bänken die Auserwählten. Das Getöse währte vom Morgen bis zum Abend, während Herr von Tréville in seinem Kabinett, das an dieses Vorzimmer stieß, Besuche empfing, Klagen anhörte, Aufträge gab, und sich, wie der König auf seinem Balkon im Louvre, nur an sein Fenster zu stellen brauchte, um Menschen und Waffen an sich vorüberziehen zu sehen. An dem Tage, als d'Artagnan hier eintrat, war die Versammlung zahlreich und glänzend, zumal für einen Ankömmling aus der Provinz; dieser Provinzbewohner war zwar ein Gascogner, und zu jener Zeit standen die Landsleute des d'Artagnan nicht im Rufe, als ob sie sich so leicht einschüchtern ließen. Gelangte man einmal durch die mächtige Tür, die mit langen Nägeln mit viereckigen Köpfen beschlagen war, so geriet man wirklich unter eine Schar von Kriegern, die im Hof ab und zu gingen, sich anriefen, unter sich zankten und scherzten. Um sich einen Weg durch diese kreisenden Wirbel zu bahnen, wäre es vonnöten gewesen, ein Offizier, ein großer Herr oder eine hübsche Dame zu sein. Unser junger Mann schritt also mitten durch dieses Gewühl und Gewirre mit klopfendem Herzen, während er den langen Stoßdegen an die schmächtigen Beine drückte, und eine Hand mit dem verlegenen, landmäßigen Halblächeln, das einen guten Anstand verraten soll, an den Rand seines Filzes legte. So oft er sich durch eine Gruppe gedrängt hatte, atmete er leichter; doch merkte er recht gut, daß man sich umdrehte, um ihm nachzublicken, und zum erstenmal in seinem Leben kam sich d'Artagnan lächerlich vor, nachdem er bis zu diesem Tag eine recht gute Meinung von sich gehabt hatte. Als er zu der Treppe kam, ging es noch schlimmer; hier waren auf den ersten Stufen vier Musketiere, die sich mit der folgenden Leibesübung ergötzten, indes zehn oder zwölf ihrer Kameraden auf dem Treppenabsatz warteten, bis die Reihe an sie kam.

Da d'Artagnan der Menge von Höflingen des Herrn von Tréville ganz fremd war und an diesem Orte zum erstenmal bemerkt wurde, so fragte man ihn, was er wünsche. Auf diese Frage nannte d'Artagnan ganz demütig seinen Namen, stützte sich auf den Titel eines Landsmannes und ersuchte den Kammerdiener, der jene Frage an ihn gestellt hatte, ihm bei Herrn von Tréville eine kurze Audienz zu verschaffen, und diese Bitte versprach man im Ton eines Beschützers zur rechten Zeit und am rechten Orte vorzubringen. D'Artagnan, der sich von seinem ersten Erstaunen ein bißchen erholt hatte, gewann jetzt Muße, ein wenig die Kleidertracht und die Physiognomien zu studieren. Der Mittelpunkt der lebhaftesten Gruppe war ein Musketier von hohem Wuchse mit stolzem Antlitz und einer Bizarrerie im Anzug, welche die allgemeine Aufmerksamkeit auf sich zog. Er trug in diesem Moment nicht den Uniformrock, sondern einen himmelblauen, schon etwas abgenutzten Leibrock, und auf seinem Anzug gewahrte man ein schönes Wehrgehänge mit goldenem Strickwerk, das wie ein Wasserspiegel im Sonnenlichte strahlte. Ein langer Mantel von karmoisinrotem Samt fiel anmutig über seine Schultern und zeigte vorn nur das funkelnde Wehrgehänge, woran ein riesenhafter Stoßdegen hing. Dieser Musketier kam in diesem Augenblick von der Wache herab und beklagte sich über Schnupfen, wobei er von Zeit zu Zeit mit Affektion hustete. Auch hatte er eben deshalb seinen Mantel genommen, wie er zu seiner Umgebung sagte, und während er mit hochaufgerichtetem Kopfe sprach und stolz seinen Schnurrbart strich, bewunderten alle, und vorzüglich d'Artagnan, das gestickte Wehrgehänge.

»Was wollt Ihr,« sagte der Musketier, »so ist es Mode; es ist eine Narrheit; ich weiß das wohl, allein es ist Mode! Übrigens muß man doch auch sein ehrlich erworbenes Geld zu etwas verwenden.« »Ha, Porthos!« rief einer der Anwesenden, »mach uns ja nicht glauben, daß du dieses Wehrgehäng von der väterlichen Großmut ererbt hast; gewiß hat es dir die verschleierte Dame gegeben, mit der ich dich vorigen Sonntag am Tore Saint-Honoré begegnet bin?« »Nein, auf Ehre nicht, bei meinem Edelmannswort, ich kaufte es selbst um meine eigenen Pfennige,« antwortete jener, dem man den Namen Porthos beigelegt hatte. »Ja,« antwortete ein anderer Musketier, »so wie ich diese neue Börse gekauft habe mit dem, was mir die Geliebte in die alte geschoben hat.« »Wirklich,« sagte Porthos, »ich habe dafür zehn Pistolen bezahlt.« Das Staunen verdoppelte sich, obgleich der Zweifel noch fortdauerte. »Nicht wahr, Aramis?« fragte Porthos und wandte sich gegen einen dritten Musketier. Dieser andere Musketier bildete vollkommenen Kontrast mit demjenigen, der ihn fragte und ihn mit dem Namen Aramis bezeichnete; es war ein junger Mann von etwa zweiundzwanzig bis dreiundzwanzig Jahren, mit einem naiven, niedlichen Gesicht, schwarzem und sanftem Auge und mit Wangen, so rosig und samtartig wie eine Pfirsich im Herbste; sein dünner Schnurrbart bildete eine ganz gerade Linie auf der Oberlippe; seine Hände schienen sich vor dem Herabhängen zu fürchten, als könnten die Adern zu sehr anschwellen, und von Zeit zu Zeit kniff er sich die Ohren, um sie in einem zarten, durchsichtigen

Inkarnat zu erhalten. Er pflegte wenig zu reden, viel zu grüßen und geräuschlos zu lachen, wobei er seine schönen Zähne zeigte, auf die er, wie auf seine ganze Person, eine große Sorgfalt zu verwenden schien. Er antwortete der Aufforderung seines Freundes mit einem bejahenden Nicken des Kopfes. Diese Bejahung schien in bezug auf das Wehrgehänge jeden Zweifel aufzuheben; man fuhr also in der Bewunderung fort, sprach darüber nichts mehr, und so lenkte sich die Unterredung, in rascher Gedankenwendung auf einen andern Gegenstand.

»Was haltet ihr von dem, was der Stallmeister von Chalais erzählt hat?« fragte ein anderer Musketier, ohne daß er seine Frage an eine bestimmte Person richtete, sondern sich an alle Umstehenden wandte. »Was erzählt er denn?« fragte Porthos in einem selbstgefälligen Tone. »Er erzählt, daß er in Brüssel Rochefort, den Vertrauten des Kardinals, in Kapuzinerkleidung angetroffen habe; der verdammte Rochefort spielte in dieser Vermummung Herrn von Laignes als einen leibhaftigen Schwachkopf.« »Als einen Schwachkopf?« sagte Porthos. »Ist das gewiß?« »Ich weiß es von Aramis,« entgegnete der Musketier. »Wirklich?« »Hm, Ihr wißt es doch, Porthos,« sprach Aramis, »da ich es Euch erst gestern mitteilte; reden wir nichts mehr davon.« »Reden wir nichts mehr davon, das ist Eure Meinung,« versetzte Porthos. »Reden wir nichts mehr davon! Pst! wie schnell Ihr doch schließet. Der Kardinal läßt einen Edelmann auskundschaften und ihm seine Briefschaften durch einen Schelm wegnehmen; er läßt Chalais mittels seiner Späher und Kundschafter als angeblicher Verräter den Hals abschneiden. Niemand wußte um dieses Rätsel. Ihr habt es gestern zum allgemeinen Erstaunen erfahren, und während wir über diese Neuigkeit noch ganz verwundert sind, sagt Ihr heute: Reden wir nichts mehr davon!« »Nun so reden wir davon, wenn Ihr es wünscht,« entgegnete Aramis mit Geduld. »Dieser Rochefort,« rief Porthos, »hätte einen Augenblick lang mit mir ein schlimmes Spiel, wenn ich der Stallmeister des armen Chalais wäre.« »Und Ihr hättet dann ein schlimmes Spiel mit dem Herzog Rouge,« erwiderte Aramis. »Ha, der Herzog Rouge! Bravo! bravo! der Herzog Rouge!« rief Porthos und klatschte mit den Händen. »Der Herzog Rouge – das ist herrlich! Seid ruhig, mein Lieber, ich will dieses Witzwort weiter verbreiten. Hat doch dieser Aramis Scharfsinn! Wie schade, daß Ihr Eurem Berufe nicht folgen konntet, mein Freund, aus Euch wäre etwas Tüchtiges geworden.«

»O, dieser Aufschub ist nur momentan,« erwiderte Aramis, »ich werde das schon einmal werden! Ihr wisset doch, Porthos, daß ich noch immer fleißig Theologie studiere.« »Er wird es tun, wie er sagt,« versetzte Porthos, »er wird es früher oder später tun.« »Früher,« sagte Aramis. »Er wartet nur noch auf eines, um sich ganz und gar zu entscheiden und die Soutane wieder zu nehmen, die hinter seiner Uniform hängt,«

sprach ein anderer Musketier. »Und auf was wartet er?« fragte wieder ein anderer. »Er wartet, bis die Königin der Krone Frankreichs einen Erben geschenkt hat.« »Scherzen wir darüber nicht, meine Herren,« sagte Porthos, »die Königin ist, gottlob! noch in einem Alter, um der Krone einen Erben zu geben.« »Man sagt, daß Herr von Buckingham in Frankreich sei,« sagte Aramis mit einem hämischen Lächeln, das dieser so einfach scheinenden Rede eine ziemlich ärgernisvolle Bedeutung gab. »Mein Freund Aramis,« fiel Porthos ein, »diesmal habt Ihr unrecht. Eure Wut nach Witzeleien reißt Euch stets über die Grenzen; wenn Euch Herr von Tréville hörte, so käme Euch eine solche Anspielung teuer zu stehen.« »Gebt Ihr mir da eine Lektion, Porthos?« rief Aramis, während ein Blitz durch sein sanftes Auge zuckte. »Mein Lieber, seid Musketier oder Abbé; seid das eine oder das andere, aber nicht das eine und das andere,« erwiderte Porthos. »Es hat Euch doch Athos jüngst gesagt: Ihr esset von allen Haufen. O, ich bitte, grämt Euch nicht, es wäre unnütz; Ihr wißt recht gut, worüber Ihr, Athos, und ich übereingekommen sind. Ihr gehet zu Madame d'Aiguillon und machet ihr den Hof; Ihr geht zu Frau von Bois-Tracy, der Cousine der Frau von Chevreuse, und man erzählt sich, daß Ihr bei der Dame sehr in Gunst steht. Ach, mein Gott, sagt nichts von Eurem Glücke, man fragt Euch Euer Geheimnis nicht ab, man kennt ja Eure Verschwiegenheit. Da Ihr aber diese Tugend besitzt, so macht, zum Teufel, Gebrauch davon in bezug auf Ihre Majestät. Mit dem König und dem Kardinal beschäftige sich wer da will und wie er will, allein die Königin ist geheiligt, und wenn man von ihr spricht, so geschehe es in gutem Sinne.«

»Porthos! Ihr seid anmaßlich wie Narcissus,« entgegnete Aramis. »Ich sage Euch im voraus, und Ihr wisset bereits, daß ich die Moral hasse, außer sie kommt aus Athos' Munde. Was Euch anbelangt, mein Lieber, so habt Ihr ein viel zu hübsches Wehrgehänge, um stark zu sein. Ich werde Abbé, wenn es mir genehm ist, bis dahin bin ich Musketier, in dieser Eigenschaft sage ich, was mir beliebt, und in diesem Moment beliebt es mir zu sagen, daß Ihr mich belästigt.« »Aramis!« »Porthos!« »He, meine Herren! meine Herren!« rief man rings umher. »Herr von Tréville erwartet Herrn d'Artagnan,« unterbrach sie der Lakai und öffnete die Tür des Kabinetts.

Auf diese Anmeldung, während der die Tür offen blieb, schwieg jeder, und mitten in diesem allgemeinen Schweigen schritt der junge Gascogner durch das Vorgemach und trat bei dem Kapitän der Musketiere ein, indem er sich im Herzen Glück wünschte, daß er gerade zu rechter Zeit dem Ausgang dieses wunderlichen Streites entschlüpfte.

Die Audienz.

Herr von Tréville war in diesem Moment in sehr übler Stimmung, dennoch begrüßte er artig den jungen Mann, der sich vor ihm bis zur Erde neigte, und nahm lächelnd sein Kompliment auf, da ihn die béarnische Mundart zugleich an seine Jugend und an sein Vaterland erinnerte – eine zweifache Erinnerung, die den Menschen jeden Alters zum Lächeln bringt. Indem er sich aber fast ebenso schnell dem Vorzimmer näherte und d'Artagnan mit der Hand ein Zeichen gab, als wollte er ihn um die Erlaubnis bitten, die andern abzufertigen, ehe er mit ihm anfinge, so rief er dreimal mit immer wachsender Stimme, so daß er alle Mittelstufen vom gebieterischen bis zornmütigen Tonausdruck durchging: »Athos! Porthos! Aramis!«

Die zwei Musketiere, mit denen wir bereits Bekanntschaft gemacht und die den zwei letzten dieser drei Namen antworteten, verließen allsogleich die Gruppen, unter denen sie standen, und näherten sich dem Kabinett, dessen Tür sich hinter ihnen schloß, wie sie über die Schwelle traten. Obwohl ihre Haltung nicht ganz ruhig war, so erregte sie doch durch ihre zugleich würdevolle und ehrfurchtsvolle Ungezwungenheit die Bewunderung d'Artagnans, der in diesen Männern Halbgötter und in ihrem Oberhaupt einen olympischen Zeus erblickte, der mit all seinen Blitzen bewaffnet war. Als die Musketiere eingetreten waren, als die Tür hinter ihnen zuging, als das murmelnde Getöse im Vorgemach, dem jenes Rufen zweifelsohne neue Nahrung gegeben, wieder anfing, und Herr von Tréville endlich drei- oder viermal schweigend mit gerunzelter Stirn das Kabinett der ganzen Länge nach durchmessen hatte, indem er stets an Porthos und Aramis vorüberschritt, die starr und stumm wie auf der Parade dastanden, hielt er auf einmal vor ihnen an, betrachtete sie von Kopf bis zu den Füßen mit erzürntem Blick und sagte: »Wißt ihr, was mir der König gesagt hat, und das erst gestern abends? Meine Herren, wißt ihr das?« »Nein,« antworteten die zwei Musketiere nach einem Augenblick des Stillschweigens, »nein, gnädiger Herr, wir wissen es nicht.« »Ich hoffe aber, Sie werden es uns gefälligst sagen,« fügte Aramis mit seinem höflichsten Ton und seiner anmutigsten Ehrfurcht hinzu. »Er hat mir gesagt, daß er künftig seine Musketiere unter der Leibwache des Kardinals rekrutieren wolle.« »Unter der Leibwache des Kardinals, und warum das?« fragte Porthos lebhaft. »Weil er sah, daß sein saurer Wein nötig habe, durch eine Mischung guten Weines aufgefrischt zu werden.«

Die zwei Musketiere erröteten bis zum Weiß ihrer Augen. D'Artagnan wußte nicht, wo er sei, und hätte gern hundert Fuß unter der Erde sein mögen. »Ja, ja,« fuhr Herr von Tréville mit Eiferung fort, »ja, und Seine Majestät hat recht, denn es ist auf meine Ehre wahr, daß die Musketiere eine traurige Figur bei Hofe spielen. Der Herr

Kardinal erzählte gestern beim Spiele des Königs mit einer Miene des Mitleids, die mir sehr mißfallen hat, daß vorgestern diese verdammten Musketiere, diese ›eingefleischten Teufel‹, und er legte auf diese Worte einen ironischen Ton, der mir noch mehr mißfiel; ›diese Kopfabsäbler‹, fügte er hinzu und blickte mich mit tigerartigem Auge an, sich in der Gasse Féron in einer Schenke verspätet haben, und daß eine Runde seiner Wache, ich glaube, er wollte mir unter die Nase lachen, gezwungen war, diese Ruhestörer einzuziehen. Tod und Teufel! Ihr müßt doch davon wissen! Musketiere einziehen! Ihr waret dabei, leugnet es nicht, man hat euch erkannt, und der Kardinal hat euch namentlich angeführt. Es ist freilich meine Schuld, ja, meine Schuld ist's, weil ich meine Leute auswähle. Nun, zum Teufel, Aramis, warum habt Ihr mich denn um den Kriegerrock gebeten, da Ihr Euch in der Soutane so gut ausgenommen hättet? Dann Ihr, Porthos! habt Ihr nur deshalb ein so schönes goldenes Wehrgehänge, um einen Degen von Stroh daran zu hängen? Und Athos, ich sehe Athos nicht, wo ist er?« – »Gnädiger Herr,« entgegnete Aramis traurig, »er ist krank, schwer krank.« »Krank, schwer krank, sagt Ihr, und was fehlt ihm?« »Man befürchtet bei ihm die Pocken, o Herr,« antwortete Porthos, der gleichfalls ein Wort einmengen wollte, »und das wäre sehr verdrießlich, denn es würde ganz sicher sein Gesicht verunstalten.« »Pocken! – Das ist wieder eine glorwürdige Geschichte, die Ihr da erzählt, Porthos; in seinem Alter krank an den Pocken! Nein, aber gewiß verwundet, vielleicht getötet. Ha, wenn ich das wüßte! Donnerwetter! Ihr Herren Musketiere, ich dulde es nicht, daß man so in schlechten Orten herumstreift, auf der Straße Zank anfängt und überall gleich den Degen zieht. Kurz, ich will es nicht, daß man der Leibwache des Herrn Kardinals Stoff zum Lachen gibt, denn es sind wackere, ruhige und geschickte Leute, die nie in den Fall kommen, eingezogen zu werden, und die sich auch nicht würden verhaften lassen, dessen bin ich versichert. Sie stürben lieber auf dem Platz, als daß sie einen Schritt zurückwichen. Sich wehren, fliehen, davonschleichen, ha! das ist gut für die Musketiere des Königs!«

Porthos und Aramis knirschten vor Wut. Sie hätten gern Herrn von Tréville erwürgt, wäre es ihnen nicht bewußt gewesen, daß es seine große Liebe für sie war, die ihn so zu reden bewog. Sie stampften auf den Boden, bissen sich die Lippen blutig und zerquetschten fast das Stichblatt ihres Degens. Wie schon gesagt, hörte man außen: Athos, Porthos und Aramis rufen, und man erriet es an dem Tone der Stimme des Herrn von Tréville, daß er ganz in Zorn entbrannt war. Zehn vorwitzige Köpfe lehnten sich an die Tapeten und erblaßten vor Ärger, denn ihre fest an die Tür gepreßten Ohren verloren nicht eine Silbe von dem, was da gesprochen wurde, während ihr Mund den Anwesenden im Vorgemach alle die beleidigenden Worte des Kapitäns wiederholte. Im Augenblick war das ganze Hotel in Aufregung vor der Tür des Kabinetts bis hinab zum Straßentor. »Ha, die Musketiere des Königs lassen sich einfangen von den Garden des Herrn Kardinals!« fuhr Herr von Tréville fort, im Innern ebenso wütend wie seine Soldaten, doch stieß er seine Worte ab und bohrte eines nach dem andern wie ebenso viele Dolchstiche in die Brust seiner Zuhörer. »Ha, sechs Garden Seiner Eminenz verhaften sechs Musketiere des Königs! Tod und Hölle! mein Entschluß steht fest. Ich gehe augenblicklich nach dem Louvre, ich verlange meine Entlassung als Kapitän des Königs und bitte um eine Leutnantsstelle bei der Leibwache des Kardinals, und wenn er sie mir verweigert, Blitz und Wetter! so werde ich Abbé!«

Auf diese Worte kam es außen vom Gemurmel zum lauten Ausbruch; man hörte überall nichts als Flüche und Verwünschungen. Die Luft erschallte immer lauter von: Tod und Teufel! von Mordelement! und Donnerwetter! D'Artagnan sah sich nach einer Tapete um, hinter die er sich versteckte, und hatte große Lust, sich unter den Tisch zu kauern. »Ganz richtig, mein Kapitän,« sprach Porthos, »wir waren sechs gegen sechs, doch wurden wir verräterisch festgenommen, und ehe wir noch Zeit hatten, unsere Degen zu ziehen, sind zwei von uns tot niedergefallen und Athos war schwer verwundet und taugte auch nichts mehr. Sie kennen ja Athos, und, Kapitän, er versuchte zweimal aufzustehen und stürzte zweimal zusammen. Wir haben uns aber nicht ergeben, nein, man hat uns gewaltsam fortgezerrt. Auf dem Wege machten wir uns davon. Was Athos betrifft, so hielt man ihn für tot, ließ ihn ruhig auf dem Kampfplatze liegen, und fand es nicht der Mühe wert, ihn fortzutragen. So ist die Geschichte. Was Teufel, Kapitän, man gewinnt nicht alle Schlachten. Der große Pompejus hat die von Pharsalus verloren, und Franz I., den ich als einen tüchtigen Krieger rühmen hörte, verlor doch die bei Pavia.« »Und ich gebe mir die Ehre, zu versichern, daß ich einen mit seinem eigenen Degen durchbohrte,« sagte Aramis, »denn der meinige zerbrach bei dem ersten Streiche. Getötet oder erdolcht, mein Herr, wie es beliebt.« »Das wußte ich nicht,« versetzte Herr von Tréville in einem etwas milderen Tone. »Der Herr Kardinal hat übertrieben, wie ich sehe.« »Um Vergebung, mein Herr,« fuhr Aramis fort, der, als er den Kapitän beruhigter sah, eine Bitte vorzubringen wagte, »sagen Sie nicht, daß Athos verwundet sei; er geriete in Verzweiflung, wenn das zu den Ohren des Königs käme, und da die Verwundung sehr schwer ist, indem der Stich von der Schulter in die Brust eindrang, so stände zu befürchten –«

In diesem Moment erhob sich der Türvorhang und ein edler, schöner, doch schrecklich blasser Kopf kam zum Vorschein. »Athos!« riefen die zwei Musketiere. »Athos!« wiederholte Herr von Tréville. »Mein Herr,« sprach Athos, »Sie verlangten nach mir,« er sagte das mit einer zwar schwachen, doch ganz ruhigen Stimme und fuhr fort: »Sie verlangten nach mir, wie mir meine Kameraden meldeten, und ich beeile mich Ihrem Befehl nachzukommen. Hier bin ich, gnädiger Herr, was wünschen Sie?«

Bei diesen Worten trat der Musketier festen Schrittes in guter Haltung und gegürtet wie immer in das Kabinett. Herr von Tréville war über diesen Beweis von Mut gerührt und schritt ihm lebhaft entgegen. »Ich habe soeben diesen Herren gesagt,« sprach er, »daß ich es meinen Musketieren verbiete, ihr Leben ohne Not in die Schanze zu schlagen, denn wackere Leute sind dem König sehr wertvoll, und der König weiß es, daß seine Musketiere die wackersten Männer auf Gottes Erdboden sind. Eure Hand, Athos!«

Und ohne daß Herr von Tréville auf diesen Beweis von Zuneigung eine Antwort von dem neuen Ankömmling erwartete, faßte er seine Rechte und drückte sie mit Innigkeit, ohne dabei zu bemerken, daß Athos, wie groß auch seine Selbstbeherrschung war, eine Bewegung des Schmerzes nicht unterdrücken konnte und noch blasser wurde, was man für unmöglich gehalten hätte. Die Tür war halb offen geblieben, so viel Aufsehen erregte Athos' Ankunft, dessen Verwundung, so geheim sie auch gehalten wurde, doch allen bekannt war. Ein Jubelschrei war das Echo der letzten Worte des Kapitäns, und einige Köpfe zeigten sich, von Entzücken hingerissen, an den Öffnungen der Tapeten. Herr von Tréville wollte zweifelsohne mit lebhaften Worten diesen Eingriff in die Gesetze der Schicklichkeit zurückweisen, aber da empfand er, daß sich Athos' Hand in der seinigen krampfhaft zusammenzog, und bemerkte, daß derselbe, indem er ihn stier anblickte, nahe daran sei, ohnmächtig zu werden. In diesem Moment stürzte Athos, der all seine Kräfte zusammengerafft hatte und doch endlich überwältigt ward, wie tot zur Erde. »Einen Wundarzt!« rief Herr von Tréville. »Den meinigen, den des Königs, den besten! Einen Wundarzt, oder bei Gott! mein wackerer Athos ist verloren.«

Auf das Rufen des Herrn von Tréville stürzte alles in sein Kabinett, ohne daß er daran dachte, gegen irgend jemand seine Tür zu schließen, und alle drängten sich um den Verwundeten. Doch wäre diese Dringlichkeit nutzlos gewesen, hätte sich der verlangte Arzt nicht in dem Hotel selber gefunden; dieser arbeitete sich durch das Gewühl und näherte sich Athos, der noch immer ohnmächtig war, und da ihn das Getöse und Gedränge in seiner Tätigkeit störten, so verlangte er zuvörderst und umgänglich, daß man den Musketier in ein Nebenzimmer trage. Herr von Tréville öffnete allsogleich eine Tür und zeigte Porthos und Aramis, die ihren Gefährten auf die Arme nahmen, den Weg. Somit war das Kabinett des Herrn von Tréville, dieser so geachtete Ort, ein zweites Vorgemach geworden. Jedermann schwätzte, sprach, deklamierte, fluchte und verwünschte die Leibwachen des Kardinals. Ein Weilchen darauf kehrten Porthos und Aramis zurück, der Chirurg und Herr von Tréville blieben allein bei dem Verwundeten. Endlich kehrte auch Herr von Tréville zurück. Der Verwundete erlangte das Bewußtsein wieder, und der Wundarzt erklärte, der Zustand des Kranken dürfe seine Freunde ganz und gar nicht beängstigen, denn seine Schwäche sei nur eine Folge des Blutverlustes. Herr von Tréville winkte nun mit der Hand und alles zog sich zurück, d'Artagnan ausgenommen, der es ja nicht vergaß, daß er Audienz hatte und mit der Hartnäckigkeit eines Gascogners an derselben Stelle verblieb. Als alle fortgegangen waren und die Tür wieder geschlossen wurde, wandte sich Herr von Tréville um und sah sich allein mit dem jungen Manne.

»Um Vergebung,« sprach er lächelnd, »um Vergebung, mein lieber Landsmann! ich habe ganz auf Sie vergessen. Was wünschen Sie? Ein Kapitän ist ein Familienvater, der eine größere Verantwortlichkeit hat als ein gewöhnlicher Familienvater. Die Soldaten sind große Kinder; aber da ich darauf sehe, daß man die Befehle des Königs und zumal die des Kardinals vollziehe...« D'Artagnan konnte sich eines Lächelns nicht enthalten. Herr von Tréville urteilte aus diesem Lächeln, daß er es mit keinem Schwachkopf zu tun habe, und indem er gerade auf die Sache losging, änderte er das Gespräch und sagte: »Mein Herr! ich hatte Ihren Vater recht lieb. Was vermag ich für seinen Sohn zu tun? Reden Sie schnell, meine Zeit gehört nicht mir.« »Mein Herr!« entgegnete d'Artagnan, »als ich Tarbes verließ und hierher reiste, war meine Absicht, Sie im Vertrauen auf diese Freundschaft, die Ihnen nicht aus dem Gedächtnis geschwunden ist, um die Uniform eines Musketiers zu bitten. Aber nach allem dem, was ich seit zwei Stunden gesehen, ist es mir einleuchtend, daß eine solche Gunst ungeheuer wäre, und mir bangt, ob ich sie verdienen könne.« »Es ist allerdings eine Gunst, junger Mann!« erwiderte Herr von Tréville, »doch kann sie nicht so hoch über Ihnen stehen, wie Sie glauben, oder zu glauben Miene machen. Für diesen Fall hat indes eine Entscheidung Seiner Majestät Sorge getragen, und ich sage Ihnen mit Leidwesen, daß niemand unter die Musketiere aufgenommen wird ohne vorausgehende Probe von einigen Feldzügen, gewissen Auszeichnungen oder einem zweijährigen Dienst in einem andern Regiment, das weniger begünstigt ist als das unsrige.« D'Artagnan verneigte sich, ohne zu antworten. In ihm stieg das Verlangen nach der Musketieruniform, seit er bemerkte, daß man zu ihrer Erlangung so große Schwierigkeiten überwinden müsse. Tréville heftete auf seinen Landsmann einen so durchdringenden Blick, daß man glauben konnte, er wolle in den Grund seines Herzens schauen, und fuhr fort: »Aber aus Rücksicht für Ihren Vater, meinen alten Landsmann, wie ich schon sagte, will ich etwas für Sie tun. Unsere Söhne von Béarn sind gewöhnlich nicht reich, und ich zweifle, daß sich die Sache verändert hat, seit ich die Provinz verlassen habe. Nicht wahr, Sie haben zum Leben nicht viel Geld mitgebracht?« D'Artagnan erhob sich mit einer stolzen Miene, die sagen wollte, daß er von niemand ein Almosen verlange. »Das ist gut, junger Mann, das ist gut,« sagte Tréville, »ich kenne diese Miene, ich bin nach Paris gekommen mit vier Talern in der Tasche und hätte mich mit jedem geschlagen, der mir gesagt hätte, ich wäre nicht imstande, den Louvre zu kaufen.« D'Artagnan richtete sich noch mehr empor; nach dem Verkauf eines Pferdes betrat er seine Laufbahn mit vier Talern mehr, als Herr von Tréville die seinige begonnen hatte. »Es ist also vonnöten, wie ich gesagt habe, daß Sie die Summe, die Sie besitzen, aufbewahren, wie bedeutend sie auch sein möge. Sie haben auch vonnöten, sich in den Übungen zu vervollkommnen, die einem Edelmann gebühren. Ich will heute dem Direktor der königlichen Akademie schreiben, und man wird Sie morgen schon ohne Geldeinlage aufnehmen. Weisen Sie dieses kleine Geschenk nicht zurück. Unsere Edelleute von bester Abkunft und mit großem Reichtum bewerben sich öfter um diese Gunst und können sie doch nicht erlangen. Sie werden dort reiten, fechten und tanzen lernen; Sie werden sich dort gute Kenntnisse zu eigen machen, und von Zeit zu Zeit kommen Sie zu mir, um mir zu sagen, wie weit Sie vorgerückt sind, und ob ich weiter etwas für Sie tun könne.«

Obwohl d'Artagnan mit den Sitten des Hofes unbekannt war, so empfand er doch die Kälte dieses Empfanges und sagte: »Ach, mein Herr, ich sehe, wie sehr mir heute der Empfehlungsbrief fehlt, den mir mein Vater mitgegeben hat.« »Ich verwundere mich in der Tat,« sagte Herr von Tréville, »daß Sie eine so weite Reise unternahmen ohne dieses notwendige Viatikum, unsere einzige Hilfsquelle.« »Gott sei Dank, ich hatte es bei bei mir in bester Form,« entgegnete d'Artagnan, »doch es ist mir entwendet worden.« Darauf erzählte er den ganzen Vorfall in Meung, beschrieb den unbekannten Edelmann in allen Einzelheiten, und das alles mit einer Wärme und Wahrheit, daß Herr von Tréville entzückt war. »Das ist seltsam,« rief der letztere gedankenvoll; »Sie haben also ganz laut von mir gesprochen?« »Ja, mein Herr, und damit zweifelsohne eine Unbesonnenheit begangen: jedoch ein Name wie der Ihrige mußte mir auf der Reise als Schild dienen. Sie können denken, daß ich mich öfter in diesen Schutz begab.« Damals war die Schmeichelei sehr im Schwunge, und Herr von Tréville liebte den Weihrauch wie ein König oder ein Kardinal. Er konnte also nicht umhin, selbstgefällig zu lächeln, doch verschwand dieses Lächeln sogleich wieder, und indem er selbst auf das Ereignis in Meung zurückkam, fuhr er fort: »Sagen Sie mir, hatte dieser Edelmann nicht eine leichte Narbe an der Wange?« »Ja, wie sie das Streifen einer Kugel machen würde.« »War er nicht ein Mann von schöner Gesichtsbildung?« »Ja.« »Von hohem Wuchse?« »Ja.« »Blaß im Gesicht und mit braunen Haaren?« »Ja, ja, so ist es. Wie kommt es, mein Herr, daß Sie diesen Menschen kennen? Ha, wenn ich ihn wieder treffe, und ich werde ihn wieder antreffen, so schwöre ich's, und wäre es in der Hölle...« »Er erwartete eine Dame?« fragte Tréville weiter. »Er ist wenigstens abgereist, nachdem er einen Augenblick mit derjenigen, die er erwartet, gesprochen hatte.« »Wissen Sie nichts von dem Inhalt ihres Gespräches?« »Er händigte ihr ein Kästchen ein und sagte, dasselbe enthalte ihre Weisung, doch dürfte sie es erst in London aufschließen.« »War diese Frau eine Engländerin?« »Er nannte sie Mylady.« »Er ist es,« murmelte Tréville, »er ist es; und ich dachte, daß er noch in Brüssel wäre.« »O mein Herr, wenn Sie wissen, wer dieser Mann war,« rief d'Artagnan, »so sagen Sie mir, wer – und wo ist er? Dann entbinde ich Sie von allem, sogar von der Zusage, mich unter die Musketiere aufzunehmen, denn vor allem will ich mich rächen.« »Junger Mann,« erwiderte Tréville, »seien Sie wohl auf Ihrer Hut, sehen Sie ihn auf der einen Seite der Straße herankommen, so treten Sie auf die andere, und stoßen Sie nicht an einen solchen Felsen, denn er würde Sie wie Glas zersplittern.« »Das hält mich nicht ab,« sagte d'Artagnan, »wenn ich ihn wiederfinde...« »Wenn ich Ihnen einen Rat geben soll,« versetzte Herr von Tréville, »so suchen Sie ihn nicht auf. Mein Freund!« sprach er laut und gelassen, »da ich die Geschichte mit dem verlorenen Brief für wahr halte, so will ich Sie, um die Kälte wieder gutzumachen, die Sie anfangs beim Empfang gefühlt haben mögen, als den Sohn meines alten Freundes mit den Geheimnissen unserer Politik bekannt machen. Der König und der Kardinal sind die besten Freunde; ihre scheinbaren Streitigkeiten sollen nur die Schwachsinnigen beirren. Ich will es nicht, daß ein Landsmann, ein hübscher Edelmann, wackerer Junker, von diesen Verführern betört werde und wie ein Schwachkopf in das Netz falle, worin so viele schon zu Grunde gegangen sind. Bedenken Sie recht wohl, daß ich diesen zwei allgewaltigen Herren ergeben bin, und daß meine ernstlichen Schritte keinen andern Zielpunkt haben, als dem König und dem Kardinal, diesem erhabensten Geiste, zu dienen, den Frankreich je gehabt hat; Sie mögen sich nun danach richten, junger Mann, und wenn Sie, ob wegen Ihrer Familie, ob wegen Ihrer freundschaftlichen Verhältnisse, oder aus Instinkt, einen Groll wider den Kardinal nähren, wie er sich denn so oftmals bei unsern Edelleuten äußert, so sagen Sie uns Lebewohl, und trennen Sie sich von uns. Ich werde Ihnen in tausendfachen Dingen behilflich sein, doch gestatte ich Ihnen keine engere Verbindung mit meiner Person. In jedem Falle hoffe ich durch meine Offenheit Ihre Freundschaft zu gewinnen, denn bis zu dieser Stunde sind Sie der einzige junge Mann, mit dem ich eine solche Sprache führte.« Bei sich selbst sprach Tréville so: »Hat der Kardinal wirklich diesen jungen Fuchs zu mir geschickt, so wird er, da er wohl weiß, wie sehr ich ihn hasse, nicht unterlassen haben, seinem Spion zu sagen, das beste

Mittel, mir den Hof zu machen, wäre, über ihn das Schlimmste zu reden; und der schlaue Gevatter wird mir auch trotz meiner Versicherungen antworten, daß ihm Seine Eminenz verhaßt sei.« Es kam aber anders, als es Tréville erwartet hatte, denn d'Artagnan antwortete ganz einfach: »Mein Herr, ich komme mit ganz ähnlichen Gesinnungen nach Paris. Mein Vater hat es mir ans Herz gelegt, daß ich von niemandem etwas erdulde, als von dem König, von dem Kardinal und von Ihnen, die er für die drei Ersten in Frankreich hält.«

Wie man bemerkt, so hatte d'Artagnan den beiden andern noch Herrn von Tréville beigefügt, allein er dachte, daß dieser Zusatz nicht schaden könne. »Ich hege somit die höchste Verehrung für den Herrn Kardinal,« fuhr er fort, »und die größte Hochachtung für seine Handlungen. Es ist nun um so besser für mich, wenn Sie, wie Sie sagen, freimütig mit mir reden, denn Sie werden mir die Ehre erzeigen, diese Geschmacksähnlichkeit zu schätzen; haben Sie jedoch irgend einen sehr natürlichen Argwohn gefaßt, so fühle ich, daß es mein Verderben ist, wenn ich die Wahrheit spreche; das wäre um so schlimmer, wenn ich dadurch Ihre Achtung verlöre, die mir über alles in der Welt gilt.«

Herr von Tréville war über diesen letzten Punkt überrascht. So viel Scharfsinn und Freimütigkeit gewannen seine Bewunderung, hoben aber doch nicht jeden Zweifel auf; je mehr dieser junge Mann die andern jungen Leute übertraf, um so mehr war er zu fürchten, wenn er sich in ihm täuschte. Nichtsdestoweniger drückte er d'Artagnan die Hand und sprach: »Sie sind ein ehrbarer Junker, doch kann ich in diesem Moment nicht mehr für Sie tun, als ich eben angeboten habe. Mein Hotel steht Ihnen jederzeit offen. Indem Sie mich nun zu jeder Stunde besuchen und jede Gelegenheit benützen können, so werden Sie später wahrscheinlich erlangen, was Sie zu erlangen wünschten.« »Das will sagen,« entgegnete d'Artagnan, »Sie werden so lange warten, bis ich mich würdig gemacht habe.« »Wohlan,« fügte er mit der Vertraulichkeit eines Gascogners hinzu, »seien Sie ganz ruhig. Sie werden nicht lange zu warten brauchen.« Er verneigte sich, um fortzugehen, als ob das übrige nur ihn anginge. »So warten Sie nur,« antwortete Herr von Tréville, ihn zurückhaltend, »ich habe Ihnen ja einen Brief an den Direktor der Akademie angeboten. Sind Sie zu stolz, um ihn anzunehmen, mein junger Edelmann?« »Nein, mein Herr,« sagte d'Artagnan, »ich bürge Ihnen, mit diesem Briefe soll es nicht so gehen wie mit dem andern. Ich schwöre es Ihnen; ich will ihn so gut bewahren, daß er an sein Ziel gelangt, und wehe dem, der es versuchen wollte, mir ihn wegzunehmen.« Herr von Tréville lächelte zu dieser Prahlerei, und während er seinen jungen Landsmann an der Fensterbrüstung zurückließ, wo sie standen und sprachen, setzte er sich an den Tisch und schrieb den versprochenen

Empfehlungsbrief. Da mittlerweile d'Artagnan nichts besseres zu tun hatte, so schlug er einen Marsch an den Fensterscheiben, besah sich die Musketiere, von denen einer nach dem andern wegging, und folgte ihnen mit dem Blicke, bis sie an der Wendung der Straße verschwanden.

Nachdem Herr von Tréville den Brief vollendet hatte, siegelte er ihn, stand auf und trat zu dem jungen Mann, um ihn demselben zu übergeben; aber in dem Augenblick, als d'Artagnan die Hand ausstreckte, um ihn zu nehmen, war Herr von Tréville höchst erstaunt, als er sah, wie sein Schützling aufsprang, vor Zorn erglühte und mit den Worten aus dem Kabinett stürzte: »Donner und Wetter! Diesmal soll er mir nicht entschlüpfen.« »Wer denn?«, fragte Herr von Tréville. »Er, mein Dieb!« rief d'Artagnan. »Ha, der Verräter!« Und er verschwand. »Ein Teufelsnarr!« murmelte Herr von Tréville. »Indes,« fügte er hinzu, »wenn nur das nicht eine schlaue Manier zu entwischen ist, indem er sah, daß sein Stoß fehlging.«

Die Schulter des Athos, das Wehrgehänge des Porthos und das Sacktuch des Arimas.

D'Artagnan hatte in seiner Wut mit drei Sätzen das Vorgemach durchmessen und eilte der Treppe zu, über die er je zu vier Stufen hinabstürzen wollte, als er im brausenden Lauf einem Musketier, der durch eine Seitentür von Herrn von Tréville kam, so gewaltsam an die Schulter stieß, daß dieser einen Schrei oder vielmehr ein Gebrüll ausstieß. »Ich bitte um Entschuldigung,« rief d'Artagnan, der seinen Lauf fortsetzen wollte, »ich bitte um Entschuldigung, aber ich habe es eilig.«

Er war kaum die erste Treppe hinabgestiegen, als ihn eine eiserne Faust an der Schärpe packte und festhielt. »Ihr habt es eilig,« rief der Musketier, blaß wie Kreide, »unter dem Vorwand stoßt Ihr mich; Ihr sagt: Ich bitte um Entschuldigung, und glaubt, daß dies schon hinreiche. Nicht so ganz, mein junger Mann! Ihr glaubt wohl, weil Ihr heute Herrn von Tréville ein wenig hochtönig mit uns sprechen hörtet, so könne man uns so behandeln, wie er mit uns spricht! Enttäuscht Euch, Kamerad! Ihr seid nicht Herr von Tréville.« »Meiner Treu,« entgegnete d'Artagnan, der Athos erkannte, der wieder nach seiner Wohnung zurückkehrte, nachdem ihm der Arzt den Verband angelegt hatte, »meiner Treu, ich hab es nicht absichtlich getan, und da ich es nicht absichtlich getan habe, so sagte ich auch: Ich bitte um Entschuldigung. Mich dünkt, daß es genug war. Indes wiederhole ich Euch, daß ich auf Ehre Eile habe, große Eile. Laßt mich also los, ich bitte Euch, laßt mich dorthin, wo ich zu tun habe.« »Mein

Herr,« versetzte Athos, ihn loslassend, »Ihr seid nicht höflich. Man sieht es, daß Ihr aus der Fremde kommt.« D'Artagnan hatte bereits drei oder vier Stufen hinter sich, allein bei der Bemerkung des Athos hielt er an und rief: »Potz Wetter, mein Herr, wie weit ich auch herkommen mag, so sage ich Euch doch, Ihr werdet mir keinen Unterricht in feinen Manieren geben.« »Vielleicht doch,« erwiderte Athos. »Ha, wenn ich es nicht so eilig hätte,« rief d'Artagnan, »wenn ich nicht jemandem nachlaufen müßte ...« »Mein eilfertiger Herr, hört, mich werdet Ihr finden, ohne mir nachlaufen zu müssen.« »Wo das, wenn Ihr wollt.« »Bei den Karmeliter-Barfüßern.« »Um welche Stunde?« »Gegen Mittag.« »Gegen Mittag – wohl, ich werde dort sein.« »Sorgt nur, daß ich nicht zu lange warten darf, denn ich sage Euch, ein Viertel nach zwölf Uhr laufe ich Euch nach und werde Euch dann im Laufe die Ohren abschneiden.« »Gut,« rief ihm d'Artagnan zu, »man wird zehn Minuten vor zwölf Uhr dort sein.«

Er setzte sich abermals in Lauf, als ob ihn der Teufel fortführte, in der Hoffnung, seinen Unbekannten noch zu finden, der sich bei seinem ruhigen Schritt noch nicht weit entfernt haben konnte. Aber am Straßentor besprach sich Porthos mit einem Soldaten der Wache. Zwischen diesen Sprechenden war gerade Raum für einen Mann. D'Artagnan glaubte, dieser Raum sei für ihn groß genug und stürzte vor, um wie ein Pfeil zwischen beiden durchzufliegen. Doch d'Artagnan rechnete nicht auf den Wind. Als er eben hindurchzudringen versuchte, fing sich der Wind in dem langen Mantel des Porthos und d'Artagnan fuhr gerade in den Mantel. Zweifelsohne hatte Porthos Ursache, diesen wesentlichen Teil seiner Kleidung nicht aufzugeben, denn anstatt das Blatt, das er hielt, loszulassen, zog er es an sich, so zwar, daß sich d'Artagnan in den Samt einwickelte vermöge der umdrehenden Bewegung, die sich durch den Widerstand des Porthos wohl erklären läßt. Als d'Artagnan den Musketier fluchen hörte, wollte er unter dem Mantel hervordringen, der ihn blendete, und suchte seinen Ausgang in den Falten. Er fürchtete insbesondere, den Glanz des uns bekannten prachtvollen Wehrgehänges beeinträchtigt zu haben; als er aber scheu die Augen aufschlug, zeigte es sich, daß er sich mit der Nase zwischen den Schultern des Porthos, das heißt gerade auf dem Wehrgehänge befand. Ach, wie die meisten Dinge in der Welt, die für sich nur den Schein haben, so war auch dieses Wehrgehänge vorn von Gold und rückwärts einfache Büffelhaut. Da Porthos, der Glanzsüchtige, kein Wehrgehänge von Gold haben konnte, so hatte er mindestens die Hälfte von Gold, und somit erklärt sich die Notwendigkeit des Schnupfens und das Bedürfnis eines Mantels.

»Blitz und Donnerschlag,« rief Porthos, indem er sich mit aller Anstrengung von d'Artagnan loszumachen suchte, der an seinem Rücken herumgrappelte, »seid Ihr den wahnwitzig, daß Ihr die Leute so anfallt?« »Ich bitte um Entschuldigung,« sagte d'Artagnan, indem er unter der Schulter des Riesen zum Vorschein kam, »allein ich habe es eilig, ich laufe jemandem nach, und ...« »Vergeßt Ihr denn Eure Augen, wenn Ihr jemandem nachlauft?« fragte Porthos. »Nein,« entgegnete d'Artagnan gereizt, »nein, ich danke es sogar meinen Augen, daß ich das sehe, was andere nicht sehen.« Ob ihn nun Porthos verstanden oder nicht verstanden hatte, er überließ sich einmal seinem Zorn und rief: »Mein Herr, ich sage Euch im voraus, man wird Euch striegeln, wenn Ihr Euch so an den Musketieren reibt.« »Striegeln, mein Herr!« versetzte d'Artagnan, »das ist ein hartes Wort, Es ist das eines Mannes, der seinem Feinde ins Gesicht zu schauen pflegt.« »Ha, bei Gott, ich weiß wohl, daß Ihr dem Eurigen nicht den Rücken zuwendet.« Der junge Mann war entzückt über seine Schelmerei, und entfernte sich, aus vollem Halse lachend. Porthos schäumte vor Wut und machte eine Bewegung, um sich auf d'Artagnan zu stürzen. »Später, später,« rief ihm dieser zu, »wenn Ihr nicht mehr Euren Mantel habt.« »Also um ein Uhr – hinter dem Palast Luxembourg.« »Ganz wohl, um ein Uhr,« entgegnete d'Artagnan, und wendete sich um die Ecke der Straße.

Er sah aber niemanden in der Gasse, die er durchlaufen hatte, und auch in jener nicht, die er mit seinen Blicken durchlief. Wie langsam auch der Unbekannte gegangen war, so hatte er doch einen Vorsprung gewonnen, vielleicht war er auch in ein Haus getreten. D'Artagnan erkundigte sich nach ihm bei allen, die ihm begegneten, stieg hinab bis zur Überfahrt des Flusses, und kehrte zurück durch die Gasse Seine und Croix-Rouge. Doch sah er nichts, durchaus nichts. Indes war dieser Lauf für ihn soweit vorteilhaft, daß sich sein Herz in dem Maße abkühlte, als Schweiß von seiner Stirn träufelte. Er schickte sich nun an, über die Vorfälle nachzudenken, die ihm zustießen, sie waren zahlreich und unheilvoll; es war kaum elf Uhr früh, und schon setzte er sich in Ungunst bei Herrn von Tréville, der es notwendig ein bißchen hochfahrend finden mußte, daß er ihn auf solche Weise verlassen hatte. Außerdem hatte er zwei hübsche Duelle mit zwei Männern angezettelt, wovon jeder fähig war, drei d'Artagnans zu töten; mit zwei Musketieren, das heißt mit zwei solchen Wesen, die er so hoch achtete, daß er sie in seinen Gedanken, wie in seinem Herzen, über alle andern Menschen setzte. Diese Lage der Dinge war traurig. Bei sich versichert, daß ihn Athos töten werde, kümmerte er sich nicht viel mehr um Porthos, wie sich wohl begreifen läßt. Da indes die Hoffnung das Letzte ist, was im Herzen des Menschen erlischt, so nährte er wirklich noch Hoffnung, er könnte diese zwei Duelle, wenn auch mit schrecklichen Wunden, noch überleben, und für den Fall des Überlebens richtete er an sich für die Zukunft die folgenden Rügen: »Wie hirnlos und albern bin ich doch! Dieser wackere und unglückliche Athos ist gerade an der Schulter verwundet, an die ich wie ein Stier mit dem Kopf anstoße. Ich staune nur darüber, daß er mich nicht in den Staub bohrte; er hatte dazu das Recht, und der Schmerz, den ich ihm verursachte, muß grimmig gewesen sein. Was Porthos betrifft – nun, bei Porthos, meiner Treu, ist's noch drolliger.« Hier fing der junge Mann unwillkürlich zu lachen an, blickte aber ringsum, ob dieses grundlose Lachen von keinem Auge bemerkt werde und keinen Vorübergehenden beleidigen könnte. »Was Porthos betrifft, so ist's noch drolliger; darum bin ich aber um nichts weniger ein elender Tölpel. Wirft man sich denn so auf die Leute, ohne zu rufen: »Acht gegeben!« und blickt man ihnen unter den Mantel, um zu sehen, was nicht dahinter ist? Er hätte mir sicherlich verziehen, wäre ich nicht so albern gewesen, von dem Wehrgehänge zu sprechen, wenn auch verblümt, ja hübsch verblümt. Ha, was bin ich für ein verdammter Gascogner, ich würde noch im Backofen Witze machen. Auf, mein Freund d'Artagnan!« fuhr er fort, indem er zu sich selbst mit aller Gefälligkeit sprach, die er sich schuldig zu sein glaubte, »wenn du gut wegkommst, was gar nicht wahrscheinlich ist, so heißt es in Zukunft ganz artig sein. Man muß dich künftig bewundern, man muß dich als Muster aufstellen. Zuvorkommend und artig sein, heißt nicht feige sein. Man blicke nur Aramis an. Aramis ist die Sanftmut, die Holdseligkeit selber. Niemandem fiel es noch ein zu sagen, Aramis sei ein Feigling. Nein, wahrlich nicht, und künftig will ich mich in allem nach ihm richten. Ach, da ist er ja!«

D'Artagnan, der im Gehen mit sich selber sprach, war bis auf einige Schritte zum Hotel d'Aiguillon gekommen, und vor diesem Hotel bemerkte er Aramis, der sich eben mit drei Edelleuten des Königs fröhlich unterredete. Auch Aramis bemerkte d'Artagnan, da er sich aber erinnerte, daß sich Herr von Tréville diesen Morgen in seiner Anwesenheit etwas derb ausgedrückt hatte, und ihm ein Zeuge der den Musketieren gemachten Vorwürfe keinesfalls angenehm war, so tat er, als ob er ihn gar nicht bemerkte. D'Artagnan hingegen, der ganz mit seinen Aussöhnungs- und Artigkeitsplänen beschäftigt war, näherte sich den vier jungen Männern, und begleitete seine tiefe Begrüßung mit einem anmutigen Lächeln. Aramis nickte leicht mit dem Kopf, ohne zu lächeln. Alle Vier unterbrachen augenblicklich ihre Unterredung. D'Artagnan war nicht so blöd, um nicht zu begreifen, daß er hier zu viel war, allein er hatte in den Manieren der schönen Welt noch zu wenig Erfahrung, um sich gewandt aus einer schwierigen Lage zu ziehen. Er suchte nun in sich selbst ein Mittel auf, den Rückzug so wenig linkisch zu machen als möglich; da sah er aber, daß Aramis ein Sacktuch entfallen war, auf das er zweifelsohne aus Unvorsichtigkeit seinen Fuß gesetzt hatte; eben das dünkte ihn ein günstiger Augenblick, seine Ungeschicklichkeit wieder gutzumachen; er bückte sich, zog mit der anmutigsten Miene, die er sich nur geben konnte, das Sacktuch unter dem Fuße des Musketiers hervor, welche Mühe sich auch dieser gab, es zurückzuhalten, und sagte, indem er ihm dasselbe zustellte: »Ich glaube, mein Herr, daß es Euch leid täte, dieses Sacktuch zu verlieren.« Das Sacktuch war in der Tat reich gestickt, und hatte in einer seiner Ecken eine Krone und ein Wappen. Aramis errötete über die Maßen, er nahm, ja, er riß vielmehr das Taschentuch aus den Händen des Gascogners. »Ha, ha!« rief einer von den Umstehenden, »wirst du jetzt noch sagen, Aramis, daß du übel stehst mit Frau von Bois-Tracy, indem diese holdselige Dame so gefällig ist, dir ihre Taschentücher zu borgen?« Aramis schleuderte auf d'Artagnan einen jener Blicke, die einem Menschen begreiflich machen, daß er sich einen Todfeind zugezogen hat; doch nahm er seine süße Miene wieder an und sagte: »Meine Herren, ihr irrt Euch, dieses Sacktuch gehört nicht mir, und ich weiß nicht, wie es diesem Menschen da einfiel, es eher mir als einem von Euch zu geben; denn der Beweis davon ist, daß ich das meinige im Sacke habe.« Bei diesen Worten zog er sein eigenes Taschentuch hervor, das gleichfalls sehr zierlich und von feinem Batist war, der damals hoch im Preise stand; doch war es ohne Wappen, ohne Stickerei und nur mit einem einzigen Buchstaben, mit dem seines Eigentümers, gemerkt. Diesmal sprach d'Artagnan keine Silbe, er hatte seinen Mißgriff erkannt; allein die Freunde des Aramis gaben sich durch dessen Leugnen nicht zur Ruhe, und einer von ihnen wandte sich zu dem jungen Musketier mit geheucheltem Ernst und sagte: »Wenn das so wäre, wie du vorgibst, so wäre ich gezwungen, lieber Aramis, es von dir zurückzuverlangen, denn wie du weißt, so ist Bois-Tracy einer meiner wärmsten Freunde, und so will ich nicht, daß man aus den Effekten seiner Frau Trophäen mache.« »Du bringst dein Verlangen nicht gehörig vor,« entgegnete Aramis, »und während ich deine Forderung als begründet ansehe, müßte ich sie doch wegen der Form zurückweisen.« Hier wagte d'Artagnan schüchtern zu bemerken: »In der Tat, ich sah das Tuch nicht aus Aramis Tasche fallen. Er stand mit dem Fuße darauf, das ist alles, und weil er den Fuß darauf hatte, so war ich der Meinung, daß das Sacktuch ihm gehöre.« »Und Ihr habt Euch geirrt, mein lieber Herr,« antwortete Aramis kalt und mit dieser Entschuldigung wenig zufriedengestellt. Dann wandte er sich an den, der sich den Freund des Bois-Tracy genannt hatte, und fuhr fort: »Außerdem, mein lieber Freund des Bois-Tracy, denke ich bei mir, daß ich ein ebenso zärtlicher Freund von ihm bin, als du es sein kannst, wonach dieses Tuch ebensogut aus deiner Tasche als aus der meinigen gefallen sein könnte.« »Nein, bei meiner Ehre!« rief der Gardesoldat Seiner Majestät. »Du schwörst bei deiner Ehre und ich bei meinem Worte, wonach offenbar einer von uns beiden lügen muß. Halt, Montaran, es wird am besten sein, jeder von uns nimmt die Hälfte.« »Von dem Sacktuch?« »Ja.« »Allerliebst,« riefen die beiden andern Gardesoldaten, »das ist das Urteil Salomons. Aramis! Du bist wirklich der Weisheit voll.« Die jungen

Leute fingen laut zu lachen an, und wie es sich erraten läßt, hatte die Sache keine weitere Folge, das Gespräch hörte allsogleich auf, die drei Soldaten und der Musketier drückten sich herzlich die Hände und gingen jeder seines Weges. »Das ist der Augenblick, um mit diesem artigen Manne Frieden zu schließen,« dachte d'Artagnan, der sich gegen den Ausgang des Gesprächs ein wenig ferngehalten hatte, und mit dieser löblichen Gesinnung trat er zu Aramis, der sich entfernte, ohne weiter auf ihn zu achten. »Mein Herr,« sprach er zu ihm, »ich hoffe, Ihr werdet mich entschuldigen.« »Ha, mein Herr,« unterbrach ihn Aramis, »erlaubt mir, Euch zu bemerken, daß Ihr bei diesem Vorgang nicht gehandelt habt, wie es ein artiger Mann hätte tun sollen.« »Wie, mein Herr, Ihr glaubt...« »Ich glaube, mein Herr, daß Ihr nicht blöde seid, und obwohl Ihr aus der Gascogne kommt, doch wohl wisset, daß man nicht ohne Ursache auf Sacktüchern herumtritt. Zum Teufel, Paris ist ja nicht mit Batist gepflastert.« »Mein Herr, Ihr tut nicht recht daran, wenn Ihr mich zu demütigen sucht,« entgegnete d'Artagnan. »Es ist wohl wahr, ich bin aus der Gascogne, und da Ihr dies wißt, so brauche ich Euch nicht zu sagen, daß die Gascogner wenig ausharren, und wenn sie sich einmal entschuldigt haben, sei es auch einer Albernheit wegen, so sind sie überzeugt, daß sie mehr als die Hälfte getan haben, als sie schuldig waren.« »Mein Herr,« versetzte Aramis, »was ich Euch sage, geschieht nicht, um Streit anzufangen. Ich gehöre, gottlob! nicht zu den Raufbolden, und da ich für jetzt nur Musketier bin, so schlage ich mich bloß, wenn man mich dazu zwingt, und jederzeit mit Widerwillen. Allein, diesmal ist die Sache wichtig, denn Ihr habt die Ehre einer Dame bloßgestellt.« »Ich? Was wollt Ihr damit sagen?« fragte d'Artagnan. »Warum waret ihr so ungeschickt, mir dieses Sacktuch zuzustellen?« »Warum waret Ihr so ungeschickt, es fallen zu lassen?« »Ich sagte es schon und wiederhole es, daß das Tuch nicht aus meiner Tasche kam.« »Nun, mein Herr, so habt Ihr zweimal gelogen, denn ich sah es herausfallen, ich!« »Hm, Ihr nehmt diesen Ton an, Herr Gascogner? Nun gut, ich will Euch Lebensart lehren.« »Und ich will Euch in Eure Messe zurückschicken, mein Herr! Zieht den Degen, wenn es beliebt, und auf der Stelle.« »Nein, wenn es beliebt, mein schöner Freund, wenigstens nicht hier. Seht Ihr nicht vor uns das Hotel d'Aiguillon, das voll von Anhängern des Kardinals ist? Wer bürgt mir, ob Euch nicht Seine Eminenz beauftragt hat, ihm meinen Kopf zu verschaffen? Nun bin ich auf lächerliche Weise meinem Kopfe zugetan, weil ich glaube, daß er gut zu meinen Schultern steht. Ich will Euch wohl töten, seid ganz ruhig, aber in der Stille, an einem verschlossenen, bedeckten Orte, da, wo Ihr gegen niemanden mit Eurem Tode prahlen könnt.« »Ich gebe das wohl zu, doch verlaßt Euch nicht darauf, und nehmt Euer Taschentuch, es mag Euch gehören oder nicht; vielleicht findet Ihr Gelegenheit, Euch desselben zu bedienen.« »Der Herr ist ein Gascogner?« fragte Aramis. »Ja, aber der Herr verschiebt nicht aus Klugheit ein Rendezvous.« »Die Klugheit, mein Herr, ist für Musketiere eine ziemlich unnütze Tugend, ich weiß das, doch ist sie unerläßlich für Kirchliche, und da ich nur einstweilen Musketier bin, so sorge ich dafür, klug zu bleiben. Um zwei Uhr werde ich die Ehre haben, Euch im Hotel des Herrn von Tréville zu erwarten.« »Dort will ich Euch gute Plätze andeuten.« Die zwei Männer verneigten sich; Aramis ging durch die Straße, die nach dem Luxembourg führte, indes d'Artagnan den Weg nach den Karmeliter-Barfüßern nahm, da er sah, daß die festgesetzte Stunde heranrückte. Hier sprach er zu sich selbst: »Ich kann offenbar nicht davonkommen, werde ich aber getötet, so geschieht es doch wenigstens durch einen Musketier!«

Die Musketiere des Königs und die Garden des Herrn Kardinals

D'Artagnan kannte niemand in Paris. Er begab sich also zu dem Rendezvous des Athos, ohne einen Sekundanten mitzubringen, und wollte sich mit denen begnügen, die sein Gegner gewählt haben würde. Außerdem war er fest entschlossen, gegen den wackeren Musketier jede gebührliche Entschuldigung, aber ohne alle Schwachheit, vorzubringen, indem er fürchtete, dieser Zweikampf könnte das zur Folge haben, was gewöhnlich das Resultat einer solchen Angelegenheit ist, wenn sich ein junger, kräftiger Mann mit einem verwundeten und geschwächten Gegner schlägt; wird er besiegt, so verdoppelt er den Triumph seines Widersachers, und siegt er, so beschuldigt man ihn der Pflichtverletzung und eines geringen Mutes.

Haben wir übrigens den Charakter unseres Abenteuers nicht schlecht dargestellt, so mußte der Leser bemerkt haben, daß d'Artagnan ganz und gar kein gewöhnlicher Mensch war. Obwohl er sich immerhin wiederholte, daß sein Tod unausweichlich sei, so gab er sich doch nicht darein, so ganz lautlos zu sterben, wie es wohl ein anderer Mann, der weniger Mut besaß, an seiner Stelle getan hätte. Ferner besaß d'Artagnan jene unerschütterliche Festigkeit des Entschlusses, die sich durch die Ermahnungen seines Vaters in seinem Herzen gebildet hatte und darin bestand, von niemandem etwas zu erdulden, außer von dem König, dem Kardinal und Herrn von Tréville. Somit ging oder flog er dem Karmeliterkloster zu, einem Gebäude ohne Fenster, das am Rande dürrer Wiesen lag, einem Anhängsel des Pré-aux-Clères, und zu Zweikämpfen gewöhnlich solchen Leuten diente, die keine Zeit zu verlieren hatten. Als nun d'Artagnan bei diesem kleinen Terrain ankam, wartete Athos erst seit fünf Minuten, und es schlug eben die Mittagsstunde. Er war somit pünktlich wie die Samaritanerin, und der strengste Kasuist hätte in bezug auf Duelle nichts einzuwenden gewußt. Athos, den seine Wunde noch immer furchtbar schmerzte, obgleich sie ihm der Wundarzt des Herrn von Tréville um neun Uhr verbunden hatte, saß auf einem Brunnenkorb und erwartete seinen Gegner mit jener ruhigen Haltung und würdigen Miene, die er stets bewies. Als er d'Artagnan kommen sah, stand er auf und ging ihm höflich einige Schritte entgegen. Auch dieser empfing seinen Gegner mit dem Hut in der Hand und seine Feder bis zur Erde streifend. »Mein Herr,« sprach Athos, »ich habe es zweien meiner Freunde gemeldet, die mir als Sekundanten dienen werden; doch sind diese zwei Freunde noch nicht angekommen. Ich wundere mich, daß sie sich verspäten, da es sonst nicht ihre Gewohnheit ist.« »Ich habe keinen Sekundanten, mein Herr!« versetzte d'Artagnan, »denn da ich erst gestern in Paris ankam, so kenne ich hier niemanden außer Herrn von Tréville, dem mich mein Vater empfohlen hat, der die Ehre genießt, zu seinen Freunden zu gehören.« Athos dachte ein Weilchen nach, dann sagte er: »Ihr kennet niemand, als Herrn von Tréville?« »Ja, mein Herr, ich kenne bloß ihn.« »Ha, doch!« fuhr Athos fort, indem er halb zu sich, halb zu d'Artagnan redete; »wenn ich Euch töte, sehe ich aus wie ein Kinderfresser.« »Nicht so ganz!« entgegnete d'Artagnan mit einer Verbeugung, der es nicht an Würde fehlte: »nicht ganz so, da Ihr mir die Ehre erweiset, gegen mich den Degen mit einer Wunde zu führen, die Euch sehr beschwerlich sein muß.« »Auf mein Wort, sehr beschwerlich! und ich muß sagen, Ihr habt mir teuflisch wehe getan, doch will ich die linke Hand nehmen, wie ich es unter solchen Umständen zu tun pflege. Glaubt ja nicht, daß Euch damit eine Gnade geschieht, denn ich fechte gleichmäßig mit beiden Händen; es wird Euch sogar nachteilig sein: denn ein Linker ist sehr schwierig für diejenigen, die nicht darauf gefaßt und eingeübt sind. Es ist mir daher sehr leid, daß ich Euch diesen Umstand im voraus nicht bekanntgab.« D'Artagnan verneigte sich von neuem und sagte: »Mein Herr, Ihr erzeigt mir in der Tat eine Artigkeit, für die ich Euch sehr verbunden bin,« »Ihr beschämt mich,« entgegnete Athos mit seiner edelmännischen Miene; »ich bitte, sprechen wir von etwas anderem, wenn es Euch nicht unangenehm ist. Ha, bei Gott! wie weh habt Ihr mir getan; es brennt mich noch die Schulter!« »Wenn Ihr erlauben wollet,« sagte d'Artagnan mit Schüchternheit. »Was, mein Herr?« »Ich habe einen wunderbaren Balsam für Verwundungen, einen Balsam, den mir meine Mutter gegeben, und den ich schon an mir selbst erprobt habe.« »Nun?« »Nun, ich bin versichert, dieser Balsam würde Euch in weniger als drei Tagen herstellen, und wenn Ihr nach drei Tagen geheilt seid, so wäre es mir immerhin eine große Ehre, mich nach Euren Wünschen zu richten.« D'Artagnan sprach diese Worte mit einer Einfachheit, die seiner Artigkeit Ehre machte, ohne seinem Mute nahezutreten. »Beim Himmel,« versetzte

Athos, »das ist ein Vorschlag, der mir gefällt; ich nehme ihn zwar nicht an, doch man merkt daran auf eine Meile weit den Edelmann. Wir leben in der Zeit des Herrn Kardinals, und wie gut auch das Geheimnis bewahrt würde, so erführe man heute über drei Tage doch, daß wir uns schlagen sollen, wonach man sich unserm Kampfe widersetzen würde. Ha, daß die Saumseligen noch immer nicht kommen!« »Wenn Ihr bedrängt seid mit der Zeit,« sprach d'Artagnan zu Athos mit derselben Einfachheit, mit der er ihm einen Augenblick vorher den Vorschlag machte, den Zweikampf auf drei Tage hinauszuschieben, »wenn Ihr bedrängt seid und Belieben tragt, mich auf der Stelle abzufertigen, so tut Euch, ich bitte, keinen Zwang an.« »Das ist wieder ein Wort, das mir wohlgefällt,« sagte Athos mit einem anmutigen Nicken des Kopfes zu d'Artagnan. »Er ist nicht geistlos,« dachte er, »und jedenfalls ein Mann von Herz.« »Mein Herr!« sprach er laut, »ich liebe Leute von Eurem Schlag, und sehe, wenn wir uns gegenseitig nicht töten, daß ich später an Eurem Umgang wieder Vergnügen finden werde. Warten wir auf diese Herren, ich habe hinlänglich Zeit, und so geschieht auch die Sache in der Ordnung. Ha, dort kommt ja einer, wie ich glaube.« Am Ausgang der Gasse Baugirard zeigte sich wirklich die Riesengestalt des Porthos. »Was,« rief d'Artagnan, »Euer erster Zeuge ist Porthos?« »Ja, ist Euch das zuwider?« »Ganz und gar nicht.« »Da kommt auch der Zweite.« D'Artagnan wandte sich nach der von Athos angedeuteten Seite hin und erkannte Aramis. Dann rief er in einem noch verwunderungsvollerem Ton als das erstemal: »Was, Euer zweiter Zeuge ist Herr Aramis?« »Allerdings; wisset Ihr denn nicht, daß man niemals einen von uns ohne den andern sieht, und daß wir bei den Musketieren wie bei den Leibwachen, bei Hofe wie in der Stadt Athos, Porthos und Aramis, oder die drei Unzertrennlichen heißen? Da Ihr aber von Dax kommt, und von Pau...« »Ich komme von Tarbes,« fiel d'Artagnan ein. »So ist es Euch nachzusehen, daß Ihr nichts davon wisset,« sagte Athos. »Meiner Treu!« entgegnete d'Artagnan, »Eure Namen sind gut gewählt, meine Herren! und wenn mein Abenteuer einiges Geräusch verursacht, so wird es wenigstens beweisen, daß Eure Vereinigung nicht auf Widersprüchen beruhte.« Mittlerweile hatte sich Porthos genähert und Athos mit der Hand begrüßt; als er sich dann gegen d'Artagnan wandte, war er ganz erstaunt. Nebenbei sagen wir, daß er sein Wehrgehänge gewechselt und den Mantel abgelegt hatte. »Ah!« rief er; »ah! was ist das?« »Ich schlage mich mit diesem Herrn, sagte Athos und zeigte mit der Hand auf d'Artagnan. »Auch ich schlage mich mit ihm,« versetzte Porthos. »Aber erst in einer Stunde,« antwortete d'Artagnan. »Und ich schlage mich gleichfalls mit diesem Herrn,« sagte Aramis, der eben auf dem Platz ankam. »Doch erst um zwei Uhr,« sprach d'Artagnan mit derselben Ruhe. »Aber, Athos, warum schlägst du dich denn?« fragte Aramis. »Meiner Treu, ich weiß es selbst nicht genau; er hat mir an der Schulter weh getan; und du, Porthos?« »Meiner Treu! ich schlage mich, weil ich mich schlage,« antwortete Porthos errötend. Athos, dem nichts entging, sah über die Lippen des Gascogners ein leises Lächeln hinschweben. »Wir hatten einen Hader in betreff des Anzugs,« sagte der junge Mann. »Und du, Aramis?« fragte Athos. »Ich – ich schlage mit aus einer theologischen Ursache,« erwiderte Aramis, und bat zugleich d'Artagnan mit einem Winke, er wolle den Grund ihres Zweikampfes geheimhalten. Athos bemerkte, wie ein zweites Lächeln über d'Artagnans Lippen schwebte. »Wirklich?« sagte Athos. »Ja, ein Punkt über den heiligen Augustin, worüber wir nicht einig sind,« entgegnete der Gascogner. »Er ist offenbar ein geistvoller Mensch,« murmelte Athos. »Da Ihr nun versammelt seid, meine Herren!« sprach d'Artagnan, »so erlaubt mir, meine Entschuldigungen vorzubringen.« Bei dem Worte Entschuldigungen glitt eine Wolke über Athos' Stirn hin, ein vornehmes Lächeln über Porthos' Lippen und ein verneinendes Zeichen war Aramis' Antwort. »Meine Herren! Ihr versteht mich nicht,« sprach d'Artagnan, indem er sein Haupt erhob, worauf in diesem Moment ein Sonnenstrahl spielte, der die feinen und kühnen Linien vergoldete; »ich bitte euch um Entschuldigung, im Falle ich an alle drei meine Schuld nicht abtragen könnte; denn Herr Arthos hat das Recht, mich zuerst zu töten, das benimmt dem Wert Eurer Schuldforderung viel, Herr Porthos! und macht die Eure fast zunichte, Herr Aramis! und jetzt, meine Herren! ich wiederhole es, entschuldigt mich, aber nur in dieser Hinsicht, und nun ans Werk.« Bei diesen Worten zog d'Artagnan seinen Degen, mit der ritterlichsten Gebärde, die man sehen konnte. Das Blut stieg ihm zu Kopf, und er hätte in diesem Augenblick den Degen wider alle Musketiere des Reiches gezogen, so wie er es tat gegen Athos, Porthos und Aramis. Es war ein Viertel nach zwölf Uhr. Die Sonne stand im Zenit, und das zum Kampfplatz ausgewählte Terrain war der ganzen Tageshitze ausgesetzt. »Es ist sehr heiß,« sprach Athos, indem er gleichfalls seinen Degen zog, »und doch darf ich meinen Oberrock nicht ablegen. Ich merkte eben, daß meine Wunde wieder blute, und ich fürchtete den Herrn zu belästigen, wenn ich ihn Blut sehen ließe, das er nicht selbst zum Ausfluß gebracht hat.« »Das ist wahr, mein Herr,« versetzte d'Artagnan, »und ich versichere Euch, mag nun das Blut durch mich oder durch einen andern zum Ausströmen gebracht werden, daß ich es stets mit Leidwesen einem so wackeren Edelmann entströmen sehe; somit will auch ich im Wams kämpfen wie Ihr.« »Also auf!« sprach Porthos, »genug der Komplimente, bedenkt nur, daß wir warten, bis die Reihe an uns kommt.« »Sprecht für Euch allein, Porthos, wenn Ihr solche Ungereimtheiten zu sagen habt,« unterbrach ihn Aramis. »Was mich betrifft, so finde ich das, was sich diese Herren sagen, recht wohl gesprochen und durchaus würdig zweier Kavaliere.« »Wenn es Euch genehm ist, mein

Herr,« rief Athos und nahm seine Stellung ein. »Ich warte auf Eure Befehle,« sagte d'Artagnan und kreuzte die Klinge mit der des Gegners. Allein die zwei Stoßdegen hatten bei ihrer Berührung kaum noch geklungen, als sich an der Ecke des Klosters eine Kriegerschar von der Leibwache Sr. Eminenz zeigte, die Herr von Jussac anführte »Die Garden des Kardinals,« riefen zugleich Porthos und Aramis. »Den Degen in die Scheide, meine Herren, den Degen in die Scheide!« Es war aber schon zu spät. Man erblickte die zwei Kämpfenden in einer Stellung, die über ihr Vorhaben keinen Zweifel übrig ließ. »Holla!« schrie Jussac, indem er vorschritt und seinen Leuten ein Zeichen gab, dasselbe zu tun. »Holla! Musketiere, also schlägt man sich hier? Und wie steht es mit den Edikten?« »Meine Herren von der Garde! Ihr seid recht großherzig,« sagte Athos voll Ingrimm, denn Jussac war zwei Tage vorher einer von den Angreifern gewesen. »Würden wir sehen, daß Ihr Euch schlagt, so bürge ich, daß wir uns hüten möchten, Euch daran zu verhindern. Lasset uns also gewähren und Ihr werdet eine Unterhaltung haben, die Euch gar keine Mühe kostet.« »Meine Herren!« erwiderte Jussac, »ich erkläre Euch mit großem Leidwesen, daß das unmöglich ist. Unsere Pflicht geht über alles; steckt gefälligst die Degen ein und folget uns!« »Mein Herr!« entgegnete Aramis, indem er Jussac parodierte, »wir würden Eurer holdseligen Aufforderung mit großem Vergnügen nachkommen, wenn es von uns abhinge; doch ist das leider unmöglich. Herr von Tréville hat es uns verboten. Geht also Eure Wege; das ist das beste, was Ihr tun könnt.« Durch diesen Hohn ward Jussac erbittert. Er sagte: »Wir packen also an, wenn Ihr uns nicht Folge leistet.« »Es sind ihrer fünf,« flüsterte Athos, »und wir sind nur drei; wir werden abermals übermannt und bleiben auf dem Platze; denn ich sage Euch, als Besiegter trete ich nicht wieder vor den Kapitän.« Athos, Porthos und Aramis näherten sich, während Jussac seine Soldaten in Reihe aufstellte. Dieser einzige Augenblick genügte d'Artagnan, seinen Entschluß zu fassen; war das einer der Vorfälle, die über das Leben eines Menschen entscheiden, so mußte eine Wahl getroffen werden zwischen dem König und dem Kardinal; und hatte er gewählt, so mußte er dabei verharren. Sich schlagen hieß wider das Gesetz handeln, hieß seinen Kopf daran setzen; kurz, es hieß sich einen höchst wichtigen Minister zum Feinde machen. Das sah auch der junge Mann ein, und wir müssen zu seinem Lob anführen, daß er nicht eine Sekunde lang Anstand nahm. Er wandte sich zu Athos und dessen Freunden und sprach: »Meine Herren, ich habe, wenn Ihr erlaubt, an Euren Worten etwas auszusetzen. Ihr habt gesagt, daß Ihr nur drei seid; mich dünkt aber, daß wir unser vier sind.« »Ihr gehört aber nicht zu den unsrigen,« entgegnete Porthos. »Allerdings,« antwortete d'Artagnan, »zwar nicht dem Kleide, aber der Gesinnung nach. Ich bin im Herzen Musketier; das fühle ich, meine Herren, und folge dem inneren Zuge.«

»Entfernt Euch, junger Mann,« gebot Jussac, der ohne Zweifel die Absicht d'Artagnans aus seinen Mienen und Gebärden erraten hatte. »Ihr könnt Euch wegbegeben, wir erlauben es. Rettet Eure Haut und sputet Euch.« D'Artagnan rührte sich nicht vom Platze. »Ihr seid ausgemacht ein vortrefflicher Junge!« rief Athos und drückte dem jungen Manne die Hand. »Auf! Auf! Ans Werk!« rief Jussac. »Auf!« sprachen Porthos und Aramis; »hier heißt's handeln.« »Der Herr ist voll des Edelmutes,« sagte Athos. Doch bedachten alle drei d'Artagnans Jugend und fürchteten, er sei im Kampfe noch unerfahren. »Wir sind doch nur drei, darunter ein Verwundeter und ein Knabe,« sprach Athos, »und doch wird es heißen, daß wir vier Männer waren.« »Ja, aber zurückweichen,« versetzte Porthos. »Das hält schwierig,« entgegnete Athos. »Das ist unmöglich,« sagte Aramis. D'Artagnan begriff ihre Unentschlossenheit und rief: »Meine Herren, stellt mich immerhin auf die Probe, ich schwöre euch auf meine Ehre, daß ich nicht vom Platze weiche, wenn wir besiegt sind.« »Wie nennt Ihr Euch, mein Wackerer?« fragte Athos. »D'Artagnan, mein Herr!« »Nun, Athos. Porthos, Aramis und d'Artagnan vorwärts!« rief Athos. »Gut, meine Herren, habt Ihr Euern Entschluß gefaßt?« rief Jussac zum drittenmal. »Allerdings,« sagte Athos. »Und was habt Ihr beschlossen?« fragte Jussac. »Wir werden die Ehre haben, Euch anzugreifen,« erwiderte Aramis, indem er mit der einen Hand den Hut, mit der andern den Degen schwang. »Wie, Ihr wollt Euch widersetzen?« rief Jussac. »Blitz und Wetter, Ihr erstaunt darüber?« Und die neun Kämpfer drangen mit Wut in einer gewissen Schlachtordnung aufeinander ein.

Athos nahm einen gewissen Cahusac auf sich, einen Günstling des Kardinals; Porthos kämpfte mit Biscarrat, und Aramis stand zwei Kämpfern gegenüber. D'Artagnan hatte es mit Jussac selber zu tun. Das Herz des jungen Gascogners schlug, als sollte es ihm die Brust zersprengen, doch nicht aus Angst, davon hatte er keinen Schatten, sondern aus Ereiferung; er kämpfte wie ein wütender Tiger, drehte sich zehnmal um seinen Gegner und veränderte zwanzigmal seine Stellung und seinen Platz. Jussac war, wie man damals zu sagen pflegte, ein Klingenlenker, und hatte große Übung, er konnte sich jedoch nur mit der größten Anstrengung wider einen Gegner halten, der rasch und gewandt jeden Augenblick von den Regeln der Kunst absprang, von allen Seiten zugleich angriff, während er dabei die Streiche als ein Mann abwehrte, der für seine Haut die größte Achtung hegt. Jussac wollte die Sache beschließen und führte einen entsetzlichen Streich nach seinem Gegner; allein dieser parierte Prime, und während sich Jussac wieder aufrichtete, stieß er ihm, wie eine Schlange unter der Klinge hingleitend, den Degen durch den Leib; Jussac stürzte schwerfällig zur Erde. D'Artagnan warf nun einen unruhigen und raschen Blick auf den Kampfplatz. Schon hatte Aramis einen seiner Gegner durchbohrt, doch der andere setzte ihm lebhaft zu. Aber Aramis nahm eine gute Stellung und konnte sich noch verteidigen. Biscarrat und Porthos wechselten ihre Hiebe. Porthos bekam einen Degenstich durch den Arm und Biscarrat mitten durch den Schenkel. Da jedoch weder die eine noch die andere Wunde schwer war, setzten sie ihren Zweikampf um so erbitterter fort. Athos, der von Cahusac aufs neue verwundet wurde, erbleichte sichtlich, doch wich er keinen Zoll breit; er nahm bloß den Degen in die andere Hand und kämpfte mit der linken. D'Artagnan durfte nach den damaligen Duellgesetzen einem andern Hilfe leisten; er spähte nach demjenigen seiner Gefährten, der seines Beistandes bedurfte, und sein Blick haftete auf Athos. Dieser Blick war im höchsten Grade beredt. Athos wäre lieber gefallen, als daß er um Hilfe rief, doch konnte er sich umsehen und mit dem Blick Unterstützung verlangen. D'Artagnan erriet ihn, tat einen Satz, fiel Cahusac zur Seite und rief: »Auf mich heran, mein Herr, oder ich muß Euch durchbohren.« Cahusac wandte sich, es war Zeit. Athos, den bloß sein übermäßiger Mut noch hielt, sank auf ein Knie. »Bei Gott!« rief er d'Artagnan zu, »tötet ihn nicht, junger Mann, ich bitte Euch, ich habe mit ihm eine alte Geschichte abzutun, wenn ich genesen und wieder bei Kräften bin. Entwaffnet ihn bloß, und sperrt ihm den Degen. So ist's recht, ganz gut!« Dieser Ausruf wurde Athos erpreßt durch Cahusac's Degen, der zwanzig Fuß weit von ihm wegsprang. D'Artagnan und Cahusac stürzten sich zusammen auf ihn, der eine wollte ihn ergreifen, der andere sich seiner bemächtigen; doch kam d'Artagnan, als der raschere, schneller an und stellte seinen Fuß darüber. Cahusac lief nun zu dem Manne hin, den Aramis getötet hatte, bemächtigte sich seines Stoßdegens, und wollte wieder auf d'Artagnan eindringen; doch auf diesem Wege begegnet er Athos, der während dieser augenblicklichen Pause Atem geholt hatte, und den Kampf aufs neue begann, aus Furcht, d'Artagnan möchte ihm seinen Gegner erlegen. D'Artagnan sah ein, er würde Athos beleidigen, wenn er ihn nicht gewähren ließe. Einige Sekunden darauf stürzte Cahusac wirklich zu Boden, die Kehle von einem Degenstich durchbohrt. In diesem Moment setzte Aramis seinem niedergestreckten Gegner den Degen auf die Brust, und zwang ihn, um Gnade zu flehen. Noch waren Porthos und Biscarrat übrig. Porthos machte während des Kämpfens tausenderlei Prahlereien, indem er Biscarrat fragte, wieviel Uhr es wohl sei, und ihm gratulierte wegen der Kompagnie, die sein Bruder bei dem Regiment Navarra erhalten, doch gewann er bei all diesen Spöttereien keinen Vorteil. Biscarrat war einer von jenen eisernen Männern, die erst fallen, wenn sie tot sind. Indes mußte man ans Ende kommen. Die Wache konnte heranrücken und alle Kämpfer verhaften, verwundet oder nicht, Royalisten oder Kardinalisten. Athos, Aramis und d'Artagnan bedrängten Biscarrat, und forderten ihn auf, sich zu ergeben. Obwohl er allein war gegen alle und den Schenkel durchstochen hatte, so wollte er sich doch noch halten; allein Jussac, der sich auf seinen Ellbogen gestützt hatte, rief ihm zu, sich zu ergeben. Biscarrat war wie d'Artagnan ein Gascogner, er stellte sich taub, lachte, und indem er mit seiner Degenspitze eine Stelle auf dem Boden bezeichnet hatte, zitierte er einen Vers aus der Bibel: »hier wird Biscarrat sterben, der einzige aus denen, die bei ihm sind.« »Sie sind aber vier, vier gegen dich; hör' auf, ich befehle es dir.« »Ah, wenn du es befiehlst, so ist es etwas anderes,« entgegnete Biscarrat; »da du mein Brigadier bist, so muß ich gehorchen.« Er tat einen Sprung rückwärts, zerbrach seinen Degen über dem Knie, um ihn nicht ausliefern zu müssen, schleuderte die Stücke über die Klostermauern, pfiff eine Arie und kreuzte die Arme. Der Mut wird immerhin geachtet, selbst bei einem Feinde. Die Musketiere begrüßten Biscarrat mit ihren Degen und steckten sie dann in die Scheide. D'Artagnan tat desgleichen, sodann trug er mit Hilfe Biscarrats, der allein aufrecht geblieben war, Jussac, Cahusac und jenen Gegner des Aramis, der nur eine Wunde bekommen, unter den Säulengang des Klosters. Der Vierte war tot, wie schon gesagt wurde, hierauf läuteten sie die Glocke und begaben sich, nachdem vier Degen über fünf den Sieg errungen, wonnetrunken nach dem Hotel des Herrn von Tréville. Man sah sie Arm in Arm gehen, die ganze Breite der Straße einnehmen, und jeden Musketier, dem sie begegneten, herbeirufen, so daß zuletzt ein völliger Triumphzug daraus wurde. D'Artagnans Herz schwamm in Wonnetrunkenheit, er schritt zwischen Athos und Porthos, und drückte sie sanft an sich. Als er über die Türschwelle im Hotel des Herrn von Tréville trat, sprach er zu seinen neuen Freunden: »Wenn ich auch noch nicht wirklich Musketier bin, so bin ich doch mindestens schon als Lehrling angenommen, nicht wahr?«

Seine Majestät der König Ludwig XIII.

Jener Vorfall erregte großes Aufsehen; Herr von Tréville zankte ganz laut mit seinen Musketieren, im stillen aber wünschte er ihnen Glück, und da er keine Zeit zu verlieren hatte, um es dem König zu melden, so ging er eilfertig nach dem Louvre. Es war schon spät; der König hatte sich mit dem Kardinal eingeschlossen, und man sagte Herrn von Tréville, daß der König arbeite und nicht empfangen werde. Am Abend kam Herr von Tréville zum Spiele des Königs. Der König gewann, und da Seine Majestät das Geld sehr liebte, so war er in bester Stimmung. Als er Herrn von Tréville in der Ferne erblickte, sprach er schon: »Kommen Sie, Herr Kapitän, kommen Sie, daß ich Sie auszanke; wissen Sie, daß sich Se. Eminenz über Ihre Musketiere bei mir beklagt hat, und zwar mit einer solchen Ereiferung, daß Se. Eminenz diesen Abend krank ist. Ja doch! Ihre Musketiere sind ja eingefleischte Teufel, Leute zum Aufhenken!« »Nein, Sire,« entgegnete Tréville, der auf den ersten Blick bemerkte, welche Wendung die Sache nahm, »nein, im Gegenteil sind sie gutmütige Wesen, sanft wie die Lämmer, und haben kein anderes Verlangen, dafür stehe ich, als dies, die Degen nur im Dienste Eurer Majestät aus der Scheide zu ziehen. Allein was ist's, die Leibwachen des Herrn Kardinals suchen ohne Unterlaß Händel mit ihnen, und so sind die armen jungen Leute genötigt, die Ehre ihres Korps zu verfechten.« »Höret, Herr von Tréville,« sagte der König, »höret. Sollte man nicht sagen, er rede von einer religiösen Gemeinde? Wirklich, mein lieber Kapitän, ich habe Lust, Ihnen das Anstellungsdekret abzunehmen und es Fräulein Chemerault zu geben, der ich eine Abtei versprochen habe. Doch denken Sie ja nicht, daß ich Ihnen auf das Wort glaube. Man nennt mich Ludwig den Gerechten, Herr von Tréville, und wir werden das allsogleich sehen.« »Eben, weil ich auf diese Gerechtigkeit vertraue, Sire, erwarte ich in Ruhe und Geduld, was Eurer Majestät belieben wird.« »Warten Sie immerhin, mein Herr, warten Sie immerhin,« sprach der König, »ich werde Sie nicht lange warten lassen.« Das Glücksrad des Spieles wandte sich wirklich, und da der König das Gewonnene wieder zu verlieren anfing, so war es ihm nicht unangenehm, einen Vorwand zu finden, um Karl den Großen zu machen – man lasse uns diesen Spielausdruck hingehen, dessen Ursprung uns, wir gestehen es, unbekannt ist. Der König erhob sich bald darauf und steckte das Geld in die Tasche, das vor ihm lag, und großenteils von seinem Gewinn kam. »La Vieuville!« rief er, »nehmen Sie meinen Platz ein, ich muß mit Herrn von Tréville über etwas Wichtiges sprechen. Ha, ich hatte achtzig Louisdor vor mir! Setzen Sie dieselbe Summe, damit diejenigen, die verloren haben, nicht Klage führen können. Vor allem Gerechtigkeit.« Hierauf wandte er sich zu Herrn von Tréville, ging zu einer Fensterbrüstung und fuhr fort: »Nun, mein Herr, Sie sagen, daß die Garden Ihrer Eminenz mit Ihren Musketieren Händel gesucht haben?« »Ja, Sire, wie sie es immer tun.« »Und sagen Sie, wie ist das gekommen? denn Sie wissen, mein lieber Kapitän, ein Richter muß beide Teile anhören.« »Ach, mein Gott, die Sache kam auf die einfachste, natürlichste Weise. Drei meiner wackersten Soldaten, die Euer Majestät dem Namen nach bekannt sind, und deren Dienst Sie schon öfter gerühmt haben, denn ich kann es dem König beteuern, daß ihnen ihr Dienst sehr am Herzen liegt, drei der wackersten Soldaten, sage ich, die Herren Athos, Porthos und Aramis, machten einen Spaziergang mit einem Junker aus der Gascogne, den ich Ihnen diesen Morgen empfohlen habe. Die Partie hatte in Saint-Germain stattfinden sollen, wie ich glaube, und sie gaben sich das Rendezvous bei dem Karmeliterkloster, als sie von Herrn von Jussac und den

Herren Cahusac, Biscarrat und zwei andern Gardesoldaten gestört wurden, die in so großer Anzahl gewiß nicht ohne böse Absicht gegen die Edikte dort erschienen sind.« »Ah, ah,« sagte der König, »Sie erwecken in mir den Gedanken, daß sie gewiß deshalb dahin kamen, um sich selber zu schlagen.« »Ich klage sie nicht an, Sire; allein ich überlasse es Ew. Majestät, zu beurteilen, was fünf bewaffnete Männer an einem so verlassenen Orte zu tun haben, wie die Umgebung des Karmeliterklosters ist.« »Ja, sie haben recht, Tréville, Sie haben recht.« »Als sie nun meine Musketiere sahen, änderten sie ihr Vornehmen und vergaßen ihren Privathaß um des Korpshasses willen; denn Ew. Majestät weiß, daß diese Musketiere, die ganz und gar nur dem König zugetan sind, die natürlichsten Feinde der Garde sind, die dem Herrn Kardinal zugehören.« »Ja, Tréville, ja,« entgegnete der König melancholisch, »glauben Sie mir, es ist sehr traurig, in Frankreich zwei Parteien, zwei Köpfe im Königtum zu sehen, aber alles das wird aufhören, Tréville! es wird aufhören. Sie sagen also, die Garden haben Händel gesucht mit den Musketieren?« »Ich sage, die Sache sei wahrscheinlich so hergegangen, Sire, allein ich schwöre nicht darauf. Ew. Majestät weiß, wie schwer es ist, die Wahrheit zu ergründen, und besitzt man nicht die wunderbare Gabe, vermöge welcher Ludwig XIII. ›der Gerechte‹ genannt wird – –« »Tréville! Sie haben recht; doch waren Ihre Musketiere nicht allein, war nicht auch ein Kind unter ihnen?« »Ja, Sire, und ein verwundeter Mann, so daß drei Musketiere des Königs, worunter ein Knabe und ein Verwundeter, nicht allein gegen fünf der schrecklichsten Gardesoldaten des Herrn Kardinals sich behauptet, sondern auch vier in den Sand gestreckt haben.« »Ha, das nenne ich einen Sieg!« rief der König ganz strahlend, »ein vollkommener Sieg!« »Ja, Sire, so vollkommen, wie jener an der Brücke von Cé.« »Vier Männer, sagen Sie, und darunter ein Verwundeter und ein Knabe?« »Er ist kaum ein Jüngling, der sich bei dieser Gelegenheit so trefflich gehalten hat, daß ich mir die Freiheit nehme, ihn Seiner Majestät zu empfehlen.« »Wie nennt er sich?« »D'Artagnan, Sire. Er ist der Sohn einer meiner ältesten Freunde, der Sohn eines Mannes, der mit Ihrem Vater, glorwürdigen Andenkens, den Parteigängerkrieg mitgemacht hat.« »Und Sie sagen, dieser junge Mann hat sich trefflich gehalten? Erzählen Sie mir das, Tréville, Sie wissen, ich liebe die Kampf- und Kriegsgeschichten.« Der König Ludwig XIII. richtete sich empor, stolz den Schnurrbart streichend. »Sire!« versetzte Tréville, »wie gesagt, ist Herr d'Artagnan fast noch ein Knabe, und da er nicht der Ehre teilhaftig ist, ein Musketier zu sein, so ging er in Bürgerkleidung. Die Garden des Herrn Kardinals berücksichtigten seine große Jugend und noch mehr den Umstand, daß er nicht zum Korps gehörte, und forderten ihn auf, sich zu entfernen, ehe sie angreifen würden.« »Sie sehen nun, Tréville,« unterbrach ihn der König, »daß sie es waren, die angegriffen haben.« »So ist es, Sire, da waltet kein Zweifel mehr; sie ermahnten ihn also, sich zurückzuziehen, doch er entgegnete: er sei seinem Herzen nach Musketier, und ganz seiner Majestät ergeben, sonach bliebe er bei den Musketieren.« »Der wackere junge Mann!« murmelte der König. »Er blieb sonach wirklich bei ihnen, und Ew. Majestät hat an ihm einen so tapfern Kämpen, daß er es war, der Jussac jenen schrecklichen Degenstoß versetzte, der den Herrn Kardinal so in Zorn bringt.« »Er war's, der Jussac verwundete?« rief der König, »er, ein Knabe! Tréville, das ist unmöglich!« »Es ist, wie ich Ew. Majestät zu versichern die Ehre habe.« »Jussac, einer der wackersten Degen im Lande!« »Nun, Sire, er hat seinen Meister gefunden.« »Ich will diesen jungen Mann sehen, Tréville! ich will ihn sehen, und läßt sich etwas für ihn tun, nun, ich will darüber nachdenken.« »Wann geruhen Ew. Majestät ihn empfangen zu wollen?« »Morgen um die Mittagszeit, Tréville.« »Habe ich ihn allein zu bringen?« »Nein, stellen Sie mir alle vier mitsammen vor. Ich will allen auf einmal danken; dienstergebene Männer sind selten, Tréville, und man muß diese Ergebenheit belohnen.« »Um die Mittagszeit, Sire, werden wir im Louvre sein.« »Ah, über die kleine Treppe, Tréville, über die kleine Treppe; es ist nicht nötig, daß es der Kardinal erfahre.« »Wohl, Sire!« »Sie begreifen, Tréville, ein Edikt bleibt immer ein Edikt; am Ende bleibt es denn doch verboten, sich zu schlagen.« »Allein diese Begegnung, Sire! liegt ganz außer den gewöhnlichen Bedingungen eines Duells, es ist ein Hader, und der Beweis davon ist, daß fünf Gardesoldaten des Herrn Kardinals gegen meine drei Musketiere und Herrn d'Artagnan waren.« »Das ist wahr,« versetzte der König, »aber gleichviel, Tréville, kommen Sie immerhin über die kleine Treppe.« Tréville lächelte. Da es aber schon viel war, daß er diesen Knaben dahin brachte, sich gegen den Gebieter zu widersetzen, so verneigte er sich ehrfurchtsvoll vor dem König, und entfernte sich auf dessen Zustimmung.

Die drei Musketiere erhielten noch an demselben Abend Nachricht von der ihnen zugestandenen Ehre. Da sie den König seit lange schon kannten, so entflammten sie darüber nicht allzusehr, allein d'Artagnan erblickte darin mit seiner gascognischen Einbildungskraft sein künftiges Glück und brachte die Nacht mit goldenen Träumen zu. Auch fand er sich schon um acht Uhr früh bei Athos ein. D'Artagnan traf den Musketier völlig angekleidet und bereit zum Ausgehen. Da die Vorstellung bei dem König erst um die Mittagsstunde stattfand, so nahm er sich vor, mit Porthos und Athos einen Spaziergang nach dem Ballspielhaus zu machen, das nahe den Ställen des Luxembourg lag. Athos lud d'Artagnan ein, mitzugehen, und, obwohl er dieses Spiel nicht kannte, da er es nie gespielt hatte, so willigte er doch in den Vorschlag, weil er nicht wußte, was er von neun Uhr früh bis gegen Mittag mit seiner Zeit anfangen sollte. Die zwei Musketiere waren bereits eingetroffen und spielten mitsammen. Athos, der in allen

Leibesübungen sehr gewandt war, stellte sich ihnen mit d'Artagnan gegenüber, und forderte sie heraus. Obwohl er mit der linken Hand spielte, so bemerkte er doch schon bei der ersten Bewegung, daß seine Wunde noch zu frisch sei, um eine solche Übung zu erlauben. Somit blieb d'Artagnan allein, und da er erklärte, eine Partie nicht allein regelrecht fortspielen zu können, so warf man sich bloß die Bälle zu, ohne das Spiel auf Rechnung zu setzen. Da flog aber einer von diesen Bällen, den die herkulische Hand des Porthos schleuderte, so nahe bei d'Artagnans Gesicht vorüber, daß der Ball, wäre er nicht vorbeigeflogen, die Audienz beim König verdorben hätte, denn er wäre zweifelsohne in die Unmöglichkeit versetzt worden, bei Hofe zu erscheinen. Indem nun von dieser Audienz, in seiner gascognischen Einbildungskraft, seine ganze Zukunft abhing, so verneigte er sich höflich vor Porthos und erklärte, er wolle die Partie erst dann wieder aufnehmen, wenn er ihnen standhalten könnte, und er nahm seinen Platz ein bei der Corda und in der Galerie. Zum Unglück für d'Artagnan befand sich unter den Zuschauern ein Gardesoldat Seiner Eminenz, der, noch ganz entrüstet über die Niederlage, die seine Kameraden tags zuvor erlitten hatten, fest entschlossen war, sich bei der ersten Gelegenheit zu rächen; er glaubte also, daß diese Gelegenheit gekommen sei, und wandte sich an seinen Nachbar mit den Worten: »Man darf sich nicht verwundern, daß sich dieser junge Mann vor einem Ball fürchtet, denn er ist zweifelsohne ein Lehrling bei den Musketieren.« D'Artagnan wandte sich, als hätte ihn eine Schlange gestochen, und stierte den Mann fest an, der dieses beleidigende Wort sprach. »Meinetwegen,« fuhr dieser fort, indem er keck seinen Bart kräuselte, »schaut mich an, so lange es beliebt, mein niedlicher Herr! was ich sagte, bleibt gesagt.« »Und weil das, was Ihr gesagt habt, zu klar ist, um eine Erklärung nötig zu haben, so bitte ich, folgt mir,« entgegnete d'Artagnan mit tiefer Stimme. »Wann denn?« fragte der Gardesoldat mit derselben höhnischen Miene. »Allsogleich, wenn es beliebt.« »Und wißt Ihr auch, wer ich bin?« »Ich? ich weiß das nicht, und mag es gar nicht wissen.« »Ihr tut unrecht, denn wüßtet Ihr meinen Namen, so würdet Ihr Euch vielleicht weniger beeilen.« »Wie nennt Ihr Euch?« »Bernajoux, aufzuwarten.« »Gut, Herr Bernajoux,« versetzte d'Artagnan gelassen, »ich erwarte Euch am Tore.« »Geht, ich folge Euch.« »Eilt nicht so sehr, damit niemand bemerke, daß wir mitsammen fortgehen; Ihr begreift wohl, daß wir zu dem, was wir tun, kein Menschenauge brauchen können.« »Ganz wohl,« erwiderte der Gardesoldat, der ganz erstaunt war, daß sein Name auf den jungen Mann keinen größeren Eindruck gemacht habe. Der Name Bernajoux war wirklich allenthalben bekannt, nur d'Artagnan wußte nichts von ihm; vielleicht deshalb, weil er bei den täglichen Streitigkeiten am häufigsten figurierte, da diese trotz aller Edikte des Königs und des Kardinals nicht unterdrückt werden konnten. Porthos und Aramis waren mit ihrer Spielpartie derart beschäftigt, und Athos betrachtete sie so aufmerksam, daß sie ihren jungen Genossen gar nicht fortgehen sahen, der am Tore wartete, wie er es zu dem Gardesoldaten Seiner Eminenz gesagt hatte; gleich darauf folgte ihm Bernajoux. Da d'Artagnan keine Zeit zu verlieren hatte, insofern die Audienz bei dem König um die Mittagsstunde festgesetzt war, so blickte er ringsumher und sagte zu seinem Gegner, als er die Straße ganz öde sah: »Meiner Treu! obwohl Ihr Bernajoux heißt, mein Herr! so ist es doch ein Glück für Euch, daß Ihr es nur mit einem Lehrling der Musketiere zu tun habt; seid indes beruhigt, ich werde mein bestes tun; also in Stellung!« »Jedoch,« sprach derjenige, der d'Artagnan solcherart herausforderte, »mich dünkt dieser Ort sehr übel gewählt, es wäre wohl besser hinter der Abtei Saint-Germain oder im Pré-aux-Clères.« »Was Ihr da sagt, verrät Kopf,« erwiderte d'Artagnan; »zum Unglück aber habe ich wenig Zeit, da ich um die Mittagsstunde anderswo sein muß. Also zur Sache, mein Herr!« Bernajoux war nicht der Mann, der sich auf solche Weise zweimal auffordern ließ. In demselben Augenblick funkelte sein Degen in der Hand, er stürzte auf seinen Gegner los und hoffte, ihn vermöge seiner großen Jugend leicht einzuschüchtern. D'Artagnan hatte aber tags zuvor seine Lehre bereits gemacht, und ganz erfrischt durch seinen Sieg, ganz trunken über sein künftiges Glück, war er fest entschlossen, nicht einen Schritt weit zurückzuweichen. Die zwei Degen hatten sich auch allsogleich vereinigt, und da d'Artagnan seine Stellung fest behauptete, so trat sein Gegner einen Schritt zurück. Allein d'Artagnan nützte den Augenblick, wo die Klinge des Bernajoux bei dieser Bewegung von der Linie abwich, entfernte seine Klinge, führte einen Streich von oben herab, und traf seinen Gegner in die Schulter. Da er aber nicht stürzte und sich nicht für überwunden erklärte, sondern sich nur mehr dem Hôtel de Trémouille zuwandte, in dessen Diensten er einen Verwandten hatte, so setzte ihm d'Artagnan lebhaft zu, der nicht wußte, wie schwer er seinen Gegner verwundet hatte, und hätte ihn ohne Zweifel mit einem zweiten Streich zu Boden geschmettert, als auf den Lärm, der sich von der Straße bis zum Spielhaus verbreitete, zwei Freunde des Gardesoldaten, die ihn mit d'Artagnan sprechen und dann hinausgehen sahen, mit dem Degen in der Hand aus dem Spielhaus eilten und sich auf den Sieger warfen. Sogleich erschienen aber auch Athos, Porthos und Aramis, und zwangen die zwei Gardesoldaten in dem Augenblick zum Rückzug, wo sie ihren jungen Kameraden angriffen. In diesem Moment stürzte Bernajoux nieder; da die Leibwache nur zwei gegen vier waren, so schrien sie: »Zu Hilfe, Hôtel de la Trémouille!« Auf dieses Geschrei lief alles aus dem Hotel und warf sich auf die vier Gefährten, die gleichfalls riefen: »Zu Hilfe, Musketiere!« Dieser Ruf wurde gewöhnlich erhört, denn man wußte, daß die Musketiere Gegner Seiner Eminenz waren, und liebte sie um ihres Hasses willen. Auch hatten sich die Leibwachen der Kompagnien, die dem Herzog Rouge, wie ihn Aramis nannte, nicht gehörten, bei diesen Zwistigkeiten in der Regel für die Musketiere erklärt. Es kamen also drei Gardesoldaten von der Kompagnie des Herrn des Essarts, während der dritte nach dem Hotel des Herrn von Tréville eilte und dort rief: »Zu Hilfe, Musketiere! Zu Hilfe!« Wie denn das Hotel des Herrn von Tréville gewöhnlich voll von Soldaten dieses Korps war, die ihren Kameraden schleunigst zu Hilfe kamen, so wurde das Gefecht allgemein, doch neigte sich der Vorteil auf die Seite der Musketiere. Die Garde des Herrn Kardinals und die Leute des Herrn de la Trémouille zogen sich in das Hotel zurück, dessen Tore noch zeitig genug zugemacht wurden, um die Feinde abzuhalten, daß sie nicht zugleich mit ihnen eindrangen. Der Verwundete wurde gleich anfangs weggeschafft, und zwar, wie gesagt, in einem üblen Zustand. Die Aufregung stieg unter den Musketieren und ihren Verbündeten auf den höchsten Grad, und schon hielt man Rat, ob man nicht, um die Vermessenheit der Bedienten des Herrn de la Trémouille zu bestrafen, das Hotel in Brand stecken sollte. Man machte einen Vorschlag, der auch mit Begeisterung aufgenommen wurde, als es zum Glück elf Uhr schlug; d'Artagnan und seine Freunde gedachten ihrer Audienz, und da sie es beklagt hätten, wenn man einen so schönen Streich ohne sie ausgeführt hätte, so ergaben sie sich in Ruhe. Man schleuderte bloß noch einige Pflastersteine an die Tore, da aber die Tore widerstanden, so ließ man ab: außerdem hatten sich einige, die man als Rädelsführer des Unternehmens ansehen mußte, von der Gruppe entfernt und waren nach dem Hotel des Herrn von Tréville gegangen, der sie auch erwartete, da ihm dieser Auftritt bereits bewußt war. »Sogleich nach dem Louvre,« sprach er, »nach dem Louvre, ohne einen Augenblick zu verlieren; trachten wir, den König zu sehen, ehe uns der Kardinal zuvorkommt: wir erzählen ihm die Sache als eine Folge des gestrigen Vorfalls, und so geht beides durch.«

Herr von Tréville ging nun, von den vier jungen Männern begleitet, nach dem Louvre, jedoch zum großen Erstaunen des Kapitäns der Musketiere meldete man diesem, der König sei in den Wald von Saint-Germain auf die Hirschjagd gegangen. Herr von Tréville ließ sich das zweimal sagen, und jedesmal bemerkten seine Gefährten, daß sich sein Gesicht verdüsterte. »Hat Seine Majestät gestern schon den Entschluß gefaßt, diese Jagd zu machen?« fragte er. »Nein, Ew. Exzellenz,« erwiderte der Kammerdiener, »der Oberjäger kam diesen Morgen und meldete, er habe in dieser Nacht einen Hirsch zum Vergnügen Seiner Majestät in Bereitschaft gehalten. Anfangs erklärte der König, daß er nicht gehen wollte, doch konnte er der Lust nicht widerstehen, die ihm diese Jagd verhieß, und so ist er nach dem Frühmahl fortgefahren.« »Und hat der König den Kardinal gesehen?« fragte Herr von Tréville. »Das ist ganz wahrscheinlich,«

antwortete der Kammerdiener, »denn ich sah diesen Morgen die Pferde an den Wagen Seiner Eminenz gespannt und fragte, wohin die Fahrt gehe, und man gab mir zur Antwort: ›nach Saint-Germain‹.« »Man eilte uns zuvor,« sprach Herr von Tréville. »Meine Herren, ich will diesen Abend mit dem König sprechen, doch rate ich nicht, daß Ihr Euch dahin wagt.« Diese Ansicht war zu vernünftig, und kam übrigens von einem Manne, der den König zu gut kannte, als daß es die vier Männer versucht hätten, ihm zu widersprechen. Herr von Tréville forderte sie auf, nach Hause zurückzukehren und auf Nachricht von ihm zu warten.

Als Herr von Tréville nach seinem Hotel zurückkehrte, bedachte er, es wäre für ihn wohl am geratensten, zuerst Klage zu führen. Sonach schickte er einen seiner Bedienten zu Herrn de la Trémouille mit einem Schreiben, worin er ihn ersuchte, die Leibwache des Herrn Kardinals aus seinem Hause zu entfernen und seine Leute über die Frechheit zu tadeln, daß sie einen Ausfall auf die Musketiere gemacht haben. Allein Herr von Trémouille, der schon durch seinen Stallmeister, den besagten Verwandten des Bernajoux, unterrichtet war, ließ ihm antworten, es käme weder Herrn von Tréville noch auch seinen Musketieren zu, Klage zu führen, sondern vielmehr ihm, dessen Leute die Musketiere angefallen und verstümmelt hätten, und dem sie sein Hotel verbrennen wollten. Da indes der Kampf zwischen diesen zwei hohen Herren sich hätte in die Länge ziehen können, weil natürlich jeder auf seiner Ansicht bestehen mußte, so ersann Herr von Tréville ein Mittel, das zum Zweck hatte, alles ans Ende zu bringen; er wollte nämlich selbst zu Herrn de la Trémouille gehen. Er begab sich somit unverweilt in dessen Hotel und ließ sich melden. Die zwei hohen Herren begrüßten sich sehr höflich, denn wenn sie auch nicht Freunde waren, so achteten sie sich doch. Beide waren Männer von Herz und Ehre, und da Herr de la Trémouille, ein Protestant, den König nur selten sah, und zu keiner Partei gehörte, so handelte er gewöhnlich ohne Vorurteil in seiner sozialen Stellung. Indes war diesmal sein Empfang, wenn auch höflich, doch kälter als gewöhnlich. »Mein Herr,« sprach Herr von Tréville, »wir beide glauben, einer habe sich über den andern zu beklagen, und so bin ich denn gekommen, daß wir uns über diese Angelegenheit ins klare setzen.« »Recht gern,« antwortete Herr de la Trémouille, »allein ich muß Ihnen im voraus sagen, daß ich gut unterrichtet bin, und daß alles Unrecht auf Seite Ihrer Musketiere liegt.« »Mein Herr,« versetzte Tréville, »Sie sind ein zu verständiger und rechtlicher Mann, um den Vorschlag nicht anzunehmen, den ich Ihnen machen will.« »Tun Sie das, mein Herr, ich höre.« »Wie steht es mit Herrn Bernajoux, dem Vetter Ihres Stallmeisters?« »Sehr schlimm, mein Herr. Außer dem Degenstich, den er am Arm erhielt – der übrigens nicht gefahrvoll ist –, ward ihm noch ein zweiter versetzt, der ihm durch die Lunge drang, so zwar, daß der Arzt das Traurigste voraussagt.« »Ist der Verwundete bei Bewußtsein?« »Vollkommen.« »Spricht er?« »Mit Anstrengung, doch spricht er.« »Gut, begeben wir uns zu ihm. Beschwören wir ihn im Namen Gottes, der ihn vielleicht bald abruft, daß er die Wahrheit sage. Er sei Richter in seiner eigenen Sache, und was er sagen wird, das will ich glauben.« Herr de la Trémouille bedachte sich ein Weilchen und willigte dann ein, weil es schwer war, ihm einen vernünftigen Vorschlag zu machen. Somit gingen beide in das Zimmer hinab, worin der Verwundete lag. Als dieser die zwei edlen Herren zum Besuche kommen sah, versuchte er sich in seinem Bett aufzurichten, doch war er zu schwach und sank, durch diese Anstrengung erschöpft, fast ohnmächtig wieder zurück. Herr de la Trémouille trat zu ihm und ließ ihn an einem Salze riechen, das ihn wieder in das Leben zurückrief. Und damit man Herrn von Tréville nicht beschuldigen könne, er habe einen Einfluß auf den Kranken genommen, so forderte er Herrn de la Trémouille auf, daß er ihn selbst befrage. Es traf ein, was Herr von Tréville vorausgesehen hatte. Bernajoux dachte zwischen Leben und Tod nicht einen Augenblick daran, die Wahrheit zu verhehlen, und erzählte den beiden Herren den Vorfall genau so, wie er gewesen war. Das war alles, was Herr von Tréville verlangte; er wünschte Bernajoux eine baldige Genesung, beurlaubte sich von Herrn de la Trémouille, kehrte unverweilt in sein Hotel zurück und ließ den vier Freunden melden, daß er sie bei der Mittagstafel erwarte. Herr von Tréville empfing eine gute, ganz antikardinalistische Gesellschaft. Es läßt sich nun bedenken, daß sich das Gespräch während der ganzen Mahlzeit um die zwei Niederlagen bewegte, welche die Leibwachen Seiner Eminenz erlitten. Da nun d'Artagnan der Held dieser zwei Tage gewesen, so fielen ihm alle Glückwünsche zu, die ihm Athos, Porthos und Aramis nicht bloß als gute Kameraden, sondern auch als Männer überließen, an denen in dieser Hinsicht schon oftmals die Reihe war. Gegen sechs Uhr erklärte Herr von Tréville, daß er nach dem Louvre gehen müsse, da aber die von Seiner Majestät bewilligte Audienzstunde schon vorüber war, stellte er sich, statt bei der kleinen Treppe Einlaß zu verlangen, mit den vier jungen Männern im Vorgemach auf. Der König war von der Jagd noch nicht zurückgekehrt. Unsere jungen Männer mengten sich in die Schar der Hofleute und warteten kaum eine halbe Stunde, als alle Türen aufgingen und der König angekündigt wurde. Bei dieser Ankündigung fühlte sich d'Artagnan bis in das Mark der Knochen durchschauert. Der darauffolgende Augenblick sollte aller Wahrscheinlichkeit nach über den Rest seines Lebens entscheiden. Seine Augen waren angstvoll nach der Tür gerichtet, durch die Seine Majestät eintreten mußte. Ludwig XIII. schritt seinem Gefolge voraus; er war im Jagdanzug, ganz bestaubt, hatte große Stiefel an und hielt in der Hand eine Peitsche. D'Artagnan erkannte mit dem ersten Blick, daß das Gemüt des Königs stürmisch aufgeregt sei. Die drei Musketiere säumten also nicht und traten einen Schritt vorwärts, indes d'Artagnan hinter ihnen versteckt blieb. Allein, obgleich der König Athos, Porthos und Aramis persönlich kannte, ging er doch an ihnen vorüber, ohne sie anzusehen. Als aber die Augen des Königs einen Augenblick bei Herrn von Tréville anhielten, ertrug der diesen Blick mit solcher Festigkeit, daß der König sein Gesicht abwandte, worauf sich Seine Majestät murrend in seine Gemächer begab. »Die Sache geht schlimm,« sprach Athos lächelnd; »wir werden diesmal noch nicht zu Ordensrittern geschlagen.« »Wartet hier zehn Minuten,« sagte Herr von Tréville, »und seht Ihr mich nach Verlauf dieser Zeit nicht zurückkehren, so geht zurück in mein Hotel; denn es wäre dann unnütz, hier länger zu harren.« Die jungen Männer warteten zehn Minuten, eine Viertelstunde, zwanzig Minuten, und als sie sahen, daß Herr von Tréville noch immer nicht kam, gingen sie fort, über das, was geschehen möge, sehr beunruhigt.

Herr von Tréville war kühn in das Kabinett des Königs getreten, und hatte Seine Majestät in einem Lehnstuhl sitzend und mit seiner Peitsche an die Stiefel klopfend in einer sehr üblen Stimmung angetroffen, was ihn jedoch nicht abhielt, den König mit seinem größten Phlegma um das Befinden zu fragen. »Es geht schlecht, mein Herr, schlecht, ich habe Langeweile.« »Wie doch, Ew. Majestät langweilt sich?« entgegnete Herr von Tréville; »genossen Sie heute nicht das Vergnügen der Jagd?« »Ein schönes Vergnügen, bei meiner Seele; das hat aus der Art geschlagen, ich weiß nicht, ob das Wild keine Fährte mehr, oder ob die Hunde keine Nasen mehr haben.« »Wirklich, Sire, ich begreife Ihre Verzweiflung, das Unglück ist groß; Sie haben aber noch, wie mich dünkt, eine hübsche Anzahl von Falken und Sperbern.« »Und keinen Menschen, der sie abrichtet; die Falkoniers sterben aus, nur ich verstehe noch die Kunst der Falknerei. Nach mir wird alles zu Ende sein, man wird noch mit Fußfallen, Schlingen und Marderfallen jagen, hätte ich nur Zeit, Schüler zu bilden! Doch ja, da ist der Kardinal, der mir keinen Augenblick Ruhe gönnt, der mir von Spanien spricht, der mir von Österreich spricht, der mir von England spricht! Ach, Herr von Tréville, ich bin mit Ihnen in bezug auf den Kardinal unzufrieden.« »Und worin bin ich so unglücklich, Eurer Majestät zu mißfallen?« fragte Herr von Tréville, die tiefste Betroffenheit heuchelnd. »Versehen Sie derart Ihr Amt, mein Herr?« fuhr der König fort, ohne direkt auf die Frage des Herrn von Tréville zu antworten; »erwählte ich Sie deshalb zum Kapitän meiner Musketiere, daß Sie einen Menschen ermorden, ein ganzes Stadtquartier in Aufstand setzen und Paris anzünden wollen, ohne mir ein Wort davon zu sagen? Allein, während ich hier Klage führe,« fuhr der König in seiner Ereiferung fort, »sitzen zweifelsohne die Ruhestörer bereits im Gefängnis, und Sie kommen gewiß, um zu melden, daß Gerechtigkeit gehandhabt wurde.« »Sire,« entgegnete Herr von Tréville ruhig, »ich komme vielmehr, um von Ihnen Gerechtigkeit zu verlangen.« »Und gegen wen?« rief der König. »Gegen die Verleumder!« erwiderte Herr von Tréville. »Ei, seht doch, das ist neu!« entgegnete der König. »Werden Sie mir nicht zugeben, daß sich Ihre drei verdammten Musketiere Athos, Porthos und Aramis und der Junker von Béarn wie Wütende auf den armen Bernajoux gestürzt und ihn so mißhandelt haben, daß er wahrscheinlich noch in dieser Stunde seinen Geist aufgibt? Werden Sie mir nicht zugeben, daß sie sodann das Hotel des Herzogs de la Trémouille belagerten und sich anschickten, dasselbe in Brand zu setzen, was vielleicht zur Zeit des Krieges eben kein so großes Unglück gewesen wäre, da es ein Nest der Hugenotten ist, was aber zur Zeit des Friedens ein sehr schlimmes Beispiel gibt? Sagen Sie, ob Sie es ableugnen wollen?« »Und wer hat diesen schönen Bericht erstattet, Sire?« fragte Herr von Tréville gelassen. »Wer mir diesen schönen Bericht erstattet hat, mein Herr? wer anders, als derjenige, der wacht, wenn ich schlafe; der arbeitet, wenn ich mich unterhalte; der alle inneren und äußeren Geschäfte leitet in Frankreich wie in Europa?« »Seine Majestät will wohl von Gott sprechen,« sagte Tréville; »denn ich kenne nur Gott, der über Euer Majestät so erhaben ist.« »Nein, ich will von der Stütze des Reiches sprechen, von meinem einzigen Diener, von meinem einzigen Freunde, von dem Herrn Kardinal.« »Seine Eminenz ist nicht Seine Heiligkeit, Sire!« »Was wollen Sie damit sagen?« »Daß nur der Papst unfehlbar ist, und diese Unfehlbarkeit sich nicht auf jeden einzelnen Kardinal erstreckt.« »Sie wollen also sagen, daß er mich täuscht. Sie wollen sagen, daß er mich verrät? Somit klagen Sie ihn an. Nun, reden Sie, gestehen Sie freimütig, daß Sie ihn anklagen.« »Nein, Sire, sondern ich sage, daß er sich selbst täuscht, daß er schlecht unterrichtet war; ich sage, daß er sich übereilte, indem er die Musketiere bei Seiner Majestät anklagte, gegen die er ungerecht ist, und daß er seine Nachrichten nicht aus lauteren Quellen geschöpft hat.« »Die Anklage kommt von Herrn de la Trémouille, dem Herzog selbst. Was entgegnen Sie darauf?« »Ich könnte entgegnen, Sire, daß er in dieser Sache zu sehr beteiligt ist, um ein unparteiischer Zeuge zu sein; aber weit davon entfernt, Sire, erkenne ich den Herzog als einen echten Edelmann, und ich unterwerfe mich seiner Aussage; doch unter einer Bedingung, Sire!« »Und diese ist?« »Daß Ew. Majestät ihn kommen läßt, ihn selbst ohne Zeugen befragt, und daß ich allsogleich nach dem Vernehmen des Herzogs vor Ew. Majestät erscheinen darf.« »Wohlan!« sprach der König, »und Sie richten sich dann nach dem, was der Herzog aussagen wird?« »Ja, Sire!« »Sie nehmen seinen Ausspruch an?« »Allerdings.« »La Chesnaye!« rief der König, »La Chesnaye!« Der vertraute Kammerdiener des Königs Ludwig XIII., der sich stets an der Tür aufhielt, trat ein. »La Chesnaye,« sprach der

König, »man hole mir augenblicklich Herrn de la Trémouille; ich will ihn diesen Abend noch sprechen.« »Gibt mir Ew. Majestät das Wort, niemanden als Herrn de la Trémouille und mich zu sehen?« »Niemanden, auf mein fürstliches Wort.« »Also morgen, Sire!« »Morgen, mein Herr!« »Um wieviel Uhr, wenn es Ew. Majestät gefällig wäre?« »Wann es Ihnen beliebt.« »Wenn ich aber zu früh käme, müßte ich befürchten, Ew. Majestät aufzuwecken.« »Mich aufzuwecken? Kann ich denn schlafen? Ich schlafe nicht mehr, ich träume bisweilen, das ist alles. Kommen Sie nur, so früh Sie wollen, um sieben Uhr; doch haben Sie acht, wenn Ihre Musketiere schuldig sind.« »Wenn meine Musketiere schuldig sind, Sire, so sollen die Schuldigen Ew. Majestät überliefert werden. Verlangt Ew. Majestät noch mehr, ich bitte zu sprechen; ich stehe bereit, zu gehorchen.« »Nein, mein Herr, nein; man nennt mich nicht ohne Ursache Ludwig den Gerechten. Also morgen, morgen.« »Gott erhalte Ew. Majestät!«

Wie wenig auch der König schlief, so schlief doch Herr von Tréville noch schlechter; er ließ es noch an demselben Abend seinen drei Musketieren und ihrem Gefährten vermelden, sie möchten sich morgen um halb sieben Uhr bei ihm einfinden. Er nahm sie mit sich, ohne ihnen eine Versicherung oder ein Versprechen zu machen, und ohne ihnen zu verhehlen, daß sein und ihr Glück vom Zufall abhänge. Als er bei der kleinen Treppe ankam, ließ er sie warten. Wäre der König noch immer über sie erzürnt, so sollten sie sich ungesehen entfernen; wolle er sie aber empfangen, solle man sie nur rufen müssen. Als Herr von Tréville in das besondere Vorgemach des Königs kam, traf er la Chesnaye, der ihm sagte, man habe den Herzog de la Trémouille gestern abend nicht in seinem Hotel angetroffen; er sei zu spät nach Hause gekommen, um sich noch nach dem Louvre zu begeben; er sei eben erst hierher gekommen und befinde sich jetzt bei dem König. Dieser Umstand war Herrn von Tréville sehr angenehm, denn er war versichert, daß sich zwischen ihm und Herrn de la Trémouille keine Einflüsterung von fremder Seite einschmuggeln werde. In der Tat waren kaum zehn Minuten vergangen, als die Kabinettstür des Königs aufging, wo dann Herr von Tréville den Herzog de la Trémouille herankommen sah, der sich ihm näherte und zu ihm sprach: »Herr von Tréville, Seine Majestät ließ mich rufen um zu erfahren, wie sich die Sache gestern früh in meinem Hotel verhalten habe. Ich sagte ihm die Wahrheit, das heißt, daß die Schuld auf der Seite meiner Leute lag. Da ich Sie nun hier treffe, so nehmen Sie gefälligst meine Entschuldigung hin, und betrachten Sie mich stets als einen Ihrer Freunde.« »Herr Herzog,« entgegnete Herr von Tréville, »ich setze so viel Zuversicht in Ihre Rechtlichkeit, daß ich bei Seiner Majestät keinen andern Vertreter wollte als Sie. Ich sehe, daß ich mich nicht betrog, und danke Ihnen dafür, daß es noch einen Mann gibt, von dem man untrüglich sagen kann, was ich von Ihnen gesagt habe.« »Es ist gut, es ist gut!« sprach der König, der zwischen der Doppeltür diese Komplimente mitangehört hatte; »nur sagen Sie ihm, Tréville, weil er behauptete, Ihr Freund zu sein, daß ich zu den seinigen zu gehören wünsche, daß er mich aber vernachlässigt, daß ich ihn bald drei Jahre lang nicht sah, und daß ich ihn nur dann sehe, wenn ich ihn berufen lasse. Sagen Sie ihm das von meiner Seite; denn das sind Dinge, die ihm ein König nicht selbst sagen kann.« »Dank, Sire, Dank!« rief der Herzog; »doch bitte ich Euer Majestät, zu glauben, daß nicht diejenigen – ich sage das nicht in bezug auf Herrn von Tréville –, daß nicht diejenigen Ihre ergebensten Diener sind, die Sie zu jeder Stunde um sich sehen.« »Ha, Sie haben gehört, was ich sagte; um so besser, Herzog, um so besser,« sprach der König und trat weiter hervor. »Ah, Sie sind es, Tréville! und wo sind Ihre Musketiere? Ich habe Sie gestern gebeten, mir dieselben vorzustellen; warum taten Sie es nicht?« »Sie stehen unten, Sire, und mit Ihrer Erlaubnis wird la Chesnaye sie heraufrufen.« »Ja, ja, sie mögen sogleich kommen; es wird acht Uhr, und um neun Uhr erwarte ich einen Besuch. Gehen Sie, Herr Herzog, und vor allem, kommen Sie wieder. Treten Sie ein, Tréville!« Der Herzog verneigte sich tief und ging fort. In dem Moment, als er die Tür öffnete, erschienen die drei Musketiere und d'Artagnan. »Kommt, meine Wackeren!« sprach der König, »kommt, ich habe euch auszuzanken.« Die Musketiere näherten sich mit einer Verbeugung, und d'Artagnan folgte ihnen nach. »Wie, des Teufels!« fuhr der König fort; »Ihr vier habt in zwei Tagen sieben Gardesoldaten Seiner Eminenz kampfunfähig gemacht? Das ist zuviel, meine Herren, das ist zuviel. Auf solche Art wäre Seine Eminenz gezwungen, seine Kompagnien in drei Wochen zu erneuern, und ich müßte die Edikte in ihrer ganzen Strenge gelten lassen. Wenn es zufällig nur ein Mann gewesen wäre, so wollte ich nichts sagen; aber sieben Mann in zwei Tagen, das ist zuviel; ich wiederhole es, das ist zu arg!« – »Eure Majestät sieht auch, wie sie zerknirscht und reuevoll sind, um ihre Entschuldigungen vorzubringen.« »Ganz zerknirscht und reuevoll, hm!« rief der König, »ich verlasse mich nicht so ganz auf ihre heuchlerischen Gesichter; besonders steht dort hinten ein Gascognergesicht. Treten Sie vor, mein Herr!« D'Artagnan, wohl bewußt, daß das Kompliment ihn anging, trat mit seiner verzweiflungsvollsten Miene näher. »Nun, was sagten Sie denn, daß er ein junger Mann sei? er ist noch ein Kind, Herr von Tréville, ein wirkliches Kind. Und dieser hat Jussac den schrecklichen Degenstich versetzt?« »Und jene zwei hübschen Hiebe dem Bernajoux.« »Wirklich?« »Abgerechnet davon,« sagte Athos, »daß ich, hätte er mich nicht den Händen Cahusacs entzogen, höchstwahrscheinlich nicht die Ehre hätte, Euer Majestät in diesem Augenblick meine tiefste Verehrung zu beweisen.« »Potz Element! dieser Béarner ist ja ein wahrhafter Dämon, Herr von Tréville! wie mein königlicher Vater ausgerufen hätte. Bei diesem Gewerbe muß man ja viele Röcke durchlöchern und viele Degen zersplittern; und die Gascogner sind immerfort arm, nicht so?« »Sire! ich kann wohl sagen, man hat in ihren Bergen noch keine Goldgruben aufgefunden, obwohl ihnen der Himmel dieses Wunder für die Art und Weise schuldig wäre, mit der sie die Ansprüche Ihres königlichen Vaters, Sire, unterstützt haben.« »Das will soviel sagen, daß mich die Gascogner selbst zum König gemacht haben, nicht wahr, Tréville, da ich der Sohn meines Vaters bin? Nun gut! ich sage nicht nein! La Chesnaye, geht und durchsuchet meine Taschen, ob Ihr nicht vierzig Pistolen findet, und habt Ihr sie gefunden, so bringet sie her. Und jetzt, junger Mann, die Hand auf das Herz und sagt, wie ist das zugegangen?« D'Artagnan erzählte das Abenteuer vom vorigen Tage mit all seinen Umständen, wie er aus Freude, Seine Majestät zu sehen, gar nicht schlafen konnte, und drei Stunden vor der Audienzzeit zu seinen Freunden gegangen sei; wie sie sich mitsammen in ein Ballspielhaus begaben, und wie er von Bernajoux ausgehöhnt wurde, weil er Furcht zeigte, es flöge ihm ein Ball ins Gesicht, und wie dieser seinen Hohn fast mit dem Verlust seines Lebens, und Herr de la Trémouille, der sich unparteiisch verhielt, mit dem Verlust seines Hotels bezahlen mußte. »Es ist gut,« murmelte der König, »ja, so hat mir der Herzog den Vorfall erzählt. Armer Kardinal! sieben Männer in zwei Tagen, und gerade deine liebsten; doch damit ist es genug, meine Herren; verstehen Sie, es ist jetzt genug; Ihr habt Rache genommen für die Rue Féron, und noch mehr als das; Ihr müßt Euch zufrieden geben.« »Wir sind es,« entgegnete Tréville, »wenn es Eure Majestät ist.« »Ja, ich bin's,« sprach der König, indem er einen Griff Gold aus der Hand la Chesnayes nahm und selbes in d'Artagnans Hand mit den Worten legte: »Das ist ein Beweis meiner Zufriedenheit!« D'Artagnan schob die vierzig Pistolen ohne alle Umstände in die Tasche und dankte Seiner Majestät auf das untertänigste. »Nun,« sprach der König, »ist es halb neun Uhr; Ihr könnt Euch entfernen. Dank für Ihre Ergebenheit, meine Herren! Ich kann stets darauf rechnen, nicht wahr?« »O, Sire!« riefen alle vier Gefährten mit einer Stimme, »für Eure Majestät lassen wir uns in Stücke hauen!« »Gut, gut! doch bleibt lieber ganz, das ist mehr wert, und so seid Ihr mir nützlicher. Tréville!« fuhr der König mit halbleiser Stimme fort, während sich die andern entfernten; »da Sie bei den Musketieren keinen erledigten Platz haben, und da ich überdies für die Aufnahme in dieses Korps ein Noviziat angeordnet, so stellen Sie diesen jungen Mann zu der Gardekompagnie Ihres Schwagers, des Herrn Essarts. Ha, bei Gott! Tréville, ich freue mich auf die Grimasse, die der Kardinal machen wird; er wird toben; aber gleichviel, ich bin in meinem Recht.« Der König begrüßte mit der Hand Herrn von Tréville, der fortging und sich zu seinen Musketieren begab, die eben beschäftigt waren, mit d'Artagnan die vierzig Pistolen zu teilen.

Die innere Wirtschaft der Musketiere.

Als d'Artagnan außerhalb des Louvre war und mit seinen Freunden Rat hielt, wie er seinen Anteil an den vierzig Pistolen verwenden sollte, riet ihm Athos, ein gutes Mahl im Pomme du Pin zu bestellen, Porthos einen Lakai zu nehmen, und Aramis, sich eine Geliebte zu erwählen. Das Mahl wurde noch an demselben Tag eingenommen, und der Lakai bediente an der Tafel. Das Mahl hatte Athos bestellt, den Lakai Porthos hergegeben. Dieser war ein Pikarde, den der glorreiche Musketier an eben diesem Tag und zu dieser Gelegenheit auf der Brücke de la Tournelle aufgenommen, während er da in das Wasser gespuckt und Kreise gemacht hatte. Porthos behauptete, diese Beschäftigung wäre ein Beweis von einer bedächtigen und beschaulichen Organisation und nahm ihn mit sich ohne eine andere Empfehlung. Die erhabene Miene des Edelmannes, bei dem er sich in Dienst genommen glaubte, verführte Planchet, so hieß der Pikarde; doch kam es zu einer kleinen Enttäuschung, als er sah, daß der Platz bereits durch einen Zunftgenossen besetzt war, der sich Mousqueton nannte, und Porthos ihm erklärte, wie groß sein Haushalt auch wäre, so ließe er doch nicht zwei Bediente zu, und so müsse er in d'Artagnans Dienste treten. Als er jedoch bei dem Mahle war, das sein Herr gab und bemerkte, wie dieser bei der Bezahlung eine Handvoll Gold aus der Tasche zog, so hielt er sein Glück für begründet und dankte dem Himmel, daß er ihn in die Botmäßigkeit eines solchen Krösus geraten ließ; er beharrte bei dieser Meinung bis nach dem Gelage, durch dessen Überbleibsel er wieder ein langes Fasten gutmachte. Aber Planchets Hirngespinste zerflossen, als er abends das Bett seines Herrn machte. Dieses Bett war das einzige in der Wohnung, die aus einem Vorgemach und einem Schlafzimmer bestand. Planchet schlief im Vorgemach auf einer Decke, die vom Bette d'Artagnans genommen ward, und deren sich dieser nunmehr entschlug. Auch Athos hatte einen Bedienten, den er auf ganz eigentümliche Weise für seinen Dienst abrichtete und der den Namen Grimaud führte. Dieser würdige hohe Herr war sehr schweigsam – wohl verstanden, wir sprechen von Athos. Seit den fünf oder sechs Jahren, die er in innigster Freundschaft mit seinen zwei Genossen Porthos und Aramis gelebt hatte, erinnerten sich diese, daß er öfters gelächelt, aber niemals gelacht hatte. Seine Worte waren kurz, ausdrucksvoll; sie sagten immer das, was sie sagen wollten, und nicht mehr, keine Verzierung, keine Arabesken. Obwohl Athos erst 30 Jahre alt war und hohe Schönheit des Körpers und des Geistes besaß, kannte doch niemand von ihm eine Geliebte. Er sprach nie vom weiblichen Geschlecht; er hinderte aber auch niemand, in seiner Gegenwart davon zu sprechen; obgleich man bemerken konnte, daß ihn diese Art Unterhaltung anwiderte, in die er sich auch nur immer mit bitteren Worten und menschenfeindlichen Bemerkungen einmischte. Um sich also von seinen Gewohnheiten nicht zu entfernen, gewöhnte er Grimaud, ihm auf einen einzigen Wink, auf eine einfache Bewegung der Lippen Folge zu leisten. Er sprach nur mit ihm in höchst dringenden Fällen. Bisweilen glaubte Grimaud, der seinen Herrn wie das Feuer fürchtete, obwohl er für seine Person eine große Anhänglichkeit zeigte und gegen seinen Geist eine hohe Achtung fühlte, er habe vollkommen verstanden, was er verlangte, und tat, um eilig den Befehl zu vollziehen, gerade das Gegenteil davon. Dann zuckte Athos die Achseln und züchtigte Grimaud, ohne sich zu erzürnen. An diesen Tagen sprach er ein bißchen. Wie man schon bemerken konnte, hatte Porthos einen Charakter, der dem des Athos ganz entgegengesetzt war; er sprach nicht bloß viel, sondern auch laut; er sprach, weil er Vergnügen daran fand, zu sprechen und sich anzuhören; er redete von allem, nur nicht von Wissenschaften; in dieser Hinsicht gab er einen alten Haß vor, den er, wie er sagte, von Kindheit an gegen die Gelehrten nährte. Er hatte ein minder vornehmes Aussehen als Athos, und das Gefühl seiner niederen Stellung in dieser Hinsicht machte ihn im Anfang ihrer Verbindung oft ungerecht gegen diesen Edelmann, den er sofort durch seinen glänzenden Anzug zu übertreffen suchte. Allein Athos behauptete durch seinen einfachen Musketierrock und durch die Art und Weise, wie er den Kopf zurückwarf und den Fuß vorsetzte, im Augenblick wieder den Platz, der ihm gebührte und drängte den prunkvollen Porthos auf den zweiten Rang zurück. Porthos tröstete sich damit, daß er das Vorgemach des Herrn von Tréville und die Wachen des Louvre mit dem Gerede seines Glückes bei Frauen erfüllte, wovon Athos nie sprach, und nachdem er vom Bürgeradel auf den Kriegsadel, von der Zofe auf die Baronin übergegangen war, war bei Porthos gegenwärtig von nichts weniger die Rede, als von einer auswärtigen Prinzessin, die ihm eine ungeheure Gunst zudachte. Ein altes Sprichwort lautet: »Wie der Herr, so der Knecht.« Wir gehen nun vom Diener des Athos auf den Diener des Porthos, von Grimaud auf Mousqueton über. Mousqueton war ein Normanne; seinen friedfertigen Namen Bonifazius hatte sein Herr in den unendlich klangvolleren und kriegerischen Mousqueton umgewandelt. Er trat unter der Bedingung in Porthos Dienste, daß er nur Kleidung und Wohnung, doch beides auf prachtvolle Weise, bekomme; er nahm täglich nur zwei Stunden in Anspruch, um sich einem Gewerbe zu widmen, mittels dessen er seinen übrigen Bedürfnissen abhelfen konnte. Porthos ging den Handel ein, da ihm die Sache annehmbar schien. Er ließ für Mousqueton Wämser aus seinen alten Kleidern und Mantelkragen zuschneiden, und mit Hilfe eines geschickten Schneiders, der den alten Röcken durch das Umwenden ein neues Ansehen gab, und dessen Frau im Verdacht stand, Porthos zu veranlassen, von seinen aristokratischen Gewohnheiten herabzusteigen, spielte Mousqueton im Gefolge seines Herrn eine recht gute Figur. Was nun Aramis betrifft, dessen Charakter wir hinlänglich dargestellt zu haben glauben, einen Charakter, den wir übrigens wie den seiner Genossen im weiteren Verlauf beobachten können, so hatte er einen Lakai namens Bazin. Bei der Hoffnung, die sein Herr hegte, einst Geistlicher zu werden, war er immer schwarz gekleidet, wie es ein Diener eines Gottesgelehrten sein soll. Er stammte aus Berry, war 35 bis 40 Jahre alt, sanft, friedfertig, wohlbeleibt, las in den Mußestunden, die ihm der Herr gönnte, fromme Bücher, und aß zu Mittag für zwei, zwar von wenigen, aber guten Gerichten. Außerdem war er stumm, blind, taub und von erprobter Treue.

Übrigens war das Leben der vier jungen Männer voll Lustbarkeit; Athos spielte immer unglücklich, doch erborgte er nie einen Sou von seinen Freunden, obwohl ihnen seine Börse stets zu Diensten stand, und hatte er auf sein Ehrenwort gespielt, so ließ er immerhin seinen Gläubiger um sechs Uhr des Morgens aufwecken, um ihm seine Schuld vom Tage vorher zu entrichten. Porthos war leidenschaftlich; an den Tagen, da er gewann, war er ausgelassen und freigebig: wenn er verlor, machte er sich auf mehrere Tage ganz unsichtbar, dann erschien er wieder mit blassem Gesicht und langen Zügen, hatte aber Geld in der Tasche. Was Aramis betrifft, so spielte er niemals. Er war der schlechteste Musketier und der häßlichste Tischgenosse, den man sich denken konnte. Er hatte immer etwas zu arbeiten. Mitten unter einem Festmahl, wenn jeder von Wein und Unterhaltung erglüht der Meinung war, man könnte zwei oder drei Stunden bei Tische verweilen, blickte Aramis auf seine Uhr, stand mit holdseligem Lächeln auf, nahm Abschied von der Gesellschaft und ging mit dem Bedeuten fort, er habe eine Zusammenkunft mit einem Kasuisten verabredet. Ein anderes Mal kehrte er in seine Wohnung zurück, um eine Thesis niederzuschreiben, und ersuchte seine Freunde, ihn nicht zu stören. Allein Athos lächelte mit seinem melancholischen Lächeln, das so gut zu seiner vornehmen Miene stand, und Porthos trank und schwor, aus Aramis würde nichts anderes werden als ein Dorfpfarrer.

Das Leben der vier jungen Männer war ein gemeinsames geworden; d'Artagnan, der keine Gewohnheit kannte, da er von seiner Provinz ankam und mitten in eine ihm ganz neue Welt versetzt wurde, eignete sich die Gewohnheiten seiner Freunde an. Man stand im Winter gegen acht Uhr, im Sommer gegen sechs Uhr auf, holte sich bei Herrn von Tréville das Losungswort und seine dienstlichen Weisungen. Auch d'Artagnan verrichtete, obwohl er kein Musketier war, mit rührender Genauigkeit den Dienst; er zog immer auf die Wache, weil er demjenigen seiner Freunde, der sie zu versehen hatte, Gesellschaft leistete. Man kannte ihn im Hotel der Musketiere, und jedem galt er als guter Kamerad. Herr von Tréville, der ihn schon mit dem ersten Blick würdigte und eine wahre Neigung zu ihm hegte, unterließ es nie, ihn dem König zu empfehlen. Die drei Musketiere hatten ihren jungen Kameraden ungemein lieb. Die Freundschaft, die diese vier Männer verband, und das Bedürfnis, sich täglich drei- bis viermal zu sehen, war es nun bei einem Duell oder in Geschäften oder bei einer Unterhaltung, machten, daß sie sich ohne Unterlaß wie Schatten nachliefen. Inzwischen blieben die Versprechungen des Herrn Tréville in ihrem Zuge. An einem schönen Tage befahl der König dem Herrn Ritter des Essarts, d'Artagnan als Kadett in seine Gardekompagnie aufzunehmen. D'Artagnan kleidete sich seufzend in diese Uniform, die er um den Preis von zwei Lebensjahren gegen einen Musketierrock gern vertauscht hätte. Allein Herr von Tréville verhieß ihm die Gunst nach einem Noviziat von zwei Jahren, das sich übrigens abkürzen ließe, wenn sich für d'Artagnan eine Gelegenheit ergäbe, dem König einen Dienst zu erweisen, oder eine glänzende Tat auszuführen. Auf diese Verheißung fügte sich d'Artagnan und trat seinen Dienst schon am nächsten Tag an.

Eine Hofintrige.

Indes hatten die vierzig Pistolen Ludwigs XIII. ein Ende genommen, und nach diesem Ende befanden sich unsere vier Gefährten in Bedrängnis. Zuvörderst hatte Athos die Gemeinschaft für einige Zeit mit seinen eigenen Pfennigen unterstützt. Auf ihn folgte Porthos, und es gelang diesem, nachdem er wie gewöhnlich auf einige Tage verschwunden war, den Bedürfnissen aller beinahe vierzehn Tage lang abzuhelfen. Endlich kam die Reihe an Aramis, der sich gutwillig auspfänden ließ und sich, wie er sagte, dadurch einige Pistolen verschaffte, daß er seine theologischen Bücher verkaufte. Nun hatte man wie gewöhnlich seine Zuflucht zu Herrn von Tréville genommen, der einige Vorschüsse auf den Sold bewilligte; allein diese Vorschüsse reichten nicht gar weit für drei Musketiere, die große Rückstände zu tilgen hatten, und für einen Gardesoldaten, der noch schuldenfrei war. Als man endlich sah, daß es an allem fehle, raffte man mit der äußersten Anstrengung acht bis zehn Pistolen zusammen, mit denen Porthos spielte. Leider verfolgte ihn ein Unstern; er verlor alles und darüber noch fünfundzwanzig Pistolen auf Ehrenwort. Jetzt wurde die Bedrängnis sehr beklemmend; man sah sie mit ihren Lakaien ausgehungert auf den Quais und in den Wachstuben umherlaufen und sich bei ihren Freunden, wo sie welche fanden, zu Tisch laden; denn nach Aramis' Ansicht mußte man während seines Glückes links und rechts Mahlzeiten aussäen, um sie zur Zeit des Unglücks einzuernten. Athos wurde viermal eingeladen, und jedesmal nahm er seine Freunde samt ihren Bedienten mit sich. Porthos fand sechs solche Gelegenheiten, und immer ließ er auch seine Kameraden daran teilnehmen; Aramis hatte deren acht. Wie man schon bemerken konnte, war das ein Mensch, der wenig Geräusch und viele Geschäfte machte. Was d'Artagnan betrifft, der noch niemanden in der Hauptstadt kannte, so fand er nur ein Schokoladefrühstück bei einem Priester seines Landes und ein Mittagmahl bei einem Standartenträger der Garde. Er brachte seine Armee mit zu dem Priester, dem man seine Mundvorräte für zwei Monate aufzehrte, und zu dem Standartenträger, der Wunder tat; allein, wie Planchet sagte, man schmauset nur einmal, selbst wenn man viel ißt. D'Artagnan fand sich also sehr gedemütigt, daß er seinen drei Freunden Athos, Porthos und Aramis für die verschafften Schmausereien nur ein und ein halbes Mahl entgegenbieten konnte, denn das Frühstück bei dem Priester konnte nur für eine halbe Mahlzeit gelten. Er glaubte, der Gesellschaft eine Last zu sein; er vergaß in seiner jugendlichen Gutherzigkeit, daß er diese Gesellschaft einen ganzen Monat lang genährt hatte, und sein tätiger Geist fing an rührig zu werden. Er bedachte, daß diese Verbindung von vier jungen, mutvollen, unternehmenden und tatkräftigen Männern einen andern Zweck haben müßte, als müßige Spaziergänge, Fechtlektionen und mehr oder minder witzige Schwänke. Vier Männer, wie sie, vier einander von der Börse bis zum Leben ganz ergebene Männer, die sich stets unterstützten, vor nichts zurückwichen, die gemeinschaftlich gefaßten Beschlüsse vereinzelt oder mitsammen ausführten; ihre Arme, die allen vier Hauptwinden trotzten oder sich einem einzigen Punkte zuwandten, mußten in der Tat unfehlbar, sei es mit List oder mit Gewalt, einen Weg zu einem Ziele bahnen, das sie zu erreichen strebten, wenn auch dieses Ziel wohl verwahrt und weit entfernt gewesen wäre. D'Artagnan verwunderte sich nur, daß seine Gefährten an das noch nicht gedacht hatten. Da wurde er durch ein Klopfen an der Tür aufgeschreckt. Es wurde ein Mann eingeführt von ganz einfacher Miene und bürgerlichem Aussehen. Planchet wünschte dem Gespräch zum Nachtisch sehnlichst beizuwohnen, allein der Bürger erklärte d'Artagnan, er habe ihm etwas Wichtiges anzuvertrauen und wünsche mit ihm unter vier Augen zu sprechen. D'Artagnan hieß Planchet hinausgehen und bot seinem Besucher einen Stuhl. Es trat ein augenblickliches Stillschweigen ein, währenddessen sich die beiden Männer, um eine vorläufige Bekanntschaft zu machen, gegenseitig anblickten, wonach sich d'Artagnan verneigte, um anzudeuten, daß er ihn anhören wolle. »Ich hörte von Herrn d'Artagnan als von einem jungen, recht braven Manne reden«, sprach der Bürger, »und dieser gute Ruf, den er mit Recht genießt, veranlaßte mich, ihm ein Geheimnis zu vertrauen.« »Redet, mein Herr, redet!« sagte d'Artagnan, der etwas Vorteilhaftes witterte. Der Bürger schwieg abermals ein Weilchen und fuhr dann fort: »Meine Gemahlin, die Wäscheaufseherin bei der Königin ist, mein Herr, besitzt sowohl Verstand als auch Schönheit. Man beredete mich vor etwa drei Jahren, sie zu heiraten, obwohl sie nur ein kleines Vermögen besaß, weil Herr de Laporte, der Mantelträger der Königin, ihr Pate und Beschützer ist.« »Was nun, mein Herr?« fragte d'Artagnan. »Nun,« antwortete der Bürger, »nun, mein Herr, als gestern früh meine Frau aus dem Arbeitszimmer ging, wurde sie entführt.« »Und wer hat Ihre Frau entführt?« »Ich weiß es nicht bestimmt, doch ziehe ich jemand in Verdacht.« »Und auf wen haben Sie Verdacht?« »Auf einen Mann, der sie seit lange schon verfolgte.« »Teufel!« »Aber, mein Herr, soll ich reden,« fuhr der Bürger fort, »ich bin überzeugt, daß bei all dem weniger Liebe als Politik im Spiel ist.« »Weniger Liebe als Politik?« erwiderte d'Artagnan mit sehr bedächtiger Miene, »und wen ziehen Sie in Verdacht?« »Ich weiß nicht, ob ich es sagen soll, wen ich in Verdacht habe...« »Mein Herr, ich mache Sie aufmerksam, daß ich von Ihnen ganz und gar nichts verlange; Sie kamen hierher und sagten mir, daß Sie mir ein Geheimnis anzuvertrauen hätten. Tun Sie nach Ihrem Belieben, noch ist es Zeit, sich zurückzuziehen.« »Nein, mein Herr, nein, Sie haben das Aussehen eines rechtschaffenen jungen Mannes, und ich vertraue auf Sie. Ich glaube also nicht, daß meine Frau wegen ihrer eigenen Liebschaften, sondern wegen jener einer viel vornehmeren Dame, als sie es ist, festgenommen wurde.« »Ah, geschah etwa das wegen der Liebschaften der Frau von Bois-Tracy?« fragte d'Artagnan, der sich dem Bürger gegenüber das Ansehen geben wollte, als wisse er alle Vorfälle bei Hofe. »Höher, mein Herr, höher.« »Der Frau d'Aiguillon?« »Noch höher.« »Der Frau von Chevreuse?« »Noch höher, viel höher!« »Der Frau...« D'Artagnan hielt plötzlich inne. »Ja, mein Herr!« stammelte furchtsam der Bürger so leise, daß man ihn kaum hören konnte. »Und mit wem?« »Mit wem kann das sein, wenn nicht mit dem Herzog von...« »Mit dem Herzog von...?« »Ja,« antwortete der Bürger, und gab seiner Stimme einen noch dumpferen Ton. »Aber wie wissen Sie das alles?« »Ha, wie ich das weiß?« »Ja, woher wissen Sie das... kein halbes Vertrauen... oder Sie verstehen wohl.« »Ich weiß es von meiner Gemahlin, mein Herr, von meiner Gemahlin selbst.« »Und wie weiß sie es, von wem?« »Von Herrn de Laporte. Sagte ich Ihnen nicht, sie sei die Pate des Herrn de Laporte, des Vertrauten der Königin? Nun, Herr de Laporte hatte sie zu Ihrer Majestät gebracht, damit unsere arme Königin doch jemanden hat, dem sie vertrauen kann, da sie verlassen vom König, belauert vom Kardinal und von allen verraten ist.« »Oh, oh, das klärt sich auf,« sagte d'Artagnan. »Nun kam meine Frau vor vier Tagen zu mir, denn laut Bedingung mußte sie mich zweimal in der Woche besuchen, und wie ich schon zu bemerken die Ehre hatte, liebt mich meine Frau zärtlich; meine Frau kam also und vertraute mir, die Königin sei eben in großer Besorgnis.« »Wirklich?« »Ja, der Herr Kardinal verfolgt sie, wie es scheint, mehr als je.

Er kann ihr die Geschichte mit der Sarabande nicht verzeihen. Sie wissen doch von der Geschichte der Sarabande?« »Bei Gott! ob ich sie weiß,« entgegnete d'Artagnan, der keine Silbe davon wußte, sich aber doch die Miene geben wollte, als sei er damit vertraut. »Dergestalt, daß es jetzt nicht mehr Haß ist, sondern Rache.« »Wirklich?« »Und die Königin glaubt . . .?« »Sie glaubt, man habe dem Herrn Herzog von Buckingham in ihrem Namen geschrieben.« »Im Namen der Königin?« »Ja, um ihn nach Paris kommen zu lassen, und ist er einmal hier, ihn in eine Schlinge zu locken.« »Teufel! doch, mein lieber Herr, was hat denn Ihre Gemahlin bei allem dem zu tun?« »Man weiß von ihrer Ergebenheit für die Königin, und man will sie entweder von ihrer Gebieterin entfernen oder einschüchtern, um die Geheimnisse Ihrer Majestät zu erfahren, oder sie verführen, um sie als Spion zu gebrauchen.« »Das ist wahrscheinlich,« versetzte d'Artagnan, »doch kennen Sie den Menschen, der sie entführt hat?« »Ich sagte Ihnen, daß ich ihn zu kennen glaube.« »Er heißt?« »Das weiß ich nicht, ich weiß nur, daß er ein Parteigänger des Kardinals und ihm ganz ergeben ist.« »Haben Sie ihn aber gesehen?« »Ja, meine Frau hat ihn mir einmal gezeigt.« »Hat er ein Abzeichen, woran man ihn erkennen könnte?« »O, allerdings! er ist ein vornehmer Herr von stolzer Miene, schwarzen Haaren, dunkler Gesichtsfarbe, einem durchdringenden Auge, weißen Zähnen und einer Narbe an den Schläfen.« »Einer Narbe an den Schläfen!« rief d'Artagnan, »nebst weißen Zähnen, einem durchdringenden Auge, dunkler Gesichtsfarbe, schwarzen Haaren und stolzer Miene, das ist mein Mann von Meung.« »Das ist Ihr Mann, sagen Sie?« »Ja, ja, doch das tut nichts zur Sache. Nein, ich irre mich, im Gegenteil, das vereinfacht sie nur; wenn Ihr Mann der meinige ist, so werde ich mit einem Streiche zweifache Rache üben; aber wo treffe ich diesen Mann?« »Das weiß ich nicht.« »Haben Sie keine Spur von seinem Aufenthalt?« »Keine; als ich eines Tages meine Gemahlin nach dem Louvre zurückführte, ging er heraus, als sie eben eintrat, und da hat sie ihn mir gezeigt.« »Teufel, Teufel!« murmelte d'Artagnan, »das ist alles so schwankend. Von wem erhielten Sie Kenntnis von der Entführung Ihrer Gemahlin?« »Von Herrn de Laporte.« »Hat er Ihnen etwas Umständliches mitgeteilt?« »Er wußte weiter nichts.« »Und Sie haben auch von einer andern Seite nichts erfahren?« »Allerdings, ich hörte –« »Was?« »Allein, ich weiß nicht, ob es nicht sehr unbescheiden ist . . .« »Sie kommen schon wieder auf das zurück, allein ich muß Ihnen diesmal bemerken, daß es schon zu spät wäre, um zurückzutreten.« »Ich trete ja nicht zurück,« rief der Bürger, um sich Mut zu erwecken. »Außerdem, so wahr ich Bonacieux heiße . . .« »Sie nennen sich Bonacieux?« fiel d'Artagnan ein. »Ja, das ist mein Name.« »Sie sagten also: so wahr ich Bonacieux heiße! Um Vergebung, daß ich Sie unterbrach, allein mir war, als sei mir dieser Name nicht unbekannt.« »Das ist möglich, mein Herr, ich bin Ihr Hausbesitzer.« »Ah, ah,« rief d'Artagnan, halb aufstehend und sich verneigend. »Ah, Sie sind mein Hausbesitzer?« »Ja, mein Herr, ja. Und da Sie seit den drei Monden, als Sie bei mir wohnen, wahrscheinlich von zu vielen Geschäften zerstreut, meine Miete zu bezahlen vergessen haben, und ich Sie deshalb nie einen Augenblick bedrängte, so dachte ich, daß Sie Rücksicht auf mein Zartgefühl nehmen würden.« »Je nun, mein lieber Herr Bonacieux,« entgegnete d'Artagnan, »glauben Sie allerdings, daß ich ein solches Benehmen anerkenne, und kann ich Ihnen, wie gesagt, in irgend einer Sache behilflich sein...« »Ich glaube Ihnen, mein Herr, ich glaube Ihnen, und so wahr ich Bonacieux heiße, so vertraue ich auf Sie.« »Vollenden Sie also, was Sie zu sprechen angefangen haben.« Der Bürger zog ein Papier aus der Tasche und bot es d'Artagnan. »Ein Brief!« rief der junge Mann. »Ich habe ihn diesen Morgen bekommen.« D'Artagnan öffnete ihn, und da das Tageslicht schon abnahm, trat er zum Fenster. Der Bürger folgte ihm, d'Artagnan las: »Suchet Eure Frau nicht, sie wird zu Euch zurückkehren, wenn man ihrer nicht mehr bedarf. Wenn Ihr nur einen einzigen Schritt macht, um sie aufzusuchen, so seid Ihr verloren.« »Ha, das lautet bestimmt,« fuhr d'Artagnan fort, »bei allem dem aber ist es doch weiter nichts als eine Drohung.« »Ja, aber diese Drohung erschreckt mich, mein Herr; ich bin ganz und gar kein Mann vom Degen, und habe Furcht vor der Bastille.« »Hm!« sagte d'Artagnan, »ich habe ebensowenig Lust nach der Bastille als Sie. Es ginge noch an, wenn es sich bloß um einen Degenstich handeln möchte.« »Indes habe ich auf Sie gerechnet in dieser Angelegenheit.« »Ja.« »Da ich sah, wie sie beständig von Musketieren mit stolzer, edler Miene umgeben sind, und erkannte, daß das Musketiere des Herrn von Tréville seien, folglich Gegner des Herrn Kardinals, so dachte ich, daß Sie und Ihre Freunde, um unserer armen Königin Recht widerfahren zu lassen, entzückt sein würden, Seiner Eminenz einen schlimmen Streich zu spielen.« »Allerdings.« »Sodann dachte ich, daß, da Sie mir für drei Monate die Miete schulden, und ich nie etwas davon erwähnt habe...« »Ja, ja! Sie haben diesen Grund bereits angeführt, und ich finde ihn vortrefflich.« »Da ich ferner darauf rechnete, Sie würden mir die Ehre erzeigen und noch länger bei mir bleiben, wo ich von Ihrer künftigen Miete ebenfalls nicht sprechen würde...« »Sehr wohl.« »Und dem noch beigefügt, daß ich Ihnen für den Fall der Not, wenn Sie sich, was jedoch nicht wahrscheinlich ist, in einer Bedrängnis befinden sollten, fünfzig Pistolen anbiete.« »O, vortrefflich! Sie sind also reich, mein lieber Herr Bonacieux?« »Ich habe mein gutes Auskommen, das ist das rechte Wort; ich habe mir etwa zwei- oder dreitausend Taler Renten in meinem Kaufladen gesichert, und besonders damit, daß ich einige Gelder bei der letzten Reise des berühmten Seefahrers Jean Mosquet anlegte, so daß Sie wohl begreifen können, mein Herr!... ja doch!« rief der Bürger. »Was denn?« fragte d'Artagnan. »Was sehe ich?« »Wo?« »Auf der Gasse Ihrem Fenster gegenüber, unter dem Bogen jener Tür, es ist ein Mann in einen Mantel gehüllt.« »Er ist es!« riefen zugleich d'Artagnan und der Bürger, denn beide erkannten ihren Mann. »Ha, diesmal soll er mir nicht entwischen!« schrie d'Artagnan und eilte nach seinem Degen. Er riß den Degen aus der Scheide und stürzte aus dem Zimmer. Auf der Treppe begegnete er Athos und Porthos, die eben auf Besuch zu ihm kamen. Sie traten voneinander, und d'Artagnan schoß wie ein Pfeil hindurch. »He doch! wohin so schnell?« riefen ihm die beiden Musketiere mit einer Stimme nach. »Der Mann aus Meung!« antwortete d'Artagnan und lief fort. D'Artagnan hatte seinen Freunden schon öfter als einmal von seinem Auftritt mit diesem Unbekannten und von der Erscheinung jener schönen Reisenden erzählt, der jener Mann eine, allem Anschein nach wichtige Sendung anvertraut hatte. Athos war immerhin der Meinung, daß d'Artagnan seinen Brief bei jenem Hader verloren habe. Nach seinem Dafürhalten wäre ein Edelmann – wie auch d'Artagnan den Unbekannten unter dem Porträt eines Edelmannes geschildert hatte – nicht fähig gewesen, auf so gemeine Weise einen Brief zu entwenden. Porthos erblickte in allem nichts weiter, als ein verliebtes Rendezvous, das eine Dame einem Kavalier oder ein Kavalier einer Dame gab, und das durch die Dazwischenkunft d'Artagnans und seines gelben Pferdes gestört wurde. Aramis meinte, bei derlei geheimnisvollen Dingen sei es am geratensten, sich gar nicht tiefer einzulassen. Sie errieten also aus den wenigen Worten, die d'Artagnan entschlüpften, um was es sich handle, und in der Meinung, d'Artagnan würde wieder zurückkommen, wenn er seinen Mann gefunden, oder aus den Augen verloren hätte, setzten sie ihren Weg fort. Als sie in d'Artagnans Zimmer kamen, fanden sie es leer; der Hausbesitzer fürchtete sich vor den Folgen des Zusammentreffens d'Artagnans und des Unbekannten und hielt es für das klügste, sich fortzubegeben.

D'Artagnan zeigt sich uns deutlicher.

Wie es Athos und Porthos vorhergesehen hatten, kehrte d'Artagnan nach Verlauf einer halben Stunde wieder zurück. Auch diesmal hatte er seinen Mann verfehlt, der wie durch einen Zauberspuk verschwunden war. D'Artagnan war ihm mit dem Degen in der Hand durch alle anstoßenden Gassen nachgerannt, doch fand er niemanden, der dem glich, den er suchte, und so kam er wieder dahin zurück, wo er vielleicht hätte anfangen sollen; er pochte an die Tür, an welche der Unbekannte gelehnt war, allein er ließ vergeblich zehn- oder zwölfmal den Türhammer niederfallen. Es antwortete ihm niemand, und die Nachbarn, die durch den Lärm herbeigezogen an ihre Türschwellen liefen, oder ihre Nase durch die Fenster steckten, versicherten ihm, dieses Haus, bei dem übrigens auch alle Ausgänge verschalt waren, werde schon seit sechs Monden ganz und gar nicht bewohnt. Während nun d'Artagnan in den Gassen umherrannte und an die Tür klopfte, kam auch Aramis zu den beiden Freunden, wonach d'Artagnan die Versammlung vollzählig fand, als er in seine Wohnung zurückkehrte. »Nun?« riefen die drei Musketiere aus einem Mund, als sie d'Artagnan eintreten sahen, die Stirn von Schweiß übergossen und das Antlitz von Zorn entstellt. »Nun,« entgegnete dieser, indem er seinen Degen auf das Bett schleuderte, »dieser Mensch muß der leibhaftige Teufel sein, er ist wie ein Phantom, wie ein Schatten, wie ein Gespenst verschwunden.« »Glaubt Ihr an Erscheinungen?« fragte Athos den Porthos. »Ich glaube nur das, was ich sah, und da ich nie eine Erscheinung sah, so glaube ich auch nicht daran.« »Der Bibel gemäß sollten wir wohl daran glauben,« bemerkte Aramis; »der Schatten Samuels erschien Saul, und das ist eine Sache, die ich nicht gern bezweifeln mag.« »Mag dieser Mann nun Mensch oder Teufel, Körper oder Schatten, Wahnbild oder Wirklichkeit sein, so ist er jedenfalls zu meiner Verdammnis geboren; denn durch sein Verschwinden entgeht uns ein vortreffliches Geschäft, meine Freunde! ein Geschäft, wobei hundert Pistolen und vielleicht noch mehr zu gewinnen wären.« »Wie das?« fragten Porthos und Aramis zugleich. Athos hingegen blieb seinem System der Schweigsamkeit getreu und fragte d'Artagnan bloß mit einem Blick. »Planchet!« rief d'Artagnan seinem Bedienten zu, der in diesem Moment den Kopf durch die halbgeöffnete Tür steckte, »geh hinab zu meinem Hausbesitzer Bonacieux und melde ihm, daß er uns ein halbes Dutzend Flaschen Beaugency-Wein schicken wolle, ich ziehe diesen vor.« »Sieh nur, Ihr scheint ja offenen Kredit zu haben bei Eurem Hauseigentümer?« versetzte Porthos. »Ja,« antwortete d'Artagnan, »von heute an, und seid unbesorgt, wenn sein Wein schlecht ist, muß er uns einen andern schicken.« »Ich habe immerhin gesagt, daß d'Artagnan der stärkste Kopf unter uns vieren sei,« sprach Athos, der nach dieser Äußerung, für die ihm d'Artagnan mit einer Verbeugung dankte, wieder in seine frühere Schweigsamkeit zurückfiel. »Doch erzählt endlich, was ist denn an der Sache?« fragte Porthos. »Ja,« fiel Aramis ein, »vertraut es uns, lieber Freund, falls nicht die Ehre einer Dame dabei im Spiel ist, wo Ihr dann besser tätet, das Geheimnis bei Euch zu bewahren.« »Seid unbekümmert,« erwiderte d'Artagnan, »in dem, was ich Euch zu sagen habe, wird niemandes Ehre gefährdet werden.« Somit erzählte er seinen Freunden Wort für Wort, was sich zwischen ihm und seinem Hauswirt begeben hatte. »Eure Angelegenheit steht nicht schlecht,« sagte Athos, nachdem er den Wein als Kenner gekostet und mit einem Kopfnicken angedeutet hatte, daß er ihn gut finde, »aus diesem wackeren Manne ließen sich wohl 50 bis 60 Pistolen abzapfen. Es entsteht jetzt nur die Frage, ob 50 oder 60 Pistolen der Mühe wert sind, daß sich vier Köpfe darüber zerbrechen.« »Aber berücksichtigt,« rief d'Artagnan, »daß bei dieser Geschichte eine Frau beteiligt ist, eine entführte Frau, eine Frau, der man ohne Zweifel gedroht hat, die man vielleicht quält, und das alles, weil sie ihrer Gebieterin treu ist.« »Gebt acht, d'Artagnan, gebt acht!« sagte Aramis, »Ihr verseht Euch nach meiner Meinung zu sehr in Eifer über das Schicksal der Madame Bonacieux. Das Weib war zu unserm Verderben erschaffen und von ihm kommt all unser Elend her.« Athos faltete auf diese Sentenz des Aramis die Stirn und biß sich in die Lippen. »Ich beunruhige mich ganz und gar nicht wegen Madame Bonacieux«, versetzte d'Artagnan, »sondern wegen der Königin, die der König verläßt, die der Kardinal verfolgt und welche die Köpfe ihrer Freunde, einen nach dem andern, fallen sieht.« »Warum liebt sie auch das, was wir am meisten in der Welt hassen, die Spanier und die Engländer?« »Spanien ist ihr Vaterland,«, antwortete d'Artagnan, »und so ist es ganz einfach, daß sie die Spanier liebt. Und was den zweiten Vorwurf betrifft, den Ihr ihr macht, so habe ich gehört, daß sie nicht die Engländer liebt, sondern einen Engländer.« »Ha, meiner Treu!« rief Athos, »ich muß gestehen, dieser Engländer ist so ganz würdig, geliebt zu werden. Ich sah noch nie eine so edle Miene, wie die seinige.« »Abgesehen davon, daß sein Anzug so ist wie bei niemandem,« versetzte Porthos. »Ich war an dem Tag im Louvre, wo er seine Perlen aussäte, bei Gott! ich habe zwei davon aufgelesen, die ich das Stück für zehn Pistolen verkaufte. Aramis, sag', kennst du ihn?« »So gut wie Ihr, meine Herren! denn ich war unter denjenigen, die ihn im Garten von Amiens anhielten, wo mich Herr von Putange, der Stallmeister der Königin, eingeführt hat. Ich war damals im Seminar, und der Vorfall schien mir ganz grausam für den König.« »Das würde mich nicht abhalten,« versetzte d'Artagnan, »wenn ich wüßte, wo der Herzog von Buckingham ist, ihn bei der Hand zu fassen und zur Königin zu führen, ob auch darüber der Kardinal in Wut geriete, denn unser wahrhafter, unser einziger und ewiger Feind, meine Herren, ist der Kardinal, und fänden wir ein Mittel, ihm einen recht tüchtigen Streich zu spielen, so wollte ich, aufrichtig gestanden, meinen Kopf daran setzen.« »Und d'Artagnan,« sprach Athos, »der Krämer sagte zu Euch, die Königin sei der Meinung, man habe Buckingham durch einen falschen Bericht kommen lassen?« »Sie ist darüber in Furcht.« »Wartet nur,« sagte Aramis. »Auf was?« fragte Porthos. »Sei es wie immer; ich suche mich an gewisse Umstände zu erinnern.« »Und jetzt bin ich überzeugt,« versetzte d'Artagnan, »daß die Entführung dieser Frau der Königin mit den Ereignissen zusammenhängt, von denen wir sprechen, und vielleicht auch mit der Anwesenheit des Herrn von Buckingham in Paris.« »Der Gascogner strotzt von

Gedanken,« rief Porthos bewunderungsvoll. »Ich höre ihm gern zu,« sagte Athos. »seine Mundart unterhält mich.« »Meine Herren!« rief Aramis. »höret auf mich.« »Hören wir auf Aramis,« sprachen die drei Freunde. »Gestern befand ich mich bei einem Doktor der Theologie, mit dem ich mich bisweilen über meine Studien berate.« Athos lächelte. »Er hat eine abgelegene Wohnung,« fuhr Aramis fort; »sein Geschmack und seine Beschäftigung verlangt das. Nun, im Augenblick, als ich von ihm wegging...« Hier hielt Aramis inne. »Nun,« fragten seine Zuhörer, »im Augenblick, wo Ihr von ihm wegginget?« Aramis schien sich selbst Gewalt anzutun, wie ein Mensch, der im Zug ist, zu lügen, und sich durch ein unvorhergesehenes Hemmnis aufgehalten sieht; doch die Augen seiner drei Gefährten waren auf ihn gerichtet, ihre Ohren waren gespannt, es gab kein Mittel mehr zum Rückzug. »Dieser Doktor hat eine Nichte,« fuhr Aramis fort. »Ah, eine Nichte!« fiel Porthos ein. Die drei Freunde erhoben ein Gelächter. »Nun, wenn ihr lacht oder zweifelt,« sagte Aramis, »so sollet ihr nichts erfahren.« »Wir sind gläubig wie Mohammedaner und stumm wie Katafalke,« entgegnete Athos. »So fahre ich denn fort,« sagte Aramis. »Diese Nichte kommt bisweilen auf Besuch zu ihrem Oheim; gestern war sie zufällig zugleich mit mir bei ihm, und ich bot mich an, sie an ihren Wagen zu begleiten.« »Ah, sie hat einen Wagen, die Nichte des Doktors?« unterbrach ihn Porthos, zu dessen Fehlern eine ununterbrochene Zungenbewegung gehörte; »eine hübsche Bekanntschaft, mein Freund!« »Porthos,« versetzte Aramis, »ich habe gegen Euch schon öfter bemerkt, daß Ihr sehr unbescheiden seid, und daß Euch das bei den Frauen schadet.« »Meine Herren! meine Herren!« rief d'Artagnan, der das Abenteuer schon durchblickte, »die Sache ist ernst, suchen wir uns daher, womöglich, aller Scherze zu enthalten. Nun, Aramis!« »Da kommt auf einmal ein großer, brauner Mann mit edelmännischen Manieren, nun so von der Art des Eurigen, d'Artagnan!« »Vielleicht derselbe,« sprach dieser. »Das ist möglich.« fuhr Aramis fort; »er trat mir nahe, begleitet von fünf bis sechs Männern, die ihm auf zehn Schritte nachfolgten, und sprach zu mir ganz artig: ›Herr Herzog, und Sie, Madame!‹ indem er sich zu der Dame wandte, die ich am Arme führte.« »Die Nichte des Doktors?« »Still doch, Porthos!« sagte Athos, »Ihr seid unerträglich.« »Beliebt es in diesen Wagen zu steigen, und zwar, ohne den geringsten Widerstand zu versuchen, ohne das mindeste Geräusch.« »Er hat Euch für Buckingham gehalten,« sagte d'Artagnan. »So glaube ich,« erwiderte Aramis. »Allein, diese Dame?« fragte Porthos. »Er hielt sie für die Königin, versetzte d'Artagnan. »Allerdings,« antwortete Aramis. »Der Gascogner ist ein Teufelsmensch,« rief Athos, »nichts entschlüpft ihm.« »Es ist wahr,« sagte Porthos, »daß Aramis etwas von der Gestalt des schönen Herzogs hat; indes scheint mir, die Musketieruniform...« »Ich hatte einen sehr großen

Mantel,« sagte Aramis. »Im Monat Julius? Teufel!« rief Porthos, »fürchtet etwa der Doktor, daß man dich erkenne?« »Ich begreife nun,« sagte Athos, »daß sich der Spion durch das Benehmen und die Haltung blenden ließ, allein das Gesicht...« »Ich trug einen großen Hut,« versetzte Aramis. »O, mein Gott!« rief Porthos, »was sind das für Vorsichtsmaßregeln, um Theologie zu studieren.« »Meine Herren! meine Herren!« rief d'Artagnan, »verlieren wir doch die Zeit nicht mit Geschwätz; zerstreuen wir uns, um die Frau des Krämers auszuwittern; das ist der Schlüssel der Intrige.« »Eine Frau von so niederem Stande! was glaubt Ihr denn, d'Artagnan?« sagte Porthos, verächtlich den Mund verziehend. »Sie ist die Pate des de Laporte, des vertrauten Dieners der Königin. Habe ich Euch das nicht gesagt, meine Herren? Und vielleicht lag es auch im Plan Ihrer Majestät, daß sie diesmal so tief unten Schutz suchte. Die hohen Köpfe erblickt man von weitem, und der Kardinal hat ein scharfes Auge.« »Nun,« sagte Porthos, »stellt dem Krämer fürs erste einen Preis, einen guten Preis.« »Das ist nicht nötig,« erwiderte d'Artagnan, »denn ich glaube, wenn er nicht bezahlt, so werden wir von einer andern Seite bezahlt.«

In diesem Moment erschallte von der Treppe ein Geräusch von Tritten, die Tür ging knarrend auf, und der unglückliche Krämer stürzte in das Zimmer, wo man Rat hielt. »Ach, meine Herren!« schrie er, »rettet mich, in des Himmels Namen, rettet mich; vier Männer kamen, um mich zu verhaften; o rettet, errettet mich!« Porthos und Aramis erhoben sich. »Einen Augenblick!« rief d'Artagnan, indem er ihnen ein Zeichen gab, die halb gezogenen Klingen wieder in die Scheide zu stecken; »hier bedarf es nicht des Mutes, wohl aber der Klugheit.« »Indes,« rief Porthos, »wir lassen nicht...« »Ihr lasset d'Artagnan gewähren,« sagte Athos, »er ist, ich wiederhole es, der Gescheiteste von uns, und ich für meinen Teil erkläre, daß ich ihm gehorche. D'Artagnan, mach nun, was du willst.« In diesem Moment zeigten sich die vier Wachsoldaten an der Tür des Vorgemachs; als sie aber vier Musketiere mit dem Degen an der Seite erblickten, nahmen sie Anstand, vorzudringen. »Kommt herein, meine Herren! kommt herein,« rief d'Artagnan; »Ihr seid hier in meiner Wohnung, und wir sind alle getreue Diener des Königs und des Herrn Kardinals.« »Wenn das ist, meine Herren! so werdet Ihr Euch nicht widersetzen, wenn wir die Befehle vollziehen, die wir erhalten haben?« sagte derjenige, welcher der Führer dieser Rotte zu sein schien. »Im Gegenteil werden wir Euch unterstützen, meine Herren, wenn es nötig sein sollte.« »Was sagt er denn da?« murmelte Porthos. »Du bist ein Schwachkopf! Schweig,« entgegnete Athos. »Ihr habt mir aber versprochen...« stammelte ganz leise der alte Krämer. »Wir können Euch nur dann retten, wenn wir frei bleiben,« erwiderte ihm d'Artagnan rasch und leise, »machen wir aber Miene uns zur Wehr zu setzen, so werden wir samt Euch verhaftet.« »Es scheint mir aber...« »Kommt, meine Herren! kommt,« rief d'Artagnan ganz laut; »ich habe keinen Beweggrund, diesen Herrn zu verteidigen. Ich habe ihn heute zum erstenmal gesehen, und das aus welcher Veranlassung? er wird es selber sagen, um die Miete zu verlangen. Ist es nicht so? Herr Bonacieux! gebt Antwort.« »Es ist die reine Wahrheit,« versetzte der Krämer, »doch Herr, sagte ich nicht...?« »O, schweigt von mir, schweigt von meinen Freunden, und schweigt insbesondere von der Königin, oder Ihr verderbet alles, ohne Euch zu retten. Auf, meine Herren! auf, und führt diesen Mann fort.« D'Artagnan stieß den völlig betäubten Krämer in die Hände der Wachsoldaten und sprach: »Ihr seid ein Schelm, mein Lieber! Ihr begehrt von mir Geld, von mir, von einem Musketier! Fort, ins Gefängnis! Meine Herren, noch einmal, schleppt ihn ins Gefängnis und verwahrt ihn so lang als möglich unter Schloß und Riegel, damit ich Zeit gewinne zum bezahlen.«

Die Häscher erschöpften sich in Danksagungen und schleppten ihre Beute mit sich. In dem Moment, als sie fortgingen, klopfte d'Artagnan ihrem Führer auf die Schulter, und indem er ein Paar Gläser mit Beaugency-Wein anfüllte, die er von der Freigebigkeit des Herrn Bonacieux erhalten, sprach er: »Soll ich nicht auf Eure und werdet Ihr nicht auf meine Gesundheit trinken? Also auf Eure Gesundheit, mein Herr!... wie heißt Ihr?« »Boisrenard.« »Herr Boisrenard!« »Auf die Eurige, mein Edler! wie nennt Ihr Euch, wenn ich fragen darf?« »D'Artagnan.« »Auf Eure Gesundheit, Herr d'Artagnan!« »Und über alles das,« rief d'Artagnan, als wäre er von Begeisterung hingerissen, »auf die Gesundheit des Königs und des Kardinals.« Vielleicht hätte der Führer der Häscher an d'Artagnans Aufrichtigkeit gezweifelt, wäre der Wein schlecht gewesen; doch der Wein war gut, und so war er überzeugt.

»Aber zum Teufel! welchen Schelmenstreich habt Ihr denn da wieder angefangen?« fragte Porthos, als der Rottenführer seinen Genossen gefolgt und die vier Freunde wieder allein waren. »Pfui doch, vier Musketiere lassen einen Unglücklichen, der um Hilfe fleht, in ihrer Mitte verhaften. Ein Edelmann trinkt mit einem Häscher!« »Porthos!« versetzte Aramis, »es hat dir bereits Athos gesagt, daß du ein Schwachkopf bist, und ich trete seiner Meinung bei; d'Artagnan! du bist ein großer Mann, und kommst du einmal an den Platz des Herrn von Tréville, so bitte ich dich um deine Verwendung zur Erlangung einer Abtei.« »Ei doch, ich bin ganz verwirrt,« sprach Porthos. »da ihr das gut heißt, was d'Artagnan getan hat.« »Bei Gott! Das glaube ich auch,« versetzte Athos, »ich billige nicht bloß, was er getan hat, sondern wünsche ihm auch Glück.« »Und jetzt, meine Herren!« sagte d'Artagnan, ohne es der Mühe wert zu finden, Porthos sein Benehmen zu erklären; »alle für einen, und einer für alle! nicht wahr, das ist unser Losungswort?« »Indes...« sagte Porthos. »Strecke die Hand aus und schwöre!«

riefen zugleich Athos und Aramis. Überwältigt durch das Beispiel und leise grollend, streckte Porthos die Hand aus, und die vier Freunde wiederholten mit einer Stimme die Formel, die ihnen d'Artagnan vorsagte: »Alle für einen, und einer für alle!« »Nun gut,« rief d'Artagnan; »jeder begebe sich jetzt ruhig nach Hause, und wohlgemerkt, von diesem Augenblick an setzen wir uns in Kampf mit dem Kardinal.«

Eine Mausefalle im siebzehnten Jahrhundert.

Die Erfindung der Mausefalle gehört nicht unserer Zeit an. Da vielleicht unsere Leser mit dem Rotwelsch in der Gasse Jerusalem noch nicht bekannt sind, so wollen wir ihnen erklären, was eine Mausefalle ist. Wenn man ein Individuum, das irgendeines Verbrechens verdächtig ist, in einem Haus festgenommen hat, so hält man diese Verhaftung geheim, man legt im ersten Zimmer vier oder fünf Menschen im Hinterhalt; man öffnet die Tür allen, die anklopfen, sperrt sie hinter ihnen ab, und verhaftet sie; auf diese Art bemächtigt man sich nach ein paar Tagen fast aller Hausgenossen. Seht, das ist eine Mausefalle. Es wurde somit aus der Wohnung des Meisters Bonacieux eine Mausefalle gemacht, und wer dort erschien, wurde von den Leuten des Herrn Kardinals festgenommen und verhört. Es versteht sich von selbst, daß diejenigen, die zu d'Artagnan kamen, von dem Verhör frei blieben, da auch ein besonderer Gang nach dem ersten Stockwerk führte. Übrigens waren dahin bloß die drei Musketiere gekommen. Jeder von ihnen legte sich auf die Lauer, doch gelang es keinem, etwas auszukundschaften. Athos wagte es sogar, Herrn von Tréville zu befragen, worüber sich der Kapitän nicht wenig verwunderte, da ihm die Schweigsamkeit des würdigen Musketiers bekannt war. Herr von Tréville wußte weiter nichts, als daß das letztemal, wo er den König, die Königin und den Kardinal sah, der Kardinal eine sehr bekümmerte Miene hatte, der König sehr beunruhigt schien, und die geröteten Augen der Königin anzeigten, daß sie gewacht oder geweint habe; doch fiel ihm der letzte Umstand nicht auf, da die Königin seit ihrer Verheiratung viel gewacht und geweint hatte. Herr von Tréville legte für jeden Fall Athos den Dienst des Königs ans Herz und bat ihn, daß er seine Gefährten gleichfalls an diese Pflicht mahne. Was d'Artagnan betrifft, so rührte er sich nicht weg von seinem Zimmer, das er in ein Observatorium verwandelt hatte. Er sah von seinem Fenster aus diejenigen, die verhaftet wurden. Da er außerdem die Dielen seines Fußbodens aufgerissen hatte, und ihn nur ein dünner Plafond von dem unter ihm liegenden Zimmer trennte, wo die Verhöre stattfanden, so vernahm er alles, was zwischen den Inquisitoren und den Angeschuldigten vorging. Die Verhöre, denen stets eine umständliche Untersuchung des verhafteten Individuums voranging, waren ihrem Inhalt nach so ziemlich einander ähnlich: »Hat Euch Madame Bonacieux etwas für ihren Gemahl oder eine andere Person übergeben?« »Hat Euch Herr Bonacieux etwas für seine Gemahlin oder eine andere Person übergeben?« »Hat Euch einer der beiden Teile irgend etwas teilnehmend anvertraut?« »Wüßten sie etwas,« sprach d'Artagnan zu sich selbst, »so würden sie nicht derart fragen. Was wollen sie eigentlich in Erfahrung bringen? Ob sich der Herzog von Buckingham in Paris befindet, ob er mit der Königin eine Zusammenkunft hatte oder haben soll.« D'Artagnan blieb bei dieser Meinung stehen, der es auch nach dem, was er gehört hatte, nicht an Wahrscheinlichkeit gebrach.

Am Abend des zweiten Tages nach der Verhaftung des armen Bonacieux, als eben d'Artagnan wegging, um sich zu Herrn von Tréville zu begeben, da es gerade neun Uhr schlug, hörte man an der Haustür pochen. Die Tür wurde sogleich geöffnet und wieder zugemacht. Jemand kam, um sich in der Mausefalle zu fangen. D'Artagnan eilte nach der Stelle, wo die Dielen aufgerissen waren, legte sich auf den Bauch nieder und horchte. Gleich darauf ertönte dann ein Schluchzen, das man zu ersticken bemüht war. Von einem Verhör war nicht die Rede. »Teufel!« sprach d'Artagnan zu sich selbst, »mich dünkt, daß das eine Frau ist; man untersucht sie, sie leistet Widerstand, man braucht Gewalt; die Nichtswürdigen!« D'Artagnan hatte, ungeachtet seiner Besonnenheit, Mühe, sich nicht in die Szene, die unter ihm vorging, einzumengen. »Ich sage Euch aber, meine Herren! ich bin die Frau des Hauses, ich sage Euch, daß ich Frau Bonacieux bin! ich sage Euch, daß ich im Dienste der Königin stehe!« rief die unglückliche Frau. »Madame Bonacieux!« murmelte d'Artagnan, »wäre ich so glücklich, das, was jedermann sucht, gefunden zu haben?!« »Auf Euch haben wir eben gewartet,« sagten die Fragenden unten. Die Stimme wurde immer erstickter, eine laute Bewegung ertönte an dem Getäfel, das Opfer widersetzte sich, soweit sich eine Frau vier Männern zu widersetzen vermag. »Vergebt, meine Herren! ach ver...« lallte die Stimme, die nur unartikulierte Töne vernehmen ließ. »Sie knebeln sie, sie wollen sie fortzerren!« rief d'Artagnan, und sprang empor wie eine Feder. »Meinen Degen! ah! er hängt mir an der Seite. Planchet!« »Mein Herr!« »Suche eilends Athos, Porthos und Aramis auf. Einer von den dreien ist sicher zu Hause, vielleicht sind schon alle drei heimgekehrt. Sie sollen sich bewaffnen und hierher eilen. Ha, es fällt mir ein, daß Athos bei Herrn von Tréville ist.« »Doch wohin gehen Sie, mein Herr, wohin wollen Sie?« »Ich steige hinab durch das Fenster,« rief d'Artagnan, »um schneller dort zu sein. Du lege wieder die Dielen nieder, säubere den Boden, gehe durch die Tür und laufe, wie ich dir sagte.« »O, mein Herr! mein Herr! Sie fallen sich tot,« schrie Planchet. »Schweig, du

Einfältiger!« rief d'Artagnan. Er klammerte sich mit der Hand an die Fensterrahmen und ließ sich hinabgleiten vom ersten Stockwerke, das zum Glück nicht hoch war, ohne sich auch nur zu ritzen. Dann pochte er an die Tür und murmelte: Auch ich will mich in der Mausefalle fangen lassen, doch wehe den Katzen, die eine solche Maus antasten.« Der Türhammer hatte kaum noch unter der Hand des jungen Mannes geschallt, als das Geräusch verstummte; es näherten sich Tritte, die Tür ging auf, und d'Artagnan stürzte mit entblößter Klinge in das Zimmer des Meisters Bonacieux, dessen Tür zweifelsohne an einer Feder ging und sich von selbst wieder schloß. Sofort hörten jene, die noch in dem unglückseligen Haus des Bonacieux wohnten, sowie die nächsten Nachbarsleute ein großes Geschrei, ein Stampfen, ein Degengeklirr und ein Zerschmettern von Möbeln: einen Augenblick darauf konnten die Leute, die sich über dieses Getöse erstaunt an ihre Fenster gestellt hatten, um davon die Ursache zu erfahren, bemerken, wie die Tür wieder aufging und vier schwarzgekleidete Menschen viel mehr herausflogen als gingen, gleich scheu gewordenen Raben, auf dem Boden und an den Tischecken Federn von ihren Flügeln zurücklassend, das heißt Lappen von ihren Kleidern und Fetzen von ihren Mänteln. D'Artagnan ward Sieger ohne große Anstrengung, doch man muß anführen, daß nur einer der Häscher bewaffnet war, und dieser wehrte sich bloß der Form wegen. Wohl versuchten es die drei andern, den jungen Mann mit Sesseln, Bänken und Töpfen zu Boden zu schmettern; allein zwei oder drei Hiebe von dem Stoßdegen des Gascogners versetzten sie in Schrecken. Zehn Minuten reichten hin zu ihrer Niederlage, und d'Artagnan blieb Meister auf dem Wahlplatz.

Als nun d'Artagnan mit Madame Bonacieux allein war, wandte er sich zu ihr. Die arme Frau saß in einem Lehnstuhl und war halb ohnmächtig. D'Artagnan prüfte sie mit einem raschen Blick. Sie war eine reizende Frau von fünfundzwanzig bis sechsundzwanzig Jahren, von bräunlicher Gesichtsfarbe, mit blauen Augen, leicht aufgeworfener Nase und einem Teint von rosa und opal marmoriert. Indes hörten hier die Merkmale auf, durch die man sie hatte mit einer hohen Dame vermengen können. Die Hände waren weiß, doch nicht fein und zart, die Füße verrieten keine Frau von Stand. Glücklicherweise konnte sich d'Artagnan noch nicht mit diesen Einzelheiten befassen. Während d'Artagnan Madame Bonacieux forschend anblickte und bis zu den Füßen kam, sah er auf dem Boden ein feines Batisttuch liegen, das er seiner Gewohnheit gemäß aufhob, und er erkannte an der Ecke dieselbe Zeichnung, die er an jenem Sacktuch bemerkt hatte, wegen dessen er mit Aramis zum Zweikampf gekommen war. Von dieser Zeit an hatte d'Artagnan auf alle Sacktücher ein Mißtrauen, worin Wappen eingestickt waren, darum schob er das aufgelesene in die Tasche der Madame Bonacieux, ohne dabei ein Wort zu sprechen. In diesem Moment kam Madame Bonacieux zum Bewußtsein. Sie öffnete die Augen, blickte mit Schrecken umher, und sah, daß das Zimmer leer, und sie mit ihrem Retter allein sei. Sie reichte ihm lächelnd die Hände. Madame Bonacieux war im Besitz des reizendsten Lächelns. »Ha, mein Herr!« sagte sie, »Sie haben mich gerettet; erlauben Sie, daß ich Ihnen danke!« »Madame,« erwiderte d'Artagnan, »ich tat nur soviel, wie jeder Edelmann an meiner Stelle getan hätte, somit sind Sie mir keinen Dank schuldig.« »Doch, mein Herr! doch, und ich hoffe, Ihnen beweisen zu können, daß Sie keiner Undankbaren einen Dienst erwiesen haben. Was wollten denn diese Männer, die ich anfangs für Räuber hielt? und warum ist Herr Bonacieux nicht anwesend?« »Madame! diese Männer waren viel gefährlicher, als es Räuber sein könnten, denn es sind Agenten des Herrn Kardinal, und was Ihren Gemahl, Herrn Bonacieux, anbelangt, so ist er nicht hier, denn er wurde gestern verhaftet und in die Bastille geführt.« »Mein Mann in der Bastille!« seufzte Madame Bonacieux; »ach, mein Gott! was hat er denn verbrochen? der arme, liebe Mann! er, die Unschuld selber!« Und etwas wie ein Lächeln zeigte sich auf dem noch schreckerfüllten Antlitz der jungen Frau. »Was er verbrochen hat, Madame?« sagte d'Artagnan, »ich glaube, seine ganze Schuld ist diese, daß er zugleich das Glück und das Unglück hat, Ihr Gemahl zu sein.« »Doch, mein Herr! Sie wissen also ...?« »Ich weiß, daß Sie entführt worden sind, Madame.« »Und von wem wissen Sie das? O, wenn Sie das wissen, so sagen Sie es mir.« »Von einem Manne, der vierzig bis fünfundvierzig Jahre alt ist, schwarze Haare, eine dunkle Gesichtsfarbe und eine Narbe an der linken Schläfe hat.« »So ist es, ja, so ist es; aber sein Name?« »Ach, seinen Namen weiß ich nicht.« »Wußte also mein Gatte, daß ich entführt worden bin?« »Er bekam die Nachricht durch einen Brief, den ihm der Entführer selbst geschrieben hat.« »Und vermutet er die Ursache dieses Vorfalls?« fragte Madame Bonacieux mit Verlegenheit. »Ich glaube, er schrieb ihn einer politischen Ursache zu.« »Ich zweifelte anfänglich daran, doch bin ich jetzt seiner Meinung. Also hatte mich dieser liebe Herr Bonacieux nicht einen Augenblick im Verdacht?« »O, weit davon entfernt, Madame! er war zu stolz auf Ihre Verständigkeit und zumal auf Ihre Liebe.« Ein abermaliges fast unmerkliches Lächeln schwebte um die rosigen Lippen der schönen jungen Frau. »Wie sind Sie aber entkommen?« fuhr d'Artagnan fort. »Ich nützte einen Moment, wo man mich allein ließ, und da ich diesen Morgen wußte, was ich von meiner Entführung zu halten habe, so glitt ich mittels meiner Bettücher vom Fenster hinab, und eilte hierher, da ich meinen Mann hier zu finden hoffte.« »Um sich unter seinen Schutz zu begeben?« »Ach nein, der liebe arme Mann! ich wußte, daß er nicht imstande gewesen wäre, mich zu verteidigen, doch da er uns zu etwas anderm dienen konnte, so wollte ich ihn benachrichtigen.«

»Wovon?« »Ach, das ist nicht mein Geheimnis, daher kann ich es Ihnen nicht mitteilen.« »Außerdem,« versetzte d'Artagnan, »um Vergebung, Madame! daß ich, ein einfacher Krieger, Sie an Klugheit mahne, außerdem glaube ich, ist hier zu vertraulichen Mitteilungen nicht der rechte Ort. Die Männer, die ich in die Flucht trieb, werden alsbald mit starker Mannschaft zurückkommen, und wenn sie uns treffen, sind wir verloren. Ich meldete es wohl dreien meiner Freunden, allein, wer weiß, ob man sie zu Hause getroffen hat.« »Ja, ja! Sie haben recht,« entgegnete Madame Bonacieux erschreckt, »entfliehen wir, retten wir uns.« Bei diesen Worten schlang sie ihren Arm um den des d'Artagnan und zog ihn lebhaft fort. »Doch wohin fliehen?« fragte d'Artagnan, »wo werden wir geborgen sein?« »Fliehen wir zuvörderst aus diesem Hause, dann wollen wir das weitere sehen.« Die junge Frau und der junge Mann gingen, ohne sich die Mühe zu nehmen, das Tor zu schließen, nach der Gasse Fossayeurs hinab, durcheilten die Straße des-Fosses-monsieur-le-Prince, und hielten erst an auf dem Platze Saint-Sulpice. »Und was wollen wir jetzt tun?« fragte d'Artagnan, »und wohin wollen Sie geführt werden?« »Ich bin sehr verlegen, Ihnen darauf zu antworten,« erwiderte Madame Bonacieux; »ich war willens, Herrn Laporte durch meinen Mann benachrichtigen zu lassen, damit uns jener genau sagen könnte, was seit drei Tagen im Louvre vorging, und ob ich nicht Gefahr liefe, wenn ich dort erschiene?« »Doch kann ja auch ich Herrn Laporte benachrichtigen,« sagte d'Artagnan. »Das wohl, doch waltet dabei ein Übelstand ob, man kennt Herrn Bonacieux im Louvre und würde ihm kein Hindernis machen, während man Sie nicht kennt, und Ihnen die Tür schließen würde.« »Ei was!« rief d'Artagnan, »es gibt gewiß an irgend einem Tore des Louvre einen Pförtner, der Ihnen ergeben ist, und mir vermittels eines Losungswortes...« Madame Bonacieux faßte dan jungen Mann fest ins Auge. »Und wenn ich Ihnen dieses Losungswort gäbe, würden Sie es sogleich, nachdem Sie es gebraucht haben, wieder vergessen?« fragte sie. »Auf mein Ehrenwort als Edelmann!« sagte d'Artagnan mit einem Tone der Wahrheit, der untrüglich war. »Gut, ich vertraue Ihnen, Sie zeigen sich mir als ein ehrbarer junger Mann! Übrigens dürfte Ihre Willfährigkeit vielleicht Ihr Glück werden.« »Ich will ohne ein Versprechen und gewissenhaft alles tun, was ich vermag, um dem König zu dienen und der Königin gefällig zu sein,« antwortete d'Artagnan, »verfügen Sie also über mich wie über einen Freund.« »Wohin gedenken Sie jetzt mit mir zu gehen?« »Haben Sie niemanden, wo Sie Herr Laporte abholen könnte?« »Nein, ich will mich keinem Menschen anvertrauen.« »Halt,« sprach d'Artagnan, »wir sind vor Athos' Tür. Ja, so ist's.« »Wer ist Athos?« »Einer meiner Freunde.« »Doch wenn er zu Hause ist, so sieht er mich.« »Er ist nicht zu Hause, und wenn ich Sie in sein Zimmer geführt habe, so nehme ich den Schlüssel mit mir.«

»Wenn er aber zurückkommt?« »Er wird nicht zurückkommen; und außerdem wird man ihm sagen, ich habe eine Frau gebracht, und diese Frau sei in jenem Zimmer.« »Aber wissen Sie, daß mich das bloßstellen wird?« »Was liegt Ihnen daran? man kennt Sie nicht, und überdies sind wir in einer Lage, wo wir uns über gewisse Schicklichkeiten hinwegsetzen müssen.« »So gehen wir denn zu Ihrem Freund ... wo wohnt er?« »In der Gasse Féron, ein paar Schritte von hier.« »Also dahin!« Beide setzten rasch ihren Weg fort. Wie es d'Artagnan vorausgesehen hatte, war Athos nicht zu Hause; er nahm den Schlüssel, den man ihm gewöhnlich als einem Hausfreund vertraute, stieg über die Treppe und führte Madame Bonacieux in die kleine Wohnung. »Hier sind Sie zu Hause,« sprach er, »sperren Sie inwendig die Tür und öffnen Sie niemandem, außer Sie hören auf folgende Art, dreimal anpochen, so ...« Er pochte dreimal an, zweimal hintereinander und stark, einmal entfernter und schwächer. »Es ist gut,« entgegnete Madame Bonacieux. »Jetzt vernehmen Sie auch meine Instruktion.« »Ich höre.« »Verfügen Sie sich nach der Pforte des Louvre von der Seite der Gasse l'Echelle, und fragen Sie um Germain.« »Gut, und dann?« »Er wird Sie fragen, was Sie wünschen, und darauf antworten Sie ihm mit den zwei Worten: Tours und Brüssel. Er wird sich sogleich zu Ihrer Verfügung stellen.« »Und was soll ich ihm auftragen?« »Herrn Laporte zu holen, den Kammerdiener der Königin.« »Und wenn er ihn geholt hat und Herr Laporte gekommen ist?« »So schicken Sie ihn zu mir.« »Gut; allein wo und wie werde ich Sie wiedersehen?« »Liegt Ihnen denn viel daran, mich wiederzusehen?« »Allerdings.« »Nun, überlassen Sie diese Sorge mir, und seien Sie ruhig.« »Ich zähle auf Ihr Wort.« »Zählen Sie darauf.« D'Artagnan verneigte sich vor Madame Bonacieux, warf ihr den verliebtesten Blick zu, den er nur auf ihrer kleinen, reizenden Gestalt zu konzentrieren vermochte, und während er die Treppe hinabging, hörte er hinter sich die Tür doppelt abschließen. Mit zwei Sätzen war er im Louvre. Alle diese erzählten Vorfälle folgten einander in dem Raum einer halben Stunde.

Alles ging so von statten, wie es Madame Bonacieux vorhergesagt hatte. Auf das bewußte Losungswort verneigte sich Germain, zehn Minuten darauf war Herr Laporte in der Loge; d'Artagnan verständigte sich mit ihm durch zwei Worte und zeigte ihm an, wo Madame Bonacieux wäre. Laporte versicherte sich zweimal über die Richtigkeit der Adresse und ging eilends fort. Aber schon nach zehn Schritten kehrte er wieder zurück und sagte d'Artagnan: »Junger Mann, einen Rat.« »Welchen?« »Sie könnten wohl über das, was vorging, beunruhigt werden.« »Sie glauben?« »Ja, haben Sie einen Freund, dessen Pendeluhr zu spät geht?« »Nun?« »Gehen Sie zu ihm, damit er bezeugen kann, Sie wären um halb zehn Uhr bei ihm gewesen. Das heißt in der Justiz ein Alibi.« D'Artagnan fand den Rat verständig; er lief über Hals und Kopf fort und kam zu Herrn von Tréville. »Verzeihen Sie, mein Herr!« sagte d'Artagnan, der den Augenblick benutzte, wo er allein war, die Uhr um drei Viertelstunden zurückzurücken, »ich meinte, da es erst neun Uhr fünfundzwanzig Minuten wäre, könnte ich mich Ihnen noch vorstellen.« »Neun Uhr fünfundzwanzig Minuten!« rief Herr von Tréville und sah auf seine Pendeluhr, »das ist ja unmöglich.« »Sehen Sie nur, mein Herr, die Uhr beweist das.« »Es ist richtig so,« versetzte Herr von Tréville; »ich dachte, es wäre schon später. Nun, was wünschen Sie?« D'Artagnan erzählte nun Herrn von Tréville eine lange Geschichte über die Königin. Er teilte ihm seine Besorgnisse mit in bezug auf Seine Majestät, er sagte ihm, daß er von den Projekten des Kardinals in bezug auf Buckingham hörte, und das alles mit einer Ruhe und einem Ernste, womit sich Herr von Tréville um so leichter berücken ließ, als er, wie gesagt, bemerkt hatte, daß zwischen dem Kardinal, dem König und der Königin etwas Neues im Gange sei.

Als es zehn Uhr schlug, verließ d'Artagnan Herrn von Tréville, der ihm für seine Nachrichten dankte und ihm empfahl, sich den Dienst des Königs und der Königin stets angelegen sein zu lassen, worauf er in den Salon zurückkehrte. Wie aber d'Artagnan die Treppe hinabstieg, fiel ihm ein, daß er seinen Stock vergessen habe, er lief daher wieder zurück, ging in das Kabinett, rückte die Uhr mit einem Fingerdruck an ihre Stunde vor, damit man am folgenden Tage nicht wahrnehmen könnte, sie sei aus dem Gange gebracht worden, und da er versichert war, er habe einen Zeugen gefunden, sein Alibi zu beweisen, stieg er wieder die Treppe hinab und war alsbald auf der Straße.

Die Intrige verwickelt sich.

D'Artagnan, gestimmt, der zärtlichste Liebhaber zu sein, war mittlerweile der ergebenste Freund. Er vergaß mitten unter den verliebten Plänen auf die Gemahlin des Krämers doch auch seine eigenen nicht; die hübsche Madame Bonacieux war so ganz die Frau, die man auf der Ebene Saint-Denis oder auf dem Platze Saint-Germain spazieren führen konnte, und zwar in Begleitung des Athos, Porthos und Aramis, denen d'Artagnan seine Eroberung mit Stolz zeigen wollte. Würde man nun lange herumspazieren, so käme der Hunger, wie es d'Artagnan lange schon bemerkt hatte. Sofort wäre d'Artagnan in dringenden Momenten und in drückenden Lagen der Retter seiner Freunde.

Und was ist's mit Herrn Bonacieux, den d'Artagnan in die Hände der Häscher stieß, den er laut verleugnete und dem er im stillen Rettung versprach. Wir müssen es unsern

Lesern bekennen, daß er ganz und gar nicht daran dachte, oder daß er, wenn er auch daran dachte, höchstens bei sich selber sprach: er sei dort recht gut, wo er sich befinde, wo das auch sein möge. Die Liebe ist die eigennützigste aller Leidenschaften.

Paris war seit zwei Stunden düster und fing bereits an, öde zu werden. Es schlug elf Uhr auf allen Uhren von Saint-Germain; es war ein hübsches Wetter; d'Artagnan verlor sich in eine Gasse, die an der Stelle lag, wo jetzt die Gasse d'Assas liegt; er atmete die balsamischen Wohlgerüche, die der Wind von der Gasse de Vaugirard und den anstoßenden Gärten weht, die vom Abendtau erfrischt waren. Als d'Artagnan die Gasse Casette durchschritten hatte, erkannte er das Haustor seines Freundes, das unter Lauben von Maulbeerbäumen und Rebwinden versteckt war, die darüber ein Dickicht bildeten, und hier gewahrte er etwas wie einen Schatten, der sich aus der Gasse Servandoni näherte. Dieses Etwas war in einen Mantel gehüllt, und d'Artagnan glaubte anfangs, es sei ein Mann. Doch erkannte er an der Dünnheit des Leibes und der Art des Ganges bald, daß es ein weibliches Wesen sei. Als wäre dieser Ankömmling über das Haus nicht im reinen, das er suchte, hob er die Augen auf, um sich zurechtzufinden, blieb stehen, wandte sich um, ging einige Schritte vorwärts und wich wieder zurück. D'Artagnan ward an der Erscheinung irre. »Wenn ich ihr meine Dienste anbieten möchte,« dachte er, »man sieht es ihr an, daß sie jung ist, vielleicht ist sie auch hübsch. Aber eine Frau, die zu dieser Stunde die Gassen durchläuft, will höchstens nur ihren Liebhaber treffen. Pst! in meiner gegenwärtigen Lage stände es nicht hübsch, ein Rendezvous zu stören.« Indes schritt die junge Dame immer vorwärts und zählte die Häuser und die Fenster. Das war übrigens weder langwierig noch schwer. Es gab in diesem Teile der Gasse nur drei Hotels und zwei Fenster nach der Gassenseite; das eine war das eines Pavillons und parallel mit Aramis' Wohnung, das andere von Aramis selbst. »Bei Gott!« rief d'Artagnan, indem er an die Nichte des Theologen dachte, »bei Gott! es wäre drollig, wenn diese verspätete Taube das Haus unseres Freundes aufsuchte. Doch, bei meiner Seele, es hat ganz den Anschein. Ha, mein lieber Aramis, diesmal will ich mit dir ins reine kommen.« D'Artagnan machte sich so schmal wie möglich und versteckte sich an der dunkelsten Seite der Gasse neben einer steinernen Bank, die sich im Hintergrund einer Nische befand. Die junge Frau schritt immer weiter vor; außer der Leichtigkeit ihres Ganges, der sie verraten hatte, ließ sie ein leises Husten vernehmen, wodurch sich eine sehr frische Stimme kundgab. D'Artagnan meinte, dieses Husten wäre ein verabredetes Zeichen. Allein, war es nun, daß dieses Husten durch ein ähnliches Zeichen erwidert wurde, das der Unentschlossenheit der nächtlichen Sucherin einen Zielpunkt setzte, oder daß sie ohne fremde Hilfe erkannte, sie habe das Ziel ihres Ganges erreicht – sie näherte sich entschlossen dem Fensterbalken des Aramis und klopfte mit gekrümmtem Finger dreimal in gleichen Zwischenräumen an. »Es ist wirklich bei Aramis,« murmelte d'Artagnan. »Ah, mein Herr Heuchler! so betrete ich Euch bei Euern theologischen Studien!« Das dreimalige Klopfen war kaum verhallt, als das innere Fenster aufging und ein Licht durch die Balken flimmerte. »Ha, ha!« rief der Lauscher, »nicht durch die Türen, sondern durch die Fenster; ha, der Besuch war also erwartet. Nun, der Balken wird aufgehen und die Dame hineinsteigen. Sehr wohl.« Der Balken blieb jedoch zu d'Artagnans großer Verwunderung geschlossen. Ferner verschwand das Licht, das einen Augenblick geflimmert hatte und die vorige Dunkelheit trat ein. D'Artagnan dachte, das könne nicht lange so dauern und fuhr fort, mit aller Achtsamkeit zu schauen und zu horchen. Er hatte recht; nach Verlauf von wenigen Sekunden erschollen von innen zwei dumpfe Schläge. Die junge Frau auf der Gasse antwortete mit einem Klopfen, und der Balken ging auf. Man denke sich, mit welcher Spannung d'Artagnan blickte und lauschte. Unglücklicherweise wurde das Licht in ein anderes Zimmer getragen. Doch die Augen des jungen Mannes waren an die Nacht gewöhnt. Außerdem haben die Augen der Gascogner, wie die der Katzen, die Eigenschaft, im Dunkeln zu sehen. D'Artagnan sah also, wie die junge Frau aus ihrer Tasche einen gewissen Gegenstand zog, den sie rasch entfaltete und der sofort die Form eines Sacktuches annahm. Hierauf zeigte sie der andern Person eine Ecke dieses entfalteten Gegenstands. Das erinnerte d'Artagnan an jenes Sacktuch, das er zu den Füßen der Frau Bonacieux gefunden, und dies wieder an jenes, das zu Aramis' Füßen gelegen hatte. Was Teufel konnte denn dieses Sacktuch zu bedeuten haben? Von der Stelle, wo d'Artagnan stand, konnte er das Gesicht des Aramis nicht sehen, wir sagen des Aramis, weil der junge Mann ganz und gar nicht daran zweifelte, es sei sein Freund, der innen stehe und mit der Dame außen spreche; die Neugierde siegte über die Klugheit, und indem er die Aufmerksamkeit benutzte, welche die zwei in Rede stehenden Personen dem Anblick des Sacktuches zu widmen schienen, trat er aus seinem Schlupfwinkel hervor und drückte sich mit Blitzesschnelle, aber das Geräusch seiner Tritte dämpfend, an eine Mauerecke, von wo sich sein Auge ganz in das Innere von Aramis' Wohnung vertiefen konnte. Als nun d'Artagnan da hineinblickte, war er nahe daran, einen Schrei der Überraschung auszustoßen; es war nicht Aramis, der mit der nächtlichen Besucherin plauderte, es war eine Frau. D'Artagnan sah genug, um die Form ihrer Kleidung, aber nicht genug, um deren Gesichtszüge auszunehmen. In diesem Moment zog die Frau in der Wohnung ein zweites Sacktuch aus ihrer Tasche und vertauschte es mit dem, das man ihr zeigte. Dann wurden zwischen den beiden Frauen einige Worte gewechselt; endlich schloß sich der Fensterbalken, die Frau, die außen am Fenster stand, wandte sich, zog die Kapuze ihres Mantels herab, und ging auf vier

Schritte bei d'Artagnan vorüber; doch diese Vorsichtsmaßregel kam schon zu spät, denn d'Artagnan erkannte Madame Bonacieux. Daß es Madame Bonacieux sei, ahnte ihm schon, als sie das Sacktuch aus ihrer Tasche herauszog; welche Wahrscheinlichkeit war aber vorhanden, daß Madame Bonacieux, die nach Herrn Laporte geschickt hatte, um sich nach dem Louvre zurückführen zu lassen, allein um halb zwölf Uhr des Nachts in den Straßen umherlaufe, auf die Gefahr, wieder festgenommen zu werden? Es mußte sich somit um eine sehr wichtige Angelegenheit handeln, und was kann es für eine Frau von fünfundzwanzig Jahren Wichtiges geben: die Liebe! Doch hatte sie sich im eigenen Interesse ober für Rechnung einer anderen Person solchen Zufällen ausgesetzt? Darüber befragte sich der junge Mann selbst; denn der Dämon der Eifersucht stachelte sein Herz nicht mehr und nicht weniger als einen erklärten Liebhaber. Es gab da ein sehr einfaches Mittel, sich zu versichern, wohin Madame Bonacieux ginge. Er brauchte ihr nur auf dem Fuße nachzufolgen, und d'Artagnan wandte auch dieses einfach-natürliche Mittel instinktmäßig an. Bei dem Anblick des jungen Mannes aber, der sich von der Mauer trennte, wie ein Standbild von seiner Nische, und bei dem Geräusch der Tritte, die Madame Bonacieux hinter sich vernahm, stieß sie einen Schrei aus und entfloh. D'Artagnan lief ihr nach. Es war für ihn gar nicht schwierig, eine Frau einzuholen, die durch ihren Mantel verhindert wurde. Er hatte sie also schon bei dem ersten Drittel der Gasse erreicht, in die sie eingebogen hatte. Die Arme war erschöpft, nicht vor Ermattung, sondern vor Schreck, und als d'Artagnan die Hand auf ihre Schulter legte, fiel sie auf die Knie und rief mit erstickter Stimme: »Tötet mich, wenn Ihr wollt, doch erfahren werdet Ihr nichts!« D'Artagnan faßte sie unter dem Arm und hob sie auf: doch da er an ihrem Gewicht bemerkte, daß sie ohnmächtig zu werden drohe, so beeilte er sich, sie durch Beteuerung seiner Ergebenheit zu beschwichtigen. Diese Beteuerungen galten Madame Bonacieux für nichts, denn man kann solche mit den schlimmsten Gesinnungen von der Welt machen; allein der Ton der Stimme galt ihr alles. Die junge Frau glaubte den Klang dieser Stimme zu erkennen; sie öffnete die Augen wieder, warf einen Blick auf den Mann, der ihr so große Furcht einjagte, und als sie d'Artagnan erkannte, erhob sie ein Freudengeschrei: »Ah, Sie – Sie sind es!« stammelte sie, »Gott sei Dank!« »Ja, ich bin es,« entgegnete d'Artagnan, »ich, den Gott gesendet hat, um über Sie zu wachen.« »Sind Sie mir deshalb nachgegangen?« fragte mit einem koketten Lächeln die junge Frau, deren etwas spöttischer Charakter wieder ein bißchen hervortrat und bei der alle Angst von dem Moment an verschwunden war, wo sie in dem Manne, den sie für einen Feind hielt, einen Freund erkannte. »Nein, erwiderte d'Artagnan, »nein, ich gestehe es, mich führte der bloße Zufall auf Ihre Wege; ich sah eine Frau an das Fenster eines meiner Freunde pochen.« »Eines

Ihrer Freude?« fiel Madame Bonacieux ein. »Ja, Aramis gehört zu meinen besten Freunden.« »Aramis? wer ist das?« »Ei, gehen Sie – Sie wollen mir sagen, daß Sie Aramis nicht kennen?« »Ich höre seinen Namen zum erstenmal aussprechen.« »Kamen Sie also auch zum erstenmal zu jenem Hause?« »Gewiß.« »Und wußten Sie nicht, daß es ein junger Mann bewohne?« »Nein.« »Ein Musketier?« »Ganz und gar nicht.« »Also haben Sie nicht ihn aufgesucht?« »Nicht im geringsten. Außerdem haben Sie wohl gesehen, daß die Person, mit der ich sprach, eine Frau war.« »Das ist wahr, aber diese Frau ist gewiß eine Freundin von Aramis.« »Das weiß ich nicht.« »Weil sie bei ihm wohnt.« »Das geht mich nichts an.« »Wer ist sie aber?« »O, das ist ganz und gar nicht mein Geheimnis.« »Liebe Madame Bonacieux! Sie sind reizend, aber auch zugleich die geheimnisvollste Frau...« »Und verliere ich deshalb?« »Nein, im Gegenteil, Sie sind anbetungswürdig.« »Nun, reichen Sie mir den Arm.« »Recht gern; und nun?« »Jetzt führen Sie mich.« »Wohin?« »Wohin ich gehen werde.« »Doch wohin gehen Sie?« »Sie werden das sehen, da Sie mich an der Tür verlassen werden.« »Muß ich auf Sie warten?« »Das wird unnötig sein.« »Sie werden somit allein zurückkommen? »Vielleicht ja, vielleicht nein.« »Aber ist die Person, die Sie begleiten wird, ein Mann oder eine Frau?« »Das weiß ich noch nicht.« »Ich werde das wohl erfahren.« »Ich will warten, bis ich Sie herauskommen sehe.« »In diesem Falle leben Sie wohl.« »Wie das?« »Ich bedarf Ihrer nicht.« »Doch Sie ersuchten mich...« »Um den Beistand eines Edelmannes, aber nicht um die Belauschung eines Spions.« »Das Wort ist ein bißchen hart.« »Wie nennt man jene, die den Leuten wider ihren Willen nachgehen?« »Unbescheidene.« »Das Wort ist zu gelinde.« »Nun, Madame, ich sehe wohl, man muß alles tun, was Sie verlangen.« »Warum beraubten Sie sich des Verdienstes, das auf der Stelle zu tun?« »Gibt es nicht noch eine Reue?« »Sie bereuen also wirklich?« »Das weiß ich selbst noch nicht. Ich weiß nur, daß ich alles zu tun gelobe, was Sie verlangen, wenn ich Sie bis dahin, wohin Sie gehen, begleiten darf.« »Dann wollen Sie mich verlassen?« »Ja.« »Ohne mich, wenn ich zurückkomme, zu belauschen?« »Ja.« »Auf Ihre Ehre?« »Auf Edelmannswort.« »Nehmen Sie meinen Arm, und somit vorwärts.« D'Artagnan bot Madame Bonacieux seinen Arm, an den sie sich halb lächelnd, halb zitternd hing, und so gelangten beide zu der Höhe der Gasse de la Harpe. Hier schien die junge Frau zu zögern, wie sie das schon in der Gasse Baugirard getan hatte. Indes schien sie an gewissen Zeichen eine Tür zu erkennen, trat zu derselben hin und sagte: »Nun, mein Herr! hier habe ich meine Geschäfte. Ich danke Ihnen tausendmal für die ehrbare Begleitung, die mich vor allen Gefahren schirmte; doch der Augenblick ist gekommen, Ihr Wort zu halten. Ich bin bei meinem Ziel angelangt.« »Und haben Sie, wenn Sie zurückkommen, nichts mehr zu befürchten?« »Ich habe nur die Diebe zu fürchten.« »Ist das nichts?« »Was könnten sie mir auch nehmen, da ich keinen Pfennig bei mir trage?« »Sie vergessen das schön gestickte Sacktuch mit dem Wappen –« »Welches?« »Das ich zu Ihren Füßen gefunden und wieder in Ihre Tasche gesteckt habe.« »Schweigen Sie, Unglückseliger! schweigen Sie; wollen Sie mich ins Verderben stürzen?« »Sie sehen also, es gibt für Sie immer noch Gefahren, da Sie auf ein einziges Wort zittern und bekennen, daß Sie verloren wären, wenn man dieses Wort hörte, Ha, Madame!« fuhr d'Artagnan fort, indem er sie bei der Hand faßte und mit flammenden Augen anblickte, »seien Sie aufrichtiger, vertrauen Sie sich mir an; haben Sie denn nicht in meinen Augen gelesen, daß in meinem Herzen nur Ergebung und Sympathie wohnt?« »Das wohl,« erwiderte Madame Bonacieux; »verlangen Sie meine Geheimnisse zu wissen und ich will sie Ihnen sagen, doch verhält es sich anders mit fremden Geheimnissen.« »Gut,« versetzte d'Artagnan, »da diese Geheimnisse Einfluß auf Ihr Leben nehmen können, so muß ich sie erfahren.« »Hüten Sie sich davor!« rief die junge Frau mit einem Ernste, vor dem d'Artagnan unwillkürlich erbebte. »O, mengen Sie sich durchaus nicht in das, was mich betrifft, bemühen Sie sich nicht, mir in der Erfüllung dessen, was ich zu tun habe, behilflich zu sein, ich bitte Sie darum bei jener Teilnahme, die ich Ihnen einflöße, bei jenem Dienste, den Sie mir bereits geleistet haben, und den ich durch mein ganzes Leben nicht vergessen werde. Glauben Sie vielmehr das, was ich Ihnen sage. Befassen Sie sich nicht mehr mit mir; lassen Sie mich jetzt ganz außer acht, als hätten Sie mich niemals gesehen.« »Muß auch Aramis das tun, Madame?« fragte d'Artagnan gereizt. »Sie nannten diesen Namen schon ein paarmal, mein Herr, und ich sage Ihnen doch, daß ich ihn nicht kenne.« »Sie kennen den Mann nicht, an dessen Fensterbalken Sie anpochten, Madame? Sie halten mich doch für zu leichtgläubig.« »Gestehen Sie ein, daß Sie diese Geschichte erfinden und diese Person erdichten, um mich zum Sprechen zu bringen.« »Ich erfinde nichts, ich erdichte nichts, Madame, ich rede die lautere Wahrheit.« »Und Sie sagen, in diesem Hause wohne einer Ihrer Freunde?« »Ich sage und wiederhole es zum drittenmal, in diesem Hause wohnt mein Freund, und dieser ist Aramis.« »Das wird sich später alles offenbaren,« murmelte die junge Frau, »jetzt, mein Herr, schweigen Sie.« »Könnten Sie doch offen in mein Herz blicken,« sagte d'Artagnan, »so würden Sie darin so viel Neugierde lesen, daß Sie Mitleid mit mir hätten, und so viele Liebe, daß Sie dieser Neugierde allsogleich Genüge leisten würden. Von denen, die Sie lieben, haben Sie nichts zu fürchten.« »Sie sprechen ein wenig schnell von der Liebe, mein Herr!« entgegnete die junge Frau und schüttelte den Kopf. »Weil mich die Liebe so schnell zum erstenmal entzündet hat, und weil ich noch nicht zwanzig Jahre zähle.« Die junge Frau blickte ihn verstohlen an. »Hören Sie, ich bin auf der Spur,« versetzte d'Artagnan. »Vor drei Monaten stand ich auf dem Punkte, mich mit Aramis wegen eines Sacktuches zu schlagen, das ganz dem ähnlich ist, das Sie der Frau in seiner Wohnung gegen ein auf dieselbe Art gesticktes Tuch vorzeigten; dessen bin ich gewiß.« »Mein Herr!« sagte die junge Frau, »ich schwöre es Ihnen, daß Sie mich mit diesen Fragen ermüden.« »Aber, Madame! bedenken Sie doch bei Ihrer Klugheit, wenn man Sie verhaften und dieses Sacktuch bei Ihnen treffen würde, kämen Sie dadurch nicht in Gefahr?« »Warum das? sind die Anfangsbuchstaben nicht die meines Namens. C. B., Constanze Bonacieux?« »Oder Camille von Bois-Tracy.« »Schweigen Sie, mein Freund! noch einmal, schweigen Sie; wenn Sie die Gefahren, denen ich selbst ausgesetzt bin, nicht zurückhalten, so bedenken Sie jene, die Ihnen drohen.« »Mir?« »Ja, Ihnen. Ihre Freiheit ist gefährdet. Ihr Leben steht sogar auf dem Spiel, wenn Sie mich kennen.« »Nun, so weiche ich nicht mehr von Ihnen.« »Mein Herr!« entgegnete die junge Frau flehend und die Hände ringend, »im Namen des Himmels, im Namen der Ehre eines Kriegers, im Namen der Artigkeit eines Edelmannes! entfernen Sie sich; hören Sie die Stunde der Mitternacht schlagen, das ist die Stunde, wo man mich erwartet.« »Madame!« erwiderte der junge Mann, sich verneigend, »wenn man mich auf solche Art bittet, kann ich nichts verweigern; seien Sie beruhigt, ich will von hinnen gehen.« »Sie folgen mir also nicht? Sie lauschen nicht?« »Ich kehre augenblicklich nach Hause zurück.« »O, ich wußte es ja, daß Sie ein wackerer junger Mann sind,« rief Madame Bonacieux, indem sie ihm die eine Hand reichte und mit der andern nach dem Klopfer einer Tür langte, der tief in der Mauer verborgen war. D'Artagnan erfaßte die ihm dargebotene Hand und küßte sie mit Innigkeit. »Ach! mir wäre es lieber, wenn ich Sie nie gesehen hätte,« stammelte er mit jener naiven Derbheit, die die Frauen oftmals den künstlichen Redensarten der Höflichkeit vorziehen, weil sie den Grund des Herzens aufdeckt und den Beweis liefert, daß das Gefühl stärker sei als der Verstand. »Nun,« entgegnete Madame Bonacieux, »ich will nicht soviel sagen wie Sie; was für heute verloren ist, das ist es nicht auch für die Zukunft. Wer weiß, ob ich nicht Ihre Neugierde befriedige, wenn ich eines Tages frei von allen Fesseln bin.« »Und machen Sie meiner Liebe dasselbe Versprechen?« fragte d'Artagnan in überströmender Wärme. »Ha, in dieser Hinsicht will ich mich zu nichts verpflichten, das hängt von den Empfindungen ab, die Sie mir einflößen werden.« »Also heute, Madame...?« »Heute, mein Herr! stehe ich nur erst bei der Dankbarkeit.« »Ach, Sie sind zu reizend,« entgegnete d'Artagnan trübselig, »und Sie spielen mit meiner Liebe.« »Nein, ich bediene mich Ihres Edelmutes, das ist alles. Aber glauben Sie mir, bei gewissen Menschen findet sich alles wieder.« »O, Sie machen mich zum glücklichsten Menschen! vergessen Sie nicht auf diesen Abend! vergessen Sie nicht auf Ihr Versprechen!« »Seien Sie unbekümmert; zur rechten Zeit und am rechten Ort werde ich mich an alles erinnern. Doch gehen Sie jetzt, gehen Sie in des Himmels Namen, man erwartet mich um Mitternacht, und ich komme schon später.« »Um fünf Minuten.« »Ja, aber in gewissen Fällen sind fünf Minuten fünf Jahrhunderte.« »Wenn man liebt.« »Nun, wer sagt Ihnen denn, ob ich nicht mit einem Liebhaber zu tun habe?« »Ein Mann wartet auf Sie?« stammelte d'Artagnan, »ein Mann?« »Ei doch! wollen Sie den Zank aufs neue anfangen?« erwiderte Madame Bonacieux mit einem halben Lächeln, das nicht ganz frei von Unruhe war. »Nein, nein! ich gehe, ich eile. Ich vertraue Ihnen, und will das ganze Verdienst meiner Ergebenheit haben, ob es auch Blödsinn wäre. Leben Sie wohl, Madame! leben Sie wohl!« Und als ob er nicht die Kraft in sich fühlte, sich von der Hand zu trennen, die ihn hielt, außer auf gewaltsame Weise, lief er rasch von hinnen, indes Madame Bonacieux, wie bei jenem Fensterbalken, dreimal in denselben Zwischenräumen anpochte. An der Straßenecke wandte er sich; die Tür ging auf und wieder zu; die schöne Krämerin war verschwunden. D'Artagnan setzte seinen Weg fort; er hatte sein Wort verpfändet, Frau Bonacieux nicht zu belauschen.

»Armer Athos!« sagte er, »er wird nicht wissen, was das zu bedeuten hat. Er wird, indem er mich erwartete, eingeschlafen sein, oder er ging nach Hause, und dort wird er erfahren haben, daß eine Frau in seine Wohnung gekommen sei. Bei Athos eine Frau! Nun,« fuhr d'Artagnan fort, »es war ja auch eine bei Aramis. Das ist höchst seltsam, und ich bin sehr neugierig, wie das ausgehen wird.« »Schlimm, mein Herr, schlimm!« versetzte eine Stimme, die der junge Mann als die des Planchet erkannte; denn er hielt ganz laut mit sich ein Selbstgespräch wie sehr beschäftigte Leute, und so gelangte er zu der Allee, in deren Hintergrund die Treppe lag, die zu seinem Zimmer führte. »Wie, schlimm? was willst du damit sagen, Einfältiger!« fragte d'Artagnan; »was ist denn vorgegangen?« »Alle Arten von Unglücksfällen.« »Welche?« »Fürs erste ist Athos verhaftet worden.« »Verhaftet – Athos verhaftet? warum?« »Man hat ihn bei Ihnen gefunden, und ihn an Ihrer Statt festgenommen.« »Durch wen wurde er verhaftet?« »Durch die Wache, welche die schwarzen Männer holten, die Sie in die Flucht getrieben haben.« »Warum hat er sich nicht genannt? warum hat er nicht gesagt, daß ihm diese ganze Sache fremd sei?« »Davor hat er sich gehütet, im Gegenteil trat er zu mir und sagte: ›Dein Herr braucht in diesem Augenblick seine Freiheit, ich nicht, da er von allem weiß, ich aber von nichts. Man wird meinen, er sei schon verhaftet, und damit gewinnt er Zeit. In drei Tagen werde ich sagen, wer ich bin, und damit wird man mich wohl müssen fortgehen lassen.‹« »Braver Athos! edles Herz!« murmelte d'Artagnan, »daran erkenne ich ihn. Und was taten die Häscher?« »Vier haben ihn fortgeschleppt, ich weiß nicht, ob in die Bastille oder nach Fort-l'Evêque, zwei blieben bei den schwarzen Männern, die alles durchwühlt und alle Papiere zu sich genommen haben. Die zwei letzten endlich versahen während dieser Expedition die Wache, und als alles beendet war, gingen sie fort, und ließen das Haus leer und offen stehen.« »Und Porthos und Aramis?« »Ich habe sie nicht getroffen, sie sind nicht gekommen.« »Sie können aber jeden Augenblick kommen, denn ließest du ihnen nicht sagen, daß ich sie erwarte?« »Ja, mein Herr!« »Nun rühre dich nicht von der Stelle, und wenn sie kommen, sage ihnen, was mir begegnet ist, sie sollen mich in der Schenke zum Pomme-du-Pin erwarten; hier wäre es gefährlich, das Haus kann ausspioniert werden. Ich eile zu Herrn von Tréville, um ihm alles mitzuteilen, dann werde ich zu ihnen kommen.« »Ganz gut, mein Herr!« entgegnete Planchet. »Aber du wirst bleiben, und dich doch nicht fürchten,« sagte d'Artagnan, indem er noch einmal zurückkam und seinem Diener Mut einsprach. »O, seien Sie ruhig,« versetzte Planchet, »Sie kennen mich gar nicht; ich bin tapfer, wenn es einmal im Ernste gilt; ich brauche nur dareinzukommen; zudem bin ich ja ein Pikarde.« »Nun, dabei bleibt es,« sagte d'Artagnan; »du läßt dich eher töten, als du von deinem Posten weichst.« »Ja, mein Herr, es gibt nichts, was ich nicht täte, um Ihnen meine Anhänglichkeit zu beweisen.« Somit lief d'Artagnan fort mit der möglichsten Behendigkeit seiner Beine, obwohl sie durch die Anstrengungen dieses Tages schon etwas ermüdet waren, und wandte sich nach der Gasse Colombier.

Herr von Tréville befand sich nicht in seinem Hotel; seine Kompagnie hatte die Wache im Louvre und er war bei seiner Kompagnie. Es war sehr wichtig, zu Herrn von Tréville zu gehen und ihm zu melden, was vorgegangen war. D'Artagnan versuchte es, in den Louvre zu gelangen. Seine Gardeuniform von der Kompagnie des Herrn des Essarts sollte ihm als Paß dienen. Als er zu der Höhe der Gasse Quénégand kam, sah er aus der Gasse Dauphine zwei Personen herankommen, deren Gang ihm auffiel. Diese zwei Personen waren ein Mann und eine Frau. Die Frau hatte die Gestalt der Madame Bonacieux, und der Mann war Aramis sprechend ähnlich. Außerdem trug die Frau einen schwarzen Mantel von dem Zuschnitt, wie ihn d'Artagnan an dem Fensterbalken der Gasse Baugirard und an der Tür der Gasse de la Harpe bemerkt hatte. Ferner trug der Mann die Musketieruniform. Die Kapuze der Frau war übergeschlagen; der Mann hielt ein Sacktuch vor sein Gesicht; beiden lag daran, nicht erkannt zu werden. Sie gingen der Brücke zu; das war auch d'Artagnans Weg, weil er sich nach dem Louvre begab. D'Artagnan ging ihnen nach. Er hatte noch nicht zwanzig Schritte getan, als er überzeugt war, diese Frau könne nur Madame Bonacieux, dieser Mann nur Aramis sein. In seinem Herzen regte sich sogleich aller Argwohn der Eifersucht. Er glaubte sich zweifach verraten, sowohl von seinem Freund, als auch von der, die er schon wie eine Geliebte betrachtete. Madame hatte ihm bei allen Göttern geschworen, daß sie Aramis nicht kenne, und eine Viertelstunde nach diesem Eidschwur traf er sie mit Aramis Arm in Arm. D'Artagnan zog nicht einmal in Überlegung, daß er die hübsche Krämerin erst vor drei Stunden kennengelernt hatte, daß sie ihm für nichts verbindlich war, als mit ein bißchen Dankbarkeit dafür, daß er sie aus den Händen der schwarzen Männer befreite, und daß sie ihm auch nichts versprochen habe. Er betrachtete sich als einen verschmähten, verachteten und beleidigten Liebhaber.

Die junge Frau und der junge Mann bemerkten, daß man ihnen nachgehe, und verdoppelten ihre Schritte. D'Artagnan ging rascher, eilte ihnen vor, und wandte sich gegen sie in dem Moment um, wo sie sich vor der Samaritaine befanden, die durch eine Schildlaterne beleuchtet wurde, die ihre Strahlen auf diesen ganzen Teil der Brücke ausgoß. D'Artagnan blieb vor ihnen, und sie blieben vor ihm stehen. »Was wollen Sie, mein Herr?« fragte der Musketier, indem er einen Schritt zurückwich, und er sprach das mit einem Akzent, an dem d'Artagnan erkannte, daß er sich in einem Teile seiner Mutmaßung geirrt habe. »Das ist nicht Aramis!« rief er. »Nein, mein Herr! es ist ganz und gar nicht Aramis, und an Ihrem Ausruf erkenne ich, daß Sie mich für einen andern halten und verzeihe Ihnen.« »Sie verzeihen mir!« rief d'Artagnan. »Ja,« antwortete der Unbekannte; »lassen Sie mich also meine Wege gehen, da wir zusammen nichts zu tun haben.« »Sie haben wohl recht, mein Herr!« sagte d'Artagnan; »mit Ihnen habe ich nichts zu tun, doch mit dieser Frau.« »Mit Madame? o, die kennen Sie nicht,« versetzte der Fremde. »Sie irren, mein Herr, ich kenne sie.« »Ha,« rief Madame Bonacieux im Tone des Vorwurfs, »ha, mein Herr! ich hatte Ihr Ehrenwort als Krieger und Edelmann, und hoffte darauf rechnen zu können.« »Und ich, Madame,« erwiderte d'Artagnan verlegen, »Sie haben mir zugesagt...« »Nehmen Sie meinen Arm, Madame!« sagte der Fremde, »und setzen wir unsern Weg fort.« Indes blieb d'Artagnan betäubt, vernichtet durch alles, was ihm begegnete, mit gekreuzten Armen vor dem Musketier und Madame Bonacieux stehen. Der Musketier ging zwei Schritte vorwärts und schob d'Artagnan mit der Hand weg. D'Artagnan tat einen Sprung zurück und zog seinen Degen. Zugleich und mit Blitzesschnelle zog auch der Unbekannte den seinigen. »In des Himmels Namen! Mylord!« rief Madame Bonacieux, indem sie sich zwischen die Kämpfenden stürzte und ihre Klingen erfaßte. »Mylord!« rief d'Artagnan, auf einmal durch einen Gedanken erleuchtet; »Mylord! um Vergebung, mein Herr! wenn Sie es wären?« »Mylord, Herzog von Buckingham,« sagte Madame Bonacieux halblaut, »und jetzt können Sie uns alle ins Verderben bringen.« »Mylord! Madame! ich bitte um Vergebung, hundertmal um Vergebung! allein, ich liebe diese Dame, Mylord! und war eifersüchtig, und Sie wissen wohl, was lieben heißt, Mylord! Verzeihen und sagen

Sie mir, wie ich mich kann töten lassen für Euer Gnaden!« »Sie sind ein wackerer junger Mann!« entgegnete Buckingham und bot d'Artagnan eine Hand, die dieser ehrerbietig drückte; »Sie bieten mir Ihre Dienste an, und ich nehme sie an; folgen Sie uns zwanzig Schritte nach in den Louvre, und wenn uns jemand belauert, so töten Sie ihn.« D'Artagnan nahm seinen entblößten Degen unter den Arm, ließ Madame Bonacieux und den Herzog zwanzig Schritte vorausgehen und folgte ihnen, ganz bereit, der Aufforderung des edlen und erhabenen Ministers Karls I. buchstäblich nachzukommen. Aber zum Glück hatte der junge Geleitsmann keine Gelegenheit, dem Herzog diesen Beweis seiner Ergebenheit zu liefern, und die junge Frau und der hübsche Musketier traten ohne alle Behelligung durch die Porte de l'Echelle in den Louvre. Was d'Artagnan betrifft, so verfügte er sich ungesäumt nach der Schenke Pomme-du-Pin, wo er Porthos und Aramis traf, die seiner schon harrten. Aber ohne ihnen eine Erklärung über die ihnen verursachte Störung zu geben, sagte er ihnen bloß, er habe die Sache allein abgetan, wozu er ihre Dazwischenkunft auf einen Augenblick nötig zu haben glaubte.

George Villiers, Herzog von Buckingham

Madame Bonacieux und der Herzog gelangten ohne Schwierigkeit in das Innere des Louvre; man wußte es, daß Madame Bonacieux im Dienste der Königin sei; der Herzog trug die Uniform der Musketiere des Herrn von Tréville, die an diesem Abend, wie schon bemerkt, die Wachen versahen. Außerdem war Germain im Interesse der Königin, und wenn etwas geschah, so hätte man Madame Bonacieux beschuldigt, ihren Liebhaber in den Louvre geführt zu haben; sie nahm die Schuld auf sich; ihr Ruf war allerdings dahin, doch welchen Wert hat in der Welt der Ruf einer kleinen Krämerin? Als der Herzog und die junge Frau im inneren Hofraum waren, gingen sie ungefähr zwanzig Schritte weit längs einer Mauer hin. Hierauf stieß Madame Bonacieux an eine Tür, welche am Tage offen stand, des Nachts aber gewöhnlich zugesperrt wurde. Die Tür ging auf, die beiden traten ein und befanden sich im Dunkeln. Madame Bonacieux wandte sich zur Rechten, steckte einen Schlüssel in ein Schloß, öffnete eine Tür, schob den Herzog in ein Gemach, das bloß von einer Nachtlampe erhellt war, und sprach zu ihm: »Mylord Herzog! bleiben Sie hier, man wird kommen.« Sodann entfernte sie sich durch dieselbe Tür, die sie wieder mit dem Schlüssel zusperrte, so daß sich der Herzog buchstäblich gefangen fühlte. Bald darauf öffnete sich eine geheime Tapetentür und eine Frau trat hervor. Buckingham erblickte diese Erscheinung im Spiegel; er stieß einen Schrei aus; es war die Königin.

Anna von Österreich zählte damals sechs- bis siebenundzwanzig Jahre, das heißt, sie stand in der vollsten Blüte ihrer Schönheit. Ihr Gang war der einer Königin oder Göttin. Ihre Augen, die wie Smaragde glänzten, waren überaus schön und zugleich voll Sanftmut und Majestät. Ihr Mund war klein und schön gerötet, und obgleich die Unterlippe ein wenig hervortrat, so war er doch ungemein anmutig im Lächeln, aber demütigend in der Verachtung. Ihre Haut war berühmt wegen ihrer Zartheit und samtartigen Weichheit; ihre Hand und ihre unendlich schönen Arme wurden von den Dichtern jener Zeit als unvergleichlich besungen. Ihre Haare endlich, die in der Kindheit blond, nunmehr aber kastanienbraun geworden waren, und die sie in reizender Frisur und stark gepudert trug, umfaßten auf eine bewunderungswürdige Weise ihr Antlitz, dem der strengste Richter nur etwas weniger Röte und der schärfste Bildner nur etwas mehr Zartheit der Nase hätte wünschen mögen. Buckingham stand einen Augenblick geblendet; noch nie war ihm Anna von Österreich so reizend erschienen auf den Bällen, bei den Hoffesten und Karussells, wie in diesem Moment, wo sie in einem einfachen weißen Seidenkleid eintrat, begleitet von Donna Estefania, der einzigen ihrer spanischen Frauen, die nicht durch die Eifersucht des Königs und die Verfolgungen Richelieus verscheucht worden war. Anna von Österreich trat zwei Schritte vor; Buckingham warf sich auf seine Knie und küßte der Königin den Saum des Kleides, ehe sie es noch verhindern konnte. »Herzog! Sie wissen wohl schon, daß ich Ihnen nicht schreiben ließ?« »Ach ja, Madame, ja, Ew. Majestät!« rief Buckingham; »ich weiß, daß ich so verrückt und wahnwitzig war, zu glauben, der Schnee würde sich wärmen, der Marmor beleben; doch was ist's, wenn man liebt, glaubt man so leicht an die Liebe; und außerdem habe ich bei dieser Reise nicht alles verloren, weil ich Sie sehe!« »Ja,« entgegnete Anna, »allein Sie wissen, Mylord, warum und wie ich Sie sehe. Ich sehe Sie aus Mitleid für Sie selbst; ich sehe Sie, weil Sie fühllos gegen meine Martern und halsstarrig in einer Stadt verweilen, wo Sie Ihr Leben aufs Spiel setzen und meine Ehre gefährden; ich sehe Sie, um Ihnen zu sagen, daß uns alles trennt, die Tiefe des Meeres, die Feindschaft der Länder und die Heiligkeit der Schwüre. Es ist ein Frevel, Mylord, gegen so viele Scheidewände anzukämpfen. Endlich sehe ich Sie, um Ihnen zu sagen, daß wir uns nicht wiedersehen dürfen.« »Sprechen Sie, Madame! sprechen Sie, o Königin! die Süßigkeit Ihrer Stimme mildert die Härte Ihrer Worte. Sie reden von Frevel; allein der Frevel liegt in der Trennung der Herzen, die Gott füreinander bestimmt hat.« »Mylord!« rief die Königin, »Sie vergessen darauf, daß ich Ihnen niemals gesagt habe, daß ich Sie liebe.« »Doch ebensowenig haben Sie mir auch gesagt, daß Sie mich nicht lieben, und wirklich wären Worte dieser Art von Ihrer Seite, Majestät, ein allzu großer Undank. Sagen Sie doch, wo fänden Sie eine Liebe, die der meinigen gleich kommt, eine Liebe, die weder die Zeit, noch die Entfernung, noch die Verzweiflung auszulöschen vermag; eine Liebe, die sich mit einem entfallenen Band, einem verirrten Blick, einem entschlüpften Worte zufriedenstellt? Vor drei Jahren, Madame, sah ich Sie zum erstenmal, und so liebe ich Sie seit drei Jahren. Soll ich Ihnen sagen, wie Sie gekleidet waren, als ich Sie zum erstenmal sah? soll ich Ihnen Ihren damaligen Anzug Stück für Stück beschreiben? ich erblicke Sie noch vor mir; Sie saßen nach spanischer Sitte auf Kissen; Sie trugen ein grünseidenes Kleid mit Gold und Silber gestickt, hängende Ärmel, die an Ihren schönen bewunderungswürdigen Armen mit Diamanten befestigt waren; dann eine geschlossene Krause, auf dem Kopf eine niedliche Haube von der Farbe Ihres Kleides, und auf dieser Haube eine Reiherfeder. O, sehen Sie, ich schließe meine Augen und sehe Sie, wie Sie damals waren; ich öffne Sie wieder, und sehe, wie Sie jetzt sind, nämlich noch hundertmal schöner.« »Welche Torheit,« murmelte Anna von Österreich, »welche Torheit, mit solchen Erinnerungen eine nutzlose Leidenschaft zu nähren!« »Doch sagen Sie, wovon soll ich denn leben? Ich habe nur Erinnerungen. Sie sind mein Glück, mein Reichtum, meine Hoffnung. Sooft ich Sie sehe, habe ich einen Diamanten mehr, den ich im Schranke meines Herzens verschließe. Das ist der vierte, den Sie fallen lassen und den ich auflese; denn innerhalb drei Jahren, Madame, sah ich Sie nur viermal, das erstemal, wie ich eben gesagt, das zweitemal bei Frau von Chevreuse, das drittemal in den Gärten von Amiens...« »Herzog!« sagte die Königin errötend, »reden Sie nicht von jenem Abend.« »Im Gegenteil, reden wir davon, Madame! reden wir davon; es ist der seligste und strahlendste Abend meines Lebens. Denken Sie noch, wie schön die Nacht gewesen? O, wie sanft und aromatisch war die Luft, wie blau der Himmel und mit Sternen übersät! Ach, damals, Madame, konnte ich einen Augenblick mit Ihnen allein sein, damals waren Sie geneigt, mir alles zu sagen, die Abgeschiedenheit Ihres Lebens, den Gram Ihres Herzens. Sie lehnten sich an meinen Arm – an diesen hier. Als ich meinen Kopf nach Ihrer Seite wandte, fühlte ich, wie Ihre schönen Haare mein Gesicht streiften, und sooft sie es berührten, bebte ich vom Scheitel bis zu den Füßen. O Königin! Königin! Sie wissen gar nicht, wie viel himmlische und paradiesische Wonnen solch ein Augenblick in sich faßt. Mein Hab und Gut, meinen Ruhm und mein ganzes übriges Leben gäbe ich hin für einen solchen Augenblick, für eine solche Nacht! denn damals, Madame! an jenem Abend, ich schwöre es Ihnen, damals haben Sie mich geliebt.« »Ja, es ist möglich, Mylord, daß der Einfluß des Ortes, der Zauber jenes Abends, die Verblendung von Ihren Blicken, kurz, daß diese tausendfachen Umstände, die bisweilen zusammentreffen, um eine Frau ins Verderben zu stürzen, sich an jenem verhängnisvollen Abend um mich vereinigt haben. Sie mußten es jedoch bemerken, Mylord, wie die Königin der Frau, die schwach zu werden drohte, zu Hilfe kam; ich rief diese Hilfe, um bei dem ersten Worte, das Sie zu sagen wagten, bei der ersten Kühnheit, auf die ich zu antworten hatte.« »Ach, ja, ja! es ist wahr, und eine andere Liebe als die meinige wäre dieser Prüfung unterlegen; doch meine Liebe ging noch glühender und beharrlicher daraus hervor. Sie glaubten mir zu entfliehen, da Sie nach Paris zurückkehrten. Sie meinten, ich würde mich nicht getrauen, den Schatz zu verlassen, den mir mein Herr zur Behütung übergab. Ach, was lag mir an allen Schätzen der Welt und an allen Königen der Erde! Acht Tage darauf kam ich wieder zurück, Madame. Diesmal hatten Sie mir nichts zu sagen, ich setzte meine Gnade, mein Leben ein, um Sie zum zweitenmal zu sehen. Ich berührte nicht einmal Ihre Hand und Sie verziehen mir, da Sie mich so reuevoll untertänig sahen.« »Ja, allein die Verleumdung hat sich all dieser Torheiten bemächtigt, woran ich keine Schuld trug, wie Sie wissen, Mylord! Der König wurde von dem Kardinal angereizt und erhob einen furchtbaren Lärm; Frau von Bernet wurde fortgejagt, Putange verwiesen, Frau von Chevreuse fiel in Ungnade, und wie Sie als Gesandter nach Frankreich zurückkehren wollten, Mylord! so hat sich, wie Sie sich wohl erinnern werden, der König selbst widersetzt.« »Ja, und Frankreich wird diese Widersetzlichkeit seines Königs mit einem Kriege bezahlen. Ich darf Sie nicht mehr sehen, Madame, wohl, so sollen Sie jeden Tag von mir hören. Welchen Endzweck, glauben Sie, hat diese Expedition von Ré, und die von mir beabsichtigte Verbindung mit den Protestanten von La Rochelle? Das Vergnügen, Sie zu sehen! Ich darf die Hoffnung nicht nähren, mit gewaffneter Hand bis Paris vorzudringen, das weiß ich wohl, allein dieser Krieg kann zum Frieden führen; dieser Frieden wird einen Unterhändler benötigen, und dieser Unterhändler werde ich sein. Man wird es nicht mehr wagen, mich abzuweisen, und so werde ich nach Paris zurückkehren, Sie zu sehen, und einen Augenblick glücklich zu sein. Wohl müssen Tausende von Menschen mein Glück mit ihrem Leben bezahlen, was liegt mir aber daran, wenn ich Sie nur sehe. Das alles ist vielleicht töricht, vielleicht wahnsinnig, allein sagen Sie mir, welche Frau hat einen Liebhaber, der glühender fühlt, welche Königin einen Diener, der getreuer wäre?« »Mylord! Mylord! Sie führen zu Ihrer Verteidigung Dinge an, die Sie nur noch mehr anklagen. Mylord! alle diese Beweise von Liebe, die Sie mir geben wollen, sind fast Verbrechen.« »Weil Sie mich nicht lieben, Madame, denn wenn Sie mich liebten, würden Sie das alles mit andern Augen betrachten; wenn Sie mich liebten... ach, das Glück wäre zu groß, es würde mich verrückt machen. Ha, Frau von Chevreuse, die Sie soeben erwähnten, Frau von Chevreuse war weniger grausam als Sie. Holland hat sie geliebt, und sie hat seine Liebe erwidert.« »Frau von Chevreuse war nicht Königin,« murmelte Anna von Österreich, wider Willen durch den Ausdruck einer so innigen Liebe hingerissen. »Sie würden mich also lieben, Madame! wenn Sie nicht Sie wären? Ich darf somit glauben, daß es nur die Hoheit Ihres Standes ist, die Sie gegen mich so grausam machte? Ich darf es glauben, daß der arme Buckingham, wären Sie Frau von Chevreuse gewesen, hätte hoffen dürfen? Dank für diese süßen Worte, Majestät! hundertmaligen Dank!« »O, Mylord! Sie haben schlecht verstanden, übel ausgelegt, ich wollte keineswegs sagen...« »Stille, stille!« sprach der Herzog, »wenn ich glücklich bin, durch einen Irrwahn, so seien Sie nicht so grausam, ihn mir zu benehmen. Sie sagten mir selbst, daß man mir eine Schlinge legte, ich werde vielleicht mein Leben darin einbüßen, denn es ist seltsam, seit einiger Zeit habe ich Ahnungen des Todes.« »Ach, mein Gott!« rief Anna von Österreich mit einem Ausdruck des Schreckens, wodurch sie eine größere Teilnahme für den Herzog offenbarte, als sie eingestehen wollte. »Ich sage das nicht, Madame, um Sie zu erschrecken, nein, es ist sogar lächerlich, daß ich es Ihnen sage, und glauben Sie mir, ich befasse mich ganz und gar nicht mit solchen Träumereien; allein, das Wort, das Sie eben zu mir sprachen, die Hoffnung, die Sie sozusagen in mir erweckten, wird alles das bezahlt haben, und wäre es sogar mein Leben.« »Nun, Herzog!« versetzte Anna von Österreich, »auch ich habe Vorgefühle, auch ich habe Traumgesichte. Ich träumte, daß ich Sie blutend, von einer Wunde durchbohrt, auf der Erde liegen sah.« »Auf der linken Seite, nicht wahr? und mit einem Messer verwundet?« unterbrach sie Buckingham. »Ja, Mylord, so war es, auf der linken Seite und mit einem Messer. Wer konnte Ihnen sagen, daß ich das geträumt habe? Ich habe es nur Gott im Gebet anvertraut.« »Ich will nicht mehr, Madame! Genug, Sie lieben mich.« »Ich liebe Sie ... ich?« »Ja, Sie! Würde Ihnen Gott dieselben Träume schicken, wie mir, wenn Sie mich nicht liebten? Hätten wir dieselben Vorgefühle, wenn sich unsere Existenz nicht wechselseitig durch das Herz berührte? Sie lieben, o Königin, und werden mich beweinen.« »Ach, mein Gott! mein Gott!« rief Anna von Österreich, »das ist mehr, als ich zu tragen vermag. Gehen Sie, Herzog, in des Himmels Namen, reisen Sie ab. Ich weiß nicht, ob ich Sie liebe oder ob ich Sie nicht liebe, ich weiß nur so viel, daß ich keinen Treubruch begehen werde. Haben Sie nun Mitleid mit mir, und entfernen Sie sich. Ach, würde man Sie in Frankreich treffen, würden Sie in Frankreich sterben, und ich wäre der Meinung, Ihre Liebe zu mir war die Ursache Ihres Todes, so wüßte ich mich nie wieder zu trösten; ich würde wahnsinnig. Gehen, o gehen Sie also, da ich Sie inständig bitte.« »O, wie sind Sie so schön, und wie liebe ich Sie!« rief Buckingham. »Gehen, ach gehen Sie, ich bitte und flehe; kommen Sie später wieder, kommen Sie als Gesandter, als Minister, umgeben von Garden, die Sie beschützen, von Dienern, die Sie bewachen, dann bin ich nicht mehr für Ihr Leben bekümmert und werde mich glücklich schätzen, Sie wiederzusehen.« »O, es ist wahr, was Sie mir sagen?« »Ja!« »Nun gut! ein Unterpfand Ihrer Gnade, ein Gegenstand, der von Ihnen kommt, und der mich daran erinnert, daß ich nicht geträumt habe, irgend ein Ding, das Sie getragen haben, und das ich tragen darf, einen Ring, ein Kollier, eine Kette.« »Und reisen Sie ab, wenn ich Ihnen gebe, was Sie verlangen?« »Ja.« »Auf der Stelle?« »Ja.« »Sie verlassen Frankreich und kehren nach England zurück?« »Ja, ich schwöre es Ihnen.« »Warten Sie, ja, warten Sie.« Anna von Österreich kehrte in ihr Gemach zurück und kam fast in demselben Augenblick wieder; sie trug in der Hand ein Kistchen von Rosenholz, das mit Gold eingelegt war. »Hier, Mylord Herzog! nehmen Sie und bewahren Sie das zu meinem Andenken.« Buckingham nahm das Kistchen und ließ sich abermals auf die Knie nieder. »Sie haben mir versprochen, abzureisen,« sagte die Königin. »Und ich halte Wort! Ihre Hand, Madame, Ihre Hand, und ich gehe.« Anna von Österreich bot ihm ihre Hand, während sie die Augen schloß und sich mit der andern auf Estefania stützte, denn sie fühlte, daß ihre Kräfte erlahmten. Buckingham preßte seine Lippen leidenschaftlich auf diese schöne Hand, dann stand er auf und sagte: »Wenn sechs Monde verfließen und ich bin nicht tot, so habe ich Sie wiedergesehen, Madame, und müßte ich darum die ganze Welt umwälzen.« Und getreu seinem gegebenen Versprechen stürzte er hinaus. Im Korridor begegnete er Madame Bonacieux, die seiner harrte und die ihn mit derselben Vorsicht und demselben Glück aus dem Louvre zurückbegleitete.

Herr Bonacieux.

Wie man bemerken konnte, schien man sich um eine Person in dieser Erzählung, ungeachtet ihrer mißlichen Lage, doch nur mittelmäßig zu beunruhigen. Diese Person war Herr Bonacieux, der ehrsame Märtyrer politischer und verliebter Intrigen, die in dieser zugleich so ritterlichen und galanten Zeit recht gut nebeneinander bestanden. Die Häscher, die ihn gefangennahmen, führten ihn geradewegs nach der Bastille, wo man ihn ganz bebend an einer Rotte Soldaten vorübergehen ließ, die eben ihre Musketen luden. Zwei Wachen faßten den Krämer am Arm, ließen ihn über einen Hof gehen, öffneten eine Tür und stießen ihn in ein niederes Gemach, wo sich kein anderes Gerät vorfand, als ein Tisch und ein Stuhl, und auf diesem Stuhl saß ein Kommissar und schrieb auf dem Tisch. Dieser Kommissar war ein Mann von widerlichem

Aussehen mit spitzer Nase, gelben, hervorragenden Backenknochen, kleinen, aber stechenden und lebhaften Augen, ein Mann, dessen Physiognomie ein Gemisch von Marder und Fuchs zu sein schien. Sein Kopf, von einem langen Hals getragen und hin und her schaukelnd, ragte aus seiner schwarzen Kleidung ungefähr mit derselben Bewegung hervor, wie man sie bei der Schildkröte bemerkt, wenn sie den Kopf aus ihrer Schale streckt. Der Angeklagte antwortete auf die Fragen: er nenne sich Jakob Michael Bonacieux, sei 51 Jahre alt, Krämer, lebe vom Geschäft zurückgezogen, und wohne in der Gasse Fossoyeurs Nr. 11. Nun hielt ihm der Kommissar, anstatt im Verhör fortzufahren, eine lange Rede über die Gefahr, welche ein gemeiner Bürgersmann laufe, wenn er sich in Staatsangelegenheiten mengt. Er verband diesen Eingang mit einer Erörterung, worin er von der Macht und Handlungsweise des Herrn Kardinals, dieses unvergleichlichen Ministers, dieses Überwinders des vorigen Ministers, dieses Beispiels der künftigen Staatsdiener, sprach, von einer Macht und Handlungsweise, denen niemand ungestraft vorgreifen könnte. »Doch, Herr Kommissar,« erwiderte Herr Bonacieux zaghaft, »glauben Sie mir, daß ich mehr als irgend einer das Verdienst der unvergleichlichen Eminenz erkenne und zu würdigen verstehe.« »Wirklich?« fragte der Kommissar mit einer zweifelhaften Miene; »wenn aber das so wäre, wie kommt Ihr in die Bastille?« »Wie ich hierher kam, oder vielmehr, warum ich hierher kam,« entgegnete Bonacieux, »das kann ich Ihnen unmöglich sagen, da ich es selber nicht weiß; doch geschah es sicher nicht, weil ich mich gegen den Herrn Kardinal verfehlte, wenigstens nicht mit meinem Wissen.« »Ihr müßt dennoch ein Verbrechen begangen haben, denn Ihr seid des Hochverrats beschuldigt.« »Des Hochverrats!« rief Bonacieux erschreckt, »des Hochverrats! wie sollte doch ein armer Krämer, der die Hugenotten und die Spanier haßt, des Hochverrats beschuldigt werden? Denken Sie nach, mein Herr! Die Sache ist materiell unmöglich.« »Herr Bonacieux,« versetzte der Kommissar und blickte den Angeklagten mit seinen kleinen Augen an, als vermöchten sie im Grunde der Herzen zu lesen, »Herr Bonacieux, Ihr habt eine Gemahlin?« »Ja, mein Herr!« antwortete der Krämer mit Zittern, da er merkte, um diesen Punkt drehe sich die ganze Geschichte, »das heißt, ich hatte eine.« »Wie doch, Ihr hattet eine Gemahlin? Was habt Ihr denn getan, wenn Ihr sie nicht mehr habt?« »Man hat sie mir entführt, mein Herr!« »Man hat sie Euch entführt!« rief der Kommissar, »und wißt Ihr auch, wer diesen Raub begangen hat?« »Ich glaube ihn zu kennen.« »Wer ist es?« »Bedenken Sie, Herr Kommissar, daß ich nichts behaupte, sondern bloß vermute.« »Wen vermutet Ihr also? sprecht offen und frei.« Herr Bonacieux war ganz verblüfft; sollte er alles leugnen oder alles eingestehen? Leugnete er alles, so konnte man glauben, er wisse zuviel, um einzugestehen; sagte er alles, so bewies er damit einen guten

Willen. Er entschloß sich also, alles zu bekennen. »Ich ziehe einen Mann in Verdacht«, sprach er, »von brauner Gesichtsfarbe und stolzer Miene, der ganz das Aussehen eines großen Herrn hat; er ging uns öfter nach, wie mich dünkte, wenn ich an der Pforte des Louvre auf meine Frau wartete, um sie nach Hause zu führen.« Der Kommissar schien etwas beunruhigt zu sein und fragte: »Wie nennt er sich?« »Ach, seinen Namen weiß ich nicht. Wenn ich ihm aber einmal begegne, und wäre es unter tausend Menschen, so stehe ich dafür, daß ich ihn wiedererkenne.« Die Stirn des Kommissars umschattete sich. Er sagte: »Ihr sagt, daß Ihr ihn unter tausend Menschen wiedererkennen würdet?« »Das heißt,« entgegnete Bonacieux, der wohl einsah, daß er auf einem falschen Wege war, »das heißt…« »Ihr habt mir geantwortet,« sagte der Kommissar, »daß Ihr ihn wiedererkennen würdet… Es ist gut, für heute ist es genug. Ehe wir in der Sache weitergehen, muß jemand benachrichtigt werden, daß Ihr den Entführer Eurer Gemahlin kennt.« »Ich habe ja nicht gesagt, daß ich ihn kenne!« rief Bonacieux in Verzweiflung, »im Gegenteil…« »Führt den Gefangenen fort,« sprach der Kommissar zu den Wachen. »Und wohin soll er geführt werden?« fragte der Amtsschreiber. »In den Kerker.« »In welchen?« »O, mein Gott! in den ersten besten, wenn er nur fest ist,« antwortete der Kommissar mit einer Gleichgültigkeit, die den armen Bonacieux mit Schauder erfüllte. »Ach! ach!« seufzte er bei sich selbst, »das Unglück liegt auf meinem Haupte; meine Gemahlin mag ein entsetzliches Verbrechen begangen haben; man hält mich für ihren Mitschuldigen, und so wird man mich mit ihr bestrafen. Sie hat gewiß gesagt und eingestanden, daß sie mir alles mitteilte; so schwach ist eine Frau. In den Kerker, in den ersten besten! so geht es. Eine Nacht ist bald vorbei, dann heißt es zum Rad, zum Galgen! Ach, mein Gott, mein Gott! habe mit mir Erbarmen.« Die zwei Wachen faßten Bonacieux am Arm und führten ihn fort, indes der Kommissar eilfertig einen Brief schrieb, auf den der Amtsschreiber wartete.

Bonacieux machte kein Auge zu, nicht, als wäre sein Kerker zu schrecklich gewesen, sondern weil seine Unruhe zu heftig war. Er kauerte die ganze Nacht auf seinem Schemel und bebte bei dem geringsten Lärm, und als die ersten Sonnenstrahlen in sein Gefängnis drangen, erschien ihm die Morgenröte wie Leichenschimmer. Auf einmal hörte er die Riegel knarren, und er fuhr erschreckt zusammen. Der Unglückliche dachte, man hole ihn schon, um ihn nach dem Schafott zu schleppen. Als er aber anstatt des Henkers seinen Kommissar und Amtsschreiber von gestern eintreten sah, wäre er ihnen fast um den Hals gefallen. »Eure Sache hat sich seit gestern abend sehr verwickelt, wackerer Mann!« sprach der Kommissar, »und ich gebe Euch den Rat, die lautere Wahrheit zu bekennen, da nur Eure Reue den Zorn des Kardinals zu beschwören vermag.« »Ich bin ja bereit, alles zu sagen,« entgegnete Bonacieux, »wenigstens alles, was ich weiß. Ich bitte, fragt mich nur.« »Fürs erste, wo ist Eure Gemahlin?« »Aber ich sagte ja schon, daß sie mir entführt worden ist.« »Ja doch, gestern um fünf Uhr; und zwar ist dieselbe mit Eurer Beihilfe entschlüpft.« »Meine Frau ist entschlüpft!« rief Bonacieux. »O, die Unglückliche! Mein Herr, wenn sie entschlüpft ist, so bin ich nicht schuld daran, das kann ich Ihnen beschwören.« »Was hattet Ihr denn bei Herrn d'Artagnan, Eurem Nachbar, zu tun, mit dem Ihr an diesem Tag eine lange Unterredung gehabt habt?« »Ach ja, Herr Kommissar! ja, das ist wahr, und ich gestehe, daß ich unrecht tat. Ja, ich war bei Herrn d'Artagnan.« »Und was war der Endzweck Eures Besuches?« »Ich wollte ihn bitten, daß er mir meine Frau aufsuchen helfe. Ich glaubte, sie mit Recht zurückverlangen zu können, allein ich irrte mich, wie es scheint, und bitte um Verzeihung.« »Und was hat Herr d'Artagnan geantwortet?« »Herr d'Artagnan hat mir seine Hilfe versprochen, doch bemerkte ich bald, daß er mich verraten habe.« »Ihr hintergeht die Justiz. Herr d'Artagnan hat mit Euch einen Vertrag geschlossen, vermöge desselben die Wachen fortgetrieben, die Eure Frau verhafteten, und so alle Nachsuchungen vereitelt.« »Herr d'Artagnan hat meine Frau entführt! Ei, was Sie mir da erzählen!« »Glücklicherweise ist Herr d'Artagnan in unserer Gewalt, und Ihr sollt mit ihm konfrontiert werden.« »O, bei meiner Treu! das geht ganz nach Wunsch,« rief Bonacieux, »es ist mir gar nicht unangenehm, ein bekanntes Gesicht zu sehen.« »Laßt Herrn d'Artagnan eintreten,« sprach der Kommissar zu den Wachen. Die zwei Wachen ließen Athos eintreten. »Herr d'Artagnan,« sagte der Kommissar zu Athos gewendet, »erklären Sie, was zwischen Ihnen und diesem Herrn vorgegangen ist.« »Doch,« rief Bonacieux, »das ist ja nicht Herr d'Artagnan, den Ihr mir da zeigt.« »Wie, ist das nicht d'Artagnan?« fragte der Kommissar. »Nicht im geringsten,« erwiderte Bonacieux. »Wie nennt sich dieser Herr?« fragte der Kommissar. »Ich kann es nicht sagen, da ich ihn nicht kenne.« »Wie doch, Ihr kennt ihn nicht?« »Nein.« »Ihr habt ihn noch niemals gesehen?« »Das wohl, doch weiß ich nicht, wie er heißt.« »Wie heißen Sie?« fragte der Kommissar. »Athos!« antwortete der Musketier. »Aber das ist ja nicht der Namen eines Menschen, sondern eines Berges,« sagte der Beamte, der schon den Kopf zu verlieren anfing. »Es ist mein Name,« versetzte Athos gelassen. »Sie haben aber doch gesagt, daß Sie d'Artagnan heißen.« »Ich?« »Ja, Sie.« »Das heißt, man sprach zu mir: ›Sie sind Herr d'Artagnan!‹ und ich antwortete: ›Glaubt Ihr das?‹ Meine Wachen riefen aus, sie wüßten das gewiß; ich wollte ihnen nicht widersprechen, und überdies konnte ich mich irren.« »Mein Herr! Sie beleidigen die Majestät der Justiz.« »Keineswegs,« versetzte Athos ruhig. »Sie sind Herr d'Artagnan.« »Nun, Sie sagen es mir noch einmal.« »Doch,« rief jetzt Bonacieux, »ich sage Ihnen, Herr Kommissar, daß man hier keinen Augenblick zu zweifeln braucht. Herr d'Artagnan wohnt in meinem Hause, und somit muß ich ihn kennen, obwohl er mir meine Miete nicht bezahlt, aber gerade aus dieser Ursache muß ich ihn kennen. Herr d'Artagnan ist ein junger Mann von kaum neunzehn oder zwanzig Jahren, während dieser Herr sicher schon dreißig zählt. Herr d'Artagnan gehört zu den Garden des Herrn des Essarts, und dieser Herr zur Kompagnie der Musketiere des Herrn von Tréville. Betrachten Sie nur die Uniform, Herr Kommissar! Betrachten Sie die Uniform.« »Es ist wahr,« murmelte der Kommissar, »bei Gott! es ist wahr.« In diesem Moment ging die Tür rasch auf, und ein Bote, den ein Gefängniswächter der Bastille hereinführte, überbrachte dem Kommissar einen Brief. »O, die Unglückliche!« rief der Kommissar. »Wie – was sagen Sie? von wem reden Sie? ich will hoffen, nicht von meiner Gemahlin?« »Ja, eben von ihr. Geht, Eure Sache steht sehr hübsch.« »Ha,« rief der Krämer außer sich; »erweisen Sie mir den Gefallen und sagen Sie, wie sich meine Sache durch das verschlimmern kann, was meine Gemahlin tut, während ich gefangen liege?« »Weil das, was sie tut, die Folge eines Planes ist, eines höllischen Planes, den Ihr mitsammen angezettelt habt.« »Ich schwöre Ihnen, Herr Kommissar, daß Sie völlig im Irrtum sind; daß ich nicht das geringste von dem weiß, was meine Frau tun sollte; daß mir das ganz unbewußt ist, was sie getan hat, und daß ich sie verleugne und verwünsche, wenn sie Albernheiten begangen hat.« »Ha,« sprach Athos zum Kommissar, »wenn Sie mich hier nicht benötigen, so lassen Sie mich fortgehen. Dieser Herr Bonacieux ist sehr langweilig.« »Führt die Gefangenen zurück in ihre Kerker,« rief der Kommissar und bezeichnete mit gleicher Gebärde Athos und Bonacieux, »und bewacht sie strenger als je.« »Haben Sie aber mit d'Artagnan zu tun,« sagte Athos mit seiner gewohnten Ruhe, »so sehe ich gar nicht ein, warum ich seinen Platz einnehmen soll.« »Tut, was ich befohlen habe!« rief der Kommissar, »und haltet das strengste Stillschweigen, hört Ihr?« Athos folgte den Wachen, die Achsel zuckend, während Herr Bonacieux ein Klagegeschrei ausstieß, das einem Tiger das Herz hätte durchbohren mögen. Der Krämer wurde in denselben Kerker zurückgeführt, worin er die vorige Nacht zugebracht hatte, und hier ließ man ihn den ganzen Tag. Herr Bonacieux weinte wie ein wahrhafter Krämer, denn er war ganz und gar kein Mann vom Schwerte, wie er selbst erklärt hatte. Am Abend gegen neun Uhr, in dem Moment, wo er sich entschloß, ins Bett zu gehen, vernahm er Tritte im Korridor. Diese Tritte näherten sich seinem Kerker, die Tür ging auf und die Wachen traten ein. »Folgt mir,« rief ein Gefreiter, der hinter den Wachen stand. »Euch folgen!« stammelte Bonacieux, »Euch folgen, zu dieser Stunde, o mein Gott, wohin denn?« »Wohin Euch zu führen wir beauftragt sind.« »Das ist aber keine Antwort.« »Es ist die einzige, die wir Euch geben dürfen.« »Ach, mein Gott, mein Gott!« seufzte der Krämer, »diesmal bin ich verloren!« Er folgte maschinenartig und ohne

Widersetzlichkeit den Wachen, die ihn holten. Vor dem Tore des Einfahrtshofes fand er einen Wagen, der von vier Wachsoldaten zu Pferd umgeben war. Man ließ ihn in diesen Wagen steigen, der Gefreite nahm neben ihm Platz. Der Kutschenschlag wurde mit einem Schlüssel gesperrt, und so saßen beide in einem fortrollenden Gefängnis.

Der Mann von Meung.

Der Wagen, der nur einen Augenblick lang aufgehalten wurde, setzte seinen Weg fort, wandte sich nach der Gasse des Bons-Enfants und hielt an einem niederen Tore. Das Tor ging auf; zwei Wachen nahmen Bonacieux, den der Gefreite unterstützte, in ihre Arme; man stieß ihn in einen Gang, wo eine Treppe hinaufzusteigen war, und setzte ihn in einem Vorzimmer ab. Alles das geschah maschinenartig. Er ging so, wie man im Traume zu gehen pflegt; er sah die Gegenstände wie durch einen Nebel; seine Ohren vernahmen Töne, ohne ihren Sinn zu verstehen; man hätte ihn in diesem Augenblick hinrichten können, er würde nicht die leiseste Gebärde zu seiner Verteidigung gemacht und keinen Laut ausgestoßen haben, um Mitleid zu erwecken. Er blieb somit auf der Bank sitzen, den Rücken an die Mauer gelehnt und die Arme herabhängend, an derselben Stelle, wo ihn die Wachen abgesetzt hatten. Als er indes um sich blickte und nichts Bedrohliches wahrnahm, da nichts eine wirkliche Gefahr andeutete, da die Bank gut gepolstert, die Wand mit schönem Korduanleder tapeziert war, da prunkvolle Vorhänge aus rotem Damast, von vergoldeten Spangen getragen, am Fenster herabwallten, so sah er allmählich ein, daß seine Furcht überspannt war und fing an, seinen Kopf rechts und links, nach oben und unten zu drehen. Auf diese Bewegungen, an denen ihn niemand hinderte, schöpfte er etwas Mut und wagte es, zuerst das eine, dann auch das andere Bein hervorzustrecken, und mittels seiner Hände erhob er sich von seiner Bank und stellte sich auf die Füße.

In diesem Moment öffnete ein Offizier von gutmütiger Miene einen Türvorhang, wechselte einige Worte mit einer im nächsten Gemach befindlichen Person, wandte sich hierauf zu dem Gefangenen und sprach zu ihm: »Seid Ihr Bonacieux?« »Ja, Herr Offizier, zu dienen,« stammelte der Krämer, mehr tot als lebendig. »Tretet ein,« sagte der Offizier. Der Krämer ging auch ohne Widerrede und trat in das Zimmer, wo er erwartet zu sein schien. Es war ein geräumiges Kabinett, an den Wänden mit Schutz- und Trutzwaffen ausgestattet, gut abgeschlossen und gelegen; es brannte darin bereits ein Feuer, obgleich man kaum erst am Ende des Monats September war. In der Mitte dieses Gemachs stand ein viereckiger Tisch, auf dem neben Büchern und Schriften ein ungeheurer Plan der Stadt Rochelle ausgebreitet lag. Vor dem Kamin stand ein Mann von mittlerer Größe, stolzer hochmütiger Miene, mit durchbohrenden Augen, breiter Stirn und hagerem Gesicht, das sich durch einen vom Schnurrbart überragten Knebelbart noch verlängerter ausnahm. Obschon dieser Mann kaum sechsunddreißig bis siebenunddreißig Jahre zählen mochte, so fing doch sein Haar und der Doppelbart an, grau zu werden. Dieser Mann sah auch ohne Degen wie ein Krieger aus, und seine Stiefel, von Büffelleder, und noch ganz mit leichtem Staub bedeckt, zeigten an, daß er an diesem Tag einen Ritt gemacht habe. Dieser Mann war Armand Jean Duplessis, Kardinal von Richelieu, keineswegs so wie er uns dargestellt wird: gebeugt wie ein Greis, leidend wie ein Märtyrer, mit gebrochenem Leib, erloschener Stimme, vergraben in einem großen Lehnstuhl wie in einem antizipierten Grabe, bloß durch die Kraft seines Geistes noch lebend und den Kampf mit Europa nur noch aushaltend durch die unablässige Tätigkeit seines Genius, sondern so, wie er zu jener Zeit wirklich war, nämlich ein offener und großherziger Edelmann, wohl schwach von Körper, jedoch unterstützt von einer moralischen Kraft, die aus ihm einen der außerordentlichsten Menschen machte, die je gelebt haben; endlich sich vorbereitend, nachdem er den Herzog von Nevers in seinem Herzogtum Mantua aufrechterhalten, nachdem er Nîmes, Castres und Uzès weggenommen, die Engländer von der Insel Ré zu verjagen und La Rochelle zu belagern. Für den ersten Anblick bezeichnete also nichts den Kardinal, und die sein Gesicht nicht kannten, vermochten unmöglich zu erraten, vor wem sie standen. Der arme Krämer blieb vor der Tür stehen, während die Augen des Mannes, den wir eben geschildert haben, auf ihn gerichtet waren und ihm bis auf den Grund seiner Gedanken dringen zu wollen schienen. Nach einem kurzen Stillschweigen sprach er: »Ist das Bonacieux?« »Ja, Monseigneur!« erwiderte der Offizier. »Wohl, gebt mir jene Papiere dort und lasset uns allein.« Der Offizier nahm die bezeichneten Papiere vom Tisch, überreichte sie dem, der sie verlangte, verneigte sich bis zur Erde und ging fort. Bonacieux erkannte in diesen Schriften die Verhörakten von der Bastille. Von Zeit zu Zeit erhob der Mann am Kamin die Augen von den Schriften und versenkte sie wie zwei Dolche in den Herzgrund des armen Krämers. Als der Kardinal zwei Minuten lang gelesen und geprüft hatte, war er mit sich im reinen. »Dieser Kopf da war noch nie bei einer Verschwörung beteiligt,« murmelte er; »doch gleichviel, wir wollen sehen.« »Ihr seid des Hochverrats beschuldigt,« sprach der Kardinal langsam. »Das ist mir schon gesagt worden, Monseigneur,« erwiderte Bonacieux, indem er dem Fragenden den Titel beilegte, wie er ihn vom Offizier anssprechen hörte, »allein ich schwöre Ihnen, daß ich nichts davon wußte.« Der Kardinal unterdrückte ein Lächeln. »Ihr habt Euch mit Eurer Gemahlin, mit Frau von Chevreuse und dem Herzog von

Buckingham in ein Komplott eingelassen.« »Monseigneur!« antwortete der Krämer, »ich hörte sie in der Tat alle diese Namen aussprechen.« »Und bei welcher Veranlassung?« »Sie hat gesagt, daß der Kardinal von Richelieu den Herzog von Buckingham nach Paris lockte, um ihn zu vernichten, und die Königin mit ihm.« »Das hat sie gesagt?« rief der Kardinal mit Heftigkeit. »Ja, Monseigneur! allein ich sprach zu ihr, daß sie unrecht tue, solche Worte zu reden, und Seine Eminenz wäre unfähig...« »Schweigt, Ihr seid ein Schwachkopf!« rief der Kardinal. »Eben das hat mir auch meine Frau geantwortet, Monseigneur!« »Wißt Ihr, wer Eure Gemahlin entführt hat?« »Nein, Monseigneur!« »Ihr habt aber doch einen Verdacht!« »Ja, Monseigneur, allein dieser Verdacht schien den Herrn Kommissar zu verdrießen, und ich habe ihn nicht mehr.« »Eure Gemahlin ist entschlüpft – wißt Ihr das?« »Nein, Monseigneur, ich erfuhr es erst, seit ich im Gefängnis bin, und zwar durch die Güte des Herrn Kommissars, eines recht liebenswürdigen Menschen.« Der Kardinal unterdrückte abermals ein Lächeln. »So wißt Ihr auch nicht, was aus Eurer Gemahlin seit ihrer Flucht geworden ist?« »Ganz und gar nicht, Monseigneur, doch muß sie wohl nach dem Louvre zurückgekehrt sein.« »Um ein Uhr früh war sie noch nicht zurückgekommen.« »Aber, mein Gott, was ist denn mit ihr geschehen?« »Man wird es in Erfahrung bringen, seid unbesorgt, man verhehlt dem Kardinal nichts: der Kardinal weiß alles.« »Wenn das so ist, Monseigneur, glauben Sie wohl, der Kardinal würde sich herablassen und mir sagen, was aus meiner Frau geworden ist?« »Vielleicht, doch müßt Ihr alles eingestehen, was Ihr von den Verhältnissen Eurer Gemahlin zu Frau von Chevreuse wisset.« »Doch, Monseigneur, ich weiß nichts, ich habe sie noch nie gesehen.« »Wenn Ihr Eure Gemahlin in Louvre abgeholt habt, ist sie immer geradewegs nach Hause gegangen?« »Fast niemals, sie hatte Geschäfte mit Leinwandkrämern, zu denen ich sie begleitete.« »Mit wieviel Leinwandkrämern?« »Mit zweien, Monseigneur!« »Wo wohnen diese?« »Der eine in der Gasse Vangirard, der andere in der Gasse de la Harpe.« »Seid Ihr bei denselben mit ihr eingetreten?« »Niemals, Monseigneur! ich habe sie stets am Tor erwartet.« »Welchen Vorwand gab sie an, um so allein hineinzugehen?« »Sie gab mir keinen an, sondern sagte nur, ich solle warten, und so habe ich denn gewartet.« »Ihr seid ein gefälliger Ehegemahl, mein lieber Herr Bonacieux!« versetzte der Kardinal. »Er nannte mich seinen lieben Herrn!« sprach der Krämer zu sich selbst; »Pest, die Sachen gehen gut.« »Würdet Ihr jene Türen wieder erkennen?« »Ja.« »Wißt Ihr die Hausnummern?« »Ja.« »Welche sind es?« »Nr. 25 in der Gasse Vangirard, und Nr. 75 in der Gasse de la Harpe.« »Es ist gut,« sprach der Kardinal. Nach diesen Worten langte er nach einem silbernen Glöckchen, läutete und der Offizier trat wieder ein. »Holt mir,« sprach er halblaut zu ihm, »holt mir Rochefort, er möge sogleich kommen, wie er zurückgekehrt ist.« »Der Graf ist hier,« entgegnete der Offizier, »und wünscht sehnlichst mit Ew. Eminenz zu sprechen.« »Mit Ew. Eminenz!« murmelte Bonacieux, der wohl wußte, das sei der Titel, den man gewöhnlich dem Kardinal gab, »Ew. Eminenz!« »Er komme nur, er komme!« rief der Kardinal lebhaft. Der Offizier verließ das Gemach mit jener Schnelligkeit, die alle Diener des Kardinals in ihrem Gehorsam bewiesen. »Ew. Eminenz!« murmelte Bonacieux wieder, und wandte die verwirrten Augen herum. Noch waren nicht fünf Sekunden seit dem Verschwinden des Offiziers vergangen, als die Tür aufging und eine neue Person eintrat. »Das ist er!« rief Bonacieux. »Wer denn?« fragte der Kardinal. »Der, welcher mir meine Gemahlin entführt hat.« Der Kardinal läutete zum zweitenmal. Der Offizier trat wieder ein. »Überliefert diesen Mann den Händen der zwei Wachen, und er warte, bis ich ihn wieder rufen lasse.« »Nein, Monseigneur, nein, er ist es nicht!« rief Bonacieux, »nein, ich habe mich geirrt, es ist ein anderer, der ihm ganz und gar nicht ähnlich sieht; dieser Herr ist ein ehrbarer Mann.« »Führt diesen Schwachkopf weg,« befahl der Kardinal. Der Offizier faßte Bonacieux unter dem Arm und führte ihn zurück in das Vorgemach, wo er seine beiden Wachen wiederfand. Die neue Person, die eben eingeführt wurde, folgte Bonacieux voll Ungeduld mit den Augen, bis er außer dem Zimmer war, und als die Tür hinter ihm geschlossen wurde, sprach er, dem Kardinal sich lebhaft nähernd: »Sie haben sich gesehen.« »Wer?« fragte Se. Eminenz. »Er und sie.« »Die Königin und der Herzog?« rief Richelieu. »Ja.« »Wo das?« »Im Louvre.« »Sind Sie dessen versichert?« »Vollkommen.« »Wer hat es Ihnen gesagt?« »Frau von Lannoy, die, wie bewußt, Ew. Eminenz ganz ergeben ist.« »Warum sagte sie das nicht früher?« »Geschah es aus Zufall oder Mißtrauen, die Königin ließ Frau von Surgis in ihrem Zimmer schlafen und behielt sie den ganzen Tag.« »Das geht gut, wir sind geschlagen; seien wir nun auf Wiedervergeltung bedacht.« »Ich werde Ihnen aus ganzer Seele Beistand leisten, gnädiger Herr, seien Sie dessen gewiß.« »Wie ist das geschehen?« »Um halb ein Uhr war die Königin bei ihren Frauen.« »Wo?« »In ihrem Schlafgemach.« »Gut.« »Als man ihr ein Sacktuch von seiten ihrer Wäscheverwahrerin brachte.« »Dann?« »Die Königin zeigte sogleich eine große Gemütsbewegung und wurde ganz blaß, ungeachtet der Schminke auf ihren Wangen.« »Dann? dann?« »Sie stand aber auf und sprach mit bebender Stimme: ›Meine Damen! warten Sie hier auf mich zehn Minuten lang, bis ich wiederkomme.‹ Sie öffnete die Tür des Alkovens und ging hinaus.« »Warum hat Ihnen Frau von Lannoy nicht auf der Stelle die Anzeige gemacht?« »Noch war nichts gewiß; außerdem hatte ja die Königin gesagt: ›Meine Damen, wartet auf mich,‹ und sie wagte es nicht, der Königin ungehorsam zu sein.« »Und wie lange blieb die Königin fern?« »Drei Viertelstunden.« »Hat sie keine ihrer Frauen begleitet?« »Bloß Donna

Estefania.« »Und ist sie dann wieder zurückgekommen?« »Ja, aber um ein kleines Kistchen von Rosenholz mit ihrem Namenszug zu holen, und sogleich wieder wegzugehen.« »Und als sie später zurückkam, brachte sie das Kistchen nicht wieder mit?« »Nein.« »Weiß Frau von Lannoy, was dieses Kistchen enthielt?« »Ja, die diamantenen Nestelstifte, die Seine Majestät der Königin gegeben hat.« »Und sie kehrte zurück ohne dieses Kistchen?« »Ja.« »Frau von Lannoy ist also der Meinung, sie habe es Buckingham zugestellt?« »Sie ist versichert.« »Den Tag über hat Frau von Lannoy als Gesellschaftsdame der Königin dieses Kistchen gesucht, schien beunruhigt, als sie es nicht fand, und fragte endlich die Königin.« »Und die Königin?« »Die Königin wurde sehr rot und antwortete, sie habe tags vorher einen dieser Stifte zerbrochen und zum Goldschmied geschickt, um den Schaden wieder auszubessern.« »Man muß dahin gehen, um sich zu versichern, ob es wahr sei oder nicht.« »Ich bin dahin gegangen.« »Gut, und der Goldschmied?« »Hat von der Sache nichts gewußt.« »Gut, gut, Rochefort! noch ist nicht alles verloren, und vielleicht – vielleicht geht alles aufs beste.« »Ich zweifle gar nicht daran, daß der Geist Ew. Eminenz . . .« »Die Torheiten meines Agenten wieder gutmachen werde, nicht wahr?« »Eben das wollte ich sagen, hätte mich Ew. Eminenz den Satz aussprechen lassen.« »Nun, wissen Sie, wo die Herzogin von Chevreuse und der Herzog von Buckingham versteckt waren?« »Nein, gnädigster Herr! meine Leute konnten mir hierüber nichts Bestimmtes sagen.« »Aber ich weiß es.« »Sie, gnädigster Herr?« »Ja, oder wenigstens vermute ich es. Er verbarg sich in der Gasse Baugirard Nr. 25; sie in der Gasse de la Harpe Nr. 75.« »Will Ew. Eminenz, daß ich beide verhaften lasse?« »Es ist gewiß schon zu spät, sie werden bereits abgereist sein.« »Gleichviel, man kann sich davon überzeugen.« »Nehmen Sie zehn Mann von meiner Wache, und durchsuchen Sie beide Häuser.« »Ich gehe dahin, gnädigster Herr!« Und Rochefort verließ rasch das Zimmer. Der Kardinal, der allein zurückblieb, dachte einen Augenblick nach und läutete zum drittenmal. Derselbe Offizier trat wieder ein. »Lasset den Gefangenen kommen,« sprach der Kardinal. Meister Bonacieux wurde von neuem hineingeführt, und der Offizier verließ auf einen Wink des Kardinals das Zimmer. »Ihr habt mich betrogen,« sprach der Kardinal mit Strenge. »Ich,« rief Bonacieux, »ich Ew. Eminenz betrügen?« »Wenn Eure Gemahlin in die Gasse Baugirard und in die Gasse de la Harpe ging, so ist sie nicht zu Leinwandkrämern gegangen.« »Gerechter Gott! wohin sollte sie denn gegangen sein?« »Sie ging zu der Herzogin von Chevreuse und zum Herzog von Buckingham.« »Ja,« versetzte Bonacieux, indem er alle seine Erinnerungen zusammenraffte, »ja, so ist es; Ew. Eminenz hat recht. Ich äußerte gegen meine Frau, daß man staunen sollte, wenn Leinwandkrämer in solchen Häusern wohnten, in Häusern ohne Schild, und jedesmal fing meine Frau zu lachen an. Ach, Monseigneur!« fuhr Bonacieux fort, indem er vor dem Kardinal auf die Knie sank, »Sie sind wohl der Kardinal, der große Kardinal, der Mann mit dem großen Geiste, dem alle Welt Verehrung zollt.« Wie gering auch der Triumph war, den der Kardinal über einen so einfachen Menschen davontrug, wie Bonacieux war, so freute er sich doch einen Augenblick darüber; aber als wäre ihm ein neuer Gedanke aufgestiegen, schwebte ein Lächeln um seine Lippen, und indem er dem Krämer die Hand bot, sprach er zu ihm: »Steht auf, mein Freund! Ihr seid ein ehrbarer Mann.« »Der Kardinal hat meine Hand berührt, und ich habe die Hand des großen Mannes berührt,« rief Bonacieux. »Der erhabene Mann hat mich Freund genannt!« »Ja, mein Freund, ja!« sprach der Kardinal mit dem väterlichen Tone, den er bisweilen anzunehmen wußte, woran sich aber nur die Leute täuschten, die ihn nicht kannten, »und da man auf Euch ungerecht einen Argwohn warf, so verdient Ihr eine Entschädigung. Nehmt diesen Säckel mit hundert Pistolen und vergebt mir.« »Ich Ihnen vergeben, Monseigneur!« stammelte Bonacieux, nahm jedoch Anstand, den Säckel zu nehmen, zweifelsohne aus Furcht, dieses vorgebliche Geschenk sei nur ein Scherz. »Sie hatten die Macht, mich verhaften zu lassen, und haben die freie Macht, mich foltern und aufhängen zu lassen; Sie sind der Gebieter, und mir stände es nicht im geringsten zu, etwas dagegen zu sagen. Ihnen vergeben, Monseigneur! Ach, Sie denken wohl gar nicht daran!« »O, mein lieber Herr Bonacieux! Ihr wollt da Edelmut beweisen, ich sehe das und danke Euch dafür. Nun, nehmt Ihr also diesen Säckel und geht, ohne unzufrieden zu sein?« »Ich gehe voll Entzücken, Monseigneur!« »Also Gott befohlen, oder vielmehr auf Wiedersehen, denn ich hoffe, daß wir uns wiedersehen werden.« »So oft es Ew. Eminenz wünscht, ich stehe ganz zu Dero Befehl.« »Seid ruhig, das wird noch oft geschehen, denn ich habe mich mit Euch außerordentlich unterhalten.« »O, Monseigneur!« »Auf Wiedersehen, Herr Bonacieux, auf Wiedersehen.« Der Kardinal gab mit der Hand ein Zeichen, dem Bonacieux damit entsprach, daß er sich bis zur Erde neigte; dann entfernte er sich rückwärts schreitend, und als er im Vorgemach war, hörte ihn der Kardinal mit lauter Stimme rufen: »Es lebe Monseigneur! Es lebe Seine Eminenz! Es lebe der große Kardinal!« Der Kardinal lächelte bei der lärmenden Offenbarung der enthusiastischen Empfindungen des Meisters Bonacieux, und als das Geschrei in der Ferne verhallt war, sprach er: »Dieser Mann würde sich künftig für mich totschlagen lassen.«

Sofort schickte sich der Kardinal wieder an, die Karte von Rochelle mit der größten Aufmerksamkeit zu betrachten, und beschrieb mit seinem Bleistift eine Linie, wo sich jener bekannte Damm hinziehen sollte, der achtzehn Monate nachher den Hafen der belagerten Stadt einschloß. Wie er nun so ganz vertieft war in seine strategischen

Beobachtungen, ging die Tür wieder auf und Rochefort trat ein. »Nun, was ist's?« fragte der Kardinal, lebhaft aufstehend und mit einer Behendigkeit, die den hohen Grad von Wichtigkeit bewies, die er auf die Sendung des Grafen gelegt hatte. »Nun,« entgegnete dieser, »eine junge Frau von sechsundzwanzig bis achtundzwanzig Jahren und ein Mann von fünfunddreißig bis vierzig Jahren wohnten wirklich, der eine vier Tage, der andere fünf Tage, in den Häusern, die Ew. Eminenz bezeichnet hat; doch ist die Frau diese Nacht und der Mann diesen Morgen abgereist.« »Sie waren es!« rief der Kardinal und blickte nach der Pendeluhr; »und jetzt ist es schon zu spät, um ihnen nachzusetzen, die Herzogin ist in Tours, der Herzog in Boulogne. Man muß sie in London aufsuchen.« »Welche Befehle erteilt Ew. Eminenz?« »Reden Sie kein Wort von dem, was hier vorging; die Königin bleibe in vollkommener Sicherheit; sie erfahre nicht, daß wir um ihr Geheimnis wissen, und glaube bloß, wir spüren irgend einer Verschwörung nach. Schickt mir den Siegelbewahrer Séquier.« »Und jener Mann – was tat Ew. Eminenz mit ihm?« »Welcher Mann?« fragte der Kardinal. »Dieser Bonacieux.« »Ich habe aus ihm alles gemacht, was sich machen ließ. Ich machte ihn zum Spion seiner Gemahlin.« Der Graf von Rochefort verneigte sich als ein Mann, der das große Übergewicht seines Herrn anerkennt, und entfernte sich.

Als sich der Kardinal wieder allein befand, setzte er sich abermals, schrieb einen Brief, versiegelte ihn mit einem besonderen Petschaft und schellte an der Glocke. Der Offizier trat zum viertenmal ein. »Lassen Sie Bitray zu mir kommen,« sprach er, »und melden Sie ihm, er möge sich zu einer Reise anschicken.« Ein Weilchen darauf stand der verlangte Mann vor ihm, gestiefelt und gespornt. »Bitray!« sprach der Kardinal, »Sie machen sich unverweilt auf den Weg nach London. Verweilen Sie keinen Augenblick auf der Reise; stellen Sie diesen Brief der Mylady zu. Hier haben Sie einen Wechsel von zweihundert Pistolen; gehen Sie zu meinem Schatzmeister, um sie zu beheben. Ebensoviel bekommen Sie, wenn Sie binnen sechs Tagen wieder zurück sind und meinen Auftrag gut ausgerichtet haben.« Der Bote verneigte sich, ohne ein Wort zu sprechen, nahm den Brief mit der Anweisung von zweihundert Pistolen und entfernte sich.

Der Inhalt des Briefes war dieser: »Mylady! Finden Sie sich bei dem ersten Ball ein, zu dem der Herzog von Buckingham kommen wird. Er wird an seinem Rock zwölf diamantene Nestelstifte tragen; nähern Sie sich ihm, um ihm zwei davon abzuschneiden. Setzen Sie mich in Kenntnis, sobald Sie im Besitz dieser Nestelstifte sind.«

Leute aus dem Bürgerstand und Militärs.

Als Athos am Tage nach diesen Vorfällen nicht erschienen war, wurde Herr von Tréville durch d'Artagnan und Porthos von seinem Verschwinden benachrichtigt. Was Aramis betrifft, so bat er um einen Urlaub von fünf Tagen, da er, wie er vorgab, Familienangelegenheiten in Rouen zu besorgen habe. Herr von Tréville war der Vater seiner Soldaten. Der Geringste und Unbekannteste von ihnen war von der Stunde an, als er die Uniform seiner Kompagnie trug, seines Beistands und Schutzes so versichert, wie es sein eigener Bruder hätte sein können. Er verfügte sich nun sogleich zum Leutnant des Kriminalgerichts. Man berief den Offizier, der den Posten an der Croix-Rouge kommandierte, und aus den allmählich eingehenden Nachrichten erfuhr man, daß sich Athos zur Stunde im Fort-l'Evêque befand. Athos hatte alle die Proben bestanden, die wir Bonacieux bestehen sahen. Wir haben der Konfrontierung der zwei Gefangenen beigewohnt. Athos, der bis dahin nichts gesagt hatte, aus Besorgnis, d'Artagnan möchte gleichfalls beunruhigt sein, und die Zeit noch nicht gehabt haben, die ihm nötig war, hatte von diesem Moment an erklärt, daß er sich Athos nenne und nicht d'Artagnan. Er fügte hinzu, daß er weder den Herrn noch die Madame Bonacieux kenne und nie mit einem von beiden gesprochen habe; daß er gegen zehn Uhr abends seinen Freund d'Artagnan besuchen wollte, doch sei er bis zu dieser Stunde bei Herrn von Tréville gewesen, bei dem er zu Mittag gegessen habe. Diese Tatsachen, fügte er bei, können zehn Zeugen beweisen, und er nannte mehrere ausgezeichnete Kavaliere, und unter andern den Herzog von Trémouille. Der zweite Kommissar wurde ebenso verwirrt wie der erste durch die einfache und feste Erklärung des Musketiers, an dem er so gern Revanche genommen hätte, wie dies Leute vom Zivil so häufig an Militärs zu tun pflegen, allein der Name des Herrn von Tréville und jener des Herzogs von Trémouille verdienten Rücksicht. Athos wurde gleichfalls zum Kardinal geschickt, aber unglücklicherweise war der Kardinal eben im Louvre bei dem König. Das war gerade der Augenblick, wo Herr von Tréville vom Leutnant des Kriminalgerichts und vom Gouverneur vom Fort-l'Evêque wegging und, ohne Athos gefunden zu haben, bei dem König eintrat. Herr von Tréville hatte als Kapitän der Musketiere zu jeder Stunde Zutritt bei dem König.

Man weiß, welche Vorurteile der König gegen die Königin nährte: der Kardinal unterhielt diese Vorurteile auf schlaue Weise, und setzte im Punkte der Intrige ein größeres Mißtrauen in die Frauen als in die Männer. Eine der wichtigsten Ursachen dieser Vorurteile war die Freundschaft der Anna von Österreich für Frau von Chevreuse. Diese beiden Frauen beunruhigten ihn mehr als die Kriege mit Spanien, die

Zerwürfnisse mit England und die Angelegenheiten der Finanzen. Nach seiner Ansicht und in seiner Überzeugung war Frau von Chevreuse der Königin nicht bloß dienstbar in ihren politischen Intrigen, sondern auch, was ihn noch mehr quälte, in ihren Liebesangelegenheiten. Auf das erste Wort des Kardinals, daß Frau von Chevreuse, die nach Tours verbannt war, und die man auch dort vermutete, nach Paris gekommen sei, sich fünf Tage hier aufgehalten und die Stadtwache hintergangen habe, entbrannte der König in Zornwut. Er war launenhaft und ungetreu, und doch wollte er sich Ludwig den Gerechten und Ludwig den Keuschen nennen lassen. Die Nachwelt wird diesen Charakter schwer auffassen, denn die Geschichte erklärt ihn durch Tatsachen und nie durch Meinungen. Als jedoch der Kardinal hinzufügte, Frau von Chevreuse wäre nicht bloß nach Paris gekommen, sondern die Königin habe sich mit ihr durch einen geheimnisvollen Briefwechsel ins Einvernehmen gesetzt, den man damals eine Kabale nannte; als er behauptete, er, der Kardinal, sei schon im Zuge gewesen, die dunkelsten Fäden dieser Intrige zu entwirren, wo man die Abgesandte der Königin bei der Verwiesenen mit allen Beweisen zuverlässig auf der Tat hätte betreten können, da habe es ein Musketier gewagt, mit Gewalt den Gang der Gerechtigkeit zu unterbrechen, und sich mit dem Degen in der Hand auf ehrbare Männer zu werfen, die den Auftrag hatten, die ganze Sache unparteiisch zu untersuchen, um sie dem König vor Augen zu legen: so konnte sich Ludwig XIII. nicht mehr beherrschen; er tat einen Schritt gegen das Gemach der Königin mit jenem bleichen und stummen Ingrimm, der diesen Fürsten, wenn er ausbrach, zur kalten Grausamkeit hinriß. Und doch sprach der Kardinal bei allem dem noch kein Wort von dem Herzog von Buckingham. Eben da trat Herr von Tréville ein, kalt, artig und in untadelhafter Haltung. Herr von Tréville hatte sich durch die Anwesenheit des Kardinals und durch das zornmütige Antlitz des Königs über das, was vorgefallen war, unterrichtet, und fühlte sich stark wie Samson vor den Philistern. Ludwig XIII. hatte schon die Hand an die Türklinke gelegt. Er wandte sich aber bei dem Geräusch, das Trévilles Eintritt machte, um. »Sie kommen eben recht, mein Herr,« sprach der König, »ich vernehme recht hübsche Dinge von Ihren Musketieren.« »Und ich,« entgegnete Herr von Tréville kalt, »ich habe Eurer Majestät hübsche Dinge von Ihren Zivildienern mitzuteilen.« »Nun, beliebt es?« sagte der König mit Stolz. »Ich habe die Ehre, Ew. Majestät zu melden,« fuhr Tréville in demselben Tone fort, »daß eine Anzahl Prokuratoren, Kommissare und Leute von der Stadtwache, alle sehr achtenswert, doch, wie es scheint, gegen die Uniform sehr aufgebracht, sich vermessen haben, einen meiner Musketiere in einem Hause zu verhaften, über die offene Straße zu führen, und nach einem Auftrag, den man mir vorzuweisen sich weigerte, in das Fort-l'Evêque zu sperren: und das geschah einem meiner Musketiere oder vielmehr Ihrer Musketiere, Ew. Majestät, das geschah Herrn Athos, Sire! einem Manne von untadelhaftem Betragen und von einem ganz ausgezeichneten Ruf, wie Ew. Majestät selber vorteilhaft bekannt ist.« »Athos,« sagte der König, »ja, ich kenne diesen Namen.« »Wolle sich Ew. Majestät seiner erinnern,« sprach Herr von Tréville, »Athos ist jener Musketier, der bei dem verdrießlichen Kampfe, der Ihnen bewußt ist, so unglücklich war, Herrn von Cahusac schwer zu verwunden. Jedoch, Monseigneur!« fuhr Herr von Tréville zu dem Kardinal fort, »Herr von Cahusac ist schon wieder vollkommen hergestellt, nicht wahr?« »Dank!« versetzte der Kardinal mit sichtbarem Zorn. »Herr Athos war also willens, einen seiner Freunde zu besuchen, der eben nicht zu Hause war, einen Béarner, welcher der Garde Seiner Majestät, Kompagnie des Essarts, als Kadett einverleibt ist; er befand sich aber kaum in der Wohnung seines Freundes und hatte, seiner harrend, ein Buch genommen, als eine Rotte von Häschern und Soldaten das Haus belagert und bei mehreren Türen einbricht.« Der Kardinal machte dem König ein Zeichen, das bedeuten sollte: »Das geschah in der Sache, die ich Ihnen mitgeteilt habe.« »Wir wissen das alles,« versetzte der König, »denn das alles geschah in unserm Dienste.« »Dann geschah es auch für den Dienst Ew. Majestät,« sagte Herr von Tréville, »daß man sich eines Unschuldigen aus meinen Musketieren bemächtigte, ihn wie einen Verbrecher zwischen zwei Wachen nahm und mitten durch einen rohen Pöbelhaufen diesen ehrbaren Mann schleppte, der schon zehnmal sein Blut im Dienste Seiner Majestät vergossen hat und noch zu vergießen bereit ist.« »Hm,« sagte der König erschüttert, »verhält sich die Sache wirklich so?« »Herr von Tréville bemerkt aber nicht,« sagte der Kardinal mit dem größten Phlegma, »daß dieser schuldlose Musketier, dieser ehrbare Mann, eine Stunde zuvor vier Instruktionskommissare, die ich zur Ermittlung einer sehr wichtigen Angelegenheit ausgeschickt hatte, mit dem Degen in der Hand angriff und in die Flucht jagte.« »Ich fordere Ew. Eminenz auf, das zu beweisen,« sagte Herr von Tréville mit seiner ganzen gascognischen Freimütigkeit und seinem ganzen militärischen Ernst, »denn Herr Athos, ein höchst achtbarer Mann, erzeigte mir eine Stunde vorher die Ehre, nachdem er bei mir zu Mittag gespeist hatte, sich im Salon meines Hotels mit dem Herzog de la Trémouille und mit dem Herrn Grafen von Chalus, die bei mir waren, im Gespräch zu unterhalten.« Der König blickte den Kardinal an. »Ein Protokoll weiset aus, was ich sagte,« entgegnete der Kardinal ganz laut auf die stumme Frage Seiner Majestät, »und die mißhandelten Männer haben abgefaßt, was ich hier Ew. Majestät zu übergeben die Ehre habe.« »Gilt ein Protokoll, von Zivilbeamten aufgenommen, soviel als das Ehrenwort eines Kriegers?« antwortete Tréville mit Stolz. »Nun, Tréville! nun, schweigen Sie,« rief der König. »Wenn Seine Eminenz einen Verdacht auf einen meiner Musketiere wirft,« versetzte Tréville,

»so ist die Gerechtigkeitspflege des Herrn Kardinals hinlänglich bekannt, daß ich selbst eine Untersuchung begehre.« »In dem Hause, wo diese gerichtliche Besichtigung stattfand,« fuhr der Kardinal leidenschaftslos fort, »wohnt ein Béarner, wie ich glaube, ein Freund des Musketiers.« »Ew. Eminenz will von Herrn d'Artagnan sprechen?« »Ich will von einem jungen Manne sprechen, den Sie in Schutz nehmen, Herr von Tréville!« »Ja, Ew. Eminenz, es ist derselbe.« »Vermuten Sie nun nicht, dieser junge Mensch habe den Rat gegeben?...« »Herrn Athos, einem Manne, der noch einmal so alt ist?« fiel Herr von Tréville ein; »nein, Monseigneur! Außerdem ist Herr d'Artagnan diesen Abend bei mir gewesen.« »Ei doch,« versetzte der Kardinal, »hat denn die ganze Welt diesen Abend bei Ihnen zugebracht?« »O, das kann ich Ew. Eminenz pünktlich sagen, denn als er eintrat, blickte ich auf die Uhr und sah, daß es halb zehn Uhr war, obwohl ich glaubte, es wäre schon später.« »Und wann hat er das Hotel verlassen?« »Um halb elf Uhr, gerade eine Stunde nach jenem Vorfall.« Der Kardinal, der nicht einen Augenblick an der Wahrhaftigkeit des Herrn von Tréville zweifelte und bemerkte, daß ihm der Sieg entschlüpfen sollte, fragte: »Athos ist doch in dem Hause in der Gasse Fossoyeurs verhaftet worden?« »Ist es denn einem Freunde verboten, einen Freund zu besuchen, einem Musketier von meiner Kompagnie, Brüderschaft zu schließen mit einem Gardesoldaten von der Kompagnie des Herrn des Essarts? »Ja, wenn das Haus verdächtig ist, wo man sich mit diesem Freunde verbrüdert, Tréville!« sprach der König, »wußten Sie vielleicht nicht, daß jenes Haus verdächtig ist?« »In der Tat, Sire, das wußte ich nicht. Es mag jedenfalls verdächtig sein, doch stelle ich in Abrede, daß es in dem Teile verdächtig ist, wo Herr d'Artagnan wohnt, denn im Vertrauen auf seine Worte kann ich versichern, Sire, es gibt keinen ergebeneren Diener Ew. Majestät, keinen wärmeren Bewunderer des Herrn Kardinals.« »Nicht wahr, das ist jener d'Artagnan, der einmal Jussac bei jenem unglückseligen Hader bei dem Kloster der Karmeliter verwundet hat?« fragte der König, und blickte auf den Kardinal, der vor Ärger glühte. »Und tags darauf Bernajoux. Ja, Sire, ja, es ist derselbe; Ew. Majestät hat ein vortreffliches Gedächtnis.« »Nun, was beschließen wir?« fragte der König. »Das kommt Ew. Majestät mehr zu als mir,« sagte der Kardinal. »Ich werde die Schuld beweisen.« »Und ich werde sie in Abrede stellen,« versetzte Tréville; »doch Eure Majestät hat Richter, und diese Richter werden entscheiden.« »So ist's,« sprach der König, »bringen wir den Rechtsfall vor die Richter: sie sollen darüber urteilen und werden es auch tun.« »Es ist nur höchst bedauerlich,« erwiderte Tréville, »daß wir in einer Zeit leben, wo man mit dem reinsten Wandel und durch die augenfälligste Tugend der Verleumdung und der Verfolgung nicht entgehen kann. Auch die Armee wird sich wenig zufriedenstellen, dafür kann ich bürgen, wenn sie sieht, daß sie in derlei

Angelegenheiten einer so strengen Behandlung ausgesetzt ist.« Diese Rede war unklug, allein Herr von Tréville hatte sie hingeworfen, wohlbewußt dessen, was er sagte. Er wollte es zu einer Explosion kommen lassen, denn das setzt die Mine in Feuer, und Feuer erhellt. Der König faßte die Worte des Herrn von Tréville auf und sagte: »Was wissen denn Sie von derlei Angelegenheiten, mein Herr! kümmern Sie sich um Ihre Musketiere, und machen Sie mir den Kopf nicht heiß. Wenn man Sie anhört, möchte man glauben, Frankreich stehe in Gefahr, weil unglückseligerweise ein Musketier eingezogen wurde. Welch ein Lärm wegen eines Musketiers! Bei Gott, ich lasse zehn einziehen, ja, hundert! sogar die ganze Kompagnie, und ich will dagegen keinen Laut hören.« »Von dem Moment an,« sagte Tréville, »wo Ew. Majestät einen Verdacht auf die Musketiere wirft, sind sie auch schuldig, und Sie sehen mich bereit, Sire! Ihnen meinen Degen zu übergeben, denn ich zweifle nicht daran, daß der Herr Kardinal, nachdem er meine Soldaten angeschuldet hat, zuletzt auch mich anklagen werde, und so ist es besser, ich gebe mich gefangen mit Herrn Athos, der bereits eingezogen ist, und mit Herrn d'Artagnan, den man gewiß auch einziehen wird.« »Gascognerkopf, wollen Sie aufhören!« rief der König. »Sire!« erwiderte Tréville, ohne im mindesten die Stimme zu dämpfen, »befehlen Sie, daß man mir meinen Musketier zurückgibt oder ihn aburteilt.« »Man wird ihn aburteilen,« sprach der Kardinal. »Nun, um so besser, denn in diesem Falle will ich Seine Majestät bitten, daß ich für ihn plädieren darf.« Der König fürchtete ein Aufsehen und sagte: »Falls Seine Eminenz nicht persönlich Beweggründe hat...« Der Kardinal sah den König herankommen und ging ihm entgegen, indem er sprach: »Um Vergebung; sobald Ew. Majestät in mir einen parteiischen Richter sieht, ziehe ich mich zurück.« »Hören Sie,« sprach der König, »schwören Sie mir bei meinem Vater, daß Athos während jenes Vorfalls bei Ihnen war und daran nicht teilgenommen hat?« »Bei Ihrem glorwürdigen Vater und bei Ihnen selbst, der Sie das sind, was ich liebe und am höchsten in der Welt verehre, will ich schwören.« »Sire, ich bitte, bedenken zu wollen,« sagte der Kardinal, »wenn wir den Gefangenen so freigeben, wird man die Wahrheit nicht mehr ermitteln.« »Herr Athos wird immer hier sein,« antwortete Herr von Tréville, »und bereitwillig dem Gericht Rede stehen, wie man es verlangen wird. Daß er nicht desertieren wird, Herr Kardinal, dafür will ich Bürgschaft leisten.« »Wahrlich, er wird nicht desertieren,« sprach der König; »man kann ihn stets wieder auffinden, wie Herr von Tréville sagt. – Außerdem,« fügte er hinzu, indem er den Ton seiner Stimme dämpfte und den Kardinal gleichsam flehend anblickte, »außerdem wollen wir Ihnen Sicherheit geben, das ist Politik.« Über diese Politik Ludwigs XIII. lächelte Richelieu und sagte: »Sire, befehlen Sie, denn Sie haben das Recht der Begnadigung.« »Das Recht der Begnadigung ist nur auf Schuldige anwendbar,« erwiderte Tréville, der das letzte Wort behaupten wollte, »und mein Musketier ist schuldlos. Sie üben somit Gerechtigkeit, Sire, und nicht Gnade.« »Er ist im Fort-l'Evêque?« fragte der König. »Ja, Sire, und in enger Haft, in einem Kerker, wie der größte Missetäter.« »Teufel! Teufel!« murmelte der König, »was ist da zu tun?« »Den Befehl der Freilassung unterfertigen, und alles ist abgetan,« antwortete der Kardinal; »ich halte, wie Ew. Majestät, die Bürgschaft des Herrn von Tréville für mehr als hinreichend.« Tréville verneigte sich ehrerbietig mit einer Freude, die nicht ganz frei von Besorgnis war: er hätte dieser plötzlichen Begnadigung einen hartnäckigen Einspruch des Kardinals vorgezogen. Der König unterfertigte den Befehl der Freilassung und Herr von Tréville eilte damit fort. In dem Moment, wo er fortging, warf ihm der Kardinal ein freundliches Lächeln zu und sprach zu dem König: »Sire, bei Ihren Musketieren herrscht eine schöne Harmonie zwischen den Vorgesetzten und den Soldaten; das ist sehr vorteilhaft für den Dienst und sehr ehrenvoll für alle.« »Er wird mir in kurzem einen bösen Streich spielen,« sagte Tréville, »bei einem solchen Manne bekommt man nie das letzte Wort. Doch eilen wir; der König könnte sogleich wieder seine Meinung ändern; denn es ist im Grunde schwerer, einen Menschen wieder nach der Bastille oder nach dem Fort-l'Evêque zu bringen, der einmal entlassen worden ist, als dort einen Eingekerkerten zu behüten.«

Herr von Tréville ging triumphierend nach Fort-l'Evêque und befreite den Musketier, der sich immer in stiller Gelassenheit verhalten hatte. Als er dann d'Artagnan zum erstenmal wiedersah, sagte er zu ihm: »Sie schlüpfen gut durch; Ihr Degenstich bei Jussac ist nun abbezahlt. Jetzt ist noch jener bei Bernajoux übrig, doch dürfen Sie sich nicht zu sehr darauf verlassen.«

Übrigens hatte Herr von Tréville recht, dem Kardinal zu mißtrauen und dabei zu denken, daß noch nicht alles vorüber sei, denn kaum schloß noch der Kapitän der Musketiere die Tür hinter sich, als Seine Eminenz zu dem König sprach: »Jetzt, da wir uns beide allein befinden, wollen wir uns ernstlich besprechen, wenn es Ew. Majestät beliebt. Sire, der Herzog von Buckingham war seit fünf Tagen in Paris und reiste erst diesen Morgen ab!«

Wo der Herr Siegelbewahrer Séguier öfter die Glocke suchte, um zu läuten, als er es sonst getan hat.

Man kann sich unmöglich eine Vorstellung machen, welchen Eindruck jene paar Worte auf den König hervorbrachten. Er wurde bald blaß, bald rot, und der Kardinal sah auf der Stelle, er habe das verlorene Feld mit einem Schlage wieder gewonnen. »Herr von Buckingham in Paris!« rief der König. »Und was hat er hier getan?« »Er zettelte zweifelsohne eine Verschwörung an mit Ihren Feinden, den Hugenotten und Spaniern.« »Nein, beim Himmel, nein, er hat sich gegen mein Glück verschworen mit Frau von Chevreuse, Frau von Longueville und den Condés.« »O Sire, welch ein Gedanke! die Königin ist zu klug, zu verständig, und liebt Ew. Majestät zu warm.« »Das Weib ist schwach, Herr Kardinal!« entgegnete der König, »und was die Wärme der Liebe betrifft, so habe ich hierüber meine Ansichten.« »Nichtsdestoweniger behaupte ich,« sprach der Kardinal, »daß der Herzog von Buckingham aus rein politischen Beweggründen nach Paris gekommen sei.« »Und ich bin überzeugt, Herr Kardinal, er sei um anderer Dinge willen hier gewesen. Doch wenn die Königin schuldig ist, so möge sie zittern.« »Obwohl mein Geist nur mit dem größten Widerstreben eine solche Verräterei ins Auge faßt,« entgegnete der Kardinal, »so bringt mich doch Ew. Majestät auf den Gedanken. Frau von Lannoy, die ich auf Ew. Majestät Befehl wiederholt befragt habe, gestand mir, daß Ihre Majestät die vorige Nacht sehr lang gewacht, am Morgen viel geweint und den ganzen Tag geschrieben habe.« »So ist's,« erwiderte der König, »sie schrieb gewiß an ihn, Kardinal! ich muß die Papiere der Königin haben.« »Doch wie dieselben wegnehmen, Sire? Mich dünkt, diesen Auftrag könne weder ich noch Ew. Majestät erlassen.« »Wie verfuhr man denn bei der Marschallin d'Ancre?« sagte der König zornentflammt. »Erst hat man ihre Schränke und dann sie selbst untersucht.« »Sire, die Marschallin d'Ancre war nur die Marschallin d'Ancre, eine florentinische Abenteurerin und nichts weiter, indes die erhabene Gemahlin Ew. Majestät, Anna von Österreich, Königin von Frankreich, das ist: eine der größten Fürstinnen der Welt.« »Sie ist deshalb noch um so schuldiger, Herr Herzog! Je mehr sie ihre hohe Stellung vergaß, desto tiefer sank sie herab. Außerdem bin ich schon längst entschlossen, all diesen kleinen politischen Intrigen und Liebesangelegenheiten ein Ende zu machen. Sie hat einen gewissen Laporte im Dienste...« »Diesen halte ich für den Schlußhaken von allem,« versetzte der Kardinal. »Sie glauben also wie ich, daß sie mich hintergeht?« fragte der König. »Ich glaube und wiederhole es, Ew. Majestät, daß die Königin gegen die Macht ihres Königs konspiriert, allein ich sagte nicht: gegen seine Ehre.« »Und ich sage Ihnen: gegen beides; ich sage Ihnen, daß mich die Königin nicht liebt; ich sage Ihnen, daß sie einen andern liebt; ich sage Ihnen, daß sie den Herzog von Buckingham liebt! Warum ließen Sie ihn nicht festnehmen während seines Aufenthalts in Paris!« »Den Herzog festnehmen, den ersten Minister Karls I. verhaften! Sire, bedenken Sie, welch ein Aufsehen das erregen müßte, und hätte der Verdacht Ew. Majestät einigen Bestand gewonnen, woran ich noch immer zweifle, welch ein furchtbarer Lärm! welch ein entsetzliches Ärgernis!« »Da er sich aber wie ein Herumstreicher, wie ein Dieb benahm, mußte man ja...« Ludwig XIII. erschrak selbst über das, was zu sagen er im Zuge war, und hielt inne, während Richelieu seinen Hals vorstreckte und vergeblich auf die Rede wartete, die an seinen Lippen kleben blieb. »Man mußte...?« »Nichts,« erwiderte der König, »allein Sie haben ihn doch während seiner Anwesenheit in Paris nicht aus den Augen verloren?« »Nein, Sire!« »Wo hat er gewohnt?« »In der Gasse de la harpe Nr. 75. »Wo ist diese?« »Neben dem Luxembourg.« »Sind Sie versichert, daß sich die Königin und er nicht gesehen haben?« »Sire, ich glaube, die Königin halte zu getreu an ihre Pflichten.« »Sie unterhielten aber einen Briefwechsel, die Königin hat ihm täglich geschrieben. Herr Herzog, diese Briefe muß ich haben.« »Sire, jedoch wenn...?« »Herr Herzog! ich will sie haben um jeden Preis.« »Doch erlaube ich mir, Ew. Majestät aufmerksam zu machen...« »Verraten Sie mich denn auch, Herr Kardinal, da Sie immer so meinem Willen widerstreben? Sind Sie auch einverstanden, mit dem Spanier und dem Engländer? mit Frau von Chevreuse und der Königin?« »Sire!« entgegnete der Kardinal lächelnd, »ich glaubte gegen einen solchen Argwohn gesichert zu sein!« »Herr Kardinal! Sie haben mich verstanden, ich will diese Briefe haben.« »Hierzu gäbe es nur ein Mittel.« »Welches?« »Diese Angelegenheit müßte dem Herrn Siegelbewahrer Séguier übertragen werden. Die Sache gehört ganz in sein Bereich.« »Man soll ihn auf der Stelle berufen.« »Er wird bei mir sein, Sire! ich ließ ihn bitten, zu kommen, und als ich in den Louvre ging, gab ich Befehl, ihn, wenn er kommt, warten zu lassen.« »Man hole ihn auf der Stelle.« »Der Befehl, Ew. Majestät, wird vollzogen werden, aber...« »Was, aber?« »Aber die Königin wird sich vielleicht weigern, zu gehorchen.« »Meinen Befehlen?« »Ja, wenn Sie nicht weiß, daß diese Befehle vom König ausgehen.« »Nun, damit sie ja nicht daran zweifle, will ich es ihr selber melden.« »Ew. Majestät wolle nicht vergessen, daß ich alles tat, um einen Bruch zu vermeiden.« »Ja, Herzog! Ich weiß es, Sie sind zu nachsichtsvoll für die Königin; und ich sage Ihnen, wir müssen später darüber sprechen.« »Wann es Ew. Majestät belieben wird, aber ich werde immerhin glücklich und stolz sein, Sire, mich der guten Harmonie zu opfern, die meinen Wünschen gemäß zwischen dem König und der Königin von Frankreich herrschen soll.« »Gut, Kardinal!

gut, doch lassen Sie mir den Siegelbewahrer holen, indes ich bei der Königin eintrete.« Ludwig XIII. öffnete die Verbindungstür und trat in den Korridor, der zur Königin Anna von Österreich führte.

Die Königin war in düstere Gedanken versenkt, als die Tür aufging und der König eintrat; tiefes Stillschweigen verbreitete sich in der Umgebung der Königin. Der König unterließ jede Höflichkeitsbezeigung, hielt vor der Königin und sagte mit bewegter, bebender Stimme: »Madame, Sie werden einen Besuch bekommen von dem Herrn Kanzler, der Ihnen meinem Auftrag gemäß gewisse Angelegenheiten mitteilen wird.« Die unglückselige Königin, die ohne Unterlaß mit Ehescheidung, Verbannung und sogar mit einem Gericht bedroht wurde, erblaßte trotz ihrer Schminke und konnte sich nicht erwehren zu sagen: »Doch wozu diesen Besuch, Sire? Was wird der Kanzler mir sagen, das mir Ew. Majestät nicht selber sagen könnte?« Der König drehte sich auf der Ferse herum, ohne zu antworten, und fast in demselben Augenblick meldete der Gardekapitän, Herr von Quitant, den Besuch des Kanzlers. Als der Kanzler eintrat, hatte sich bereits der König durch eine andere Tür entfernt.

Der Kanzler war halb lächelnd, halb errötend, eingetreten. Da wir im Verlauf dieser Geschichte wieder auf ihn zurückkommen werden, so kann es nicht schaden, wenn unsere Leser gleich jetzt mit ihm Bekanntschaft machen. Dieser Kanzler war ein seltsamer Mann. Des Roches le-Masle, Kanonikus von Notre-Dame, und vormals Kammerdiener des Kardinals, stellte ihn Seiner Eminenz als einen ganz ergebenen Mann vor. Der Kardinal hatte ihm vertraut, und war mit ihm gut gefahren.

Die Königin stand noch, als er eintrat, als sie ihn aber sah, setzte sie sich wieder in ihren Lehnstuhl und winkte ihren Frauen, sich auf ihre Kissen und Stühle niederzulassen. Dann fragte sie mit stolzer Miene: »Was wollen Sie, mein Herr? und zu welchem Ende sind Sie hier?« »Madame, um in des Königs Namen, abgesehen von aller Ehrerbietung, genau alle Ihre Papiere zu untersuchen.« »Wie, mein Herr? eine Durchsuchung meiner Papiere? – Mir das? ha, das ist eine unwürdige Behandlung!« »Wollen Sie mir vergeben, Madame: ich bin in dieser Hinsicht nur das Werkzeug, dessen sich der König bedient. Ging Seine Majestät nicht eben von hier fort? Hat er Sie nicht selbst aufgefordert, sich auf diesen Besuch vorzubereiten?« »Durchsuchen Sie also, mein Herr; ich bin, wie es scheint, eine Verbrecherin; Estefania! geben Sie ihm die Schlüssel zu meinen Tischen und Schränken.« Der Kanzler durchsuchte diese Geräte wohl der Form wegen, allein er wußte recht gut, daß die Königin den wichtigen Brief, den sie an diesem Tage geschrieben, nicht in diese Möbel sperren werde. Nachdem der Kanzler die Laden des Sekretärs zwanzigmal auf und zu gemacht hatte, so mußte er, wie er auch zögerte, so mußte er, sage ich, mit seinem Geschäft ans Ende kommen, das heißt, die Königin selber durchsuchen. Der Kanzler näherte sich nun Anna von Österreich, und sagte in zitterndem Ton und mit ganz verlegener Miene: »Jetzt bleibt mir noch die Hauptdurchsuchung übrig.« »Welche?« fragte die Königin, die ihn nicht verstand, oder vielmehr nicht verstehen wollte. »Seine Majestät ist versichert, daß heute ein Brief von Ihnen geschrieben wurde, und weiß auch, daß derselbe noch nicht an seine Adresse gelangt ist. Dieser Brief findet sich nicht in Ihrem Tisch und Sekretär, und doch ist er irgendwo.« »Sollten Sie es wagen, Hand an Ihre Königin zu legen?« sagte Anna von Österreich, indem sie sich mit stolzer Würde erhob und den Kanzler auf eine fast drohende Weise anblickte. »Ich bin ein getreuer Untertan des Königs, Madame! und alles, was Seine Majestät gebietet, werde ich tun.« »Nun, das ist wahr,« entgegnete Anna von Österreich, »der Herr Kardinal wurde von seinen Kundschaftern gut bedient. Ich habe heute einen Brief geschrieben, der noch nicht abging, hier ist dieser Brief.« Die Königin griff mit der Hand in ihr Leibchen. »Madame!« sprach der Kanzler, »so geben Sie mir diesen Brief.« »Ich will ihn nur dem König geben,« erwiderte Anna. »Hätte der König gewollt, daß ihm dieser Brief eingehändigt werde, so würde er ihn selbst abverlangt haben. Allein ich wiederhole Ihnen, er hat mir aufgetragen, ihn abzufordern, und sollten Sie mir denselben nicht geben...« »Nun?« »So habe ich gleichfalls den Auftrag, ihn zu nehmen.« »Wie? was wollen Sie damit sagen?« »Daß meine Befehle weit reichen, Madame, und daß ich berechtigt bin, das verdächtige Papier sogar an der Person Ew. Majestät zu suchen.« »Wie schaudervoll!« rief die Königin. »Madame, wollen Sie sich also etwas leichter darein finden.« »Dieses Betragen ist eine schmähliche Gewalttätigkeit! Wissen Sie das, mein Herr?« »Madame, entschuldigen Sie, der König befiehlt.« »Ich werde es nicht zugeben, nein, nein, eher will ich sterben!« rief die Königin, bei der sich das kaiserliche Blut der Spanierin und Österreicherin empörte. Der Kanzler machte eine tiefe Verbeugung, dann näherte er sich mit der offenbaren Miene, keinen Zollbreit abzuweichen von der Vollziehung des erhaltenen Auftrags, und wie etwa ein Henkersknecht in der Folterkammer hätte tun mögen, Anna von Österreich, aus deren Augen man in diesem Moment Tränen der Wut hervorquellen sah. Die Königin war, wie schon bemerkt, eine große Schönheit. Der Auftrag konnte somit als ungemein delikat angesehen werden, allein der König war vermöge seiner Eifersucht gegen Buckingham auf den Punkt gekommen, daß er gegen niemand mehr eifersüchtig war. Der Kanzler Séguier suchte in diesem Moment zweifelsohne den Strick der Glocke mit den Augen, weil er ihn aber nicht fand, so faßte er seinen Entschluß und griff mit der Hand nach der Gegend hin, wo sich nach dem Geständnis der Königin das Papier befand. Anna von Österreich trat einen Schritt zurück und wurde so blaß, als müßte sie schon sterben, stemmte sich, um nicht umzusinken, mit der linken Hand an einen Tisch, der sich hinter ihr befand, zog mit der Rechten ein Papier aus ihrer Brust hervor und reichte es dem Siegelbewahrer, indem sie mit bebender Stimme sprach: »Nehmen Sie hier den Brief, nehmen Sie, und befreien Sie mich von Ihrer widerwärtigen Gegenwart.« Der Kanzler, der von einer Gemütsaufregung zitterte, die sich leicht begreifen läßt, nahm den Brief, verneigte sich bis zur Erde und entfernte sich. Die Tür war hinter ihm kaum geschlossen, als die Königin halb ohnmächtig in die Arme ihrer Frauen sank.

Der Kanzler brachte den Brief zum König, ohne daß er ein einziges Wort gelesen hatte. Der König empfing ihn mit bebender Hand, blickte nach der Adresse, die noch fehlte, wurde sehr blaß, entfaltete ihn langsam, und las ihn sehr rasch, als er an den ersten Worten ersah, daß er an den König von Spanien gerichtet sei. Es war durchaus ein Angriffsplan gegen den Kardinal. Die Königin forderte ihren Bruder und den Kaiser von Österreich auf, sich, von der Politik Richelieus verletzt, den Anschein zu geben, da er sich unaufhörlich mit der Erniedrigung des Hauses Österreich beschäftigte, als wollten sie Frankreich den Krieg erklären, und die Entfernung des Kardinals zur Bedingung des Friedens zu machen; doch von der Liebe ward in diesem Briefe nicht eine Silbe gesprochen. Der König war ganz erfreut darüber und erkundigte sich, ob der Kardinal noch im Louvre sei. Man meldete ihm, daß Seine Eminenz im Arbeitskabinett die Befehle Seiner Majestät erwarte. Der König begab sich unverweilt zu ihm. »Nun, Herzog!« sprach er zu ihm, »Sie hatten recht, und ich hatte unrecht; die ganze Intrige ist politischer Art, und von der Liebe ist in diesem Briefe gar nicht die Rede. Dagegen geschieht Ihrer stark Erwähnung.« Der Kardinal nahm den Brief und las ihn mit der größten Aufmerksamkeit. Als er zum Schluß kam, fing er ihn noch einmal zu lesen an. »Nun, Ew. Majestät,« sprach er, »Sie sehen, worauf es meine Feinde anlegen. Man droht Ihnen mit zwei Kriegen, wenn Sie mich nicht entfernen. An Ihrer Stelle, Sire, würde ich wirklich einem so mächtigen Andringen nachgeben, und ich meinerseits schätze mich glücklich, wenn ich mich von den Geschäften zurückziehen dürfte.« »Was sprechen Sie da, Herzog?« »Ich sage, Sire! daß bei diesen außerordentlichen Kämpfen und beständigen Anstrengungen meine Gesundheit erliegen wird. Ich sage, daß ich die Mühewaltung bei der Belagerung von La Rochelle kaum werde aushalten können, und daß Sie besser täten, den Herrn von Condé oder Herrn von Bassompierre, oder einen andern tapferen Mann zu erwählen, dessen Beruf der Krieg ist, aber nicht mich, der ich ein Mann der Kirche bin, nicht mich, der ich ohne Unterlaß von meinem Beruf abgezogen werde, um mich für Dinge zu verwenden, für die ich nicht tauge. Sie werden glücklicher sein im Innern, Sire, und ich zweifle nicht daran, auch größer nach außen.« »Herr Herzog,« sagte der König, »seien Sie ruhig, ich sehe das ein; alle diejenigen, die in diesem Briefe genannt sind, sollen bestraft werden, wie sie es verdienen, und die Königin selber.« »Sire, was sprechen Sie da? Gott soll mich bewahren, daß die Königin meinetwegen im mindesten behelligt werde; sie hielt mich immer für ihren Feind, Sire, obwohl ich Ew. Majestät bezeigen könnte, daß ich sie stets eifrigst und sogar gegen Sie in Schutz genommen habe. O, wenn sie Ew. Majestät hinsichtlich der Ehre verraten könnte, so wäre das etwas anderes, und ich wäre der erste, der da sagte: ›Keine Gnade, Sire! keine Gnade für die Schuldige.‹ Glücklicherweise ist das nicht so, und Ew. Majestät erlangte hiervon einen neuen Beweis.« »Es ist wahr, Herr Kardinal,« sprach der König, »Sie haben recht, wie immer; allein die Königin verdient deshalb nicht weniger meinen ganzen Zorn.« »Sie haben sich den ihrigen zugezogen, Sire, und wirklich wäre es mir erklärlich, wenn sie Ew. Majestät ernstlich gram würde...« »Solcher Art will ich stets meine und Ihre Feinde behandeln, Herzog, wie hoch auch dieselben gestellt sein mögen, und welcher Gefahr ich auch laufe bei ihrer strengen Behandlung.« »Die Königin ist meine Feindin, doch ist sie nicht die Ihrige, Sire, im Gegenteil ist sie eine ergebene und tadellose Gemahlin. Gestatten also Ew. Majestät, daß ich mich bei Ihnen für sie verwende.« »So soll sie sich demütigen und mir zuerst entgegenkommen.« »Im Gegenteil, Sire, geben Sie ihr das Beispiel: Sie hatten zuerst unrecht, da Sie die Königin in Verdacht gezogen haben.« »Ich sollte den ersten Schritt tun?« sagte der König; »nimmermehr.« »Sire, ich bitte inständig.« »Außerdem, wie sollte ich ihr zuerst entgegenkommen?« »Indem Sie etwas tun, wovon Sie wissen, daß es ihr angenehm wäre.« »Was?« »Geben Sie einen Ball; Sie wissen doch, wie sehr die Königin den Tanz liebt; ich bürge dafür, daß sie auf eine solche Aufmerksamkeit keinen Groll mehr nähren werde.« »Herr Kardinal, Sie wissen, daß ich die weltlichen Vergnügungen nicht liebe.« »Die Königin wird Ihnen um so dankbarer sein, als sie Ihre Abneigung gegen diese Vergnügungen kennt. Außerdem wird ihr eine Gelegenheit geboten, die schönen, diamantenen Nestelstifte zu tragen, die Sie ihr an ihrem Namenstag schenkten, und womit sie sich bisher noch nicht geschmückt hat.« »Wir wollen sehen, Herr Kardinal, wir wollen sehen,« sagte der König, »wir wollen sehen, doch bei meiner Ehre, Sie sind zu nachsichtsvoll.« »Sire,« versetzte der Kardinal, »überlassen Sie die Strenge Ihren Ministern, die Nachsicht ist eine königliche Tugend; wenden Sie dieselbe an, und Sie werden sich überzeugen, daß Sie sich dabei wohl befinden.« Als hierauf der Kardinal die Pendeluhr elf Uhr schlagen hörte, verneigte er sich tief, bat den König, sich entfernen zu dürfen, und ersuchte ihn, als er sich wegbegab, noch einmal, daß er sich mit der Königin wieder aussöhne.

Anna von Österreich, die wegen des ihr abgenommenen Briefes auf Vorwürfe gefaßt war, verwunderte sich sehr, als sie am folgenden Tage sah, wie er sich ihr zu nähern bemüht war. Ihre erste Bewegung war zurückweisend; der Stolz der Frau und die Würde der Königin waren zu grausam verletzt, so daß sie sich von dem ersten Schlag nicht sogleich erholen konnte. Allein durch die Frauen ihres Gefolges bewogen, gab sie sich die Miene, als wollte sie allmählich vergessen. Der König benutzte den ersten Augenblick, um ihr unablässig zu sagen, er sei gesonnen, eine Festlichkeit zu veranstalten. Eine Festlichkeit war für die arme Anna von Österreich etwas so Seltenes, daß bei dieser Ankündigung, wie es der Kardinal voraussah, die letzte Spur ihres Grames, wenn auch nicht in ihrem Gemüt, doch mindestens in ihrem Antlitz, verschwand. Sie fragte, wann diese Festlichkeit stattfinden sollte, allein der König erwiderte, daß er sich jedenfalls mit dem Kardinal besprechen müsse. In der Tat fragte der König täglich den Kardinal, wann die Festlichkeit statthaben sollte, und jeden Tag verschob es der Kardinal unter irgend einem Vorwand, sich darüber bestimmt zu erklären. So vergingen zehn Tage.

Acht Tage nach diesem erzählten Auftritt erhielt der Kardinal einen Brief mit dem Stempel von London, worin bloß diese Zeilen standen: »Ich habe sie – allein ich kann London nicht verlassen, weil es mir an Geld gebricht; senden Sie mir fünfhundert Pistolen, und vier bis fünf Tage nach dem Empfang derselben werde ich in Paris sein.« An demselben Tag, als der Kardinal diesen Brief erhalten, wandte sich der König wieder an ihn mit der gewöhnlichen Frage. Richelieu zählte an seinen Fingern und sprach ganz still zu sich selbst: »Wie sie schreibt, kommt sie vier oder fünf Tage nach dem Empfang des Geldes; das Geld braucht vier oder fünf Tage, um dahin zu kommen; sie braucht vier oder fünf Tage, um hier einzutreffen, das macht zehn Tage; rechnen wir noch widrige Winde, böse Zufälle, Weiberschwäche, und nehmen wir zwölf Tage an.« »Nun, Herr Herzog,« sagte der König, »ist Ihre Rechnung gemacht?« »Ja, Sire! wir haben heute den zwanzigsten September; die Stadtschöppen geben am 3. Oktober ein Fest. Das trifft herrlich zusammen; da brauchen Sie sich nicht die Miene zu geben, als tun Sie etwas wegen der Aussöhnung mit der Königin.« Dann fügte er noch hinzu: »Allein, vergessen Sie nicht, Sire, am Tage vor dem Fest Ihrer Majestät zu sagen, daß Sie zu sehen wünschen, wie gut ihr die diamantenen Nestelstifte stehen.«

Die Hauswirtschaft des Bonacieux.

Der Kardinal kam in seinem Gespräch mit dem König zum zweitenmal auf die diamantenen Nestelstifte zurück. Diese wiederholte Erinnerung fiel Ludwig XIII. auf und er dachte, in dieser dringlichen Empfehlung müsse wohl ein Geheimnis stecken. Der

König ward schon öfters als einmal dadurch gedemütigt, daß der Kardinal mittels seiner vortrefflichen Stadtwache über das, was in seinem eigenen Haushalt geschah, besser als er selbst unterrichtet war. Er hoffte somit, durch eine Unterredung mit Anna von Österreich einiges Licht zu bekommen, und sofort mit irgend einem Geheimnis, sei es nun dem Kardinal bekannt oder nicht bekannt, zu Seiner Eminenz zurückzukehren, wodurch er in den Augen seines Ministers ungemein gewinnen müßte. Er ging also zu der Königin und begann sein Gespräch wie gewöhnlich mit Drohungen gegen jene, die sie umgaben. Anna von Österreich neigte den Kopf und ließ den Strom verrinnen, ohne zu antworten, in der Hoffnung, er würde zuletzt doch anhalten; allein das war es nicht, was Ludwig XIII. wollte; Ludwig XIII. wollte einen Wortwechsel, aus dem irgend ein Funke hervorsprühen sollte; da er überzeugt war, der Kardinal nähre irgend einen Hintergedanken und bereite ihm eine von jenen schrecklichen Überraschungen, wie es Seine Eminenz zu tun verstand. Er erreichte dieses Ziel damit, daß er in seinen Anklagen beharrte. »Aber,« entgegnete Anna von Österreich, die dieser vagen Angriffe müde war, »aber, Sire, Sie sagen mir alles, was Ihnen auf dem Herzen liegt. Was habe ich denn getan? Reden Sie, welches Verbrechen habe ich begangen? Ew. Majestät kann unmöglich all diesen Lärm wegen eines Briefes erheben, den ich an meinen Bruder geschrieben habe.« Der König, der hier auf eine so bestimmte Weise angegriffen wurde, wußte nicht, was er antworten sollte; er dachte, es wäre der rechte Moment, die Aufforderung anzubringen, die er erst am Tage vor der Festlichkeit machen sollte. »Madame,« sprach er mit Majestät, »es findet nächstens ein Ball statt im Rathaus; ich erwarte, daß Sie dort, um unsern braven Schöppen die Ehre anzutun, in Prachtkleidung erscheinen, und insbesondere mit den diamantenen Nestelstiften geschmückt sein werden, die ich Ihnen zu Ihrem Namensfest gab. Das ist meine Antwort.« Die Antwort war schrecklich. Anna von Österreich glaubte, Ludwig XIII. wisse bereits alles, und der Kardinal habe von ihm diese lange Verstellung von sieben bis acht Tagen erlangt, die übrigens schon in seinem Charakter lag. Sie wurde entsetzlich blaß, stützte sich mit ihrer wunderbar schönen Hand an eine Stuhllehne, blickte den König mit erschreckten Augen an und erwiderte keine Silbe. »Sie verstehen doch, Madame,« sprach der König, indem er sich an dieser Verlegenheit in ihrer ganzen Ausdehnung weidete, ohne doch die Ursache zu erraten: »Sie verstehen mich?« »Ja, Sire, ich verstehe,« stammelte die Königin. »Sie werden erscheinen auf diesem Ball?« »Ja.« »Mit Ihren Nestelstiften?« »Ja.« Die Blässe der Königin hatte sich womöglich noch vermehrt, und der König, der es bemerkte, empfand dabei jene kalte Grausamkeit, die eine schlimme Seite seines Charakters bildete. Dann sprach er: »Somit ist die Sache abgetan, und das ist alles, was Ich Ihnen zu sagen hatte.« »An welchem Tage findet dieser Ball statt?« fragte Anna von Österreich. Ludwig XIII. empfand instinktmäßig, daß er auf diese Frage nicht antworten sollte, welche die Königin mit fast sterbender Stimme machte. »Recht bald, Madame,« antwortete der König, »doch erinnere ich mich nicht mehr genau an den Tag, und will deshalb den Kardinal fragen.« »Hat Ihnen also der Kardinal dieses Fest angezeigt?« rief die Königin. »Ja, Madame,« entgegnete der König erstaunt, »aber warum das?« »Hat er Ihnen gesagt, Sie möchten mich auffordern, mit den Nestelstiften zu erscheinen?« »Das heißt ... Madame!« »Er war es, Sire, er.« »Was liegt daran, ob er es war oder ich? Ist denn diese Aufforderung ein Verbrechen?« »Nein, Sire.« »Nun, Sie werden erscheinen?« »Ja, Sire.« »Gut,« sprach der König, sich zurückziehend, »gut, ich rechne darauf.« Die Königin verneigte sich, weniger aus Etikette, als weil die Knie unter ihr einsanken. Der König ging entzückt hinweg. »Ich bin verloren,« stammelte die Königin, »verloren, denn der Kardinal weiß alles; er stachelte den König an, der noch nichts weiß, aber bald alles erfahren wird. Ich bin verloren, mein Gott! mein Gott! mein Gott!« Sie kniete auf ein Kissen und betete, den Kopf zwischen die bebenden Arme gesenkt.

Ihre Lage war auch wahrhaftig schrecklich. Buckingham befand sich in London, Frau von Chevreuse in Tours. Indem sie nun ihr bedrohliches Unglück und ihre Verlassenheit ins Auge faßte, brach sie in ein Schluchzen aus. »Kann ich Ihrer Majestät nicht behilflich sein?« fragte plötzlich eine Stimme voll Sanftmut und Teilnahme. Die Königin wandte sich rasch um, denn man konnte sich an dem Ton dieser Stimme nicht irren; es war eine Freundin, die also sprach. In der Tat war an einer von den Türen, die in dieses Gemach führten, die hübsche Madame Bonacieux erschienen; als der König eintrat, war sie eben damit beschäftigt, Kleider und Wäsche in einem Kabinett zu ordnen, konnte da nicht weggehen und hatte alles mitangehört. Die Königin stieß einen durchdringenden Schrei aus, als sie sich überrascht sah, denn sie kannte in ihrer Betäubung anfangs die junge Frau nicht, die ihr Laporte beigegeben hatte. »O, fürchten Sie nichts, Madame,« sprach die junge Frau, indem sie die Hände faltete und über die Ängstlichkeit der Königin weinte. »Ich gehöre Ihrer Majestät mit Leib und Seele, und wie fern ich auch von derselben stehe, wie untergeordnet auch meine Stellung sei, so glaube ich doch, ein Mittel entdeckt zu haben, Ihre Majestät aus der Bedrängnis zu ziehen.« »Ihr, o Himmel! Ihr?« rief die Königin; »aber blicket mir ins Gesicht. Ich bin von allen Seiten verraten; darf ich mich auf Euch verlassen?« »O Madame,« rief die junge Frau und warf sich auf die Knie, »o, bei meiner Seele, ich bin bereit, für Sie zu sterben!« Diese Rede kam aus dem Grunde des Herzens, und man konnte sich über ihre Wahrhaftigkeit nicht täuschen. »Ja,« fuhr Madame Bonacieux fort, »ja, es gibt hier Verräter, doch im Namen der heiligen Jungfrau schwöre ich Ihnen, daß Ihrer Majestät niemand so ergeben sein kann, wie ich es bin. Sie haben jene Nestelstifte, die der König verlangt, dem Herzog von Buckingham gegeben, nicht wahr? Diese Nestelstifte waren in einem Kistchen von Rosenholz verschlossen, das er unter seinem Arm trug. Irre ich? war es nicht so?« »O, mein Gott, mein Gott!« murmelte die Königin, der vor Schrecken die Zähne klapperten. »Nun, man muß diese Nestelstifte zurückbekommen,« fuhr Madame Bonacieux fort. »Ja, ganz gewiß, das muß geschehen,« rief die Königin, »aber wie das anstellen, wie dahin gelangen?« »Man muß jemand zu dem Herzog schicken.« »Wen, aber wen? auf wen kann ich mich verlassen?« »Schenken Sie mir Vertrauen, Madame, erweisen Sie mir die Ehre, und ich werde einen Boten auffinden.« »Ich werde aber schreiben müssen.« »Ach, ja, das ist unerläßlich. Zwei Worte von der Hand Ihrer Majestät und Ihr eigenes Siegel.« »Doch diese paar Worte sind meine Verdammung, meine Ehescheidung, meine Verweisung.« »Ja, wenn sie in ruchlose Hände geraten. Allein, ich bürge dafür, daß diese paar Worte an ihre Adresse gelangen.« »Ach, mein Gott; ich muß mein Leben, meine Ehre, meinen Ruf in Eure Hände legen.« »Ja, Madame, ja, das muß geschehen, und ich werde alles das retten.« »Allein wie? sagt mir nur das?« »Mein Gemahl wurde vor zwei oder drei Tagen in Freiheit gesetzt und ich gewann noch nicht Zeit, ihn zu sehen; er ist ein braver, ehrbarer Mann, der niemand liebt und niemand haßt. Er wird das tun, was ich verlange; er wird auf mein Geheiß abreisen, ohne daß er es weiß, was er mit sich trägt, und den Brief Ihrer Majestät an seine Adresse abgeben, ohne daß er erfährt, er komme von Ihrer Majestät.« Die Königin faßte die beiden Hände der jungen Frau mit leidenschaftlicher Bewegung, blickte sie an, als wollte sie im Grund ihres Herzens lesen, und rief freudig erregt, mit dem Gefühl tiefer Dankbarkeit für die tapfere Frau: »Tue das, du Treue, und du hast mir das Leben gerettet, du hast mir die Ehre gerettet!« »O, überschätzen Sie nicht den Dienst, den ich Ihnen zu erweisen so glücklich bin; ich habe Ihrer Majestät nichts zu retten, die nur das Opfer schändlicher Komplotte ist.« »Es ist wahr, mein Kind, es ist wahr!« entgegnete die Königin, »du hast recht.« »Geben Sie also den Brief, Madame, die Zeit drängt.« Die Königin schrieb zwei Zeilen, versiegelte sie und übergab sie Madame Bonacieux. »Doch jetzt,« sprach die Königin, »jetzt vergessen wir noch eine sehr notwendige Sache.« »Welche?« »Das Geld.« Madame Bonacieux lächelte. »Ja, es ist wahr,« sprach sie, »und ich gestehe Ihrer Majestät, daß mein Gemahl...« »Dein Gemahl hat keines, willst du sagen.« »Allerdings hat er, doch ist er sehr geizig, das ist seine Schwachheit. Beunruhigen sich übrigens Ihre Majestät nicht, wir werden schon Mittel finden.« »Ich habe ebenfalls keines,« versetzte die Königin. »Doch warte.« Anna von Österreich lief zu ihrem Schrank und sprach dann: »Hier ist ein Ring von großem Werte, wie man mir versichert; er kommt von meinem Bruder, dem König von Spanien; da er mir gehört, so kann ich darüber verfügen. Nimm also diesen Ring und mach ihn zu Geld, und dein Gemahl kann abreisen.« »In einer Stunde soll Ihnen schon willfahrt sein.« »Du siehst die Adresse,« fügte die Königin hinzu, und zwar so leise, daß man kaum hörte, was sie sprach: »An Mylord, Herzog von Buckingham in London.« »Dieser Brief wird ihm selbst zugestellt werden. »Großherzige Seele!« rief Anna von Österreich. Madame Bonacieux küßte der Königin die Hände, versteckte das Papier in ihrem Leibchen und verschwand mit der Behendigkeit eines Vogels.

Zehn Minuten darauf war sie schon zu Hause. Wie sie der Königin sagte, hatte sie ihren Gemahl nicht gesehen, seit er in Freiheit gesetzt worden war, und wußte also nichts von der Veränderung, die in ihm in bezug auf den Kardinal vorgegangen war; eine Veränderung, die ihren Grund in der Schmeichelei und dem Gelde Seiner Eminenz hatte und seither durch einige Besuche des Grafen von Rochefort bestärkt wurde, der sich mit Bonacieux aufs innigste befreundete und ihm ohne viel Mühe den Glauben beibrachte, die Entführung seiner Frau geschah nicht infolge einer sträflichen Absicht, sondern sie sei bloß eine politische Vorsichtsmaßregel gewesen. Sie traf Herrn Bonacieux allein an; der arme Mann hatte große Mühe, sein Hauswesen wieder in Ordnung zu bringen, da er fast alle Geräte zertrümmert, alle Schränke ausgeleert fand. Als der würdige Krämer in sein Haus zurückkehrte, meldete er seine Rückkehr in sein Haus allsogleich seiner Gemahlin, und diese hatte ihm hierauf glückwünschend geantwortet, daß sie den ersten Augenblick, wo sie sich ihrer Pflicht entziehen könnte, ganz allein ihn mit einem Besuch erfreuen werde. Die Betrachtungen des Bonacieux waren durchaus rosenfarbig. Rochefort nannte ihn seinen Freund, seinen lieben Bonacieux, und wiederholte ihm stets, daß der Kardinal große Stücke auf ihn halte. Der Krämer sah sich schon auf dem Pfade der Ehre, des Wohlstandes und des Glückes.

Auch Madame Bonacieux hatte ihre Betrachtungen angestellt, jedoch über etwas anderes als über den Ehrgeiz; ihre Gedanken bewegten sich stets unwillkürlich um jenen schönen, jungen Mann, der ihr so wacker und so verliebt geschienen hatte.

Obwohl sich die beiden Gatten seit mehr als acht Tagen nicht gesehen hatten, und obwohl während dieser Woche wichtige Ereignisse zwischen ihnen vorgefallen waren, so begegneten sie sich doch mit einer gewissen Spannung; nichtsdestoweniger offenbarte Herr Bonacieux eine aufrichtige Freude und ging seiner Frau mit offenen Armen entgegen. Madame Bonacieux bot ihm die Stirn zum Kuß und sagte: »Laß uns ein wenig sprechen.« »Wie?« fragte Bonacieux erstaunt. »Ja, gewiß, ich habe dir etwas höchst Wichtiges zu sagen.« »Nun, auch ich habe einige ziemlich ernste Fragen an dich zu stellen. Ich bitte dich, gib mir ein bißchen Aufschluß über deine Entführung.« »In diesem Augenblick handelt es sich nicht um das,« versetzte Madame Bonacieux.

»Um was handelt es sich denn? um meine Gefangennehmung?« »Ich wußte schon darum an dem nämlichen Tage; da du dich aber keines Verbrechens schuldig gemacht hast, so legte ich auf diesen Vorfall kein anderes Gewicht, als er verdiente.« Bonacieux war ein bißchen verletzt ob der geringen Teilnahme, die ihm seine Frau bewies, und sagte: »Madame, Ihr sprecht da allerliebst; wisset Ihr wohl, daß ich einen Tag und eine Nacht lang in einem Kerker der Bastille geschmachtet habe?« »Ein Tag und eine Nacht sind bald vorüber; lassen wir also deine Gefangenschaft beiseite und kommen wir auf das zurück, was mich hierher brachte.« »Wie? was dich hierher brachte – war es also nicht die Sehnsucht, deinen Gatten wiederzusehen, von dem du acht Tage lang getrennt warst?« fragte der Krämer, noch empfindlicher verletzt. »Zuerst von dem und dann von etwas anderm.« »Sprich.« »Es ist eine höchst wichtige Sache, von der vielleicht unser künftiges Glück abhängt.« »Madame! seit wir uns nicht mehr gesehen, hat sich unser künftiges Glück bedeutsam geändert, und es sollte mich nicht wundern, wenn uns in Mondenfrist recht viele Leute beneiden.« »Ja, zumal wenn du der Weisung folgst, die ich dir geben werde.« »Mir?« »Ja, dir! Es ist da ein gutes und frommes Werk zu verrichten, mein Freund, und zugleich auch viel Geld zu verdienen.«

Madame Bonacieux wußte recht wohl, wenn sie vom Gelde sprach, faste sie ihren Mann bei seiner schwachen Seite. Wenn aber ein Mensch, ob er auch ein Krämer war, zehn Minuten lang mit dem Kardinal Richelieu gesprochen hatte, so war er nicht mehr derselbe Mensch. »Viel Geld zu verdienen!« sagte Bonacieux. »Ja, viel!« »Wieviel ungefähr?« »Vielleicht tausend Pistolen.« »Es ist also sehr wichtig, was du von mir begehrst?« »Ja.« »Was muß denn geschehen?« »Du reisest auf der Stelle fort; ich übergebe dir ein Papier, das du unter keinem Vorwand aus den Händen läßt, und dahin abgibst, wohin es gehört.« »Und wohin soll ich reisen?« »Nach London.« »Ich nach London? Ei, du scherzest nur, was hätte ich denn in London zu tun?« »Aber andere bedürfen es, daß du dahin reisest.« »Wer sind denn diese andern? Ich erkläre dir, daß ich nicht mehr blindlings handle und nicht bloß wissen will, was ich wage, sondern auch, für wen ich etwas wage.« »Eine vornehme Person sendet dich und eine vornehme Person erwartet dich. Der Lohn wird über deine Wünsche hinausreichen; das ist alles, was ich dir sagen kann.« »Wieder Intrigen und immer Intrigen! Dank dafür, jetzt traue ich nicht mehr, der Herr Kardinal hat mich darüber aufgeklärt.« »Der Kardinal?« rief Madame Bonacieux, »hast du den Kardinal gesehen?« »Er ließ mich rufen!« erwiderte der Krämer stolz. »Und warst du so unklug, seiner Einladung nachzukommen?« »Ich muß dir sagen, es stand nicht in meiner Willkür, mich zu ihm zu verfügen, oder nicht zu verfügen, denn ich befand mich zwischen zwei Wachen. Ich kann es nicht leugnen, daß ich damals, wo ich Seine Eminenz noch nicht kannte, überaus froh gewesen wäre, hätte ich mich diesem Besuch entziehen können.« »Er hat dich also mißhandelt? er hat dir gedroht?« »Er reichte mir die Hand, nannte mich seinen Freund, hörst du, Frau! seinen Freund. Ich, der Freund des großen Kardinals!« »Des großen Kardinals!« »Nun, Madame, wollt Ihr ihm etwa diesen Titel streitig machen?« »Ich bestreite nichts, ich sage nur, daß eine solche Gunst eine ephemere ist. Es gibt Größen, die über die seinige erhaben sind, und nicht auf der Laune eines Menschen oder dem Erfolg eines Ereignisses beruhen, und auf solche Größen muß man vertrauen und sich ihnen anschließen.« »Madame, es tut mir leid, allein ich kenne keine andere Größe, als die des großen Mannes, dem zu dienen ich die Ehre habe.« »Du dienst somit dem Kardinal?« »Ja, Madame, und als sein Diener werde ich es nicht zugeben, daß Ihr gegen die Sicherheit des Staates an Komplotten teilnehmet, und einer Frau, die keine Französin ist und ein spanisches Herz hat, bei ihren Intrigen dienstbar seid. Glücklicherweise ist der große Kardinal da; sein wachsames Auge dringt bis in des Herzens Grund.« Bonacieux wiederholte Wort für Wort eine Redensart, die er vom Grafen Rochefort sagen hörte; allein die arme Frau, die auf ihren Gemahl gerechnet und sich in dieser Hoffnung bei der Königin für ihn verantwortlich gemacht hatte, zitterte nicht weniger sowohl wegen der Gefahr, in die sie sich versetzt fühlen mußte, als auch wegen der Ohnmacht, in der sie sich befand. Da sie indes die Schwachheit und insbesondere die Habsucht ihres Gatten kannte, so verzweifelte sie noch nicht daran, ihn für ihre Zwecke zu gewinnen. »Ach, Ihr seid ein Kardinalist, mein Herr,« sprach sie, »ach, Ihr frönt der Partei derjenigen, die Eure Frau mißhandeln und Eure Königin beschimpfen.« »Den allgemeinen Interessen gegenüber sind die Privatinteressen nichts. Ich bin für diejenigen, die den Staat retten,« sagte Bonacieux mit Nachdruck. Das war wieder eine Redensart des Grafen von Rochefort. »Und wißt Ihr auch, was der Staat ist?« fragte Madame Bonacieux, die Achsel zuckend. »Begnügt Euch, ein Bürger zu sein ohne alle Spitzfindigkeit, und wendet Euch auf die Seite, die Euch die meisten Vorteile bietet.« »He! he!« lachte Bonacieux, indem er auf einen Sack mit rundem Wanste klopfte, der einen Silberklang von sich gab, »was sagt Ihr zu dem hier, Frau Predigerin?« »Woher habt Ihr dieses Geld?« »Das erratet Ihr nicht.« »Etwa vom Kardinal?« »Von ihm und von meinem Freunde, dem Grafen von Rochefort.« »Von dem Grafen von Rochefort? aber das ist ja derjenige, der mich entführt hat.« »Das ist möglich, Madame.« »Und Ihr nehmet Geld an von diesem Menschen?« »Habt Ihr nicht gesagt, diese Entführung war rein politischer Art?« »Ja, allein diese Entführung hatte zum Zweck, mich zu vermögen, daß ich meine Gebieterin verrate, mir auf der Folter Geständnisse zu erpressen, welche die Ehre und vielleicht auch das Leben meiner erhabenen Herrin gefährden sollten.« »Madame,« erwiderte

Bonacieux, »Eure erhabene Gebieterin ist eine treulose Spanierin, und was der große Kardinal tut, das ist wohlgetan.« »Mein Herr,« sprach die junge Frau, »ich wußte wohl, daß Ihr feig, habgierig und schwachköpfig seid, daß Ihr aber auch unehrbar seid, wußte ich nicht.« »Madame,« sagte Bonacieux, der seine Gemahlin noch nie in Zorn gesehen und der vor ehelichem Zank zurückschauderte, »Madame, was sprecht Ihr da?« »Ich sage, daß Ihr ein Elender seid,« fuhr Madame Bonacieux fort, die es wohl merkte, daß sie wieder einigen Einfluß auf ihren Gatten gewann. »Ah, Ihr treibt Politik, und zwar kardinalistische Politik! Ihr verkauft Leib und Seele für Geld an den bösen Feind?« »Schweigt, Madame, schweigt, man könnte Euch hören.« »Ja, Ihr habt recht, und ich würde mich für Euch um Eurer Feigheit willen schämen.« »Aber sagt, was begehrt Ihr denn von mir?« »Ich habe Euch gesagt, mein Herr, Ihr sollet auf der Stelle abreisen, und den Auftrag, dessen ich Euch würdige, allsogleich vollziehen; unter dieser Bedingung will ich alles vergeben und vergessen, und noch mehr...« – sie bot ihm die Hand – »ich will Euch wieder meine Freundschaft schenken.« Bonacieux war feig und habsüchtig, doch liebte er seine Frau und wurde weich. Ein Mann von fünfzig Jahren kann gegen eine Frau von dreiundzwanzig Jahren nicht lange einen Groll bewahren. Madame Bonacieux sah, daß er zauderte, und sprach: »Nun, seid Ihr entschlossen?« »Aber bedenkt doch ein wenig, liebe Freundin, was Ihr von mir verlangt; London ist weit von Paris, sehr weit, und vielleicht ist der Auftrag, den Ihr mir gebt, nicht ohne Gefahr?« »Was liegt daran, wenn Ihr derselben ausweicht?« »Doch, Madame Bonacieux, doch,« versetzte der Krämer, »ich widersetze mich geradezu Eurem Verlangen; die Intrigen machen mich schaudern, ich habe die Bastille gesehen! Brrr! die Bastille ist schrecklich. Nur daran denkend, durchrieselt mich ein Schauer. Man drohte mir mit der Folter. Wißt Ihr, was die Folter ist? Hölzerne Keile, die man einem zwischen die Beine treibt, bis die Knochen krachen! Nein, ich bin entschlossen, nicht abzureisen. Hm, zum Kuckuck, warum geht Ihr denn nicht selbst?« »Wahrlich, ich glaube, daß ich mich in bezug auf Euch bis jetzt nicht geirrt habe. Ihr seid ein Mann, und dazu einer der tollkühnsten.« »Und Ihr – Ihr seid ein Weib, ein erbärmliches, albernes und abgestumpftes Weib.« »Ha, Ihr fürchtet Euch. Nun gut, wenn Ihr nicht auf der Stelle abreiset, lasse ich Euch auf Befehl der Königin verhaften und in die Bastille stecken, vor der Ihr solche Angst habt.«

Bonacieux versank in tiefes Nachdenken, er erwog reiflich in seinem Gehirn den doppelten Zorn, den des Kardinals und den der Königin; der des Kardinals zeigte sich ungemein überwiegend. »Lasset mich von seiten der Königin verhaften,« sprach er, »ich werde meine Zuflucht zu Seiner Eminenz nehmen.« Madame Bonacieux fühlte, sie sei schon zu weit gegangen und erschrak darüber. Sie betrachtete ein Weilchen mit

Ängstlichkeit jenes dumme Gesicht, auf dem sich eine unbeugsame Entschlossenheit ausprägte, wie das schon ist bei Blöden, die sich fürchten. »Wohlan, es sei!« sprach sie, »vielleicht habt Ihr am Ende doch recht: ein Mann sieht in der Politik schärfer als Frauen, zumal Ihr, Herr Bonacieux, der Ihr mit dem Kardinal gesprochen habt. Indes ist es doch hart,« fügte sie hinzu, »daß mein Gemahl, ein Mann, auf dessen Liebe ich rechnen zu können glaubte, mich so lieblos behandelt und meinen Wünschen nicht willfährt.« »Weil Ihre Wünsche zu weit führen könnten,« antwortete Bonacieux triumphierend, »und weil ich Ihnen mißtraue.« »So will ich davon abstehen,« sagte die junge Frau seufzend, »gut, reden wir nichts mehr davon.« »Wenn Ihr mir doch wenigstens sagen möchtet, was ich in London tun soll«, erwiderte Bonacieux, der sich etwas spät daran erinnerte, daß ihm Rochefort den Auftrag gegeben, die Geheimnisse seiner Gemahlin zu erforschen. »Es ist unnötig, daß Ihr es erfahret,« entgegnete die junge Frau, die jetzt ein instinktmäßiges Mißtrauen zurückhielt. Allein, je mehr die junge Frau zauderte, um so wichtiger dachte sich Bonacieux das Geheimnis, das ihm anzuvertrauen sie sich weigerte. Er beschloß daher, auf der Stelle zu Herrn von Rochefort zu gehen und ihm zu melden, daß die Königin einen Boten suche, um ihn nach London zu schicken. »Vergebt, wenn ich Euch verlasse, liebe Madame Bonacieux,« sagte er, »da ich aber nicht wußte, daß Ihr zu mir kommt, so habe ich einem meiner Freunde ein Rendezvous gegeben: ich kehre sogleich wieder zurück, und wollet Ihr bloß eine halbe Minute warten, so will ich Euch, wie ich meinen Freund abgefertigt habe, hier abholen und nach dem Louvre zurückführen, da es schon spät zu werden anfängt.« »Danke, mein Herr,« antwortete Madame Bonacieux, »Ihr seid nicht wacker genug, um mir dienstbar zu sein; ich will allein nach dem Louvre zurückkehren.« »Wie es beliebt, Madame Bonacieux,« entgegnete der Exkrämer. »Werde ich Euch bald wiedersehen?« »Zweifelsohne. In der kommenden Woche wird mir mein Dienst, wie ich hoffe, einige Freiheit gönnen, und diese will ich benutzen, um in unsern Angelegenheiten wieder Ordnung herzustellen, die wohl ein bißchen gestört worden sein muß.« »Gut, ich erwarte Euch ... Ihr seid mir doch nicht gram?« »Ich – nicht im geringsten.« »Nun, auf baldiges Wiedersehen.« »Gewiß.« Bonacieux küßte seiner Gemahlin die Hand und ging rasch fort. »Nun,« sagte Madame Bonacieux, als ihr Mann hinter sich die Tür zugemacht hatte und sie sich allein befand, »diesem Einfältigen ging nichts mehr ab, als daß er Kardinalist wurde. Und ich, die ich der Königin dafür Bürge stand, ich, die ich meiner armen Gebieterin versprochen ... O, mein Herr Bonacieux, ich habe Euch nie so recht geliebt, allein jetzt steht die Sache noch schlechter. Ich hasse Euch und gebe mein Wort, daß Ihr es büßen werdet.«

In dem Moment, als sie dieses sprach, vernahm sie einen Schlag an der Zimmerdecke und richtete den Kopf empor; eine Stimme rief ihr von der Höhe zu: »Liebe Madame Bonacieux! Öffnen Sie mir die kleine Pforte am Gang und ich will zu Ihnen hinabkommen.«

Der Liebhaber und der Gemahl.

Als d'Artagnan durch die Tür eintrat, die ihm die junge Frau öffnete, sagte er: »Madame Bonacieux, erlauben Sie mir, Ihnen zu sagen, daß Sie da einen trübseligen Gemahl haben.« »Haben Sie denn unser Gespräch gehört?« fragte Madame Bonacieux und blickte d'Artagnan mit Unruhe an. »Ganz und gar!« »Wie das? mein Gott!« »Durch ein nur mir bekanntes Verfahren, durch das ich auch Ihr etwas lebhafteres Gespräch mit den Häschern vernommen habe.« »Und was verstanden Sie von dem, was wir besprachen?« »Tausend Dinge. Fürs erste, daß Ihr Gemahl schwachköpfig und einfältig ist; daß Sie glücklicherweise in Verlegenheit sind, was mir sehr angenehm ist, denn es gibt mir Gelegenheit, mich zu Ihrem Dienst anzubieten, und Gott weiß, daß ich bereit bin, für Sie ins Feuer zu gehen; daß endlich die Königin einen verständigen braven und ergebenen Mann zu einer Reise nach London benötigt. Ich habe mindestens zwei dieser Eigenschaften an mir, und stehe damit zu Diensten.« Madame Bonacieux, antwortete nicht, doch pochte ihr Herz vor Freude und eine stille Hoffnung strahlte aus ihren Blicken. »Welche Bürgschaft können Sie mir stellen,« fragte sie, »wenn ich Ihnen diese Sendung übertragen wollte?« »Meine Liebe für Sie! Sprechen, befehlen Sie, was habe ich zu tun?« »Mein Gott! mein Gott!« stammelte die junge Frau, »soll ich Ihnen dieses Geheimnis anvertrauen, mein Herr? Sie sind ja fast noch ein Kind.« »Geht, ich sehe, daß jemand für mich einstehen müßte.« »Ich bekenne es, das würde mich ungemein beruhigen.« »Kennen Sie Athos?« »Nein!« »Porthos?« »Nein!« »Aramis?« »Nein; wer sind denn diese Herren?« »Musketiere des Königs. Kennen Sie Herrn von Tréville, ihren Kapitän?« »O ja! diesen kenne ich, zwar nicht persönlich, doch hörte ich die Königin oft von ihm als von einem braven und würdigen Edelmann sprechen.« »Nicht wahr, Sie fürchten nicht, daß er Sie an den Kardinal verraten würde?« »O nein, gewiß nicht.« »Nun, so vertrauen Sie diesem Ihr Geheimnis an, und fragen Sie ihn, ob Sie mir dasselbe offenbaren können, wie wichtig, kostbar und schauerlich es auch sein mag.« »Allein, das Geheimnis gehört nicht mir, und so kann ich es nicht preisgeben.« »Sie wollten es doch Herrn Bonacieux anvertrauen,« sprach Herr d'Artagnan mit etwas Unwillen. »So wie man einen Brief der

Höhlung eines Baumes, dem Flügel einer Taube, dem Hals eines Hundes anvertraut.« »Sie sehen aber doch, daß ich Sie liebe.« »Sie sagen es.« »Ich besitze Artigkeit.« »Das glaube ich.« »Ich bin mutvoll.« »O, davon bin ich überzeugt.« »Nun, so stellen Sie mich auf die Probe.« »Hören Sie,« sagte sie zu ihm, »ich gebe Ihren Beteuerungen, Ihren Versicherungen nach; allein ich schwöre Ihnen vor Gott, der uns hört, daß ich mich töte und Sie meines Todes anklage, wenn Sie Verrat gegen mich üben.« »Und ich schwöre Ihnen vor Gott, Madame,« entgegnete d'Artagnan, »daß ich, wenn ich bei der Erfüllung Ihrer Aufträge verhaftet werde, sterbe, ehe ich etwas tue oder sage, was irgend jemand in Gefahr bringen könnte.« Nun vertraute ihm die junge Frau das schauerliche Geheimnis, von dem ihm bereits der Zufall einen Teil enthüllt hatte. Das war ihre wechselseitige Liebeserklärung. D'Artagnan strahlte vor Freude und Stolz. Das Geheimnis, das er besaß, die Frau, die er liebte, das Vertrauen und die Liebe machten aus ihm einen Riesen. »Ich reise ab,« sprach er, »ich will sogleich abreisen.« »Wie, Sie reisen ab?« rief Madame Bonacieux. »Ihr Regiment? Ihr Kapitän?« »Bei meiner Seele, liebe Konstanze, Sie ließen mich alles das gänzlich vergessen! Ja, Sie haben recht, ich brauche einen Urlaub.« »Wieder ein Hindernis,« murmelte Madame Bonacieux schmerzlich. »O, seien Sie ruhig, über das werde ich hinauskommen,« sagte d'Artagnan nach kurzer Überlegung. »Wieso?« »Ich gehe noch diesen Abend zu Herrn von Tréville und bitte ihn, daß er diese Gunst bei seinem Schwager, Herrn des Essarts, auswirke.« »Jetzt noch etwas anderes.« »Was?« fragte d'Artagnan, als er Madame Bonacieux innehalten sah. »Haben Sie vielleicht kein Geld?« »Vielleicht ist zuviel,« versetzte d'Artagnan lächelnd, »Nun,« erwiderte Madame Bonacieux, öffnete einen Schrank nnd nahm darauf jenen Sack hervor, den ihr Gemahl eine halbe Stunde zuvor so geliebkost hatte, »nehmen Sie diesen Sack.« »Das ist der des Kardinals!« rief d'Artagnan, in lautes Lachen ausbrechend. »Das ist der des Kardinals,« entgegnete Madame Bonacieux; »Sie sehen, er repräsentiert sich unter einer sehr achtbaren Gestalt.« »Fürwahr!« rief d'Artagnan, »es wird doppelt erfreulich sein, die Königin mit dem Gelde Seiner Eminenz zu retten.« »Sie sind ein liebenswürdiger und einnehmender junger Mann,« sagte Madame Bonacieux. »Glauben Sie mir, daß Ihre Majestät nicht undankbar sein werde.« »O, ich bin schon großmütig belohnt,« rief d'Artagnan, »ich liebe Sie, und Sie erlauben mir, es Ihnen sagen zu dürfen; das ist mehr Glück, als ich zu hoffen wagte.« »Stille!« entgegnete Madame Bonacieux zitternd. »Was ist's?« »Man spricht auf der Gasse.« »Es ist die Stimme –« »Meines Gatten. Ja, ich erkenne sie.« D'Artagnan lief zur Tür und schob den Riegel vor. »Er trete nicht früher ein, als bis ich fort bin, und erst wenn ich mich entfernt habe, schließen Sie ihm auf.« »Ja, aber auch ich sollte mich entfernt haben. Wie ließe sich, wenn ich hier wäre, das

Verschwinden des Geldes rechtfertigen?« »Sie haben recht, auch Sie müssen fortgehen.« »Fortgehen – wie? er wird uns sehen.« »So müssen Sie in meine Wohnung hinaufsteigen.« »Ha,« rief Madame Bonacieux, »Sie sagen mir das in einem Tone, der mir Angst einflößt.« Madame Bonacieux sprach diese Worte mit einer Träne in den Augen. D'Artagnan bemerkte diese Träne und warf sich bewegt und gerührt auf die Knie vor ihr nieder. »Bei mir«, stammelte er, »sind Sie so sicher wie in einem Tempel, ich gebe Ihnen mein Wort als Edelmann.« »So gehen wir,« sprach sie; »ich vertraue Ihnen, mein Freund.« D'Artagnan schob wieder vorsichtig den Riegel zurück, und beide glitten leicht wie Schatten durch die innere Tür in den Gang, stiegen geräuschlos über dir Treppe und gingen in d'Artagnans Zimmer.

Als sie sich nun hier befanden, verrammelte der junge Mann zur größten Sicherheit die Tür; dann traten sie beide zum Fenster und sahen durch eine Ritze des Balkens Herrn Bonacieux, der sich mit einem Mann im Mantel unterredete. Bei dem Anblick des Mannes im Mantel sprang d'Artagnan auf, entblößte halb seinen Degen und stürzte zur Tür. Es war der Mann von Meung. »Was wollen Sie tun?« rief Madame Bonacieux. »Sie bereiten unser Verderben.« »Aber ich habe geschworen, diesen Menschen zu töten!« rief d'Artagnan. »Ihr Leben ist in diesem Moment angelobt und gehört nicht Ihnen. Im Namen der Königin verbiete ich Ihnen, sich in irgend eine Gefahr, als in die der Reise zu begeben.« »Und befehlen Sie mir in Ihrem eigenen Namen nichts?« »In meinem Namen,« versetzte Madame Bonacieux mit lebhafter Rührung, »in meinem Namen bitte ich Sie. Doch horchen wir; mich dünkt, daß sie von mir reden.« D'Artagnan näherte sich wieder dem Fenster und horchte. Herr Bonacieux machte die Tür wieder auf, und als er die Wohnung leer fand, kehrte er zu dem Mann im Mantel zurück, den er einen Augenblick allein gelassen hatte. »Sie ist fort,« sprach er, »sie wird nach dem Louvre zurückgekehrt sein.« »Seid Ihr versichert,« entgegnete der Fremde, »daß sie es nicht ahnt, in welcher Absicht Ihr Euch entfernt habt?« »Gewiß, versetzte Bonacieux mit Bestimmtheit, »sie ist eine allzu oberflächliche Frau.« »Ist der Gardekadett zu Hause?« »Ich glaube nicht; wie Sie sehen, ist sein Fensterbalken geschlossen und man sieht kein Licht durch die Spalten flimmern.« »Gleichviel, man sollte sich überzeugen.« »Wie das?« »Man pocht an seiner Tür.« »Ich will seinen Bedienten fragen.« »Geht.« Bonacieux kehrte in sein Haus zurück, trat durch dieselbe Tür, durch welche die zwei Flüchtlinge gegangen waren, stieg zu d'Artagnan hinauf und pochte an die Tür. Niemand antwortete. Porthos hatte für diesen Abend Planchet ausgeborgt, um eine größere Figur zu spielen. D'Artagnan hütete sich, ein Lebenszeichen von sich zu geben. In dem Moment, wo der Finger des Bonacieux anklopfte, fühlten die zwei jungen Leute ihre Herzen heftig schlagen. »Es ist niemand hier,«

murmelte Bonacieux. »Gleichviel, treten wir immerhin bei Euch ein, wir sind doch sicherer als auf einer Türschwelle.« »O mein Gott!« seufzte Madame Bonacieux, »jetzt werden wir nichts mehr hören.« »Im Gegenteil,« sagte d'Artagnan, »wir werden um so besser hören.« D'Artagnan hob die drei oder vier Dielen auf, die sein Zimmer zu einem zweiten Dionys-Ohr machten, breitete einen Teppich auf den Boden, kniete nieder und gab Madame Bonacieux einen Wink, sich gegen die Öffnung zu neigen, wie er es tat. »Seid Ihr versichert, daß niemand hier ist?« fragte der Unbekannte. »Ich bürge dafür,« versetzte Bonacieux. »Und Ihr denkt, daß Eure Gemahlin...« »Nach dem Louvre zurückgekehrt ist.« »Ohne daß sie mit jemand anderm als mit Euch sprach?« »Ich bin davon überzeugt.« »Das ist ein wichtiger Punkt, versteht Ihr wohl?« »Ist also die Nachricht, die ich Ihnen brachte, von Bedeutung?« »Von sehr großer, mein lieber Bonacieux, ich verhehle es Euch nicht.« »So wird der Kardinal mit mir zufrieden sein?« »Ich zweifle daran nicht.« »Der große Kardinal!« »Seid Ihr versichert, daß Eure Gemahlin, als sie mit Euch sprach, keine Eigennamen genannt hat.« »Ich glaube nicht.« »Sie hat weder Frau von Chevreuse, noch Herrn von Buckingham, noch Frau von Bernet genannt?« »Nein, sie sagte mir bloß, daß sie mich nach London schicken wolle, um dem Interesse einer hochgestellten Person zu dienen.« »Der Verräter!« flüsterte Madame Bonacieux. »Stille,« versetzte d'Artagnan und faßte sie bei der Hand, die sie ihm ließ, ohne daran zu denken. »Gleichviel!« fuhr der Mann im Mantel fort, »Ihr seid ein Schwachkopf, daß Ihr nicht getan habt, als ob Ihr den Auftrag übernehmen wollet. Ich besäße jetzt den Brief, der bedrohte Staat wäre gerettet, und Ihr...« »Und ich?« »Nun, der Kardinal würde Euch ein Adelsdiplom geben.« »Hat er das gesagt?« »Ja, er wollte Euch diese Überraschung bereiten.« »O, seien Sie ruhig,« versetzte Bonacieux, »meine Frau hält mich hoch in Ehren, noch ist es Zeit.« »Der Alberne!« flüsterte Madame Bonacieux. »Stille,« sagte d'Artagnan, indem er ihr die Hand noch wärmer drückte. »Wie, ist es noch Zeit?« fragte der Mann im Mantel. »Ich kehre nach dem Louvre zurück, erkundige mich nach Madame Bonacieux. und sage, daß ich mir die Sache überlegte, ich erneuere das Geschäft, nehme den Brief in Empfang und laufe zum Kardinal.« »Nun, so beeilt Euch; ich möchte bald das Resultat Eures Ganges in Erfahrung bringen.« Der Unbekannte ging fort. »Der Abscheuliche!« rief Madame Bonacieux und bezeichnete mit diesem Prädikat abermals ihren Gemahl. »Stille!« rief d'Artagnan und drückte noch immer wärmer ihre Hand.

Ein entsetzliches Geheul unterbrach jetzt die Betrachtungen d'Artagnans und der Madame Bonacieux. Es war ihr Gemahl, der das Verschwinden seines Sackes gewahr wurde und über den Dieb fluchte. »O mein Gott!« rief Madame Bonacieux, »er wird das ganze Quartier in Aufruhr setzen.« Bonacieux kreischte noch lange fort, da sich aber ein ähnliches Geschrei häufig vernehmen ließ, so zog es niemand nach der Gasse Fossayeurs, und da überdies das Haus des Krämers seit einiger Zeit in bösem Leumund stand, so ging er fort, als er niemand kommen sah, und weil er sein Kreischen fortsetzte, so vernahm man seine Stimme noch ferne in der Richtung der Gasse Bac. »Da er nun fort ist, müssen auch Sie sich entfernen,« sagte Madame Bonacieux; »Mut und besonders Klugheit. Bedenken Sie, daß Sie sich der Königin widmen.« »Ihr und Ihnen!« rief d'Artagnan; »seien Sie unbesorgt, schöne Konstanze, ich werde, Ihres Dankes würdig, zurückkommen; werden Sie mich aber dann auch Ihrer Liebe würdig halten?« Die junge Frau antwortete nur mit einer lebhaften Röte, die ihre Wangen bemalte. Wenige Augenblicke darauf entfernte sich auch d'Artagnan und hüllte sich gleichfalls in einen weiten Mantel, aus welchem kavaliermäßig die Scheide eines langen Degens hervorragte.

Feldzugsplan.

D'Artagnan verfügte sich unmittelbar zu Herrn von Tréville. Er hatte bedacht, der Kardinal würde in wenig Minuten durch diesen verwünschten Unbekannten, der sein Agent zu sein schien, in Kenntnis gesetzt werden, und urteilte ganz richtig, daß da kein Augenblick zu verlieren sei. Herr von Tréville war in seinem Salon mit seinem gewöhnlichen Hof von Edelleuten. D'Artagnan, den man als einen Hausfreund kannte, ging geradeswegs in sein Kabinett und ließ ihm melden, er erwarte ihn in einer wichtigen Angelegenheit. D'Artagnan war noch kaum fünf Minuten hier, als Herr von Tréville eintrat. »Sie ließen mich ersuchen, lieber Freund?« sprach Herr von Tréville. »Ja, mein Herr!« entgegnete d'Artagnan, »und Sie werden mir verzeihen, hoffe ich, daß ich Sie gestört habe, wenn Sie erfahren, wie wichtig die Angelegenheit ist, um die es sich handelt.« »Sprechen Sie, ich höre.« D'Artagnan sagte mit gedämpfter Stimme: »Es handelt sich um nichts Geringeres, als um die Ehre, vielleicht auch um das Leben der Königin.« »Was sagen Sie da?« rief Herr von Tréville und blickte rings umher, ob sie auch gewiß allein wären; dann richtete er seinen Blick wieder auf d'Artagnan. »Ich sage, mein Herr! daß ich zufällig ein Geheimnis erfuhr...« »Welches Sie wohl bewahren werden, junger Mann, bei Ihrem Leben!« »Das ich Ihnen aber anvertrauen muß, mein Herr! denn Sie allein können mir bei einer Sendung behilflich sein, die ich von Ihrer Majestät erhalten habe.« »Gehört das Geheimnis bloß Ihnen an?« »Nein, mein Herr, es ist das der Königin.« »Sind Sie von Ihrer Majestät berechtigt, es mir anzuvertrauen?« »Nein, mein Herr, im Gegenteil wurde mir das strengste Stillschweigen aufgetragen.« »Und warum wollen Sie es mir gegenüber verletzen?« »Weil ich, wie gesagt, ohne Sie nichts zu tun vermag, und weil ich fürchte, Sie könnten mir die Gnade verweigern, um die ich bitte, wenn Sie nicht wüßten, zu welchem Endzweck ich bitte.« »Behalten Sie Ihr Geheimnis, junger Mann, und sagen Sie mir, was Sie wünschen.« »Ich wünsche, Sie möchten mir bei Herrn des Essarts einen Urlaub von vierzehn Tagen erwirken.« »Wann das?« »Noch in dieser Nacht.« »Verlassen Sie Paris?« »Ich gehe in einem Auftrag.« »Dürfen Sie sagen, wohin?« »Nach London.« »Hat jemand ein Interesse dabei, wenn Sie nicht an Ihr Ziel gelangen?« »Der Kardinal gäbe alles in der Welt darum, glaube ich, wenn er mich daran verhindern könnte.« »Reisen Sie allein?« »Ich reise allein.« »In diesem Falle kommen Sie nicht über Bondy hinaus, das sage ich Ihnen, so wahr ich Tréville bin.« »Warum?« »Man wird Sie umbringen lassen.« »Dann sterbe ich in der Erfüllung meiner Pflicht.« »Doch Ihre Sendung ist nicht vollbracht.« »Das ist wahr,« entgegnete d'Artagnan. »Glauben Sie mir,« fuhr Tréville fort, »bei solchen Wagnissen sind vier vonnöten, wenn einer ankommen soll.« »Sie haben recht, mein Herr,« versetzte d'Artagnan, »allein Sie kennen Athos, Porthos und Aramis, und wissen, daß ich über sie verfügen kann.« »Ohne ihnen das Geheimnis anzuvertrauen, das ich nicht wissen wollte?« »Wir gelobten uns ein- für allemal blindes Zutrauen und Ergebenheit in jeder Probe; überdies können Sie ihnen sagen, daß Sie all Ihr Vertrauen in mich setzen, und sie werden nicht weniger gläubig sein als Sie.« »Ich kann bloß jedem von ihnen einen Urlaub von vierzehn Tagen schicken; Athos, der immer noch an seiner Wunde leidet, daß er die Bäder von Forges gebrauche; Porthos und Aramis, daß sie ihren Freund begleiten, den sie in einer so traurigen Lage nicht verlassen wollten. Die Übersendung des Urlaubs dient ihnen zum Beweis, daß ich sie zur Reise berechtige.« »Dank, mein Herr, Sie sind hundertfach gütig.« »Gehen Sie also auf der Stelle zu ihnen uud bringen Sie in dieser Nacht alles zur Ausführung. Fürs erste aber schreiben Sie Ihr Urlaubsgesuch an Herrn des Essarts. Vielleicht war Ihnen ein Spion auf der Spur, und Ihr Besuch, um den der Kardinal bereits weiß, wird dadurch legitimiert.« D'Artagnan faßte diese Bittschrift ab; Herr von Tréville übernahm sie und versicherte ihm, daß die vier Urlaubsscheine noch vor zwei Uhr morgens in den Wohnungen der Reisenden sein werden. »Haben Sie die Güte,« sagte d'Artagnan, »den meinigen zu Athos zu senden. Ich fürchte eine schlimme Begegnung, wenn ich nach Hause zurückkehrte.« »Seien Sie ruhig. Gott befohlen und Glück zur Reise. Doch hören Sie,« rief Herr von Tréville zurückrufend. D'Artagnan kam wieder zurück. »Haben Sie Geld?« D'Artagnan ließ den Sack klingeln, den er in der Tasche trug. »Ist es genug?« fragte Herr von Tréville. »Dreihundert Pistolen.« »Gut, damit reist man bis ans Ende der Welt. Gehen Sie also.« D'Artagnan empfahl sich Herrn von

Tréville, der ihm die Hand anbot, die der junge Mann mit Ehrfurcht und Dankbarkeit drückte.

Seinen ersten Gang machte er zu Aramis; er war seit jenem bewußten Abend, wo er Madame Bonacieux folgte, nicht mehr bei seinen Freunden gewesen. Ja, er hatte den jungen Musketier kaum gesehen, und so oft das geschah, glaubte er in seinem Antlitz eine tiefe Traurigkeit zu bemerken. Auch an diesem Abend war Aramis trübselig und träumerisch; d'Artagnan befragte ihn ob dieser fortwährenden Melancholie; Aramis entschuldigte sich mit einer Kommentierung des achtzehnten Hauptstückes des heiligen Augustin, das er für die kommende Woche lateinisch zu schreiben hätte, und das ihn sehr viel Anstrengung kosten würde. Kaum hatten sich die zwei Freunde ein Weilchen unterredet, als ein Diener des Herrn von Tréville eintrat und ein versiegeltes Paket brachte. »Was ist das?« fragte Aramis. »Der Urlaub, den der Herr verlangt hat,« sprach der Bote. »Ich? ich habe keinen Urlaub verlangt.« »Schweigt und nehmt,« sagte d'Artagnan. »Und Ihr, mein Freund! da habt Ihr eine halbe Pistole für Eure Mühe. Meldet Herrn von Tréville, daß sich Aramis herzlich bedanke. Geht.« Der Lakai verneigte sich bis zur Erde und entfernte sich. »Was hat das zu bedeuten?« fragte Aramis. »Nehmt, was Ihr zu einer Reise nach vierzehn Tagen benötigt und folgt mir.« »Ich kann aber Paris augenblicklich nicht verlassen, ohne zu wissen...« Aramis hielt inne. »Was aus ihr geworden ist – nicht wahr?« fuhr d'Artagnan fort. »Aus wem?« fragte Aramis. »Aus der Frau, die hier war, aus der Frau mit dem gestickten Sacktuch.« »Wer hat Euch gesagt, daß hier eine Frau war?« fragte Aramis und wurde blaß wie der Tod. »Ich habe sie gesehen.« »Und wißt Ihr, wer sie ist?« »Ich glaube es wenigstens zu vermuten.« »Hört,« sprach Aramis, »weil Ihr denn so vieles wisset, ist es Euch auch bekannt, was aus dieser Frau geworden ist?« »Ich bin der Meinung, daß sie nach Tours zurückkehrte.« »Nach Tours? ja, so ist's; Ihr kennt sie. Warum kehrte sie aber nach Tours zurück, ohne mir etwas zu sagen?« »Weil sie verhaftet zu werden fürchtete.« »Weshalb hat sie mir nicht geschrieben?« »Weil sie besorgt war, euch zu gefährden.« »Ja, so ist's, d'Artagnan; Ihr erweckt mich wieder zum Leben. Ich glaubte mich verachtet, verraten. Ich war so glücklich, sie wiederzusehen, und konnte es gar nicht glauben, sie würde für mich ihre Freiheit wagen, und doch, weshalb wäre sie nach Paris zurückgekehrt?« »Aus demselben Grunde, der uns heute nach England gehen heißt.« »Und was ist das für ein Grund?« fragte Aramis. »Das werdet Ihr einst schon erfahren, Aramis, für jetzt aber will ich die Zurückhaltung der Nichte des Doktors nachahmen.« Aramis lächelte, da er sich an das erinnerte, was er eines Abends seinen Freunden erzählte. »Da sie nun Paris wieder verlassen hat und Ihr das gewiß wisset, d'Artagnan, so hält mich hier nichts mehr zurück, ich bin Euch zu folgen bereit. Ihr sagt, wir gehen ...« »Für den Augenblick zu Athos, und wenn Ihr mitkommen wollet, so bitte ich zu eilen, da wir schon viel Zeit verloren haben. Doch sagt es Bazin.« »Soll Bazin mit uns reisen?« fragte Aramis. »Vielleicht. Aber jedenfalls ist es gut, wenn er uns zu Athos folgt.« Aramis berief Bazin, und nachdem er ihm aufgetragen hatte, zu Athos nachzukommen, sprach er: »Gehen wir also.« Als sie fortgingen, legte Aramis seine Hand auf d'Artagnans Arm, blickte ihn fest an und sagte: »Ihr habt mit niemandem über jene Frau gesprochen?« »Mit keiner Seele in der Welt.« »Nicht einmal mit Athos und Porthos?« »Ich gab keinen Laut von mir.« »Das ist gut.« Aramis beruhigte sich über diesen wichtigen Punkt, setzte mit d'Artagnan den Weg fort und gelangte alsbald zu Athos.

Sie trafen ihn, wie er eben seinen Urlaub in der einen und den Brief des Herrn von Tréville in der andern Hand hielt. »Könnt Ihr mir erklären, was dieser Urlaub und dieser Brief, die ich eben empfing, zu bedeuten haben?« fragte Athos erstaunt. »Mein lieber Athos! Ich will, da es Ihre Gesundheit durchaus erfordert, daß Sie vierzehn Tage lang ausruhen. Gebrauchen Sie also die Bäder von Forges oder irgend ein anderes, das Ihnen zusagt, und suchen Sie, sich bald wiederherzustellen. Ihr wohlgeneigter Tréville.« »Nun, Athos! dieser Urlaub und dieser Brief bedeuten, daß Ihr mit mir reisen sollt.« »In die Bäder von Forges?« »Dorthin oder anders wohin.« »Für den Dienst des Königs?« »Des Königs oder der Königin; sind wir nicht Diener Ihrer Majestäten?« In diesem Moment trat Porthos ein. »Beim Himmel!« rief er, »das ist eine sonderbare Geschichte; seit wann wird bei den Musketieren ein Urlaub bewilligt, wenn sie ihn nicht ansuchen?« »Seit es Freunde gibt, die ihn für sie erbitten,« entgegnete d'Artagnan. »Ah, ah!« versetzte Porthos, »ist da etwas Neues im Spiel?« »Ja, wir reisen ab,« sagte Aramis. »In welches Land?« fragte Porthos. »Bei meiner Treu, das weiß ich selbst nicht,« erwiderte Athos, »befrag' d'Artagnan darüber.« »Nach London, meine Herren,« sagte d'Artagnan. »Nach London!« rief Porthos; »was haben wir denn in London zu tun?« »Das kann ich Euch nicht sagen, meine Herren, Ihr müßt mir vertrauen.« »Um aber nach London zu reisen,« fügte Porthos hinzu, »ist Geld vonnöten, und das habe ich nicht.« »Ich auch nicht,« sagte Aramis. »Ich ebenfalls nicht,« versetzte Athos. »Aber ich habe es, sprach d'Artagnan, nahm seinen Schatz aus der Tasche und legte ihn auf den Tisch. »In diesem Sack sind dreihundert Pistolen. Jeder von uns nimmt davon fünfundsiebzig, das reicht aus, um nach London und von dort wieder zurückzureisen. Überdies seid ruhig, wir werden nicht alle bis London kommen.« »Warum das?« »Weil aller Wahrscheinlichkeit zufolge einige von uns auf dem Wege bleiben werden.« »Ist es also gefährlich, was wir unternehmen?« »Und zwar sehr gefährlich, das kann ich Euch sagen.« »Hm, da wir Gefahr laufen, getötet zu werden,« sagte

Porthos, »so möchte ich wenigstens wissen, warum?« »Da wirst du es weit bringen,« sagte Athos. »Indes teilte ich die Ansicht des Porthos,« versetzte Aramis. »Pflegt Euch denn der König Rechenschaft abzulegen? Nein, er sagt Euch bloß: ›Meine Herren! In der Gascogne oder in Flandern gibt es zu kämpfen, geht und kämpft!‹ – Ihr geht dahin. Warum? das kümmert Euch nicht.« »D'Artagnan hat recht,« sprach Athos. »Da sind unsere drei Urlaubscheine, die von Herrn von Tréville kommen, und hier dreihundert Pistolen, die Gott weiß woher kommen. Lassen wir uns also töten, wo man uns sagt, daß wir hingehen sollen. Wann reisen wir also ab?« fragte Athos. »Auf der Stelle,« antwortete d'Artagnan; »es ist keine Minute zu verlieren.« »Jetzt entwerfen wir unsern Feldzugsplan,« sagte Porthos. »Wohin wollen wir fürs erste gehen?« »Nach Calais,« erwiderte d'Artagnan. »Das ist die geradeste Linie, um nach London zu kommen.« »Nun,« versetzte Porthos, »vernehmt meine Meinung.« »Sprich.« »Vier Männer, die mitsammen reisen, würden sich verdächtig machen; d'Artagnan wird jedem von uns seine Weisungen geben. Ich reise voraus nach Boulogne, um den Weg lichter zu machen; Athos reist zwei Stunden später ab auf der Straße nach Amiens; Aramis folgt uns auf jener von Royon; was d'Artagnan betrifft, so wähle er sich selbst seinen Weg, und nimmt die Kleider von Planchet, indes uns Planchet als d'Artagnan in der Gardeuniform folgt.« »Meine Herren,« sprach Athos, »nach meiner Ansicht sollte man Lakaien nicht in solche Angelegenheiten ziehen; ein Geheimnis kann von Edelleuten wohl zufällig verraten werden, doch verkauft wird es fast immer von Lakaien.« »Der Plan des Porthos kommt mir nicht ausführbar vor,« sagte d'Artagnan, »indem ich selbst nicht weiß, was für Weisungen ich Euch geben soll. Ich habe einen Brief zu überbringen, das ist alles. Ich kann und darf nicht drei Abschriften von dem Briefe machen, da er versiegelt ist; wir müssen somit, glaube ich, miteinander reisen. Diesen Brief trage ich hier in der Tasche. (Er deutete auf die Tasche, worin sich der Brief befand.) Wenn man mich umbringt, so nehme ihn einer von Euch, und Ihr setzet die Reise fort; wird auch dieser umgebracht, so trifft die Reihe einen andern, und so fort; es ist genug, wenn nur einer ans Ziel kommt.« »Bravo, d'Artagnan! ich teile deine Ansicht,« rief Athos, »Überdies muß man konsequent sein. Ich will die Bäder gebrauchen, Ihr begleitet mich; statt der Bäder in Forges will ich Seebäder nehmen; ich kann tun, was ich will. Man will uns verhaften; ich weise den Brief des Herrn von Tréville, und Ihr weiset Euren Urlaub vor; man greift uns an, wir setzen uns zur Wehr; man zieht uns vor Gericht, wir behaupten fest und starr, wir haben nichts anderes vor, als uns einigemal ins Meer zu tauchen; vier vereinzelte Männer wären bald aufgerieben, während vier verbundene eine Rotte bilden; wir bewaffnen die vier Lakaien mit Pistolen und Musketen; sendet man gegen uns eine Armee, wir liefern ihr eine Schlacht, und der Überlebende wird, wie d'Artagnan gesagt hat, den Brief an Ort und Stelle bringen.« »Gut gesprochen!« rief Aramis; »du sprichst nicht viel, Athos, doch was du sagst, hat Hände und Füße. Ich billige den Plan von Athos. Und – du, Porthos?« »Auch ich,« entgegnete Porthos, »wenn er d'Artagnan gefällt. Da d'Artagnan der Überbringer des Briefes ist, so ist er natürlich auch das Haupt des Unternehmens; er entscheide, und wir wollen ausführen.« »Gut,« sprach d'Artagnan, »ich stimme für den Plan des Athos, und wir brechen in einer halben Stunde auf.« »Angenommen!« riefen die drei Musketiere im Chore.

Die Reise.

Um zwei Uhr früh verließen unsere vier Abenteurer Paris und zogen durch die Barrière Saint-Denis; sie verhielten sich stumm, so lange es Nacht war, ließen die Dunkelheit unwillkürlich ihren Einfluß auf sich ausüben und sahen überall einen Hinterhalt. Bei den ersten Strahlen des Tages entfesselten sich ihre Zungen; mit der Sonne kehrte ihr froher Sinn zurück; es war am Vorabend einer Schlacht; das Herz pochte, die Augen strahlten, man fühlte, daß das Leben, aus dem man vielleicht bald treten sollte, zuletzt doch ein gutes Ding war. Alles ging recht gut bis nach Chantilly, wo man gegen acht Uhr früh ankam. Man mußte frühstücken und stieg vor einer Schenke ab, die als Schild den heiligen Martin hatte, dargestellt, wie er die Hälfte seines Mantels einem Armen gibt. Man trug den Lakaien auf, die Pferde nicht abzusatteln und zur baldigen Weiterreise bereit zu sein. Man ging in das Gemeinzimmer und setzte sich an einen Tisch. Ein Edelmann, der auf der Straße von Dammartin angekommen war, saß an demselben Tisch und frühstückte. Er begann die Unterredung über Regen und schönes Wetter; die Reisenden antworteten; er trank auf ihre Gesundheit und die Reisenden erwiderten diese Höflichkeitsbezeigung. Jedoch in dem Moment, wo Mousqueton meldete, die Rosse ständen bereit, und wo man sich erhob, schlug der Fremde Porthos vor, auf die Gesundheit des Kardinals zu trinken. Porthos erwiderte, es wäre ihm ganz recht, wenn der Fremde auch auf die Gesundheit des Königs trinken wollte. Der Fremde aber antwortete: er kenne keinen andern König als Seine Eminenz. Porthos nannte ihn einen Betrunkenen; der Fremde zog vom Leder. »Da habt Ihr eine Dummheit begangen,« rief Athos, »doch gleichviel, da läßt sich nicht mehr zurücktreten; tötet diesen Mann und eilt uns nach, so schnell Ihr es vermöget.« Und alle drei stiegen wieder zu Pferd und sprengten mit verhängten Zügeln davon, indes Porthos seinem Gegner versprach, er wolle ihn mit allen Stößen durchbohren, die man in der Fechtkunst kennt. »Das ist der erste,« sprach Athos nach fünfhundert Schritten.

»Warum hat aber dieser Mann lieber Porthos angegriffen, als jeden andern?« fragte Aramis. »Nun,« versetzte d'Artagnan, »weil Porthos viel lauter sprach als wir alle, so hielt er ihn für den Führer.« »Ich habe es immerhin gesagt, dieser Kadett aus der Gascogne sei ein Brunnen der Weisheit,« murmelte Athos. Die Reisenden setzten ihren Weg fort.

In Beauvais verweilte man zwei Stunden, um sowohl die Pferde sich erholen zu lassen, als auch, um auf Porthos zu warten. Da nach Verlauf von zwei Stunden weder Porthos noch eine Nachricht von ihm eintraf, setzte man die Reise fort. Eine Meile von Beauvais, an einer Stelle, wo der Weg zwischen zwei Böschungen eingeengt war, traf man auf acht bis zehn Menschen, die den Umstand nützten, daß hier die Straße ungepflastert war, und sich stellten, als ob sie hier arbeiteten, um Löcher zu graben und Kotgleise zu machen. Aramis, der in diesem künstlichen Sumpf seine Stiefel zu besudeln fürchtete, ließ sie mit harten Worten an. Athos wollte ihn zurückhalten, doch es war schon zu spät. Die Arbeiter fingen an, die Reisenden zu verhöhnen, und ihre Keckheit entflammte den kalten Athos dergestalt, daß er auf einen derselben losritt. Da zog sich jeder von diesen Menschen bis zum Graben zurück und ergriff dort eine versteckte Muskete; das Resultat war, daß unsere Reisenden buchstäblich durchs Feuer gehen mußten. Aramis wurde an der Schulter von einer Kugel getroffen, Mousqueton von einer andern, die im fleischigen Teil der Hüften steckenblieb. Indes fiel Mousqueton allein vom Pferde; nicht als wäre er so schwer verwundet gewesen, sondern weil er die Wunde nicht sehen konnte, so glaubte er, daß er viel gefährlicher verletzt sei, als es wirklich der Fall war. »Das ist ein Hinterhalt!« rief d'Artagnan, »erwidern wir das Feuer nicht und eilen wir weiter.« Der schwerverwundete Aramis faßte sein Pferd an der Mähne, und dieses trabte mit den andern fort. Jenes von Mousqueton holte sie wieder ein und trabte in seiner Reihe ganz allein. »Da haben wir jetzt ein Pferd zum Wechseln,« sprach Athos. »Ein Hut wäre mir lieber,« entgegnete d'Artagnan, »den meinigen hat mir eine Kugel weggerissen. Zum Glück ist der Brief, den ich trage, nicht darin gewesen.« »Ha, sie werden den armen Porthos töten, wenn er vorüberzieht,« sagte Aramis. »Wäre Porthos auf den Beinen,« versetzte Athos, »hätte er uns sicher schon eingeholt. Ich glaube, der Trunkenbold ist auf dem Kampfplatz nüchtern geworden.«

Man trabte noch zwei Stunden lang fort, obgleich die Rosse bereits so erschöpft waren, daß zu befürchten stand, sie würden alsbald den Dienst versagen. Die Reisenden wählten einen Seitenweg, da sie hier weniger behelligt zu werden hofften, jedoch in Crèvecoeur erklärte Aramis, daß er nicht mehr weiterreisen könne. Er mußte auch wirklich alle Kräfte aufbieten, die er unter seiner feinen Gestalt und seinen artigen

Manieren barg, um bis hierher zu kommen. Er erblaßte mit jedem Augenblick, und man war genötigt, ihn auf seinem Pferde zu unterstützen; man hob ihn vor der Tür einer Herberge herab und gab ihm Bazin bei, der ohnedies bei einem Scharmützel mehr hinderlich als förderlich war, und zog von dannen, in der Hoffnung, in Amiens Nachtlager halten zu können. Als sie auf der Straße sahen, daß sie bis auf zwei Herren und auf Grimaud und Planchet zusammengeschmolzen waren, rief Athos: »Zum Henker! ich werde nicht ihr Narr sein, und bürge Euch dafür, Sie werden mich bis Calais nicht dahinbringen, daß ich den Mund auftue oder den Degen ziehe. Das schwöre ich –« »Schwören wir nicht,« entgegnete d'Artagnan, »und traben wir weiter, wenn es anders unsere Pferde aushalten.« Die Reisenden spornten ihre Pferde an, die, lebhaft aufgestachelt, wieder ihre Kräfte fanden. Man kam um Mitternacht nach Amiens und stieg ab vor der Herberge »Zur goldenen Lilie«. Der Wirt sah aus wie der ehrbarste Mann auf Erden; er empfing die Reisenden mit dem Leuchter in der einen und mit der baumwollenen Mütze in der andern Hand; er wollte jedem der zwei Gäste ein nettes Zimmer einräumen; unglücklicherweise lag jedes dieser Zimmer am äußersten Ende des Wirtshauses. D'Artagnan und Athos taten dagegen Einspruch. Der Wirt entgegnete, daß er keine andern habe, die der Exzellenzen würdig wären; allein die Reisenden erklärten, sie wollten zusammen ein Gemach, und jeder auf einer Matratze schlafen, die man auf den Boden ausbreiten möge; der Wirt widerstrebte lange, doch die Reisenden gaben nicht nach, und so mußte er ihren Willen tun.

Sie hatten bereits ihre Betten geordnet und ihre Tür von innen verrammelt, als vom Hofraum aus an ihre Fensterbalken geklopft wurde. Sie fragten, wer da sei, erkannten die Stimmen ihrer Bedienten und machten auf. Es waren in der Tat Planchet und Grimaud. »Grimaud wird allein im stande sein, die Pferde zu behüten,« sagte Planchet; »wenn es die Herren genehmigen, so will ich mich quer über die Türschwelle legen; auf diese Art werden Sie sicher sein, daß man nicht bis zu Ihnen vordringt.« »Und worauf willst du schlafen?« fragte d'Artagnan. »Hier ist mein Bett,« antwortete Planchet, auf ein Bund Stroh zeigend. »Komm also,« sagte d'Artagnan, »du hast recht, das Gesicht des Wirtes gefällt mir nicht, es ist zu schmeichelnd.« Planchet stieg durch das Fenster und legte sich quer vor die Tür, indes sich Grimaud im Stall einschloß, nachdem er versprochen hatte, um fünf Uhr früh werde er mit den vier Pferden bereitstehen.

Die Nacht verging ziemlich ruhig; gegen zwei Uhr morgens versuchte man wohl die Tür zu öffnen, da jedoch Planchet rasch aufwachte und »Wer da?« rief, antwortete man, daß man sich irrte, und entfernte sich wieder. Um vier Uhr früh hörte man ein großes Geräusch in den Ställen. Grimaud wollte die Stallknechte aufwecken, und diese schlugen ihn. Als man die Fenster aufmachte, sah man den armen Burschen ohnmächtig liegen; der Streich einer Heugabel hatte ihm den Kopf verletzt. Planchet ging hinab in den Hof, um die Pferde zu satteln; die Pferde waren gelähmt, bloß jenes von Grimaud, das tags vorher fünf bis sechs Stunden ohne Reiter getrabt war, hätte den Weg fortsetzen können, aber aus einem unbegreiflichen Irrtum hatte der Tierarzt, den man zweifelsohne berief, daß er dem Pferde des Wirtes zur Ader lasse, jenem des Grimaud zur Ader gelassen. Man fing an, sich zu beunruhigen; die ganze Reihe dieser Erlebnisse war vielleicht nur das Resultat des Zufalls, doch konnte sie auch ebensogut die Frucht eines Komplotts sein. Athos und d'Artagnan gingen hinaus, indes sich Planchet erkundigte, ob in der Umgegend nicht drei Pferde zu kaufen wären. Am Tore standen zwei Pferde aufgezäumt, frisch und lebhaft. Das kam gelegen. Er fragte nach den Eigentümern, man sagte ihm, sie hätten diese Nacht im Wirtshaus geschlafen und der Wirt halte eben mit ihnen Rechnung. Athos ging hinab, um die Zeche zu berichten, während d'Artagnan und Planchet am Straßentor blieben; der Wirt war in einem rückwärts gelegenen Zimmer, wohin man Athos beschied. Athos trat ohne Argwohn ein und zog zwei Pistolen hervor, um damit zu bezahlen. Der Wirt befand sich allein, an einem Schreibtisch sitzend, bei dem eine der Schubladen halb offen stand. Er nahm das Geld, das ihm Athos reichte, drehte es in den Händen hin und her, und rief plötzlich, das Geld sei falsch, und er würde ihn und seine Genossen einsperren lassen. »Schelm!« schrie Athos vorschreitend, »ich will dir die Ohren abschneiden.« Allein der Wirt bückte sich, nahm zwei Feuergewehre aus einer der Schubladen, wandte sich gegen Athos und rief um Hilfe. In demselben Moment traten vier bis an die Zähne bewaffnete Männer von den Seitentüren herein und stürzten sich auf Athos. »Ich bin angegriffen!« schrie Athos aus vollem Hals, »herbei, d'Artagnan! stich und schlag'.« Er drückte seine zwei Pistolen los. D'Artagnan und Planchet ließen sich nicht zweimal rufen, sie lösten die zwei Pferde am Tor ab, schwangen sich hinauf und sprengten sporenstreichs davon. »Weißt du, Planchet! was aus Athos geworden ist?« fragte d'Artagnan während des Rittes. »Ach, mein Herr!« entgegnete Planchet, »auf seine Pistolenschüsse sah ich zwei fallen, und als ich noch durch die Glastür blickte, kam es mir vor, als schlüge er sich noch mit den andern.« »Wackerer Athos!« murmelte d'Artagnan; ach, daß ich dich so im Stiche lassen muß! Übrigens trifft uns vielleicht zehn Schritte von hier dasselbe Los. Vorwärts, Planchet! vorwärts! du bist ein tüchtiger Bursche.« »Ich habe es Ihnen gesagt, mein Herr!« erwiderte Planchet, »die Pikarden erkennt man erst im Umgang, außerdem bin ich hier in meiner Heimat, und das ermutigt mich.«

Beide sprengten rasch weiter und kamen in einem Ritt nach Saint-Omer. Hier ließen sie ihre Pferde ausatmen und schlangen, vor einem Überfall besorgt, die Zügel um den Arm, aßen auf der Gasse stehend einen Bissen aus der Hand und ritten wieder weiter. Hundert Schritte vor den Toren von Calais stürzte d'Artagnans Pferd, und es gab kein Mittel mehr, dasselbe wieder aufzurichten; das Blut rann ihm aus der Nase und den Augen! jetzt war noch das von Planchet übrig; allein dies hielt an und ließ sich durch nichts mehr weiterbringen. Wie gesagt, waren sie glücklicherweise nur noch hundert Schritte von der Stadt entfernt; sie ließen die beiden Gäule auf der Straße stehen und eilten dem Hafen zu. Planchet machte seinen Herrn auf einen Edelmann aufmerksam, der eben mit seinem Bedienten ankam und ihnen nur fünfzig Schritte voraus war. Sie gingen diesem Herrn schnell nach, der es eilig hatte. Seine Stiefel waren mit Staub bedeckt und er erkundigte sich, ob er nicht auf der Stelle nach England übersetzen könnte. »Das wäre sehr leicht,« entgegnete ihm der Patron eines segelfertigen Schiffes, »allein, diesen Morgen traf ein Befehl ein, niemanden überzufahren ohne ausdrückliche Erlaubnis des Herrn Kardinals.« »Ich habe diese Erlaubnis,« versetzte der Edelmann und zog ein Papier aus der Tasche, »da ist sie.« »Lassen Sie dieselbe vom Hafengouverneur vidieren, und geben Sie mir dann vor andern den Vorzug.« »Wo werde ich den Gouverneur treffen?« »In seinem Landhaus.« »Wo liegt das?« »Eine Viertelmeile von der Stadt; nun, Sie sehen es dort am Fuße des kleinen Hügels, mit dem Schieferdach.« »Ganz wohl,« sprach der Edelmann. Er nahm den Weg nach dem Landhaus des Gouverneurs, und sein Bedienter folgte ihm nach. Auch d'Artagnan und Planchet folgten dem Edelmann auf fünfhundert Schritt. Als sie außerhalb der Stadt waren, verdoppelte d'Artagnan seine Schritte und erreichte den Edelmann, wie er eben in einen kleinen Forst trat. »Mein Herr!« sagte d'Artagnan, »es scheint, daß Sie große Eile haben.« »Man kann nicht bedrängter sein, mein Herr!« »Ich bin in Verzweiflung,« versetzte d'Artagnan, »denn da ich gleichfalls sehr bedrängt bin, so wollte ich Sie um eine Gefälligkeit ersuchen.« »Um welche?« »Mich zuerst gehen zu lassen.« »Das ist unmöglich,« entgegnete der Edelmann. »Ich habe sechzig Meilen in vierundzwanzig Stunden gemacht und soll morgen mittag in London eintreffen.« »Ich machte denselben Weg in vierzig Stunden und muß morgen früh um zehn Uhr in London eintreffen.« »Das ist verzweiflungsvoll, mein Herr! doch da ich zuerst ankam, will ich nicht als Zweiter gehen.« »Es ist verzweiflungsvoll, mein Herr! doch da ich als Zweiter ankam, werde ich als Erster gehen.« »Im Dienste des Königs?« fragte der Edelmann. »Im eigenen Dienste,« versetzte d'Artagnan. »Mich dünkt aber, daß Sie da einen bösen Hader mit mir anzetteln.« »Zum Kuckuck; wie kann es anders sein?« »Was begehren Sie von mir?« »Wollen Sie es wissen?« »Allerdings!« »Gut, ich verlange den Auftrag, den Sie zu überbringen haben, da ich keinen habe und doch desselben bedarf.« »Ich glaube, Sie scherzen.« »Ich scherze niemals.« »Lassen Sie mich meine Wege gehen.« »Sie werden keinen Schritt weiter machen.« »Mein wackerer junger Mann! ich will Ihnen den Kopf zerschmettern, Holla! Lubin! meine Pistolen.« »Planchet!« rief d'Artagnan, »nimm du den Bedienten auf dich, ich mache es mit dem Herrn aus.« Planchet, der durch die erste Tat ermutigt war, stürzte sich auf Lubin, warf ihn kraftvoll auf den Boden und setzte ihm das Knie auf die Brust. »Mein Herr,« rief Planchet, »tun Sie jetzt Ihr Geschäft ab, ich habe das meinige bereits getan.« Als der Edelmann das sah, zog er seinen Degen und fiel gegen d'Artagnan aus, doch er hatte eine schwere Arbeit. In drei Sekunden versetzte ihm d'Artagnan drei Degenstöße und sagte bei jedem derselben: »Einen für Athos, einen für Porthos und einen für Aramis.« Beim dritten Stoß sank der Edelmann wie ein Klumpen nieder. D'Artagnan hielt ihn für tot oder mindestens für ohnmächtig und trat zu ihm hin, um ihm den schriftlichen Auftrag abzunehmen; doch in dem Moment, wo er die Hand ausstreckte, um ihn zu durchsuchen, versetzte ihm der Verwundete, der seinen Degen nicht losgelassen hatte, einen Stoß in die Brust und rief: »Einen für Sie.« »Und einen für mich! zuletzt kommt erst das Beste!« schrie d'Artagnan wütend, bohrte ihm die Klinge in den Bauch und spießte ihn so in die Erde. Jetzt schloß der Edelmann die Augen und sank in Ohnmacht. D'Artagnan durchwühlte ihm die Tasche, in der er ihn den Überfahrtsbefehl hatte stecken sehen, und nahm denselben. Er lautete auf den Namen des Grafen von Wardes. Sodann warf er einen letzten Blick auf den schönen jungen Mann, der kaum fünfundzwanzig Jahre zählte, und den er auf den Boden ausgestreckt, ohne Besinnung, vielleicht auch schon leblos, liegen lassen mußte, und seufzte über das seltsame Schicksal der Menschen, vermöge dessen sie sich einander im Interesse von Leuten vernichten, die ihnen fremd sind, und von denen sie oft nicht einmal wissen, daß sie existieren.

Bald riß ihn jedoch Lubin aus seinen Betrachtungen, denn dieser fing zu heulen an und schrie aus Leibeskräften um Hilfe. Planchet legte Hand an seine Gurgel und schnürte sie ihm mit aller Gewalt zusammen. »Mein Herr,« sprach er zu d'Artagnan, »so lang ich ihn so halte, wird er sicher nicht schreien, wenn ich ihn aber loslasse, fängt er wieder an zu kreischen. Ich erkenne ihn für einen Normann, und die Normannen haben ihre starren Köpfe.« In der Tat suchte Lubin, wie gepreßt er auch war, einige Laute auszustoßen. »Warte!« sprach d'Artagnan, nahm sein Sacktuch und knebelte ihn. »Jetzt binden wir ihn an einen Baum,« sagte Planchet. Die Sache ward gewissenhaft vollzogen; dann zerrte man den Grafen von Wardes zu seinem Bedienten, und da bereits die Nacht einfiel und beide, der Verwundete und der Geknebelte, mehrere

Schritte tief im Gehölz waren, so mußten sie offenbar hierbleiben bis zum kommenden Morgen. »Jetzt eilen wir zum Gouverneur,« sprach d'Artagnan. »Aber Sie sind ja verwundet, wie mich deucht,« sagte Planchet. »Das ist nicht von Belang; befassen wir uns nur mit dem Dringenden, dann kommen wir auf meine Wunde zurück, die mir übrigens nicht gefährlich scheint.« Beide gingen raschen Schrittes nach dem Landhaus des würdigen Gouverneurs. Man meldete den Grafen von Wardes. D'Artagnan wurde eingeführt. »Sie haben einen Paß vom Kardinal unterfertigt?« fragte der Gouverneur. »Ja, mein Herr!« antwortete d'Artagnan, »hier ist er.« »O, er ist ganz richtig und mit Empfehlungen ausgestattet,« sprach der Gouverneur. »Das ist ganz einfach,« entgegnete d'Artagnan, »da ich einer seiner getreuesten Anhänger bin.« »Es scheint, als ob seine Eminenz jemanden verhindern wollte, nach England überzusetzen?« »Ja, einen gewissen d'Artagnan, einen Béarner Edelmann, der mit dreien seiner Freunde von Paris in der Absicht abging, London zu erreichen.« »Kennen Sie ihn persönlich?« fragte der Gouverneur. »Wen?« »Diesen d'Artagnan.« »Recht gut.« »Geben Sie mir von ihm eine Beschreibung.« »Das ist ganz leicht.« D'Artagnan schilderte den Grafen von Wardes Zug für Zug. »Hat er Begleitung?« fragte der Gouverneur. »Ja, einen Diener mit Namen Lubin.« »Man wird auf sie achtgeben, und legt man Hand an sie, so kann Seine Eminenz ruhig sein, man wird sie unter guter Bedeckung nach Paris zurückbringen.« »Wenn Sie das tun, Herr Gouverneur,« versetzte d'Artagnan, »so werden Sie sich um den Kardinal sehr verdient machen.« »Werden Sie ihn bei Ihrer Rückkehr wiedersehen, Herr Graf?« »Ohne allen Zweifel.« »Ich bitte, sagen Sie ihm, daß ich ganz sein Diener bin.« »Ich werde nicht ermangeln.« Der Gouverneur war über diese Zusicherung erfreut, visierte den Paß und reichte ihn d'Artagnan. D'Artagnan verlor seine Zeit nicht mit unnützen Komplimenten, verneigte sich, dankte dem Gouverneur und ging fort. Als er im Freien war, setzte er sich mit Planchet in Lauf, nahm einen Umweg, jenes Gehölz vermeidend, und kehrte durch ein anderes Tor in die Stadt zurück. Das Fahrzeug war stets zur Abfahrt bereit; der Schiffsherr wartete am Hafen. »Nun, wie ist's?« fragte er, als er d'Artagnan kommen sah. »Hier ist mein visierter Paß,« sprach dieser. »Und jener andere Edelmann?« »Er wird heute nicht abreisen,« versetzte d'Artagnan, »doch seid unbesorgt, ich will für beide das Fahrgeld bezahlen.« »Wenn das ist, so fahren wir,« sagte der Schiffspatron. »Also vorwärts!« rief d'Artagnan. Er sprang mit Planchet in das Boot; fünf Minuten darauf waren sie an Bord. Es war die höchste Zeit, denn sie waren noch kaum eine halbe Meile vom Ufer entfernt, als d'Artagnan einen Funken sprühen sah und einen Knall vernahm. Es war ein Kanonenschuß, der das Schließen des Hafens bedeutete.

Jetzt war es an der Zeit, sich mit d'Artagnans Wunde zu beschäftigen. Sie war zum Glück nicht gefährlich, wie er es selbst gedacht hatte. Die Degenspitze traf eine Rippe und glitt von dem Bein ab, außerdem klebte sich das Hemd fest an die Wunde, und so flossen nur wenige Blutstropfen daraus hervor. D'Artagnan fühlte sich infolge der Anstrengungen ganz erschöpft. Man breitete ihm auf dem Verdeck eine Matratze aus, er streckte sich darauf nieder und entschlief. Mit Anbruch des folgenden Tages war er nur noch drei bis vier Meilen von Englands Küste entfernt; der Wind wehte die ganze Nacht schwach, und so kam man nur langsam weiter. Um zwei Uhr warf das Schiff im Hafen von Dover Anker aus. Um halb drei Uhr setzte d'Artagnan seinen Fuß auf Englands Boden und rief aus: »Endlich bin ich da!« Damit war es aber noch nicht abgetan; man mußte London erreichen. Die Post war in England damals schon ganz gut bestellt. D'Artagnan und Planchet nahmen jeder ein Pferd. Ein Postillon ritt ihnen voraus; in vier Stunden erreichten sie die Tore der Hauptstadt. D'Artagnan kannte London nicht; er verstand nicht englisch; aber er schrieb den Namen Buckingham auf ein Papier, und jedermann wies ihm das Hotel des Herzogs.

Der Herzog war mit dem König in Windsor auf der Jagd. D'Artagnan erkundigte sich nach dem vertrauten Kammerdiener des Herzogs, der ihn auf all seinen Reisen begleitet hatte und recht gut französisch verstand. Er sagte diesem, daß er von Paris in einer Angelegenheit käme, bei der es sich um Leben und Tod handle, wonach er auf der Stelle mit seinem Gebieter sprechen müsse. Die Zuversicht, mit der d'Artagnan sprach, überzeugte Patrice, so hieß dieser Diener des Ministers. Er ließ zwei Pferde satteln und übernahm es, den jungen Edelmann zu führen. Was Planchet betrifft, so hob man ihn von seinem Klepper herab, steif wie ein Rohr. Der arme Bursche war gänzlich erschöpft, während d'Artagnan von Eisen schien. Man kam im Schloß an und erkundigte sich; der König und Buckingham waren in einem zwei bis drei Meilen weit entfernten Moorgrund auf der Falkenjagd. Nach zwanzig Minuten war man am bezeichneten Ort. Alsbald vernahm Patrice die Stimme seines Gebieters, der einem Falken zurief. »Wen soll ich dem Mylord Herzog melden? fragte Patrice. »Den jungen Mann, der eines Abends auf dem Pontneuf, der Samaritaine gegenüber, Streit mit ihm gesucht hat.« »Das ist eine seltsame Empfehlung.« »Sie werden sehen, daß sie soviel als eine andere gelten wird.« Patrice spornte sein Pferd, erreichte den Herzog und meldete ihm den Boten in den eben angeführten Worten. Buckingham erkannte d'Artagnan auf der Stelle, und in der Vermutung, in Frankreich sei etwas vorgefallen, wovon man ihm Nachricht geben wollte, nahm er sich nicht die Zeit zu fragen, wo derjenige sei, der ihm Botschaft bringe, sondern sprengte fort, da er von weitem d'Artagnans Gardeuniform erkannte, und ritt gerade auf ihn zu. Patrice blieb bescheiden in der

Entfernung. »Ist doch der Königin kein Unglück begegnet?« fragte Buckingham, indem er alle seine Gedanken, seine ganze Liebe in diese Frage ergoß. »Das glaube ich nicht, doch vermute ich, daß sie in einer großen Gefahr schwebt, aus der sie Ew. Hoheit allein ziehen können.« »Ich?« rief Buckingham, »sollte ich so glücklich sein, ihr in etwas dienen zu können? Reden, o, reden Sie!« »Nehmen Sie diesen Brief,« versetzte d'Artagnan. »Diesen Brief? von wem kommt er?« »Von Ihrer Majestät, wie ich denke.« »Von Ihrer Majestät!« rief Buckingham und erblaßte derart, daß d'Artagnan glaubte, er würde ohnmächtig werden. Er erbrach das Siegel. »Woher diese Verletzung?« fragte er und zeigte d'Artagnan die Stelle, wo der Brief durchbohrt war. »Ah, ich habe das nicht bemerkt,« rief d'Artagnan. »Dieses hübsche Loch machte gewiß der Degen des Grafen von Wardes, als er mir denselben in die Brust stieß.« »Sind Sie verwundet?« fragte Buckingham, indem er das Siegel erbrach. »O, es ist weiter nichts als eine Schramme,« versetzte d'Artagnan. »Gerechter Himmel, was habe ich gelesen!« rief der Herzog. »Patrice, bleibe hier oder eile vielmehr zum König, wo er auch sei, und melde Seiner Majestät, daß ich um Entschuldigung bitte, mich ruft ein Geschäft von höchster Wichtigkeit nach London zurück. Kommen Sie, mein Herr, kommen Sie!« Beide sprengten im Galopp auf dem Wege nach der Hauptstadt.

Die Pferde rannten mit Windeseile und befanden sich in wenigen Minuten vor Londons Toren. D'Artagnan dachte, der Herzog würde, wenn er in der Stadt anlangte, den Lauf des seinigen etwas anhalten, doch war es nicht so; er verfolgte seinen Weg mit aller Hast und kümmerte sich nicht darum, ob er die Leute auf der Straße niederritt. In der Tat hatten sich auf diesem Ritt durch die Stadt mehrere Unfälle ereignet, allein Buckingham wandte nicht einmal den Kopf, um zu sehen, was mit denen geschah, die er niedergerannt hatte. D'Artagnan folgte ihm mitten unter Zurufungen, die wie Verwünschungen klangen. Als Buckingham in dem Hof seines Hotels anlangte, sprang er vom Pferde, schnellte diesem, unbekümmert, was es für Folgen habe, den Zügel um den Hals und eilte der Freitreppe zu. Der Herzog ging so schnell, daß ihm d'Artagnan kaum zu folgen vermochte. Er schritt der Reihe nach durch mehrere Salons, und endlich kam er in ein Schlafgemach, das zugleich an Geschmack und Reichtum ein Wunder war. In dem Alkoven dieses Zimmers befand sich eine Tapetentür, die der Herzog mit einem kleinen goldenen Schlüssel öffnete, den er an einer Kette von gleichem Metall am Halse hängen hatte. Als Buckingham über die Schwelle dieser Tür schritt, drehte er sich um und, das Zögern des jungen Mannes bemerkend, sagte er: »Kommen Sie, und wenn Ihnen das Glück zu teil wird, vor Ihrer Majestät erscheinen zu dürfen, so sagen Sie ihr, was Sie gesehen.« D'Artagnan war durch diese Aufforderung ermutigt und folgte dem Herzog, der die Tür hinter sich schloß. Beide befanden sich jetzt in einer kleinen Kapelle, die ganz mit persischer Seide tapeziert und mit Gold gestickt war und von vielen Kerzen erleuchtet wurde. Hier bemerkte man unter einem Prachthimmel von blauem Samt, überragt von weißen und roten Federn, ein Bildnis in natürlicher Größe, das Anna von Österreich so sprechend ähnlich war, daß d'Artagnan beim Anblick vor Überraschung aufschrie; man hätte geglaubt, die Königin sei im Begriff zu sprechen. Auf dem Altar und unter dem Bildnis stand das Kistchen, das die diamantenen Nestelstifte einschloß. Der Herzog näherte sich demselben, kniete nieder und öffnete das Kistchen. Er zog eine große blaue Bandschleife, die durchaus von Diamanten strahlte, hervor und sagte: »Sehen Sie, das sind die kostbaren Nestelstifte, mit denen mich begraben zu lassen ich den Schwur tat. Die Königin hat sie mir gegeben, die Königin nimmt sie mir wieder; nun, so möge denn ihr Wille geschehen!« hierauf küßte er diese Stifte, von denen er sich trennen mußte, einen nach dem andern. Aber auf einmal stieß er einen entsetzlichen Schrei aus. »Was ist es?« fragte d'Artagnan bekümmert. »Mylord, was begegnet Ihnen?« »Ha, alles ist verloren!« rief Buckingham, und wurde so blaß wie eine Leiche; »es fehlen zwei von diesen Nestelstiften, denn es sind nur noch zehn.« »Halten Sie dieselben für verloren, Mylord, oder glauben Sie, daß sie entwendet worden sind?« »Man hat sie mir geraubt,« rief der Herzog, »das ist ein Streich, der vom Kardinal ausgeht. Sehen Sie, die Bänder, woran sie hingen, sind mit der Schere durchschnitten.« »Haben Sie eine Vermutung, Mylord, wer den Diebstahl begangen hat? Vielleicht hat sie die Person noch in Händen...« »Hören Sie,« rief der Herzog. »Ein einzigesmal nur trug ich diese Nestelstifte, und das war vor acht Tagen in Windsor auf dem Balle des Königs. Die Gräfin von Winter, mit der ich zerworfen war, hat sich mir auf diesem Balle genähert. Dieser Schritt war eine Rache der eifersüchtigen Frau. Seit diesem Tage sah ich sie nicht wieder. Diese Frau ist eine Agentin des Kardinals.« »So hat er denn in der ganzen Welt Agenten!« rief d'Artagnan. »Ach, ja, ja!« versetzte Buckingham und knirschte vor Zorn mit den Zähnen; »ja, er ist ein furchtbarer Kämpfer. – Doch sagen Sie, wann findet jener Ball statt?« »Am nächsten Montag.« »Am nächsten Montag? Fünf Tage noch! das ist mehr Zeit als nötig ist. – Patrice!« rief der Herzog und öffnete die Tür der Kapelle. Der Kammerdiener erschien. »Meinen Juwelier und meinen Sekretär.« Der Kammerdiener entfernte sich hurtig und stumm. Obwohl jedoch der Juwelier zuerst berufen worden war, so erschien doch der Sekretär noch vor ihm, Das war ganz einfach, da er im Hotel wohnte. Er traf Buckingham in seinem Schlafgemach vor einem Tisch, wo er eigenhändig einige Briefe schrieb. »Herr Jackson,« sprach er, »verfügt Euch alsogleich zum Lordkanzler und meldet ihm, daß er diese Befehle zu vollziehen habe. Ich will, daß man sie auf der Stelle bekanntmache.« »Doch, gnädigster Herr, wenn mich der Lordkanzler um die Beweggründe fragt, die Ew. Hoheit zu so außerordentlichen Maßregeln bestimmten, was habe ich darauf zu entgegnen?« »Es habe mir so beliebt und ich habe niemandem Rechenschaft meines Willens abzulegen.« »Ist das die Antwort, die er Seiner Majestät überbringen soll,« erwiderte der Sekretär lächelnd, »wenn etwa Seine Majestät neugierig wäre, erfahren zu wollen, warum aus den Häfen Großbritanniens kein Schiff mehr auslaufen darf?« »Ihr habt recht, mein Herr,« versetzte Buckingham, »in diesem Falle möge er dem König sagen, daß ich den Krieg beschlossen habe, und daß diese Maßregel der erste feindselige Schritt gegen Frankreich sei.« Der Sekretär verneigte sich und ging.

Buckingham wandte sich wieder zu d'Artagnan und sagte: »Von dieser Seite wären wir denn ruhig. Sind die Nestelstifte noch nicht nach Frankreich abgegangen, so werden sie erst nach Ihnen dort ankommen.« »Wie das?« »Ich legte Beschlag auf alle Schiffe, die sich zu dieser Stunde in den Häfen Seiner Majestät befinden, und keines wird es ohne besondere Erlaubnis wagen, die Anker zu lichten.« D'Artagnan betrachtete mit Erstaunen den Mann, der die unbeschränkte Macht, die ihm das Vertrauen seines Königs einräumte, zum Dienste seiner Herzensangelegenheiten verwendete. Buckingham las in dem Gesichtsausdruck dieses jungen Mannes, was er eben dachte, und lächelte. Dann sprach er zu ihm: »Ja, Anna von Österreich ist meine wahre Königin! Auf ein Wort von ihr will ich sogar mein Land verraten. Sie bat mich, den Protestanten in La Rochelle nicht die Hilfe zu schicken, die ich ihnen versprochen hatte, und ich tat es auch nicht. Ich brach damit mein Wort; aber gleichviel, ich gehorchte ihrem Verlangen; sagen Sie, ward ich nicht großmütig für meinen Gehorsam belohnt, da ich diesem Gehorsam ihr Bildnis verdanke?« D'Artagnan dachte bei sich, an welch schwachen und unbekannten Fäden zuweilen die Schicksale der Völker und das Leben der Menschen hängen!

Er war in diese Betrachtungen ganz vertieft, als der Goldschmied eintrat; es war ein Irländer und ausgezeichnet in seiner Kunst; er gestand es selbst, daß er jährlich hunderttausend Livres bei dem Herzog von Buckingham gewinne. »Herr O'Reilly,« sprach der Herzog zu ihm, indem er ihn in die Kapelle führte, »betrachtet diese diamantenen Nestelstifte und sagt, was das Stück davon wert ist.« Der Goldschmied warf einen Blick auf die zierliche Form der Fassung, berechnete die Diamanten einen nach dem andern im Werte, und sagte ohne Zaudern: »Mylord, das Stück fünfzehnhundert Pistolen.« »In wieviel Tagen würdet Ihr zwei solche Nestelstifte, wie diese sind, verfertigen? Ihr sehet, daß zwei fehlen.« »In acht Tagen, Mylord.« »Ich bezahle Euch für das Stück dreitausend Pistolen, doch übermorgen muß ich sie haben.« »Mylord soll sie haben.« »Herr O'Reilly, Ihr seid ein kostbarer Mann; doch damit ist's noch nicht genug, diese

Stifte kann man niemandem anvertrauen, sie müssen in diesem Palast verfertigt werden.« »Unmöglich, Mylord, nur ich kann die Arbeit so herstellen, daß man den Unterschied zwischen der alten und neuen nicht bemerkt.« »Nun, mein lieber Herr O'Reilly, seid Ihr mein Gefangener, und könnet von dieser Stunde an nicht mehr aus meinem Palast treten; faßt also Euren Entschluß. Nennt mir diejenigen von Euren Gehilfen, die Ihr braucht, und die Werkzeuge, die sie mitbringen sollen.« Der Goldschmied kannte den Herzog; er wußte, daß jeder Einspruch fruchtlos wäre, und entschloß sich also. »Ist es mir erlaubt, meiner Frau Nachricht zu geben?« fragte er. »O, es ist Euch sogar erlaubt, sie zu sehen, mein lieber O'Reilly; seid unbekümmert. Eure Gefangenschaft sei ganz gelinde, und da jede Störung entschädigt sein will, so nehmt außer dem Preise für zwei Nestelstifte diese Anweisung auf tausend Pistolen, damit Ihr desto leichter die Ungemächlichkeit vergesset, die ich Euch verursache.« D'Artagnan vermochte sich in seinem Erstaunen über diesen Minister nicht zu fassen, der mit vollen Händen Menschen und Millionen schüttelte. Der Goldschmied schrieb an seine Frau und schickte ihr die Anweisung auf tausend Pistolen, während er ihr zugleich auftrug, ihm den geschicktesten Lehrling, eine gewisse Anzahl Diamanten, die er ihr nach Gewicht und Namen bezeichnete, und einige Werkzeuge zu schicken, deren er benötigte. Buckingham führte den Goldschmied in das für ihn bestimmte Zimmer, das nach einer halben Stunde schon in eine Werkstätte umgewandelt war: dann stellte er eine Wache an jede Tür, mit dem strengen Verbot, niemand andern als seinen Kammerdiener Patrice einzulassen. Es braucht kaum angeführt zu werden, daß es dem Goldschmied und seinem Gehilfen durchaus untersagt war, unter was immer für einem Vorwand den Palast zu verlassen.

Als dieser Punkt in Ordnung gebracht war, kehrte der Herzog zu d'Artagnan zurück. »Nun, mein junger Freund!« sprach er, »England gehört uns beiden; was ist Ihr Wunsch und Ihr Verlangen?« »Ein Bett,« antwortete d'Artagnan, »das ist, ich bekenne es, für diesen Augenblick mein dringendstes Bedürfnis.« Buckingham wies d'Artagnan ein Zimmer an, das an das seinige stieß. Er wollte den jungen Mann in seiner Nähe haben, nicht, als ob er Mißtrauen in ihn setzte, sondern um einen Menschen bei sich zu haben, mit dem er beständig von der Königin reden könnte.

Eine Stunde darauf wurde in London der Befehl kundgemacht, kein für Frankreich befrachtetes Schiff aus den Häfen auslaufen zu lassen, selbst nicht das Briefpaketboot. Das war in den Augen aller eine Kriegserklärung zwischen den zwei Königreichen. Am zweiten Tag um elf Uhr waren die diamantenen Nestelstifte fertig, und so gut nachgeahmt, so vollkommen ähnlich, daß Buckingham die neuen von den alten nicht zu unterscheiden vermochte, und daß sich die Geübtesten in dieser Sache geirrt hätten. Der

Herzog ließ alsogleich d'Artagnan berufen und sprach: »Sehen Sie, da sind die diamantenen Nestelstifte, die Sie zu holen gekommen sind; und seien Sie mein Zeuge, daß ich alles tat, was in der Macht eines Menschen stand.« »Mylord seien unbesorgt, ich will erzählen, was ich gesehen habe; doch Eure Hoheit legt die Nestelstifte nicht wieder in das Kistchen.« »Das Kistchen wäre für Sie unbequem. Übrigens ist es für mich um so kostbarer, da es mir allein übrig bleibt. Sie werden melden, daß ich es bewahre.« »Mylord, ich werde Ihren Auftrag Wort für Wort ausrichten.« »Und jetzt,« sagte Buckingham, indem er den jungen Mann fest ins Auge faßte, »wie soll ich mich meiner Schuld gegen Sie entledigen?« D'Artagnan wurde rot bis zum Weiß der Augen. Er sah, daß der Herzog auf ein Mittel dachte, ihn zu vermögen, daß er etwas annehme, und der Gedanke, daß das Blut seiner Genossen und das seinige mit englischem Golde bezahlt werden sollte, erweckte in ihm ein seltsames Widerstreben. Er entgegnete: »Mylord, verstehen wir uns wohl, erwägen wir im voraus die Umstände, damit wir uns nachmals nicht verkennen. Ich stehe im Dienste des Königs und der Königin von Frankreich und gehöre zu der Kompagnie der Garden des Herrn des Essarts, der gleich seinem Schwager, Herrn von Tréville, Ihren Majestäten ganz besonders ergeben ist. Somit habe ich alles für die Königin, und nichts für Eure Hoheit getan. Außerdem wäre mir vielleicht von allem dem nichts gelungen, hätte es sich nicht darum gehandelt, einer Person gefällig zu sein, die ebenso meine Dame ist, wie die Königin die Ihrige.« »Ja,« versetzte der Herzog lächelnd, »diese andere Person glaube ich sogar zu kennen, es ist...« »Mylord,« fiel der junge Mann lebhaft ein, »ich habe sie nicht genannt.« »Das ist wahr,« entgegnete der Herzog. »Soll ich also für Ihre Aufopferung gegen diese Person erkenntlich sein?« »Sie haben es gesagt, Mylord. Denn gerade zu dieser Stunde, wo von einem Kriege die Rede ist, bekenne ich, daß ich in Ew. Hoheit nur einen Engländer, folglich einen Feind, erblicke, dem ich lieber auf dem Schlachtfeld als in dem Park von Windsor oder in den Gängen des Louvre begegnen möchte, was mich übrigens nicht abhalten wird, meiner Sendung pünktlich nachzukommen, um mich nötigenfalls in Vollziehung derselben töten zu lassen; allein ich wiederhole es, Ew. Hoheit, ohne daß Sie mir persönlich mehr zu danken haben, was ich bei der zweiten Begegnung für mich tue, als für das, was ich für Sie bei der ersten tat.« Buckingham murmelte: »Wir sagen: ›Stolz wie ein Schottländer!‹« »Und wir sagen: ›Stolz wie ein Gascogner!‹« entgegnete d'Artagnan. »Die Gascogner sind die Schottländer Frankreichs.« D'Artagnan verneigte sich vor dem Herzog und schickte sich an, fortzugehen. »Nun, Sie wollen gehen, wie Sie da sind? wohin? und wie?« »Es ist wahr.« »Gott verdamme mich! die Franzosen überlegen nichts.« »Ich vergaß, daß England eine Insel ist, und daß Sie königliche Gewalt ausüben.« »Gehen Sie nach dem Hafen, erkundigen Sie sich dort nach der Brigg ›Der Sund‹, übergeben Sie diesen Brief dem Kapitän; er wird Sie zu einer Bucht führen, wo man Sie gewiß nicht erwartet und wo nur Fischerkähne zu landen pflegen.« »Wie heißt diese Bucht?« »Saint-Valéry; doch warten Sie; wenn Sie dort ankommen, gehen Sie in eine elende Schenke, ohne Namen und Schild, in eine wahrhafte Matrosenkneipe; Sie können nicht irren, da es dort nur eine gibt.« »Dann?« »Dann fragen Sie nach dem Wirt und sagen Sie ihm: ›Forward‹.« »Was will das sagen?« »Vorwärts! – Das ist das Losungswort. Er wird Ihnen ein gesatteltes Pferd geben und den Weg andeuten, den Sie zu nehmen haben; und so werden Sie auf Ihrem Wege noch vier Pferdewechsel antreffen. Sie können bei jedem derselben Ihre Adresse in Paris geben, und die vier Pferde werden Ihnen dahin folgen; zwei davon kennen Sie schon und schienen Sie als Liebhaber zu schätzen; es sind die nämlichen, die wir geritten haben; und vertrauen Sie mir, daß die andern ebenso gut sind. Diese vier Pferde sind ganz für den Feldzug ausgestattet. Wie stolz Sie auch sein mögen, werden Sie sich doch nicht weigern, eins für sich und die drei andern für Ihre Gefährten anzunehmen, zumal, da Sie damit Krieg gegen uns führen. Der Zweck heiligt die Mittel – wie Ihr Franzosen sagt; nicht so?« »Ja, Mylord, ich nehme Ihre Geschenke,« versetzte d'Artagnan, »und gebe Gott, daß wir einen Gebrauch davon machen.« »Jetzt Ihre Hand, junger Mann, wir begegnen uns vielleicht bald auf dem Schlachtfeld, bis dahin scheiden wir als gute Freunde, wie ich hoffe.« »Ja, Mylord, doch in der Erwartung, bald Feinde zu werden.« »Seien Sie ruhig, ich verspreche es Ihnen.« »Ich zähle auf Ihr Wort, Mylord!« D'Artagnan verneigte sich vor dem Herzog und eilte dem Hafen zu.

Er fand das bezeichnete Schiff, dem Tower von London gegenüber, händigte dem Kapitän seinen Brief ein; dieser ließ ihn vom Hafengouverneur visieren und schickte sich zugleich zur Abfahrt an. Fünfzig Schiffe standen zum Auslaufen bereit. Als d'Artagnan an einem derselben ganz nahe vorübersteuerte, glaubte er die Dame von Meung zu erkennen, dieselbe, die der unbekannte Edelmann Mylady nannte, und die d'Artagnan so hübsch gefunden hatte; bei der raschen Strömung aber und dem Wehen des Windes glitt sein Schiff so schnell dahin, daß er die andern Fahrzeuge im Augenblick aus dem Gesicht verlor. Am folgenden Tage gegen neun Uhr früh landete man in Saint-Valéry.

Diese Reise verlief programmäßig und ohne jede Störung. So hatte er fast sechzig Meilen in zwölf Stunden zurückgelegt. Herr von Tréville empfing ihn, als hätte er ihn denselben Morgen gesehen, nur drückte er ihm etwas wärmer als gewöhnlich die Hand und meldete ihm: »die Kompagnie des Herrn des Essarts versehe im Louvre die Wache, und er könne sich auf seinen Posten verfügen.«

Das Ballett der Merlaison.

Am folgenden Morgen war in ganz Paris von nichts die Rede, als von dem Ball, welchen die Herren Schöppen der Stadt zu Ehren des Königs und der Königin gaben, wo Ihre Majestät das berühmte Ballett der Merlaison, das Lieblingsballett des Königs, tanzen würden. In der Tat hatte man schon seit acht Tagen im Rathaus alle Vorkehrungen zu diesem Festabend getroffen. Um zehn Uhr früh erschien der Sieux de la Coste, Fähnrich der königlichen Garden; ihm folgten zwei Gefreite und mehrere Leibbogenschützen, und verlangten vom Stadtschreiber, namens Clement, alle Schlüssel der Tore, der Amtszimmer und Gemächer des Rathauses. Die Schlüssel wurden ungesäumt übergeben. An jedem derselben befand sich ein Zettel, der zur Weisung diente, und von diesem Moment an hatte de la Coste die Bewachung der Türen und Zugänge über sich. Um elf Uhr kam du Hallier, Gardekapitän, mit fünfzig Bogenschützen, die sich sogleich an die Türen stellten, die ihnen bezeichnet wurden. Um drei Uhr trafen zwei Gardekompagnien ein, eine französische und eine schweizerische. Die französische bestand zur Hälfte aus Leuten des Herrn du Hallier, zur Hälfte aus jenen des Herrn des Essarts. Um sechs Uhr kamen bereits die ersten von den Eingeladenen. Nach Maßgabe, als sie eintrafen, wurden ihnen Plätze auf den Gerüsten zugewiesen. Um neun Uhr erschien die Gattin des ersten Präsidenten. Da diese nach der Königin die ansehnlichste Person des Festes war, so wurde sie von den edlen Herren der Stadt empfangen und in die Loge geführt, die jener, die für die Königin bestimmt war, gegenüber lag.

Um Mitternacht vernahm man großen Lärm mit vielfältigen Zurufungen. Es war der König, der durch die Straßen zog, die vom Louvre nach dem Rathaus gingen, und durchaus von farbigen Laternen erhellt wurden. Alsogleich eilten die Herren Schöppen, in ihre Tuchwamse gekleidet und voraus die Sergeanten, mit Flambeaux in den Händen, dem König entgegen. Jeder gewahrte, daß der König düster und gedankenvoll war.

Es war ein Kabinett für den König und ein anderes für Monsieur bereitet. In jedem derselben befanden sich Maskenkleider. Ebendasselbe geschah für die Königin und die Frau Präsidentin. Die Herren und Damen aus dem Gefolge Ihrer Majestäten sollten sich je zwei in Zimmern ankleiden, die schon zu diesem Zweck eingerichtet waren. Ehe der König in sein Kabinett ging, befahl er, daß man ihm sogleich melde, wann der Kardinal ankomme.

Eine halbe Stunde nach dem Eintreffen des Königs erschallten neue Zurufungen; sie verkündeten die Ankunft der Königin. Die Stadtschöppen taten hier dasselbe wie zuvor, sie schritten, die Sergeanten voran, ihrem erhabenen Gast entgegen. Die Königin trat in den Saal; man bemerkte, daß sie ebenso wie der König düster aussah und angegriffen schien. In dem Moment, wo sie eintrat, entfaltete sich der Vorhang einer kleinen Tribüne, die bisher geschlossen war, und man sah den blassen Kopf des Kardinals, der den Anzug eines spanischen Ritters genommen hatte. Er richtete seine Blicke auf die Königin, und ein Lächeln furchtbarer Freude schwebte nun um seine Lippen; die Königin hatte ihre diamantenen Nestelstifte nicht an sich.

Auf einmal zeigte sich der König mit dem Kardinal an einer von den Türen des Saales. Der Kardinal sprach mit ihm ganz still, und der König war sehr blaß. Der König schritt durch das Gedränge; er trug keine Maske, und kaum waren die Bänder seines Wamses festgeknüpft. Er ging auf die Königin zu und sagte zu ihr mit bewegter Stimme: »Madame, sagen Sie mir doch gefälligst, warum tragen Sie Ihre diamantenen Nestelstifte nicht, die ich doch so gern gesehen hätte?« Die Königin wandte sich umher und sah hinter sich den Kardinal, wie er schadenfroh lächelte. »Sire,« antwortete die Königin mit bebender Stimme, »ich fürchte, daß mir damit unter diesem großen Menschengewühl ein Unglück zustoßen möchte.« »Sie haben unrecht, Madame; wenn ich Ihnen damit ein Geschenk machte, so tat ich es, daß Sie sich mit demselben schmücken sollten. Ich sage also, daß Sie unrecht taten.« Die Stimme des Königs bebte vor Zorn; jeder sah und hörte mit Verwunderung und niemand wußte, was vorging. »Sire,« versetzte die Königin, »ich kann sie vom Louvre holen lassen, wo sie sind, und so werden die Wünsche Ew. Majestät befriedigt sein.« »Tun Sie das, Madame, tun Sie das, und so schnell als möglich, denn das Ballett fängt in einer Stunde an.« Die Königin verneigte sich zum Zeichen ihrer Ergebenheit und ließ sich von ihren Damen in ihr Kabinett begleiten. Auch der König kehrte wieder zurück nach dem seinigen.

Der König ging zuerst aus seinem Kabinett. Er trug ein überaus gefälliges Jagdgewand, und Monsieur und die andern Großen waren wie er gekleidet. Dieser Anzug stand auch dem König am besten, und in dieser Tracht schien er fürwahr der erste Edelmann seines Reiches zu sein. Der Kardinal näherte sich dem König und überreichte ihm ein Kistchen; der König schloß es auf und fand darin zwei diamantene Nestelstifte. »Was soll das heißen?« fragte er den Kardinal. »Nichts,« entgegnete dieser, »nur sage ich, wenn die Königin Nestelstifte trägt, woran ich zweifle, Sire, so zählen Sie dieselben, und finden Sie deren nur zehn, so fragen Sie Ihre Majestät, wer ihr wohl diese zwei Nestelstifte hier weggenommen haben könne?« Der König blickte den Kardinal gleichsam fragend an, allein er hatte nicht Zeit, ihn wirklich zu fragen, denn ein Schrei der Verwunderung drang aus dem Munde aller. Wenn der König der erste Edelmann seines Reiches zu sein schien, so war die Königin offenbar die reizendste

Frau in Frankreich. In der Tat stand ihr der Anzug einer Jägerin allerliebst; sie trug einen Felberhut mit blauen Federn, ein durch diamantene Agraffen befestigtes Oberkleid von perlenfarbigem Samt und ein blauseidenes Unterkleid, durchaus mit Silber gestickt. Auf ihrer linken Schulter schimmerten die Nestelstifte und wurden von einer Schleife getragen, welche die Farbe der Federn und des Unterkleides trugen. Der König zitterte vor Freude, der Kardinal voll Ingrimm, doch standen sie zu entfernt von der Königin, um die Nestelstifte zählen zu können; die Königin hatte sie an sich, nur fragte es sich noch, ob es zehn oder zwölf seien.

In diesem Moment erschallten die Geigen zum Zeichen, daß das Ballett beginne. Der König trat zur Frau Präsidentin, mit der er tanzen sollte, und Seine Hoheit Monsieur näherte sich der Königin, um mit ihr zu tanzen. Man stellte sich in Reih und Glied, und das Ballett fing an. Der König figurierte der Königin gegenüber, und so oft er an ihr vorüberglitt, verschlang er ihre Nestelstifte mit den Augen, konnte sie jedoch nicht abzählen. Kalter Schweiß stand dem Kardinal auf der Stirn. Das Ballett dauerte eine Stunde, es hatte sechzehn Gänge. Als es zu Ende war, geleitete jeder unter dem Beifallsklatschen der ganzen Versammlung seine Dame auf ihren Platz. Allein der König nützte sein Vorrecht, und ließ seine Dame da stehen, wo sie sich eben befand, und schritt lebhaft gegen die Königin vor. Er sprach zu ihr: »Madame, ich danke Ihnen, daß Sie sich meinen Wünschen so willfährig gezeigt haben, allein ich glaube, es fehlen Ihnen zwei Nestelstifte, die ich Ihnen hier überbringe.« Bei diesen Worten übergab er der Königin die zwei Nestelstifte, die ihm der Kardinal gebracht hatte. »Wie doch, Sire,« rief die Königin, die Erstaunte spielend, »Sie geben mir noch zwei, Sie schenken mir somit vierzehn?« Der König zählte in der Tat, und es fanden sich die zwölf Nestelstifte an den Schultern der Königin. Der König berief den Kardinal und fragte in strengem Tone: »Nun, Herr Kardinal, was soll denn das bedeuten?« »Sire,« entgegnete der Kardinal, »dies bedeutet, daß ich den Wunsch hegte, Ihre Majestät wolle diese zwei Nestelstifte annehmen, und da ich es nicht wagte, dieselben selbst anzubieten, so schlug ich diesen Weg ein.« »Und ich bin dafür Ew. Eminenz um so mehr mit Dank verbunden,« erwiderte Anna von Österreich mit einem Lächeln, das bewies, daß sie sich von dieser sinnreichen Artigkeit ganz und gar betören ließ, »indem ich überzeugt bin, diese zwei Nestelstifte kommen Ihnen teurer zu stehen, als die zwölf andern Seiner Majestät gekostet haben.« Hierauf begrüßte die Königin den König und den Kardinal, und begab sich zurück in ihr Zimmer, wo sie sich angezogen hatte, und jetzt entkleidet werden sollte.

Die Königin befand sich wieder in ihrem Zimmer, und d'Artagnan wollte sich eben entfernen, als er sich leicht an der Schulter berührt fühlte. Er wandte sich um und sah eine junge Frau, die ihm einen Wink gab, ihr zu folgen. Diese junge Frau hatte ihr Gesicht mit einer Maske von schwarzem Samt überdeckt; allein ungeachtet dieser Vorsicht, die sie vielmehr gegen andere als gegen ihn gebrauchte, er kannte auf der Stelle seine gewöhnliche Führerin, die gewandte und sinnreiche Madame Bonacieux. Tags zuvor hatten sie sich kaum gesehen bei dem Schweizer Germain, wohin sie d'Artagnan entbieten ließ. D'Artagnan folgte Madame Bonacieux, von der doppelten Empfindung gedrängt, von der Liebe und von der Neugierde. Er wollte auf dem ganzen Weg und nach Maßgabe, als es in den Korridoren öder wurde, die junge Frau anhalten, fassen, betrachten, und wäre es auch nur für einen Augenblick gewesen; allein sie entschlüpfte stets rasch wie ein Vogel seinen Händen, und wollte er mit ihr reden, so wurde er durch ihren Finger, den sie mit einer etwas gebieterischen Miene an den Mund legte, daran gemahnt, daß er unter der Herrschaft einer Macht stehe, der er blindlings zu folgen habe, und die ihm auch die leiseste Klage verbot. Als nun die beiden ein paar Minuten lang bald links, bald rechts gegangen waren, öffnete Madame Bonacieux eine Tür und führte den jungen Mann in ein Kabinett, das völlig dunkel war. Hier gab sie ihm ein neues Zeichen, sich stumm zu verhalten, öffnete eine zweite Tür hinter einer Tapete, worauf plötzlich ein helles Licht hereindrang, und verschwand. D'Artagnan verhielt sich einen Augenblick regungslos und fragte sich selber, wo er sich befinde, jedoch ein Lichtstrahl, der aus jenem Zimmer drang, die laue und von Wohlgerüchen erfüllte Luft, die auf ihn heranwallte, das zugleich ehrfurchtsvolle und wohlklingende Gespräch mehrerer Frauen und das öfter wiederholte Wort »Majestät« machten es ihm auf einmal klar, daß er sich in einem Kabinett befinde, das an das Zimmer der Königin stieß. Der junge Mann blieb im Schatten stehen und harrte. Die Königin schien wohlgemut und glücklich und schob dies frohe Gefühl auf die Schönheit des Festes, auf die Unterhaltung, die sie bei diesem Ballett gefunden hätte, und da man einer Königin nicht widersprechen darf, wetteiferten alle in den Lobeserhebungen über die Artigkeit der Herren Stadtschöppen von Paris. Obwohl d'Artagnan die Königin nicht kannte, so unterschied er doch gar bald ihre Stimme von den andern Stimmen. Er hörte, wie sie sich der offenen Tür näherte und wieder entfernte, er bemerkte sogar ein paarmal den Schatten ihres Körpers, der das Licht auffing. Endlich zeigte sich eine Hand und ein Arm von wunderbarer Schönheit und Weiße an der Tapetentür; d'Artagnan erkannte, dies sei seine Belohnung; er ließ sich auf die Knie nieder, ergriff diese Hand und preßte seine Lippen ehrerbietig auf dieselbe. Hierauf zog sich die Hand zurück und ließ in der seinigen einen Gegenstand zurück, in dem er einen Ring erkannte. Gleich darauf schloß sich die Tür wieder, und d'Artagnan stand abermals ganz im Dunkeln.

D'Artagnan steckte den Ring an seinen Finger und wartete. Es war offenbar noch nicht alles abgetan. Auf den Lohn seiner Aufopferung sollte der Lohn seiner Liebe kommen. Das Ballett war wohl schon vorüber, allein die Festlichkeit hatte noch kaum angefangen; um drei Uhr sollte gespeist werden, und die Uhr von Saint-Jean schlug eben erst drei Viertel nach zwei Uhr. Das Geräusch der Stimmen hatte sich im nahen Zimmer wirklich allmählich verloren: es erschallte immer ferner, dann ging die Tür des Kabinetts auf, wo d'Artagnan stand, und Madame Bonacieux schlüpfte herein. »Endlich sind Sie hier!« rief d'Artagnan. »Stille,« sprach die junge Frau, ihre Hand an seine Lippen legend; »stille, jetzt kehren Sie dahin zurück, woher Sie gekommen sind.«

»Allein, wo und wann werde ich Sie wiedersehen?« rief d'Artagnan. »Ein Briefchen, das Sie zu Hause finden werden, wird es Ihnen melden. Nun gehen Sie, gehen Sie.« Bei diesen Worten öffnete sie die Tür zum Korridor und schob d'Artagnan hinaus. D'Artagnan folgte wie ein Kind ohne Einspruch, ohne Widersetzlichkeit, und das beweist, daß er in der Tat sehr verliebt war.

Das Rendezvous.

D'Artagnan ging eilfertig nach Hause, Planchet schloß ihm die Tür auf. »Hat jemand einen Brief für mich gebracht?« fragte d'Artagnan rasch. »Es hat niemand einen Brief gebracht,« erwiderte Planchet, »doch ist einer ganz allein gekommen.« »Was willst du damit sagen, Tölpel?« »Ich will sagen, daß ich bei meiner Zurückkunft, obwohl ich den Schlüssel Ihrer Wohnung in der Tasche trug und ihn nicht von mir weggab, in Ihrem Schlafgemach auf dem grünen Teppich des Tisches einen Brief fand.« »Wo ist dieser Brief?« »Ich ließ ihn liegen, wo er lag, mein Herr! Es ist nicht natürlich, daß Briefe auf solche Weise zu den Leuten kommen. Wäre noch das Fenster ganz oder halb offen gewesen, würde ich nichts sagen; aber alles war hermetisch verschlossen. Geben Sie acht, mein Herr, denn da obwaltet sicher ein Spukwerk.« Mittlerweile stürzte der junge Mann in das Zimmer und öffnete den Brief. Er war von Madame Bonacieux und lautete wie folgt: »Man hat Ihnen den wärmsten Dank abzustatten und zu überbringen; begeben Sie sich diesen Abend gegen zehn Uhr nach Saint-Cloud, dem Pavillon gegenüber, der sich an der Ecke des Hauses des Herrn d'Estrées erhebt. C. B.« Als d'Artagnan diesen Brief gelesen, fühlte er, wie sich sein Herz erweiterte und wieder zusammenpreßte mit jenem süßen Krampfe, der Liebenden zugleich wohl und wehe tut. Das war das erste Briefchen, das er empfing, das erste Rendezvous, das ihm zugestanden wurde. Sein Herz, von wonniger Trunkenheit geschwellt, drohte zu zerspringen an der Schwelle des irdischen Paradieses, das man die Liebe nennt. Planchet zog sich zurück. Als d'Artagnan allein im Zimmer war, las er wiederholt das Briefchen durch und küßte über zwanzigmal diese Zeilen von der Hand seiner schönen Geliebten. Endlich ging er zu Bett, schlief ein und hatte goldene Träume. Um sieben Uhr früh stand er auf und rief Planchet. »Planchet,« sagte d'Artagnan, »ich gehe vielleicht den ganzen Tag fort, du bist also frei bis sieben Uhr abends; aber um sieben Uhr halte dich bereit mit zwei Pferden.« »Es scheint,« versetzte Planchet, »wir wollen uns die Haut noch an mancherlei Stellen durchlöchern lassen.« »Du hast deine Muskete und deine Pistolen mitzunehmen.« »Nun, es kommt, wie ich sagte,« rief Planchet. »Sei doch ruhig, Dummkopf! hier handelt es sich ganz einfach um eine Lustpartie.« »Ja, wie unlängst bei den Vergnügungsreisen, wo es Kugeln regnete und Wolfsfallen hagelte.« »Solltest du dich übrigens fürchten, Planchet,« erwiderte d'Artagnan, »so will ich ohne dich gehen; ich reise lieber allein, als mit einem Hasenfuß.« »Mein Herr,« entgegnete Planchet, »Sie tun mir unrecht; mich dünkt doch. Sie haben mich rührig gesehen.« »Ja, allein, ich glaube, daß du all deinen Mut auf einmal verbraucht hast.« »Sie werden sehen, daß ich nötigenfalls noch einen Rest übrig habe, nur bitte ich, nicht verschwenderisch damit umzugehen, wenn ich noch länger auskommen soll.« »Glaubst du diesen Abend noch eine gewisse Summe verwenden zu können?« »Ich hoffe das.« »Nun, so will ich auf dich rechnen.« »Ich werde zur benannten Stunde bereit sein; ich glaubte nur, Sie hätten bloß ein Pferd im Stalle der Garden.« »Wohl kann in diesem Augenblick nur eins dort sein, aber diesen Abend wird es vier daselbst geben.« »Unsere Reise scheint eine Remontereise gewesen zu sein.« »Allerdings,« versetzte d'Artagnan, wiederholte Planchet noch einmal seinen Auftrag und ging fort.

Herr Bonacieux stand an seiner Tür, d'Artagnan wollte vorübergehen, ohne mit dem würdigen Krämer zu reden; allein dieser grüßte ihn so freundlich und zuvorkommend, daß sich der Mietsmann nicht bloß bewogen fühlte, den Gruß zu erwidern, sondern sich auch in ein Gespräch mit ihm einzulassen. Die Rede kam natürlich auf die Einsperrung des armen Mannes. Herr Bonacieux, der es nicht wußte, daß d'Artagnan sein Gespräch mit dem Manne von Meung behorcht hatte, erzählte seinem Mietsmann die Verfolgungen dieses Ungeheuers, das Herr von Laßmann sei, den er immer nur einen Henker nannte, und dehnte sich ins Lange und Breite aus über die Bastille, die Riegel, die Türen, die Luftlöcher, die Gitter und Folterbänke. D'Artagnan hörte ihm mit beispielloser Geduld zu und sprach dann, als er zu Ende war: »Und wissen Sie, was mit Madame Bonacieux geschehen ist? Ist sie entführt worden?« »Ah,« rief Herr Bonacieux, »Sie haben sich wohl gehütet, mir das zu sagen, und auch meine Frau schwur mir bei den Göttern, daß sie nichts davon wußte.« Dann fuhr er in einem überaus gutmütigen Tone fort: »Und was ist denn in dieser letzten Zeit mit Ihnen vorgegangen? Ich habe weder Sie gesehen noch Ihre Freunde, und Sie haben gewiß den vielen Staub, den Planchet gestern von Ihren Stiefeln klopfte, nicht auf dem Pflaster von Paris gesammelt.« »Sie haben recht, mein lieber Herr Bonacieux! meine Freunde und ich haben eine kleine Reise gemacht.« »Weit von hier?« »Ach, Gott! nein, bloß vierzig Meilen von hier; wir geleiteten Athos in die Bäder von Forges, wo meine Freunde bei ihm blieben.« »Und Sie sind zurückgekommen, nicht wahr?« fragte Bonacieux und gab sich eine höchst witzige Miene. »Ein so hübscher Junker, wie Sie sind, bekommt keinen langen Urlaub von seiner Geliebten, nicht wahr, und man hat uns schon ungeduldig in Paris zurückerwartet?« »Meiner Treu,« entgegnete der junge Mann lachend, »ich bekenne Ihnen das um so lieber, mein werter Herr Bonacieux, als ich sehe, daß man vor Ihnen nichts verheimlichen kann. Ja, man hat mich erwartet, und zwar sehr sehnlichst, dafür kann ich stehen.« Eine leichte Wolke schwebte über Bonacieux' Stirn, doch so leicht, daß sie d'Artagnan gar nicht bemerkte. »Und wir werden für unsern Eifer belohnt werden?« fuhr der Krämer mit einer leichten Bewegung der Stimme fort, eine Bewegung, die d'Artagnan ebensowenig als jene Wolke bemerkte, die einen Augenblick zuvor die Stirn des würdigen Mannes umschleierte. »O, schweigen Sie doch!« rief d'Artagnan lachend. »Nein,« antwortete Bonacieux, »ich sage Ihnen dies bloß, um zu erfahren, ob wir spät zurückkehren werden.« »Warum diese Frage, mein lieber Wirt?« versetzte d'Artagnan, »sind Sie vielleicht willens, auf mich zu warten?« »Nein, aber seit meiner Einkerkerung und jenem Diebstahl, der bei mir begangen worden ist, erschrecke ich, so oft ich eine Tür aufgehen höre, und zumal des Nachts. Nun, ich bin ja kein Krieger!« »Nun, erschrecken Sie nicht, wenn ich erst um ein Uhr, um zwei Uhr oder um drei Uhr früh zurückkomme; erschrecken Sie nicht, wenn ich ganz ausbleibe.« Diesmal erblaßte Bonacieux dergestalt, daß d'Artagnan nicht umhin konnte, es zu bemerken, und ihn zu fragen, was ihm fehle. »Nichts,« erwiderte Bonacieux, »nichts. Erst seit meinen Unfällen bin ich Schwachheiten unterworfen, die mich oft auf einmal überfallen, und eben durchrieselte mich wieder ein Schauder. Achten Sie nicht darauf und beschäftigen Sie sich bloß mit dem Gedanken an Ihr Glück.« »Dann bin ich auch beschäftigt, da ich glücklich bin.« »Noch nicht, warten Sie also. Sie sagten ja, diesen Abend ...« »Nun, dieser Abend wird kommen, so Gott will: und Sie harren wohl darauf ebenso sehnsuchtsvoll wie ich? Vielleicht wird Madame Bonacieux ihrem Gemahl einen Besuch abstatten.« »Madame Bonacieux ist für diesen Abend nicht frei,« entgegnete der Gemahl sehr ernst; »ihr Dienst hält sie im Louvre zurück.« »Um so schlimmer für Sie, mein lieber Wirt! um so schlimmer; wenn ich glücklich bin, möchte ich, daß es alle Welt wäre; doch scheint das nicht möglich zu sein.« Der junge Mann entfernte sich, laut lachend über den Scherz, den er seiner Meinung nach allein verstanden hatte. »Unterhalten Sie sich gut,« rief ihm Bonacieux nach mit ersterbender Stimme.

Er begab sich nach dem Hotel des Herrn von Tréville; sein Besuch war tags zuvor sehr kurz, wie man sich erinnern wird, und führte zu ganz geringer Erklärung. Er traf Herrn von Tréville in der Freude seines Herzens. Der König und die Königin waren auf dem Ball höchst huldreich gegen ihn, doch war der Kardinal in einer ganz verdrießlichen Stimmung. Um ein Uhr früh begab er sich weg, unter dem Vorwand einer Unpäßlichkeit. Ihre Majestäten waren erst um sechs Uhr früh nach dem Louvre zurückgekehrt. Herr von Tréville durchblickte alle Winkel des Zimmers, um zu sehen, ob er mit d'Artagnan allein sei, und sprach dann zu ihm mit gedämpfter Stimme: »Nun, mein junger Freund, reden wir von Ihnen; denn Ihre glückliche Rückkehr hat offenbar großen Anteil an der Freude des Königs, an dem Triumph der Königin und an der Demütigung Seiner Eminenz. Nun müssen Sie sich klug benehmen.« »Was habe ich zu befürchten,« fragte d'Artagnan, »solange ich so glücklich bin, die Gunst Ihrer Majestäten zu genießen?« »Alles, glauben Sie mir. Der Kardinal ist nicht der Mann, der eine Mystifikation vergißt, solang er mit dem Mystifizierenden noch nicht Abrechnung gehalten hat, und der Mystifizierende scheint mir so ganz die Miene eines gewissen Junkers zu haben, den ich kenne.« »Glauben Sie denn, der Kardinal wisse ebensogut wie Sie, daß ich in London war?« »Teufel! Sie waren in London? und von London brachten Sie den schönen Diamanten mit, der an Ihrem Finger schimmert? Seien Sie auf Ihrer Hut, lieber d'Artagnan! um das Geschenk eines Feindes ist es nichts Gutes.« »Dieser Diamant, mein Herr, kommt nicht von einem Feind, er kommt von der Königin.« »Ho, ho!« rief Herr von Tréville, »von der Königin! Das ist wahrhaftig ein königliches Juwel, das tausend Pistolen wie einen Pfennig gilt. Durch wen ließ sie Ihnen dieses Geschenk überbringen?« »Sie hat es mir selbst gegeben.« »Wo das?« »In dem Kabinett neben dem Zimmer, wo sie sich umkleidete.« »Wie?« »Indem sie mir die Hand zum Kusse bot.« »Sie haben die Hand der Königin geküßt?« fragte Herr von Tréville und starrte d'Artagnan an. »Ihre Majestät geruhte mir diese Gnade zu erzeigen.« »Und das vor Zeugen? Die Unkluge – die dreifach Unkluge!« »Nein, mein Herr, fassen Sie sich, niemand hat es gesehen,« entgegnete d'Artagnan, und erzählte Herrn von Tréville, wie das zuging. »O, die Weiber, die Weiber!« rief der alte Krieger, »ich erkenne sie wieder an ihrer romantischen Einbildungskraft; alles bezaubert sie, was geheimnisvoll ist. Sie haben also den Arm gesehen und weiter nichts? Sie würden der Königin begegnen, ohne sie wiederzuerkennen? Sie würde Ihnen begegnen, ohne daß sie wüßte, wer Sie sind?« »Nein, allein mittels dieses Diamanten...« sprach der junge

Mann. »Hören Sie,« erwiderte Tréville, »soll ich Ihnen einen Rat geben, einen guten Rat, einen Freundesrat?« »Erzeigen Sie mir die Ehre, mein Herr,« sagte d'Artagnan. »Gut, gehen Sie zu dem nächsten besten Goldschmied, verkaufen Sie diesen Diamanten für das, was er Ihnen geben wird; jeder Jude wird Ihnen wenigstens achthundert Pistolen dafür bezahlen! Die Pistolen haben keinen Namen, junger Mann, doch dieser Ring hat einen furchtbaren, und kann den verraten, der ihn trägt.« »Diesen Ring verkaufen!« rief d'Artagnan, »einen Ring, der von meiner Fürstin kommt – nie!« »Dann, armer Narr! wenden Sie den Stein nach innen, denn man weiß, daß ein Junker aus der Gascogne solche Kleinodien nicht im Schranke seiner Mutter findet.« »Sie glauben also, daß ich etwas zu fürchten habe?« fragte d'Artagnan. »So zwar, junger Mann, daß derjenige, der auf einer Mine schläft, deren Lunte angezündet ist, sich im Vergleich mit Ihnen sicher halten darf.« »Teufel!« rief d'Artagnan, »was ist da zu tun?« »Für immer und vor allem auf der Hut sein. Der Kardinal hat ein gutes Gedächtnis und eine lange Hand; glauben Sie mir, er wird Ihnen einen Streich spielen.« »Doch welchen?« »Weiß ich das? hat er nicht alle Künste in Fron? das Geringste, was Ihnen geschehen kann, ist, daß man Sie einsperrt.« »Wie, man würde es wagen, einen Mann zu verhaften, der im Dienste Seiner Majestät steht?« »Bei Gott! man hat mit Athos wenig Umstände gemacht! jedenfalls, junger Tor, glauben Sie einem Manne, der dreißig Jahre lang bei Hof ist, und schlafen Sie nicht ein in Ihrer Sorglosigkeit, sonst sind Sie verloren. Im Gegenteil, sage ich Ihnen, erblicken Sie rings um sich nichts wie Feinde. Sucht man mit Ihnen Streit, so weichen Sie, ob ihn auch ein zehnjähriges Kind suchte; greift man Sie an bei Tag oder Nacht, so ziehen Sie sich im Kampfe zurück, und schämen Sie sich deshalb nicht; setzen Sie über eine Brücke, so betasten Sie die Bretter, aus Besorgnis, daß ein Brett unter Ihrem Fuße weiche; gehen Sie da vorüber, wo eben ein Haus gebaut wird, so blicken Sie in die Höhe, aus Furcht, es möchte ein Stein auf ihren Kopf fallen; kehren Sie nachts spät zurück, so lassen Sie sich von Ihrem Lakai begleiten, und dieser sei bewaffnet, wenn Sie anders Ihrem Bedienten trauen können. Ziehen Sie alle Welt in Verdacht, Ihren Freund, Ihren Bruder, Ihre Geliebte, ja, vorzüglich Ihre Geliebte.« D'Artagnan wurde rot. »Meine Geliebte!« wiederholte er maschinenartig; »und warum sie mehr als andere?« »Der Kardinal bedient sich gern dieses Mittels, da es auch das wirksamste ist. Ein Weib verkauft Sie für zehn Pistolen, wie es Dalila beweiset. Sie kennen doch die Heilige Schrift? Hm!« D'Artagnan dachte an das Rendezvous, das ihm Madame Bonacieux für diesen Abend gab; doch müssen wir es zum Lob unseres Helden gestehen, daß ihm die üble Meinung, die Herr von Tréville von den Frauen überhaupt hatte, gar keinen Verdacht gegen seine schöne Wirtin erweckte. »Doch sagen Sie,« fragte Herr von Tréville, »was ist denn aus Ihren drei

Gefährten geworden?« »Eben wollte ich selber fragen, ob Sie von ihnen nichts wissen.« »Nichts, mein Herr.« »Nun, ich habe sie auf meiner Reise zurückgelassen. Porthos in Chantilly mit einem Duell am Hals: Aramis in Crèvecoeur mit einer Kugel in der Schulter; Athos in Amiens mit einer Falschmünzerbeschuldigung auf dem Leibe.« »Sehen Sie,« sagte Herr von Tréville, »und wie sind Sie durchgekommen?« »Mein Herr, wunderbar, ich muß es gestehen, mit einem Degenstich in der Brust, und indem ich den Grafen von Wardes an der Straße von Calais so wie einen Schmetterling an die Tapete spießte.« »Da sehen Sie wieder! von Wardes, einen Mann des Kardinals, einen Vetter von Rochefort; doch halt, mein Freund, mir kommt ein Gedanke.« »O, sprechen Sie, mein Herr!« »Ich würde etwas tun an Ihrer Stelle.« »Was?« »Während mich Seine Eminenz in Paris aufsuchen ließe, würde ich mich ganz still und sachte auf den Weg nach der Pikardie begeben und Erkundigungen über meine drei Gefährten einziehen. Bei Teufel, sie verdienen doch diese kleine Aufmerksamkeit von Ihrer Seite.« »Der Rat ist gut, und ich will morgen abreisen.« »Erst morgen und warum nicht diesen Abend?« »Diesen Abend hält mich eine unausweichliche Angelegenheit in Paris zurück.« »Ah, junger Mann, junger Mann! irgend eine Liebschaft? Geben Sie wohl acht, ich wiederhole es: das Weib hat uns alle, wie wir sind, ins Verderben gebracht, und bringt uns ins Verderben, wie wir alle sind und sein werden. Glauben Sie mir, reisen Sie noch diesen Abend.« »Unmöglich!« »Haben Sie also Ihr Wort verbürgt?« »Ja, mein Herr.« »Nun, das ist etwas anderes, doch versprechen Sie mir, daß Sie morgen abreisen, wenn Sie diese Nacht nicht getötet werden.« »Ich verspreche es Ihnen.« »Bedürfen Sie Geld?« »Ich besitze noch fünfzig Pistolen; das ist hinreichend, wie ich denke.« »Doch Ihre Gefährten?« »Ich glaube, daß sie nicht Mangel leiden; wir sind von Paris jeder mit fünfundsiebzig Pistolen im Sack abgereist.« »Werde ich Sie noch sehen, ehe Sie abreisen?« »Ich denke nicht, wenn sich nichts Neues ergibt.« »Nun, Glück zur Reise.« »Ich danke, mein Herr.« D'Artagnan beurlaubte sich von Herrn von Tréville, inniger gerührt als jemals durch seine väterliche Sorgfalt für seine Musketiere.

Als er bei dem Hotel der Garden vorüberging, warf er einen Blick in den Stall, drei von den vier Pferden waren schon angekommen. Planchet erstaunte darüber, fing an, sie zu striegeln, und hatte bereits zwei davon geputzt. Als er d'Artagnan sah, sagte er: »Ach, mein Herr, wie bin ich froh, daß ich Sie sehe.« »Warum das?« fragte d'Artagnan. »Setzen Sie denn Vertrauen in Herrn Bonacieux, unsern Wirt?« »Ich? ganz und gar nicht.« »O, Sie tun recht wohl daran.« »Wie kommst du zu dieser Frage?« »Nun, während Sie mit ihm sprachen, habe ich Sie beobachtet, ohne Sie zu behorchen, und dabei bemerkt, daß er drei- oder viermal seine Gesichtsfarbe veränderte.« »Bah!« »Da Sie sich nur mit dem Briefe beschäftigten, den Sie erhielten, haben Sie das nicht beachtet; allein ich, der ich durch diesen so seltsam in das Haus gelangten Brief behutsam geworden bin, ich verlor keine Bewegung seines Gesichts.« »Und du fandest sie –« »Verräterisch, mein Herr.« »Wirklich?« »Ja, noch mehr; als Sie von ihm weggingen und an der Straßenecke verschwanden, nahm Herr Bonacieux seinen Hut, versperrte die Tür und eilte in aller Hast nach der gegenüberliegenden Straße.« »Du hast auch recht, Planchet, alles das kommt mir jetzt zweideutig vor; doch sei unbekümmert, wir bezahlen ihm unsere Miete nicht früher, als bis er uns die Sache umständlich erörtert haben wird.« Obwohl d'Artagnan im Grund ein ganz kluger Junker war, so ging er doch, um zu Mittag zu essen, anstatt nach Hause, zu dem gascognischen Priester, der zu jener Zeit, als die vier Freunde am Hungertuch nagten, sie mit einem Schokoladenfrühstück bewirtete.

Der Pavillon.

Um neun Uhr war d'Artagnan beim Hotel der Garden; er traf Planchet unter den Waffen, und das vierte Pferd war angekommen. Planchet hatte sich mit seiner Muskete und einer Pistole versehen. D'Artagnan nahm seinen Degen und steckte zwei Pistolen in seinen Gürtel; hierauf schwang sich jeder auf ein Pferd und sie ritten ohne Geräusch von dannen. Die Nacht war finster und niemand sah sie fortreiten. Planchet hielt sich zehn Schritte hinter seinem Gebieter. D'Artagnan gewahrte, daß in seinem Lakai etwas Außergewöhnliches vorgehe, und fragte ihn: »Hm, was fehlt uns denn, Herr Planchet?« »Finden Sie nicht, mein Herr, daß die Wälder so wie die Kirchen sind?« »Warum das, Planchet?« »Weil man sich in diesen wie in jenen nicht getraut, laut zu sprechen.« »Warum getraust du dich nicht, Planchet, laut zu sprechen, weil du Furcht hast?« »Furcht, gehört zu werden, ja, mein Herr!« »Furcht, gehört zu werden? Unsere Unterredung ist doch erbaulich, Planchet, und niemand hätte dagegen Einsprache zu tun.« Planchet kehrte wieder zu seinen früheren Gedanken zurück und versetzte: »Ach, mein Herr, wahrlich hat dieser Herr Bonacieux etwas Tückisches in seinen Brauen und etwas Widerliches im Spiele seiner Lippen.« »Was Teufel bringt dich wieder auf Bonacieux?« »Mein Herr, man denkt, was man muß und nicht, was man will.« »Weil du ein Hasenfuß bist, Planchet!« »O, mein Herr, verwechseln wir nicht die Klugheit mit der Feigherzigkeit, die Klugheit ist eine Tugend.« »Du bist tugendhaft, nicht wahr, Planchet?« »Mein Herr, ist das, was dort unten glänzt, nicht ein Musketenlauf? Wenn wir den Kopf bückten!« »In Wahrheit,« murmelte d'Artagnan, der an den

Rat des Herrn von Tréville dachte, »in Wahrheit, dieses Tier würde mir endlich Furcht machen.« Er setzte sein Pferd in Trab. Planchet folgte der Bewegung seines Herrn so, als wäre er sein Schatten gewesen, und ritt trabend an seiner Seite. »Werden wir wohl die ganze Nacht so fortreiten?« fragte er. »Nein, Planchet, du bist schon am Ziel.« »Wie, ich bin am Ziel? und Sie, mein Herr?« »Ich reite noch einige Schritte weiter.« »Und mich lassen Sie allein?« »Hast du Furcht, Planchet?« »Nein, ich will Ihnen bloß bemerken, daß die Nacht sehr kalt sein wird, daß die Kühle Rheumatismen erzeugt, und daß ein Lakai, der an Rheumatismen leidet, ein trübseliger Bedienter ist, zumal für einen so frohmütigen Mann wie Sie.« »Nun, wenn du frierst, Planchet, so geh dort in eine von den Schenken und erwarte mich morgen früh um sechs Uhr vor dem Tor.« D'Artagnan sprang vom Pferde, warf Planchet den Zügel über den Arm, wickelte sich in seinen Mantel und ging rasch von dannen. »Gott, wie kalt ist mir!« rief Planchet, als er seinen Herrn aus den Augen verlor. Und da es ihn so sehr drängte, sich zu erwärmen, klopfte er schnell an die Tür eines Hauses, das mit allen Attributen einer Schenke ausgestattet war.

Indes hatte d'Artagnan, der einen kleinen Fußsteig eingeschlagen, seinen Weg fortgesetzt, Saint-Cloud erreicht und befand sich alsbald dem bezeichneten Pavillon gegenüber. Derselbe lag an einer ganz öden Stelle. Eine hohe Mauer, an deren Ecke er den Pavillon sah, zog sich an der einen Seite dieser Gasse hin, auf der andern schützte ein Gehege, in dessen Grund eine armselige Hütte stand, einen kleinen Garten gegen die Vorübergehenden. Er kam an die Stelle des Rendezvous, und da ihm nicht gesagt wurde, er sollte seine Anwesenheit durch ein Signal kundgeben, so harrte er. Man vernahm nicht das leiseste Geräusch und hätte wirklich glauben mögen, daß man hundert Meilen von der Hauptstadt entfernt sei. D'Artagnan lehnte sich an das Gehege, nachdem er seine Blicke hinter sich gewandt hatte. Jenseits dieses Geheges, des Gartens und der Hütte umhüllte ein düsterer Nebel diesen weiten Raum, wo Paris schlief, und eine gähnende Leere, wo noch einige Lichtpunkte schimmerten, als traurige Sterne dieser Hölle. Für d'Artagnan aber hatte dieser ganze Anblick eine glückliche Gestalt angenommen; alle Gedanken bekamen ein Lächeln, alle Finsternisse waren durchsichtig. Die Stunde des Stelldicheins sollte schlagen. In der Tat ließ wenige Augenblicke darauf der Glockenturm von Saint-Cloud langsam zehn Schläge aus seinem brüllenden Schlund ertönen. Es lag etwas Trauriges in dieser ehernen Stimme, die so klagend mitten durch die Nacht hallte. Allein jeder dieser Stundenschläge vibrierte harmonisch in dem Herzen des jungen Mannes. Seine Augen richteten sich nach dem Pavillon an der Ecke der Mauer, wo alle Fenster, mit Ausnahme eines einzigen im ersten Stockwerk, mit Balken verschlossen waren. Durch eben dieses Fenster flimmerte ein sanftes Licht. Hinter diesem Fenster harrte offenbar Madame Bonacieux auf ihn. Nur ein letztes Gefühl von Scham hielt sie noch zurück; doch jetzt, wo es bereits zehn Uhr schlug, würde das Fenster aufgehen und d'Artagnan endlich die Hand der Liebe und den Preis seiner Ergebenheit erhalten. D'Artagnan wartete, von diesem süßen Gedanken durchdrungen, noch eine halbe Stunde, ohne ungeduldig zu werden, die Augen auf die reizende kleine Wohnung gerichtet, von der er zum Teil den Plafond mit den goldenen Leisten sah. Der Glockenturm von Saint-Cloud schlug halb elf Uhr. Diesmal durchrieselte ein Schauder d'Artagnans Adern, ohne daß er die Ursache begriff. Vielleicht hatte sich die Kälte auch seiner bemächtigt, so daß er eine leibliche Empfindung für einen moralischen Eindruck hielt. Dann stieg ihm der Gedanke auf, er habe falsch gelesen und das Rendezvous wäre erst um elf Uhr. Er ging zu dem Fenster hin, stellte sich in einen Lichtstrahl, nahm den Brief aus der Tasche und las ihn wieder durch; er irrte nicht, das Rendezvous war um zehn Uhr bestimmt. Er kehrte auf seinen Platz zurück und fing an über diese Stille und Einsamkeit unruhig zu werden. Es schlug elf Uhr. D'Artagnan geriet wirklich in Furcht, es könnte Madame Bonacieux etwas zugestoßen sein. Er klatschte dreimal mit den Händen, das gewöhnliche Zeichen der Verliebten, doch niemand antwortete ihm, selbst nicht das Echo. Hierauf dachte er mit einem gewissen Verdruß, die junge Frau wäre vielleicht in Erwartung seiner Ankunft eingeschlafen. Er näherte sich der Mauer und versuchte hinanzuklettern, allein sie war glatt und d'Artagnan verbog sich umsonst die Nägel. In diesem Moment faßte er die Bäume ins Auge, deren Blätter das Licht fortwährend versilberte, und da sich einer über den Weg neigte, dachte er, von seinen Ästen aus würde er ins Innere des Pavillons blicken können. Der Baum war leicht zu erklettern. Er saß im Augenblick mitten unter den Zweigen und seine Augen vertieften sich durch die durchsichtigen Scheiben ins Innere des Pavillons.

Dieser Anblick war seltsam und machte d'Artagnan schaudern vom Scheitel bis zur Fußsohle, denn jenes sanfte Licht, jene stille Lampe beleuchtete eine Szene schrecklicher Zerstörung; eine der Fensterscheiben war zerschmettert; die Tür war eingebrochen und hing zertrümmert an ihren Angeln, ein Tisch, auf dem ein schönes Nachtmahl gestanden haben mochte, lag auf dem Boden, die Flaschen bestreuten mit ihren Splittern den Fußteppich, und zwischen ihnen lagen Stücke von Früchten und andern Speisen. Alles gab Zeugnis von einem heftigen und verzweiflungsvollen Kampf in diesem Zimmer; d'Artagnan glaubte sogar mitten unter diesem seltsamen Gemeng Bruchstücke von Kleidern und Blutflecken am Tischtuch und an den Vorhängen wahrzunehmen. Er stieg schnell wieder unter einem furchtbaren Herzklopfen auf die Straße hinab und wollte sehen, ob sich keine andere Spur von einer Gewalttätigkeit auffinden lasse. Der kleine, sanfte Lichtschein erglänzte noch immer in der ruhigen Nacht. D'Artagnan nahm jetzt wahr, was er früher nicht bemerkt hatte, weil ihn nichts zu einer näheren Prüfung veranlaßte, daß der Boden hier eingeschlagen, dort durchlöchert war, und verworrene Spuren von Menschen und Pferdetritten kundgab. Außerdem hatten die Räder eines Wagens, der von Paris gekommen zu sein schien, in der weichen Erde tiefe Furchen eingedrückt, die nicht über die Höhe des Pavillons gingen und die Richtung gegen Paris nahmen. Endlich fand d'Artagnan bei seinem weiteren Nachsuchen neben der Mauer einen zerrissenen Frauenhandschuh. Indes war derselbe an den Punkten ganz rein, wo er die schmutzige Erde nicht berührt hatte. Es war einer von den parfümierten Handschuhen, wie sie die Liebenden gern von einer hübschen Hand abziehen.

D'Artagnan wurde jetzt fast wahnsinnig; er eilte nach der Landstraße auf demselben Wege, den er schon zurückgelegt hatte, ging bis zur Überfahrt und fragte den Schiffer. Dieser hatte gegen sieben Uhr eine in einen schwarzen Mantel gehüllte Frau übergesetzt, die sich alle Mühe zu geben schien, nicht erkannt zu werden; allein gerade infolge dieser Vorsichtsmaßregeln, die sie nahm, betrachtete sie der Schiffer um so aufmerksamer und erkannte, daß sie eine junge, hübsche Frau gewesen. Es gab damals, wie noch jetzt, eine Menge junger und hübscher Frauen, die nach Saint-Cloud kamen, und die nicht gern erkannt sein wollten, und dennoch zweifelte d'Artagnan keinen Augenblick, daß diese Frau, die der Schiffsmann bezeichnete, Madame Bonacieux war. Alles vereinigte sich, um d'Artagnan zu beweisen, daß ihn seine Vorgefühle nicht betrogen, und daß ein großes Unglück geschehen sei. Er kehrte schnell zurück auf dem Wege zum Schlosse, denn es bedünkte ihn, als habe sich im Pavillon vielleicht etwas Neues ereignet und als könnte er dort Auskunft erhalten. Die kleine Gasse war noch immer öde, und derselbe stille und sanfte Lichtschein verbreitete sich vom Fenster. D'Artagnan dachte nun an das stumme und blinde Mauerwerk, das aber doch gesehen hatte, und vielleicht zu sprechen vermöchte. Die Tür des Vorschlosses war gesperrt, doch er sprang über das Gehege und näherte sich der Hütte, ungeachtet ihn ein Kettenhund anbellte. Auf das erste Anklopfen gab niemand Antwort; es herrschte eine Grabesstille in der Hütte wie im Pavillon; da aber diese Hütte seine letzte Zuflucht war, so wich er nicht von der Stelle. Bald darauf schien es ihm, als hörte er im Innern ein leichtes Geräusch, ein furchtsames Geräusch, das selber zitterte, vernommen zu werden. D'Artagnan ließ nun ab, zu klopfen, und fing an, in einem Tone so voll Unruhe und Versprechungen, Schreck und Schmeichelei zu bitten, daß seine Stimme natürlich den Furchtsamsten beschwichtigen mußte. Endlich öffnete sich ein alter, wurmstichiger Fensterbalken, doch nur halb, und schloß sich sogleich wieder, als der

Schimmer einer armseligen Lampe in einem Winkel d'Artagnans Wehrgehänge, den Degengriff und den Pistolenschaft beleuchtete. Doch wie rasch auch die Bewegung war, so konnte d'Artagnan doch den Kopf eines Greises bemerken. »Im Namen des Himmels!« rief er, »hört mich; ich warte auf jemand, der nicht kommt, und sterbe vor Unruhe. Ist in der Nähe hier ein Unglück geschehen? O, sprecht!« Das Fenster ging abermals langsam auf und dasselbe Gesicht kam wieder zum Vorschein, nur war es jetzt noch blasser als das erstemal. D'Artagnan erzählte ganz freimütig seine Geschichte bis auf die Namen. Der Greis horchte ihm aufmerksam zu, dann, als d'Artagnan beendet hatte, schüttelte er das Haupt mit einer Miene, die nichts Gutes verkündete. »Was wollt Ihr damit sagen?« fragte d'Artagnan; »in des Himmels Namen! redet, erkläret Euch.« »O, mein Herr,« versetzte der Greis, »fragen Sie mich nicht, denn, wenn ich Ihnen sagte, was ich sah, würde es mir gewiß nicht gut ergehen.« »Ihr habt also etwas gesehen?« rief d'Artagnan; »nun im Namen des Himmels!« fuhr er fort, und warf dem Greis eine Goldmünze zu, »redet, sagt, was Ihr gesehen habt, und ich verbürge Euch mein Wort als Edelmann, daß ich kein Wort von dem weitersage, was Ihr mir anvertraut.« Der Greis las so viel Offenheit und Schmerz in d'Artagnans Gesicht, daß er ihm ein Zeichen gab, ihn anzuhören; dann sprach er mit tiefer Stimme: »Ungefähr um neun Uhr vernahm ich ein Getöse auf der Straße und wollte wissen, was das sein könnte; da näherte man sich einer Tür und ich bemerkte, daß man einzutreten suchte. Da ich arm bin und nicht ausgeraubt zu werden fürchte, so schloß ich auf, und sah einige Schritte vor mir drei Männer. Im Schatten stand ein Wagen mit angeschirrten und mit Handpferden. Diese Handpferde gehörten offenbar den drei Männern, die ritterlich angezogen waren. ›Ach, meine guten Herrn,‹ fragte ich, ›was verlangen Sie?‹ ›Hast du nicht eine Leiter?‹ sprach derjenige, der ihr Oberhaupt zu sein schien. ›Ja, mein Herr, die, womit ich mein Obst abpflücke.‹ ›Gib sie uns, und kehre wieder nach Hause; da hast du einen Taler für die verursachte Störung. Bedenke aber, wenn du ein Wort von dem sagst, was du sehen oder hören wirst, daß du verloren bist.‹ Mit diesen Worten warf er mir einen Taler zu, den ich aufhob, und nahm meine Leiter. Als ich die Tür des Geheges hinter ihnen zugemacht hatte, stellte ich mich wirklich, als ob ich in das Haus zurückkehrte, allein ich ging sogleich wieder durch eine Hintertür hinaus, schlüpfte in den Schatten und erreichte glücklich das Holundergesträuch, aus dem ich alles sehen konnte, ohne bemerkt zu werden. Die drei Männer ließen den Wagen geräuschlos vorwärts fahren; sie zogen daraus einen kleinen, dicken, kurzen und ärmlich gekleideten Mann hervor, der vorsichtig über die Leiter stieg, verstohlen in das Innere des Zimmers blickte, sachte wieder zurückkletterte und mit leiser Stimme sprach: ›Sie ist es!‹ Alsogleich trat derjenige, der mit mir gesprochen hatte, zu der Tür des Pavillons, öffnete mit dem Schlüssel, den er bei sich trug, sperrte wieder ab, und verschwand. Zu gleicher Zeit kletterten die zwei andern über die Leiter. Der kleine Alte blieb bei dem Kutschenschlag, der Kutscher hielt die Wagenpferde, der Lakai die Sattelpferde. Auf einmal erschallte im Pavillon ein großes Geschrei. Eine Frau lief zum Fenster und machte es auf, als wollte sie sich hinausstürzen. Wie sie aber die zwei Männer erblickte, eilte sie wieder zurück, und die zwei Männer stürzten ihr nach in das Zimmer. Von jetzt an sah ich nichts mehr, allein ich hörte das Krachen der Geräte, die man zerbrach. Die Frau schrie und rief um Hilfe. Ihr Geschrei war bald erstickt; die drei Männer traten ans Fenster, die Frau auf ihren Armen. Zwei stiegen die Leiter herab und brachten sie in den Wagen, in den nach ihr der kleine Alte stieg. Jener, der im Pavillon zurückblieb, machte den Balken wieder zu, kam bald darauf zur Tür heraus, und überzeugte sich, daß sich die Frau wirklich im Wagen befinde; seine zwei Gefährten erwarteten ihn schon zu Pferde. Er schwang sich gleichfalls in den Sattel; der Lakai nahm seinen Platz neben dem Kutscher, der Wagen, von den drei Reitern begleitet, rollte fort, und alles war zu Ende.«

D'Artagnan war zermalmt von einer so schrecklichen Nachricht und blieb stumm und regungslos, während in seinem Innern alle Dämone des Ingrimms und der Eifersucht tobten. »Wisset Ihr nicht beiläufig,« sagte d'Artagnan, »wer jener Mann ist, der diese teuflische Expedition geleitet hat?« »Ich kenne ihn nicht.« »Da er aber mit Euch sprach, so konntet Ihr ihn wohl sehen.« »Ha, Sie verlangen von mir eine nähere Beschreibung?« »Ja!« »Ein großer, hagerer Mann, von brauner Gesichtsfarbe, mit schwarzem Schnurrbart, schwarzen Augen und dem Aussehen eines Edelmannes.« »Er ist es!« rief d'Artagnan, »wieder er, immer er! Er ist mein Dämon, wie es scheint. – Und der andere?« »Welcher?« »Der Kleine.« »O, das ist kein vornehmer Herr, das kann ich versichern; auch trug er keinen Degen, und die andern begegneten ihm rücksichtslos.« »Vielleicht ein Lakai,« murmelte d'Artagnan. »O arme, arme Frau, was werden sie dir getan haben!« »Sie haben mir Verschwiegenheit versprochen,« sagte der Greis. »Ich wiederhole Euch mein Versprechen. Seid unbekümmert, ich bin ein Edelmann. Ein Edelmann hat nur sein Ehrenwort, und ich habe Euch das meinige verpfändet.« D'Artagnan begab sich wieder mit blutender Seele auf den Weg nach der Überfahrt. »O, wenn ich doch meine Freunde hätte,« seufzte er, »dann könnte ich doch wenigstens die Hoffnung nähren, sie wiederzufinden; allein wer weiß, was aus ihnen geworden ist?«

Es war fast Mitternacht, und nun handelte es sich darum, Planchet aufzusuchen. D'Artagnan ließ sich der Reihe nach alle Schenken öffnen, worin er Licht bemerkte, doch Planchet fand sich in keiner derselben. Bei der sechsten dachte er darüber nach, daß sein Nachsuchen ein bißchen gewagt sei. D'Artagnan gab seinem Bedienten erst um sechs Uhr morgens die Stunde, und so war dieser im Recht, wo er sich auch befand. Außerdem bedachte der junge Mann, wenn er in dieser Gegend bleibe, wo das Ereignis vorfiel, so könnte er wohl einigen Aufschluß über diese geheimnisvolle Geschichte bekommen. Er hielt somit bei der sechsten Schenke an, verlangte eine Flasche vom besten Wein und zog sich in die finsterste Ecke zurück, um hier den Tag zu erwarten. Doch auch diesmal täuschte ihn seine Hoffnung, denn wie er auch mit gespannten Ohren lauschte, so konnte er doch mitten unter den Flüchen, Späßen und Roheiten, welche die Arbeiter, Bedienten und Fuhrleute, in deren Gemeinschaft er geraten war, gegenseitig wechselten, durchaus nichts vernehmen, was ihn auf die Spur der entführten Frau zu bringen vermochte. Als er nun seine Flasche ganz ruhig und ohne einen Verdacht zu erwecken geleert hatte, sah er sich genötigt, in seiner Ecke eine möglichst gute Lage einzunehmen, und gut oder übel einzuschlafen. D'Artagnan zählte erst zwanzig Jahre, wie man weiß, und in diesem Alter hat der Schlaf unverjährbare Rechte, auf die er selbst bei verzweiflungsvollem Herzen gebieterisch besteht. Gegen sechs Uhr früh erwachte d'Artagnan mit jener Unbehaglichkeit auf, die gewöhnlich auf eine schlimme Nacht zu folgen pflegt. Er war mit seinem Anzug bald fertig und ging hinaus, um zu sehen, ob er am Morgen nicht eher, als in der Nacht, seinen Bedienten aufspüren könne. In der Tat war der erste Gegenstand, den er durch den feuchten, grauen Nebel erblickte, der ehrsame Planchet, der ihn mit den zwei Pferden an der Hand vor der Tür einer kleinen Schenke erwartete, vor der d'Artagnan vorbeigegangen war, ohne ihr Dasein zu vermuten.

Porthos.

Anstatt geradewegs nach Hause zurückzukehren, stieg d'Artagnan vor der Tür des Herrn von Tréville vom Pferd und ging eilig die Treppe hinan. Er war diesmal entschlossen, ihm alles, was sich begeben hatte, mitzuteilen. Zweifelsohne würde er ihm in dieser ganzen Sache gute Ratschläge erteilen, und dann, da Herr von Tréville fast täglich die Königin sah, so könnte er vielleicht von Ihrer Majestät Nachrichten über die arme Frau erhalten, die gewiß ihre Ergebenheit für ihre Gebieterin büßen mußte. Herr von Tréville hörte der Mitteilung des jungen Mannes mit einem Ernst zu, der bewies, daß er in dieser ganzen Sache etwas anderes sah, als eine Liebesintrige, und dann, als d'Artagnan zu Ende war, sagte er: »Hm! das riecht auf eine Meile nach dem Kardinal.« »Doch was soll da geschehen?« fragte d'Artagnan. »Nichts, durchaus nichts zu dieser Stunde, als Paris so schnell wie möglich verlassen, wie ich Ihnen schon gesagt habe. Ich werde die Königin sehen, und ihr umständlich alles mitteilen von dem Verschwinden der armen Frau, wovon sie gewiß noch nichts weiß; diese Umstände werden ihr einen Fingerzeig geben, und wenn Sie wieder zurückkommen, kann ich Ihnen vielleicht Gutes berichten. Verlassen Sie sich auf mich.« D'Artagnan wußte, daß Herr von Tréville, ob er auch Gascogner war, nicht gern zu versprechen pflegte, daß er aber, wenn er zufällig etwas zusagte, mehr hielt, als er versprochen hatte.

D'Artagnan war entschlossen, den Rat des Herrn von Tréville unverzüglich zur Ausführung zu bringen und begab sich in die Gasse Fossoyeurs, um das Bepacken seines Mantelsackes zu überwachen. Als er sich Nr. 11 näherte, erkannte er Herrn Bonacieux, der im Morgenanzug an der Schwelle seiner Tür stand. D'Artagnan gedachte alles dessen, was ihm tags zuvor der schlaue Planchet von dem tückischen Charakter seines Wirtes gesagt hatte, und faßte ihn aufmerksamer ins Auge als je zuvor. In der Tat, außer der gelblichen und kränklichen Blässe, welche die Vermengung der Galle mit dem Blut andeutete, und die übrigens auch zufällig sein konnte, bemerkte d'Artagnan etwas Verschmitztes und Falsches in den Zügen und Runzelbewegungen seines Gesichts. Ein Schurke lacht nicht so wie ein ehrbarer Mann, ein Heuchler weint nicht dieselben Tränen wie ein Mann von Glauben und Treue. Es kam also d'Artagnan vor, als ob Herr Bonacieux eine Maske trüge, und zwar eine der unangenehmsten. Er wollte nun in seinem Abscheu gegen diesen Mann an ihm vorübergehen, ohne ein Wort mit ihm zu reden, doch sprach ihn Herr Bonacieux an wie tags vorher: »Nun, junger Mann! es scheint, daß wir Fastnachtsnächte machen? Sieben Uhr früh – Pest! Es scheint als wollten Sie die alte Gewohnheit umwenden, und kehren zu der Stunde heim, wo andere ausgehen.« »Meister Bonacieux,« erwiderte der junge Mann, »da Sie ein wahres Muster von einem ordentlichen Manne sind, so wird man Ihnen keinen ähnlichen Vorwurf machen. Freilich, wenn man eine hübsche junge Frau besitzt, hat man nicht nötig, dem Glücke nachzulaufen; das Glück sucht vielmehr Sie auf, nicht wahr, Bonacieux?« Herr Bonacieux wurde leichenblaß und verzerrte lächelnd den Mund; dann sprach er: »Ah, ah! Sie sind ein scherzhafter Geselle. Aber wo Teufel sind Sie denn diese Nacht herumgelaufen, junger Herr? Wie es scheint, waren die Quer- und Seitenwege nicht am besten.« D'Artagnan sah hinab auf seine ganz mit Kot bedeckten Stiefel, doch bei dieser Bewegung fiel sein Blick auch auf die Schuhe und Strümpfe des Krämers; man hätte wirklich glauben mögen, sie seien in denselben Schlamm getaucht worden, da sich an dem einen wie an dem andern ganz ähnliche Makel bemerkbar machten. Auf einmal stieg d'Artagnan ein Gedanke auf: jener kleine, dicke, kurze, graue, bedientenartig und gemein gekleidete Mann, den die Leute vom Degen jener

Eskorte so rücksichtslos behandelten, war Bonacieux selber. Der Mann leitete die Entführung seiner Frau. D'Artagnan empfand eine namenlose Lust, den Krämer an der Kehle zu packen und zu erwürgen, allein er war, wie gesagt, ein kluger Junge, und hielt an sich. Doch der Aufruhr im Herzen drückte sich im Gesicht deutlich ab, daß Bonacieux darüber erschrak und einen Schritt zurückzutreten versuchte; da er aber gerade vor dem geschlossenen Türflügel stand, so nötigte ihn dieses materielle Hindernis, an derselben Stelle zu bleiben. »Ei doch, Sie scherzen, mein guter Herr!« versetzte d'Artagnan, »mich dünkt, wenn meine Stiefel des Schwammes benötigen, so rufen auch Ihre Schuhe und Strümpfe ein wenig nach der Bürste. Sie sind gewiß auch ein bißchen herumgestiegen, Herr Bonacieux? Ach, Teufel! das könnte man einem Manne von Ihrem Alter gar nicht verzeihen, zumal er eine so hübsche Frau hat wie Sie.« »Ach, mein Gott! nein,« entgegnete Bonacieux, »allein, ich war gestern in Saint-Mandé, um Nachfrage über eine Magd zu halten, da ich eine solche aufzunehmen genötigt bin, und weil die Wege schlecht waren, so brachte ich all den Schmutz mit, den wegzubürsten ich noch nicht Zeit gehabt habe.« Der Ort, den Bonacieux als Zielpunkt seines Ausflugs angab, bestärkte d'Artagnan aufs neue in seinem Verdacht. Bonacieux bezeichnete Saint-Mandé, das doch ganz in einer entgegengesetzten Richtung von Saint-Cloud gelegen war. Er freute sich bei seiner Vermutung. Wenn Bonacieux wußte, wo seine Frau war, so konnte man jederzeit die äußersten Mittel anwenden und den Krämer zwingen, daß er den Mund aufschließe und sein Geheimnis von sich gebe. Es handelte sich darum, diese Wahrscheinlichkeit in Gewißheit umzuwandeln. »Um Vergebung, mein lieber Herr Bonacieux, wenn ich mit Ihnen keine Umstände mache,« sagte d'Artagnan; »aber nichts regt so auf, als eine schlaflose Nacht, und ich habe entsetzlichen Durst; erlauben Sie mir, ein Glas Wasser bei Ihnen zu trinken. Sie wissen ja, daß Nachbarn das einander nicht abschlagen.« Und ohne, daß d'Artagnan die Erlaubnis seines Wirtes abgewartet hätte, ging er rasch in das Haus und warf einen schnellen Blick auf das Bett. Das Bett war unberührt; Bonacieux hatte nicht darin geschlafen. Er war also erst vor einer oder zwei Stunden heimgekehrt, und hatte seine Frau begleitet, entweder bis zu der Stelle, wohin man sie führte, oder mindestens bis zur ersten Wechselstation. »Dank, Meister Bonacieux!« sagte d'Artagnan, nachdem er sein Glas geleert hatte; »das war alles, was ich von Ihnen wollte. Jetzt gehe ich in meine Wohnung, lasse mir von Planchet meine Stiefel putzen, und wenn er das getan hat, so schicke ich ihn, wenn es beliebt, zu Ihnen, daß er Ihre Schuhe abbürste.« Er verließ den Krämer, selbst betroffen über diesen seltsamen Abschied, und fragte sich, ob er sich nicht etwa bloßgestellt habe.

Oben an der Treppe traf er Planchet ganz bestürzt. Als der Lakai seinen Herrn erblickte, rief er: »Ach, mein Herr! sind Sie endlich hier? ich konnte Ihre Zurückkunft kaum erwarten,« »Was gibt es denn?« fragte d'Artagnan. »O, mein Herr, ich wette hundert und tausend, daß Sie nicht erraten, welchen Besuch ich in Ihrer Abwesenheit erhalten habe.« »Wann?« »Vor einer halben Stunde, während Sie sich bei Herrn von Tréville befanden.« »Wer ist also gekommen? sag' an.« »Herr von Cavois.« »Herr von Cavois?« »In Person.« »Der Kapitän der Leibwachen Seiner Eminenz?« »Er selbst.« »Kam er, um mich zu verhaften?« »Ich vermute das, ungeachtet seines freundlichen Aussehens.« »Er machte ein freundliches Gesicht?« »Er war ganz Honig, mein Herr.« »Wirklich?« »Wie er vorgab, kam er im Namen Seiner Eminenz, die Ihnen sehr geneigt wäre, und wollte Sie bitten, ihm nach dem Palais-Royal zu folgen.« »Und was hast du ihm geantwortet?« »Das könnte nicht geschehen, denn Sie wären nicht zu Hause, wie er sich selbst überzeugte.« »Und was sprach er dann?« »Sie sollen ja nicht ermangeln, ihn diesen Tag über zu besuchen; dann fügte er leise hinzu: ›Melde deinem Herrn, Seine Eminenz sei ihm recht wohlgewogen, und sein Glück hänge vielleicht von dieser Zusammenkunft ab.‹« »Diese Schlinge war für den Kardinal hübsch übel gelegt,« entgegnete der junge Mann lächelnd. »Ich bemerkte auch diese Schlinge und antwortete ihm: ›Sie würden bei Ihrer Zurückkunft in Verzweiflung geraten.‹ ›Wohin ist er denn gegangen?‹ fragte mich von Cavois. ›Nach Troyes in der Champagne‹ – gab ich zur Antwort. ›Und wann ist er abgereist?‹ ›Gestern abend.‹« »Mein Freund Planchet!« fiel d'Artagnan ein, »du bist in der Tat ein köstlicher Bursche!« »Sie begreifen wohl, mein Herr, wenn Sie Herrn von Cavois besuchen wollen, so wäre es immer noch Zeit, mich Lügen zu strafen und ihm zu sagen, Sie wären nicht abgereist; ich hätte also gelogen, und da ich kein Edelmann bin, so kann mir das hingehen.« »Sei ruhig, Planchet, du wirst deinen Ruf als wahrheitsliebender Mann bewahren; in einer Viertelstunde reisen wir ab.« »Ich war eben im Begriff, Ihnen diesen Rat zu geben; und wohin reisen wir? wenn ich ohne Neugierde fragen darf?« »Ganz in der entgegengesetzten Richtung von jener, die du angegeben hast; übrigens scheint es dich nicht gar so sehr zu drängen, um Nachrichten zu erhalten über Grimaud, Mousqueton und Bazin, wie mich, um zu erfahren, was mit Athos, Porthos und Aramis geschehen ist.« »Allerdings, mein Herr,« entgegnete Planchet; »ich reise, wann Sie befehlen, und glaube, daß uns die Provinzluft besser behagen wird als die Pariser Luft. Also!« »Schnüre unsere Bündel, Planchet! und dann vorwärts; ich will, die Hände im Sacke, vorausgehen, damit es keinen Verdacht erweckt. Du triffst mich im Hotel der Garden. Aber höre, Planchet! was du in betreff unseres Wirtes gesagt hast, glaube ich, du hast wohl recht; er ist entschieden eine garstige Kanaille.« »O, mein Herr, glauben Sie immerhin, wenn ich was sage, ich verstehe mich auf Physiognomien!« D'Artagnan ging laut Verabredung zuerst hinab, und begab sich dann, um sich nichts vorwerfen zu müssen, zum letztenmal nach den Wohnungen seiner drei Freunde. Man hatte von ihnen keine Nachricht; bloß für Aramis war ein durchaus parfümiertes und mit zarter, zierlicher Hand geschriebenes Briefchen angekommen. D'Artagnan übernahm dasselbe. Zehn Minuten darauf kam Planchet mit ihm im Stalle der Garden zusammen. D'Artagnan hatte bereits sein Pferd gesattelt, um ja keine Zeit zu verlieren. »So ist's gut,« sprach er zu Planchet, als er den Mantelsack festgebunden hatte, »jetzt sattle auch die drei andern Pferde, und wir reisen ab.« »Glauben Sie wohl, wir kommen jeder mit zwei Pferden schneller vom Fleck?« fragte Planchet mit seiner pfiffigen Miene. »Nein, mein armer Spaßmacher,« entgegnete d'Artagnan, »allein mit unseren vier Pferden können wir unsere drei Freunde zurückbringen, wenn wir sie anders noch am Leben treffen.« »Das wäre wohl wundersam,« versetzte Planchet; »doch man darf an der Barmherzigkeit Gottes nicht verzweifeln.« »Amen!« rief d'Artagnan und schwang sich auf sein Pferd.

Wir müssen bemerken, daß Planchet bei Tage mutvoller war als des Nachts. Indes verließ ihn seine natürliche Klugheit in keinem Augenblick. Er vergaß auch keinen Vorfall der ersten Reise, und hielt jedermann für einen Feind, der ihm auf der Straße begegnete; demgemäß hielt er ohne Unterlaß seinen Hut in der Hand, weshalb d'Artagnan oft ernstlich mit ihm zankte, da dieser besorgte, man möchte ihn ob dieser übermäßigen Höflichkeit für einen gemeinen Menschen halten. Aber sei es nun, daß die Vorübergehenden wirklich von der Artigkeit Planchets gerührt wurden, oder daß diesmal niemand am Wege des jungen Mannes im Hinterhalt lag – genug, unsere zwei Reisenden kamen ohne allen Unfall nach Chantilly und stiegen beim Hotel Grand Saint-Martin ab, wo sie auch auf ihrer ersten Reise angehalten hatten. Als der Wirt einen jungen Mann und hinter ihm einen Lakai mit zwei Handpferden herankommen sah, trat er ehrfurchtsvoll an seine Türschwelle. D'Artagnan, der bereits elf Meilen zurückgelegt hatte, dachte, es wäre wohl an der Zeit, hier einzusprechen und zu sehen, ob Porthos im Gasthaus wäre oder nicht. Es war vielleicht nicht einmal klug, beim ersten Schritt zu fragen, was aus dem Musketier geworden sei. Infolge dieser Betrachtungen stieg d'Artagnan ab, ohne sich nach jemandem zu erkundigen, übergab die Pferde seinem Lakai, trat in ein kleines Zimmer, das für jene Gäste bestimmt war, die allein sein wollten, und ließ sich vom Wirt eine Flasche des besten Weines und ein Frühstück bringen, so gut es zu bekommen war; ein Verlangen, das den Gastwirt noch mehr in der guten Meinung bestärkte, die er auf den ersten Anblick von seinem Reisenden gefaßt hatte. Auch wurde d'Artagnan mit wunderbarer Schnelligkeit bedient.

Das Regiment der Garden rekrutierte sich aus den vornehmsten Edelleuten des Reiches. Da nun d'Artagnan einen Lakai hinter sich hatte, und mit vier Pferden reiste, so konnte es nicht fehlen, daß er, seiner einfachen Uniform ungeachtet, Aufsehen erregte. Der Wirt wollte ihn sogar selbst bedienen; als das d'Artagnan sah, ließ er zwei Gläser bringen und eröffnete folgendes Gespräch: »Meiner Treu, lieber Wirt!« rief d'Artagnan, indem er die zwei Gläser füllte, »ich begehrte von Eurem besten Wein, und habt Ihr mich betrogen, so werdet Ihr da bestraft, wo Ihr gesündigt habt, indem Ihr mit mir trinken müsset, weil ich durchaus nicht allein trinken mag. Nehmt also ein Glas und lasset uns trinken. Auf was werden wir trinken, um nirgendwo anzustoßen? Nun, trinken wir auf das Wohl Eures Geschäftes!« »Eure Herrlichkeit erzeigt mir da eine große Ehre,« sagte der Wirt, »und ich danke aufrichtig für einen so guten Wunsch.« »O, irrt Euch nicht,« versetzte d'Artagnan, »in meinem Toast liegt vielleicht mehr Egoismus, als Ihr denkt; da ich besonders auf dieser Straße viel reise, so wünsche ich allen Gasthöfen großes Wohlergehen.« »Wirklich scheint mir,« sagte der Wirt, »daß ich nicht das erstemal die Ehre habe, Euer Gnaden zu sehen.« »Bah! ich bin vielleicht schon zehnmal durch Chantilly gereist und habe bei Euch wenigstens drei- bis viermal angehalten. Ich war erst vor zehn oder zwölf Tagen hier, wo ich Freunde begleitete, nämlich Musketiere, wo einer derselben in Streit geriet mit einem Fremden, einem unbekannten Mann, der Händel mit ihm suchte, ohne daß ich weiß warum.« »Ach ja! in der Tat,« entgegnete der Wirt; »ich erinnere mich vollkommen. Nicht wahr, Euer Herrlichkeit will von Porthos sprechen?« »Das ist eben der Name meines Reisegefährten. Mein Gott! sagt an, lieber Wirt, ist ihm etwa ein Unglück widerfahren?« »Ew. Herrlichkeit mußte wohl bemerkt haben, daß er seine Reise nicht fortsetzen konnte.« »Er hat uns wirklich versprochen, nachzukommen, doch sahen wir ihn nicht wieder.« »Er hat uns die Ehre erwiesen, hierzubleiben.« »Wie? er ist hiergeblieben?« »Ja, gnädiger Herr, in diesem Gasthaus; wir sind sogar sehr beunruhigt.« »Worüber?« »Über gewisse Ausgaben, die er gemacht hat.« »Nun, er wird die Ausgaben, die er gemacht hat, auch bezahlen.« »Ach, gnädiger Herr, Sie gießen mir wirklich Balsam in das Blut. Wir haben ihm große Vorschüsse gewährt, und diesen Morgen noch erklärte uns der Wundarzt, wenn ihn Porthos nicht bezahlte, so wolle er sich an mich halten, da ich nach ihm geschickt habe.« »Ist also Porthos verwundet?« »Ich wüßte Ihnen das nicht zu sagen, gnädiger Herr!« »Wie doch, Ihr wüßtet mir das nicht zu sagen? Ihr sollet das doch besser wissen, als irgend einer.« »Ja, allein in unserm Stande sagen wir nicht alles, was wir wissen, zumal in Fällen, wo unsere Ohren für unsere Zunge haften müssen.« »Nun, kann ich Porthos sehen?« »Allerdings, gnädiger Herr; steigen Sie über die Treppe, und klopfen Sie im ersten Stock bei Nr. 1. Nur geben Sie ihm zu verstehen, daß Sie es sind.« »Wie, ich soll ihm zu verstehen geben, daß ich es bin?« »Ja, denn sonst könnte Ihnen ein Unglück begegnen.« »Und welches Unglück könnte mir da begegnen?« »Herr Porthos könnte Sie für jemand aus dem Hause halten und Ihnen in einem Anfall von Zornwut den Degen durch den Leib stoßen, oder den Kopf zerschmettern.« »Was habt Ihr ihm also getan?« »Wir haben von ihm Geld verlangt.« »Ach, Teufel; ich begreife das; ein solches Verlangen nimmt Porthos sehr übel auf, wenn er nicht bei Geld ist, doch weiß ich, daß er welches haben mußte.« »Das haben wir auch gemeint, gnädiger Herr, und da in diesem Hause strenge Ordnung herrscht und wir alle Wochen unsere Rechnung abschließen, so übergaben wir ihm nach Verlauf von acht Tagen unsere Note; doch scheint es, daß wir hierzu einen ungünstigen Augenblick wählten, denn schon bei dem ersten Wort, das wir über diese Sache laut werden ließen, hieß er uns zu allen Teufeln gehen; indes hatte er tags zuvor gespielt.« »Wie, er hat tags zuvor gespielt – mit wem?« »Ach, mein Gott! wer weiß das? mit einem vornehmen Herrn, der da durchreiste, und dem er eine Partie Landsknecht anbot.« »So ist's, der Unglückliche wird alles verloren haben.« »Bis auf sein Pferd, gnädiger Herr; denn als der Fremde in Begriff war, abzureisen, bemerkten wir, daß sein Lakai das Pferd des Herrn Porthos sattelte. Wir machten ihm deshalb eine Vorstellung, allein er entgegnete uns, daß wir uns in Dinge mengen, die uns nichts angehen, und daß das Pferd ihm gehöre. Wir gaben auch Herrn Porthos Nachricht von dem, was vorging, er antwortete aber, wir seien Schurken, weil wir an dem Wort eines Edelmannes zweifelten, und wenn uns dieser gesagt habe, daß das Pferd ihm gehöre, so müßte es auch wahr sein.« »An dem erkenne ich ihn,« murmelte d'Artagnan. »Hierauf ließ ich ihm melden,« fuhr der Gastwirt fort, »daß von dem Moment an, wo wir bestimmt schienen, uns in Rücksicht der Zahlung nicht zu verständigen, ich hoffen dürfte, er würde mindestens so gütig sein, die Gunst seiner Kundschaft meinem Kollegen zuzuwenden, dem Wirt ›Zum goldenen Adler‹; allein Herr Porthos erwiderte mir, er wolle hierbleiben, weil mein Gasthaus das beste sei. Diese Antwort war zu schmeichelhaft, als daß ich auf sein Fortgehen dringen konnte. Ich habe bloß ersucht, er wolle mir sein Zimmer, das schönste im Gasthof, zurückstellen, und sich mit einem hübschen Kabinett im dritten Stock begnügen. Darauf antwortete aber Herr Porthos, da er jeden Augenblick seine Geliebte erwarte, eine der vornehmsten Damen bei Hofe, so müßte ich begreiflich finden, daß das Zimmer, das er zu bewohnen mir die Ehre erzeigte, für eine solche Person immer noch sehr mittelmäßig wäre. Obwohl ich die Wahrheit dessen, was er sagte, vollkommen einsah, so glaubte ich dennoch, auf meiner Forderung bestehen zu müssen. Er nahm sich aber nicht einmal die Mühe, sich hierüber mit mir abzufinden, sondern griff nach seiner Pistole, legte sie auf den Tisch und erklärte, falls man ein Wort zu sprechen wagte, daß er sich in ein anderes Gasthaus oder ins Innere dieses Hauses übersiedeln solle, so werde er demjenigen eine Kugel in den Kopf jagen, der so frech wäre, sich in eine Sache zu mengen, die ihn nichts angehe. Seit dieser Zeit, gnädiger Herr, getraut sich niemand in sein Zimmer zu gehen, außer seinem Bedienten.« »Ist also Mousqueton hier?« »Ja, gnädiger Herr, er ist fünf Tage nach seiner Abreise in sehr übler Stimmung wieder zurückgekehrt. Auch scheint es, daß ihm auf der Reise ein Unfall begegnete. Unglücklicherweise ist er noch heftiger als sein Herr, und kehrt für diesen das unterste zu oberst! In der Meinung, man könnte ihm das verweigern, was er verlangt, nimmt er alles, was er braucht, ohne zu fragen und zu bitten.« »Ich habe bei Mousqueton immerhin eine außerordentliche Ergebenheit und Verständigkeit bemerkt,« versetzte d'Artagnan. »Das ist wohl möglich, gnädiger Herr; doch nehmen Sie an, ich komme mit einer solchen Ergebenheit und Verständigkeit jährlich nur viermal in Berührung, so bin ich zu Grunde gerichtet.« »Nein, denn Porthos wird Sie bezahlen.« »Hm,« murmelte der Wirt im Tone des Zweifels. »Er ist der Liebling einer sehr hohen Dame, die ihn ob einer solchen Kleinigkeit, die er Euch schuldet, nicht in der Klemme lassen wird.« »Wenn ich mich getraute, Ihnen zu sagen, was ich dabei denke...« »Was denket Ihr denn dabei?« »Ich könnte noch mehr sagen, was ich weiß.« »Was Ihr wisset?« »Ja, was ich bestimmt weiß.« »Und sagt, was wisset Ihr bestimmt?« »Ich könnte sagen, daß ich diese hohe Dame kenne.« »Ihr?« »Ja, ich!« »Und woher kennt Ihr sie?« »Ach, gnädiger Herr, wenn ich mich auf Ihre Verschwiegenheit verlassen könnte...« »Redet, und so wahr ich Edelmann bin, soll Euch Euer Vertrauen nicht gereuen.« »Nun, gnädiger Herr, Sie begreifen wohl, die Unruhe führt zu allerlei Dingen.« »Was habt Ihr getan?« »O nichts, wozu nicht ein Gläubiger berechtigt wäre.« »Nun?« »Herr Porthos übergab uns ein Briefchen für diese Herzogin, und gab uns den Auftrag, es in den Postbriefkasten zu werfen. Sein Bedienter war noch nicht angekommen. Da er sein Zimmer nicht verlassen konnte, so mussten wir seine Aufträge besorgen.« »Weiter.« »Anstatt, daß wir den Brief auf die Post trugen, was nie ganz sicher ist, benutzten wir die Gelegenheit, da eben ein Aufwärter von uns nach Paris reiste, und gaben ihm den Auftrag, daß er diesen Brief der Herzogin selbst einhändige. Nicht wahr, das hieß den Wünschen des Herrn Porthos entsprechen, da er uns diesen Brief so dringend empfohlen hatte?« »So beiläufig.« »Nun, gnädiger Herr, wissen Sie, wer diese hohe Dame ist?« »Nein, ich hörte nur Porthos von ihr reden, weiter nichts.« »Wissen Sie, wer diese vorgebliche Herzogin ist?« »Ich wiederhole Euch, daß ich sie nicht kenne.« »Es ist die alte Prokuratorsfrau im Châtelet, namens Madame Coquenard, gnädigster Herr; sie zählt mindestens schon fünfzig Jahre, und spielt noch die Eifersüchtige. Das schien mir auch ganz seltsam, eine Prinzessin, die in der Gasse Aux-Ours wohnt.« »Woher wisset Ihr das?« »Weil sie in heftigen Zorn ausbrach, als sie den Brief erhielt, und sagte: ›Herr Porthos sei ein wankelmütiger Mensch, und gewiß habe er den Degenstich um eines Frauenzimmers willen bekommen.‹« »Er hat also einen Degenstich bekommen?« »Ach, mein Gott, was habe ich da gesagt!« »Ihr habt gesagt, daß Porthos einen Degenstich bekam.« »Ja, doch er hat mir streng verboten, es weiterzusagen.« »Warum das?« »Beim Himmel! mein Herr! weil er geprahlt hat, er werde jenen Fremden, mit dem Sie ihn im Wortwechsel zurückgelassen haben, durchbohren, indes ihn doch dieser Fremde trotz all seiner Ruhmredigkeit überwunden hat. Indem nun Herr Porthos ein sehr prahlsüchtiger Mensch ist, und das auch seiner Herzogin gegenüber, die er mit der Erzählung seines Abenteuers für sich einnehmen zu können glaubte, so will er es niemandem bekennen, daß er einen Degenstich bekommen hat.« »Hält ihn also ein Degenstich im Bett zurück?« »Ja, ein Meisterstich, das kann ich versichern. Die Seele Ihres Freundes muß im Leib angepfählt sein.« »Waret Ihr beim Kampf?« »Gnädiger Herr, ich folgte ihnen aus Neugierde nach, und sah das Duell, ohne daß die Kämpfenden mich gewahrten.« »Und wie ist es da zugegangen?« »O, ich versichere, die Sache war bald abgetan. Sie nahmen ihre Stellung, der Fremde machte eine Finte und fiel so schnell aus, daß Herr Porthos, als er zur Parade kam, schon drei Zoll Klinge in der Brust hatte. Hierauf fragte ihn der Fremde um seinen Namen, und als er hörte, daß er Porthos hieße und nicht d'Artagnan, so reichte er ihm seine Hand, geleitete ihn bis zum Hotel, schwang sich auf das Pferd und ritt von dannen.« »Hatte es also der Fremde auf d'Artagnan abgesehen?« »So scheint es.« »Und wisset Ihr, was mit ihm geschehen ist?« »Nein, ich habe ihn bis zu diesem Augenblick nicht wiedergesehen.« »Gut, ich weiß, was ich wissen wollte. Nun, Ihr sagt, Porthos habe das Zimmer im ersten Stock Nr. 1?« »Ja, gnädiger Herr! das schönste im Gasthof, ein Zimmer, das ich bisher schon zehnmal hätte vermieten können.« »Bah, beruhigt Euch,« entgegnete d'Artagnan lachend; »Porthos wird Euch schon bezahlen mit dem Gelde der Herzogin Coquenard.« »O, gnädiger Herr, Prokuratorsgemahlin oder Herzogin – das wäre mir gleichviel, wenn sie nur mit der Börse herausrücken wollte: allein sie antwortete bestimmt, sie sei der Forderungen und der Untreue des Herrn Porthos müde und wolle ihm keinen Heller schicken.« »Und habt Ihr diese Antwort Eurem Gaste hinterbracht?« »Davor haben wir uns gehütet, er hätte ja daraus ersehen, wie wir seinen Auftrag besorgt haben.« »Somit harrt er noch immer auf sein Geld?« »Ach, mein Gott! ja; gestern schrieb er wieder, doch diesmal trug sein Bedienter den Brief auf die Post.« »Und Ihr sagt, die Prokuratorsfrau wäre alt und garstig?« »Sie zählt mindestens fünfzig Jahre, gnädiger Herr, und wie Pathaud vorgibt, ist sie ganz und gar nicht hübsch.« »Für diesen Fall seid ruhig; sie wird sich erweichen lassen, außerdem kann Euch Porthos nicht viel schuldig sein.« »Wie, nicht viel schuldig; bereits zwanzig Pistolen, den Arzt ungerechnet. Sehen Sie, er versagt sich gar nichts; man sieht, wie er das Wohlleben gewohnt ist.« »Nun, wenn ihn auch seine Geliebte im Stiche läßt, so findet er doch Freunde, dafür kann ich stehen. Seid also unbekümmert, lieber Wirt, und widmet ihm alle Sorge, die sein Zustand erfordert.« »Gnädiger Herr, Sie haben mir versprochen, nichts von der Prokuratorsfrau und nichts von der Wunde zu sagen.« »Dabei bleibt es; ich habe Euch mein Wort gegeben.« »Ach, sehen Sie, er brächte mich gewiß um.« »Habt keine Furcht, er ist kein solcher Teufel, wie er aussieht.« Nach diesen Worten stieg d'Artagnan die Treppe hinauf und ließ den Wirt beruhigter zurück über die zwei Punkte, auf die er viel zu halten schien, nämlich über seine Schuldforderung und sein Leben.

D'Artagnan pochte an die Tür Nr. 1 und trat auf den Ruf: »Herein!« in das Zimmer. Porthos lag im Bett und spielte mit Mousqueton zur Unterhaltung eine Partie Landsknecht, indes sich ein Spieß mit Rebhühnern am Feuer drehte, und in jeder Ecke eines großen Kamins auf zwei Bratpfannen zwei Kasserollen prasselten, woraus der doppelte Wohlgeruch von Gibelotte und Matelote erquicklich duftete. Überdies waren ein Schreibkasten und eine Marmorplatte mit leeren Flaschen bedeckt. Porthos erhob ein lautes Gejubel, als er seinen Freund erblickte. Mousqueton stand ehrerbietig auf, trat ihm seinen Platz ab und ging zu den Bratpfannen, um einen Blick in die Kasserolle zu werfen, die er überwachen zu müssen schien. »Ha, bei Gott! Ihr seid es,« rief Porthos zu d'Artagnan. »Seid willkommen und entschuldigt mich, daß ich Euch nicht entgegengehe. Doch –« fügte er hinzu und blickte d'Artagnan mit einer gewissen Unruhe an – »wisset Ihr wohl, was mir begegnet ist?« »Nein.« »Hat Euch der Wirt nicht gesagt?« »»Ich habe bloß nach Euch gefragt und bin heraufgestiegen.« Porthos schien leichter zu atmen. »Was ist Euch also begegnet, lieber Porthos,« fuhr d'Artagnan fort. »Als ich wider meinen Gegner focht, und ihm schon drei Degenstiche beibrachte und ihn mit dem vierten in den Grund bohren wollte, stieß ich mit dem Fuß auf einen Stein und verrenkte mir das Knie.« »Wirklich?« »Auf Ehre. Das rettete den Elenden, denn ich hätte ihn tot auf dem Platz gelassen, das kann ich versichern.« »Und was ist aus ihm geworden?« »O, das weiß ich nicht; ich hatte genug und ging fort, ohne seinen Garaus zu verlangen; doch Ihr, lieber d'Artagnan, was ist Euch begegnet?« »Nun, lieber Porthos,« fuhr d'Artagnan fort, »so ist es diese Verrenkung, die Euch an das Bett fesselt?« »Ach, mein Gott! ja, weiter nichts; übrigens bin ich in wenigen Tagen schon wieder auf den Beinen.« »Doch, warum ließet Ihr Euch nicht nach Paris bringen? Ihr müßt ja hier entsetzliche Langweile haben!« »Ich wollte das, allein ich muß Euch etwas gestehen.« »Was?« »Eben, weil ich mich entsetzlich langweilte, wie Ihr sagt, und die fünfundsiebzig Pistolen in meiner Tasche hatte, die Ihr mir gegeben habt, ließ ich einen vorüberreisenden Edelmann zu meiner Zerstreuung heraufkommen und trug ihm eine Partie Würfel an. Er nahm es an, und meiner Treu! die fünfundsiebzig Pistolen wanderten aus meinem Sack in den seinigen hinüber, mein Pferd zu geschweigen, das er auch noch in den Kauf bekam. Doch Ihr – mein lieber d'Artagnan?« »Nun, mein lieber Porthos, man kann nicht überall Vorrechte haben,« versetzte d'Artagnan. »Ihr kennet das Sprichwort: ›Unglück im Spiel, Glück in der Liebe!‹ – Ihr seid zu glücklich in der Liebe, als daß sich das Spiel nicht rächen sollte. Aber was liegt Euch an dem Wechsel des Glückes? Glücklicher Schelm! habt Ihr nicht Eure Herzogin, die nicht ermangeln wird, Euch aus der Not zu helfen?« »Ach, mein lieber d'Artagnan,« erwiderte Porthos mit der unbefangensten Miene der Welt, »seht, wie alles verkehrt geht; ich schrieb ihr, sie möchte mir einige fünfzig Louisdor schicken, deren ich in meiner gegenwärtigen Lage durchaus benötige.« »Nun?« »Nun, sie muß sich auf ihren Gütern befinden, denn sie gab mir keine Antwort.« »Wirklich?« »Ja; darum schickte ich ihr gestern einen neuen Brief, der noch dringlicher war als der erste. – Doch Ihr seid hier, mein Lieber! sprechen wir also von Euch. Ich gestehe, daß ich schon anfing, in bezug auf Euch etwas bekümmert zu werden.« »Doch Euer Wirt behandelt Euch gut, wie es scheint, lieber Porthos?« versetzte d'Artagnan, indem er auf die vollen Kasserollen und die leeren Flaschen zeigte. »cosi, cosi,« antwortete Porthos. »Der Elende hat mir schon vor drei oder vier Tagen seine Rechnung gebracht, doch habe ich sie samt ihm zur Tür hinausgeworfen, wonach ich mich hier wie ein Sieger, wie ein Eroberer befinde. Auch bin ich bis an die Zähne bewaffnet, wie Ihr sehet, weil ich einen Überfall befürchten muß.« »Doch,« versetzte d'Artagnan lächelnd, »doch scheint mir, daß Ihr bisweilen einen Ausfall machet.« Er zeigte hier mit dem Finger auf die Flaschen und Kasserolle. »Leider nicht ich,« entgegnete Porthos. »Diese elende Verrenkung heftet mich ans Bett; Mousqueton zieht zu Feld und bringt Lebensmittel. Mousqueton, mein Freund,« fuhr Porthos fort, »du siehst, daß wir Verstärkung bekommen haben; wir brauchen somit mehr Proviant. Stelle den Tisch hierher, und d'Artagnan wird uns, während wir frühstücken, erzählen, was ihm in den letzten Tagen begegnet ist, seit er uns verlassen hat.« »Recht gern,« versetzte d'Artagnan. Während nun Porthos und Mousqueton mit dem Appetit von Wiedergenesenden und jener brüderlichen Gemütlichkeit frühstückten, welche die Menschen im Unglück näherrückt, erzählte d'Artagnan, wie Aramis verwundet und genötigt worden war, in Crèvecoeur zurückzubleiben; wie er Athos zu Amiens in den Händen von vier Männern zurückließ, die ihn der Falschmünzerei beschuldigten, und wie er selbst, d'Artagnan, gezwungen war, den Grafen von Wardes in den Sand zu bohren, um England zu erreichen. Bis dahin ging d'Artagnan in seiner vertraulichen Mitteilung. Er sagte nur noch, daß er aus England vier prachtvolle Pferde mitgebracht habe, wovon eines für ihn und ein anderes für jeden Gefährten bestimmt sei, und schloß damit, daß er Porthos ankündigte, das seinige stehe bereits im Stalle des Gasthauses.

In diesem Moment trat Planchet ein und meldete seinem Herrn, die Pferde hätten sich hinlänglich ausgerastet, und man könnte noch bis Clermont reiten und dort übernachten. D'Artagnan war in bezug auf Porthos ziemlich beruhigt, und da er so gern auch von den zwei andern Freunden Kundschaft eingezogen hätte, so bot er dem Kranken die Hand und erklärte, er wolle sogleich abreisen, um seine Nachforschungen fortzusetzen. Übrigens hoffe er, wieder hierher zurückzukommen, um dann Porthos mitzunehmen, falls er sich nach sechs bis acht Tagen noch im Hotel befinden sollte. Porthos entgegnete, es sei ganz wahrscheinlich, daß ihm seine Verrenkung bis dahin noch nicht erlaube, sich auf den Weg zu machen, und außerdem müsse er in Chantilly bleiben, und die Antwort der Herzogin abwarten. D'Artagnan wünschte ihm, daß diese Antwort bald und glücklich ankomme, empfahl Mousqueton seinen Freund Porthos zur Obsorge, bezahlte dem Wirt seine Zeche und begab sich wieder auf den Weg mit Planchet, der bereits eines der Handpferde losgeworden war.

Der Brief von Aramis.

D'Artagnan hatte mit Porthos weder von dessen Wunde, noch von der Prokuratorsfrau gesprochen. Unser Béarner war, ungeachtet seiner Jugend, ein gar kluger Junge. Demzufolge tat er, als ob er alles glaube, was ihm der prahlerische Musketier erzählte. In traumartigem Zustand legte d'Artagnan in dem Laufe, den sein Pferd nach Belieben machte, die sechs bis acht Meilen zurück, die Chantilly von Crèvecoeur trennen. Hier erst kehrte ihm sein Gedächtnis zurück; er schüttelte den Kopf, bemerkte das Wirtshaus, wo er Aramis gelassen hatte, und ritt zum Tore hin, wo er anhielt. Diesmal wurde er nicht von einem Wirt, sondern von einer Wirtin empfangen. D'Artagnan war Physiognomiter, er umfaßte mit einem Blick das vollbackige, heitere Gesicht der Wirtin des Ortes und sah ein, hier sei keine Verstellung nötig, und er habe von seiten einer so frohen Physiognomie nichts zu befürchten. »Meine gute Frau,« sagte d'Artagnan, »können Sie mir wohl sagen, was aus einem meiner Freunde geworden ist, den wir vor zwölf Tagen hier zurücklassen mußten?« »Ein hübscher, junger Mann von dreiundzwanzig bis vierundzwanzig Jahren, sanft, liebenswürdig, wohlgefällig?« »So ist es.« »Ferner an der Schulter verwundet?« »Richtig.« »Nun, mein Herr, er ist noch immer hier.« »Ha, bei Gott, meine liebe Frau,« sagte d'Artagnan, indem er vom Pferde stieg und Planchet die Zügel um den Arm warf, »Sie geben mir das Leben wieder; wo ist dieser liebe Aramis, daß ich ihn umarme? denn, aufrichtig gesagt, es drängt mich, ihn wiederzusehen.« »Vergeben Sie, gnädiger Herr, allein ich zweifle, ob er Sie in diesem Augenblick empfangen kann.« »Warum das? ist ein weibliches Wesen bei ihm?« »Ach Gott! was sprechen Sie da? der arme Junker! nein, es ist kein weibliche« Wesen bei ihm.« »Nun, wer denn?« »Der Herr Pfarrer von Montdidier und der Superior von Amiens.« »Gott im Himmel!« rief d'Artagnan, »ist der arme Junker auf den Tod krank?« »Nein, gnädiger Herr, im Gegenteil, infolge seiner Krankheit hat ihn die Gnade berührt, und ich glaube, er will in den geistlichen Stand treten.« »Ganz richtig,« versetzte d'Artagnan. »ich habe vergessen, daß er nur interim Musketier war.« »Bestehen Sie noch immer darauf, ihn zu sehen?« »Mehr als jemals.« »Nun, gnädiger Herr, Sie dürfen nur über die Treppe rechts im Hofe steigen, im zweiten Stock Nr. 5.« D'Artagnan entfernte sich rasch in der angezeigten Richtung, und kam zu einer äußeren Treppe, wie man sie noch jetzt in den Höfen der alten Gasthäuser findet; doch gelangte man nicht auf diese Weise zu dem künftigen Abbé, denn die Zugänge nach dem Zimmer des Aramis waren nicht mehr und nicht weniger bewacht, als die Gärten der Armida. Es war von jeher der Traum des armen Bazin, einem Manne der Kirche zu dienen, und so erwartete er stets mit Ungeduld den Augenblick, wo Aramis den Musketierrock mit der Soutane vertauschen würde. Nur das von dem jungen Manne täglich erneuerte Versprechen, daß dieser Augenblick nicht mehr lang fern sein könne, hielt ihn zurück im Dienst eines Musketiers, in einem Dienste, wo seine Seele, wie er sagte, ins Verderben kommen müßte. Bazin war also aller Freuden voll, sein Herr würde diesmal aller Wahrscheinlichkeit nach nicht mehr abstehen; denn Aramis, der zugleich an Körper und Seele litt, richtete sein Augenmerk und seinen Geist auf das Ewige, und sein zweifacher Unfall, nämlich das plötzliche Verschwinden seiner Geliebten und seine Verwundung an der Schulter, dünkte ihn ein Wink des Himmels zu sein. Es läßt sich erachten, daß Bazin in der Lage, in der er sich befand, nichts unangenehmer sein konnte, als das Erscheinen d'Artagnans, der seinen Herrn wieder in den Wirbel weltlicher Gedanken, die ihn so lang fortgerissen hatten, zurückziehen konnte. Er beschloß somit, die Tür wacker zu verteidigen, und da er, wo er schon von der Wirtin verraten war, nicht sagen konnte, Aramis sei nicht zu Hause, so suchte er dem Ankömmling zu beweisen, es wäre höchst unbescheiden und unklug, seinen Herrn in der frommen Konferenz zu stören, die schon am Morgen anfing, und nach Bazins Worten nicht vor dem Abend beendigt sein würde. D'Artagnan aber hielt sich nicht an die Berechnung und Redseligkeit des Meisters Bazin, und da er sich mit dem Diener seines

Freundes in keine Polemik einlassen wollte, so schob er ihn ganz einfach mit der einen Hand zur Seite und drehte mit der andern die Türklinke von Nr. 5. Die Tür ging auf, und d'Artagnan trat in das Zimmer. Aramis war in einem schwarzen Oberrock, hatte eine runde, platte Kopfbedeckung, die einer Kalotte sehr ähnlich war, und saß vor einem langen Tische, der mit Papierrollen und ungeheuren Foliobüchern überdeckt war. Die Vorhänge waren halb geschlossen und ließen nur ein mystisches Licht zu seligen Träumereien eindringen. Alle weltlichen Gegenstände, die ins Auge fallen, wenn man die Wohnung eines jungen Mannes betritt, zumal, wenn dieser junge Mann ein Musketier ist, waren wie durch einen Zauberschlag verschwunden, und gewiß hatte sich Bazin aus Furcht, ihr Anblick könnte seinen Herrn wieder auf weltliche Gedanken bringen, bewogen gefunden, den Degen, die Pistolen, den Federbusch, die Stickereien und Spitzen aller Art aus dem Wege zu räumen.

Bei dem Geräusch, mit dem d'Artagnan die Tür öffnete, richtete Aramis den Kopf empor, und erkannte den Freund auf der Stelle. Zur Verwunderung des jungen Mannes aber schien sein Anblick keinen tiefen Eindruck auf den Musketier zu machen, so sehr hatte sich sein Geist von allen irdischen Dingen losgesagt. »Guten Morgen, lieber d'Artagnan!« rief Aramis, »glaubt mir, daß ich mich glücklich schätze, Euch wiederzusehen.« »Auch ich,« entgegnete d'Artagnan, »obwohl ich noch nicht überzeugt bin, ob es Aramis ist, zu dem ich spreche.« »Zu ihm selbst, mein Freund, zu ihm selbst; allein, wie kommt dir ein Zweifel?« »Ich fürchtete, daß ich mich am Zimmer irrte und glaubte anfangs in die Wohnung eines Dieners der Kirche einzutreten.« Aramis errötete unmerklich. Die zwei schwarz gekleideten Männer erhoben sich, grüßten Aramis und d'Artagnan und gingen nach der Tür. Bazin, der mittlerweile im Zimmer stehengeblieben war, schritt den frommen Gästen seines Herrn ehrfurchtsvoll voran, um ihnen den Weg zu bahnen. Aramis begleitete sie bis unten an die Treppe, kehrte aber alsbald wieder zu d'Artagnan zurück, der sich in Träumereien vertieft hatte. Da sich nun die beiden Freunde allein befanden, beobachteten sie anfangs ein verlegenes Stillschweigen. Einer mußte es endlich doch brechen, und da d'Artagnan diese Ehre seinem Freund überlassen wollte, so begann dieser: »Ihr seht, daß ich auf meine Grundideen zurückgekehrt bin.« »Ja, die wirksame Gnade scheint Euch berührt zu haben.« »O, der Entschluß, mich aus dem Weltleben zurückzuziehen, hat sich lange schon gebildet, und nicht wahr, mein Freund! Ihr hörtet mich auch bereits davon sprechen?« »Allerdings, doch gestehe ich, daß ich es nur für einen Scherz hielt.« »Über solche Dinge...? o, d'Artagnan!« »Bei Gott! man scherzt ja auch mit dem Tod.« »Und man tut unrecht, d'Artagnan; denn der Tod ist die Pforte, die zum Verderben oder zum Heile führt.« »Ich bin einverstanden, doch sprechen wir von etwas anderm, Aramis, wenn es gefällig ist. Ich muß Euch für meinen Teil bekennen, daß ich seit zehn Uhr dieses Morgens weder Speise noch Trank genossen, und einen Teufelshunger habe,« »Wir werden auf der Stelle mittagmahlen, Freund! nur bedenket, daß heute Freitag ist, und an einem Fasttag darf ich weder Fleisch essen, noch kann ich es essen sehen. Wollet Ihr mit meinem Mittagbrot zufrieden sein, es besteht aus gekochten Bierecken und Früchten.« »Was versteht Ihr unter Bierecken?« fragte d'Artagnan mit Unruhe. »Ich verstehe darunter Spinat,« antwortete Aramis. »Doch will ich für Euch Eier beifügen lassen, und das ist eine schwere Verletzung der Vorschrift, denn die Eier sind Fleischspeise, insofern sie von der Henne gelegt werden.« »Diese Mahlzeit ist keineswegs anlockend, aber gleichviel, um bei Euch zu bleiben, will ich mich dareinfinden.« »Ich bin Euch dankbar für dieses Opfer,« versetzte Aramis, »allein, wenn es auch Eurem Leibe nicht nützt, so ist es doch für Eure Seele ersprießlich, davon dürft Ihr überzeugt sein.« »Ihr tretet also wirklich in den geistlichen Stand über, Aramis? Ach, was werden Eure Freunde, was wird Herr von Tréville sagen? ich versichere, sie werden Euch als Deserteur behandeln.« »Ich trete nicht über in den geistlichen Stand, ich kehre nur zu demselben zurück. Ich verließ die Kirche der Welt zuliebe.« »Und was gibt Euch gerade jetzt den Anlaß?« fragte d'Artagnan. »Diese Wunde, lieber d'Artagnan, war mir ein Wink des Himmels.« »Diese Wunde, bah! sie ist fast geheilt, und gewiß ist es nicht diese, die Euch am meisten Leid verursacht.« »Welche denn?« fragte Aramis errötend. »Ihr tragt eine im Herzen, Aramis! eine viel tiefere und empfindlichere, eine Wunde, die Euch eine Frau geschlagen hat.« Aramis zuckte unwillkürlich, dann sagte er, indem er seine Gemütsbewegung mit geheuchelter Gleichgültigkeit verbarg: »O, redet nicht von dergleichen Dingen! ich sollte an so etwas denken? Ich Liebeskummer haben? Vanitas vanitatum! Glaubt Ihr denn, daß mir das Gehirn verrückt wurde? Und für wen? Etwa für eine Zofe oder ein Bürgermädchen, der ich in der Garnison den Hof machte? Pfui!« »Um Vergebung, lieber Aramis, allein ich glaubte, Ihr hättet höher hinaufgeblickt.« »Höher hinauf? wer bin ich, daß ich solchen Ehrgeiz nähren dürfte? ein armer, unbekannter Musketier, der alle Knechtschaft haßt, und sich in der Welt gar nicht an seinem Platze fühlt.« »Aramis! Aramis!« rief d'Artagnan, indem er seinen Freund mit zweifelhafter Miene anblickte. »Ich bin Staub,« versetzte Aramis, »und kehre in den Staub zurück. Das Leben ist voll Demütigungen und Leiden«,« fuhr er düster fort; »alle Fäden, die es mit dem Glück verbinden, zerreißen nacheinander in des Menschen Hand, zumal die goldenen Fäden. O, mein lieber d'Artagnan!« sprach er wieder mit einem leichten Anflug von Bitterkeit, »ich rate Euch, verberget die Wunden, wenn Ihr welche habt.« »Ach, mein lieber Aramis,« sagte d'Artagnan, tief seufzend, »Ihr erzählt mir da meine eigene Geschichte.« »Wie?« »Ja, eine Frau, die ich liebte, die ich anbetete, wurde mir gewaltsam entführt. Ich weiß nicht, wo sie ist, wohin man sie geschleppt hat; sie liegt vielleicht in einem Kerker, ist vielleicht tot.« »Doch habt Ihr mindestens den Trost, Euch sagen zu können, daß sie Euch nicht freiwillig verließ; daß ihr, wenn Ihr keine Nachricht von ihr bekommt, alle Verbindung mit Euch verboten ist, indes . . .« »Indes?« »Nichts,« entgegnete Aramis, »nichts.« »So entsagt Ihr denn für immer dieser Welt, ist Euer Entschluß fest und unwiderruflich?« »Für immer; Ihr seid heute noch mein Freund, doch morgen werdet Ihr mir nichts mehr sein als ein Schatten, oder vielmehr gar nicht mehr existieren. Was die Welt betrifft, so ist sie ein Grab und weiter nichts.« »Teufel! Das ist sehr trübselig, was Ihr da sagt.« »Was wollet Ihr? mein Beruf zieht mich an, reißt mich hin.« D'Artagnan lächelte, ohne zu antworten und Aramis fuhr fort: »Und doch hätte ich noch gern über Euch und über unsere Freunde sprechen mögen, so lange ich ein Weltkind bin.« »Und ich«, versetzte d'Artagnan, »hätte so gern über Euch selbst gesprochen, allein ich sehe, daß Ihr Euch von allem schon losgesagt habt; die Liebe gilt Euch für ekelhaft, die Freunde sind Schatten, die Welt ist ein Grab.« »Ach!« seufzte Aramis, »das werdet Ihr bei Euch selbst sehen.« »Sprechen wir also nicht mehr davon,« sagte d'Artagnan, »und verbrennen wir diesen Brief, der Euch zweifelsohne eine neue Trostlosigkeit von Eurer Zofe oder von Eurem Kammermädchen brächte.« »Was für einen Brief?« rief Aramis lebhaft. »Einen Brief, der in Eurer Abwesenheit anlangte und den man für Euch zustellte.« »Doch von wem ist dieser Brief?« »Ach, von irgend einer verweinten Zofe, von einer verzweiflungsvollen Grisette, vielleicht von dem Kammermädchen der Frau von Chevreuse, die gewiß mit ihrer Herrin nach Tours zurückkehren mußte, und die aus Ziererei parfümiertes Papier genommen und den Brief mit einer Herzogskrone versiegelt hat.« »Was sprecht Ihr da?« »Halt, ich muß ihn wohl verloren haben,« sagte der junge Mann, indem er sich stellte, als ob er denselben suchte. »Glücklicherweise ist die Welt ein Grab, die Menschen und folglich auch die Frauen sind Schatten, und die Liebe ist eine Empfindung, vor der Euch ekelt.« »Ah! d'Artagnan! d'Artagnan!« rief Aramis, »du marterst mich zu Tode.« »Nun, da ist er ja!« rief d'Artagnan und zog den Brief aus der Tasche. Aramis sprang auf, ergriff den Brief, las oder verschlang ihn vielmehr und strahlte im Gesicht. »Es scheint, daß die Zofe einen hübschen Stil hat,« sagte nachlässig der Bote. »Ich danke, d'Artagnan!« rief Aramis fast wahnwitzig. »Sie war gezwungen, nach Tours zurückzukehren. Sie ist mir nicht untreu, sie liebt mich noch immer. Komm, Freund, laß dich umarmen; das Glück erstickt mich.« Und die beiden Freunde fingen an zu tanzen und zu springen. In diesem Moment trat Bazin ein mit dem Spinat und den Omeletten. »Fliehe, Unglückseliger! kehre dahin zurück, wo du hergekommen bist; schere dich fort mit diesem schrecklichen Gemüse und dieser

Zugabe! begehre einen gespickten Hasen, einen fetten Kapaun, eine Hammelkeule mit Knoblauch und vier Flaschen alten Burgunder.« Bazin starrte seinen Herrn an, konnte diesen Wechsel durchaus nicht begreifen und ließ die Omeletten in den Spinat und den Spinat auf den Boden fallen.

Die Frau des Athos.

»Jetzt erübrigt uns noch, Nachrichten über Athos einzuziehen,« sagte d'Artagnan zu dem aufgeräumten Aramis, nachdem er ihm mitgeteilt hatte, was seit seiner Reise in der Hauptstadt vorging, und nachdem sie beide durch ein vortreffliches Mittagsmahl alle Schwärmerei und Müdigkeit vergessen hatten. »Glaubt Ihr also, daß ihm ein Unglück begegnet sein könnte?« fragte Aramis. »Athos ist so kalt, so mutvoll, so geschickt in der Führung des Degens.« »Das ist wohl wahr, und niemand kennt so gut wie ich den Mut und die Gewandtheit des Athos; allein, mir ist lieber ein Angriff von Lanzen gegen meinen Degen, als ein Angriff von Keulen; so fürchte ich, daß Athos von dem Gesindel gestriegelt worden sei; die Dienstleute schlagen derb zu und können nicht so bald aufhören. Ich gestehe, daß ich deshalb so schnell wie möglich wieder abreisen möchte.« »Ich will es versuchen, Euch zu begleiten,« sagte Aramis, »obwohl ich mich kaum noch kräftig genug fühle, ein Pferd zu besteigen.« »Ihr waret krank, und Krankheit schwächt, darum entschuldige ich Euch.« »Wann reiset Ihr schon ab?« »Morgen mit Anbruch des Tages; ruhet diese Nacht noch recht gut aus, und morgen, wenn Ihr es vermöget, reisen wir mitsammen.« »Morgen,« erwiderte Aramis; »denn wie eisern Ihr auch seid, bedürft Ihr doch der Ruhe.« Als d'Artagnan am folgenden Tage zu Aramis kam, traf er ihn am Fenster. »Was betrachtet Ihr denn?« fragte d'Artagnan. »Meiner Treu! ich bewundere diese drei herrlichen Pferde, welche die Stalljungen am Zaune halten; es wäre fürstliche Lust, auf solchen Tieren zu reiten.« »Nun, mein lieber Aramis, macht Euch diese Lust, denn eines dieser drei Pferde gehört Euch.« »Ah, bah! Welches denn?« »Dasjenige, welches Ihr wollt; ich gebe keinem den Vorzug.« »Potz Wetter! das sind prachtvolle Tiere!« »Es schmeichelt mir, daß sie nach Eurem Geschmack sind.« »Hat sie Euch also der König zum Geschenk gemacht?« »Gewiß nicht der Kardinal. – Doch kümmert Euch nicht, woher sie kommen und denkt bloß daran, daß eines von den dreien Euch gehört.« »Ich nehme jenes, das der rotgekleidete Diener führt.« »Es ist ganz recht.« »Bei Gott!« rief Aramis, »das benimmt mir vollends allen Schmerz; ich würde es besteigen, hätte ich dreißig Kugeln im Leibe. Ha, bei meiner Seele, wie schön sind die Steigbügel!« Aramis schwang sich mit seiner gewöhnlichen Anmut und Leichtigkeit in den Sattel, doch fühlte der Reiter nach einigen Sprüngen und Wendungen des Tieres so unerträgliche Schmerzen, daß er ganz blaß wurde und zu wanken anfing. D'Artagnan, der auf diesen Unfall schon gefaßt war und ihn deshalb nicht aus den Augen ließ, sprang hinzu, fing ihn in seinen Armen auf und führte ihn nach seinem Zimmer. »Es ist gut, mein lieber Aramis,« sprach er, »pflegt Euer, ich will Athos allein aufsuchen.« »Ihr seid ein eherner Mann!« rief Aramis. »Nein, ich habe nur Glück, weiter nichts; wie wollt Ihr aber leben in Erwartung meiner Rückkehr?« Aramis lächelte und sprach: »Ich werde Verse machen.« »Ja, duftreiche Verse nach dem Wohlgeruch des Briefchens der Zofe der Frau von Chevreuse. Unterweiset Bazin in der Prosodie, das wird ihn beschäftigen; was Euer Pferd betrifft, so reitet es täglich ein wenig und gewöhnt Euch so an seine Sprünge.« »O, in dieser Hinsicht seid ganz ruhig,« versetzte Aramis; »Ihr werdet mich bereit finden, Euch zu folgen.« Sie sagten sich Lebewohl, und zehn Minuten darauf trabte d'Artagnan bereits in der Richtung von Amiens, nachdem er vorher seinen Freund der Wirtin und Bazin empfohlen hatte. Wie kann er Athos finden – und wird er ihn wirklich finden?

»Ach,« dachte d'Artagnan, »der arme Athos ist vielleicht zu dieser Stunde schon tot, und tot durch meine Schuld; denn ich war es, der ihn in diese Angelegenheit zog, deren Ursprung er nicht kannte, deren Erfolg er nicht kennen wird, und aus der er gar keinen Vorteil schöpfen soll!« »Zu gestehen, mein Herr,« sagte Planchet, »daß wir ihm auch unser Leben verdanken; Sie erinnern sich ja noch, wie er schrie: ›Auf, d'Artagnan, ich bin festgenommen!‹ Und als er seine zwei Pistolen abgebrannt hatte, welches Geräusch machte er nicht mit seinem Degen! man hätte geglaubt, es seien zwanzig Menschen, oder vielmehr zwanzig tolle Teufel!« Gegen elf Uhr früh erblickte man Amiens, um halb zwölf Uhr hielt man vor der Tür des leidigen Gasthofes. D'Artagnan hatte oft daran gedacht, an dem falschen Wirt eine solche Rache zu nehmen, wie sie den Menschen in der Hoffnung tröstet. Er ging somit in den Gasthof, indem er den Hut ins Gesicht drückte, die linke Hand an den Degengriff hielt und mit der Rechten die Reitgerte schwang. »Kennt Ihr mich?« fragte er den Wirt, der ihm grüßend entgegenging. »Ich habe nicht die Ehre, gnädigster Herr!« antwortete der Wirt, die Augen noch von dem glänzenden Anzug geblendet, in dem ihm d'Artagnan erschien. »Ah, Ihr kennt mich nicht?« »Nein, gnädigster Herr.« »Nun gut; zwei Worte sollen Euch das Gedächtnis aufwecken. Was habt Ihr mit jenem Edelmann getan, den Ihr vor ungefähr vierzehn Tagen mit solcher Keckheit der Falschmünzerei beschuldigt habt?« Der Wirt erblaßte, denn d'Artagnan nahm seine bedrohlichste Haltung an und Planchet ahmte seinem Herrn nach. »O, gnädiger Herr! sprechen Sie nichts mit mir davon,« versetzte der Wirt mit seiner kläglichsten Stimme. »O, gnädiger Herr, wie hoch kam mir dieser

Fehler zu stehen! Ach, ich unglücklicher Mann!« »So sagt, was aus diesem Edelmann geworden?« »Hören Sie mich gütig an, gnädiger Herr, und seien Sie nachsichtig. Nehmen Sie gefällig Platz.« D'Artagnan setzte sich stumm vor Zorn und Ungeduld und blickte drohend wie ein Richter. Planchet stellte sich rückwärts an die Stuhllehne. »Vernehmen Sie die ganze Geschichte, gnädiger Herr,« fuhr der Wirt zitternd fort, »denn jetzt erkenne ich Sie. Sie ritten eben davon, als ich mich mit dem besagten Edelmann in Streit setzte.« »Ja, das war ich, und Ihr seht, daß Ihr auf keine Gnade rechnen könnt, wenn Ihr nicht die lautere Wahrheit redet.« »Wollen Sie gnädigst zuhören, Sie sollen alles erfahren.« »Ich höre.« »Die Behörden ließen mir im voraus melden, es würde ein berüchtigter Falschmünzer mit mehreren Genossen, als Garden oder Musketiere verkleidet, in meinem Gasthaus eintreffen. Gnädigster Herr, mir wurden Ihre Pferde, Ihre Lakaien, Ihre Gesichter, kurz alles, genau bezeichnet.« »Was nun weiter?« sagte d'Artagnan, der sogleich erriet, woher eine so scharfe Beschreibung rühren konnte. »Ich habe sonach auf Befehl der Obrigkeit, die mir sechs Mann Verstärkung schickte, diejenigen Maßregeln genommen, die ich für zweckdienlich hielt, um mich der angeblichen Falschmünzer zu versichern.« »Wieder das!« rief d'Artagnan, dem das Wort »Falschmünzer« schrecklich in die Ohren hallte. »Verzeihen Sie, gnädiger Herr, daß ich solche Dinge spreche: allein sie dienen mir zur Entschuldigung. Die Behörde erweckte mir Angst, und Sie wissen, ein Wirt muß sich vor der Behörde schmiegen.« »Doch noch einmal, wo ist dieser Edelmann, was ist aus ihm geworden? Ist er tot oder lebendig?« »Geduld, gnädigster Herr, wir werden hören. Was geschah, wissen Sie, und Ihre schnelle Abreise schien das Benehmen zu rechtfertigen,« fügte der Wirt mit einer Spitzfindigkeit hinzu, die d'Artagnan nicht entging. »Dieser Edelmann, Ihr Freund, wehrte sich wie ein Verzweifelter. Sein Diener, der zum Unglück Streit suchte mit den Leuten von der Behörde, die als Stalljungen bekleidet waren...« »Ha, Schurke, Ihr waret folglich einverstanden, und ich weiß nicht, warum ich Euch nicht alle in die Pfanne haue!« »O nein, gnädigster Herr, wie Sie hören werden, waren wir nicht alle einverstanden. Ihr Herr Freund, verzeihen Sie, daß ich ihm nicht den ehrenhaften Namen gebe, den er zweifelsohne trägt, doch wir wissen diesen Namen nicht, Ihr Herr Freund zog sich, nachdem er mit seinen Pistolenschüssen zwei Männer kampfunfähig gemacht hatte, fechtend zurück und wehrte sich mit seinem Degen, wobei er einen meiner Leute verstümmelte und mich durch einen Schlag mit der flachen Klinge betäubte.« »Doch, Henker! kommst du bald zu Ende?« rief d'Artagnan. »Athos – was ist mit Athos geschehen?« »Wie gesagt, zog er sich fechtend zurück, gnädiger Herr, und als er hinter sich die Tür der Kellertreppe offen sah, so sprang er hinein. Als er nun im Keller war, zog er den Schlüssel ab und verrammelte sich von innen. Bei der Sicherheit, ihn hier wiederzufinden, ließ man ihn frei.« »Ja,« versetzte d'Artagnan, »man legte es nicht darauf an, ihn zu töten, man suchte bloß, ihn einzusperren.« »Gerechter Gott, ihn einzusperren, gnädigster Herr, er hat sich selbst eingesperrt, das kann ich beschwören. Er hat sich zuvörderst tüchtig angestrengt: Ein Mann lag tot am Platze, zwei andere waren schwer verwundet. Der Tote und die zwei Verwundeten wurden von ihren Kameraden weggeschafft, und ich hörte weder von dem einen noch von dem andern seither etwas. Als ich selbst wieder zur Besinnung kam, ging ich zu dem Herrn Gouverneur und erzählte ihm alles, was vorgefallen war; ich fragte ihn, was ich mit dem Gefangenen tun soll; allein der Gouverneur sah aus, als wäre er aus den Wolken gefallen, indem er sagte, daß er gar nicht verstehe, was ich da spreche, die Befehle, welche ich erhielt, wären nicht von ihm ausgegangen, und würde ich unklugerweise gegen jemanden äußern, er hätte den mindesten Anteil an diesem leidigen Streite, so würde er mich aufhängen lassen. Es scheint, gnädiger Herr, daß ich mich irrte, daß ich den einen für den andern hielt, und daß derjenige gerettet war, der hätte festgenommen werden sollen.« »Aber Athos?« rief d'Artagnan, der sich noch mehr ärgerte, daß die Behörde die Sache von sich ablehnte, »was ist aus Athos geworden?« »Da ich mein Unrecht gegen den Gefangenen so schnell wie möglich wieder gutmachen wollte,« fuhr der Wirt fort, »so eilte ich zu dem Keller, um ihn freizulassen. Ach, gnädiger Herr, das war kein Mensch mehr, das war ein Teufel! Auf meinen Antrag der Freilassung erklärte er, das sei nur eine Schlinge, die man ihm legen wolle, und ehe er hervorginge, würde er Bedingnisse machen. Ich entgegnete ihm ganz demutvoll, denn ich verhehlte mir die schlimme Lage nicht, in die ich mich dadurch versetzte, daß ich Hand an einen Musketier Seiner Majestät legte, ich wäre bereit, mich seinen Bedingnissen zu unterwerfen. ›Für's erste‹, rief er, ›will ich, daß man mir meinen Bedienten ganz bewaffnet zurückgebe.‹ Man suchte diesem Befehl in Eile nachzukommen, denn Sie begreifen wohl, gnädigster Herr, wie sehr uns daran lag, alles zu tun, was Ihr Freund begehrte. Herr Grimaud, dieser nannte seinen Namen, obwohl er sonst nicht viel redet, Herr Grimaud wurde nun, obgleich verwundet, in den Keller hinabgelassen. Als dieser bei seinem Herrn war, verrammelte er gleichfalls die Tür und gebot uns, in unserer Stube zu bleiben.« »Doch sagt einmal,« rief d'Artagnan, »wo ist – wo ist denn Athos?« »Im Keller, gnädiger Herr!« »Wie, Unglückseliger, Ihr versperrt ihn seit dieser Zeit im Keller?« »Guter Himmel! nein, gnädiger Herr, wir sollen ihn im Keller versperren?!« »Sie wissen also nicht, was er im Keller getan hat?« »O, wenn Sie ihn herausbringen könnten, ich würde Ihnen mein Leben lang dankbar sein, ich würde Sie anbeten.« »Also ist er dort – und ich kann ihn finden?« »Gewiß, gnädiger Herr, er besteht darauf, im Keller zu bleiben. Man reicht ihm täglich am Ende einer Gabel Brot und Fleisch, wenn er es fordert, aber ach, sein größter Verbrauch ist nicht Brot und Fleisch. Ich versuchte es einmal, mit zweien meiner Burschen hinabzugehen, allein er geriet in eine entsetzliche Wut. Ich hörte das Geräusch, mit dem er seine Pistolen und die Muskete seines Bedienten lud. Wie wir nun fragten, was ihre Absicht wäre, so erwiderte er, daß er mit seinem Lakai noch vierzig Schüsse machen könne, und sie würden sie eher abbrennen, als sie einen von uns in den Keller treten ließen. Somit beklagte ich mich bei dem Gouverneur, allein dieser gab zur Antwort: es geschehe mir bloß, was ich verdiene, und dadurch würde ich belehrt, künftig ehrenhafte Leute, die bei mir einkehren, nicht mehr zu beleidigen.« »Nun, und seitdem?« fragte d'Artagnan, der nicht umhin konnte über die klägliche Miene des Gastwirtes zu lachen. »Nun, seitdem führen wir das traurigste Leben, gnädigster Herr, denn Sie müssen wissen, daß ich alle meine Vorräte im Keller verwahre, den Wein in Flaschen und in Fässern, das Bier, das Öl, die Liköre, den Speck und die Würste. Und da wir nicht hinabgehen dürfen, so sind wir gezwungen, den Reisenden, die bei uns einsprechen, Speise und Trank zu verweigern, wonach unser Gasthof von Tag zu Tag mehr abnimmt. Verbleibt Ihr Freund noch eine Woche im Keller, so bin ich zu Grunde gerichtet.« »Und das ist ganz billig, Schelm! Habt Ihr es uns denn nicht im Gesicht angesehen, daß wir Personen von Stand und nicht Falschmünzer seien?« »Ja, gnädiger Herr, ja. Sie haben recht,« entgegnete der Wirt. »Doch hören, ja, hören Sie nur, wie er tobt.« »Man wird ihn zweifelsohne gestört haben,« sagte d'Artagnan. »Aber man muß ihn doch stören,« versetzte der Wirt, »da eben zwei englische Edelleute ankamen.« »Nun?« »Nun, wie Sie wissen, so lieben die Engländer den guten Wein, und diese hier haben vom besten verlangt. Meine Frau wird wohl Herrn Athos gebeten haben, in den Keller gehen zu dürfen, um diesen Herren zu willfahren, und er wird sich, wie gewöhnlich, dagegen gesträubt haben. Ach, guter Gott, das Getöse nimmt noch zu.« D'Artagnan vernahm in der Tat in der Richtung gegen den Keller einen großen Lärm. Er stand auf. Der Wirt ging, die Hände ringend, ihm voraus, und Planchet folgte mit der geladenen Büchse nach, und so trat er zu dem Orte jenes Auftritts.

Die zwei Edelleute waren in peinlicher Aufregung; sie machten einen langen Ritt und verschmachteten schier vor Hunger und Durst. »Das ist doch eine Tyrannei!« riefen sie gut französisch, obwohl mit einem fremden Akzent, »daß dieser Erznarr die guten Leute nicht zu ihrem Weine lassen will. Auf, stoßen wir die Tür ein, und macht er es zu toll, so schlagen wir ihn tot.« »Ganz gut, meine Herren,« sprach d'Artagnan, und nahm seine Pistolen aus dem Gürtel, »Ihr werdet wohl niemanden totschlagen.« »Gut, gut!« rief hinter der Tür Athos mit ruhiger Stimme, »man lasse die Kleinkinderfresser nur ein bißchen eintreten, wir wollen sehen.« Wie wacker auch die zwei vornehmen Engländer zu sein schienen, so blickten sie sich doch zaudernd an; man hätte glauben mögen, im Keller sei einer der hungrigsten Werwölfe oder einer der riesigen Helden der Volkssage, in deren Höhlen niemand ungestraft eindringen kann. Es trat ein kurzes Stillschweigen ein, doch schämten sich endlich die zwei Engländer des Zauderns, und der Streitsüchtigste von ihnen stieg die fünf oder sechs Stufen hinab und stieß so ungestüm an die Tür, als müßte er eine Mauer durchbrechen. »Planchet!« rief d'Artagnan und spannte die Pistolen, »ich nehme den unteren, du nimm den oberen über dich. Ha, meine Herren! Ihr wollet eine Schlacht, gut, die soll Euch geliefert werden.« »Mein Gott!« rief Athos mit dumpfer Stimme, »wie mir dünkt, so höre ich d'Artagnan.« »Mein Freund!« schrie d'Artagnan, »ich bin es in der Tat.« »O, so ist's recht,« versetzte Athos, »wir wollen uns über diese Torbrecher hermachen.« Die Engländer nahmen den Degen zur Hand, doch befanden sie sich zwischen zwei Feuern; sie zauderten noch ein Weilchen, allein der Stolz gewann, wie das erstemal, die Oberhand, und ein zweiter Fußtritt erschütterte die ganze Tür. »Rüste dich, d'Artagnan, rüste dich!« schrie Athos, »ich werde schießen.« »Meine Herren!« rief d'Artagnan, den die Besonnenheit nie verließ, »bedenken Sie wohl, meine Herren. – Und du, Athos, Geduld. Sie lassen sich da in eine böse Geschichte ein und werden schlecht davonkommen. Ich und mein Bedienter feuern dreimal, ebensooft wird man aus dem Keller schießen; dann haben wir noch unsere Degen, die ich und mein Freund recht gut zu handhaben verstehen, dessen kann ich Sie versichern. Lassen Sie mich also Ihre und meine Angelegenheit abtun; Sie sollen sogleich zu trinken bekommen, darauf gebe ich Ihnen mein Wort.« »Wenn noch etwas übrig ist,« murmelte Athos mit höhnischer Stimme. Der Wirt fühlte, wie ihm ein kalter Schweiß über den Nacken lief. »Wie,« stammelte er, »wenn noch etwas übrig ist?« »Zum Teufel, es wird doch noch etwas übrig sein; beruhigen Sie sich,« sagte d'Artagnan, »die beiden werden doch nicht den ganzen Keller ausgetrunken haben. Meine Herren, stecken Sie die Klingen in die Scheide.« »Gut, doch stecken Sie auch Ihre Pistolen in den Gürtel.« »Recht gern.« D'Artagnan gab das Beispiel, dann wandte er sich zu Planchet und bedeutete ihm durch einen Wink, daß er seine Büchse absetze. Sonach steckten die Engländer murrend ihre Degen in die Scheide. Man erzählte ihnen die Geschichte von Athos' Einsperrung, und da sie gute Edelleute waren, gaben sie dem Wirt unrecht. »Nun gehen Sie hinauf in Ihre Zimmer, meine Herren,« sagte d'Artagnan, »und ich bürge Ihnen, nach Verlauf von zehn Minuten wird Ihnen gebracht, was Sie verlangen.« Die Engländer verneigten sich und gingen. »Jetzt, lieber Athos, da wir allein sind, macht die Tür auf, ich bitte Euch.« »Auf der Stelle,« entgegnete Athos. Man vernahm nun ein Geräusch von aufgeschichteten Reisbündeln und knarrenden Balken. Das waren die

Gegenminen und Wälle des Athos, die jetzt der Belagerte selber wegräumte. Einen Augenblick darauf knarrte die Tür und man sah den bloßen Kopf des Athos erscheinen, der rings alles mit den Augen umspähte. D'Artagnan warf sich an seinen Hals und umarmte ihn zärtlich; dann wollte er ihn hervorziehen aus seiner feuchten Bewohnung, merkte aber jetzt, daß sein Freund strauchle. »Seid Ihr verwundet?« fragte er. »Ich? ganz und gar nicht; ich bin nur stark berauscht, das ist alles, und um es zu werden, habe ich den besten Weg von der Welt eingeschlagen. Fürwahr, Herr Wirt, ich für meinen Teil muß wenigstens hundertundfünfzig Flaschen geleert haben.« »Barmherzigkeit!« ächzte der Wirt, »hat der Diener nur halb soviel getrunken, so bin ich ein geschlagener Mann.« »Grimaud ist ein Lakai aus gutem Hause, der es sich nicht erlaubt hätte, so zu tafeln wie ich; er hat bloß aus dem Faß getrunken – doch halt, ich glaube, er vergaß darauf, den Zapfen wieder vorzustecken. Hört Ihr nicht? Es rinnt.« D'Artagnan erhob ein lautes Gelächter, das den Schauder des Wirtes in ein hitziges Fieber verwandelte.

In diesem Moment erschien auch Grimaud hinter seinem Herrn, die Büchse auf der Schulter, mit dem Kopfe wackelnd wie berauschte Satyre auf den Bildern von Rubens. Er war vorn und hinten mit einer fetten Flüssigkeit benetzt, an welcher der Wirt sein bestes Olivenöl erkannte. Der Zug bewegte sich durch den großen Saal und begab sich in das schönste Zimmer, das d'Artagnan in seiner Herrlichkeit eingenommen hatte.

Mittlerweile stürzten der Wirt und seine Gemahlin mit Lampen in den Keller, der ihnen so lange versperrt war, doch hier erwartete sie ein schreckliches Schauspiel. Hinter den Verschanzungen, die aus Reisbündeln, Brettern, Balken und leeren Fässern bestanden, die Athos nach allen Regeln der Fortifikation aufgerichtet hatte, die er aber dann durchbrach, um herausgehen zu können, sah man hier und da in Teichen von Wein und Öl die Überreste von verspeisten Schinken schwimmen, indes sich ein Haufen von zerbrochenen Flaschen im linken Kellerwinkel auftürmte, und ein Faß, dessen Pipe offengeblieben war, durch diese Öffnung die letzten Tropfen seines Blutes vergoß. Das Bild der Verwüstung und des Todes herrschte hier, wie ein alter Dichter sagt, gleichwie auf einem Schlachtfeld. Von fünfzig Würsten, die an den Stangen hingen, waren kaum mehr zehn übrig. Nun erschallte das Wehgeheul des Wirtes und der Wirtin durch das Kellergewölbe. D'Artagnan selbst ward von ihrem lauten Jammer gerührt, während Athos nicht einmal den Kopf umwandte. Aber auf das Leid folgte die Wut. Der Wirt bewaffnete sich mit einem Bratspieß und stürzte sich in das Zimmer, in das sich die zwei Freunde zurückgezogen hatten. »Wein!« rief Athos, als er den Wirt sah. »Wein!« versetzte der Wirt voll Erstaunen. »Wein! Sie haben mehr getrunken als für hundert Pistolen; ich bin geschlagen, verloren, zu Grunde gerichtet!« »Bah,« sagte

Athos, »unser Durst blieb sich immer gleich.« »Wären Sie doch nur mit dem Trinken allein zufrieden gewesen, Sie haben aber auch alle Flaschen zerschlagen.« »Nun, Ihr habt mich auf einen Haufen hingedrängt, der zu rollen anfing. Das ist Eure Schuld.« »All mein Öl ging zu Grunde.« »Öl ist ein Hauptbalsam für die Wunden, und der arme Grimaud mußte sich doch die Wunden, die Ihr ihm geschlagen habt, ein bißchen einreiben.« »Alle meine Würste sind aufgezehrt.« »Es gibt ungemein viel Ratten in diesem Keller.« »Sie werden mir alles das bezahlen!« rief der Wirt höchst erbittert. »Dreifacher Schuft!« schrie Athos und stand auf. Er fiel aber alsogleich wieder zurück und zeigte damit das Maß seiner Kräfte. D'Artagnan schwang seine Reitgerte und kam ihm zu Hilfe. Der Wirt trat zurück und brach in Tränen aus. »Daraus werdet Ihr lernen,« sagte d'Artagnan, »die Gäste artiger zu behandeln, die Euch der Himmel schicken wird.« »Der Himmel? – sagen Sie lieber: der Teufel!« »Lieber Freund!« versetzte d'Artagnan, »wenn Ihr noch länger unsere Ohren quält, so sperren wir uns alle vier in Euren Keller und werden sehen, ob der Schaden wirklich so groß ist, wie Ihr angebt.« »Nun ja, meine Herren,« sprach der Wirt, »ich bekenne, daß ich unrecht habe, doch Gnade für jede Sünde; Sie sind vornehme Herren, ich ein armer Gastwirt, haben Sie Mitleid mit mir.« »Ha, wenn du so sprichst,« erwiderte Athos, »so zerreißest du mir das Herz und meinen Augen entströmen die Tränen, wie deinen Fässern der Wein entströmte. Man ist nicht so sehr ein Teufel, wie man aussieht. Komm, laß uns mitsammen plaudern.« Der Wirt trat ängstlich näher. »Komm, sage ich,« rief Athos, »und fürchte dich nicht. In dem Augenblick, wo ich dich bezahlen wollte, legte ich meine Börse auf den Tisch.« »Ja, gnädiger Herr!« »Diese Börse enthielt sechzig Pistolen, wo ist sie?« »Gnädiger Herr, sie ist in der Gerichtsstube deponiert; man sagte, daß es falsche Münze wäre.« »Nun laß dir meine Börse zurückstellen und behalte die sechzig Pistolen.« »Doch, gnädiger Herr, die Gerichtsstube wird nichts mehr zurückgeben; ja, wenn es wirklich falsches Geld wäre, könnte man noch hoffen, aber leider sind es gute Goldmünzen.« »Das mach du mit der Gerichtsstube ab, braver Mann, darum kümmere ich mich nicht mehr, um so weniger, als mir kein Livre mehr bleibt.« »Sagt,« fragte d'Artagnan, »wo ist das alte Pferd des Athos?« »Im Stalle.« »Was ist es wert?« »Höchstens fünfzig Pistolen.« »Es ist achtzig wert, nimm es, und so ist alles in Richtigkeit.« »Wie doch, du verkaufst mein Pferd,« rief Athos, »du verkaufst meinen Bajazet? worauf soll ich den Feldzug machen, auf Grimaud?« »Ich brachte dir ein anderes Pferd,« entgegnete d'Artagnan. »Und zwar ein prachtvolles!« rief der Wirt. »Nun, wenn ich ein schöneres und jüngeres bekomme, so nimm das alte und bringe zu trinken.« »Von welchem?« fragte der Wirt ganz erheitert. »Von jenem, der hinten auf den Latten liegt; es sind noch fünfundzwanzig Flaschen davon vorhanden; die andern habe ich bei meinem Fall zerschlagen. Schnell!« »Das ist doch ein Teufelsmensch!« murmelte der Wirt in den Bart, »wenn er noch vierzehn Tage hierbleibt und alles bezahlt, was er trinkt, so bin ich wieder aufgerichtet.« »Und vergiß nicht,« rief ihm d'Artagnan nach, »vier Bouteillen von demselben auch den zwei Engländern zu bringen.« »Nun, lieber Freund,« sagte Athos, »erzähle mir, während er den Wein holt, was aus den übrigen geworden ist. Rede.«

D'Artagnan erzählte ihm, wie er Porthos mit einer Verrenkung im Bett und Aramis an einem Tisch mit zwei Theologen angetroffen habe. Als er mit seiner Mitteilung zu Ende war, erschien der Wirt mit den verlangten Flaschen und einem Schinken, der glücklicherweise außerhalb des Kellers gewesen war. »Es ist gut,« sagte Athos, indem er sein und d'Artagnans Glas anfüllte, »soviel von Porthos und Aramis; doch Ihr, mein Freund, was ist Euch selber zugestoßen? Ich finde Euch so düster.« »Ach,« seufzte d'Artagnan, »ich bin wohl der Unglückseligste aller Sterblichen.« »Du unglücklich, d'Artagnan?« rief Athos, »rede doch, laß hören, wie du unglücklich sein kannst?« »Später,« entgegnete d'Artagnan. »Später, warum denn später? weil du glaubst, daß ich berauscht bin, d'Artagnan? Sei überzeugt, ich denke niemals heller, als wenn ich im Wein schwimme. Rede also, ich bin ganz Ohr.« D'Artagnan erzählte sein Abenteuer mit Madame Bonacieux. Athos hörte ihm gelassen zu, und als jener zu Ende war, rief der Musketier: »Das sind Erbärmlichkeiten, nichts als Erbärmlichkeiten!« Das war Athos' Sprichwort: »Ihr redet nur immer von Erbärmlichkeiten, lieber Athos,« erwiderte d'Artagnan, »das steht Euch übel, der Ihr niemals geliebt habt.« Das tote Auge des Athos flammte plötzlich auf, doch war es nur ein Blitz; es wurde wieder matt und düster wie zuvor. »Es ist wahr,« sprach er gelassen, »ich habe niemals geliebt.« »Also seht Ihr wohl ein, Marmorherz,« sagte d'Artagnan, »daß Ihr unrecht habt, wenn Ihr hart gegen uns seid, die wir ein zartes Herz besitzen.« »Zarte Herzen sind durchlöcherte Herzen,« murmelte Athos. »Was sprecht Ihr da?« »Ich sage, die Liebe ist eine Lotterie, wo der Gewinnende den Tod gewinnt. Glaubt mir, lieber d'Artagnan! Ihr seid recht glücklich, wenn Ihr verloren habt. Ich rate Euch, verliert immerhin.« »Es schien doch, daß sie mich so innig liebte.« »Es schien so?« »O, sie hat mich geliebt.« »Kind, es gibt keinen Menschen, der sich nicht von seiner Schönen geliebt glaubte und der nicht von ihr getäuscht worden wäre.« »Ausgenommen Euch, Athos, der Ihr nie geliebt habt.« »Es ist wahr,« versetzte Athos nach kurzem Stillschweigen, »ich habe nie geliebt. – Doch laß uns trinken.« »Aber da Ihr Philosoph seid,« sagte d'Artagnan, »so belehrt mich und helft mir, ich brauche Eure Weisheit und Euren Trost.« »Weshalb Trost?« »Für mein Unglück.« »Euer Unglück bringt mich zum Lachen,« entgegnete Athos, die Achseln zuckend; »ich möchte wissen, was Ihr sagtet, wenn ich Euch eine

Liebesgeschichte mitteilte.« »Die Euch begegnet ist?« »Oder einem meiner Freunde, das ist gleichviel.« »Sprecht Athos, sprecht.« »Wir wollen trinken, das wird besser sein.« »Trinkt und erzählet.« »Nun, das kann auch sein,« versetzte Athos, indem er sein Glas leerte und wieder anfüllte; »beides paßt ganz gut zusammen.« »Ich höre,« sagte d'Artagnan. Athos sammelte sich, doch je mehr er sich sammelte, desto blässer sah ihn d'Artagnan werden: er kam in die Krisis der Trunkenheit, wo gewöhnlich die Trinker umsinken und einschlummern. Er träumte ganz laut, ohne zu schlafen, und dieser Somnambulismus von Trunkenheit hatte etwas Schreckenvolles. »Ihr wollt es durchaus?« fragte er. »Ich bitte Euch,« erwiderte d'Artagnan. »So soll denn Euer Wunsch geschehen. Einer meiner Freunde – hört mich wohl, einer meiner Freunde, nicht ich,« sagte Athos, sich mit düsterem Lachen unterbrechend, »einer von den Grafen aus meiner Provinz, nämlich von Berry, und edel wie ein Dandolo oder Montmorency, verliebte sich, fünfundzwanzig Jahre alt, in ein sechzehnjähriges Mädchen, das reizend war wie eine Venus. Durch die Natürlichkeit ihrer Jugend schimmerte ein glühender Geist, kein weiblicher, sondern poetischer Geist, sie gefiel nicht, sie machte trunken. Sie lebte in einem kleinen Flecken bei ihrem Bruder, der Pfarrer war. Beide kamen in diese Landschaft, ohne daß man wußte woher, doch wenn man sah, wie schön sie und wie fromm ihr Bruder war, so dachte man gar nicht daran, zu fragen, woher sie kamen. Außerdem hieß es, sie stammten aus einem guten Hause. Mein Freund, der Gutsherr war, hätte sie nach Belieben verführen oder gewaltsam fortschleppen können, denn er war der Gebieter; und wer hätte zwei Fremden, zwei Unbekannten Hilfe geleistet? Unglücklicherweise war er ein ehrbarer Mann und heiratete sie. Der Narr, der Schwachkopf, der Esel!« »Warum das, wenn er sie liebte?« fragte d'Artagnan. »Wartet nur,« sagte Athos. »Er führte sie in sein Schloß und erhob sie zur ersten Dame der Provinz, und man muß ihr Recht widerfahren lassen, sie behauptete sich vollkommen in ihrem Rang.« »Nun?« fragte d'Artagnan. »Nun,« fuhr Athos mit gedämpfter Stimme und schneller fort, »als sie eines Tages mit ihm auf der Jagd war, stürzte sie ohnmächtig vom Pferde; der Graf eilte ihr zu Hilfe, und als sie in ihren Kleidern fast erstickte, so schlitzte er diese mit seinem Weidmesser auf und entblößte ihre Schulter. Erratet, d'Artagnan, was sie auf ihrer Schulter hatte?« »Kann ich das wissen?« fragte d'Artagnan. »Eine Lilie,« versetzte Athos, »sie war gebrandmarkt.« Und Athos leerte mit einem Zuge das Glas, das er in der Hand hielt. »Es ist schrecklich, was Ihr da erzählt,« entgegnete d'Artagnan. »In der Tat, mein Lieber, der Engel war ein Dämon, das arme Mädchen hatte gestohlen.« »Und was tat der Graf?« »Der Graf war ein vornehmer Herr, er hatte in seinem Gebiet die hohe und die niedere Gerichtsbarkeit; er zerriß vollends die Kleider der Gräfin, band ihr die Hände auf den Rücken und hing sie an einem Baum auf.« »Himmel, Athos, das ist ein Mord!« rief d'Artagnan. »Ja, ein Mord, weiter nichts,« erwiderte Athos, blaß wie der Tod, »doch mir scheint, daß uns der Wein ausgeht.« Er griff nach dem Halse der letzten noch übrigen Flasche, hielt sie an den Mund und leerte sie, als wäre sie nur ein Glas, mit einem Zuge. Dann senkte er den Kopf in seine beiden Hände, während d'Artagnan stumm vor Schrecken blieb. »Das hat mich von allen Frauen geheilt, von den schönen, von den poetischen und von den verliebten,« sagte Athos, der sich wieder erhob, ohne daran zu denken, die Geschichte des Grafen fortzusetzen. »Gott möge Euch ebensoviel bescheren. Lasset uns trinken.« »Ist sie also tot?« stammelte d'Artagnan. »Potz Wetter!« rief Athos. »Doch reicht mir Euer Glas ... Schinken, elender Wirt!« schrie er, »wir können nicht mehr trinken.« »Allein ihr Bruder?« fragte d'Artagnan schüchtern. »Ihr Bruder?« sprach Athos. »Ja, der Priester.« »Hm, ich wollte ihn gleichfalls henken lassen, doch war er mir zuvorgekommen und hatte tags vorher sein Pfarrhaus verlassen.« »Wußte man, wer der Arme war?« »Er war der Mitschuldige der Schönen und wird hoffentlich seine Strafe erhalten haben.« »O, mein Gott!« rief d'Artagnan ganz betäubt vor Schrecken. »Esset doch von diesem Schinken, d'Artagnan, er ist köstlich,« sprach Athos und legte ihm eine Schnitte auf den Teller. »Ach, daß nicht einmal vier solche im Keller waren, ich hätte fünfzig Flaschen mehr getrunken.« D'Artagnan konnte dieses Gespräch nicht länger aushalten, es hätte ihm den Kopf verrückt; er ließ den Kopf auf seine Hände niedersinken und tat, als ob er einschlummerte. »Die jungen Leute verstehen nicht mehr zu trinken,« murmelte Athos und blickte ihn mitleidsvoll an, »und doch ist dieser junge Mann hier noch einer von den wackersten.«

Die Rückkehr.

D'Artagnan war durch diese schreckliche Mitteilung des Athos ganz betäubt worden. Indes waren ihm in dieser halben Bekanntmachung noch viele Dinge dunkel geblieben. Fürs erste hatte sie ein völlig Betrunkener einem halb Betrunkenen gemacht; doch ungeachtet der Schwankung, die durch den Dunst von zwei oder drei Flaschen Burgunder in dem Gehirn erzeugt wird, erinnerte sich d'Artagnan doch, als er am folgenden Morgen erwachte, noch an jedes Wort, als hätten sich diese Worte, wie sie vom Munde des einen fielen, im Geiste des andern abgeprägt. All dieser Zweifel erweckte in ihm ein noch glühenderes Verlangen, sich Gewißheit zu verschaffen, und er ging zu seinem Freunde mit dem festen Vorhaben, das Gespräch vom vorigen Tage wieder aufzunehmen; allein er fand Athos schon ganz bei Selbstbewußtsein, das heißt den behutsamsten und undurchdringlichsten Menschen. Übrigens kam der Musketier, nachdem er ein Lächeln und einen Händedruck mit ihm gewechselt hatte, seinem Wunsche selbst entgegen. »Mein lieber d'Artagnan,« sprach er, »ich war gestern derb betrunken, das empfand ich diesen Morgen an meiner schweren Zunge und an meinem noch sehr beflügelten Puls. Ich wette, daß ich tausend Torheiten sprach.« Als er dies sagte, starrte er seinen Freund so fest an, daß dieser in Verlegenheit kam. »Nicht doch,« versetzte d'Artagnan, »wenn ich mich recht erinnere, so habt Ihr nichts außerordentliches gesprochen.« »Ha, Ihr setzt mich in Erstaunen, denn ich dachte, Euch eine sehr klägliche Geschichte mitgeteilt zu haben.« Hier starrte er den jungen Mann an, als wollte er im Grunde seiner Seele lesen. »Meiner Treu!« rief d'Artagnan, »ich glaube, daß ich noch mehr betrunken war als Ihr, da ich mich auf gar nichts mehr erinnere.« Athos gab sich mit diesen Worten keineswegs zufrieden und sagte: »Ihr müßt es wohl bemerkt haben, lieber Freund, daß jeder seine eigene Trunkenheit habe; der eine hat eine lustige, der andere eine traurige. Ich habe die traurige; und wenn ich einmal benebelt bin, so ist es meine Manie, alle diese düsteren Histörchen auszukramen, die mir meine Amme eingepfropft hat. Das ist mein Fehler, ein Hauptfehler, ich bekenne es; außerdem aber bin ich ein guter Trinker.« Athos sprach das auf eine so natürliche Weise, daß d'Artagnan in seiner Überzeugung erschüttert ward, und da er die Wahrheit zu ergründen bemüht war, so sagte er: »O, so ist es in der Tat; ich erinnere mich daran, wie man sich eines Traumes erinnert, daß wir von Gehenkten gesprochen haben.« »Ah, Ihr seht nun,« entgegnete Athos, indem er erblaßte, aber doch zu lächeln versuchte, »ich wußte es wohl, denn die Gehenkten sind mein Alp.« »Ja, ja,« versetzte d'Artagnan, »mein Gedächtnis kommt mir wieder zurück – ja, es handelt sich, wartet nur – es handelte sich um eine Frau.« »Seht nur,« entgegnete Athos, der fast bleifahl wurde, »das ist meine große Geschichte von der blonden Frau, und wenn ich diese erzähle, bin ich totberauscht.« »Ja, so ist's,« sagte d'Artagnan, »die Geschichte war's von der blonden, großen und schönen Frau mit den blauen Augen.« »Ja, und gehenkt.« »Durch ihren Gemahl, einen vornehmen Herrn, den Ihr kanntet,« fuhr d'Artagnan fort, und faßte dabei Athos fest ins Auge. »Nun, seht Ihr, wie man einen Menschen bloßstellen könnte, wenn man nicht mehr weiß, was man redet,« sagte Athos, und zuckte die Achseln, als ob er Mitleid mit sich selbst fühlte. »Bei Gott! ich will mich nicht mehr benebeln, d'Artagnan, die Gewohnheit ist gar zu häßlich.« D'Artagnan schwieg, dann änderte Athos plötzlich das Gespräch und sagte: »He, Freund, ich danke Euch für das Pferd, das Ihr mir gebracht habt.« »Hat es Euren Beifall?« »Ja, doch ist es kein Pferd für den schweren Dienst.« »Ihr irrt; ich habe zehn Meilen in weniger als anderthalb Stunden mit ihm zurückgelegt, und es schien mir nicht mehr übermüdet, als hätte es einen Lauf um den Platz Saint-Sulpice gemacht.« »Ach, so tut es mir leid.« »Wie das?« »Ja, ich habe es weggegeben.« »Wieso?« »Die Sache war diese: als ich diesen Morgen um sechs Uhr aufwachte und Ihr noch schliefet wie eine Taube, wußte ich nicht, was ich tun sollte; ich war noch ganz verdummt von unserem gestrigen Gelage. So ging ich denn hinab in den Saal und sah einen der zwei Engländer, wie er eben mit einem Roßtäuscher um ein Pferd handelte, denn das seine starb gestern am Blutschlag. Wie ich nun sah, daß er hundert Pistolen für einen Brandfuchs bot, trat ich zu ihm und sagte: ›Hören Sie, edler Herr, auch ich habe ein Pferd zu verkaufen.‹ ›Und zwar ein ganz hübsches,‹ entgegnete er; ›ich sah es gestern, als es der Knecht Ihres Freundes an der Hand führte.‹ ›Finden Sie, daß es hundert Pistolen wert sei?‹ ›Ja, wollen Sie es mir geben für diesen Preis?‹ ›Nein, doch spiele ich mit Ihnen.‹ ›Womit?‹ ›Mit Würfeln.‹ Gesagt, getan – aber ich habe das Pferd verloren. Doch hört nur,« fuhr Athos fort, »die Decke habe ich wieder gewonnen.« D'Artagnan machte eine recht saure Miene. »Macht Euch das verdrießlich?« fragte Athos. »Ja, ich gestehe es,« versetzte d'Artagnan; »dieses Pferd hätte uns an einem Schlachttag kenntlich machen sollen; es war ein Unterpfand, ein Andenken. Athos, Ihr habt unrecht getan.« »He, mein lieber Freund,« erwiderte Athos, »setzt Euch an meine Stelle; ich langweilte mich zum Sterben, und dann auf Ehre, ich mag die englischen Pferde nicht. Wenn es sich nur darum handelt, von jemandem erkannt zu werden, gut, so ist hierzu der Sattel genug; er ist hinlänglich bemerkbar. Was das Pferd anbelangt, so werden wir für sein Verschwinden bald eine Entschuldigung ausfindig machen. Was Teufel, ein Pferd stirbt bald; nehmen wir an, das meinige bekam den Rotz oder den Wurm.« D'Artagnans Gesicht wurde nicht heiterer. »Das ist mir unangenehm,« fuhr Athos fort, »daß Ihr soviel auf dieses Tier zu halten scheint, denn ich bin mit meiner Geschichte noch nicht zu Ende.« »Was habt Ihr also noch weiter getan?« »Als ich mein Pferd verspielt hatte, neun gegen zehn, seht nur den Wurf, so kam es mir in den Sinn, um das Eurige zu spielen.« »Ja, doch hoffe ich, blieb es bei dem bloßen Gedanken?« »Nein, ich habe ihn auf der Stelle ausgeführt.« »Ha, zum Kuckuck!« rief d'Artagnan beunruhigt. »Ich spielte und verlor.« »Mein Pferd...« »Euer Pferd, sieben gegen acht; nur ein Auge Unterschied... Ihr kennt das Sprichwort?« »Athos, Ihr seid nicht bei Sinnen, das schwöre ich.« »Mein Lieber, das hättet Ihr mir gestern sagen sollen, wo ich Euch die dummen Histörchen erzählte, nicht diesen Morgen. Ich verspielte also das Pferd samt Sattel und Zeug.« »Aber das ist schrecklich!« »Wartet nur, Ihr urteilt nicht aus dem rechten Gesichtspunkt; ich wäre ein ausgezeichneter Spieler, wenn ich nicht meinen Kopf aufsetzte, aber das tue ich gerade wie beim Trinken. Ich setzte also meinen Kopf auf.« »Wie konntet Ihr denn spielen? Es blieb Euch ja nichts mehr übrig?« »Ja doch, mein Freund! es blieb Euch noch der Diamant übrig, den ich gestern an Eurem Finger schimmern sah.« »Dieser Diamant?« rief d'Artagnan und griff lebhaft mit der Hand nach seinem Ring. »Und da ich Kenner bin, indem ich einst selbst welche besaß, so habe ich ihn auf tausend Pistolen geschätzt.« »Ich hoffe,« sprach d'Artagnan ernst und halbtot vor Bangen, »Ihr habt keine Erwähnung von meinem Diamanten gemacht?« »Im Gegenteil, lieber Freund! Ihr begreift wohl, dieser Diamant wurde unsere einzige Zuflucht, mit ihm konnte ich Pferde und Zeug und selbst Geld für unsere Reise gewinnen.« »Athos, Ihr macht mich schaudern,« sagte d'Artagnan. »Ich sprach also von Eurem Diamanten mit meinem Gegner, der ihn gleichfalls bemerkt hatte. Zum Teufel! mein Lieber, Ihr tragt am Finger einen Stern des Himmels, und wollet nicht, daß man ihn ins Auge fasse! Das ist unmöglich.« »Endet, mein Lieber, endet,« rief d'Artagnan, »denn, auf Ehre, Ihr tötet mich mit Eurer Kaltblütigkeit.« »Wir teilten somit diesen Diamanten in zehn Teile, jeden von hundert Pistolen.« »Ach, Ihr wollet nur scherzen und mich auf die Probe stellen,« sagte d'Artagnan, den schon der Zorn an den Haaren zu packen anfing, wie Minerva den Achilles in der Iliade anfaßt. »Nein, bei Gott! ich scherze nicht. Ich hätte Euch wohl sehen mögen! Seit vierzehn Tagen erblickte ich kein menschliches Angesicht, und wurde ganz struppig durch dieses fortwährende Entpfropfen der Bouteillen.« »Das ist noch kein Grund, um meinen Diamanten aufs Spiel zu setzen,« antwortete d'Artagnan, die Hand krampfhaft ballend. »Hört mich also zu Ende. Zehn Teile zu hundert Pistolen, jede in zehn Würfen, ohne Revanche. Auf dreizehn Würfe verlor ich alles. Auf dreizehn Würfe. Die Zahl dreizehn war mir von jeher verhängnisvoll; es war am dreizehnten Juli, als...« »Donner und Wetter!« rief d'Artagnan aufspringend; die Geschichte von heute machte ihn auf die gestrige vergessen. »Geduld,« sagte Athos. »Ich hatte einen Plan. Der Engländer war ein Original. Ich sah ihn diesen Morgen mit Grimaud sprechen; und Grimaud vertraute mir, daß er ihn in seine Dienste aufzunehmen suchte. Ich spielte mit ihm um Grimaud, um den schweigsamen Grimaud, und teilte ihn auch in zehn Teile.« »Ha, da muß man aus der Haut fahren!« sagte d'Artagnan und erhob ein Gelächter. »Hört Ihr, ich gewinne Grimaud selber, und mit den zehn Teilen von Grimaud, der nicht ganz einen Dukaten wert ist, gewinne ich auch den Diamant zurück. Sagt mir nun, ob Beharrlichkeit nicht eine Tugend ist?« »Meiner Treu! das ist recht drollig,« sagte d'Artagnan getröstet, und hielt sich vor Lachen die Seiten. »Ihr begreift, daß ich, sobald ich wieder etwas Fonds hatte, alsogleich um den Diamanten spielte.« »Ach, Teufel!« sprach d'Artagnan von neuem verdüstert. »Ich gewann Euer Reitzeug wieder und darauf Euer Pferd, dann mein Reitzeug und mein Pferd – und dann verlor ich alles wieder. Kurz, ich bekam Euer Reitzeug und das meinige. So steht im ganzen die Sache, der Wurf war kostbar, und ich hielt mich dabei fest.« D'Artagnan atmete, als hätte man ihm das ganze Wirtshaus von der Brust weggeschoben, und sagte dann schüchtern: »Also bleibt mir der Diamant?« »Unangetastet, lieber Freund! auch das Reitzeug Eures Bucephalus und des meinigen.« »Doch was hilft uns das Reitzeug ohne die Pferde?« »Ich knüpfe daran einen Gedanken.« »Athos, Ihr macht mich zittern.« »Hört, es ist schon lange her, d'Artagnan, daß Ihr nicht mehr gespielt habt.« »Ich habe auch gar keine Lust zum Spielen.« »O, verschwören wir nichts! Ihr habt seit langem nicht mehr gespielt, sage ich, Ihr müßt also eine sehr gute Hand haben.« »Nun, und dann?« »Nun, der Engländer und sein Gefährte befinden sich noch hier. Ich werte es, wie gern sie unser Reitzeug besäßen. Ihr scheint viel auf Euer Pferd zu halten; nun, so würde ich an Eurer Stelle mit dem Reitzeug um das Pferd spielen.« »Er wird aber nicht wollen eines bloßen Reitzeugs wegen.« »So setzt beide daran, bei Gott! ich bin ganz und gar kein solcher Egoist wie Ihr.« »Ihr würdet das tun?« fragte d'Artagnan unschlüssig, so sehr beherrschte ihn die Zuversicht des Athos, ohne daß er es wußte. »Bei meiner Ehre, auf einen einzigen Wurf.« »Doch da ich die Pferde verlor, so läge mir ungemein daran, wenigstens das Reitzeug zu behalten.« »Nun, so spielt um Euren Diamanten!« »O, das ist etwas anderes; nie, nie!« »Teufel!« rief Athos, »ich würde Euch in Vorschlag bringen, um Planchet zu spielen: weil das aber schon geschehen ist, so wird es der Engländer gewiß nicht mehr eingehen.« »Es bleibt dabei, lieber Athos,« erwiderte d'Artagnan, »ich will lieber gar nichts mehr wagen.« »Das ist schade,« antwortete Athos kalt, »der Engländer ist vollgepfropft mit Goldstücken. Ach, Gott! so versucht doch nur einen Wurf; ein Wurf ist doch schnell gemacht.« »Und wenn ich verliere?« »Ihr werdet gewinnen.« »Doch wenn ich verliere?« »Nun, so gebt Ihr ihm unser Reitzeug.« »Wohlan, einen Wurf!« versetzte d'Artagnan. Athos ging, den Engländer aufzusuchen; er traf ihn im Stalle, wo er eben mit lüsternen Augen die Reitzeuge musterte. Die Gelegenheit war günstig. Er stellte seine Bedingungen: die zwei Reitzeuge gegen ein Pferd, oder wenn er wolle, gegen hundert Pistolen. Der Engländer rechnete schnell; die zwei Reitzeuge waren wenigstens dreihundert Pistolen wert; er schlug ein. D'Artagnan warf mit Zittern die Würfel; sie zeigten die Zahl drei. Seine Blässe erschreckte Athos, der bloß sagte: »Hm, Freund, der Wurf ist traurig; Ihnen, mein Herr, werden die Pferde mit dem Gezeug zufallen.« Der Engländer triumphierte und gab sich nicht einmal die Mühe, die Würfel zu rollen. Er warf sie auf den Tisch, ohne hinzublicken, so versichert war er seines Sieges. D'Artagnan wandte sich, um seine böse Laune zu verbergen. »He! he! he!« rief Athos mit seiner gelassenen Stimme, »der Wurf ist außerordentlich; ich sah ihn nur viermal in meinem Leben: zwei Asse!« Der Engländer sah höchst erstaunt, auch d'Artagnan sah und glühte vor Freude. »Nimmt der Herr sein Pferd wieder?«

fragte der Engländer. »Ja,« versetzte d'Artagnan. »Nun, und geht es nicht auf Revanche?« »Unsere Bedingnisse sagten nichts von einer Revanche: Sie werden sich erinnern.« »Es ist wahr. Das Pferd soll Ihrem Bedienten übergeben werden.« »Einen Augenblick,« sagte Athos. »Mit Ihrer Erlaubnis möchte ich ein Wort mit meinem Freunde sprechen,« »Sprechen Sie.« Athos zog d'Artagnan beiseite. »Nun,« fragte d'Artagnan, »was willst du noch versuchen? Du willst, daß ich weiterspiele, nicht wahr?« »Nein, ich will, daß Ihr nachdenket.« »Worüber?« »Ihr nehmt das Pferd wieder?« »Allerdings.« »Ihr tut unrecht; ich würde die hundert Pistolen nehmen; Ihr wißt ja, daß Ihr mit dem Reitzeug gegen das Pferd oder gegen hundert Pistolen spieltet.« »Ja.« »Ich würde die hundert Pistolen nehmen.« »Nun, und ich nehme das Pferd.« »Ich wiederhole Euch, Ihr tut unrecht. Was tun wir denn mit einem Pferde für uns beide? ich kann doch nicht hinten aufsitzen; wir sehen aus wie die zwei Haimonskinder, die ihre Brüder verloren haben; Ihr werdet mich doch nicht dergestalt demütigen, daß Ihr auf diesem herrlichen Pferde neben mir trabt? Ich würde mich keinen Augenblick bedenken, und die hundert Pistolen nehmen; wir haben Geld nötig zur Rückreise nach Paris.« »Ich bleibe einmal bei dem Pferd, Athos!« »Und Ihr tut unrecht, mein Freund; ein Pferd reißt aus, ein Pferd bäumt sich und schlägt über, ein Pferd frißt aus einer Krippe, woraus ein rotziges Pferd gefressen hat – und sodann sind ein Pferd oder vielmehr hundert Pistolen verloren; dann muß ein Herr sein Pferd nähren, wogegen hundert Pistolen den Herrn nähren.« »Wie sollen wir aber zurückkommen?« »Potz Wetter! auf den Pferden unserer Lakaien; man sieht es uns doch am Gesicht an, daß wir Männer vom Stande sind.« »Wir werden gut aussehen auf solchen Kleppern, indes Aramis und Porthos auf ihren prächtigen Pferden einhertraben.« »Aramis und Porthos!« rief Athos, und erhob ein schallendes Gelächter. »Was ist's denn?« fragte d'Artagnan, der die Lustbarkeit seines Freundes gar nicht begriff. »Nichts, nichts! fahrt nur fort,« entgegnete Athos. »Also – Eure Ansicht ist –?« »Die hundert Pistolen zu nehmen, d'Artagnan! mit den hundert Pistolen können wir bis zu Ende des Monats zechen; seht, wir haben viel ausgestanden, und müssen uns ein wenig erholen.« »Ich mich erholen? o nein, Athos! sobald ich in Paris bin, spüre ich jener armen Frau wieder nach.« »Nun, haltet Ihr etwa ein Pferd für diesen Zweck nützlicher als hundert schöne Louisdors? Nehmt die hundert Pistolen, Freund!« D'Artagnan bedurfte nur eines Grundes, um sich zu ergeben, dieser schien ihm vortrefflich. Außerdem fürchtete er, in Athos' Augen selbstsüchtig zu erscheinen, wenn er sich länger widersetzte. Somit willigte er ein und wählte die hundert Pistolen, die ihm der Engländer sogleich aufzählte.

Jetzt war man nur auf die Abreise bedacht. Der Friede mit dem Gastwirt kostete außer dem alten Pferde des Athos' noch sechs Pistolen. D'Artagnan und Athos nahmen die Pferde von Planchet und Grimaud; die zwei Diener machten sich zu Fuß auf den Weg und trugen die Sättel auf den Köpfen. Obwohl die zwei Freunde schlecht beritten waren, so gewannen sie bald Vorsprung vor ihren Lakaien, und kamen in Crèvecoeur an. Sie sahen von weitem schon Aramis, der sich melancholisch an das Fenster lehnte und in den weiten Luftraum hinausstarrte. »Holla, he! Aramis, was Teufel machst du denn da?« riefen die zwei Freunde. »Ah, Ihr seid es? d'Artagnan! und Ihr, Athos?« entgegnete der junge Mann. »Ich sann eben nach, wie schnell die Güter dieser Welt vergehen. Mein englisches Pferd, das sich eben entfernte und eben mitten in einer Staubwolke verschwand, war mir ein lebendiges Bild von der Gebrechlichkeit aller irdischen Dinge. Das Leben selbst stellt sich dar in drei Worten: Erit, est fuit.« »Was will das eigentlich sagen?« fragte d'Artagnan, der die Wahrheit zu ahnen anfing. »Das will sagen, daß ich eben einen ungeschickten Handel geschlossen habe. Sechzig Louisdor für ein Pferd, das seinem Gange nach wenigstens fünf Meilen in der Stunde zu machen im stande wäre.« D'Artagnan und Athos erhoben ein Gelächter. »Lieber d'Artagnan!« sagte Aramis, »ich bitte Euch, seid nicht böse auf mich; Not kennt kein Gebot. Außerdem bin ich am meisten gestraft, denn dieser verwünschte Pferdemakler betrog mich wenigstens um fünfzig Louisdor. Ha, Ihr beide seid gute Wirte: Ihr reitet auf den Kleppern Eurer Lakaien, und lasset Euch Eure Luxuspferde ganz sanft in kleinen Tagesmärschen an der Hand nachführen.«

In diesem Moment hielt ein Wagen, den man kurz zuvor auf der Straße von Amiens heranrollen sah vor dem Wirtshaus, und Grimaud und Planchet stiegen aus, ihre Sättel auf dem Kopf. Der Wagen fuhr leer nach Paris zurück, und die zwei Lakaien machten sich verbindlich, wenn sie der Fuhrmann mitnähme, ihn auf dem ganzen Wege zechfrei zu halten. »Was ist denn das? Was hat das zu bedeuten?« fragte Aramis, als er sah, was da vorging. »Nichts als die Sättel?« »Begreift Ihr jetzt?« sagte Athos. »Freund! das geht ganz so wie bei mir. Ich habe das Pferdezeug instinktartig behalten. Holla, Bazin! trage mein neues Reitzeug zu denen dieser Herren.« »Und was tatet Ihr mit Euren Doktoren?« fragte d'Artagnan. »Lassen wir das, mein Freund!« versetzte Aramis. »Seht, ich begann ein Gedicht in Versen von einer Silbe zu machen! das ist sehr schwierig, doch das Verdienst liegt überall in der Schwierigkeit. Der Stoff ist recht artig; ich will Euch den ersten Gesang vorlesen; er hat vierhundert Verse und dauert nur eine Minute lang.« »Meiner Treu! lieber Aramis,« entgegnete d'Artagnan, der die Verse fast ebensosehr haßte wie das Latein! »fügt zu dem Verdienst der Schwierigkeit noch das der Kürze hinzu, und Ihr dürft wenigstens versichert sein, daß Euer Gedicht ein doppeltes Verdienst haben wird.« »Und dann werdet Ihr sehen,« fuhr Aramis fort, »daß es ehrbare Leidenschaften atmet. – Ha, Freund! wir kehren nach Paris zurück? – Bravo! ich bin bereit. Wir werden somit den guten Porthos wiedersehen? Um so besser. Ihr könnt gar nicht glauben, wie sehr er mir abging, dieser große Plattkopf!« Man machte eine Stunde halt, um die Pferde ausrasten zu lassen. Aramis berichtigte seine Zeche, brachte Bazin mit seinen Kameraden in den Wagen, und man reiste ab, um zu Porthos zu kommen.

Man fand ihn fast schon hergestellt und folglich weniger blaß, als ihn d'Artagnan bei seinem ersten Besuch angetroffen. Er saß an einem Tisch, worauf eine Mahlzeit für vier Personen stand, obgleich er allein war. Dieses Mittagmahl bestand aus köstlich bereiteten Fleischspeisen, guten Weinen und herrlichen Früchten. »Ha, beim Himmel!« rief er aufstehend, »Ihr kommt gerade recht, meine Herren, ich bin eben bei der Suppe, Ihr könnt mit mir essen.« »Oh, oh!« rief d'Artagnan, »war es wieder Mousqueton, der mit dem Lasso diese Bouteillen eingefangen hat? Sieh nur, ein gespicktes Frikandeau und einen Rinderbraten.« »Ich erquicke mich,« sprach Porthos, »ich erquicke mich. Nichts schwächt so sehr als die teuflischen Verrenkungen. Hattet Ihr schon einmal eine Verrenkung, Athos?« »Noch nie; doch erinnere ich mich, daß ich bei unserm Scharmützel in der Gasse Féron einen Degenstich erhielt, der nach vierzehn oder achtzehn Tagen ganz dieselbe Wirkung hervorbrachte.« »Doch dieses Mittagmahl, lieber Porthos, war nicht für Euch allein,« sagte Aramis. »Nein,« entgegnete Porthos, »ich erwartete einige Edelleute aus der Nachbarschaft, die mir eben melden ließen, daß sie nicht kämen. Nehmt also ihre Plätze ein, und ich verliere nichts bei dem Tausche.« »He, Mousqueton, bring Stühle, und laß die Bouteillen verdoppeln.« »Wißt Ihr, was wir da essen?« fragte Athos nach zehn Minuten. »Bei Gott!« versetzte d'Artagnan, »ich esse gespicktes Kalbfleisch mit Artischocken.« »Und ich Lämmernes,« sagte Porthos. »Und ich Geflügel,« sprach Aramis. »Ihr irrt, meine Herren,« entgegnete Athos ernst, »Ihr esset Pferdefleisch.« »Ei, so geht doch!« rief d'Artagnan. »Pferdefleisch?« fragte Aramis mit einer Grimasse des Ekels. Porthos allein gab keine Antwort. »Ja, Pferdefleisch; nicht wahr, Porthos, wir essen Pferdefleisch vielleicht samt allem Gezeug?« »Nein, meine Herren,« erwiderte Porthos, »das Reitzeug habe ich behalten.« »Meiner Treu!« sagte Aramis, »wir gelten alle gleich viel, man möchte sagen, daß wir uns das Wort gaben.« »Was wollt Ihr, dieses Pferd beschämte meine Gäste, und ich wollte sie nicht demütigen.« »Und dann ist Eure Herzogin noch immer in den Bädern, nicht wahr?« fragte d'Artagnan. »Ja, noch immer,« entgegnete Porthos. »Nun, meiner Treu! der Gouverneur der Provinz, einer von den Edelleuten, die ich heute zu Mittag erwartete, bezeigte ein so großes Verlangen danach, daß ich es ihm schenkte.« »Ihr habt es verschenkt?« rief d'Artagnan. »Ach, mein Gott! ja, verschenkt, das ist der rechte Ausdruck,« sagte Porthos; »das Pferd war mindestens einhundertfünfzig Louisdor weit, und der Knauser wollte mir nur achtzig geben.« »Ohne Sattel?« fragte Aramis. »Ja, ohne Sattel.« »Sie sehen, meine Herren!« sprach Athos, »daß Porthos wieder von uns allen den besten Handel abgetan hat.« Darauf erhoben sie ein solches Gelächter, daß Porthos ganz verblüfft wurde; doch erklärte man ihm bald die Ursache dieser Fröhlichkeit, in die er seiner Gewohnheit gemäß rauschend einstimmte. »Auf diese Weise haben wir also Geld?« sagte d'Artagnan. »Was mich betrifft,« sagte Athos, »so habe ich den spanischen Wein des Aramis so köstlich gefunden, daß ich davon sechzig Bouteillen in den Wagen der Lakaien packen ließ, was meine Börse hübsch gelüftet hat.« »Und ich,« entgegnete Porthos, »meint Ihr, ich hatte keine Auslagen mit meiner Verrenkung? Dabei rechne ich Mousquetons Wunde gar nicht, für den ich den Chirurgen täglich zweimal mußte kommen lassen.« Athos wechselte mit d'Artagnan und Aramis ein Lächeln und sagte: »Nun, ich sehe, daß Ihr Euch gegen den armen Burschen recht großherzig bewiesen habt. So handelt nur ein gütiger Herr.« »Kurz,« versetzte Porthos, »nach Abschlag aller Kosten bleiben mir noch etwa dreißig Taler.« »Und mir zehn Pistolen,« sagte Aramis. »Es scheint,« sprach Athos, »wir sind die Krösusse der Gesellschaft. D'Artagnan, wieviel bleiben Euch von Euren hundert Pistolen?« »Von meinen hundert Pistolen? Fürs erste gab ich Euch fünfzig davon.« »Ihr glaubt?« »Bei Gott!« »Ach ja! es ist wahr, ich entsinne mich.« »Dann habe ich sechs davon dem Wirt bezahlt.« »Welch ein Vieh war dieser Wirt! Warum gabt Ihr ihm sechs Pistolen?« »Ihr sagtet ja, daß ich sie ihm geben möchte.« »Es ist wahr, ich bin zu gut. Kurz, nun bleiben noch?« »Fünfundzwanzig Pistolen,« erwiderte d'Artagnan. »Und seht,« sagte Athos, indem er einige kleine Münzen hervorzog. »Ihr nichts?« »Meiner Treu! oder so wenig, daß es nicht der Mühe lohnt, es zur Summe zu rechnen.« »Jetzt zahlen wir zusammen, was wir besitzen, Porthos!« »Dreißig Taler.« »Aramis?« »Zehn Pistolen.« »Und Ihr?« »Zwanzig fünf.« »Das macht in allem?« sagte Athos. »Nur sechshundertfünfzehn Livres,« sprach d'Artagnan, der wie Archimedes rechnete. »Wir werden, wenn wir in Paris ankommen, noch vierhundert übrig haben, außer den Reitzeugen,« sagte Athos. »Doch unsere Schwadronpferde?« versetzte Aramis. »Ei was,« rief Porthos, »laßt uns essen, die zweite Tracht kühlt aus.«

D'Artagnan traf bei seiner Ankunft in Paris einen Brief von Herrn des Essarts, der ihm meldete, Se. Majestät habe beschlossen, den Feldzug am 1. Mai zu eröffnen, wonach er unverweilt seine Vorkehrungen zu treffen habe. Er eilte sogleich zu seinen Gefährten, die er erst vor einer halben Stunde verlassen hatte, und die er jetzt sehr trübselig oder vielmehr sehr bewegt antraf. Sie hatten sich zum Rat bei Athos versammelt, was immerhin Umstände von gewisser Wichtigkeit anzeigte. In der Tat hatte jeder von ihnen in seiner Wohnung einen ähnlichen Brief von Herrn von Tréville empfangen. Die vier Philosophen stierten sich ganz verblüfft an; Herr von Tréville trieb in bezug auf Disziplin keinen Scherz. »Wie hoch veranschlagt Ihr die Equipierungen?« fragte d'Artagnan. »Oh,« entgegnete Aramis, »wir machten soeben unsere Berechnungen mit spartanischer Knauserei, und fanden, daß jeder eintausendfünfhundert Livres bedarf.« »Viermal fünfzehn sind sechzig, das macht sechstausend Livre,« sagte Athos. »Mir dünkt,« erwiderte d'Artagnan, »daß tausend Livres für jeden genug wären. Ich rede zwar nicht als Spartaner, aber als Prokurator –« Auf das Wort Prokurator richtete sich Porthos in die Höhe und sagte: »Halt! ich habe einen Gedanken.» «Das ist schon etwas,« versetzte Athos kalt, »ich habe nicht einmal einen Schatten von einem Gedanken; doch d'Artagnan ist ein Narr, meine Herren!« »Tausend Livres, ich erkläre, daß ich allein für meine Equipierung zweitausend Livres nötig habe.« »Viermal zwei sind acht,« sprach Aramis; »wir bedürfen also achttausend Livres, um uns zu equipieren, obwohl wir die Sättel hierzu bereits haben.« »Sodann,« versetzte Athos, der so lange wartete, diesen schönen Gedanken für die Zukunft auszusprechen, bis d'Artagnan, der fortging, um Herrn von Tréville zu danken, die Tür hinter sich zugemacht hatte, »sodann jener herrliche Diamant, der am Finger unseres Freundes schimmert. Zum Teufel! d'Artagnan ist ein zu guter Spießgeselle, als daß er seine Brüder in der Klemme ließe, während er das Lösegeld eines Königs an seinem Mittelfinger trägt.«

Die Jagd nach der Equipierung.

Der bewegteste und geschäftigste von den vier Freunden war augenscheinlich d'Artagnan, obwohl d'Artagnan Gardesoldat, und als solcher leichter zu equipieren war als die Musketiere, die im Range höher standen; allein wie man sehen konnte, hatte unser Junker aus der Gascogne einen etwas behutsamen und geizigen Charakter, und dabei war er im Kontrast ruhmredig, um Porthos die Spitze zu bieten. Athos ging nicht aus seinem Zimmer; er war entschlossen, betreffs seiner Equipierung keinen Schritt zu wagen. Porthos setzte seine Spaziergänge fort, die Hände auf dem Rücken und den Kopf schüttelnd, indem er dabei murmelte: »Ich werde meiner Idee folgen.« Aramis sah trübselig und verwahrlost aus, und sprach gar nichts. Indes hatte Porthos zuerst seine Idee gefunden, und da er dieselbe mit Beharrlichkeit verfolgte, so schritt er auch zuerst zum Werk. Dieser würdige Porthos war ein Mann der Ausführung. Eines Tages bemerkte ihn d'Artagnan, wie er nach St. Leu ging, und folgte ihm instinktartig nach. Er trat dort ein, nachdem er vorher seinen Schnurrbart aufgerichtet und seinen Knebelbart langgezogen hatte, was bei ihm stets sehr eroberungssüchtige Entwürfe anzeigte. Da d'Artagnan, um sich zu verstellen, alle Vorsicht gebrauchte, so glaubte Porthos, daß man ihn nicht gesehen habe. Porthos lehnte sich an die eine Seite eines Pfeilers, d'Artagnan an die andere, ohne daß er bemerkt wurde. D'Artagnan gewahrte neben dem Pfeiler, wo er und Porthos lehnten, auf einer Bank eine Art reifer Schönheit, wohl ein bißchen gelblich und trocken, aber stolz und steif unter ihrer schwarzen Haube. Die Augen des Porthos neigten sich verstohlen nach dieser Dame, und schwärmten sodann wieder im weiten Kreis umher. Die Dame, die von Zeit zu Zeit errötete, schleuderte schnell wie ein Blitz auf Porthos einen Blick, und alsogleich ließ Porthos wieder sein Auge umherschweifen. Es war augenfällig, daß die Dame mit der schwarzen Haube durch dieses Benehmen lebhaft angereizt wurde; denn sie biß ihre Lippen bis aufs Blut, kratzte sich an der Nase und rückte auf ihrem Sitz verzweiflungsvoll hin und her. Als Porthos das bemerkte, strich er abermals seinen Schnurrbart in die Höhe, zog seinen Knebelbart aufs neue in die Länge und warf einer nahesitzenden Dame Winke zu, einer Dame, die nicht allein schön, sondern zweifelsohne auch vornehm war. Sie hatte ja einen jungen Neger hinter sich, der das Kissen brachte, auf dem sie kniete, und eine Kammerfrau, welche die mit einem Wappen gestickte Tasche für das Gebetbuch in der Hand hielt. Die Dame mit der schwarzen Haube folgte dem Blick des Porthos in all seinen Richtungen und bemerkte, daß er sich der Dame mit dem Samtkissen, dem Negerknaben und der Kammerfrau hinwandte. Inzwischen spielte Porthos seine Rolle gut; er blinzelte mit den Augen, legte die Finger an seine Lippen und lächelte auf eine Weise, daß es der verschmähten Schönen mörderisch in die Seele drang. Auch sie ließ ein so lautes »Hm!« vernehmen, daß sich alle Anwesenden und sogar die Dame mit dem roten Kissen umwandte; Porthos hielt sich gut; er verstand recht wohl, allein er stellte sich taub. Die Dame mit dem roten Kissen machte, da sie sehr schön war, einen gewaltigen Eindruck auf die Dame mit der schwarzen Haube, die in ihr eine schreckliche Nebenbuhlerin erblickte; sie machte auch großen Eindruck auf Porthos, der sie viel jünger und hübscher fand, als die Dame mit der schwarzen Haube; endlich einen großen Eindruck auf d'Artagnan, der in ihr die Dame von Meung, von Calais und Dower erkannte, die sein Verfolger, der Mann mit der Narbe, als Mylady tituliert hatte. D'Artagnan glaubte zu erraten, die Dame mit der schwarzen Haube sei die Prokuratorsfrau aus der nahegelegenen Gasse Aux-Ours. Infolgedessen erriet er ferner, daß Porthos Rache zu nehmen suche für seine Niederlage in Chantilly, wo sich die Prokuratorsfrau rücksichtlich der Börse so hartnäckig bewiesen hatte. Doch mitten unter dem allem bemerkte auch d'Artagnan, daß kein einziges

Gesicht die Artigkeiten des Porthos' erwiderte. Es waren bloß Chimären und Illusionen. Die Prokuratorsfrau stand auf, um den Saal zu verlassen, Porthos eilte ihr zuvor und legte die Hand an die Klinke der Tür. Die Prokuratorsfrau lächelte in dem Wahn, Porthos wolle ihr aus Artigkeit die Tür öffnen, allein sie wurde schnell und hart enttäuscht. Als sie nur noch drei Schritte von ihm entfernt war, wandte er den Kopf und richtete seine Augen unverrückt auf die Dame mit dem roten Kissen, die sich gleichfalls erhoben hatte, und von ihrem Neger und der Kammerfrau gefolgt, herbeikam. Als nun die Dame mit dem roten Kissen nahe bei Porthos war, öffnete dieser zuvorkommend die Tür und bahnte ihr den Weg. Das war zuviel für die Prokuratorsfrau; sie zweifelte nicht mehr daran, daß zwischen dieser Dame und Porthos ein Liebesverhältnis bestehe. Wäre sie eine große Dame gewesen, würde sie wohl in Ohnmacht gefallen sein; da sie aber nichts als eine Prokuratorsfrau war, sprach sie zu Porthos bloß mit verhaltener Wut: »Hm, Herr Porthos, mir wissen Sie keine Artigkeit zu erzeigen?« Porthos gebärdete sich bei dem Tone dieser Stimme ungefähr wie ein Mensch, der nach einem Schlaf von hundert Jahren plötzlich aufwachen würde. »Mad- -Madame!« stammelte er, »sind Sie es wirklich? Wie befindet sich Ihr Herr Gemahl, der liebe Herr Coquenard? Ist er noch immer so karg wie früher? Wo hatte ich doch die Augen, daß ich Sie während dieser zwei Stunden gar nicht bemerkt habe?« »Ich war nur zwei Schritte von Ihnen entfernt, mein Herr,« entgegnete die Prokuratorsfrau, »allein Sie gewahrten mich nicht, denn Sie hatten nur Augen für die schöne Dame, der Sie sich eben so artig bewiesen.« Porthos stellte sich, als sei er verlegen, dann sagte er: »Ah, Sie haben bemerkt –?« »Man hätte blind sein müssen, um das nicht zu bemerken.« »Ja,« versetzte Porthos nachlässig, »es ist eine Herzogin, mit mir befreundet; ich kann wegen der Eifersucht ihres Gemahls nur höchst schwierig mit ihr zusammenkommen, und sie gab mir heute einen Wink, sie würde bloß aus der Ursache, mich zu sehen, hierherkommen.« »Herr Porthos,« sagte die Prokuratorsfrau, »würden Sie wohl so gütig sein, mir nur auf fünf Minuten den Arm zu bieten, da ich gern mit Ihnen sprechen möchte?« »Wie, Madame?« rief Porthos, mit den Augen sich selber zublinkend, wie ein Spieler, der über den lächelt, den er betört. Nachdem sich die Prokuratorsfrau überzeugt hatte, daß sie von niemandem gesehen oder gehört werde, sagte sie: »Ah, mein Herr Porthos, Sie sind, wie es den Anschein hat, ein mächtiger Sieger.« »Ich, Madame!« rief Porthos, sich in die Brust werfend; »und warum das?« »Nun, die Winke und dann die Artigkeit? Diese Dame mit ihrem Neger und ihrer Kammerjungfer ist mindestens eine Prinzessin.« »Sie irren,« antwortete Porthos, »mein Gott, nein, sie ist ganz einfach eine Herzogin.« »Und der Läufer, der an der Tür wartete? und der Wagen mit dem Kutscher in der großen Livree?« Porthos sah weder den Läufer noch den Wagen, allein Madame Coquenard hatte mit dem Blick einer eifersüchtigen Frau alles das gesehen. Porthos bedauerte, daß er die Dame mit dem roten Kissen nicht auf den ersten Schlag zu einer Prinzessin erhoben hatte. »O, Sie sind das Lieblingskind der Schönen, Herr Porthos!« entgegnete seufzend die Prokuratorsfrau. »Nun,« antwortete Porthos, »Sie können wohl denken, daß es mir bei einer Gestalt, wie sie mir die Natur verlieh, an Glück nicht fehlen kann.« »Mein Gott, wie schnell vergessen doch die Männer!« rief die Prokuratorsfrau, und erhob die Augen zum Himmel. »Mir dünkt, weniger schnell als die Frauen,« entgegnete Porthos, »denn ich kann wohl sagen, Madame, daß ich Ihr Opfer war, als ich mich verwundet, sterbend und selbst von den Ärzten verlassen sah. Ich, der Sprosse einer vornehmen Familie, der ich mich auf Ihre Freundschaft verließ, wäre in einer elenden Herberge in Chantilly anfangs beinahe an meinen Wunden und dann vor Hunger gestorben, und zwar ohne daß Sie mich nur einer Antwort würdigten auf die glühenden Briefe, die ich an Sie geschrieben habe.« »Allein, Herr Porthos! –« murmelte die Prokuratorsfrau, indem sie wohl fühlte, daß sie unrecht hatte, wenn sie das Benehmen der vornehmen Damen in jener Zeit in Erwägung zog. »Ich, der ich die Gräfin Pennaflor für Sie geopfert habe!« »Das weiß ich wohl.« »Die Baronin von –« »Herr Porthos, martern Sie mich nicht!« »Die Gräfin von –« »Herr Porthos, seien Sie doch großmütig.« »Sie haben recht, Madame, ich will nicht weiter sprechen.« »Da ist aber mein Mann schuld, der vom Borgen nichts hören will.« »Madame Coquenard,« sagte Porthos, »erinnern Sie sich an den ersten Brief, den Sie mir geschrieben haben, und der ein bißchen tief in mein Herz eingedrungen ist.« Die Prokuratorsfrau vergoß eine Träne und sagte: »Herr Porthos, ich schwöre Ihnen, Sie haben mich schwer gestraft, und wenn Sie sich künftig wieder in einer ähnlichen Bedrängnis befinden, so haben Sie sich nur an mich zu wenden.« »Nicht doch, Madame!« rief Porthos wie empört, »ich bitte Sie, reden wir nicht von Geld, das ist demütigend.« »Sie lieben mich also nicht mehr?« fragte die Prokuratorsfrau gedehnt und traurig. Porthos beobachtete ein majestätisches Stillschweigen. »Geben Sie mir eine solche Antwort? O, ich begreife.« »Gedenken Sie der Beleidigung, die Sie mir zugefügt haben, Madame; sie hat sich hier festgesetzt,« sagte Porthos und drückte die Hand aufs Herz. »Hören Sie, lieber Porthos, ich will sie wieder gutmachen.« »Was mache ich auch übrigens für Ansprüche!« entgegnete Porthos, mit Gutmütigkeit die Achseln zuckend, »ein Anlehen, weiter nichts. Bei alledem bin ich nicht unvernünftig; ich weiß, daß Sie nicht reich sind, Madame Coquenard, und daß Ihr Gemahl die armen Prozeßführer schröpfen muß, um ihnen einige Taler abzuzapfen. Ja, wären Sie eine Gräfin, eine Marquise oder eine Herzogin, so würden sich die Dinge ganz anders machen, und Sie verdienten keine Nachsicht.« Die Prokuratorsfrau war gereizt und sagte: »Wissen Sie, Porthos, daß meine Börse, ob auch die Börse einer Prokuratorsfrau, doch vielleicht besser gestellt ist, als die Kasse all ihrer zu Grunde gerichteten Zierpuppen.« »Sie haben mir da eine doppelte Beleidigung zugefügt,« sprach Porthos und ließ den Arm der Prokuratorsfrau aus dem seinigen gleiten; »denn wenn Sie reich sind, Madame Coquenard, so verdient Ihre Weigerung keine Entschuldigung.« Die Prokuratorsfrau, die fühlte, daß sie sich zu weit fortreißen ließ, entgegnete: »Wenn ich sage reich, so muß man das nicht buchstäblich nehmen. Ich bin nicht geradezu reich, sondern nur wohlhabend.« »Nun, Madame,« versetzte Porthos, »ich bitte Sie, sprechen wir nichts mehr über diese Sache; Sie haben mich verkannt, alle Sympathie ist zwischen uns erloschen.« »Ha, wie undankbar Sie sind!« »Sie haben wohl recht, sich zu beklagen,« sagte Porthos. »Gehen Sie nun mit Ihrer Herzogin, ich halte Sie nicht mehr ab.« »Ah, sie ist doch nicht gar so böse, als ich dachte!« »Hören Sie, Herr Porthos, und zum letztenmal, lieben Sie mich noch?« »Ach, Madame!« seufzte Porthos mit seinem schwermütigsten Tone, »wenn wir ins Feld ziehen, in einen Krieg, wo ich meinen Ahnungen gemäß getötet werde –« »O, reden Sie nicht von solchen Dingen,« sagte die Prokuratorsfrau unter Weinen und Schluchzen. »Ein Etwas verkündet mir das,« fuhr Porthos noch schwermütiger fort. »Sagen Sie lieber, daß Sie eine neue Liebe anknüpften.« »Nein, ich rede frei mit Ihnen. Es ist kein neuer Gegenstand, der mich rührt, und ich empfinde sogar hier im Grunde meines Herzens etwas, das für Sie spricht. Allein in vierzehn Tagen, wie Sie wissen, oder auch nicht wissen, eröffnet sich dieser verhängnisvolle Feldzug, und ich bin mit meiner Equipierung auf eine peinliche Weise beschäftigt. Dann will ich auch eine Reise zu meiner Familie machen, die weit entfernt in der Bretagne wohnt, um das nötige Geld zu meinem Ausrücken zu bekommen.« Porthos bemerkte einen letzten Kampf zwischen Liebe und Geiz. Er fuhr fort: »Und da die Güter der Herzogin, die Sie eben sahen, neben den meinigen gelegen sind, so werden wir mitsammen dahin reisen. Wie Sie wohl wissen, sind die Reisen nicht lang, die man zu zweien macht.« »Haben Sie also keine Freunde in Paris, Herr Porthos?« fragte die Prokuratorsfrau. Porthos antwortete mit seiner melancholischen Miene: »Wohl glaubte ich, welche zu haben, doch sah ich ein, daß ich mich betrog.« »Sie haben Freunde, Herr Porthos, Sie haben Freunde,« erwiderte die Prokuratorsfrau mit einer Eiferung, von der sie selbst überrascht war; »beachten Sie unsere Verwandtschaft. Sie sind der Sohn meiner Tante, und folglich mein Vetter; Sie kommen von Royon in die Pikardie; Sie haben in Paris mehrere Prozesse und keinen Anwalt. Werden Sie wohl alles das berücksichtigen?« »Vollkommen, Madame.« »Kommen Sie zur Mittagsstunde.« »Ganz wohl.« »Und halten Sie sich klug vor meinem Gemahl, der spitzfindig ist trotz seiner sechsundsiebzig Jahre.« »Ha, sechsundsiebzig Jahre! Pest!

ein hübsches Alter,« sagte Porthos. »Ein hohes Alter, wollen Sie sagen, Herr Porthos! Wirklich kann mich der liebe Mann jeden Augenblick als Witwe hinterlassen,« fuhr die Frau fort und blickte Porthos bedeutungsvoll an. »Zum Glück ist laut Heiratsvertrag dem überlebenden Teil alles Vermögen zugesichert.« »Alles Vermögen?« sagte Porthos. »Alles.« »Sie sind eine vorsichtige Frau, wie ich sehe, meine liebe Madame Coquenard!« rief Porthos und drückte ihr zärtlich die Hand. »Wir sind also wieder ausgesöhnt, lieber Herr Porthos?« versetzte sie, indem sie sich dabei zierte. »Für Lebenszeit,« antwortete Porthos mit derselben Miene. »Also auf Wiedersehen, mein Verräter!« »Auf Wiedersehen, meine Vergeßliche!« »Morgen, mein Engel!« »Morgen, Flamme meines Lebens!«

Mylady.

D'Artagnan ging der Mylady nach, ohne von ihr bemerkt worden zu sein; er sah sie in ihren Wagen steigen und hörte, wie sie dem Kutscher Befehl gab, nach Saint-Germain zu fahren. Der Versuch wäre vergeblich gewesen, zu Fuß einem Wagen zu folgen, der von zwei lebhaften Pferden fortgeführt wurde. D'Artagnan kehrte somit zurück in die Gasse Féron. In der Seine-Straße begegnete er Planchet, der vor dem Gewölbe eines Pastetenbäckers stand, und über einen Kuchen von höchst einladender Gestalt in Entzücken zu sein schien. Er gab ihm den Auftrag, in den Ställen des Herrn von Tréville zwei Pferde zu satteln, eines für ihn selbst, das andere für Planchet, und ihn damit bei Athos abzuholen; Herr von Tréville hatte seine Ställe ein für allemal d'Artagnan zur Benutzung freigestellt. Planchet schlug den Weg nach der Gasse Colombier ein, und d'Artagnan jenen nach der Gasse Féron. Athos befand sich in seiner Wohnung und leerte trübselig eine von den Flaschen des berühmten spanischen Weines, die er von Seiner Reise aus der Pikardie mitgebracht hatte. Er gab Grimaud einen Wink, für d'Artagnan ein Glas zu bringen, und der Diener folgte stillschweigend, wie gewöhnlich. Nun erzählte d'Artagnan Athos alles das, was sich zwischen Porthos und der Prokuratorsfrau ergeben hatte, und wie ihr Gefährte zu dieser Stunde bereits instand gesetzt sein möge, sich zu equipieren. Hierauf entgegnete Athos: »Ich bin dabei ganz ruhig. Die Frauen werden gewiß die Kosten für meine Ausstattung nicht bestreiten.« »Und doch, gibt es für den hübschen, feinen und stolzen Herrn, der Ihr seid, lieber Athos, weder Prinzessinnen noch Königinnen, die vor Euren Liebespfeilen gesichert wären.« In diesem Moment steckte Planchet bescheiden den Kopf durch die halbgeöffnete Tür und meldete, daß die Pferde vor dem Hause stehen. »Was für Pferde?«

fragte Athos, »Zwei Pferde, die mir Herr von Tréville zum Spazierritt borgt, und womit ich nach Saint-Germain zu reiten gedenke.« »Was wollt Ihr denn in Saint-Germain machen?« fragte Athos. D'Artagnan erzählte ihm nun, wie er dieser Dame begegnet war, die ihn nebst dem Herrn im schwarzen Mantel und mit der Narbe an den Schläfen fortwährend in Unruhe erhielt. »Das will sagen, Ihr seid in dieselbe ebenso verliebt, wie Ihr es in Madame Bonacieux waret,« versetzte Athos und zuckte hämisch die Achseln, als ob er mit der menschlichen Schwachheit Mitleid empfände. »Ich, ganz und gar nicht!« rief d'Artagnan, »ich bin nur lüstern, das Geheimnis aufzudecken, in das sie verwickelt ist; ich weiß zwar nicht warum, doch bilde ich mir ein, daß diese Frau, wiewohl wir einander nicht kennen, einen großen Einfluß auf mein Leben nimmt. Höret, Athos,« versetzte d'Artagnan, »statt, daß Ihr Euch hier wie in einem Gefängnis einschließt, steigt zu Pferd, und reitet mit mir nach Saint-Germain.« »Mein Lieber,« antwortete Athos, »ich reite meine Pferde, wenn ich welche habe, doch habe ich keine, so gehe ich zu Fuß.« »Nun wohl,« versetzte d'Artagnan, »ich bin minder stolz als Ihr, denn ich reite, was ich finde. Also auf Wiedersehen, lieber Athos.« D'Artagnan und Planchet schwangen sich in den Sattel und ritten fort auf der Straße von Saint-Germain.

Indem nun d'Artagnan seinem Pferde von Zeit zu Zeit die Sporen gab, legte er seinen Weg schnell zurück und kam nach Saint-Germain. Auf einmal sah er im Erdgeschoß eines hübschen Hauses, das nach damaligem Gebrauch kein Fenster nach der Straßenseite hatte, ein Gesicht, das ihm bekannt war. Dieses Gesicht wandelte auf einer Art Terrasse herum, die von schönen Blumen prangte. Planchet hatte es zuerst erkannt. »He doch, mein Herr,« sprach er zu d'Artagnan gewendet, »erinnern Sie sich nicht mehr an das Gesicht, das uns dort angafft?« »Nein,« entgegnete d'Artagnan, »und doch ist es mir bewußt, daß ich diesen Menschen nicht zum erstenmal sehe.« »O, das will ich glauben,« sagte Planchet, »das ist der arme Lubin, der Lakai des Grafen von Wardes, den Sie vor einem Monat in Calais auf dem Wege nach dem Landhaus des Gouverneurs so übel hergenommen haben.« »Ach ja, so ist es auch,« versetzte d'Artagnan. »jetzt erkenne ich ihn wieder. Glaubst du wohl, daß er auch dich kennt?« »Meiner Treu, mein Herr, er war so verwirrt, daß ich nicht glauben kann, er habe mich im Gedächtnis behalten.« »Nun geh und sprich mit dem Burschen,« sagte d'Artagnan, »und forsche nach, ob sein Herr tot geblieben ist.« Planchet stieg vom Pferde, ging gerade auf Lubin los, der ihn wirklich nicht mehr kannte, und die zwei Bedienten fingen in bester Eintracht ein Gespräch an, während d'Artagnan, hinter einem Gebüsch verborgen, das Gespräch belauschte. Nach einem Augenblick des Horchens vernahm er das Rollen eines Wagens, und die Karosse der Mylady hielt ihm gegenüber still. Er konnte sich nicht irren. Mylady saß darin. D'Artagnan neigte sich auf den Hals seines Pferdes, um alles zu sehen, ohne bemerkt zu werden. Mylady steckte ihren reizenden Blondkopf aus dem Kutschenschlag und erteilte ihrer Kammerjungfer Aufträge. Diese letztere, ein hübsches Mädchen von zwanzig bis zweiundzwanzig Jahren, munter und lebhaft, die wahre Zofe einer vornehmen Dame, sprang vom Fußtritt herab, auf dem sie nach damaliger Sitte saß, und nahm ihren Weg nach der Terrasse, wo d'Artagnan Lubin gesehen hatte. D'Artagnan folgte der Kammerjungfer dahin mit den Augen. Da wurde Lubin zufällig durch einen Befehl aus dem Zimmer des Hauses abgerufen, und Planchet, der nach allen Seiten hinblickte, um nach seinem Herrn zu forschen, befand sich allein. Die Kammerjungfer trat zu Planchet, den sie für Lubin hielt, gab ihm ein Briefchen und sagte: »Für Euren Herrn.« »Für meinen Herrn?« erwiderte Planchet erstaunt. »Ja, nehmt schnell, es hat große Eile.« Sodann kehrte sie zurück zum Wagen, der sich wieder nach der Seite wandte, woher er gekommen war; sie sprang auf den Fußtritt und die Karosse rollte von hinnen. Planchet eilte nach dem Gäßchen und fand nach zwanzig Schritten seinen Herrn, der alles gesehen hatte und ihm schon entgegenschritt. »Für Sie, mein Herr,« rief Planchet und reichte dem jungen Mann das Briefchen. »Für mich?« fragte d'Artagnan; »bist du dessen versichert?« »Bei Gott! ich bin dessen versichert, denn die Zofe hat gesagt: ›Für deinen Herrn‹. Ich habe keinen andern Herrn als Sie, nun? ... Diese Zofe, meiner Treu! ist ein hübscher Bissen von einem Mädchen.« D'Artagnan entfaltete den Brief und las die folgenden Worte: »Eine Person, die Ihnen mehr Teilnahme widmet, als sie sagen darf, möchte wissen, an welchem Tage Sie im Walde spazieren zu gehen imstande sind; morgen wartet ein schwarz und rot gekleideter Bedienter im Hotel ›Zum goldenen Feld‹ auf Ihre Antwort.« »Oh, oh!« sprach d'Artagnan bei sich selbst, »das ist ein bißchen lebhaft. Es scheint, daß ich und Mylady an demselben Übel leiden. Nun, Planchet, sag' an, wie geht es dem Herrn von Wardes? Er ist also nicht tot?« »Nein, mein Herr, es geht ihm so gut, wie es mit vier Degenstichen im Leibe gehen kann, denn Sie haben diesem Edelmann vier tadellose versetzt, und er befindet sich noch ganz schwach, da er fast all sein Blut verloren hat. Wie ich Ihnen im voraus sagte, kannte mich Lubin nicht, und erzählte mir das ganze Abenteuer.« »Ganz wohl, Planchet, du bist der König der Lakaien, jetzt sitz auf, wir wollen der Karosse nachreiten.« Das dauerte nicht lange, man sah schon nach fünf Minuten die Karosse, die an einer Straßenbiegung anhielt. Ein reichgekleideter Edelmann stand am Kutschenschlag.

Die Unterredung zwischen der Mylady und dem Kavalier war so lebhaft, daß d'Artagnan auf der andern Seite des Wagens anhielt, ohne daß jemand seine Anwesenheit bemerkte, die hübsche Zofe ausgenommen. Sie redeten miteinander in englischer

Sprache, die d'Artagnan nicht verstand, doch glaubte der junge Mann am Tone der Rede zu erkennen, daß die junge Engländerin sehr erzürnt war; sie schloß mit einer Bewegung, die ihm über die Natur des Gesprächs keinen Zweifel übrigließ, nämlich mit einem Fächerschlag, der so gewaltig ausfiel, daß das kleine weibliche Gerät in tausend Trümmer zerstob. Der Edelmann stieß ein Gelächter aus, worüber Mylady höchst erbittert zu sein schien. D'Artagnan hielt diesen Moment für geeignet, sich ins Mittel zu legen; er näherte sich dem Kutschenschlag, zog ehrfurchtsvoll seinen Hut und sagte: »Madame! erlauben Sie, Ihnen meine Dienste anzubieten; wie mir dünkt, hat Sie dieser Edelmann in Zorn versetzt. Sprechen Sie ein Wort, und ich will ihn für seinen Mangel an Artigkeit bestrafen.« Bei den ersten Worten wandte sich Mylady, blickte den jungen Mann erstaunt an, und sprach hierauf zu ihm gut französisch: »Mein Herr, ich würde mich recht gern unter Ihren Schutz begeben, wäre die Person, die da mit mir zankt, nicht mein Bruder.« »O, dann entschuldigen Sie,« versetzte d'Artagnan, »Sie begreifen wohl, Madame, daß ich das nicht wissen konnte.« »Was hat sich denn dieser Star in unsere Angelegenheit zu mengen?« rief, zum Kutschenschlag sich herabwendend, der Edelmann, den Mylady als ihren Verwandten bezeichnet hatte, »warum geht er nicht seiner Wege?« »Sie sind selbst ein Star,« entgegnete d'Artagnan, der sich gleichfalls auf den Hals seines Pferdes herabbeugte und durch den Kutschenschlag redete, »ich ziehe nicht meiner Wege, weil es mir beliebt, hierzubleiben.« Der Kavalier sprach zu seiner Schwester einige Worte englisch. »Ich rede mit Ihnen französisch,« rief d'Artagnan, »somit bitte ich Sie, antworten Sie mir gefälligst in derselben Sprache. Sie sind der Bruder dieser Dame, wohl! Doch sind Sie zum Glück nicht der meinige.« Man hätte glauben können, Mylady würde eingeschüchtert, wie dies gewöhnlich bei Frauen der Fall ist, indem sie gleich anfangs bei der Herausforderung zu verhindern suchte, daß der Streit nicht zu weit gehe; allein sie warf sich im Gegenteil in den Hintergrund ihres Wagens und rief dem Kutscher kalt zu: »Fahre nach dem Hotel.« Die hübsche Zofe warf einen bekümmerten Blick auf d'Artagnan, dessen freundliche Miene eine gute Wirkung auf sie getan zu haben schien. Die Karosse rollte fort, und die beiden Männer standen sich gegenüber. Es trennte sie kein materielles Hindernis mehr. Der Kavalier machte eine Bewegung, um dem Wagen zu folgen; doch d'Artagnan, bei dem sich der gährende Ingrimm noch mehr regte, da er in ihm den Engländer erkannte, der ihm sein Pferd und Athos beinahe den Diamanten abgenommen hatte, griff nach dem Zügel und hielt ihn zurück. »He, mein Herr,« sprach er zu ihm, »es scheint mir, daß Sie weit mehr ein Star sind, als ich, denn Sie tun wirklich, als hätten Sie darauf vergessen, daß zwischen uns ein kleiner Streit stattgefunden hat.« »Ah, ah!« rief der Engländer, »Sie sind es? Meister! so muß ich denn mit

Ihnen immer dieses oder jenes Spiel haben?« »Ja, und das erinnert mich daran, daß ich Revanche nehmen muß. Wir wollen sehen, mein lieber Herr, ob Sie den Stoßdegen ebensogut wie den Würfelbecher zu handhaben wissen.« »Sie sehen doch wohl, daß ich keinen Degen führe,« versetzte der Engländer; »wollen Sie den Tapferen spielen gegen einen wehrlosen Mann?« »Nun, so hoffe ich, daß Sie zu Hause einen Degen haben,« entgegnete d'Artagnan. »Ich besitze jedenfalls zwei, und wir werden um einen spielen, wenn es Ihnen beliebt.« »Das ist nicht nötig, sagte der Engländer, »ich besitze hinreichend Werkzeuge dieser Art.« »Nun wohl, mein würdiger Edelmann,« erwiderte d'Artagnan, »wählen Sie ihren längsten Degen und zeigen Sie mir ihn diesen Abend.« »Wo das? wenn ich fragen darf.« »Hinter dem Luxembourg; da ist eine reizende Lage für Lustwandlungen dieser Art, wie ich sie Ihnen vorschlage.« »Wohl, man wird dort sein.« »Um welche Stunde?« »Um sechs Uhr.« »Doch, haben Sie vielleicht ein paar Freunde?« »Ich habe drei, und Sie werden sichs zur Ehre anrechnen, dasselbe Spiel zu spielen wie ich.« »Drei? recht schön, wie sich das trifft,« sagte d'Artagnan; »auf diese Zahl habe ich eben gerechnet.« »Nun, und wer sind Sie?« fragte der Engländer. »Ich bin Herr d'Artagnan, gascognischer Edelmann, diene bei der Leibwache, in der Kompagnie des Herrn des Essarts. – Und Sie?« »Ich bin Lord Winter, Baron von Sheffield.« »Gut, ich bin Ihr Diener, Herr Baron,« entgegnete d'Artagnan, »nur sind Ihre Namen schwer zu merken.« Darauf spornte er sein Pferd und sprengte im Galopp Paris zu. D'Artagnan stieg bei Athos ab, wie er es bei solchen Gelegenheiten immer zu tun pflegte. Athos war entzückt, als er vernahm, daß er sich mit einem Engländer schlagen sollte, denn das war sein Lieblingsgedanke, wie wir schon bemerkt haben. Man ließ auf der Stelle Porthos und Aramis durch die Lakaien aufsuchen und von der Lage der Dinge unterrichten. Porthos entblößte seinen Degen, schwenkte ihn gegen die Wand, wich von Zeit zu Zeit zurück und gebärdete sich wie ein Tänzer. Aramis, der noch immer an seinem Gedicht arbeitete, sperrte sich bei Athos im Kabinett ein und bat, man möge ihn nicht eher stören, als bis es Zeit wäre zum Kampf.

Ein Duell und ein ungalantes Abenteuer

Man begab sich zur festgesetzten Stunde mit den vier Lakaien hinter den Luxembourg, in eine Umfriedung, die den Zeugen überlassen war. Nach dem Austausch der Formalitäten ging man sofort zum Kampf über, der nach ungefähr zwanzig Minuten für die Engländer ausnahmslos mit Niederlagen beendet war. Athos' Gegner war durch einen Herzstoß getötet, der von Porthos kam mit einem Schenkelstich davon, wie der

Copugnator Aramis' nach einem schweren Armhieb, den Kampf aufgebend. Lord Winter, d'Artagnans Gegner, mußte es sich gefallen lassen, daß ihm der Degen aus der Hand geschlagen wurde, wonach der Sieger die Spitze des seinen ihm auf die Brust setzte und sagte: »Ich töte Sie nicht, Ihrer Schwester zuliebe.« Die fünf Kavaliere reichten sich nunmehr kameradschaftlich die Hände und fanden gutes Einvernehmen. Besonders zwischen d'Artagnan und Lord Winter entspann sich ein herzliches Gespräch, in dessen Verlauf Lord Winter sich die Ehre ausbat, seinen tapferen Gegner seiner Schwester vorstellen zu dürfen. Man verabredete für den Abend eine Zusammenkunft, die von beiden Teilen pünktlich eingehalten wurde. Lord Winter führte seinen neuen Freund in die Wohnung der Mylady, die entzückt war, den Kavalier, von dem sie schon gehört hatte, kennenzulernen. Sie war eine auffallend schöne, üppige Blondine, die mit ihren Reizen nicht geizig umging. Als Lord Winter von dem Duell und dessen Ausgang erzählte, ging eine Wolke des Unmuts über das Gesicht der schönen Frau, die sie gern verborgen hätte, die aber d'Artagnan doch nicht entging. D'Artagnan war von der großen Schönheit dieser Frau tief berührt und erging sich in gut angebrachten Komplimenten und Schmeicheleien, die gnädig angenommen und einigemal sogar erwiedert wurden. Während die Unterhaltung gerade im besten Gange war, brachte ein Diener dem Lord einen Brief, der ihn sofort abberief, so daß er sich bedauernd verabschieden mußte. Nach des Lords Weggang nahm das Gespräch noch an Lebhaftigkeit zu. Mylady erzählte, daß Lord Winter nicht ihr Bruder, sondern ihr Schwager sei; sie selbst habe einen jüngeren Bruder des Lord geheiratet, von dem sie ein Kind habe, und der vor Jahresfrist gestorben sei. Das Kind sei, falls der Lord nicht heirate, dessen einziger Erbe.

All das zog vor d'Artagnan einen Schleier, der etwas verhüllte, wovon sich nichts vermuten oder voraussehen ließ. Nach einer halben Stunde, die noch in harmlosem Geplauder verbracht wurde, wollte sich d'Artagnan verabschieden. Da richtete Mylady etwas unvermittelt an ihn die Frage, ob er nicht daran gedacht habe, in die Dienste des Kardinals zu treten. D'Artagnan ward stutzig; er wich einer direkten Antwort aus und erging sich in Lobeserhebungen über Richelieu. Sodann fragte Mylady, wie beiläufig, ob d'Artagnan schon in England gewesen sei, worauf dieser kurz erwiderte, daß er in Herrn von Trévilles Auftrag dort Pferde gekauft, und vier Stück als Muster mitgebracht habe. Einige ausgetauschte Höflichkeiten beendeten den Besuch. Auf der Treppe begegnete d'Artagnan der hübschen Zofe der Mylady, die auf den Namen Ketty hörte, und an dem schmucken Kavalier offensichtlich sehr viel Gefallen fand. In den folgenden Tagen besuchte d'Artagnan Lady Winter noch einigemal und fand sie jedesmal schöner und liebenswürdiger, als er sie beim jeweils letzten Besuch gefunden hatte.

Nach einer dieser Visiten ging Ketty, die Zofe, d'Artagnan auf der Treppe entgegen und lispelte ihm zu, daß sie ihm etwas Wichtiges unter vier Augen mitzuteilen habe; sie führte den erstaunten Kavalier in ihr Zimmer, das an das ihrer Herrin stieß, und schloß sorgfältig die Tür hinter sich. Dann verriet sie d'Artagnan mit naiver und zugleich leidenschaftlicher Manier, daß Mylady in Liebe zu einem andern Manne, nämlich zum Grafen von Wardes, entbrannt sei, und reichte dem empörten und überraschten Chevalier zur Bekräftigung ihrer Aussage einen von Mylady geschriebenen Brief ohne Adresse, der folgenden Inhalt hatte: »Sie haben auf mein erstes Briefchen nicht geantwortet. Sind Sie etwa unwohl, oder haben Sie darauf vergessen, welche Blicke Sie auf dem Balle der Frau von Guise auf mich geworfen haben? Die Gelegenheit ist da, Graf, lassen Sie sie nicht entweichen!« D'Artagnan wurde rot und blaß vor Zorn und Scham. In diesem Augenblick hörte man, wie Mylady das Zimmer nebenan betrat und nach Ketty rief. D'Artagnan schlüpfte eiligst in einen Schrank und hörte folgendes Gespräch, das Lady Winter mit ihrer Zofe führte: »Nun,« sagte Mylady, »ich habe unsern Gascogner diesen Abend nicht gesehen.« »Wie, Madame,« versetzte Ketty, »er ist gar nicht gekommen? Wird er flatterhaft, ehe er noch beglückt ist?« »Ach, nein, Herr von Tréville oder Herr des Essarts werden ihn abgehalten haben. Ich verstehe mich darauf, Ketty, ich habe ihn geangelt.« »Und was wird die Madame mit ihm tun?« »Was ich tun werde? sei ruhig, Ketty! zwischen mir und diesem Manne liegt etwas, das er nicht weiß. Er war Ursache, daß ich bei Seiner Eminenz fast den Kredit verloren habe. O, ich will mich rächen.« »Ich dachte, daß ihn Madame liebe?« »Ich ihn lieben? o, ich verabscheue ihn. Ein Schwachkopf, der das Leben des Lord Winter in den Händen hat, ihn nicht tötet und mich dadurch die Rente von dreitausend Livres verlieren macht!« »Es ist wahr,« versetzte Ketty, »Ihr Sohn wäre der einzige Erbe seines Oheims, und bis zu seiner Großjährigkeit hätten Sie den Fruchtgenuß seines Vermögens gehabt.« D'Artagnan schauderte bis ins Mark seiner Beine, als er vernahm, wie es ihm dieses süße Wesen mit jener scharfen Stimme, die sie nur mit Mühe im Gespräch dämpfen konnte, zum Vorwurf machte, daß er nicht einen Menschen tötete, den sie, wie er selbst gesehen, mit Beweisen von Freundschaft überhäufte. »Ich hätte mich auch schon an ihm gerächt, fuhr Mylady fort, »wenn mir nicht der Kardinal, ich weiß nicht warum, aufgetragen hätte, seiner zu schonen.« »Ach, ja! aber Madame schonte nicht der kleinen Frau, die er geliebt hat.« »Ah, die Krämerin aus der Gasse Fossoyeurs? Hat er nicht bereits auf sie vergessen? Meiner Treu! eine hübsche Rache.« Ein kalter Schweiß rann d'Artagnan über die Stirn; dieses Weib war offenbar ein Ungetüm. Er horchte abermals, doch zum Unglück war die Toilette beendet. »Es ist gut,« sagte Mylady, »kehre in dein Zimmer zurück, und suche morgen eine Antwort auf den

Brief zu erhalten, den ich dir übergeben habe.« »Für Herrn von Wardes?« fragte Ketty. »Nun ja. für Herrn von Wardes.« »Dieser Herr«, versetzte Ketty, »kommt mir vor, als wäre er gerade das Gegenteil von dem armen Herrn d'Artagnan.« »Geh, Mademoiselle,« sagte Mylady, »ich mag keine Kommentare.« D'Artagnan hörte die Tür zuschließen, dann vernahm er auch, wie Mylady zwei Riegel vorschob, um sich einzusperren. Ketty drehte ihrerseits den Schlüssel einmal um, so sanft wie es vermochte. Sonach stieß d'Artagnan die Tür des Schrankes auf. »O, mein Gott!« sagte Ketty ganz leise, »was haben Sie? Ach, Sie sind ganz blaß.« »Die Abscheuliche!« murmelte d'Artagnan. »Stille! stille! Gehen Sie hinaus,« sagte Ketty, »es ist zwischen meinem Zimmer und dem der Mylady nur eine dünne Wand; man hört in dem einen, was in dem andern gesprochen wird.« »Ganz wohl, aber ich will nicht eher gehen, als bis du mir sagst, was aus Madame Bonacieux geworden ist.« Das arme Mädchen schwor es d'Artagnan auf das Kruzifix, daß sie es nicht bestimmt wisse, denn ihre Herrin lasse ihre Geheimnisse nur bis zur Hälfte durchblicken. Sie glaube bloß bürgen zu können, daß sie nicht tot sei. Auch in bezug auf die Ursache davon, daß Mylady beim Kardinal an Kredit verloren habe, wußte Ketty nicht mehr anzugeben. Doch hier hatte d'Artagnan einen tieferen Blick als sie. Da er Mylady in dem Augenblick, wo er England verließ, auf einem konsignierten Schiffe gesehen hatte, so vermutete er, daß hier die diamantenen Nestelstifte im Spiele seien. Hierin zeigte sich nun am klarsten, daß der wahre Haß, der tiefe Haß, der eingewurzelte Haß der Mylady gegen d'Artagnan seinen Grund darin habe, daß er ihren Schwager nicht tötete.

D'Artagnan kehrte am folgenden Tage zu Mylady zurück; sie war übelgestimmt; d'Artagnan erriet, dies rühre von dem Mangel einer Antwort des Herrn von Wardes her. Ketty trat ein, aber Mylady empfing sie sehr hart. Ein Blick auf d'Artagnan wollte sagen: »Sie sehen, was ich Ihretwegen leide!« Aber gegen Ende des Abends sänftigte sich die schöne Löwin, sie hörte lächelnd die süßen Worte d'Artagnans und reichte ihm sogar die Hand zum Kuß. Als d'Artagnan fortging, wußte er nicht mehr, was er denken sollte; da er aber als ein Gascogner nicht so leicht aus der Fassung zu bringen war, so entwarf er in seinem Geist ein Plänchen. Er traf Ketty an der Tür und ging mit ihr, wie am Vortag, hinauf, um Neuigkeiten zu vernehmen. Ketty wurde heftig ausgezankt, man beschuldigte sie der Fahrlässigkeit. Mylady konnte sich das Stillschweigen des Grafen von Wardes nicht erklären und befahl ihr, daß sie um neun Uhr früh in ihr Schlafzimmer komme und ihre Aufträge einhole. D'Artagnan ließ sich von Ketty versprechen, daß sie am folgenden Tage zu ihm komme, damit sie ihm sage, worin diese Aufträge bestanden haben. Das arme Kind versprach, was d'Artagnan verlangte, sie war töricht. Um elf Uhr sah er Ketty kommen. Sie trug ein neues Briefchen von Mylady in der Hand. Diesmal suchte es ihm das arme Mädchen gar nicht streitig zu machen, sondern überließ es ihm; sie gehörte ja dem schönen Krieger mit Leib und Seele. D'Artagnan öffnete das zweite Briefchen, das gleichfalls weder Adresse noch Unterschrift hatte, und las wie folgt: »Das ist das dritte Briefchen, worin ich Ihnen schreibe, daß ich Sie liebe; hüten Sie sich, daß ich Ihnen nicht zum viertenmal schreibe, um Ihnen zu sagen, daß ich Sie hasse!« D'Artagnan wurde während des Lesens abwechselnd blaß und rot. »O, Sie lieben sie noch immer!« seufzte Ketty, die ihre Augen von dem Antlitz des jungen Mannes nicht einen Augenblick lang weggewendet hatte. »Nein, Ketty! du irrst, ich liebe sie nicht mehr, doch will ich mich für ihre Verachtung rächen.« Ketty seufzte. D'Artagnan ergriff eine Feder und schrieb: »Madame, ich habe bisher daran gezweifelt, ob Ihre zwei ersten Briefchen an mich gerichtet waren, so sehr habe ich mich einer solchen Ehre für unwürdig gehalten. Aber heute muß ich wohl an das Übermaß Ihrer Güte glauben, weil es mir nicht bloß Ihr Schreiben, sondern auch Ihre Zofe bekräftigt, daß ich so glücklich bin, von Ihnen geliebt zu werden. Ich will Sie diesen Abend um elf Uhr bitten, mir zu vergeben. Jetzt noch einen Tag zu zögern, hieße eine neue Beleidigung zufügen. Derjenige, den Sie zum Glücklichsten auf Erden machen.« Dieses Briefchen war eben keine Fälschung, denn d'Artagnan unterfertigte es nicht, doch war es eine Unzartheit, ja sogar von dem Gesichtspunkt unserer gegenwärtigen Sitten eine Art Schimpf; man enthielt sich damals aber weniger, als es heutzutage geschieht. D'Artagnans Plan war sehr einfach, er gelangte durch Kettys Zimmer in das ihrer Gebieterin; er beschämte die Ungetreue, er drohte, sie durch einen öffentlichen Lärm bloßstellen zu wollen, und erfuhr von ihr mittels des Schreckens alles das, was er über Konstanzes Schicksal zu wissen wünschte. Vielleicht hatte das sogar die Freiheit der hübschen Krämerin zur Folge. »Da,« versetzte der junge Mann und reichte Ketty das Briefchen zugesiegelt, »bringe diesen Brief Mylady; es ist die Antwort des Herrn von Wardes.« Die arme Ketty wurde blaß wie der Tod; sie ahnte den Inhalt des Briefes. »Höre, liebes Kind,« sprach d'Artagnan zu ihr, »du begreifst wohl, daß dies auf die eine oder die andere Weise endigen muß; Mylady kann erfahren, daß du das erste Briefchen meinem Bedienten zugestellt hast, statt es dem Bedienten des Grafen zu übergeben, und daß ich die andern erbrach, die Herr von Wardes erbrechen sollte. Sodann wird dich Mylady fortjagen, und du weißt, sie ist nicht die Frau, die es bei dieser Rache bewenden läßt.« »Ach,« seufzte Ketty, »warum habe ich mich alledem ausgesetzt?« »Meinetwillen, das weiß ich wohl, Allerschönste!« versetzte der junge Mann, »und ich bin dir im hohen Grade dafür dankbar, das schwöre ich.« »Was enthält aber Ihr Brief?« »Mylady wird es dir sagen.« »Ach! Sie lieben mich nicht,« stammelte Ketty, »und ich bin höchst unglücklich.« Ketty vergoß viele Tränen, ehe sie sich entschloß, diesen Brief der Mylady zuzustellen; endlich entschloß sie sich aber doch, aus Hingebung für den jungen Musketier, und das war alles, was jetzt d'Artagnan verlangte.

Wo von der Equipierung des Aramis und Porthos gehandelt wird.

Ketty war kaum von d'Artagnan fortgegangen, als sich dieser nach der Gasse Féron wandte. Er traf Athos und Aramis, die philosophierten. Aramis zeigte wieder einigen Willen, zur Soutane zurückzukehren. Porthos traf gleich nach d'Artagnan ein, und so waren die vier Freunde vollzählig beisammen. Die vier verschiedenen Gesichter drückten vier verschiedene Empfindungen aus: das von Porthos die Ruhe, das von d'Artagnan die Hoffnung, das von Aramis den Kummer und das von Athos die Sorglosigkeit. Nach einer kurzen Unterredung, worin Porthos erraten ließ, eine sehr hochgestellte Person habe die Huld, ihn aus der Verlegenheit zu reißen, trat Mousqueton ein. Er ersuchte Porthos, nach Hause zu gehen, weil, wie er mit kläglicher Stimme sagte, seine Gegenwart dort dringend sei. »Handelt es sich um meine Equipierung?« fragte Porthos. »Ja und nein,« entgegnete Mousqueton. »Nun, was soll das heißen?« »Kommen Sie, gnädiger Herr.« Porthos stand auf, beurlaubte sich von seinen Freunden und folgte Mousqueton. Einen Augenblick darauf erschien Bazin an der Türschwelle. »Was willst du von mir, mein Freund?« fragte Aramis mit weicher Stimme. »Es erwartet Sie zu Hause ein Mann, gnädiger Herr,« erwiderte Bazin. »Ein Mann? was für ein Mann?« »Ein Bettler.« »Gib ihm ein Almosen, Bazin, und sage ihm, daß er für einen armen Sünder bete.« »Dieser Bettler will durchaus mit Ihnen sprechen, und gibt vor, Sie wären höchlich erfreut, ihn zu sehen.« »Hat er für mich etwas Besonderes?« »Ja, er sagte: ›Wenn Herr Aramis zu kommen zögert, so sagt ihm, daß ich von Tours komme.‹« »Von Tours? ich gehe schon,« rief Aramis; »meine Herren, ich bitte Sie tausendmal um Entschuldigung, allein, gewiß bringt mir dieser Mensch Nachrichten, die ich erwarte.« Er stand sogleich auf und ging eilends fort. Nun blieben noch Athos und d'Artagnan. »Mir scheint, diese Schlingel haben ihre Sachen schon gefunden. Was meinen Sie, d'Artagnan?« sagte Athos. »Ich weiß, daß Porthos im besten Zug ist,« versetzte d'Artagnan, »und was Aramis betrifft, so war ich um ihn nie ernstlich besorgt.« »Was sagte mir doch Herr von Tréville, der mir gestern die Ehre erwies, mich zu besuchen, daß Sie sehr häufig zu den Engländern kommen, die der Kardinal in Schutz nimmt?« »Das heißt, ich mache einer Engländerin Besuche, derselben, von der ich Ihnen erzählt habe.« »Ah, ja! die blonde Frau, wegen welcher ich ihnen Ratschläge gab, die Sie natürlich außer acht gelassen haben.« »Ich sagte Ihnen aber meine Gründe. Jetzt bin ich fest überzeugt, daß diese Frau bei der Entführung der Madame Bonacieux ihre Hand im Spiele hatte.« »Ja, und ich begreife wohl, daß Sie einer Frau den Hof machen, um eine andere aufzufinden. Das ist der längste, doch der unterhaltendste Weg.«

Als Aramis in seine Wohnung trat, fand er wirklich einen Mann von kleiner Statur und sprechenden Augen, doch in Lumpen gehüllt. »Ihr habt nach mir gefragt?« sagte der Musketier. »Das heißt: ich fragte nach Herrn Aramis ... Ist das Ihr Name?« »Allerdings. Habt Ihr mir etwas zu übergeben?« »Ja, wenn Sie mir ein gewisses gesticktes Sacktuch vorzeigen.« »Da ist es,« versetzte Aramis, indem er einen Schlüssel aus seiner Brust nahm und ein kleines, mit Perlmutter eingelegtes Kästchen aus Ebenholz aufschloß, »seht, da ist es.« »Gut,« sagte der Bettler, »entfernen Sie Ihren Bedienten.« Als sich Bazin entfernt hatte, warf der Bettler einen raschen Blick umher, um sich zu versichern, daß ihn niemand sehen oder hören konnte, öffnete sein, mit einem Ledergürtel nur schlecht umfangenes, zerlumptes Oberleibchen, trennte sein Wams oben auf und nahm einen Brief hervor. Aramis stieß einen Freudenschrei aus, als er das Siegel erblickte, und öffnete mit einer fast religiösen Ehrfurcht den Brief, der folgendes enthielt: »Freund! das Schicksal will es, daß wir noch für einige Zeit getrennt seien, allein die schönen Tage der Jugend sind nicht unwiederbringlich verloren. Erfüllen Sie Ihre Pflicht im Feld, ich erfülle die meinige anderweitig. Nehmen Sie, was Ihnen der Träger überbringen wird; machen Sie den Feldzug als schöner und braver Edelmann mit, und gedenken Sie meiner. Leben Sie wohl, oder vielmehr auf Wiedersehen!« Der Bettler war noch immer mit dem Auftrennen beschäftigt. Er zog aus den schmutzigen Kleidern hundertfünfzig spanische Doppelpistolen, eine nach der andern hervor, und reihte sie auf dem Tisch aneinander; dann öffnete er die Tür und ging fort, ohne daß der erstaunte junge Mann noch ein Wort zu ihm sprechen konnte. Aramis durchlas den Brief abermals und bemerkte, daß er auch eine Nachschrift habe. P. S. »Sie können den Briefträger gut empfangen, denn er ist Graf und Grand von Spanien.« »Das sind goldene Träume!« rief Aramis: »O, wie schön ist das Leben! ja, wir sind noch jung, ja, wir erleben noch schöne Tage! O, dir, dir, meine Liebe! mein Herz! mein Dasein! Alles, alles, alles, meine schöne Geliebte!« Er küßte voll Leidenschaftlichkeit den Brief, ohne das funkelnde Gold auf dem Tisch anzublicken. Bazin kratzte an der Tür; Aramis hatte keinen Grund mehr, ihn fernzuhalten und erlaubte ihm einzutreten. Bazin war ganz verblüfft beim Anblick dieses Goldes und vergaß, daß er d'Artagnan anmelden sollte, der aus Neugierde zu Aramis kam, nachdem er von Athos weggegangen war. Da sich jedoch d'Artagnan bei Aramis keinen Zwang auferlegte, meldete er sich selbst, als er sah, daß Bazin auf ihn vergessen hatte. »Ah, Teufel! mein lieber Aramis, wenn das die Pflaumen sind, die man Ihnen aus Tours sendet, so machen Sie den Gärtner, der sie zieht, mein Kompliment.« »Sie irren, mein Lieber!« entgegnete Aramis, stets schweigsam, »mein Buchhändler schickte mir soeben das Honorar für mein Gedicht in einsilbigen Versen, die ich dort unten verfaßt habe.« »Ei, wirklich,« rief d'Artagnan. »Je nun, Ihr Buchhändler ist großherzig, lieber Aramis, das ist alles, was ich sagen kann.« »Wie doch, gnädiger Herr,« rief Bazin, »ein Gedicht verkauft man so teuer? Das ist unglaublich! O, gnädiger Herr, tun Sie alles, was Sie wollen, Sie können noch Herrn Voiture und Herrn von Benserade gleichkommen. Auch ich habe das gern. O, Herr Aramis, ich bitte Sie, werden Sie doch ein Dichter.« »Mein Freund Bazin,« sagte Aramis, »ich glaube, du mengst dich in das Gespräch.« Bazin fühlte sein Unrecht, senkte den Kopf und entfernte sich, »Ha!« rief d'Artagnan lächelnd, »Sie verkaufen Ihre Geistesprodukte nach Goldgewicht? Sie sind doch übrigens glücklich, mein Freund. Aber geben Sie acht, Sie verlieren den Brief, der aus Ihrer Kasake hervorragt, und gewiß auch von Ihrem Verleger kommt.« Aramis errötete bis zum Weiß der Augen, schob den Brief tiefer hinein, und knöpfte das Wams wieder zu. Dann sprach er: »Lieber d'Artagnan, wir wollen, wenn es Ihnen beliebt, unsere Freunde aufsuchen, und da ich wieder reich bin, so lange miteinander mittagmahlen, bis sie gleichfalls zu Geld kommen.« »Meiner Treu, mit großem Vergnügen,« antwortete d'Artagnan. »Es ist schon lange her, daß wir kein rechtschaffenes Mittagmahl eingenommen haben, und da ich diesen Abend ein etwas kühnes Wagnis zu bestehen habe, so wäre es mir, freigestanden, nicht unlieb, den Kopf mit einigen Bouteillen altem Burgunder ein wenig zu begeistern.« »So mag es denn alter Burgunder sein! ich hasse ihn ebensowenig,« versetzte Aramis, dem der Anblick des Goldes die Gedanken nach der Zurückgezogenheit weggewischt hatte.

Die beiden Freunde begaben sich zuvörderst zu Athos, der getreu seinem Schwure, nicht auszugehen, sich's gefallen ließ, daß das Mittagmahl in seine Wohnung gebracht werde. Da er sich sehr wohl auf die gastronomischen Einzelheiten verstand, so legten ihm d'Artagnan und Aramis in bezug auf diese Sorge kein Hindernis in den Weg. Hierauf verfügten sie sich zu Porthos und begegneten an der Ecke der Gasse du Bac Mousqueton, der ein Pferd und ein Maultier mit verdrießlicher Miene vor sich hertrieb. D'Artagnan stieß einen Schrei der Überraschung aus, der nicht frei war von einer Beimischung der Freude. »Ha, mein gelbes Pferd!« rief er, »da, seht nur dieses Pferd an.« »O, der häßliche Gaul!« sprach Aramis. »Was wollen Sie, mein Lieber?« entgegnete d'Artagnan, »das ist dasselbe Pferd, auf dem ich nach Paris gekommen bin.« »Wie doch, gnädiger Herr!« sagte Mousqueton, »Sie kennen dieses Pferd?« »Es ist von ganz origineller Farbe,« versetzte Aramis, »es ist das einzige, das ich je mit einer solchen

Haut gesehen habe.« »Das glaube ich Ihnen,« erwiderte d'Artagnan, »ich habe es auch für drei Taler hingegeben, und das war wohl der Haut wegen, denn das Gerippe ist gewiß nicht achtzehn Livres wert. Wie befindet sich aber dieses Pferd in deinen Händen, Mousqueton?« »O, reden Sie nicht davon, gnädiger Herr!« antwortete der Bediente, »das ist ein garstiger Streich vom Gemahl unserer Herzogin.« »Wie das, Mousqueton?« »Ja, wir sind sehr gut gelitten bei einer Frau von hohem Range, bei der Herzogin... Doch verzeihen Sie, mein Herr hat mir Verschwiegenheit aufgetragen. Sie hat uns gezwungen, ein spanisches Pferd und einen andalusischen Maulesel zum Andenken anzunehmen, und das schaute sich prächtig an. Der Gemahl erfuhr die Sache, konfiszierte unterwegs die zwei herrlichen Tiere, die man uns schickte, und gab dafür diese garstigen Bestien.« »Welche du ihm wieder zurückstellst?« fragte d'Artagnan. »Allerdings,« antwortete Mousqueton. »Sie begreifen wohl, daß wir keine solchen Tiere statt der versprochenen behalten können.« »Nein, fürwahr! obwohl es mir lieb gewesen wäre, Porthos auf meinem gelben Klepper zu sehen. Das hätte mir einen Begriff gegeben, wie ich aussah, als ich nach Paris kam. Doch wir wollen dich nicht aufhalten, Mousqueton, geh, und besorge den Auftrag deines Herrn. Ist er in seiner Wohnung?« »Ja, mein Herr,« sagte Mousqueton, »doch ist er in sehr übler Stimmung.« Er setzte seinen Weg fort nach dem Quai des Grands Augustin. Inzwischen trieb Mousqueton seine zwei Klepper vor sich her über den Pont-Neuf bis zur Gasse Ours. Als er hier ankam, knüpfte er nach dem Auftrag seines Herrn das Roß wie das Maultier an den Klopfer der Tür des Prokurators. Und kehrte hierauf, ohne sich um ihr weiteres Los zu bekümmern, zu seinem Herrn zurück, um ihm zu sagen, daß er seinen Befehl vollzogen habe. Einige Zeit darauf machten die unglücklichen Tiere, die seit dem Morgen nichts gefressen hatten, durch das Aufheben und Fallenlassen des Klopfers einen solchen Lärm, daß der Prokurator seinem Laufburschen befahl, sich bei dem Nachbar zu erkundigen, wem denn dieses Pferd und dieser Maulesel zugehörten. Madame Coquenard erkannte ihr Geschenk, und konnte diese Rücksendung anfänglich gar nicht begreifen, doch erhielt sie bald Aufschluß durch den Besuch von Porthos. Der Zorn, der aus den Augen des Musketiers sprühte, ungeachtet des Zwanges, den er sich anzutun bemüht war, erschreckte die empfindsame Geliebte. Porthos ging wieder fort, nachdem er der Prokuratorsfrau in Saint-Magloire ein Stelldichein gegeben hatte. Als der Prokurator Porthos sich entfernen sah, lud er ihn zum Mittagmahl ein, doch der Musketier schlug es mit majestätischer Miene aus. Madame Coquenard begab sich zitternd nach Saint-Magloire, denn sie erriet, welche Vorwürfe ihrer harrten: indes ward sie durch die großartigen Manieren von Porthos ganz verblüfft. »Ach,« seufzte sie, »ich dachte, die Sache aufs beste zu machen. Einer von unsern Klienten ist

Pferdemakler; er war uns Geld schuldig und bewies sich halsstarrig; ich nahm dies Pferd und dies Maultier für die Schuld an. Er hatte mir zwei königliche Tiere versprochen.« »Nun, Madame,« entgegnete Porthos, »wenn Ihnen Ihr Pferdemakler mehr als fünf Taler schuldete, so ist er ein Dieb.« Porthos machte eine Bewegung, um sich zu entfernen. »Herr Porthos! Herr Porthos!« rief die Prokuratorsfrau, »ich habe unrecht, ich gestehe es ein; ich hätte nicht sollen feilschen, wo es sich darum handelte, einen Kavalier zu equipieren, wie Sie sind.« Porthos schwieg und machte abermals Miene fortzugehen. »Bleiben Sie doch, in des Himmels Namen, Herr Porthos!« rief sie, »bleiben Sie, und lassen Sie uns mitsammen reden. Hören Sie, diesen Abend geht Herr Coquenard zu dem Herzog von Chaulnes, der ihn berufen hat. Es findet da eine Beratung statt, die mindestens zwei Stunden dauert. Kommen Sie zu mir, wir werden allein sein, und unsere Sache in Richtigkeit bringen.« »Wohl, das nenne ich vernünftig reden, meine Liebe!« »Sie verzeihen mir?« »Wir wollen sehen,« antwortete Porthos majestätisch. Sie schieden nach öfterer Wiederholung: »Also diesen Abend!« »Teufel!« dachte Porthos, als er wegging, »mich dünkt, daß ich der Goldkiste des Herrn Coquenard näherücke!« ...

Des Nachts sind alle Katzen grau.

Endlich kam der Abend heran, dessen Porthos und d'Artagnan so ungeduldig harrten. D'Artagnan hatte sich, wie gewöhnlich, gegen neun Uhr bei Mylady eingestellt. Er traf sie in der heitersten Stimmung, nie hatte sie ihn so empfangen. Unser Gascogner sah auf den ersten Blick, daß Ketty das vermeintliche Briefchen des Grafen von Wardes ihrer Gebieterin eingehändigt habe, und daß dasselbe seine Wirkung tat. Ketty trat ein und brachte Erfrischungen. Ihre Herrin machte ihr die huldreichste Miene und lächelte sie auf das liebevollste an; doch die Arme war über die Anwesenheit d'Artagnans bei Mylady so betrübt, daß sie auf das Wohlwollen der letzteren gar nicht achtete. Um zehn Uhr fing Mylady an, beunruhigt zu scheinen; d'Artagnan erhob sich, nahm seinen Hut, und Mylady bot ihm die Hand zum Kusse. Der junge Mann fühlte, daß sie ihm die Hand drückte und sah ein, das geschehe nicht aus Koketterie, sondern aus einem Gefühl von Dankbarkeit, weil er sich entferne. »Sie liebt ihn rasend,« murmelte er, und ging fort. Ketty saß, ihr Gesicht in den Händen verborgen, und weinte. Sie hörte d'Artagnan wohl eintreten, richtete aber ihr Köpfchen nicht empor.

Wie es d'Artagnan vermutete, hatte Mylady, als sie jenen Brief erhielt, den sie für eine Antwort des Grafen von Wardes hinnahm, in ihrer überströmenden Freude der

Zofe alles eingestanden, und für die gute Erfüllung des Auftrags eine Börse zum Lohn gegeben. Als nun Ketty in ihr Zimmer zurückkehrte, warf sie die Börse in einen Winkel, wo sie auch liegenblieb neben drei oder vier Goldstücken, die herausgefallen waren. Bei d'Artagnans Stimme blickte das arme Mädchen in die Höhe. D'Artagnan erschrak über die Veränderung in ihren Gesichtszügen; sie faltete die Hände mit flehender Miene, wagte aber kein Wort laut werden zu lassen. Übrigens ließ sich der Plan d'Artagnans um so leichter ausführen, als Mylady aus Gründen, die man nicht ermitteln konnte, die aber sehr wichtig zu sein schienen, Ketty den Auftrag erteilt hatte, sowohl in ihrem Zimmer, als auch in dem der Zofe alle Lichter auszulöschen. Nach einem kleinen Weilchen hörte man Mylady in ihr Gemach zurückkehren. D'Artagnan schlüpfte sogleich in den Schrank, und kaum befand er sich in demselben, als das Glöckchen ertönte.

Als endlich die Stunde der Ankunft des Grafen nahte, ließ Mylady wirklich alle Lichter bei sich auslöschen, und befahl Ketty, in ihr Zimmer zurückzukehren und den Grafen von Wardes bei ihr einzuführen, sobald er käme. Ketty brauchte nicht lange zu warten. Kaum hatte d'Artagnan durch das Schlüsselloch seines Schrankes gesehen, daß im ganzen Zimmer Finsternis herrschte, so sprang er aus seinem Schlupfwinkel in dem Moment hervor, wo Ketty die Verbindungstür zuschloß. »Was ist das für ein Geräusch?« fragte Mylady. »Ich bin es,« sprach d'Artagnan mit verstellter Stimme, »ich, Graf von Wardes.« »O, mein Gott! mein Gott!« stammelte Ketty, »er vermochte nicht einmal die Stunde abzuwarten, die er selbst bestimmt hat.« »Nun,« sagte Mylady mit zitternder Stimme, »warum tritt er denn nicht ein? Graf, Graf, Sie wissen, daß ich auf Sie warte.« Auf diesen Ruf schob d'Artagnan die Zofe sanft zur Seite und ging schnell in das Gemach der Mylady. Er war nun in einer martervollen Lage, die er nicht voraussah; die Eifersucht folterte sein Herz, und er litt ebensoviel wie die arme Ketty, die dort im anstoßenden Zimmer weinte. »Ja, Graf!« versetzte Mylady mit ihrer sanftesten Stimme, indem sie ihm dabei eine Hand drückte, »ja, ich bin glücklich in der Liebe, die mir Ihre Blicke und Ihre Worte verkündeten. Aber ich liebe Sie ebenfalls. Morgen, ja, morgen, will ich von Ihnen irgend ein Unterpfand zum Beweis, daß Sie an mich denken, und da Sie meiner vergessen könnten, so nehmen Sie hier –« Sie zog einen Ring vom Finger und steckte ihn an den von d'Artagnan. Es war ein herrlicher Saphir, von Brillanten eingefaßt. Die erste Regung d'Artagnans war, ihr denselben zurückzustellen, allein Mylady fügte hinzu: »Nein, nein! behalten Sie mir zuliebe diesen Ring. Außerdem, wenn Sie ihn annehmen, leisten Sie mir einen wichtigeren Dienst, als Sie sich vorstellen können –« fügte sie mit bewegter Stimme bei. »Diese Frau ist doch voll von Geheimnissen,« dachte d'Artagnan. Er hatte in diesem Moment Lust, alles zu entdecken. Er öffnete schon den Mund, um Mylady zu sagen, wer er sei, und mit welcher Rachelust er gekommen war, allein sie fügte hinzu: »Armer Engel! den dieses Ungetüm von einem Gascogner beinahe getötet hätte.« Dieses Ungetüm war er. »O,« fuhr Mylady fort, »schmerzen Sie Ihre Wunden noch?« »Ja, sehr!« antwortete d'Artagnan, der nichts weiter zu sagen wußte. »Seien Sie ruhig,« entgegnete Mylady in einem Tone, der für ihren Zuhörer wenig beruhigend war, – »ich will Sie rächen, grausam rächen.« »Pest!« murmelte d'Artagnan bei sich, »der Augenblick des Geständnisses ist noch nicht gekommen.« Indes hatte es ein Uhr geschlagen; man mußte sich trennen. Als d'Artagnan von Mylady schied, fühlte er nur ein lebhaftes Bedauern, daß er von ihr scheiden mußte, und bei dem leidenschaftlichen Lebewohl, das sie sich sagten, verabredeten sie für kommende Woche eine neue Zusammenkunft. Ketty hoffte noch mit d'Artagnan sprechen zu können, wenn er durch ihr Zimmer ging, doch Mylady begleitete ihn selbst in der Finsternis bis zur Treppe.

Am folgenden Morgen eilte d'Artagnan zu Athos. Er hatte sich in ein so seltsames Abenteuer verstrickt, daß er ihn um seinen Rat bitten wollte, weshalb er ihm alles, was vorgefallen war, mitteilte. Athos legte abermals die Stirn in Falten. »Ihre Mylady«, sprach er, »erscheint mir als ein garstiges Geschöpf. Doch war es von Ihnen nicht minder unrecht, sie zu betrügen, und so haben Sie auf die eine oder die andere Weise eine Feindin am Hals.« Athos blickte während des Redens unablässig auf den mit Diamanten eingefaßten Saphir, der am Finger d'Artagnans die Stelle des Ringes der Königin eingenommen hatte, den er sorgsam in ein Kästchen verschloß. »Sie blicken diesen Ring an,« sprach der Gascogner und war stolz darauf, daß er vor den Augen seines Freundes ein so schönes Geschenk konnte blicken lassen. »Ja,« versetzte Athos, »er erinnert mich an ein Familienkleinod.« »Der Ring ist herrlich, nicht wahr?« fragte d'Artagnan. »Er ist prachtvoll,« entgegnete Athos, »ich dachte nicht, daß zwei Saphire von so schönem Wasser existieren. Haben Sie ihn gegen Ihren Diamanten umgetauscht?« »Nein,« erwiderte d'Artagnan. »es ist ein Geschenk von meiner schönen Engländerin, oder vielmehr von meiner schönen Französin, denn obgleich ich sie nicht darum fragte, so bin ich doch versichert, daß sie in Frankreich geboren ist.« »Diesen Ring, haben Sie von Mylady bekommen?« rief Athos mit einer Stimme, in der sich eine große Gemütsbewegung kundgab. »Von ihr selbst, sie gab mir denselben in dieser Nacht.« »Zeigen Sie doch den Ring,« sagte Athos. »Hier ist er,« entgegnete d'Artagnan und nahm ihn vom Finger. Athos prüfte denselben und wurde sehr blaß. Dann versuchte er ihn am Ringfinger seiner linken Hand. Er paßte so gut, als wäre er dafür gemacht. Eine Wolke des Zornes und der Rache schattete über der sonst so ruhigen Stirn des Athos und er sagte: »Es ist unmöglich derselbe! Wie sollte nur dieser

Ring in die Hände der Mylady Clarick kommen! und doch hält es schwer, zu glauben, daß zwischen zwei Juwelen eine solche Ähnlichkeit herrsche.« »Kennen Sie diesen Ring?« fragte d'Artagnan. »Ich glaube ihn zu kennen,« antwortete Athos, »doch habe ich mich zweifelsohne geirrt.« Er stellte d'Artagnan den Ring zurück, behielt ihn aber stets im Auge. Nach einem Weilchen sprach er: »Ich bitte Sie, d'Artagnan! ziehen Sie doch den Ring vom Finger, oder wenden Sie den Edelstein nach innen. Er erweckt in mir so grausame Erinnerungen, daß ich unvermögend wäre, mit Ihnen darüber zu sprechen. Wollten Sie nicht einen Rat von mir? Sagten Sie nicht, daß Sie sich in Verlegenheit befinden, was Sie tun sollen? Doch halt! geben Sie mir den Ring wieder. Derjenige, von dem ich sprechen wollte, muß infolge eines Vorfalls eingeritzt sein.« D'Artagnan nahm den Ring abermals vom Finger und reichte ihn Athos. Athos schauderte und sprach: »Sehen Sie, ob das nicht seltsam ist.« Er zeigte d'Artagnan die Ritze, deren er gedacht hatte. »Von wem hatten Sie aber diesen Saphir, Athos?« »Von meiner Mutter, die ihn von ihrer Mutter geerbt hat. Wie gesagt, es ist ein Kleinod, das von der Familie nie wegkommen sollte.« »Und Sie haben ihn doch verkauft?« fragte d'Artagnan zögernd. »Nein,« versetzte Athos mit einem seltsamen Lächeln; »ich habe ihn bei einem Liebesabenteuer verschenkt, wie Sie ihn erhalten haben.« D'Artagnan wurde gleichfalls tiefsinnig; es dünkte ihn, als sähe er im Leben der Mylady Abgründe düsterer, schreckenvoller Art. Er steckte den Ring nicht mehr an den Finger, sondern in die Tasche, »Hören Sie,« sprach Athos, ihn bei der Hand fassend, »Sie wissen, d'Artagnan, daß ich Sie liebe, hätte ich einen Sohn, könnte ich ihn nicht mehr lieben. Gut, glauben Sie mir, entsagen Sie dieser Frau. Ich kenne sie zwar nicht, jedoch eine gewisse Ahnung sagt mir, sie sei ein verlorenes Geschöpf und habe etwas Unseliges an sich.« »Sie haben auch recht,« sagte d'Artagnan, »glauben Sie mir, ich trenne mich von ihr und gestehe, daß sie auch mich mit Schrecken erfüllt.« »Werden Sie diesen Mut haben?« fragte Athos. »Ich werde ihn haben, und das auf der Stelle,« antwortete d'Artagnan. »Ganz gut, mein Kind, Sie haben recht,« versetzte der Edelmann und drückte dem Gascogner die Hand mit fast väterlicher Zuneigung. »Und Gott gebe, daß diese Frau, die kaum in Ihre Lebensbahn eingetreten ist, darin keine traurige Spur zurücklasse.« Athos begrüßte d'Artagnan mit einem Kopfnicken, wie ein Mann, der damit sagen wollte, er möchte mit seinem Gedanken gern allein bleiben.

Als d'Artagnan nach Hause kam, traf er Ketty, die auf ihn wartete. Ein Monat Fieber hätte das arme Kind nicht mehr verändert, als der Schmerz und Eifersucht in einer Stunde getan haben. Sie ward von ihrer Gebieterin zum Grafen von Wardes geschickt. Ihre Gebieterin war toll vor Liebe, berauscht vor Freude. Sie wollte wissen, wann ihr der Graf eine Zusammenkunft gebe. Die arme Ketty erwartete blaß und zitternd d'Artagnans Antwort. Anstatt zu antworten, nahm er eine Feder und schrieb folgendes Briefchen, das er gleichfalls, wie das vorhergehende, nicht unterzeichnete: »Zählen Sie nicht auf mich, Madame, denn seit meiner Genesung habe ich so vielen Genüssen dieser Art nachzukommen, daß ich in diese Angelegenheiten eine gewisse Ordnung bringen muß. Wenn die Reihe an Sie kommt, werde ich die Ehre haben, es Ihnen bekanntzugeben. Meinen Handkuß.« Von dem Saphir sprach er kein Wort; der Gascogner wollte ihn bis auf weiteren Befehl als eine Waffe gegen Mylady bewahren. Übrigens täte man unrecht, wollte man die Handlungen einer Zeitperiode aus dem Gesichtspunkt einer andern betrachten. Was man heute als eine Schmach für einen Mann von Bildung ansehen würde, das war damals etwas ganz Einfaches und Natürliches gewesen. D'Artagnan gab Ketty den Brief unversiegelt; sie las ihn, ohne ihn sogleich zu verstehen, und wurde fast verrückt, als sie ihn zum zweitenmal las. Ketty konnte nicht an dieses Glück glauben. D'Artagnan mußte ihr mündlich die Versicherung wiederholen, die ihr der Brief schriftlich gab. Wie groß auch die Gefahr war, welche die Arme bei dem leidenschaftlichen Charakter der Mylady zu bestehen hatte, wenn sie ihr dieses Briefchen überbrachte, so kehrte sie doch, so schnell sie konnte, nach der Place-Royale zurück. Das Herz der besten Frau ist bei den Leiden einer Nebenbuhlerin unbarmherzig. Mylady entfaltete den Brief mit derselben Eilfertigkeit, mit der ihn die Zofe überbracht hatte; doch wurde sie schon bei den ersten Worten leichenfahl, dann zerkrümmte sie das Papier und sprach mit blitzenden Augen zu Ketty gewendet: »Was soll's mit diesem Brief?« »Nun, es ist die Antwort auf jenen der gnädigen Frau.« sagte Ketty ganz bebend. »Unmöglich,« rief Mylady, »unmöglich kann ein Edelmann einen solchen Brief an eine Frau geschrieben haben!« Dann rief sie auf einmal wieder: »Mein Gott! könnte er wissen!? . . .« Sie hielt plötzlich inne, knirschte mit den Zähnen und ihr Antlitz ward leichenfahl. Sie wollte sich dem Fenster nähern, um frische Luft zu schöpfen, doch vermochte sie nur den Arm auszustrecken, es versagten ihr die Kräfte, sie sank zurück auf einen Stuhl. Ketty dachte, sie befinde sich unwohl und eilte zu ihr, um ihr die Schnürbrust zu lüften. »Was willst du,« kreischte sie, »was legst du Hand an mich?« »Ich glaubte, daß sich Mylady unwohl befinde, und wollte Beistand leisten,« versetzte die Zofe ganz erschreckt über den entsetzlichen Ausdruck, den das Gesicht ihrer Herrin angenommen hatte. »Ich mich unwohl befinden – hältst du mich für ein schwächliches Wesen von einer Frau? Wenn man mich verletzt, so bin ich nicht unwohl, ich räche mich, hörst du?«

Ein Rachetraum.

Am Abend erteilte Mylady den Auftrag, Herrn d'Artagnan bei ihr einzuführen, sobald er seiner Gewohnheit nach käme; er kam aber nicht. Am folgenden Morgen besuchte Ketty den jungen Mann wieder und berichtete ihm alles, was tags zuvor vorgegangen war; d'Artagnan lächelte; dieser eifersüchtige Zorn der Mylady war seine Rache. Am zweiten Tage war Mylady noch unruhiger als tags zuvor; sie erneuerte den Auftrag rücksichtlich des Gascogners, wartete aber wieder umsonst. Am nächsten Tage fand sich Ketty abermals bei d'Artagnan ein, doch war sie nicht so munter und froh wie früher, sondern im Gegenteil düster und traurig bis zum Tode. D'Artagnan fragte das arme Mädchen, was ihr fehle; allein sie zog, anstatt zu antworten, einen Brief hervor und übergab ihm denselben. Dieser Brief war von der Hand der Mylady, nur mit dem Unterschied, daß er diesmal wirklich für Herrn d'Artagnan und nicht für Herrn von Wardes bestimmt war. Er öffnete ihn und las wie folgt: »Lieber Herr d'Artagnan! es steht nicht gut, wenn man seine Freunde vernachlässigt, zumal in dem Augenblick, wo man im Begriff ist, sich auf länger von ihnen zu trennen. Ich und mein Schwager haben gestern und vorgestern auf Sie gewartet. Ist dies auch heute abend der Fall? Ihre ganz dankerfüllte Lady Winter.« »Das ist ganz einfach,« versetzte d'Artagnan, »diesen Brief hab ich mir erwartet. Mein Kredit steigt, indem der des Grafen von Wardes sinkt.« Er ließ antworten: Er erkenne ihre Güte mit dem größten Dank an und werde ihrem Befehl nachkommen; doch wagte er es nicht, ihr zu schreiben, aus Besorgnis, er könne seine Handschrift nicht genug verstellen vor so geübten Augen, wie die der Mylady waren. D'Artagnan war, als es neun Uhr schlug, auf der Place-Royale. Die Bedienten, die im Vorgemach warteten, waren von seiner Ankunft unfehlbar unterrichtet, denn sobald er ankam und ehe er noch fragte, ob Mylady zugänglich sei, lief einer von ihnen fort, um ihn anzumelden. »Lasset ihn eintreten,« rief Mylady in einem raschen und so scharfen Tone, daß es d'Artagnan im Vorgemach hören konnte. Er wurde eingeführt. »Ich bin für niemand zu Hause,« sagte Mylady, »verstehst du? für niemand.« Der Lakai ging hinaus. D'Artagnan warf einen neugierigen Blick auf Mylady. Sie war blaß und hatte müde Augen, mochte das eine Folge von Tränen oder Schlaflosigkeit sein. Man hatte absichtlich die gewöhnliche Zahl der Lichter vermindert, und dennoch konnte die junge Frau die Spuren des Fiebers nicht verbergen, das seit zwei Tagen an ihr zehrte. D'Artagnan näherte sich ihr mit seiner gewöhnlichen Artigkeit; sie mußte sich höchst anstrengen, um ihn zu empfangen, doch nie ist ein reizenderes Lächeln durch ein verstörtes Antlitz Lügen gestraft worden. Als sich d'Artagnan in bezug auf ihr Befinden erkundigte, gab ihm Mylady zur Antwort: »Schlimm, sehr schlimm!« »Nun, so bin ich unbescheiden,« versetzte d'Artagnan, »Sie bedürfen sicher der Ruhe, und ich will mich entfernen.« »O, nein, im Gegenteil, bleiben Sie, Herr d'Artagnan, Ihre liebenswürdige Gesellschaft wird mich zerstreuen.« »Sie war noch nie so reizend,« dachte d'Artagnan, »wir wollen ihr Trotz bieten.« Mylady nahm ihre einnehmendste Miene an und verlieh ihrer Konversation allen möglichen Reiz. Sie wurde nach und nach mitteilend und fragte d'Artagnan, ob er eine Liebe im Herzen nähre. »Ach!« rief d'Artagnan mit seinem beweglichen Tone, »können Sie so grausam sein und an mich eine solche Frage stellen, an mich, der ich, seit ich Sie sah, nur für Sie, für Sie allein atme und seufze?« Mylady lächelte auf seltsame Weise und sagte: »Also lieben Sie mich?« »Brauche ich es Ihnen zu sagen? Haben Sie es nicht selbst bemerkt?« »Ja, doch, allein Sie wissen, je stolzer die Herzen sind, desto schwerer hält es, sie zu erobern.« »O, die Schwierigkeiten schrecken mich nicht ab,« versetzte d'Artagnan, »mich schrecken nur die Unmöglichkeiten.« »Einer wahren Liebe ist nichts unmöglich,« bemerkte Mylady. »Nichts, Madame.« »Nichts,« wiederholte Mylady. »Teufel,« dachte d'Artagnan, »die Note ändert sich. Sollte die Launenhafte etwa in mich verliebt werden? Sollte sie willens sein, mir einen zweiten Saphir zu geben, dem ähnlich, den sie vermeintlich Herrn von Wardes gegeben hat?« »Sprechen Sie,« sagte Mylady, »was würden Sie tun, um mir die Liebe zu beweisen, von der Sie reden?« »Alles, was man von Mir fordern würde. Man gebiete, ich bin bereit.« »Zu allem?« »Zu allem!« erwiderte d'Artagnan, der im voraus wußte, daß er nicht viel wagte, wenn er sich verbindlich machte. »Gut,« versetzte Mylady, »lassen Sie uns ein wenig plaudern.« Sie rückte ihren Stuhl näher zu d'Artagnan. »Gnädige Frau, ich höre,« sagte dieser. Mylady dachte ein Weilchen unentschieden nach, dann schien sie einen Entschluß zu fassen und sprach: »Ich habe einen Feind.« »Sie, Madame?« rief d'Artagnan, den Verwunderten spielend, »mein Gott, ist das möglich bei Ihrer Schönheit und Herzensgüte?« »Einen Todfeind.« »Wirklich?« »Einen Feind, der mich so grausam beleidigt hat, daß es zwischen mir und ihm einen Krieg gibt auf Leben und Tod. Könnte ich wohl auf Sie rechnen wie auf einen Hilfsmann?« D'Artagnan erriet sogleich die Absichten des rachesüchtigen Weibes und sagte mit Begeisterung: »Madame! Sie können es; mein Arm und mein Leben gehören Ihnen, wie meine Liebe.« »Dann,« sagte Mylady, »da Sie ebenso großherzig wie verliebt sind –« »Nun?« fragte d'Artagnan. »Nun,« entgegnete Mylady nach kurzem Stillschweigen, »hören Sie von heute an auf, über Unmöglichkeiten zu sprechen.« »Erdrücken Sie mich nicht durch so viel Glück,« rief d'Artagnan, warf sich auf die Knie und bedeckte die Hände, die man ihm frei ließ, mit Küssen. »Räche mich an dem treulosen Wardes,« dachte Mylady, »und ich werde mich von dir bald loszumachen wissen, zweifacher Tor und lebendige Degenklinge.« »Ja,« dachte d'Artagnan, »sage mir, daß du mich liebst, nachdem du mich so schändlich getäuscht hast, tückisches, gefährliches Weib! und ich verhöhne dich sodann wie denjenigen, den du durch meine Hand züchtigen willst.« D'Artagnan blickte empor und sprach: »Ich bin bereit.« »Sie haben mich also verstanden«, lieber d'Artagnan?« fragte Mylady. »Ich würde wohl einen Ihrer Blicke erraten.« »Also werden Sie einen Arm für mich gebrauchen, der sich schon einen so glänzenden Ruf errungen hat?« »Auf der Stelle.« »Und wie werde ich Ihnen je einen solchen Dienst vergelten können?« fragte Mylady. »Ihre Liebe ist der einzige Lohn, den ich verlange,« entgegnete d'Artagnan, »der einzige, der Ihrer und meiner würdig ist.« »Eigennütziger!« sprach sie lächelnd. »Ha,« rief d'Artagnan, einen Augenblick von Leidenschaft hingerafft, welche die reizende Frau wieder in seinem Herzen anzufachen wußte; »ha, weil mir Ihre Liebe unwahrscheinlich vorkommt, und weil ich besorge, sie möchte gleich meinen Träumen verschwinden, so drängt es mich, aus Ihrem Munde die bestimmte Zusage zu vernehmen.« »Verdienen Sie denn schon ein solches Geständnis?« »Ich stehe zu Ihren Befehlen,« erwiderte d'Artagnan. »Wirklich?« fragte Mylady mit einem letzten Zweifel. »Nennen Sie mir den Nichtswürdigen, der diese schönen Augen mit Tränen füllte.« »Wer sagt Ihnen, daß ich geweint habe?« fragte Mylady rasch. »Mir schien es so...« »Frauen, wie ich, weinen nicht,« sagte Mylady. »Um so besser; o, sagen Sie dann, wie er sich nennt.« »Bedenken Sie, daß sein Name ganz mein Geheimnis ist.« »Doch muß ich seinen Namen wissen.« »Ja, Sie sollen das; sehen Sie, wieviel Vertrauen ich Ihnen schenke.« »Sie erfüllen mich mit Freude.« »Sie kennen ihn.« »Wirklich?« »Ja.« »Es ist doch keiner von meinen Freunden?« sagte d'Artagnan zaudernd, um für seine Unwissenheit Glauben zu gewinnen. »Und wenn es einer von Ihren Freunden wäre, würden Sie wohl Anstand nehmen?« sprach Mylady, und aus ihren Augen sprühte ein bedrohlicher Blitz. »Nein, und wäre es auch mein Bruder!« erwiderte d'Artagnan, als risse ihn die Begeisterung fort. Unser Gascogner beteuerte ohne Wagnis, da er wohl wußte, was er tun wollte. »Ich liebe Ihre Hingebung,« versetzte Mylady. »Ach,« seufzte d'Artagnan, »lieben Sie nur das an mir?« »Dies will ich Ihnen ein anderesmal sagen,« entgegnete sie und faßte ihn bei der Hand. Wäre in diesem Moment Wardes im Bereich seiner Hand gewesen, er hätte ihn getötet. Mylady ergriff diese Gelegenheit und sagte: »Er nennt sich...« »Von Wardes, ich weiß das,« fiel d'Artagnan ein. »Und wie wissen Sie das?« fragte Mylady, indem sie seine beiden Hände anfaßte und in seinen Augen bis auf den Grund der Seele zu blicken suchte. D'Artagnan fühlte, daß er sich fortreißen ließ und einen Fehler beging. »Reden Sie, reden, ach, reden Sie doch, woher wissen Sie das?« »Woher ich es weiß?« versetzte d'Artagnan. »Ja.« »Ich weiß es, weil von Wardes gestern in einem Salon, wo ich mich befand, einen Ring vorzeigte, den er von Ihnen erhalten zu haben vorgab.« »Der Schändliche!« rief Mylady. Dieses Beiwort widerhallte, wie sich erachten läßt, im Grunde des Herzens von d'Artagnan. »Nun?« fragte sie. »Nun, ich will Sie an diesem Nichtswürdigen rächen,« entgegnete d'Artagnan, und gab sich dabei die Miene des Don Japhet von Armenien. »Ich danke Ihnen, mein wackerer Freund!« sprach Mylady, »und wann werde ich gerächt sein?« »Morgen, oder auf der Stelle, wenn Sie wollen.« Mylady wollte rufen: »Auf der Stelle,« allein sie erwog, daß eine solche Eilfertigkeit eben nicht angenehm für d'Artagnan wäre. Außerdem hatte sie noch tausendfache Vorsichtsmaßregeln zu treffen, ihrem Vertreter noch tausend Ratschläge zu erteilen, um mit dem Marquis Erklärungen vor Zeugen zu vermeiden. »Sie sind morgen gerächt, oder ich bin tot,« versetzte d'Artagnan. »Nein,« entgegnete sie, »Sie werden mich rächen, aber nicht sterben. Dafür weiß ich etwas.« »Und was wissen Sie?« »Mir deucht, Sie hatten sich im Streit mit ihm nicht über das Glück zu beklagen.« »Das Glück ist eine Kurtisane, heute ist es mir günstig, morgen kann es mich verraten.« »Das will sagen, daß Sie jetzt Anstand nehmen.« »Nein, ich nehme keinen Anstand, Gott bewahre mich, allein...« »Stille!« unterbrach sie ihn, »ich höre meinen Schwager. Er braucht Sie hier nicht anzutreffen.« Sie schellte und Ketty trat ein. »Entfernen Sie sich durch diese Tür,« sprach sie zu d'Artagnan und öffnete eine kleine, geheime Pforte. »Kommen Sie um elf Uhr wieder, und wir wollen unsere Unterredung ins Reine bringen. Ketty wird Sie bei mir einführen.« Das arme Kind glaubte ohnmächtig zu werden, als sie diese Worte vernahm. »Nun, Mademoiselle, was tut Ihr denn? Ihr steht ja unbeweglich da wie eine Statue. Hört! führt diesen Herrn zurück... und um elf Uhr, vergessen Sie nicht.« »Es scheint,« dachte d'Artagnan, »daß alle ihre Rendezvous um elf Uhr sind; das ist eine angenommene Gewohnheit.«

Das Geheimnis der Mylady.

D'Artagnan machte fünf oder sechs Gänge rings um die Place-Royale, von widerstreitenden Empfindungen in Bewegung gesetzt, und wandte sich von zehn zu zehn Schritten um, damit er das Licht im Zimmer der Mylady sah, das durch die Jalousien flimmerte; die junge Frau war diesmal offenbar weniger bedrängt, als das erstemal, in ihr Zimmer zurückzukehren. Endlich schlug es elf Uhr. Bei diesem Schall entwich alle Entschlossenheit aus dem Herzen d'Artagnans. Er gedachte aller Einzelheiten der Unterredung zwischen ihm und der Mylady, und nach einer schnellen Wendung des Entschlusses, die unter solchen Umständen so häufig eintritt, eilte er mit klopfendem

Herzen und brennendem Kopf in das Hotel, und begab sich zunächst in Kettys Zimmer. Das junge Mädchen, blaß wie der Tod und an allen Gliedern zitternd, wollte d'Artagnan abhalten, allein Mylady, die mit ihrem lauschenden Ohr das durch seinen Eintritt verursachte Geräusch gehört hatte, öffnete die Tür und hieß ihn eintreten. Auch Ketty stürzte nach der Tür. Die Eifersucht, die Wut, der verletzte Stolz, kurz, alle Leidenschaften, die in einem verliebten weiblichen Herzen streiten, trieben sie zu einer Erklärung; doch war sie verloren, wenn sie bekannte, daß sie bei einer solchen Machination die Hand im Spiele hatte, und was noch mehr alles zu berücksichtigen kam – d'Artagnan war für sie verloren. Dieser letzte Liebesgedanke riet ihr zu einem letzten Opfer. Indes hatte Mylady, die nicht dieselben Gründe hatte wie d'Artagnan, um zu vergessen, ihn alsbald aus seinen Betrachtungen gezogen und zur Wirklichkeit dieser Zusammenkunft zurückgerufen; sie fragte ihn, ob er bereits über die Maßregeln nachgedacht habe, die ihn am folgenden Tage mit dem Grafen von Wardes in Streit verwickeln sollten? Allein d'Artagnan, dessen Gedanken eine andere Richtung eingeschlagen hatten, vergaß sich wie ein Tor und antwortete auf eine schmeichelnde Weise, er könne in ihrer Nähe, wo er nichts als das Glück empfinde, sie zu sehen und zu hören, unmöglich an Kämpfe und Degenstiche denken. Diese Kälte für das einzige Interesse, das sie beschäftigte, erschreckte sie, und ihre Fragen wurden noch dringlicher, hierauf wollte d'Artagnan, der nie ernstlich an dieses unmögliche Duell gedacht hatte, dieses Gespräch wenden, doch hatte er nicht dazu die Kraft. Mylady hielt das Gespräch innerhalb der Grenzen, die sie in ihrem unwiderstehlichen Geist und eisernen Willen im voraus ausgezeichnet hatte. Nunmehr glaubte d'Artagnan sehr geistreich zu sein, daß er Mylady riet, sie möchte Wardes verzeihen und ihre wütenden Pläne aufgeben. Doch schon bei den ersten Worten, die er sprach, nahm das Antlitz der jungen Frau einen finsteren Ausdruck an. »Haben Sie etwa Furcht, lieber Herr d'Artagnan?« sprach sie in einem schneidenden, höhnischen Tone, der in den Ohren des jungen Mannes seltsam klang. »Ich denke nicht daran, liebe Seele,« entgegnete d'Artagnan, »allein, wenn dieser arme Graf von Wardes zuletzt doch minder schuldig wäre, als Sie meinen?« »In jedem Falle«, sprach Mylady ernst, »hat er mich betrogen, und von dem Moment an, wo er mich betrogen hat, verdient er den Tod.« »Er wird somit sterben, da Sie ihn verurteilen,« entgegnete d'Artagnan in einem so festen Tone, daß er Mylady als der Ausdruck einer Hingebung erschien, die jede Prüfung besteht. Sie lächelte ihm von neuem zu. »Ja, jetzt stehe ich ganz bereit!« rief d'Artagnan voll unwillkürlicher Begeisterung; »doch vorher möchte ich in einer Sache versichert sein.« »In welcher?« fragte Mylady. »Daß Sie mich lieben!« »Dies beweist schon, daß Sie hier sind, glaube ich,« erwiderte sie, Verlegenheit heuchelnd. »Ja, ich gehöre Ihnen mit Leib und Seele. Verfügen Sie über meinen Arm.« »Dank, mein wackerer Verteidiger! und wie ich Ihnen meine Liebe dadurch beweise, daß ich Sie empfange, so werden Sie auch die Ihrige beweisen, nicht wahr?« »Allerdings. Doch, wenn Sie mich lieben, wie Sie vorgeben, sind Sie meinetwegen nicht ein bißchen bange?« »Was soll ich fürchten?« »Daß ich gefährlich verwundet, ja, sogar getötet werde!« »Unmöglich!« rief Mylady, »sind Sie doch ein mutvoller Mann, ein gewandter Degen!« »Sie wollen also nicht lieber ein Mittel zu ihrer Rache, wodurch der Zweikampf unnötig würde?« Mylady blickte den jungen Mann stillschweigend an; ihre leuchtenden Augen hatten einen seltsam düsteren Ausdruck angenommen. »In Wahrheit,« rief sie, »mir dünkt, Sie nehmen abermals Anstand.« »Nein, ich nehme keinen Anstand, doch tut es mir wirklich leid um den armen Grafen von Wardes, seit Sie ihn nicht mehr lieben, und mich dünkt, ein Mann muß schon durch den Verlust Ihrer Liebe so hart bestraft sein, daß es keiner andern Strafe mehr bedarf.« »Wer sagt Ihnen, daß ich ihn jemals liebte?« fragte Mylady. »Ich kann es jetzt wenigstens ohne Ungereimtheit glauben, daß Sie einen andern liebten,« versetzte der junge Mann mit Artigkeit, »und ich wiederhole Ihnen, daß ich mich für den Grafen interessiere.« »Sie?« fragte Mylady. »Ja, ich.« »Und warum?« »Weil ich allein weiß ...« »Was?« »Weil er gegen Sie lange nicht so schuldig ist, oder war, wie es den Anschein hat.« »Wirklich?« versetzte Mylady mit Unruhe, »erklären Sie sich, denn ich weiß in der Tat nicht, was Sie damit sagen wollen.« Hier blickte sie d'Artagnan mit Augen an, in denen allmählich ein düsteres Feuer brannte. »Ja, ich bin ein Mann von Wort,« sagte d'Artagnan, fest entschlossen, die Sache zu beenden, »und seit Sie mir Ihre Liebe gestanden haben, bin ich Ihres Besitzes versichert; nicht wahr, ich besitze Sie?« »Ganz und gar. Fahren Sie fort.« »Seitdem fühle ich mich umgewandelt. Ein Geständnis drückt mich.« »Ein Geständnis?« »Hätte ich an Ihrer Liebe gezweifelt, würde ich es nicht ablegen, aber nicht wahr, Sie lieben mich?« »Gewiß.« »Wenn ich mich nun aus übermäßiger Liebe gegen Sie versündigt hätte, würden Sie mir wohl verzeihen?« »Vielleicht. Doch das Geständnis,« rief sie erblassend, »was ist es?« »Nicht wahr, Sie haben am verflossenen Donnerstag dem Grafen von Wardes in diesem Zimmer ein Stelldichein gegeben?« »Ich, nein! es ist nicht so,« entgegnete die Mylady mit so fester Stimme und solcher Ruhe im Antlitz, dass d'Artagnan daran gezweifelt hätte, wäre er der Sache nicht vollkommen gewiß gewesen. »O, lügen Sie nicht, schöner Engel, es wäre fruchtlos,« sagte d'Artagnan, ein Lächeln erkünstelnd. »Wie das? reden Sie doch, Sie martern mich zu Tode.« »Dieser Ring ist in meinen Händen, der Graf von Wardes vom Donnerstag und d'Artagnan von heute sind ein und dieselbe Person.« Der Unbesonnene erwartete eine Verwunderung, gemengt mit Beschämung, einen Sturm, der sich in Tränen auflösen würde;

doch irrte er gewaltig, und sein Irrtum dauerte nicht lange. Mylady richtete sich auf, blaß und schrecklich, und wollte d'Artagnan durch einen heftigen Stoß gegen die Brust zurückdrängen und sich entfernen. D'Artagnan hielt sie am Kleide zurück, um Verzeihung zu flehen, sie suchte aber mit einer raschen und entschlossenen Bewegung die Flucht zu ergreifen. Da zerriß oben das Kleid am Leibe und d'Artagnan erblickte auf einer ihrer schönen Schultern, die sich entblößte, mit unsäglichem Erschrecken die Lilie, das unvertilgbare Mal von der Hand des Henkers, eingedrückt. »Großer Gott!« rief er, ließ das Kleid aus den Händen gleiten und verharrte stumm am Platz, unbeweglich, zu Eis erstarrt. Mylady fühlte sich aber eben durch d'Artagnans Schrecken verraten. Er hatte zweifelsohne alles gesehen, der junge Mann wußte jetzt ihr Geheimnis, ein schreckliches Geheimnis, das bisher der ganzen Welt verborgen war. Sie wandte sich um und war nicht mehr das rasende Weib, sondern ein verwundetes Panthertier. »Ha, Elender!« rief sie, »du hast mich feige verraten, und noch mehr, du weißt nun mein Geheimnis und mußt sterben!« Sie eilte zu einem kleinen Kistchen von eingelegter Arbeit, das auf ihrem Putztisch stand, schloß es mit fieberhaft bebenden Händen auf, nahm einen kleinen Dolch mit goldenem Griff und dünner, scharfer Klinge hervor und stand wieder mit einem Satz vor d'Artagnan, der auf seinem Sitze geblieben war. Wiewohl der junge Mann viel Mut besaß, so erschrak er doch vor diesem verwüsteten Antlitz, diesen hervorragenden Augen, diesen blassen Wangen, diesen geröteten Lippen; er stand auf und trat zurück, wie er es vor einer Schlange getan hätte, die auf ihn zugekrochen wäre, fuhr mit seiner schweißfeuchten Rechten instinktartig an den Degen und zog ihn aus der Scheide. Ohne daß sich aber Mylady beim Anblick der blitzenden Klinge fürchtete, rückte sie vor, um ihm einen Stoß zu versetzen, und hielt erst dann inne, als sie seine Klingenspitze auf ihrer Brust fühlte. Sie suchte nun den Degen mit ihren Händen zu erfassen, allein d'Artagnan entzog ihn unablässig ihren Griffen, streckte ihr denselben, ohne zu stoßen, bald gegen die Brust, bald gegen die Augen hin, und wich stets mehr und mehr zurück, um die Tür zu gewinnen, die zu Ketty führte, und durch dieselbe zu verschwinden. Mittlerweile drang Mylady mit furchtbarem Ungestüm und einem wahrhaften Löwengebrüll auf ihn ein. Da aber das zuletzt wie ein Duell aussah, so gewann d'Artagnan allmählich mehr Ruhe, und sprach zu ihr: »Genug, schöne Dame, genug! aber ich bitte Sie um Gottes willen, sich zu besänftigen, oder ich will auf Ihre andere Schulter eine zweite Lilie zeichnen.« »Verwünschter! Nichtswürdiger!« heulte Mylady. D'Artagnan aber suchte fortwährend die Tür, und war nur auf seine Verteidigung bedacht! Auf den Lärm, den sie durch das Umwerfen der Möbel verursachten, sie, um ihn zu erreichen, er, um sich vor ihr hinter den Geräten zu schützen, machte Ketty die Tür auf. D'Artagnan, der fortwährend manövrierte, um sich der Tür zu nähern, war von derselben nur noch drei Schritte entfernt. Er sprang mit einem Satz aus dem Zimmer der Mylady in das der Zofe und verschloß mit Blitzesschnelle die Tür wieder, gegen die er sich mit ganzer Gewalt stemmte, indes Ketty den Riegel vorschob. Hierauf bemühte sich Mylady, den Stützpfeiler umzustürzen, der sie in ihr Zimmer einschloß, und zwar mit Kräften, die weit über die einer Frau gingen. Da sie fühlte, dies wäre unmöglich, so durchbohrte sie die Tür mit Dolchstößen, von denen einige ganz durchdrangen. Auch begleitete sie jeden Stoß mit einer entsetzlichen Verwünschung. »Schnell, Ketty, schnell!« rief d'Artagnan, »mach, daß ich aus diesem Hause komme; wenn wir ihr nur Zeit lassen, sich umzuwenden, läßt sie mich durch ihre Bedienten umbringen. Laß uns eilen, hörst du, denn davon hängt Leben und Tod ab.« Ketty verstand ihn nur zu wohl und führte ihn im Finstern die Treppe hinab. Es war die höchste Zeit; Mylady hatte schon geschellt und das ganze Haus aufgeweckt; der Portier zog auf Kettys Stimme die Schnur, während Mylady aus dem Fenster rief: »Öffnet nicht!« Der junge Mann entwich, während sie ihn mit einer ohnmächtigen Gebärde bedrohte, und als sie ihn aus ihrem Gesicht verlor, sank sie in ihrem Zimmer ohnmächtig zu Boden.

Wie Athos seine Equipierung fand, ohne sich dabei anzustrengen.

D'Artagnan war dergestalt bewegt und verblüfft, daß er sich ganz und gar nicht darum bekümmerte, was mit Ketty geschah, in aller Hast halb Paris durchlief und nicht früher anhielt, bis er vor Athos' Tür stand. Die Verwirrung seines Geistes, der Schrecken, der ihn geißelte, das Geschrei einiger Patrouillen, machten, daß er nur noch schneller lief. Er flog durch den Hof, sprang über die zwei Treppen und schlug so an die Tür, als sollte sie in Trümmer gehen. Grimaud öffnete mit schlaftrunkenen Augen. D'Artagnan stürzte so ungestüm in das Vorgemach, daß er ihn fast niederrannte. Obwohl Grimaud gewöhnlich stumm war, kam ihm jetzt doch die Sprache. Als er den entblößten Degen in d'Artagnans Hand erblickte, dachte der arme Bursche, er habe es mit einem Mörder zu tun und schrie: »Zu Hilfe! herbei! zu Hilfe!« »Schweig, Unglückseliger!« rief der junge Mann; »ich bin d'Artagnan. Erkennst du mich nicht mehr! wo ist dein Herr?« »Sie sind es, Herr d'Artagnan?« sagte Grimaud erschrocken, »unmöglich!« Da trat Athos im Schlafrock aus seinem Zimmer und sprach: »Grimaud, ich glaube, daß du dich zu sprechen erkühnest?« »Ach, gnädiger Herr, weil...« »Stille!« Grimaud zeigte nur noch mit dem Finger auf d'Artagnan. Athos fing bei all seinem Phlegma laut zu lachen an, und sein Gelächter ward durch die verstörte Miene seines Freundes ganz gut motiviert. »Lachen Sie nicht, Freund!« rief d'Artagnan, »beim Himmel, lachen Sie nicht, denn ich sage Ihnen bei meiner Seele, es gibt gar nichts zum Lachen.« Er sprach diese Worte mit einer so feierlichen Miene und mit einem solchen Ausdruck des Schreckens, daß ihn Athos auf der Stelle bei der Hand nahm und sagte: »Sind Sie etwa verwundet, mein Freund? Sie sind sehr bleich.« »Nein, doch begegnete mir eben ein schreckliches Abenteuer. Sind Sie allein, Athos?« »Fürwahr! wer sollte denn zu dieser Stunde bei mir sein?« »Gut, gut!« D'Artagnan trat hastig in Athos' Zimmer. »Ei, so reden Sie nur,« sprach dieser, indem er die Tür schloß und den Riegel vorschob, um ungestört zu sein. »Sie sind ja ganz verwirrt! Reden Sie, lassen Sie hören, ich sterbe ja schon vor Unruhe.« »Athos,« entgegnete d'Artagnan, »machen Sie sich gefaßt, eine unglaubliche, unerhörte Geschichte zu vernehmen.« »So reden Sie nur,« sagte Athos. »Nun wohlan,« fuhr d'Artagnan fort, neigte sich zu Athos' Ohr und sagte mit gedämpfter Stimme: »Mylady ist mit einer Lilie an der Schulter bezeichnet.« »Ha!« schrie der Musketier, als hätte ihm eine Kugel das Herz durchbohrt. »Sagen Sie,« sprach d'Artagnan, »sind Sie versichert, daß die andere tot ist?« »Die andere?« erwiderte Athos mit so gedämpfter Stimme, daß ihn d'Artagnan kaum hören konnte. »Ja, jene, von der Sie mir einmal in Amiens erzählt haben.« Athos stieß einen Seufzer aus und drückte seinen Kopf in die Hände. »Diese«, fuhr d'Artagnan fort, »ist eine Frau von sechsundzwanzig bis achtundzwanzig Jahren.« »Blond?« fragte Athos. »Ja.« »Blaue, helle Augen von seltener Klarheit, mit schwarzen Wimpern und Brauen?« »Ja.« »Groß, schön gewachsen? sie hat eine Zahnlücke neben dem linken Augenzahn?« »Ja.« »Die Lilie ist klein, von roter Farbe, und gleichsam verwischt durch Pflaster, die man angewendet hat?« »Ja.« »Sie sagen aber, daß diese Frau eine Engländerin ist.« »Man nennt sie wohl Mylady, sie kann aber immerhin eine Französin sein, Lord von Winter ist nur ihr Schwager.« »Ich will sie sehen, d'Artagnan!« »Seien Sie auf der Hut, Athos, seien Sie auf der Hut. Sie wollen sie töten, sie ist die Frau, um Gleiches mit Gleichem zu vergelten, und wird nicht ermangeln, es zu tun.« »Sie wird sich nicht getrauen, etwas zu sagen, denn das hieße sich selbst angeben.« »Sie ist alles zu tun fähig. Sahen Sie sie schon in der Wut?« »Nein,« versetzte Athos. »Ein Tigertier, ein Panthertier! O, mein lieber Athos, ich fürchte sehr, daß wir eine schreckliche Rache über uns herbeigerufen haben! . . .« Sonach erzählte d'Artagnan alles, den wahnsinnigen Zorn und die Todesdrohungen der Mylady. »Sie haben recht,« versetzte Athos, »und ich würde mein Leben für ein Haar hingeben. Glücklicherweise verlassen wir übermorgen Paris, ziehen wahrscheinlich ganz nach La Rochelle, und sind wir einmal fort . . .« »So werden Sie von ihr verfolgt bis ans Ende der Welt, Athos, wenn sie Sie wiedererkennt. Ihr Haß wende sich nur allein gegen mich.« »O, mein

Lieber, was liegt daran, wenn sie mich tötet?« sagte Athos. »Glauben Sie denn, daß ich am Leben hänge?« »Unter alledem steckt ein schreckliches Geheimnis, Athos; diese Frau ist die Kundschafterin des Kardinals; davon bin ich überzeugt.« »Für diesen Fall seien Sie auf der Hut. Wenn Sie der Kardinal wegen der Londoner Angelegenheit bewundert, so wird er Sie mächtig hassen.« »Hier handelt es sich zum Glück nur darum,« sagte d'Artagnan, »bis übermorgen unbehindert umherzugehen; denn sind wir einmal bei der Armee, so haben wir es bloß mit Männern zu tun, wie ich hoffe.« »Bis dahin«, versetzte Athos, »entsage ich meinem Einsperrungssystem und gehe mit Ihnen überall herum. Sie müssen nach der Gasse Fossoyeurs zurückkehren; ich will Sie dahin begleiten.« »Wohlan, mein lieber Athos; doch lassen Sie mich Ihnen den Ring übergeben, den ich von dieser Frau bekommen habe. Der Saphir gehört Ihnen. Sagten Sie nicht, es sei ein Familienkleinod?« »Ja, mein Vater kaufte ihn einst für zweitausend Taler, wie er mir gesagt hat. Er bildete einen Teil der Brautgeschenke, die er meiner Mutter machte. Er ist ein herrlicher Stein. Meine Mutter gab ihn mir, und ich Tor, der ich gewesen, habe ihn, statt ihn wie eine Reliquie zu bewahren, dieser Nichtswürdigen geschenkt.« »Wohl, nehmen Sie diesen Ring zurück, an dem Sie begreiflicherweise hängen müssen.« »Ich soll den Ring zurücknehmen, nachdem er durch die Hände dieser Elenden gegangen ist? Nie, d'Artagnan! dieser Ring ist besudelt!...« »Nun, so verkaufen oder verpfänden Sie ihn, man wird Ihnen sicher tausend Taler darauf borgen. Mit dieser Summe können Sie Ihre Angelegenheit bequem abtun. Dann lösen Sie ihn mit dem ersten Gelde, das Sie bekommen, wieder zurück und nehmen ihn, von seinen alten Makeln gereinigt, da er inzwischen durch die Hände von Wucherern ging.« Athos lächelte und sprach: »Mein lieber d'Artagnan, Sie sind ein reizender Geselle, Sie wissen durch Ihre ewige Laune die armen Geister in ihrem Gram aufzuheitern. Wohlan, verpfänden wir den Ring, der mir gehört, jedoch unter einer Bedingung.« »Unter welcher?« »Daß fünfhundert Taler für Sie und fünfhundert Taler für mich sind.« »Ei, was denken Sie doch, Athos? Ich brauche nicht den vierten Teil von dieser Summe, da ich bei den Garden stehe, und wenn ich meinen Sattel verkaufe, so decke ich meinen Bedarf. Was brauche ich denn? Ein Pferd für Planchet, weiter nichts. Übrigens vergaßen Sie, daß ich gleichfalls einen Ring habe.« »An dem Sie, wie es scheint, mehr hängen, als ich an dem meinigen. Ich glaube, das wenigstens wahrzunehmen.« »Ja; denn in einer außerordentlichen Bedrängnis kann er uns nicht bloß aus der Not helfen, sondern uns auch irgend einer Gefahr entziehen. Es ist nicht bloß ein Diamant, es ist auch ein Talisman. Nun gut denn, ich nehme es an,« sagte d'Artagnan.

D'Artagnan und Athos kamen ohne Unfall in die Gasse Fossoyeurs. Herr Bonacieux stand vor seiner Tür und stierte d'Artagnan mit plumper Miene an. Dann sprach er: »He, mein lieber Mietsherr, eilen Sie doch, es wartet ein hübsches Mädchen in Ihrem Zimmer, und Sie wissen, die Frauen lassen nicht gern lange auf sich warten.« »Das ist Ketty,« rief d'Artagnan und eilte in den Gang. Er traf das arme Kind auf dem Flur, der nach seinem Zimmer führte; sie hatte sich zitternd an die Tür gelehnt. Als sie ihn erblickte, sprach sie: »Sie haben mir Ihren Schutz zugesagt. Sie haben mir versprochen, mich vor ihrem Zorn zu verwahren. Bedenken Sie, daß Sie es sind, der Sie mich ins Unglück brachten.« »Ja, gewiß,« versetzte d'Artagnan; »sei nur beruhigt, Ketty. Was ist denn nach meinem Abgang noch geschehen?« »Weiß ich das?« entgegnete Ketty. »Auf ihr Geschrei liefen alle Diener zusammen; sie war schrecklich entrüstet, und schleuderte alle erdenklichen Verwünschungen über Sie. Dann dachte ich, sie würde sich erinnern, daß Sie durch mein Zimmer in das ihrige gekommen sind, und sie müßte mich für mitschuldig halten. Ich nahm also das bißchen Geld, das ich besaß, meine besten Kleider, und ergriff die Flucht –« »Armes Kind! was soll ich aber mit dir tun, da ich übermorgen abreise?« »Alles, was Sie wollen, Herr Chevalier, machen Sie nur, daß ich Paris, daß ich Frankreich verlasse.« »Ich kann dich doch nicht mit mir nehmen zur Belagerung von La Rochelle,« versetzte d'Artagnan. »Nein, Sie können mich aber in der Provinz unterbringen, bei einer Dame von Ihrer Bekanntschaft, etwa in Ihrem Vaterland.« »O, liebe Freundin, in meinem Geburtsland haben die Frauen keine Kammermädchen. Aber halt, ich weiß, was da zu tun ist. Planchet, hole Aramis, er wolle sogleich zu mir kommen; wir haben mit ihm etwas von Wichtigkeit zu sprechen.« »Ich wohne, wo man will,« sagte Ketty, »wenn ich nur verborgen bin, und niemand weiß, wo ich mich befinde.« »Jetzt, Ketty, wo wir scheiden müssen, und du folglich auf mich nicht mehr eifersüchtig bist...« »Herr Chevalier, ich werde Sie, ob nah oder fern, beständig lieben.« »Auch ich,« versetzte d'Artagnan, »glaube mir, auch ich werde dich immer lieben. Ich lege auf die Frage, die ich an dich stelle, ein großes Gewicht. Hörtest du niemals von einer jungen Frau reden, die eines nachts entführt worden ist?« »Ha! – Ach, mein Gott! Herr Chevalier, lieben Sie diese Frau noch?« »Nein, einer meiner Freunde liebt sie – – Athos, den du hier siehst.« »Ich?« schrie Athos mit einem Ausruf, als ob er auf eine Natter getreten wäre. »Ja, Sie,« entgegnete d'Artagnan und drückte ihm die Hand. »Sie wissen es, welchen Anteil wir an dem Schicksal der guten Madame Bonacieux nehmen. Überdies wird Ketty nicht geschwätzig sein. Nicht wahr, Ketty? Du siehst wohl ein, mein Kind,« fuhr d'Artagnan fort, »es ist die Frau des garstigen Affen, den du bei deinem Eintritt unten an der Tür stehen sahst.« »Ach, mein Gott! Sie erinnern mich an meine Angst; wenn er mich nur nicht erkannt hat.« »Wie erkannt? Du hast also diesen Menschen schon einmal gesehen?« »Er ist zweimal zu Mylady gekommen.« »Ha doch! Und um welche Zeit?« »Es war vor etwa vierzehn oder achtzehn Tagen.« »Richtig.« »Und gestern abend kam er wieder.« »Gestern abend?« »Ja, kurz, bevor Sie selbst gekommen sind.« »Mein lieber Athos, wir sind in ein Netz von Spionen verstrickt.« »Und du, Ketty, glaubst, daß er dich kannte?« »Ich zog wohl meine Haube herab, als ich ihn sah, doch war es vielleicht schon zu spät.« »Athos, gehen Sie doch hinab, man beargwöhnt Sie weniger als mich, und sehen Sie, ob er noch an seiner Tür steht.« Athos ging hinab und kehrte sogleich wieder zurück. »Er ist fortgegangen,« sprach er, »und das Haus ist zugeschlossen.« »Gewiß macht er seinen Bericht, daß eben alle Tauben im Schlage beisammen sind.« »Gut, doch wir wollen ausfliegen«, sagte Athos, »und nur Planchet zurücklassen, damit er uns Nachricht bringe.« »Einen Augenblick! und was ist's mit Aramis, den wir holen ließen?« »Das ist wahr,« versetzte Athos; »warten wir auf Aramis.« In diesem Moment trat Aramis ein. Man erklärte ihm die ganze Lage der Dinge und sagte ihm, daß er unter seinen hohen Bekanntschaften notwendig einen Platz für Ketty suchen müsse. Aramis dachte ein Weilchen nach, dann sprach er errötend: »Leiste ich Ihnen damit wirklich einen großen Dienst, d'Artagnan?« »Ich will Ihnen durch mein ganzes Leben dafür erkenntlich sein.« »Nun gut, Frau von Bois-Tracy hat mich für eine ihrer Freundinnen, die in der Provinz wohnt, wie ich glaube, um eine zuverlässige Kammerjungfer ersucht, und wenn Sie mir bürgen können für dieses Mädchen, d'Artagnan...« »O, gnädiger Herr,« rief Ketty, »ich werde dieser Person, die mich in den Stand setzt, Paris zu verlassen, gewiß ganz und gar ergeben sein.« »Nun,« sagte Aramis, »so geht die Sache nach Wunsch.« Er setzte sich an den Tisch, schrieb einige Worte, versiegelte sie mit einem Ring und übergab Ketty das Briefchen. »Jetzt, mein Kind,« sprach d'Artagnan, »jetzt weißt du, daß es hier für uns nicht besser ist, als für dich. Nun müssen wir uns trennen, werden uns jedoch in schöneren Tagen wiedersehen.« »Und wo und wann wir uns wiedersehen mögen,« sagte Ketty, »so werden Sie finden, daß ich Sie stets so innig liebe wie heute.«

Ein Weilchen darauf trennten sich die drei jungen Männer, und ließen nur Blanchet als Wächter des Hauses zurück. Aramis kehrte zurück in seine Wohnung, indes Athos und d'Artagnan für die Unterbringung des Saphirs bedacht waren. Wie es unser Gascogner vorhergesehen, fand man alsbald dreihundert Pistolen für den Ring. Außerdem aber äußerte der Jude, wollte man denselben an ihn verkaufen, würde er sogar fünfhundert Pistolen dafür bezahlen, denn er könnte daraus ein prächtiges Ohrgehänge verfertigen lassen. Athos und d'Artagnan verstanden nun mit der Rührigkeit von zwei Soldaten und der Geschicklichkeit von zwei Krämern in kaum drei Stunden die ganze

Equipierung des Musketiers anzuschaffen. Von den hundertundfünfzig Pistolen des Athos blieb kein Sou mehr übrig. D'Artagnan bot seinem Freund einen Teil von dem, was ihm zugekommen war, allein Athos zuckte statt aller Antwort bloß die Achseln. »Wieviel würde der Jude für den Saphir geben, wenn er ihm als Eigentum bliebe?« fragte er. »Fünfhundert Pistolen.« »Also zweihundert Pistolen mehr, einhundert für Sie und einhundert für mich. Das ist ein wahres Glück, Freund, gehen Sie wieder zu dem Juden.« »Wie doch, Sie wollten?...« »Dieser Ring würde wahrlich zu traurige Erinnerungen in mir erwecken; dann hätten wir ihm auch niemals die dreihundert Pistolen zurückzuerstatten, so daß wir bei diesem Handel zweitausend Livres verlieren würden. Sagen Sie demselben, der Ring gehöre ihm, d'Artagnan, und kommen Sie dann zurück mit den zweihundert Pistolen.« »Bedenken Sie das, Athos?« »Das bare Geld ist in dieser Zeit kostbar, und man muß Opfer zu bringen verstehen. Gehen Sie, d'Artagnan, gehen Sie, Grimaud wird Sie mit seinem Gewehr begleiten.« Eine halbe Stunde darauf kehrte d'Artagnan mit den zweihundert Pistolen zurück, ohne daß ihm ein Unfall begegnet wäre.

Eine süße Erscheinung

Die vier Freunde kamen zur festgesetzten Stunde bei Athos zusammen. Ihre Besorgnisse in bezug auf die Equipierung waren gänzlich verschwunden, und jedes Antlitz behielt nun doch den Ausdruck seiner eigenen und geheimen Unruhe, denn es birgt sich hinter jedem gegenwärtigen Glück eine Furcht vor der Zukunft. Auf einmal trat Planchet ein und brachte zwei Briefe mit der Adresse von d'Artagnan. Der eine war zierlich gefaltet, von länglicher Form, mit einem schönen grünen Wachssiegel, auf dem eine Taube mit einem grünen Zweig im Schnabel abgedrückt war. Der andere war groß und viereckig; auf ihm prangte das Wappen Seiner Eminenz, des Kardinal-Herzogs. Beim Anblick des kleinen Briefes hüpfte d'Artagnans Herz vor Freude, da er die Hand zu erkennen glaubte; denn obwohl er dieselbe erst einmal gesehen, so hatte sich doch die Erinnerung tief in sein Inneres eingeprägt. Er nahm somit den kleinen Brief und erbrach ihn hastig. Er enthielt folgende Zeilen: »Machen Sie am kommenden Mittwoch von sechs bis sieben Uhr einen Spaziergang auf der Straße von Chaillot, und blicken Sie sorgfältig in jeden Wagen, der bei Ihnen vorüberrollt. Wenn Ihnen aber an Ihrem Leben und an dem derjenigen gelegen ist, die Sie lieben, so reden Sie kein Wort. Machen Sie keine Bewegung, aus der sich ersehen ließe, daß Sie diejenige erkannt haben, die alles wagt, um Sie nur einen Augenblick zu sehen!...« Die

Unterschrift fehlte. »Das ist eine Schlinge,« sagte Athos, »gehen Sie nicht dahin, d'Artagnan.« »Doch glaube ich ganz sicher, die Handschrift zu erkennen, versetzte dieser. »Sie kann nachgeahmt sein,« erwiderte Athos. »Jetzt ist von sechs bis sieben Uhr die Straße von Chaillot ganz verödet. Sie könnten ebensogut im Walde von Bondy spazieren gehen.« »Aber wenn wir alle dahin gingen?« sagte d'Artagnan, »zum Teufel, man würde doch nicht alle vier, samt vier Lakaien, vier Pferden und Waffen verschlingen; das würde wohl eine Unverdaulichkeit herbeiführen.« »Dann hätten wir auch Gelegenheit, unsere Pferde sehen zu lassen,« versetzte Porthos. »Doch, wenn es eine Frau ist, die Ihnen schreibt,« sprach Aramis, »und wenn diese Frau nicht gesehen sein will, so bedenken Sie, d'Artagnan, daß Sie dieselbe bloßstellen, was sich für einen Edelmann nicht ziemt.« »Wir wollen ein bißchen zurückbleiben,« sagte Porthos, »er reitet allein voraus.« »Ja, aber eine Pistole ist bald abgefeuert aus einem Wagen, der im Fluge dahinrollt.« »Bah,« entgegnete d'Artagnan, »man wird mich nicht treffen. – Dann holen wir den Wagen ein und hauen alle nieder, die darin sitzen. Damit verringern wir die Zahl unserer Feinde.« »Er hat recht,« bemerkte Porthos; »eine Schlacht ist gut, da wir ohnedies unsere Waffen versuchen sollen.« »Meiner Treu, verschaffen wir uns dieses Vergnügen,« sagte Aramis mit seiner süßen, gleichgültigen Miene. »Wie es beliebt,« entgegnete Athos. »Meine Herren,« sprach d'Artagnan, »es ist halb fünf Uhr, wir haben kaum mehr Zeit, uns auf den Weg nach Chaillot zu begeben.« »Kämen wir zu spät dahin,« sagte Porthos, »würde man uns nicht mehr sehen, und das wäre schade. Also auf, meine Herren!« »Sie vergessen aber auf den zweiten Brief,« ermahnte Athos. »Das Siegel scheint mir anzuzeigen, daß er wert ist, geöffnet zu werden. Lieber d'Artagnan, ich kümmerte mich mehr um diesen, als um den kleinen Zettel dort, den Sie ganz zärtlich an Ihr Herz legten.« D'Artagnan wurde rot und sagte: »Nun, meine Herren, wollen wir sehen, was Seine Eminenz von mir will.« Er entsiegelte den Brief und las: »Herr d'Artagnan, von der Garde des Königs, Kompagnie des Essarts, wird diesen Abend um acht Uhr im Palais-Cardinal erwartet. Lahoudinière, Kapitän der Garden.« »Teufel!« rief Athos, »das ist ein Rendezvous, das viel mehr Unruhe einflößen muß als das andere.« »Ich gehe zu dem zweiten, wenn ich vom ersten zurückkehre.« versetzte d'Artagnan. »Das eine findet um sieben, das andere um acht Uhr statt. Ich habe Zeit für beide.« »Ei, ich ginge nicht,« sagte Aramis. »Ein galanter Ritter darf bei einem Stelldichein, das ihm eine Dame gibt, nicht ausbleiben. Aber ein kluger Edelmann kann sich entschuldigen und nicht zu Seiner Eminenz gehen, zumal, wenn er Ursache hat, zu glauben, daß man ihn nicht berufe, um ihm Schönheiten zu sagen.« »Ich trete der Ansicht des Aramis bei,« bemerkte Porthos. »Meine Herren,« entgegnete d'Artagnan, »ich erhielt schon einmal durch Herrn von Cavois eine ähnliche

Einladung von Seiner Eminenz. Ich ließ sie außer acht, und am folgenden Tage begegnete mir ein großer Unfall. Konstanze verschwand. Ich gehe jedenfalls, was auch geschehen mag.« »Ist es Ihr fester Entschluß, so führen Sie ihn aus,« sagte Athos. »Doch die Bastille?« bemerkte Aramis. »Bah, Sie werden mich wohl daraus befreien,« erwiderte d'Artagnan. »Allerdings,« entgegnete Aramis und Porthos mit bewundernswerter Festigkeit, als wäre das eine ganz einfache Sache. »Wir werden Sie allerdings daraus befreien; da wir jedoch inzwischen übermorgen abreisen, so täten Sie wohl besser daran, wenn Sie sich der Gefahr der Bastille nicht aussetzen möchten.« »Wir tun, was in unsern Kräften steht,« sagte Athos, »und verlassen ihn diesen Abend nicht. Wir erwarten ihn jeder an einem Tore des Palastes, je mit drei Musketieren hinter uns. Sehen wir nun, daß ein verschlossener Wagen und von verdächtigem Aussehen herauskommt, so packen wir ihn an. Wir hatten ohnedies schon lange keinen Hader mehr mit den Leibwachen des Herrn Kardinals, und Herr von Tréville muß meinen, daß wir tot seien.« »Sie sind augenscheinlich ein geborener Heerführer, Athos,« rief Aramis. »Was sagen Sie zu diesem Plänchen, meine Herren?« »Es ist vortrefflich!« riefen im Chor die jungen Männer. »Gut,« versetzte Porthos, »ich eile nach dem Hotel und melde unsern Kameraden, sie sollen sich auf dem Platze des Palais-Cardinal bereit halten; Ihr laßt inzwischen die Pferde durch die Bedienten satteln.« »Aber ich habe kein Pferd,« erwiderte d'Artagnan, »doch will ich eines von Herrn von Tréville nehmen.« »Das ist nicht nötig,« entgegnete Aramis, »Sie können ja eines von den meinigen nehmen.« »Wieviel haben Sie denn?« fragte d'Artagnan. »Drei,« antwortete Aramis lächelnd. »Mein Lieber,« rief Athos, »Sie sind der am besten honorierte Dichter in Frankreich und Navarra.« »Hören Sie, lieber Aramis, Sie werden gar nicht wissen, was Sie mit drei Pferden anfangen sollen, nicht wahr? Ich begreife auch gar nicht, warum Sie sich drei Pferde gekauft haben!« »Ich habe auch bloß zwei gekauft,« entgegnete Aramis. »So ist Ihnen das dritte vom Himmel zugefallen?« »Nein, das dritte wurde mir diesen Morgen von einem Bedienten ohne Livree gebracht, der mir nicht sagen wollte, wem er zugehöre, und mir versicherte, er sei hierzu von seinem Herrn beauftragt worden.« »Oder von seiner Herrin,« fiel d'Artagnan ein. »Das tut nichts zur Sache,« antwortete Aramis errötend, »er hat es mir bekräftigt, sage ich, auf Befehl seines Herrn oder seiner Herrin dieses Pferd in meinen Stall zu bringen, ohne zu sagen, woher es käme.« »Das begegnet nur einem Dichter,« versetzte Athos ernst. »Nun, so lassen Sie uns das benützen,« sagte d'Artagnan. »Welches von den zwei Pferden wollen Sie selber reiten? das Sie gekauft, oder das Sie geschenkt bekommen haben?« »Offenbar jenes, das mir geschenkt worden ist. Sie sehen ein, d'Artagnan, ich könnte solch eine Beleidigung...« »Schicken Sie Ihren Sattel in das Hotel der Musketiere und man wird Ihr Pferd mit den unsrigen hierherbringen.« »Ganz wohl, aber es ist bald fünf Uhr, eilen wir.« Eine Viertelstunde darauf erschien Porthos am Ende der Gasse Féron auf einem herrlichen Gaul. Mousqueton folgte ihm auf einem Pferd aus der Auvergne, das kleiner, doch kräftig war. Porthos strahlte vor Stolz und Freude und alle vier ritten nach dem Quai. Dieser Reitzug tat gute Wirkung, wie es Porthos voraussah, und hätte sich Madame Coquenard auf dem Weg eingefunden und gesehen, wie herrlich er sich auf seinem spanischen Gaul ausnahm, so würde sie den Aderlaß an der Geldkiste ihres Mannes nicht beklagt haben.

In der Nähe des Louvre stießen die vier Freunde auf Herrn von Tréville, der eben von Saint-Germain zurückkehrte. Er hieß sie anhalten, damit er ihnen sein Kompliment über ihre Equipierung mache, bei welcher Gelegenheit sie augenblicklich von hundert Pflastertretern umgeben wurden. D'Artagnan benutzte diesen Umstand, um mit Herrn von Tréville von dem Briefe mit dem großen roten Siegel und dem herzoglichen Wappen zu sprechen. Es läßt sich erachten, daß er von dem andern keine Silbe erwähnte. Herr von Tréville genehmigte seinen Entschluß und gab ihm die Versicherung, falls er am andern Morgen nicht erschienen wäre, so hätte er ihn, wo er auch stecken mochte, zu finden gewußt. In diesem Moment schlug die Glocke von Samaritaine sechs Uhr. Die vier Freunde entschuldigten sich mit einer Zusammenkunft, und beurlaubten sich von Herrn von Tréville. Sie ritten im Galopp nach der Straße Chaillot.

Nach einer Viertelstunde des Wartens endlich, da es völlig Abend geworden war, rollte ein Wagen im starken Galopp auf der Straße von Sèvres heran. Eine Ahnung sagte d'Artagnan im voraus, in diesem Wagen müsse die Person sitzen, die ihn hierher bestellt hatte. Der junge Mann erstaunte selbst darüber, wie ungestüm sein Herz schlug. Fast in demselben Moment schlüpfte ein Frauenkopf aus dem Kutschenschlag hervor, zwei Finger auf dem Munde, die entweder Stillschweigen anzeigten, oder einen Kuß zuwarfen. D'Artagnan stieß einen leisen Schrei des Entzückens aus. Diese Frau oder vielmehr diese Erscheinung, denn der Wagen rollte mit der Schnelligkeit einer Vision vorüber, war Madame Bonacieux. Durch eine unwillkürliche Bewegung und ungeachtet der erhaltenen Weisung setzte d'Artagnan sein Pferd in Galopp und erreichte den Wagen mit einigen Sätzen wieder, allein das Fenster des Kutschenschlages war hermetisch verschlossen, die Erscheinung war verschwunden. Jetzt erst gedachte d'Artagnan der Worte, die man ihm in dem Briefchen empfohlen: »Wenn Ihnen an Ihrem Leben und an dem derjenigen gelegen ist, die Sie lieben, so bleiben Sie unbeweglich, als hätten Sie gar nichts gesehen.« Er hielt also an und zitterte, nicht für sich, sondern für die arme Frau, die sich offenbar einer großen Gefahr aussetzte, indem sie ihm hier ein Rendezvous gegeben hatte. Die Kutsche setzte ihren Weg in gleichem Zuge fort und verlor sich alsbald innerhalb Paris. D'Artagnan blieb ganz verwirrt an derselben Stelle und wußte nicht, was er denken sollte. Wenn es Madame Bonacieux war und sie kehrte nach Paris zurück, warum dieses flüchtige Stelldichein? warum dieser einfache Austausch eines Blickes? warum dieser verlorene Kuß? Wenn es dagegen nicht sie war, was immerhin sein konnte, denn das schwache Tageslicht machte leicht einen Irrtum möglich; wenn es nicht sie war, sollte es dann nicht der Anfang eines Handstreichs sein, den man gegen ihn mit dem Köder dieser Frau ausführen wollte, da man seine Liebe für dieselbe kannte? Die drei Gefährten näherten sich ihm. Alle drei sahen deutlich einen Frauenkopf aus dem Kutschenschlag erscheinen, doch keiner von ihnen, Athos ausgenommen, kannte Madame Bonacieux. Übrigens glaubte Athos, sie sei es gewesen, beschäftigte sich aber weniger unruhig als d'Artagnan mit diesem hübschen Gesicht und vermeinte im Hintergrund des Wagens einen Männerkopf bemerkt zu haben. »Wenn das der Fall ist,« versetzte d'Artagnan, »so wird sie zweifelsohne aus einem Gefängnis in das andere gebracht. Was wollen sie aber mit diesem armen Wesen? und wie soll ich sie jemals wiederfinden?« »Freund,« entgegnete Athos ernst, »bedenken Sie, daß man nur bei den Toten nicht Gefahr läuft, ihnen je wieder auf Erden zu begegnen. Nicht wahr, Sie wissen das so gut wie ich? Wenn nur Ihre Geliebte nicht tot ist, wenn sie es war, der wir eben begegneten, so werden Sie dieselbe eines Tages wiederfinden; und mein Gott!« fügte er mit dem ihm eigenen misantropischen Tone hinzu, »vielleicht noch früher, als Sie es wünschen.« Es schlug halb acht Uhr; der Wagen war um zwanzig Minuten später eingetroffen, als das Rendezvous anberaumt wurde. Die Freunde mahnten d'Artagnan, daß er einen Besuch zu machen habe, bemerkten aber, es wäre noch immer Zeit, sich davon loszusagen. Allein d'Artagnan war zugleich halsstarrig und neugierig. Er hatte sich in den Kopf gesetzt, er wolle nach dem Palais-Cardinal reiten, um zu erfahren, was ihm Seine Eminenz sagen würde, und so konnte ihn nichts von seinem Vorsatz abbringen.

D'Artagnan trat kühn durch den Haupteingang. Wiewohl sich der junge Mann kräftig unterstützt fühlte, so war er doch nicht frei von Unruhe, als er die große Treppe hinanstieg. Sein Benehmen gegen Mylady glich sozusagen einer Verräterei, und er vermutete, daß diese Frau in politischen Angelegenheiten verwickelt sei; überdies war Herr von Wardes, den er so übel zugerichtet hatte, ein getreuer Anhänger des Kardinals, und d'Artagnan wußte es, daß Seine Eminenz in allem den Feinden ebenso furchtbar, als seinen Freunden zugetan war. Als er in das Vorgemach trat, übergab er seinen Brief dem Türhüter, der den Dienst hatte, ihn in das Wartezimmer führte und sich in das Innere des Palastes begab. In diesem Wartesaal standen fünf bis sechs

Leibwachen des Kardinals, die ihn, da sie d'Artagnan kannten und auch wußten, daß er Jussac verwundet hatte, mit einem seltsamen Lächeln anblickten. Der Türhüter kam zurück und gab d'Artagnan ein Zeichen, ihm zu folgen. Es schien dem jungen Mann, als flüsterten die Garden, wie sie ihn weggehen sahen. Er schritt durch einen Korridor, dann durch einen Salon, trat in ein Bibliothekzimmer und stand vor einem Manne, der an einem Schreibtisch saß und schrieb. Der Türhüter, der ihn eingeführt hatte, ging fort, ohne ein Wort zu reden. D'Artagnan blieb prüfend vor jenem Manne stehen. Anfangs glaubte d'Artagnan, er habe es mit einem Richter zu tun, der einen Stoß Akten untersuchte, allein er bemerkte, daß der Mann am Schreibtisch Worte an den Fingern skandierte, schrieb, oder vielmehr Zeilen von ungleicher Länge korrigierte; kurz, er sah, daß er einen Dichter vor sich habe. Gleich darauf schloß der Dichter seine Handschrift, auf deren Deckel »Mirame, Trauerspiel in fünf Akten« geschrieben stand, und erhob seinen Kopf. D'Artagnan erkannte den Kardinal.

Eine schreckliche Erscheinung

Richelieu stützte seinen Ellbogen auf seine Handschrift, seine Wange an seine Hand, und sah d'Artagnan ein Weilchen an. Niemand besaß ein so tiefforschendes Auge als der Kardinal, und der junge Mann fühlte, wie dieser Blick gleich einem Fieber durch seine Adern glühte. Er blieb indes gefaßt, hielt seinen Hut in der Hand und wartete, was seine Eminenz zu sagen beliebte, ohne zuviel Stolz, aber auch ohne zuviel Demut. »Mein Herr,« sagte der Kardinal, »sind Sie ein d'Artagnan aus Béarn?« »Ja, Monseigneur.« »Es gibt mehrere Zweige der d'Artagnans in Tarbes und in der Umgebung; zu welchem gehören Sie?« »Ich bin der Sohn desjenigen, der die Religionskriege mit dem großen König Heinrich, dem Vater Sr. Majestät, mitgemacht hat.« »Ganz wohl. Sie sind es, der vor etwa sieben oder acht Monaten seine Heimat verließ, um in der Hauptstadt sein Glück zu suchen?« »Ja, Monseigneur.« »Sie sind durch Meung gereist, wo Ihnen etwas begegnet ist, ich weiß nicht mehr genau was, kurz, etwas.« »Monseigneur,« sagte d'Artagnan. »es war ...« »Es ist unnötig,« sprach der Kardinal mit einem Lächeln, das anzeigte, daß ihm der Vorfall so gut bekannt war wie demjenigen, der ihn erzählen wollte. »Sie waren Herrn von Tréville empfohlen, nicht wahr?« »Ja, Monseigneur, doch eben bei jenem unglückseligen Vorfall in Meung ...« »Ging der Empfehlungsbrief verloren,« fuhr Se. Eminenz fort; »ja, ich weiß davon. Doch Herr von Tréville ist ein geschickter Physiognomiker, der die Menschen auf den ersten Blick kennt, und er hat Sie in der Kompagnie seines Schwagers, des Herrn des Essarts, untergebracht, wobei er Sie hoffen ließ, daß Sie früher oder später bei den Musketieren eintreten würden.« »Monseigneur ist vollständig unterrichtet.« »Seitdem ist Ihnen mancherlei zugestoßen. Eines Tages lustwandelten Sie hinter den Karmelitern, wo es besser gewesen wäre, Sie hätten sich anderswo befunden; dann sind Sie mit Ihren Freunden in die Bäder von Forges gereist. Diese blieben unterwegs zurück, aber Sie setzten Ihre Reise fort. Das ist ganz einfach, da sie Geschäfte in England hatten.« »Monseigneur,« stammelte d'Artagnan, ganz verblüfft, »ich ging...« »Auf die Jagd nach Windsor oder anderswohin, das geht niemand etwas an. Ich weiß das, weil ich alles wissen muß. Bei Ihrer Zurückkunft sind Sie von einer vornehmen Person empfangen worden, und ich sehe mit Vergnügen, daß Sie das Andenken, das Sie von derselben erhielten, bewahrt haben.« D'Artagnan trug den Diamanten am Finger, den ihm die Königin gegeben, und wandte rasch den Stein nach innen, doch war es schon zu spät. »Am folgenden Tage nach diesem Empfang kam Herr von Cavois zu Ihnen,« fuhr der Kardinal fort. »Er forderte Sie auf, in den Palast zu kommen; Sie erwiderten aber seinen Besuch nicht, und taten unrecht daran.« »Monseigneur, ich war in Angst, daß ich mir die Ungnade Euer Eminenz zugezogen habe.« »Warum, mein Herr, etwa weil Sie die Aufträge Ihrer Vorgesetzten mit mehr Mut und Beharrlichkeit besorgt haben, als es irgend ein anderer getan hätte? Sie sollten sich meine Ungnade zugezogen haben, während Sie nur Lob verdienten? Ich bestrafe diejenigen, die nicht gehorchen, aber nicht die, welche, wie Sie, nur ... zu gut gehorchen. Erinnern Sie sich zum Beweis dessen an das Datum, wo ich Sie zu mir entbot, und befragen Sie Ihr Gedächtnis, was an diesem Tage geschah.« Auf diesen Tag fiel gerade die Entführung der Madame Bonacieux. D'Artagnan gedachte mit Schauer, daß eine halbe Stunde früher die arme Frau an ihm vorüberfuhr, zweifelsohne von derselben Macht weggeführt, der man ihr Verschwinden zumuten mußte. »Da ich seit einiger Zeit nichts mehr von Ihnen gehört habe,« fuhr der Kardinal fort, »so wollte ich wissen, was Sie denn tun. Außerdem sind Sie mir jedenfalls einigen Dank schuldig, da es Ihnen nicht entgehen konnte, wie sehr Sie in jeder Hinsicht geschont worden sind.« D'Artagnan verneigte sich ehrfurchtsvoll. »Das kam nicht bloß von einem Gefühl natürlicher Billigkeit,« fuhr der Kardinal fort, »sondern auch von einem Plan, den ich mir in bezug auf Sie entworfen habe.« D'Artagnan war mehr und mehr erstaunt. »Ich wollte Ihnen«, sprach der Kardinal, »diesen Plan an dem Tage meiner ersten Einladung mitteilen, allein Sie kamen nicht. Glücklicherweise ist durch diese Verzögerung noch nichts verloren, und Sie sollen ihn heute vernehmen. Setzen Sie sich, Herr d'Artagnan, Sie sind ein zu guter Edelmann, als daß Sie mich stehend anhören sollten.« Der Kardinal wies mit dem Finger nach einem Stuhl, doch der junge Mann war über das, was vorging, so erstaunt, daß er erst einem zweiten Wink nachkam. »Sie sind tapfer, Herr d'Artagnan,« fuhr Seine Eminenz fort, »und was noch mehr gilt, Sie sind besonnen. Ich liebe die Menschen von Kopf und Herz. Erschrecken Sie nicht,« sprach er lächelnd, »unter den Menschen von Herz verstehe ich die Menschen von Mut; allein, wie jung Sie auch sind, und wiewohl Sie kaum erst in die Welt eintreten, so haben Sie doch schon mächtige Feinde. Wenn Sie nicht auf der Hut sind, so gehen Sie zu Grunde.« »Ach, Monseigneur,« entgegnete der junge Mann, »meine Feinde werden das leicht zustande bringen, da sie stark sind und unterstützt werden, während ich allein dastehe.« »Ja, das ist wahr, jedoch, obgleich Sie allein sind, so haben Sie doch schon viel getan, und werden noch viel tun, wie sich nicht bezweifeln läßt. Meiner Meinung nach brauchen Sie aber einen Führer auf der abenteuerlichen Laufbahn, die Sie eingeschlagen haben; denn, wenn ich nicht irre, kamen Sie in der ehrgeizigen Absicht nach Paris, da Ihr Glück zu machen.« »Monseigneur,« versetzte d'Artagnan, »ich bin in dem Alter toller Hoffnungen.« »Tolle Hoffnungen haben nur die Toren, mein Herr; aber Sie sind ein Mann von Geist. Nun, was würden Sie wohl sagen zu einer Fähnrichsstelle bei meiner Leibwache und zu einer Kompagnie nach dem Feldzug?« »Ah, Monseigneur!« »Sie nehmen sie an, nicht wahr?« »Monseigneur,« stammelte d'Artagnan mit verlegener Miene. »Wie doch, Sie weigern sich?« fragte der Kardinal verwunderungsvoll. »Ich stehe bei der Leibwache Seiner Majestät und habe keine Ursache, unzufrieden zu sein.« »Mich dünkt aber,« sagte Seine Eminenz, »daß meine Leibwache auch die Seiner Majestät ist, und daß man, wenn man in einem französischen Korps dient, dem König dient.« »Monseigneur, Ew. Eminenz hat meine Worte nicht recht verstanden.« »Nicht wahr, Sie wollen nur einen Vorwand? O, ich sehe das. Nun, Sie haben einen Vorwand. Die Beförderung, der bevorstehende Feldzug, die Gelegenheit, die ich Ihnen darbiete, das ist für die Welt; für Sie ist es das Bedürfnis eines sicheren Schutzes; denn Sie müssen wissen, Herr d'Artagnan, daß man gegen Sie schwere Klagen bei mir eingebracht hat. Sie widmen die Tage und Nächte nicht ausschließend dem Dienste des Königs.« D'Artagnan errötete. »Außerdem,« sprach der Kardinal und legte seine Hand auf einen Stoß Papier, »außerdem liegt hier ein ganzer Faszikel, der Sie angeht. Doch ehe ich ihn durchlas, wollte ich mit Ihnen reden. Ich weiß, Sie sind ein tatkräftiger Mann, und Ihre Dienste könnten Ihnen, statt Sie ins Verderben zu bringen, unter guter Leitung sehr ersprießlich werden. Nun, überlegen und entscheiden Sie.« »Monseigneur, Ihre Güte macht mich verwirrt, und ich erkenne in Ew. Eminenz eine Seelengröße, die mich klein macht, wie ein Wurm der Erde; jedoch, Monseigneur, weil es mir erlaubt ist, offen zu reden...« D'Artagnan hielt an. »Ja, reden Sie.« »So unterfange ich mich, zu sagen, daß alle meine Freunde bei den Musketieren und der Leibwache des Königs, aber alle meine Feinde durch einen mir ganz unerklärbaren Unstern bei Ew. Eminenz dienen. Ich wäre also hier ganz unwillkommen, wollte ich das Anerbieten von Monseigneur annehmen.« »Haben Sie etwa schon die stolze Idee, mein Herr, daß ich Ihnen nicht soviel anbiete, wie Sie eben wert sind?« sprach der Kardinal mit einem verdächtigen Lächeln. »Ew. Eminenz ist hundertmal zu gütig gegen mich, und im Gegenteil bin ich der Meinung, daß ich noch lange nicht genug getan habe, um einer solchen Güte würdig zu sein. Die Belagerung von La Rochelle wird eröffnet, Monseigneur, ich werde unter den Augen Ew. Eminenz dienen, und wenn ich das Glück hatte, während dieser Belagerung Ihr Augenmerk auf mich zu lenken, nun, so habe ich eine glänzende Tat hinter mir, die den Schutz rechtfertigt, dessen Sie mich zu würdigen so gütig sind. Alles hat zu seiner Zeit zu geschehen. Vielleicht werde ich später das Recht haben, mich zu geben, jetzt hätte es den Anschein, als wollte ich mich verkaufen.« »Das will sagen, daß Sie sich weigern, mir zu dienen, mein Herr?« versetzte der Kardinal in einem verdrießlichen Tone, dem jedoch eine gewisse Achtung beigemengt war. »Nun, so bleiben Sie frei und behalten Sie Ihren Haß und Ihre Sympathien.« »Monseigneur!« »Gut, gut!« sprach der Kardinal, »ich bin Ihnen deshalb nicht gram; doch verstehen Sie wohl; man hat alle Verpflichtung, seine Freunde zu beschützen und zu belohnen, seinen Feinden aber ist man nichts schuldig. Nichtsdestoweniger gebe ich Ihnen einen Rat. Halten Sie sich wohl, Herr d'Artagnan, und seien Sie auf Ihrer Hut, denn von dem Moment, wo ich meine Hand von Ihnen zurückziehe, gilt mir Ihr Leben keinen Heller mehr.« »Ich werde dessen bedacht sein,« entgegnete der Gascogner in Demut, aber auch mit einer gewissen Sicherheit. »Denken Sie später darüber nach, und in einem Augenblick, wo Ihnen Unheil begegnet,« sprach Richelieu mit einem Nachdruck, »daß ich Sie aufgesucht und alles mögliche getan, um Ihnen dieses Unheil zu ersparen.« »Was mir auch widerfahren möge,« sagte d'Artagnan, indem er seine Hand auf die Brust legte und sich verneigte, »ich will eine ewige Dankbarkeit gegen Ew. Eminenz für das bewahren, was Sie für mich in diesem Augenblick tun.« »Nun gut, Herr d'Artagnan, wir werden uns, wie Sie sagten, nach dem Feldzug wiedersehen. Ich will Ihnen mit den Augen folgen, denn ich werde dabei sein,« fuhr der Kardinal fort und zeigte d'Artagnan eine prächtige Rüstung, die er anziehen sollte. »Gut, bei unserer Zurückkunft wollen wir abrechnen.« »O, Monseigneur,« rief d'Artagnan, »ersparen Sie mir die Wucht Ihrer Ungnade; bleiben Sie neutral, Monseigneur, wenn Sie sehen, daß ich mich wacker verhalte.« »Junger Mann!« sprach Richelieu, »kann ich Ihnen noch einmal sagen, was ich heute sagte, so verspreche ich es Ihnen, daß ich es Ihnen sagen werde.« Diese letzten Worte Richelieus enthielten einen erschütternden Zweifel; d'Artagnan war darüber mehr bestürzt, als hätte er eine Drohung vernommen, denn es war eine Verkündigung. Der Kardinal suchte ihn also vor einem drohenden Unglück zu warnen. Er war im Begriff zu antworten, doch der Kardinal entließ ihn mit stolzer Miene.

D'Artagnan ging fort, doch drückte es ihm an der Tür fast das Herz ab und es fehlte wenig, daß er umgekehrt wäre. Allein es begegnete ihm das strenge, ernste Gesicht des Athos. Würde er auf den angebotenen Vorschlag des Kardinals eingehen, so reichte ihm Athos keine Hand mehr und würde ihn verleugnen. Diese Besorgnis hielt ihn ab; einen so gewaltigen Einfluß weiß ein wahrhaft großartiger Charakter auf seine ganze Umgebung auszuüben. D'Artagnan ging über dieselbe Treppe, auf der er hinaufgestiegen war; er traf vor dem Tor Athos und die vier Musketiere, die auf seine Rückkehr warteten und schon anfingen, unruhig zu werden. D'Artagnan beschwichtigte sie, und Planchet lief umher, den andern zu melden, daß es unnötig wäre, länger Wache zu stehen, denn sein Herr habe das Palais-Cardinal wohlbehalten verlassen. Als Aramis und Porthos zu Athos zurückkamen, fragten sie nach der Ursache dieser seltsamen Bestellung; allein d'Artagnan sagte ihnen bloß, der Kardinal habe ihn berufen, um ihm den Eintritt bei seiner Leibwache mit dem Rang eines Fähnrichs anzubieten, doch habe er diesen Antrag abgelehnt. »Sie haben recht getan!« riefen Aramis und Porthos einstimmig. Athos versank in tiefes Nachdenken und sagte nichts. Doch als er wieder mit d'Artagnan allein war, sprach er zu ihm: »Sie haben getan, was Sie tun mußten, allein Sie haben vielleicht unrecht getan.«

Des Nachts kamen alle Kameraden der Garden von der Kompagnie des Herrn des Essarts und von der Kompagnie des Herrn von Tréville zusammen, wie sie miteinander befreundet waren. Man trennte sich, um sich wiederzusehen, wenn und wann es Gott gefallen würde. Diese Nacht war also, wie es sich erachten läßt, ungemein lärmend, denn bei einem solchen Falle läßt sich die größte Unruhe nur durch die größte Gleichgültigkeit bekämpfen. Des Morgens schieden die Freunde beim ersten Trompetenschall voneinander; die Musketiere eilten nach dem Hotel des Herrn von Tréville; die Garden nach dem des Herrn des Essarts. Jeder Kapitän führte seine Kompagnie alsogleich nach dem Louvre, wo der König über sie Musterung hielt. Der König war niedergeschlagen und schien krank, was sein gutes Aussehen beeinträchtigte. Wirklich hatte ihn tags zuvor, als er zu Gericht saß, das Fieber befallen. Nichtsdestoweniger war er entschlossen, an demselben Tag abzureisen, und wollte, ungeachtet aller Vorstellungen, die Musterung halten, in der Hoffnung, die Krankheit, die ihn ergriff, durch dieses erste, kräftige Entgegenstreben zu bewältigen. Als die Musterung vorüber war, zogen die Garden allein ab, da die Musketiere erst mit dem König abgehen sollten, wonach Porthos noch mit seiner herrlichen Equipierung einen Ritt durch die Gasse

Aux-Ours machen konnte. Aramis schrieb einen langen Brief. An wen? das wußte niemand.

Die Belagerung von La Rochelle

Die Belagerung von La Rochelle war eines der wichtigsten Ereignisse während der Regierung Ludwigs XIII. Die politischen Absichten des Kardinals hinsichtlich dieser Belagerung waren bedeutsam. Von den beträchtlichen Städten, die Heinrich IV. den Hugenotten als Sicherheitsplätze einräumte, war nur noch La Rochelle übrig. Der Kardinal wollte dieses letzte Bollwerk des Kalvinismus vernichten. La Rochelle, das durch den Fall der andern kalvinistischen Städte eine neue Wichtigkeit erlangt hatte, war übrigens auch der letzte Hafen, der für die Engländer in Frankreich noch übrig war; und verschloß er denselben für England, den ewigen Feind Frankreichs, so krönte er das Werk der Johanna d'Arc und des Herzogs von Guise. Bassompierre, der zugleich Protestant und Katholik war, ein Deutscher von Geburt, ein Franzose der Gesinnung nach, und der als Kommandeur vom Heiligen Geiste bei der Belagerung von La Rochelle ein besonderes Amt bekleidete, hat auch gesagt, als er an der Spitze mehrerer protestantischer Herren die Waffen schwang: »Sie werden sehen, meine Herren, daß wir dumm genug sind, La Rochelle zu nehmen.« Und Bassompierre hatte recht. Die Beschießung der Insel Ré weissagte ihm die Auftritte in den Cevennen, und die Einnahme von La Rochelle war das Vorspiel zum Edikt von Nantes. Richelieu wußte, wenn er England bekriegte, so triumphierte er über Buckingham, und wer England in Europas Augen demütigte, der demütigte auch Buckingham in den Augen der Königin. Indes Buckingham nur die Verfechtung der Ehre Englands zum Vorwand nahm, ließ er sich von Interessen bestimmen, die denen des Kardinals ähnlich waren, da er gleichfalls eine Privatrache verfolgte. Buckingham hatte sich als Botschafter auf keine Weise wieder Eingang in Frankreich zu verschaffen gewußt. Der erste Vorteil war dem Herzog von Buckingham zugefallen; er kam unvermutet vor die Insel Ré mit neunzig Schiffen und etwa zwanzigtausend Mann, überrumpelte den Grafen von Toiras, der statt des Königs auf der Insel kommandierte, und brachte nach einem blutigen Kampfe seine Landung zustande. Wir erwähnen im Vorübergehen, daß bei diesem Kampfe der Baron von Chantal umkam, der eine Enkelin von achtzehn Monden als Waise zurückließ. Diese Enkelin wurde nachmals Frau von Sévigné. Der Graf von Toiras zog sich mit der Besatzung in die Zitadelle Saint-Martin zurück, und warf ungefähr hundert Mann in ein kleines Fort, welches Fort de la Prée hieß. Dieser Vorfall beschleunigte die Entschlüsse des Kardinals; er schickte, bis er und der König der Absicht gemäß bei der Belagerung von La Rochelle den Oberbefehl übernehmen würden, Monsieur dahin ab, damit er die ersten Operationen leite, und alle Truppen, über die er zu verfügen hatte, marschierten nach dem Kriegsschauplatz. Bei dieser Abteilung, die als Vorhut abgeschickt wurde, befand sich auch unser Freund d'Artagnan.

Wie gesagt, sollte der König nachkommen, sobald seine Gerichtsangelegenheiten abgetan waren. Als er sich am fünfundzwanzigsten Juni von diesen erhob, fühlte er sich wieder vom Fieber ergriffen. Nichtsdestoweniger wollte er abreisen, jedoch sein Übel verschlimmerte sich, und er war gezwungen, in Villeroy anzuhalten. Wo aber der König anhielt, da mußten auch die Musketiere bleiben; infolgedessen sah sich d'Artagnan, der natürlich bei den Garden blieb, mindestens für den Augenblick getrennt von seinen drei Freunden Athos, Porthos und Aramis. Diese Trennung, die für ihn nur eine Unannehmlichkeit war, würde ihn sicher mit ernstlicher Unruhe erfüllt haben, hätte er die unbekannten Gefahren zu ahnen vermocht, von denen er umgeben war. Er langte aber ohne Unfall in dem Lager an, das vor La Rochelle aufgeschlagen war. Alles befand sich noch in demselben Zustand. Der Herzog von Buckingham und seine Engländer fuhren als Herren der Insel Ré fort, wiewohl ohne Erfolg, die Zitadelle von Saint-Martin und das Fort de la Prée zu beschießen, und die Feindseligkeiten begannen seit zwei oder drei Tagen in Hinsicht auf das Fort, das der Herzog von Angoulême nahe der Stadt ausführen ließ. Die Garden unter dem Befehl des Herrn des Essarts nahmen ihr Quartier in einem Kloster.

D'Artagnan hatte ein lebhaftes Auge und einen besonderen Geist; er entdeckte plötzlich hinter einem Felsen die Mündung eines Gewehrs und begriff, daß das Gewehr nicht allein gekommen sei, und daß derjenige, der es trug, keine freundschaftlichen Gesinnungen hinter der Hecke verberge. Er entschloß sich demnach, das Weite zu gewinnen, als er auf der andern Seite, hinter einem Felsen, die Mündung eines zweiten Gewehrlaufes gewahr wurde. Das war augenblicklich ein Hinterhalt. Der junge Mann warf einen Blick auf das erste Gewehr und bemerkte mit einer gewissen Unruhe, daß es sich in der Richtung gegen ihn niederneige. Wie er aber sah, daß die Mündung eines Gewehrlaufes unbeweglich blieb, warf er sich mit dem Bauch auf die Erde. In dem Augenblick ging der Schuß los, und er hörte über seinem Kopf eine Kugel dahinsausen. Da war keine Zeit zu verlieren; d'Artagnan richtete sich mit einem Satz auf, und in dem Moment riß die zweite Kugel da, wo er vorher gelegen war, die Kieselsteine in die Höhe. D'Artagnan war kein Mann, der unnütz Mut besaß wie andere, die einen lächerlichen Tod suchen, damit es von ihnen heiße, sie seien keinen Schritt weit zurückgewichen. Außerdem handelte es sich hier nicht mehr um Mut, denn d'Artagnan war in einen Hinterhalt geraten. »Fällt noch ein dritter Schuß,« sprach er zu sich, »so bin ich ein toter Mann.« Er entfloh auf der Stelle nach dem Lager, mit der Schnelligkeit der Menschen aus seiner Heimat, die wegen ihrer Behendigkeit in Ruf gekommen sind. Allein, wie rasch er auch gelaufen war, so hatte doch jener, der zuerst gefeuert, Zeit gefunden, seine Büchse zu laden; und er schickte ihm einen zweiten Schuß nach, der so gut gezielt war, daß die Kugel seinen Hut durchbohrte und zehn Schritte weit schleuderte. Da d'Artagnan keinen andern Hut besaß, so raffte er diesen während des Laufens vom Boden auf, und kam ganz blaß und atemlos in seiner Wohnung an. Hier setzte er sich nieder, ohne mit jemandem ein Wort zu sprechen, und stellte seine Betrachtungen an. Diesem Vorfall konnten drei Ursachen zu Grunde liegen. Die erste und natürlichste ließ sich in einem Hinterhalt von Rochellern annehmen, die froh gewesen wären, hätten sie einen Gardisten des Königs getötet; denn sie würden sich damit eines Feindes entledigt haben, und dieser Feind hätte eine volle Börse bei sich tragen können. D'Artagnan prüfte an seinem Hut das Loch der Kugel und schüttelte den Kopf. Die Kugel kam nicht von einer Muskete, sondern von einer Büchse. Die Genauigkeit des Schusses erweckte in ihm schon den Gedanken, er wäre aus einem Privatgewehr gekommen. Somit war es kein militärischer Hinterhalt, wie es sich aus der Beschaffenheit der Kugel erwies. Auch konnte es ein gutes Andenken von seiten des Kardinals sein. Wir erinnern uns, daß er in dem Moment, wo er durch einen glücklichen Sonnenstrahl begünstigt, den Gewehrlauf bemerkte, selbst erstaunt war über die Langmut Seiner Eminenz in Hinsicht auf ihn. Allein d'Artagnan schüttelte den Kopf mit zweifelhafter Miene, denn der Kardinal nahm bei Leuten, nach denen er nur die Hand auszustrecken brauchte, seine Zuflucht selten zu solchen Mitteln. Es konnte eine Rache der Mylady sein. Diese Vermutung hatte mehr Grund. Er suchte sich umsonst an die Züge und die Tracht der Mörder zu erinnern. Noch war er gezwungen, sich so schnell fortzumachen, daß er nicht mehr Zeit zu einer Beobachtung hatte. »Ach, meine armen Freunde,« seufzte er, »wo seid ihr, und wie sehr geht ihr mir ab!«

Am zweiten Tag um neun Uhr wurden die Trommeln gerührt. Der Herzog von Orleans musterte die Posten. Die Leibwachen eilten zu den Waffen; d'Artagnan nahm seinen Platz ein unter seinen Kriegsgenossen. Monsieur ritt an der Front des Heeres vorüber; dann traten die Oberoffiziere zu ihm, worunter auch Herr des Essarts war. Gleich darauf dünkte es d'Artagnan, daß ihm Herr des Essarts einen Wink gebe, zu ihm zu kommen. Er wartete auf ein neues Zeichen seines Vorgesetzten, aus Besorgnis, er könnte sich irren und als dieses Zeichen wiederholt wurde, verließ er die Reihen und trat vorwärts, um den Befehl zu vernehmen. »Monsieur begehrt Freiwillige zu einer gefahrvollen Sendung, die aber denen, die sie erfüllen, Ehre einträgt, und ich gab

Ihnen einen Wink, sich hierzu bereit zu halten.« »Dank, mein Kapitän!« erwiderte d'Artagnan, dem nichts so erwünscht kam, als eine Gelegenheit, sich unter den Augen des Generalleutnants auszuzeichnen. Während der Nacht hatten die Rocheller wirklich einen Ausfall gemacht und eine Bastei weggenommen, deren sich die royalistische Armee zwei Tage zuvor bemächtigt hatte; es handelte sich nun darum, auszukundschaften, wie diese Bastei bewacht werde. Nach einigen Augenblicken erhob Monsieur die Stimme und sprach: »Ich brauche zu dieser Sendung drei oder vier Freiwillige, geführt von einem zuverlässigen Mann.« »Was den zuverlässigen Mann betrifft, so habe ich ihn schon bei der Hand, Monseigneur,« rief Herr des Essarts und zeigte auf d'Artagnan. »und in Hinsicht auf die Freiwilligen braucht Monseigneur nur den Willen auszusprechen, und es wird nicht an Männern fehlen.« »Vier Freiwillige, um mit mir in den Tod zu gehen!« rief d'Artagnan, seinen Degen schwingend. Es stürzten alsogleich zwei Gardekameraden vor, mit ihnen vereinigten sich zwei Soldaten, und so war die Zahl voll. D'Artagnan wies somit alle andern zurück, da er denen, die sich zuerst stellten, das Recht des Vorzugs nicht entziehen wollte.

Man wußte es nicht, ob die Rocheller diese Bastei nach der Einnahme geräumt, oder ob sie darin eine Besatzung gelassen hatten. Sonach mußte man den bezeichneten Ort ziemlich nahe auskundschaften, um Gewißheit zu erlangen. D'Artagnan entfernte sich mit seinen vier Gefährten und folgte dem Laufgraben. Die zwei Garden hielten mit ihm gleichen Schritt, und hinter ihm marschierten die Soldaten. So kamen sie wohlgeborgen bis auf hundert Schritte zur Bastei; doch als sich hier d'Artagnan umwandte, bemerkte er, daß die Soldaten abhanden gekommen seien. Er dachte, sie seien aus Furcht zurückgeblieben und drang noch weiter vor. An der Biegung der Gegenmauer waren sie von der Bastei etwa nur noch sechzig Schritte entfernt. Man sah niemanden, die Bastei schien verlassen. Die drei Verlorenen hielten Rat, ob sie weitergehen sollten, als plötzlich eine Rauchwolke aufstieg, und ein Dutzend Kugeln um d'Artagnan und seine Gefährten zischten. Sie wußten nun, was sie wissen wollten; die Bastei war bewacht, ein längeres Verweilen an diesem gefährlichen Platze wäre also unnütz und unklug gewesen. D'Artagnan und die zwei Garden wandten sich und begaben sich auf den Rückzug, der einer Flucht glich. Als sie an die Ecke des Laufgrabens kamen, der ihnen als Brustwehr dienen sollte, stürzte einer von den Garden; eine Kugel hatte ihm die Brust durchbohrt, der andere war unversehrt und setzte seinen Lauf nach dem Lager fort. D'Artagnan wollte seinen Gefährten nicht so verlassen, er neigte sich zu ihm nieder, um ihn aufzuheben; in diesem Moment aber fielen zwei Schüsse; eine Kugel zerschmetterte dem schon verwundeten Garden den Kopf, die andere prallte am Felsen ab, nachdem sie zwei Zoll an d'Artagnan vorübergezischt war. Der junge Mann wandte sich um, denn dieser Anfall konnte nicht von der Bastei kommen, die durch die Ecke des Laufgrabens gedeckt war. Er gedachte der zwei Soldaten, die ihn verlassen, und erinnerte sich dabei der Mörder, die ihm vor zwei Tagen nach dem Leben gestrebt hatten. Er beschloß also, diesmal zu untersuchen, woran er sich halten sollte, und stürzte auf den Leichnam seines Kameraden nieder, als wäre er gleichfalls tot. Er sah gleich darauf, wie sich zwei Köpfe über einem verlassenen Werk erhoben, etwa dreißig Schritte von ihm. Es waren unsere zwei Soldaten. D'Artagnan hatte sich nicht geirrt. Diese Männer waren ihm bald gefolgt, um ihn zu töten, in der Hoffnung, der Tod des jungen Mannes würde dem Feind angerechnet werden. Da er indes nur verwundet zu sein und ihr Verbrechen angeben konnte, so kamen sie heran, um ihn vollends niederzumachen. Zum Glück waren sie durch d'Artagnans List berückt und unterließen es, ihre Gewehre wieder zu laden. Als sie sich auf zehn Schritt genähert hatten, sprang d'Artagnan, der bei seinem Falle das Schwert fest in der Hand behalten, rasch empor und stand mit einem Satze bei ihnen. Die Mörder sahen ein, wenn sie nach dem Lager flöhen, ohne ihren Mann getötet zu haben, so würden sie von diesem angeklagt werden, somit war es ihr erster Gedanke, zu den Feinden überzugehen. Der eine von ihnen bediente sich seines Gewehrs als einer Keule. Er führte einen furchtbaren Streich nach d'Artagnan, der ihm aber durch einen Seitensprung auswich; allein er ließ durch diese Bewegung dem Mörder freien Raum, und dieser eilte sogleich der Bastei zu. Na die wachthaltenden Rocheller nicht wußten, in welcher Absicht dieser Mann zu ihnen komme, so gaben sie auf ihn Feuer, und er stürzte nieder, weil ihm die Schulter zerschmettert ward. Mittlerweile warf sich d'Artagnan auf den zweiten Soldaten und griff ihn mit dem Degen an. Der Kampf dauerte nicht lange, der Elende hatte zu seiner Verteidigung nichts als die abgefeuerte Büchse. D'Artagnans Degen glitt ab an dem Laufe des unnütz gewordenen Gewehrs und fuhr dem Mörder in den Schenkel, wonach er zu Boden stürzte. »O, töten Sie mich nicht!« schrie der Bandit, »Gnade, Gnade, Herr Offizier. ich will Ihnen alles sagen.« »Gilt dein Geheimnis so viel, daß ich dir das Leben schenke?« fragte der junge Mann. »Ja, wenn das Leben einen Wert für Sie hat, wo man erst zwanzig Jahre alt ist, und brav und schön ist wie Sie, und alles erreichen kann.« »Elender,« rief d'Artagnan, »sprich schnell, wer gab dir den Auftrag, mich zu töten?« »Eine Frau, die ich nicht kenne, und die man Mylady nannte.« »Aber wenn du diese Frau nicht kanntest, wie weißt du ihren Namen?« »Mein Kamerad kannte sie und hat sie so genannt. Sie verhandelte mit ihm und nicht mit mir. Er trägt von dieser Person sogar einen Brief bei sich, der für Sie, wie ich sagen hörte, von Wichtigkeit sein soll.« »Wie hast du aber teilgenommen an diesem Hinterhalt?« »Er tat mir den Vorschlag, diesen Streich zu zweien auszuführen, und ich ging es ein.« »Und wieviel gab sie Euch für dieses schöne Unternehmen?« »Hundert Louisdor.« »Recht hübsch,« sprach der junge Mann lächelnd; »sie legt denn doch einigen Wert auf mich. Hundert Louisdor, das ist eine Summe für Schurken deines Gelichters; auch begreife ich wohl, daß du eingewilligt hast, und ich begnadige dich, aber nur unter einer Bedingung.« »Unter welcher?« fragte der Soldat beängstigt, da er sah, es sei noch nicht alles abgetan. »Daß du mir den Brief holst, den dein Kamerad bei sich trägt.« »Doch das ist nur eine andere Art, mich zu töten,« versetzte der Bandit. »Wie kann ich diesen Brief holen unter dem Feuer der Bastei?« »Du mußt den Entschluß fassen, ihn zu bringen, oder ich schwöre dir, daß du von meiner Hand fällst.« »Gnade, Barmherzigkeit, o Herr! im Namen der jungen Frau, die Sie lieben, die Sie vielleicht für tot halten, und die es nicht ist,« stammelte der Mörder, indem er sich auf die Knie erhob und mit der Hand anstemmte, da er mit dem Blut allmählich auch die Kräfte verlor. »Wie weißt du es, daß es eine junge Frau gibt, die ich liebe, und daß ich diese junge Frau für tot hielt?« fragte d'Artagnan. »Ich weiß es aus dem Briefe, den mein Kamerad in der Tasche trägt.« »Du siehst nun, daß ich diesen Brief haben muß,« rief d'Artagnan. »Zaudere nicht länger, oder, wie sehr es mich auch anwidert, meine Klinge zum zweitenmal in das Blut eines Elenden zu tauchen, wie du bist, so schwöre ich dir, so wahr ich ein Mann bin...« Bei diesen Worten machte d'Artagnan eine so bedrohliche Miene, daß sich der Verwundete erhob, und indem ihm der Schrecken wieder Mut einflößte, rief er: »Halten Sie ein, ich gehe, ich gehe.« D'Artagnan ergriff die Büchse des Soldaten, hieß ihn vorausgehen und trieb ihn gegen seinen Gefährten zu, während er ihn von Zeit zu Zeit mit der Degenspitze in die Seite stieß. Es war schrecklich anzuschauen, wie dieser Unglückliche, der seinen Weg mit einer langen Blutspur bezeichnete, blaß von dem bevorstehenden Tode, sich ungesehen bis zum Leichnam seines Gefährten hinzuschleppen bemühte, der zwanzig Schritt weit entfernt lag. Auf seinem mit kaltem Schweiß bedeckten Antlitz war der Schrecken so gewaltig ausgeprägt, daß ihn d'Artagnan mitleidvoll und verächtlich anblickte. »Nun,« rief er, »ich will dir zeigen, welch ein Unterschied ist zwischen einem beherzten und einem feigen Menschen, der du bist. Bleib, und ich will dahin gehen.« D'Artagnan ging behenden Schrittes, mit lauschendem Auge, um jede Bewegung des Feindes zu beobachten, und alle Vorteile des Terrains nützend, und gelangte bis zum zweiten Soldaten. Um seinen Zweck zu erreichen, gab es zwei Mittel: ihn entweder sogleich zu durchsuchen, oder sich aus seinem Leib einen Schild machend, ihn nach dem Laufgraben zu tragen, und ihn erst hier zu durchsuchen. D'Artagnan zog das zweite Mittel vor und lud den Mörder in dem Moment auf die Schulter, da der Feind Feuer gab. Eine leichte Erschütterung, ein letzter Schrei, ein Beben des Todeskampfes bewiesen d'Artagnan, daß ihm derjenige das Leben bewahrte, der ihn vorher ermorden wollte. D'Artagnan gelangte wieder in den Laufgraben, und warf da den Toten neben den Verwundeten hin, der so blaß wie jener war. Er begann auf der Stelle die Untersuchung; eine lederne Brieftasche, eine Börse, worin noch offenbar ein Teil der Summe war, die der Bandit bekommen hatte, ein Becher und Würfel waren die ganze Habseligkeit des Entseelten. Er ließ Becher und Würfel zur Seite fallen, warf die Börse dem Verwundeten zu und öffnete hastig die Brieftasche. Mitten unter unbedeutenden Papieren lag der folgende Brief, den er sich mit Lebensgefahr geholt hatte: »Nachdem Ihr die Spur jener Frau verloren habt, die jetzt in Sicherheit in jenem Kloster ist, wohin Ihr sie niemals hättet sollen kommen lassen, so trachtet wenigstens den Mann nicht zu verfehlen, da Ihr wißt, daß ich eine lange Hand habe, und daß Ihr mir meine hundert Louisdor teuer werdet bezahlen müssen.« Keine Unterschrift. Nichtsdestoweniger war es offenbar, daß dieser Brief von Mylady kam. Sonach behielt er ihn zum Behufe einer Überführung, und da er sich gerade hinter der Ecke eines Laufgrabens sicher fühlte, fing er an, den Verwundeten auszufragen. Dieser bekannte, er habe es mit seinem Kameraden, der eben getötet wurde, auf sich genommen, eine junge Frau zu entführen, die von Paris durch die Barrière de la Villette abreisen wollte, doch hätten sie den Wagen um zehn Minuten versäumt, weil sie sich in einer Schenke, um zu trinken, verweilt haben.« »Was hättet Ihr aber mit dieser Frau getan?« fragte d'Artagnan bekümmert. »Wir sollten sie in ein Hotel an der Place-Royale bringen,« entgegnete der Verwundete. »Ja, ja, so ist es, zu Mylady selbst,« murmelte d'Artagnan. Der junge Mann sah jetzt mit Schaudern ein, welch ein entsetzlicher Rachedurst diese Frau anstachelte, sowohl ihn, als auch diejenige, die ihn liebte, zu vernichten, und wie vertraut sie mit den Angelegenheiten des Hofes war, da sie alles ausgewittert hatte. Dagegen sah er auch mit wahrer Freude, daß die Königin das Gefängnis ausgekundschaftet hatte, worin die arme Madame Bonacieux ihre Ergebenheit abbüßen mußte, und daß sie dieselbe aus diesem Gefängnis befreite. Nun war ihm der Brief, den er von der jungen Frau erhielt, und ihre Fahrt auf der Straße von Chaillot, die ihm wie eine Erscheinung vorkam, erklärlich geworden. »Vorwärts,« sprach er, »ich will dich nicht verlassen. Stütze dich auf mich, und laß uns in das Lager zurückkehren.« »Ja,« entgegnete der Verwundete, der kaum an so viel Großmut glauben konnte; »doch geschieht das nicht, um mich henken zu lassen?« »Ich gebe dir mein Wort, und schenke dir zum zweitenmal das Leben.« Der Verwundete fiel auf seine Knie, und küßte seinem Retter abermals die Füße. Allein d'Artagnan, der sich nicht gern mehr lange in der Nähe des Feindes aufhalten wollte, kürzte selbst diese Dankbezeigungen ab. In das Lager zurückgekehrt, gab er an, daß sein Gefährte den Degenstich bei einem Ausfall erhalten habe. Er erzählte den Tod des andern

Soldaten, und die Gefahren, die sie bestanden haben. Sein Bericht erwarb ihm einen wahrhaften Triumph. Die ganze Armee sprach einen ganzen Tag lang von dieser Expedition, und Monsieur ließ ihm dafür seine Zufriedenheit bezeigen.

Das Gasthaus »Zum roten Taubenschlag«

Der König war kaum im Lager angekommen, so wollte er schon, da er große Eile hatte, sich dem Feinde gegenüberstellen, und da er den Haß des Kardinals wider Buckingham teilte, alle Anstalten treffen, einmal, um die Engländer von der Insel Ré zu vertreiben, und dann, um die Belagerung von La Rochelle tatkräftig zu beleben. Der Wohnsitz des Monsieur war in Dompierre, jener des Königs bald in Estré, bald in la Jarrie. Der Wohnsitz des Kardinals war auf den Dünen bei der Brücke la Pierre, in einem einfachen Haus ohne Verschanzung. Auf diese Art überwachte Monsieur Herrn Bassompierre, der König den Herzog von Angoulême und der Kardinal Herrn von Schomberg. Als Herr von Toiras melden ließ, daß sich im feindlichen Lager alles zu einem neuen Sturm anschicke, so dachte der König, man müsse der ganzen Sache ein Ende machen, und erteilte die nötigen Befehle zu einem entscheidenden Schlag. Wir nahmen uns nicht vor, ein Tagebuch der Belagerung zu verfassen, und so bemerken wir nur mit zwei Worten, daß das Unternehmen zur großen Zufriedenheit des Königs und zum großen Ruhm für den Kardinal ausgefallen ist. Die Engländer wurden Fuß für Fuß zurückgeworfen, bei jedem Handgemenge überwältigt und gezwungen, sich nach dem Verlust von zweitausend Toten wieder einzuschiffen; unter diesen Toten befanden sich fünf Oberste, drei Oberstleutnants, zweihundertfünfzig Kapitäne und zwanzig Edelleute von hohem Rang; außerdem verloren die Engländer viele Geschütze und sechzig Fahnen; diese letzteren brachte Claude von Saint-Simon nach Paris, wo sie unter großem Gepränge in den Hallen von Notre-Dame aufgehängt wurden. Es blieb nun dem Kardinal anheimgestellt, die Belagerung fortzusetzen, ohne daß er wenigstens für die Gegenwart etwas von den Engländern zu fürchten hatte. Doch war die Ruhe, wie gesagt, nur eine augenblickliche. Man hatte einen Abgeordneten des Herzogs von Buckingham, namens Montaigu, eingefangen, und damit einen Beweis von einem Bündnis zwischen dem Reiche, Spanien, England und Lothringen bekommen. Dieses Bündnis war gegen Frankreich gerichtet. Überdies hatte man im Quartier des Herzogs von Buckingham, das er mit großer Eilfertigkeit verlassen mußte, Papiere vorgefunden, die dieses Bündnis bekräftigten, wie der Herr Kardinal in seinen Memoiren versichert, und die Frau von Chevreuse in ein übles Licht stellten.

Die Musketiere hatten bei der Belagerung nur wenig zu tun, waren auch nicht streng gehalten und führten ein fröhliches Leben. Dies war vorzüglich unsern drei Freunden um so leichter, als sie von Herrn von Tréville, mit dem sie befreundet waren, ohne Schwierigkeit die Erlaubnis bekamen, länger ausbleiben und nach dem Schluß des Lagers außen verweilen zu dürfen. Als sie eines Abends d'Artagnan nicht begleiten konnten, da er den Dienst in den Laufgräben hatte, so kehrten Athos, Porthos und Aramis auf ihren Schlachtpferden, in ihre Kriegsmäntel gehüllt, eine Hand auf dem Kolben ihrer Pistole, zurück aus einer Schenke, »Zum roten Taubenschlag« genannt, die Athos zwei Tage vorher auf dem Wege nach Jarrie bemerkt hatte. Sie ritten auf der Straße, die zum Lager führte, und waren da aus Furcht vor einem Hinterhalt wohl auf ihrer Hut, als sie etwa eine Viertelstunde vom Dorfe Boisnau das Getrappel von Pferden zu hören glaubten, die ihnen entgegenkamen. Sie hielten sogleich an und schlossen sich mitten auf der Straße eng aneinander. Nach einem Weilchen, als eben der Mond aus einer Wolke hervortrat, bemerkten sie wirklich an der Biegung des Weges zwei Reiter, die, als sie unsere Freunde gewahrten, gleichfalls anhielten und Rat zu halten schienen, ob sie ihren Weg fortsetzen oder umkehren sollten. Diese Zögerung erweckte Verdacht von seiten der Musketiere, Athos ritt eine kleine Strecke vorwärts und rief mit fester Stimme: »Wer da?« »Wer da, Ihr?« entgegnete einer von den Reitern. »Das ist keine Antwort!« sagte Athos. »Wer da? oder wir schießen.« »Bedenkt Euch, ehe Ihr das tut, meine Herren!« entgegnete eine tönende Stimme, die zu befehlen gewohnt zu sein schien. »Das ist ein Oberoffizier, der nachts seine Runde macht,« sagte Athos, zu seinen Freunden gewendet. – »Was ist da zu tun, meine Herren?« »Wer seid Ihr?« rief dieselbe Stimme mit demselben gebietenden Tone; »gebt Antwort, oder es ergeht Euch schlecht bei Eurem Ungehorsam.« »Musketiere des Königs!« entgegnete Athos. mehr und mehr überzeugt, daß derjenige, her sie fragte, hierzu auch das Recht besaß. »Welche Kompagnie?« »Kompagnie Tréville.« »Reitet vor und gebt Rechenschaft, was Ihr um diese Stunde hier zu tun habt.« Die drei Musketiere ritten vor, etwas beängstigt bei der Überzeugung, sie hätten es mit einem Mächtigeren zu tun. Übrigens überließ man Athos die Sorge, das Wort zu führen. Einer der zwei Reiter war etwa zehn Schritte von seinem Gefährten entfernt; Athos gab Porthos und Aramis gleichfalls einen Wink, zurückzubleiben und rückte allein vor. »Um Vergebung, mein Offizier,« sagte Athos, »allein wir wußten nicht, mit wem wir es zu tun hatten, und Ihr könnt sehen, daß wir die Wache wohl versehen.« »Euer Name?« fragte der Offizier, indem er sein Antlitz zum Teil mit dem Mantel bedeckte. »Ihr selbst, mein Herr,« erwiderte Athos, den dieses Verhör zu erzürnen begann, »gebt mir, ich bitte Euch, den Beweis, daß Ihr das Recht habt, mich zu fragen.« »Euer Name?«

wiederholte der Reiter, und ließ seinen Mantel derart fallen, daß sich sein Antlitz enthüllte. »Der Kardinal!« rief der Musketier verwundert. »Euer Name?« rief Seine Eminenz zum drittenmal. »Athos,« sagte der Musketier. Der Kardinal gab dem Stallmeister einen Wink, und dieser ritt näher. »Diese drei Musketiere sollen uns folgen,« sprach er mit leiser Stimme; »man erfahre nicht, daß ich das Lager verließ, und wenn sie uns folgen, sind wir versichert, daß sie es niemandem sagen.« »Wir sind Edelleute, Monseigneur,« versetzte Athos, »verlangen Sie unser Ehrenwort und besorgen Sie nichts. Gott sei Dank, wir können ein Geheimnis bewahren.« Der Kardinal richtete seine durchdringenden Augen auf den kühnen Sprecher und sagte: »Herr Athos, Ihr habt ein feines Gehör; doch bitte ich Euch, mir zu folgen, nicht etwa aus Mißtrauen, doch zu meiner Deckung. Zweifelsohne sind Eure Gefährten die Herren Porthos und Aramis.« »Ja, Eure Eminenz,« erwiderte Athos, indes die zwei andern Musketiere, den Hut in der Hand, herbeiritten. »Ich kenne Euch, meine Herren,« sprach der Kardinal, »ich kenne Euch; ich weiß es, Ihr seid mir nicht sehr freundlich gesinnt, und das tut mir leid. Doch weiß ich auch, daß Ihr brave, wackere Edelleute seid, denen man vertrauen darf. Erweiset mir also die Ehre, Herr Athos, und begleitet mich, Ihr mit Euren zwei Freunden, und so werde ich eine Deckung haben, um die mich Seine Majestät beneiden müßte, wenn sie uns begegnete.« Die Musketiere verneigten sich bis auf den Hals ihrer Pferde. »Nun, auf meine Ehre,« sprach Athos; »Eure Eminenz hat recht, uns mitzunehmen; wir begegneten auf dem Wege häßlichen Gesichtern, und haben mit vier von solchen Gesichtern im ›Roten Taubenschlag‹ sogar einen Streit gehabt.« »Einen Streit – warum das, meine Herren?« fragte der Kardinal. »Wie Ihr wißt, mag ich die Streitigkeiten nicht.« »Eben deshalb habe ich die Ehre, Euer Eminenz mitzuteilen, was da vorgegangen ist, denn Sie könnten es von einer andern Seite erfahren, und einem falschen Gerücht noch glauben, daß wir schuldig seien.« »Was ist das Resultat dieses Streites gewesen?« fragte der Kardinal mit gerunzelter Stirn. »Nun, mein Freund Aramis hat einen Degenstich in den Arm erhalten, was ihm jedoch nicht hinderlich sein wird, morgen an dein Sturme teilzunehmen, wenn Eure Eminenz hierzu Befehl geben sollte.« »Ihr seid doch nicht Männer, die sich auf solche Weise Degenstiche versetzen lassen,« sagte der Kardinal. »Redet offen, meine Herren, Ihr habt gewiß wieder welche zurückgegeben? Bekennt mir, denn Ihr wißt, ich habe das Recht der Lossprechung.« »Monseigneur,« versetzte Athos, »ich zog nicht einmal den Degen, doch faßte ich den Mann, mit dem ich etwas zu tun hatte, um den Leib und schleuderte ihn zum Fenster hinaus. Wie es scheint,« fuhr Athos zögernd fort, »hat er im Fallen den Schenkel gebrochen.« »Ha!« rief der Kardinal, »und Ihr, Herr Porthos?« »Ich, Monseigneur, da ich wußte, daß der Zweikampf untersagt ist, so ergriff ich eine Bank und versetzte einem dieser Schufte einen Schlag, der ihm die Schulter zerschmetterte, wie ich glaube.« »Wohl,« sprach der Kardinal, »und Ihr, Herr Aramis?« »Ich, Monseigneur, da ich von sehr sanfter Gemütsart bin, und außerdem, was vielleicht Monseigneur weiß, in den geistlichen Stand zu treten gedenke, wollte meine Freunde trennen, als mir einer dieser Schurken verräterischerweise einen Degenstich in den linken Arm versetzte. Da riß mir die Geduld, ich zog gleichfalls meinen Degen, und als er wieder angriff, glaubte ich bemerkt zu haben, daß er sich im Anfall gegen mich meine Klinge durch den Leib stieß; ich weiß bloß, daß er niederfiel, und mir kam vor, als hätte man ihn mit seinen zwei Gefährten fortgetragen.« »He doch, meine Herren,« sprach der Kardinal, »drei Männer kampfunfähig machen wegen eines Wirtshausgezänkes! Ihr legt derb die Hände an, und weshalb entstand der Streit?« »Die Schufte waren betrunken, und da sie wußten, es sei diesen Abend eine Frau in der Schenke angekommen, so wollten sie die Tür erbrechen.« »War wohl diese Frau noch jung und hübsch?« »Wir sahen sie nicht, Monseigneur,« antwortete Athos. »Ihr habt sie nicht gesehen? Ach, sehr wohl,« versetzte der Kardinal lebhaft. »Ihr habt recht getan, daß Ihr die Ehre einer Frau beschütztet, und da ich eben selbst nach der Herberge ›Zum roten Taubenschlag‹ reite, so werde ich sehen, ob Ihr wahr gesprochen habt.« »Monseigneur,« sprach Athos stolz, »wir sind Edelleute, und würden uns keine Lüge erlauben, könnten wir damit auch unser Leben retten.« »Ich zweifle auch nicht an dem, was Ihr da sagt, Herr Athos, ich zweifle ganz und gar nicht daran. Allein,« fügte er hinzu, um der Unterredung eine andere Wendung zu geben, »diese Dame ist wohl allein gewesen?« »Es war bei ihr ein Kavalier,« antwortete Athos; »da sich aber dieser Kavalier ungeachtet des Tumults nicht gezeigt hat, so läßt sich wohl vermuten, daß er feige ist.« »›Urteilt nicht blindlings‹, sagt die Heilige Schrift,« mahnte der Kardinal. Aramis verneigte sich. »Nun ist es gut, meine Herren,« fuhr der Kardinal fort; »ich weiß, was ich erfahren wollte; folgt mir jetzt.« Die drei Musketiere ritten hinter dem Kardinal, der seinen Mantel wieder vor das Gesicht hielt, sein Pferd in Trab setzte, und seinem Gefährten acht bis zehn Schritte weit voraus ritt. Man kam alsobald zu der stillen, einsamen Herberge. Der Wirt wußte sicher, welch ein erhabener Besuch kommen würde und schickte deshalb die Lästigen fort. Zehn Schritte vor dem Tore gab der Kardinal dem Stallmeister und den drei Musketieren ein Zeichen, anzuhalten; ein gesatteltes Pferd war da an dem Balken angebunden, der Kardinal klopfte dreimal auf eigentümliche Art. Es trat sogleich ein Mann, in einen Mantel gehüllt, hervor und wechselte schnell einige Worte mit dem Kardinal, wonach er sich auf das Pferd schwang und in der Richtung von Surgère, die auch die Richtung von Paris war, fortritt. »Vorwärts, meine Herren!« rief der Kardinal. »Ihr habt wahr gesprochen, edle

Männer,« fuhr er fort, zu den Musketieren gewendet, »und es ist nicht meine Schuld, wenn unser Zusammentreffen an diesem Abend nicht vorteilhaft für Euch ist. Indes folgt mir.« Der Kardinal stieg vom Pferde, die Musketiere taten desgleichen; der Kardinal warf den Zügel in die Hände seines Stallmeisters, die drei Musketiere banden ihre Pferde an den Balken. Der Wirt blieb an seiner Türschwelle; für ihn galt der Kardinal nur als Offizier. »Habt Ihr ein Zimmer im Erdgeschoß, wo mich diese Herren bei einem guten Feuer erwarten können?« fragte der Kardinal. Der Wirt schloß eine Tür auf zu einer großen Stube, wo man eben einen guten Kamin an die Stelle eines schlechten Ofens setzte. »Da ist das Zimmer,« sagte er. »Gut,« entgegnete der Kardinal; »tretet ein, meine Herren, da harrt gefälligst meiner; ich bleibe nicht länger aus als eine halbe Stunde.« Während die drei Musketiere in die Stube im Erdgeschoß eintraten, stieg der Kardinal, ohne weitere Auskunft zu begehren, über die Treppe, wie ein Mann, der es nicht nötig hat, daß ihm der Weg gezeigt werde.

Von dem Nutzen der Ofenröhren.

Unsere drei Freunde hatten offenbar, ohne es zu ahnen, und bloß nur durch ihren ritterlichen und abenteuerlichen Charakter jemandem einen Dienst erwiesen, den der Kardinal mit seinem besonderen Schutze beehrte. Nun, wer war aber dieser Jemand? Diese Frage stellten die drei Musketiere an sich selbst; da sie aber sahen, es sei keine der Antworten zureichend, die ihnen der Verstand geben konnte, so rief Porthos den Wirt und verlangte Würfel. Porthos und Aramis setzten sich an einen Tisch und spielten; Athos ging gedankenvoll auf und nieder. Während nun Athos tiefsinnig auf und ab schritt, kam er wiederholt an einer Ofenröhre vorüber, von der die eine Hälfte abgebrochen war, indes der andere Teil nach einem oberen Zimmer ging; und so oft er vorbeischritt, vernahm er ein Gemurmel von Worten, das zuletzt seine Aufmerksamkeit auf sich zog. Athos trat hinzu, und hörte da einige Worte, die ihm zweifelsohne so große Teilnahme zu verdienen schienen, daß er seinen zwei Freunden ein Zeichen gab, sie möchten ebenfalls herankommen, während er sein Ohr an die Mündung der Röhre hielt. »Hören Sie, Mylady,« sagte der Kardinal, »die Sache ist ungemein wichtig; setzen Sie sich, wir wollen darüber reden.« »Mylady?« murmelte Athos. »Ich höre Ew. Eminenz mit der gespanntesten Aufmerksamkeit,« erwiderte eine Frauenstimme, die den Musketier zittern machte. »Ein kleines Schiff mit englischer Mannschaft, dessen Kapitän mir ergeben ist, erwartet Sie an der Mündung der Charente, bei dem Fort la Pointe. Es geht morgen schon unter Segel.« »Somit muß ich mich noch in dieser Nacht dahin begeben?« »In diesem Moment, wenn ich Ihnen nämlich meine Instruktion gegeben habe. Zwei Männer, die Sie bei Ihrem Fortgehen am Tore finden, werden Ihnen zum Geleit dienen. Mich lassen Sie jedoch zuerst von hinnen, und reisen erst in einer halben Stunde ab.« »Wohl, Monseigneur. Kommen wir aber auf die Sendung zurück, mit der Sie mich beauftragen wollen und da mir fortwährend daran liegt, das Vertrauen Ew. Eminenz zu verdienen, so erklären Sie mir gnädigst die Sache ganz deutlich, auf daß ich nicht irren könne.« »Sie reisen sogleich nach London ab,« fuhr der Kardinal fort, »und sind Sie in London angekommen, so suchen Sie Buckingham auf.« »Ich erlaube mir, Ew. Eminenz, zu bemerken,« entgegnete Mylady, »daß Seine Herrlichkeit Mißtrauen in mich setzt seit jener Geschichte mit den diamantenen Nestelstiften, wegen welcher mich der Herzog immer in Verdacht gezogen hat.« »Auch diesmal«, erwiderte der Kardinal, »handelt es sich nicht darum, sein Vertrauen zu gewinnen, sondern sich ihm auf offene und gerade Weise als Unterhändlerin zu nähern.« »Auf offene und gerade Weise?« wiederholte Mylady mit einer Betonung, die zweideutig klang. »Ja, offen und gerade,« erwiderte der Kardinal in demselben Tone; »diese ganze Sache werde offen abgetan.« »Ich werde die Aufträge Ew. Eminenz buchstäblich befolgen, und bin derselben gewärtig.« »Sie gehen zu Buckingham in meinem Namen und sagen ihm, daß mir alle Vorkehrungen bekannt sind, die er trifft, daß ich mich jedoch ganz und gar nicht darum kümmere, denn die erste Bewegung, die er machen würde, solle der Königin zum Verderben werden.« »Wird er auch glauben, daß Ew. Eminenz diese Drohung zu erfüllen vermögen?« »Ja, weil ich die Beweise habe.« »Doch, soll ich diese Beweise seiner Prüfung vorlegen können?« »Gewiß, und Sie sollen ihm sagen: Erstens, werde ich den Bericht des Bois-Robert und des Marquis von Beautru über die Zusammenkunft veröffentlichen, die der Herzog mit der Königin auf einem Maskenball der Frau Connetable gehabt hat. Daß ihm ferner kein Zweifel übrigbleibe, so sagen Sie ihm, daß er selbst im Kostüm des Großmoguls erschienen ist, das der Chevalier von Guise hätte tragen sollen, dem er es für dreihundert Pistolen abgekauft hat.« »Wohl, Monseigneur.« »Mir sind alle Umstände bekannt über seinen Ein- und Austritt im Louvre in jener Nacht, wo er sich im Kostüm eines italienischen Wahrsagers eingeschlichen hat. Sagen Sie ihm also, damit er an der Echtheit meiner Nachrichten nicht zweifle: er trug damals unter seinem Mantel ein weites Gewand, das mit schwarzen Tränen, Totenköpfen und Knochen in Gestalt von Andreaskreuzen besät war; denn im Fall einer Überraschung sollte man ihn für das Gespenst der weißen Frau halten, die, wie jedermann weiß, im Louvre erscheint, sooft ein großartiges Ereignis geschieht.« »Ist das alles, Monseigneur?« »Sagen Sie ihm noch, daß ich alle Umstände von seinem Abenteuer in Amiens wisse! Ich will daraus einen kleinen sinnreichen Roman mit dem Plane des Gartens und den Porträts der Hauptpersonen dieser nächtlichen Szene verfassen.« »Ich will ihm alles das sagen.« »Auch sagen Sie ihm, daß ich Montaigu festhalte, daß er in der Bastille sitze, daß man bei ihm zwar keinen Brief fand, allein die Folter könne ihn zwingen, alles zu bekennen, was er weiß … und selbst das, was er nicht weiß.« »Ganz wohl.« »Endlich fügen Sie noch hinzu: Als Seine Herrlichkeit so eilig die Insel Ré verließ, habe er einen gewissen Brief der Frau von Chevreuse zurückgelassen, worin die Königin in keinem günstigen Lichte dargestellt wird.« »Allein,« sprach diejenige, an die der Kardinal diese Worte gerichtet hatte, »wenn sich der Herzog ungeachtet all dieser Gründe nicht fügt und fortfährt, Frankreich zu bedrohen?« »Der Herzog ist von Liebe ganz betört,« sprach Richelieu mit großer Bitterkeit. »Er hat diesen Krieg, wie die alten Paladine, nur deshalb unternommen, um von seiner Schönen nur einen Blick zu erobern. Wenn er nun weiß, daß dieser Krieg der ›Dame seiner Gedanken‹, wie er sich ausdrückt, die Ehre und vielleicht auch die Freiheit kosten kann, so wird er doppelt auf seiner Hut sein, des kann ich Sie versichern.« »Und doch –« versetzte Mylady mit einer Beharrlichkeit, die bewies, daß sie den erhaltenen Auftrag ganz und gar durchblicken wolle, »und doch, wenn er halsstarrig bleibt?« »Wenn er halsstarrig bleibt?« entgegnete der Kardinal, »o, das ist nicht wahrscheinlich.« »Es ist aber möglich,« sagte Mylady. »Wenn er halsstarrig bleibt –« Seine Eminenz hielt inne, und dann fuhr er fort: »Wenn er halsstarrig bleibt, nun so erwarte ich eines der Ereignisse, welche die Gestalt der Staaten verändern.« »Und jetzt,« sagte die Mylady, »jetzt, da ich die Instruktionen Ew. Eminenz in bezug auf Ihre Feinde erhalten habe, wird es mir Monseigneur erlauben, ein paar Worte in bezug auf die meinigen zu sagen?« »Sie haben also Feinde?« fragte Richelieu. »Ja, Monseigneur, gegen die Sie mir Ihren Schutz schuldig sind, da ich sie mir im Dienst Ew. Eminenz zugezogen habe.« »Wer sind diese?« fragte der Kardinal. »Zuvörderst eine kleine Intrigantin, namens Bonacieux.« »Sie sitzt im Gefängnis von Montes.« »Das heißt, sie war dort,« erwiderte Mylady, »doch hat die Königin einen Befehl von dem König zu erlangen gewußt, mittels dessen sie dieselbe in ein Kloster bringen ließ.« »In ein Kloster?« sprach der Herzog. »Ja, in ein Kloster.« »In welches?« »Ich weiß es nicht; das Geheimnis ist wohl verhüllt.« »Ich werde es erfahren.« »Und wird es mir Ew. Eminenz sagen, in welch ein Kloster diese Frau ist?« »Ich sehe kein Hindernis,« versetzte der Kardinal. »Wohl. Jetzt habe ich noch einen andern Feind, der mehr zu fürchten ist, als die kleine Madame Bonacieux.« »Wer ist das?« »Ihr Liebhaber.« »Wie nennt er sich?« »Oh, Ew. Eminenz kennt ihn recht gut,« sagte Mylady, von Zorn bewegt; »es ist der böse Dämon von uns beiden; es ist derselbe, der bei einem Zusammentreffen mit den Leibwachen Ew. Eminenz den Sieg zu Gunsten der

Musketiere des Königs entschieden hat; es ist derselbe, der dem Grafen von Wardes, Ihrem Emissär, vier Degenstiche versetzte, und damit die Angelegenheit mit den Nestelstiften vereitelte; es ist der Mann, der mir den Tod zuschwor, weil er weiß, daß ich ihm Madame Bonacieux entrissen habe.« »Ah, ah,« murmelte der Kardinal, »ich weiß, wen Sie da meinen.« »Ich meine den elenden d'Artagnan.« »Er ist ein verwegener Geselle,« sprach der Kardinal. »Eben, weil er ein verwegener Geselle ist, hat man sich vor ihm noch um so mehr zu fürchten.« »Doch wäre ein Beweis von seinem Einverständnis mit Buckingham vonnöten,« sagte der Herzog. »Ein Beweis,« rief Mylady, »ich werde deren zehn haben.« »Nun, gut, so ist es die einfachste Sache von der Welt. Liefern Sie mir diesen Beweis, und ich schicke ihn in die Bastille.« »Gut, Monseigneur, und dann?...« »Wenn man in die Bastille kommt, gibt es kein ›dann‹,« erwiderte der Kardinal mit dumpfer Stimme. »Ha, bei Gott,« fuhr er fort, »wär' es mir doch so leicht, mich von meinen Feinden zu befreien, wie es mir leicht fällt, Sie des Ihrigen zu entledigen, und wenn Sie gegen solche Leute Straflosigkeit von mir ansprechen wollten...« »Monseigneur,« entgegnete Mylady, »Tausch um Tausch, Leben um Leben, Menschen um Menschen, geben Sie mir diesen und ich gebe Ihnen den andern.« »Ich weiß es nicht, was Sie da sagen wollen,« versetzte der Kardinal, »ja, ich mag es nicht wissen; allein ich nähre den Wunsch, Ihnen gefällig zu sein, und ich sehe nichts Ungereimtes darin, Ihnen zuzugestehen, was Sie in bezug auf ein so geringfügiges Wesen verlangen, zumal da dieser kleine d'Artagnan ein lockerer Zeisig, ein Raufbold und Verräter ist.« »Ein Elender, Monseigneur, ein Elender!« »Geben Sie mir Tinte, Feder und Papier,« sprach der Kardinal. »Hier, Monseigneur!« »Gut.« Es trat auf ein Weilchen Stillschweigen ein. »Nun, was willst du?« fragte Porthos, »und warum läßt du uns nicht das Ende der Unterredung noch behorchen?« »Still,« erwiderte Athos leise; wir haben alles gehört, was notwendig war; übrigens hindere ich Euch nicht, den Rest zu behorchen, aber ich muß fort.« »Du mußt fort?« fragte Porthos. »Wenn aber der Kardinal nach dir fragt, was sollen wir antworten?« »Wartet nicht darauf, bis er nach mir fragt, sondern sagt ihm, daß ich als Kundschafter vorausritt, weil mich gewisse Äußerungen des Wirtes auf den Gedanken brachten, daß der Weg nicht sicher sei. Außerdem werde ich dem Stallmeister des Kardinals ein paar Worte zuflüstern, das übrige betrifft mich, kümmere dich nicht.« »Sei besonnen, Athos,« versetzte Aramis. »Sei unbesorgt,« sagte Athos, »Ihr kennt doch mein kaltes Blut.« Porthos und Aramis nahmen wieder ihren Platz bei der Ofenröhre ein.

Eine Eheszene

Wie es Athos vorhersah, kam der Kardinal alsbald herab; er öffnete die Tür des Zimmers, worin sich die Musketiere befanden, und traf Porthos und Aramis in einem sehr lebhaften Würfelspiel begriffen. Er durchspähte mit raschem Blick alle Winkel und sah, daß einer von seinen Leuten abging. »Wo ist Athos hingegangen?« fragte er. »Monseigneur,« entgegnete Porthos, »er ist als Kundschafter fortgeritten, infolge einer Äußerung unseres Wirtes, aus der hervorging, daß der Weg nicht sicher sei.« »Und was habt Ihr getan, Herr Porthos?« »Ich habe Aramis fünf Pistolen abgewonnen.« »Und könnt Ihr jetzt mit mir zurückreiten?« »Wir sind zu Befehl Eurer Eminenz.« »Also zu Pferde, meine Herren, denn es ist spät.« Der Stallmeister stand am Tor und hielt das Pferd des Kardinals beim Zaum. Eine Gruppe von zwei Menschen und drei Pferden zeigte sich in der Dunkelheit. Das waren die zwei Männer, die Mylady nach dem Fort de la Pointe zu geleiten und ihre Einschiffung zu besorgen hatten.

Athos war etwa hundert Schritte weit im gleichen Tempo fortgeritten, doch als er aus dem Gesicht war, lenkte er sein Pferd nach der rechten Seite, machte einen Umweg und kehrte auf etwa zwanzig Schritte in das Gehölz zurück, um das Vorüberziehen der kleinen Truppe zu belauschen. Als er die verbrämten Hüte seiner Freunde und die goldenen Fransen des Kardinals erkannte, wartete er so lange, bis die Reiter um die Straßenecke bogen, und kaum hatte er sie aus den Augen verloren, sprengte er im Galopp zurück nach der Schenke, die ihm ohne Schwierigkeit geöffnet wurde. Der Wirt erkannte ihn wieder. Athos sprach zu ihm: »Mein Offizier hat vergessen, der Dame im ersten Stock eine höchst wichtige Angelegenheit zu empfehlen, und so sandte er mich ab, daß ich seinen Fehler verbessere.« »Gehen Sie hinauf,« versetzte der Wirt, »sie ist noch in ihrem Zimmer.« Athos benutzte die Erlaubnis, stieg so leise wie möglich über die Treppe, gelangte auf den Flur, und sah durch die halbgeöffnete Tür Mylady, die eben ihren Hut band. Er trat in das Zimmer und sperrte die Tür hinter sich ab. Athos blieb an der Tür stehen, in seinen Mantel gehüllt und den Hut tief in die Augen gedrückt. Als Mylady diese stumme, regungslose, einer Statue ähnliche Gestalt sah, bekam sie Angst und rief: »Wer seid Ihr? und was wollt Ihr?« Er ließ den Mantel fallen, rückte den Hut empor und trat vor Mylady. »Erkennt Ihr mich, Madame?« sprach er. Mylady trat einen Schritt zurück wie vor dem Anblick einer Schlange. »Nun,« rief Athos, »ich sehe, daß Ihr mich erkennt.« »Graf de la Fère!« murmelte Mylady erbleichend, und trat immer mehr zurück, bis sie von der Wand verhindert wurde. »Ja, Mylady!« antwortete Athos, »der Graf de la Fère in Person, der eben deshalb von der andern Welt zurückgekehrt ist, um die Freude zu haben, Euch zu sehen. Setzen wir uns und sprechen wir, wie der Herr Kardinal sagt.« Mylady ward von einem unsäglichen Schrecken bewältigt und setzte sich, ohne ein Wort zu reden. »Ihr seid ein Dämon, auf die Erde gesendet«, sprach Athos; »Eure Macht ist groß, das weiß ich, doch wisset Ihr auch, daß die Menschen mit Gottes Beistand oft die furchtbarsten Dämone überwunden haben. Ihr ließet Euch schon einmal auf meinem Wege betreten, ich glaubte Euch niedergeschmettert zu haben, aber wenn mich nicht alles täuscht, so hat Euch die Hölle wieder ausgeworfen.« Mylady senkte bei diesen Worten seufzend das Haupt, die entsetzliche Erinnerungen in ihr erweckten. »Ja, die Hölle hat Euch ausgeworfen,« fuhr Athos fort, »die Hölle hat Euch einen andern Namen zugelegt, die Hölle hat Euch fast ein anderes Gesicht gegeben; doch hat sie weder die Makel Eurer Seele noch die Brandmale Eures Leibes ausgelöscht.« Mylady erhob sich, wie von einer Feder bewegt, und schleuderte Blitze aus ihren Augen. Athos blieb sitzen. »Ihr habt mich für tot gehalten, nicht wahr, wie ich Euch für tot hielt, und hinter dem Namen Athos verbarg sich der Graf de la Fère, wie sich Anna von Breul hinter dem Namm Mylady Winter versteckte! Habt Ihr Euch nicht so genannt, als Euer ehrsamer Bruder unser eheliches Band knüpfte? Unsere Stellung ist wirklich seltsam,« fuhr Athos lachend fort, »wir haben bis jetzt nur gelebt, weil wir einander für tot hielten, und weil die Erinnerung weniger beengt als das wirkliche Wesen, obgleich es um eine Erinnerung manchmal ein verzehrendes Ding ist.« »So sagt endlich,« sprach Mylady mit dumpfer Stimme, »was führt Euch zu mir, und was wollt Ihr von mir?« »Ich will Euch sagen, daß ich Euch nicht aus dem Gesicht verloren habe, obwohl ich für Eure Augen unsichtbar war.« »Ihr wißt, was ich getan habe?« »Ich vermag Euch Tag für Tag zu erzählen, was Ihr seit Eurem Eintritt in den Dienst des Kardinals bis an diesen Abend getan habt.« Ein ungläubiges Lächeln schwebte auf den blassen Lippen der Mylady vorüber. »Hört mich: Ihr habt die zwei diamantenen Nestelstifte von der Schulter des Herzogs von Buckingham geschnitten; Ihr habt Madame Bonacieux rauben lassen; Ihr habt, verliebt in den Grafen von Wardes und im Wahn, diesen zu empfangen, d'Artagnan Eure Tür geöffnet; Ihr wolltet Wardes, in der Meinung, daß er Euch betrog, von seinem Nebenbuhler umbringen lassen; Ihr wolltet, als dieser Nebenbuhler Euer schimpfliches Geheimnis entdeckte, ihn gleichfalls durch Meuchelmörder, die Ihr ihm nachgeschickt habt, umbringen lassen; endlich habt Ihr in diesem Zimmer auf dem Stuhl, den ich jetzt einnehme, vorher gegen den Kardinal die Verbindlichkeit auf Euch genommen, den Herzog von Buckingham töten zu lassen, und zwar für die entgegengenommene Zusage, d'Artagnan aus der Welt zu schaffen.« Mylady wurde leichenfahl und stammelte: »Seid Ihr der Teufel in eigener Person?« »Vielleicht,« entgegnete Athos, »aber jedenfalls hört mich weiter: Ermordet Ihr den Herzog von Buckingham oder laßt Ihr ihn ermorden, gleichviel, ich kenne ihn nicht, und außerdem ist er ein Feind Frankreichs; jedoch krümmt mir nicht ein einziges Haar von d'Artagnan, denn er ist mein getreuer Freund, den ich liebe und beschütze – oder ich schwöre es Euch bei meines Vaters Haupt, das Verbrechen, das Ihr zu begehen sucht, oder begangen habt, wird Euer letztes sein!« »Herr d'Artagnan hat mich grausam beleidigt,« rief Mylady mit dumpfer Stimme; »Herr d'Artagnan muß sterben.« »In der Tat, ist es denn möglich, Euch zu beleidigen, Madame?« entgegnete Athos lachend; »er hat Euch beleidigt und soll sterben.« »Er muß sterben!« wiederholte Mylady; »er zuerst und dann Sie.« Athos war gleichsam von einem Schwindel erfaßt; der Anblick dieses Geschöpfes, das nichts mehr mit dem Weibe gemein hatte, erweckte in ihm furchtbare Erinnerungen; er gedachte, daß er sie schon einmal in einer viel minder gefährlichen Lage seiner Ehre zum Opfer bringen wollte; die Mordlust kehrte glühend zurück und packte ihn mit der Heftigkeit eines Fiebers. Er stand gleichfalls auf, langte mit der Hand nach seinem Gürtel, zog eine Pistole hervor und spannte dieselbe. Mylady, die blaß wie eine Leiche wurde, wollte schreien, aber über ihre eisig erstarrte Zunge kam nur ein rauher Laut, ähnlich dem Röcheln eines wilden Tieres; und, an die finstere Wand gedrückt, schien sie mit ihren aufgelösten Haaren das Bild des Schauders zu sein. Athos richtete die Pistole langsam in die Höhe, streckte die Hand derart aus, daß das Gewehr fast die Stirn der Mylady erreichte, und sprach hierauf mit einer Stimme, die um so schauerlicher klang, da sich darin die erhabene Ruhe eines unbeugsamen Entschlusses kundgab: »Madame, übergebt mir auf der Stelle das Papier, das Euch der Kardinal unterzeichnet hat, oder ich will Euch, bei meiner Seele! den Kopf zerschmettern. Ihr habt nur eine Sekunde zur Entscheidung!« rief er ihr zu. Mylady sah an seiner verzerrten Miene, daß der Schuß losgehen sollte; sie fuhr rasch mit der Hand nach ihrem Busen, nahm ein Papier hervor und reichte es Athos, indem sie sprach: »Da nehmt und seid verflucht!« Athos nahm das Papier, steckte die Pistole wieder in den Gürtel, trat zu der Lampe hin, um sich zu überzeugen, daß es wirklich das verlangte Papier sei, entfaltete es und las: »Der Träger dieses hat auf meinen Befehl und zur Wohlfahrt des Staates gehandelt. Den 3. August 1628. Richelieu.« »Und jetzt,« sprach Athos, indem er seinen Mantel wieder nahm und den Hut auf den Kopf setzte, »jetzt, da ich dir die Zähne ausgerissen habe, beiß, wenn du kannst, Viper!« Er verließ sodann das Zimmer, ohne sich umzusehen. Vor der Tür traf er die zwei Männer und das Pferd, das sie an der Hand hielten. Er sprach zu ihnen: »Meine Herren, Monseigneur gab Befehl, wie Ihr wisset, die Frau ungesäumt nach dem Fort de la Point zu führen, und sie erst dann zu verlassen, wenn sie an Bord sein wird.« Da diese Worte auch wirklich mit dem erhaltenen Auftrag übereinstimmten, so neigten sie sich zum Zeichen der Willfährigkeit.

Athos schwang sich gewandt in den Sattel und sprengte davon. Aber statt der Straße zu folgen, ritt er quer durch das Feld, setzte seinem Renner die Sporen ein, und hielt manchmal an, um zu horchen. Auf diesem Ritt vernahm er von der Straße her das Gestampfe von mehreren Pferden. Er zweifelte nicht, daß das der Kardinal mit seiner Begleitung sei. Er sprengte nun hastig voraus und hielt etwa zweihundert Schritte vor dem Lager mitten auf der Straße an. »Wer da?« rief er aus der Ferne, als er die Reiter kommen sah. »Das ist unser wackerer Musketier, wie ich glaube,« sagte der Kardinal. »Ja, er ist es, Monseigneur,« gab Athos zur Antwort. »Herr Athos,« sagte Richelieu, »nehmt meinen Dank hin, daß Ihr für uns so gut die Wache versehen habt. Meine Herren, wir sind am Ziele; reitet durch das Tor links, das Losungswort ist: Der König und Ré.« Nach diesen Worten winkte der Kardinal den drei Freunden seinen Gruß zu, und ritt, von seinem Stallmeister gefolgt, nach dem Tore rechts, da er diese Nacht gleichfalls im Lager verbrachte.

Wie es Athos vorhergesehen hatte, war Mylady ohne Schwierigkeit den Männern gefolgt, die am Tor auf sie warteten. Sie hatte wohl einen Augenblick Lust, sich zum Kardinal führen zu lassen und ihm alles zu erzählen, allein eine Entdeckung von ihrer Seite führte zu einer Entdeckung von seiten Athos'; sie könnte wohl klagen, Athos hätte sie gehenkt, doch Athos würde enthüllen, sie sei gebrandmarkt; somit hielt sie es für das Klügste, zu schweigen, ganz sachte abzureisen, ihre Sendung gewandt zu erfüllen, und hätte sie alles zur Zufriedenheit des Kardinals ausgeführt, von ihm Rache zu verlangen. Nachdem sie nun die ganze Nacht hindurch gereist war, kam sie um sieben Uhr früh in Fort de la Pointe an; um acht Uhr war sie bereits an Bord, um neun Uhr lichtete das Schiff die Anker und machte sich segelfertig nach England.

Der Rat der Musketiere

Wie es Athos vorhergesehen hatte, war die Bastei, die man kurz zuvor eingenommen hatte, nur von einem halben Dutzend Toter, sowohl Franzosen als Rocheller, besetzt. »Meine Herren!« rief Athos, der bei dieser Expedition das Kommando führte, »indes Grimaud die Tafel zurechtmacht, wollen wir die Gewehre und Patronen sammeln. Übrigens können wir uns mitten unter diesem Geschäft besprechen, denn diese Herren hören uns nicht,« fügte er hinzu, indem er auf die Toten zeigte. »Wir könnten sie immerhin in die Gräben hinabwerfen,« versetzte Porthos, »wenn wir uns vorher versichert, daß sie nichts in den Taschen haben.« »Ja,« erwiderte Athos, »doch das ist ein Geschäft für Grimaud.« »Wohl,« entgegnete d'Artagnan, »Grimaud mag sie untersuchen und dann über die Mauer werfen.« »O, nicht doch,« sagte Athos, »sie können uns dienlich sein.« »Die Toten können uns dienlich sein?« fragte Porthos, »ei, Freund, du faselst.« »Urteilt nicht voreilig,« antwortete Athos. »Wieviel Büchsen, meine Herren?« »Zwölf,« sagte Aramis. »Wieviel Schüsse zum Abfeuern?« »Etwa hundert, das ist soviel als nötig ist; lasset uns laden.« »Meine Herren,« versetzte Athos, »ich hoffe Euch zugleich Vergnügen und Ruhm zu verschaffen. Ich ließ Euch einen reizenden Spaziergang machen; hier steht ein sehr einladendes Frühmahl, und dort unten sind fünfhundert Personen, wie Ihr durch die Schießscharten sehen könnt, die uns für Narren oder für Helden halten; zwei Gattungen Schwachköpfe, die sich ziemlich ähnlich sind.« »Doch das Geheimnis?« rief d'Artagnan. »Das Geheimnis«, sagte Athos, »ist, daß ich gestern abends Mylady sah.« D'Artagnan bewegte eben sein Glas an die Lippen, doch bei dem Namen Mylady bebte seine Hand derart, daß er es auf den Boden stellte, um den Inhalt nicht auszuschütten. »Du sahst deine Gem...« »Stille doch,« unterbrach ihn Athos. »Ihr vergeßt, mein Lieber, daß diese Herren nicht wie Ihr in das Geheimnis meiner häuslichen Angelegenheit eingeweiht sind. Ich sah Mylady.« »Wo das?« fragte d'Artagnan. »Etwa zwei Meilen von hier in der Schenke ›Zum roten Taubenschlag‹.« »Wenn das ist, so bin ich verloren,« sagte d'Artagnan. »Nein, noch nicht so ganz,« erwiderte Athos, »denn zu dieser Stunde muß sie die Küste Frankreichs verlassen haben.« D'Artagnan atmete wieder. »Aber sagt doch, wer ist denn diese Mylady?« fragte Porthos. »Eine reizende Frau,« entgegnete Athos, indem er sein Glas perlenden Wein schlürfte. »Ja, es ist eine reizende Frau, welcher Freund d'Artagnan hier einen schlimmen Streich gespielt hat, wofür sie sich damit zu rächen suchte, daß sie ihn vor einem Monat mit Musketenschüssen töten lassen wollte, und daß sie gestern vom Kardinal seinen Kopf verlangte.« »Wie, sie hat vom Kardinal meinen Kopf verlangt?« fragte d'Artagnan, vor Schrecken blaß. »Ja,« versetzte Athos, »es ist die lautere Wahrheit, ich hörte es mit meinen eigenen Ohren.« »Ich gleichfalls,« fügte Aramis hinzu. »Nun,« rief d'Artagnan, indem er mutlos die Arme sinken ließ, »nun ist es unnütz, länger zu kämpfen; es ist besser, ich jage mir eine Kugel durch den Kopf, und alles ist vorüber.« »Das ist die letzte Dummheit, die man zu begehen hat, sagte Athos, »denn sie ist die einzige, für die es kein Gegenmittel gibt.« »Doch solchen Feinden werde ich niemals entschlüpfen,« versetzte d'Artagnan, »zuvörderst meinem Unbekannten in Meung, dann Herr« von Wardes, dem ich vier Degenstiche versetzte; ferner Mylady, deren Geheimnis ich entdeckte, und endlich dem Kardinal, dessen Rache ich vereitelt habe.« »Nun,« sagte Athos, »alles das macht zusammen nur vier. Einer gegen einen, beim Himmel! Wenn wir den Zeichen glauben dürfen, die uns Grimaud gibt, so werden wir mit einer größeren Anzahl zu tun bekommen. Was ist's,

Grimaud? Wegen der Wichtigkeit der Umstands erlaube ich dir zu reden, Freund, aber kurz gefaßt, wenn ich bitten darf; was siehst du?« »Eine Truppe.« »Von wieviel Leuten?« »Von zwanzig.« »Was für Leute?« »Sechzehn Gefangene, vier Soldaten.« »Wie weit von uns entfernt?« »Fünfhundert Schritte.« »Gut, wir haben noch Zeit, dieses Geflügel ganz zu verzehren und ein Glas Wein zu trinken. Auf deine Gesundheit, d'Artagnan!« »Auf deine Gesundheit!« wiederholten Porthos und Aramis. »Gut denn, auf meine Gesundheit, obwohl ich nicht glaube, daß mir Eure Wünsche viel frommen werden.« »Bah!« rief Athos, »Gott ist groß, wie die Mohammedaner sagen, und die Zukunft ruht in seiner Hand.« Athos trat zu einer Schießscharte, Porthos, Aramis und d'Artagnan taten desgleichen. Grimaud mußte sich hinter die vier Freunde stellen und die Gewehre wieder laden. Ein Weilchen darauf sah man die Truppe erscheinen: sie schritt durch eine Art Schlauchgraben, der die Bastei mit der Stadt verband. »Bei Gott!« rief Athos, »es verlohnte sich wohl der Mühe, unsere Mahlzeit zu unterbrechen wegen zwanzig solcher mit Hauen, Beilen und Schaufeln bewaffneter Schufte! Grimaud hätte ihnen nur ein Zeichen machen dürfen, daß sie gehen, und ich bin versichert, sie hätten uns in Ruhe gelassen.« »Daran zweifle ich,« versetzte d'Artagnan, »denn sie rücken sehr entschlossen heran.« Bei diesen Arbeitern waren vier Soldaten und ein Brigadier mit Waffen ausgerüstet. »Sie haben uns nicht bemerkt,« sagte Athos. »Meiner Treu!« rief Aramis, »es tut mir weh, auf diese armen Teufel von Bürgersleuten zu schießen.« »Das ist schlecht,« entgegnete Porthos, »wenn man Ketzer bemitleidet.« »Wahrlich,« sprach Athos, »Aramis hat recht, ich will sie warnen.« »Was Teufel tut Ihr denn?« fragte d'Artagnan, »Ihr wollt Euch ja niederschießen lassen, mein Lieber.« Doch Athos achtete nicht darauf, stieg auf die Bresche, sein Gewehr in der einen, den Hut in der andern Hand, wandte sich höflich grüßend gegen die Soldaten und Arbeiter, die verwundert über diese Erscheinung etwa fünfzig Schritte vor der Bastei anhielten, und rief ihnen zu: »Meine Herren, ich und einige Freunde sitzen hier in der Bastei beim Frühmahl. Ihr wisset recht wohl, wie unangenehm es ist, wenn man beim Frühstück gestört wird. Wir bitten Euch also, wenn Ihr da unerläßliche Geschäfte habt, entweder zu warten, bis unsere Mahlzeit vorüber ist oder später wiederzukommen, wenn Ihr, was das Ersprießlichste wäre, keine Lust habt, die Partei der Aufrührer zu verlassen, und mit uns hier zu trinken auf die Gesundheit des Königs von Frankreich.« »Sei auf der Hut, Athos,« sprach d'Artagnan, »siehst du nicht, daß sie auf dich anschlagen?« »Ja, ja,« versetzte Athos; »doch sind es Bürger, die sehr schlecht schießen und nicht darauf achten, ob sie mich treffen.« Wirklich knallten fast in demselben Augenblick vier Schüsse, und die Kugeln sausten rings um Athos, ohne daß ihn eine einzige traf. Vier Schüsse antworteten ihnen fast in derselben Sekunde, doch hatten unsere

Freunde besser gezielt als die Angreifenden; drei Soldaten fielen tot nieder, und ein Arbeiter war verwundet. »Eine andere Büchse, Grimaud!« rief Athos, der noch immer auf der Bresche stand. Grimaud gehorchte unverweilt. Die drei Freunde hatten ihre Gewehre selber geladen; der Brigadier und zwei Pioniere fielen tot nieder, der Rest der Truppen entfloh. »Auf, meine Herren, einen Ausfall!« rief Athos. Die vier Freunde stürzten aus dem Fort hervor, kamen bis zum Kampfplatz, rafften die vier Musketen der Soldaten und die Halbpicke des Brigadiers auf, und in der Überzeugung, daß die Fliehenden erst bei der Stadt anhalten würden, kehrten sie mit ihren Siegestrophäen in die Bastei zurück. »Grimaud, lade abermals die Gewehre,« rief Athos, »und wir, meine Herren, kehren zu unserm Festmahl zurück, und setzen unser Gespräch fort. Wo sind wir dabei geblieben?« »Ich erinnere mich,« versetzte d'Artagnan, »du sagtest, daß Mylady Frankreich verließ, nachdem sie vom Kardinal meinen Kopf verlangt hatte. Und wohin geht sie denn?« fügte d'Artagnan hinzu, der sich mit dem Reiseplan der Mylady sehr zu beschäftigen schien. »Sie segelt nach England,« erwiderte Athos. »Zu welchem Ende?« »Um dort Buckingham umzubringen, oder umbringen zu lassen.« D'Artagnan stieß einen Schrei der Überraschung und Entrüstung aus und sagte: »Das ist doch schändlich!« »Glaubt mir,« antwortete Athos, »was das anbelangt, so bin ich wenig beunruhigt. – Da du jetzt fertig bist, Grimaud,« fuhr Athos fort, »so nimm die Halbpicke unseres Brigadiers, knüpfe daran eine Serviette und pflanze sie auf der Bastei auf, damit diese aufrührerischen Rocheller sehen mögen, daß sie es mit wackeren und echten Soldaten zu tun haben. Ich war,« sprach er dann weiter, »wie du wohl begreifen kannst, d'Artagnan, am meisten darauf bedacht, der Mylady eine Art Unterfertigung abzunehmen, die sie dem Kardinal abgedrungen hatte, und mittels welcher sie sich ungestraft deiner und vielleicht unser aller hätte entledigen können.« »Diese Kreatur ist denn doch ein leibhaftiger Teufel!« rief Porthos. »Und diese Schrift«, fragte d'Artagnan, »blieb in ihren Händen?« »Nein, sie ging über in die meinigen, erwiderte Athos; ich kann aber nicht sagen, daß das so ohne alle Anstrengung geschah.« »Lieber Athos,« rief d'Artagnan, »ich kann es nicht mehr zählen, wie oft Ihr mir schon das Leben erhalten habt.« »Du hast uns also verlassen, um zu ihr zurückzukehren?« fragte Aramis. »Ja.« »Und du bist im Besitz der Schrift des Kardinals?« fragte d'Artagnan. »Hier ist sie,« entgegnete Athos. Er nahm das kostbare Papier aus der Tasche. D'Artagnan entfaltete es unter einem Zittern, das er nicht zu bergen vermochte und las: »Der Träger dieses hat auf meinen Befehl und zur Wohlfahrt des Staates gehandelt. Den 3. August 1628. Richelieu.« »Wahrlich,« rief Aramis, »das ist eine Lossprechung nach allen Regeln.« »Man muß dieses Papier vertilgen,« sagte d'Artagnan, dem es vorkam, als läse er darin sein Todesurteil. »Das muß man im Gegenteil sorgsam aufbewahren,« erwiderte Athos; »ich gäbe dieses Papier nicht her, und wenn man es mir mit Goldstücken überdecken wollte.« »Und was mag sie jetzt wohl tun?« fragte der junge Mann. »Nun,« versetzte Athos gleichgültig, »sie wird dem Kardinal wahrscheinlich schreiben, daß ihr ein verdammter Musketier namens Athos gewaltsam ihren Geleitbrief weggenommen habe. Auch wird sie ihm darin den Rat erteilen, daß er sich zugleich seiner und seiner zwei Freunde Porthos und Aramis entledigen wolle. Der Kardinal wird sich erinnern, daß es dieselben Männer seien, denen er jederzeit auf seinen Wegen begegnet ist. Sofort wird er an einem hübschen Morgen d'Artagnan einziehen lassen, und damit er sich nicht ganz allein zu sehr langweile, wird er auch uns in die Bastille schicken, um ihm Gesellschaft zu leisten.« »He da, mein Lieber,« sagte Porthos, »es scheint, daß du da traurige Spaße machst.« »Ich scherze nicht,« versetzte Athos. »Weißt du,« sprach Porthos, »daß es keine so schwere Sünde wäre, dieser verdammten Mylady den Hals umzudrehen, als dasselbe den armen Teufeln von Hugenotten zu tun, die keine andere Sünde begangen haben, als daß sie die Psalmen französisch singen statt, wie wir, lateinisch?« »Was spricht Aramis dazu?« fragte Athos gelassen. »Ich sage,« antwortete Aramis, »daß ich die Ansicht von Porthos teile.« »Ich gleichfalls,« bemerkte d'Artagnan. »Glücklicherweise ist sie von hier fern,« sagte Porthos, »denn ich gestehe, daß sie mich hier beengen würde.« »Sie beengt mich ebensowohl in England wie in Frankreich,« sprach Athos. »Sie beengt mich überall,« fügte d'Artagnan hinzu. »Da du sie aber in deinen Händen hattest,« rief Porthos, »warum hast du sie nicht ertränkt, erwürgt, aufgehenkt? – Nur die Toten kommen nicht mehr.« »Mir kommt ein Gedanke,« sprach d'Artagnan. »Sprecht,« riefen die Musketiere. »Zu den Waffen!« schrie Grimaud. Die jungen Männer rafften sich schnell auf, und eilten zu ihren Gewehren.

Es marschierte ein kleiner Heerhaufe heran, der aus zwanzig bis fünfundzwanzig Mann bestand; doch waren es nicht mehr Arbeiter, sondern Soldaten der Besatzung. »Wollen wir doch ins Lager zurückkehren,« rief Porthos, »denn mir scheint, die Kräfte sind ungleich.« »Das ist aus drei Gründen unmöglich,« erwiderte Athos; »fürs erste haben wir unser Frühstück noch nicht ganz verzehrt, fürs zweite haben wir uns noch wichtige Dinge mitzuteilen, und fürs dritte fehlen noch zehn Minuten, bis die Stunde voll ist.« »Wohlan,« sagte Aramis, »wir müssen aber einen Schlachtplan entwerfen.« »Die Sache ist ganz einfach,« entgegnete Athos, »wir geben Feuer, wie der Feind in die Schußweite vorrückt. Dringt er noch weiter vor, so feuern, wir abermals und schießen fort, so lang wir geladene Büchsen haben; will dann der Überrest jener Truppen Sturm laufen, so lassen wir die Belagerer bis zum Graben herankommen, und werfen ihnen dann einen Flügel von dieser Mauer, die nur durch ein Wunder im Gleichgewicht steht, über die Köpfe.« »Bravo,« rief Porthos. »Du bist ausgemacht zum General geboren, Athos, und der Kardinal, der sich für einen großen Krieger hält, darf sich mit dir nicht vergleichen.« »Meine Herren,« sprach Athos, »ich bitte, teilt Euch nicht zu zweien, jeder nehme seinen Mann auf sich.« »Ich habe den meinigen,« rief d'Artagnan. »Und ich den meinigen,« sagte Porthos. »Ich gleichfalls,« versetzte Aramis. »Gebt Feuer!« rief Athos. Die vier Schüsse waren nur ein Knall, und vier Soldaten stürzten nieder. Sogleich schlug der Tambour, und die kleine Truppe lief Sturm. Darauf fielen die Schüsse regelmäßig hintereinander, und waren aufs genaueste gezielt, allein die Rocheller rückten stets im Sturmschritt vor, als kennten sie die numerische Schwäche des Feindes. Auf drei Schüsse fielen immer zwei Mann, und dennoch wurde der Schritt der Übrigbleibenden nicht langsamer. Als die Feinde am Fuße der Bastei ankamen, zählten sie nur noch zwölf bis fünfzehn Mann. Sie bestanden ein letztes Feuer, ließen sich aber nicht aufhalten. Sie sprangen in den Graben, um auf die Bresche zu klettern.

»Auf, Freunde!« rief Athos, »führen wir den letzten Schlag. Zur Mauer! Zur Mauer!« Die vier Freunde nebst Grimaud stemmten sich mit den Gewehrläufen an einen großen Mauerflügel, der sich überneigte, als ob ihn der Sturmwind erfaßte, von seiner Grundlage losließ und mit furchtbarem Getöse in den Graben stürzte. Sofort hörte man ein entsetzliches Geschrei, eine Staubwolke wogte zum Himmel empor, und alles war vorüber. »Haben wir sie wirklich vom ersten bis zum letzten zermalmt?« rief Athos. »Meiner Treu, so scheint es,« entgegnete d'Artagnan. »Nein,« sagte Porthos, »seht, dort suchen sich noch zwei oder drei hinkend fortzuschleppen.« In der Tat entflohen drei oder vier von den Unglücklichen, mit Kot und Blut bedeckt, in den Hohlweg, und gelangten in die Stadt. Das war alles, was von dem kleinen Haufen übrigblieb. Athos sah auf seine Uhr und sagte: »Meine Herren, jetzt sind wir eine Stunde hier, und haben unsere Wette gewonnen, aber wir mußten wacker spielen; übrigens hat uns d'Artagnan noch nicht seinen Gedanken mitgeteilt.« Nach diesen Worten setzte sich der Musketier mit seiner gewöhnlichen Kaltblütigkeit zu den Überresten des Frühmahls. »Ihr wollet meinen Plan wissen,« sagte d'Artagnan zu seinen drei Freunden, als sie nach der Niederlage der kleinen Truppe Rocheller wieder beim Schmause saßen. »Ja,« versetzte Athos, »Ihr sagtet, daß Euch ein Gedanke gekommen sei.« »Richtig, er fällt mir wieder ein,« sagte d'Artagnan. »Ich reise abermals nach England, suche Herrn von Buckingham auf und sage ihm von dem Komplott, das gegen ihn geschmiedet wird.« »Ihr werdet das nicht tun, d'Artagnan,« sprach Athos kalt. »Warum nicht? Habe ich es nicht schon einmal getan?« »Jawohl, doch damals lagen wir nicht im Krieg, und Herr von Buckingham war noch ein Verbündeter von uns, und nicht ein Feind. Was Ihr da tun wollet, würde Euch als Verrat angerechnet.«

D'Artagnan begriff das Gewicht dieses Urteils und schwieg. »Mir scheint aber,« sagte Porthos, »daß ich gleichfalls einen Gedanken habe. Ich nehme einen Urlaub von Herrn von Tréville unter irgend einem Vorwand, den Ihr finden werdet, da ich eben nicht stark bin in Vorwänden. Mylady kennt mich nicht. Ich nähere mich ihr, ohne daß sie mich fürchtet, und wenn ich meine Schöne antreffe, so will ich sie erwürgen.« »Ei,« sagte Athos, »ich bin nicht ganz abgeneigt, der Ansicht von Porthos beizustimmen.« »Pfui,« rief Aramis, »eine Frau umbringen! Hört, ich habe den wahren Gedanken.« »So sprich, Aramis,« versetzte Athos, der für den jungen Musketier große Achtung hatte. »Man müßte der Königin davon Nachricht geben.« »Ah, meiner Treu, ja,« riefen zu gleicher Zeit Porthos und d'Artagnan; »ich glaube, wir haben das rechte Mittel.« »Der Königin Nachricht geben?« fragte Athos, »und wie das? Haben wir denn Verbindungen bei Hofe? Können wir jemanden nach Paris schicken, ohne daß man es im Lager erfährt? Von hier nach Paris sind hundertvierzig Meilen, unser Brief wäre noch nicht in Angers, und wir säßen schon im Kerker.« »Was das betrifft, Ihrer Majestät mit Sicherheit einen Brief zu übermitteln,« sprach Aramis errötend, »so nehme ich es auf mich, da ich in Tours eine geschickte Person kenne...«

Aramis hielt inne, als er sah, daß Athos lächelte. »Nun, Athos. seht Ihr das nicht ein?« fragte d'Artagnan. »Ich bin nicht gänzlich dagegen,« erwiderte Athos, »ich wollte aber Aramis nur bemerken, daß er das Lager nicht verlassen kann; daß keiner von uns sicher ist. daß zwei Stunden nach Abgang des Boten alle Euren Brief auswendig wissen, und daß man Euch und Eure geschickte Person ins Gefängnis setzen wird.« »Abgesehen davon,« sagte Porthos, »daß die Königin wohl Herrn von Buckingham, aber nicht auch uns retten wird.« »Meine Herren,« sprach d'Artagnan, »was Porthos einwendet, ist ganz vernünftig.« »Ha, ha, was geht denn in der Stadt vor?« rief Athos. »Man schlägt den Generalmarsch.« Die vier Freunde horchten, der Trommelschlag drang wirklich bis zu ihnen. »Ihr werdet sehen,« sprach Athos, »man wird ein ganzes Regiment schicken.« »Ihr hofft doch nicht,« sagte Porthos, »einem ganzen Regiment Trotz bieten zu können?« »Warum nicht?« antwortete der Musketier. »Ich fühle mich jetzt im Zug, und könnte einer ganzen Armee Trotz bieten, hätten wir nur aus Vorsicht ein Dutzend Flaschen mehr mitgenommen.« »Auf Ehre, die Trommeln rücken näher,« sagte d'Artagnan. »Laßt sie nur näher kommen,« versetzte Athos. »Es ist eine Viertelstunde Wegs von hier nach der Stadt, und somit auch von der Stadt bis hierher. Das ist mehr Zeit, als wir benötigen, um unsern Plan zu entwerfen. Wenn wir uns von da entfernen, finden wir keinen so passenden Platz mehr. Und halt, gerade jetzt fällt mir der rechte Gedanke ein.« »Nun, so sprecht.« »Erlaubt nur, daß ich Grimaud einige unerläßliche Aufträge gebe.« Athos gab seinem Diener einen Wink herbeizukommen.

»Grimaud,« sprach er und zeigte auf die Toten, die in der Bastei lagen. »Du nimmst diese Herren, stellst sie an die Mauer, setzest ihnen ihre Hüte auf den Kopf, und gibst ihnen ihre Büchsen in die Hand. »O, vortrefflicher Mann,« rief d'Artagnan, »ich verstehe dich.« »Ihr versteht ihn?« fragte Porthos. »Und du, Grimaud, hast du mich begriffen?« sagte Athos. Grimaud bejahte mit einem Kopfnicken. »Mehr ist nicht vonnöten,« sprach Athos. »Kommen wir wieder zurück auf meinen Gedanken.« »Ich möchte doch aber begreifen,« versetzte Porthos. »Das ist nicht notwendig.« »Ja, ja, den Gedanken von Athos,« riefen zugleich Aramis und d'Artagnan. »Wie Ihr mir gesagt habt, d'Artagnan, glaube ich, so hat diese Mylady, diese Frau, diese Kreatur, dieser Satan einen Schwager?« »Ja, ich kenne ihn recht wohl, und bin überzeugt, er hat keine große Sympathie für seine Schwägerin.« »Das ist nicht übel,« erwiderte Athos, »und es wäre noch viel besser, wenn er sie hassen und verabscheuen möchte.« »Für diesen Fall geht uns die Sache nach Wunsch.« »Ich möchte indeß doch wissen, was Grimaud tut,« sagte Porthos. »Stille, Porthos!« rief Aramis. »Wie heißt denn dieser Schwager?« »Lord Winter.« »Und wo lebt er gegenwärtig?« »Er kehrte bei dem ersten Kriegslärm nach London zurück.« »O, das ist gerade der Mann, dessen wir bedürfen,« sprach Athos. »Er ist es, dem wir mitteilen, was da vorgeht. Wir entdecken ihm, seine Schwägerin führte im Schilde, jemanden umzubringen, und bitten ihn, daß er sie nicht aus den Augen lasse. Gewiß gibt es in London Anstalten nach Art der Madelonnetten oder Büßerinnen. Er läßt seine Schwägerin dahin bringen, und wir können unbesorgt sein.« »Ja,« versetzte d'Artagnan, »bis sie wieder herauskommt.« »Ha, meiner Treu, d'Artagnan! Ihr begehrt etwas zu viel,« sagte Athos; »ich gab alles, was ich hatte, und leugne es nicht, daß mein Sack völlig ausgeleert ist.« »Was mich betrifft, so halte ich's fürs Beste, zugleich der Königin und Lord Winter Nachricht zu geben.« »Jawohl, aber durch wen lassen wir den Brief nach Tours und den Brief nach London überbringen?« »Ich stehe Bürge für Bazin,« sagte Aramis. »Und ich für Planchet,« entgegnete d'Artagnan. »In Wahrheit,« sagte Porthos, »wenn wir das Lager nicht verlassen können, so können es doch unsere Bedienten.« »Ja,« versetzte Aramis, »wir schreiben die Briefe noch heute, geben ihnen Geld und lassen sie abreisen.«

»Wir geben ihnen Geld?« fragte Athos. »Ihr habt also Geld?« Die vier Freunde blickten sich an, und über ihre Stirn schwebte eine dunkle Wolke. »Frisch auf,« rief d'Artagnan, »ich sehe schwarze und rote Punkte, die sich da unten bewegen. Was sprecht Ihr denn von einem Regiment, Athos; es ist ja eine wirkliche Armee.« »Meiner Treu! da rücken sie heran,« sagte Athos. »Seht nur, die Duckmäuser kommen ohne Trommeln und Trompeten. Bist du fertig, Grimaud?« Grimaud bejahte durch ein Kopfnicken und zeigte auf ein Dutzend Tote, die er in pittoresker Stellung aufgerichtet hatte; die einen schulterten das Gewehr, die andern legten gerade an, und wieder andere hielten die Säbel in der Hand. »Bravo,« rief Athos, »das macht deinem Geschmack Ehre.« »Gleichviel,« sagte Porthos, »ich möchte nur begreifen können.« »Laßt uns erst fortgehen,« sagte d'Artagnan, »dann werdet Ihr schon begreifen.« »Einen Augenblick, meine Herren! einen Augenblick, lassen wir nur Grimaud noch Zeit, daß er aufräume.« »Ha, seht nur,« rief Aramis, »die schwarzen und die roten Punkte vergrößern sich sichtlich, und ich pflichte d'Artagnans Ansicht bei; ich denke, wir hätten keine Zeit zu verlieren, um noch ins Lager zurückzukommen.« »Meiner Treu!« sagte Athos, »ich wende nichts ein gegen den Rückzug.« Grimaud war mit dem Korb und Nachtisch schon vorausgegangen. Die Freunde folgten hinter ihm her und machten etwa zehn Schritte, als Athos rief: »Zum Teufel! meine Herren, was tun wir denn?« »Hast du noch etwas vergessen?« fragte Aramis. »Donnerwetter, die Fahne! Man soll in des Feindes Hand keine Fahne lassen, wäre es auch nur eine Serviette.«

Athos stürzte in die Bastei, kletterte auf die Höhe und riß die Fahne herab. Als aber die Rocheller bis zur Schußweite herangerückt waren, eröffneten sie ein schreckliches Feuer auf diesen Mann, der sich den Kugeln gleichsam zu seinem Vergnügen aussetzte. Es war aber, als ob Athos einen Talisman bei sich trüge; denn die Kugeln pfiffen an ihm vorbei, ohne daß ihn eine einzige traf. Athos schwang seine Fahne, während er den Leuten von der Stadt den Rücken zuwandte und die im Lager begrüßte; von der einen Seite ertönte Geschrei der Wut und von der andern Jubel des Enthusiasmus. Auf die erste Ladung erfolgte eine zweite, drei Kugeln durchlöcherten die Serviette, und machten sie wirklich zu einer Fahne. Man vernahm von dem ganzen Lager das Geschrei: »Herab, herab!« Athos sprang herab; seine Freunde, die schon ängstlich seiner warteten, sahen ihn zu ihrer größten Freude wieder zum Vorschein kommen. »Schnell, Athos, schnell,« rief d'Artagnan, »rasch von hinnen; jetzt, wo wir alles gefunden haben, bis auf das Geld, wäre es töricht, sich totschießen zu lassen.« Doch Athos schritt fortwährend majestätisch einher, und als seine Freunde sahen, daß jede Bemerkung vergeblich war, so richteten sie ihren Gang nach dem seinigen ein. Grimaud und sein Korb waren bereits voraus und schon außerhalb der Schußweite. Gleich darauf hörte man ein furchtbares Gewehrfeuer knallen. »Was ist das?« fragte Porthos, »und auf wen schießen sie? Ich höre keine Kugeln mehr sausen und sehe niemand.« »Sie schießen auf unsere Toten,« entgegnete Athos. »Doch unsere Toten werden nicht antworten.« »Allerdings, dann fürchten sie einen Hinterhalt, und beratschlagen, sie schicken einen Parlamentär ab, und wenn sie den Spaß merken, sind wir schon außer dem Bereich der Kugeln. Es ist daher unnötig, daß wir uns durch zu große Eilfertigkeit ein Seitenstechen zuziehen.« »O, jetzt begreife ich,« sagte Porthos verwundert. »Das ist ein Glück,« versetzte Athos, die Achseln zuckend. Als die Franzosen ihre vier Freunde zurückkehren sahen, erhoben sie ein Jubelgeschrei.

Endlich ließ sich ein neues Musketenfeuer vernehmen, die Kugeln prallten jetzt rings um die vier Freunde an die Kieselsteine, und sausten bedrohlich an ihre Ohren. Die Rocheller bemächtigten sich der Bastei. »Diese Leute sind doch recht ungeschickt,« sprach Athos. »Wie viele haben wir niedergemacht?« »Zwölf oder fünfzehn.« »Wie viele haben wir mit der Mauer zermalmt?« »Acht oder zehn.« »Gegen alles das nicht einmal eine Schramme; doch halt, was habt Ihr an der Hand, d'Artagnan? Blut, wie mir dünkt.« »Es ist nichts,« erwiderte d'Artagnan. »Eine verirrte Kugel?« »Selbst nicht das.« »Was also?« Wir sagten es schon einmal, Athos liebte d'Artagnan wie sein eigenes Kind, und dieser düstere, unbeugsame Charakter hegte bisweilen für den jungen Mann eine väterliche Fürsorge. »Es ist eine Verletzung der Haut,« entgegnete d'Artagnan; »mein Finger wurde zwischen zwei Steine geklemmt, zwischen den der Mauer und den meines Ringes und das hat die Haut geritzt.« »Das hat man davon, wenn man Diamanten trägt,« sagte Athos verächtlich, »Ha doch,« rief Porthos, »er hat einen Diamant? Was Teufel klagen wir über Mangel an Geld, da er einen Diamant hat?« »Ja, es ist wahr,« versetzte Aramis. »Ganz wohl, Porthos, diesmal habt Ihr meinen Gedanken.« »Allerdings,« erwiderte Porthos, der sich bei Athos' Kompliment aufblähte, »da er einen Diamant hat, so wollen wir ihn verkaufen.« »Es ist aber der Diamant der Königin,« entgegnete d'Artagnan. »Das ist noch ein Grund mehr,« antwortete Athos. »Die Königin rettet Herrn Buckingham, nichts ist billiger als das; die Königin rettet uns, ihre Freunde, und nichts ist moralischer als das. Wir verkaufen den Diamant. Was hält Herr Aramis von der Sache? Ich frage auch nicht Porthos, da er seine Ansicht schon kundgegeben hat.« »Ich bin der Meinung,« versetzte Aramis errötend, »daß d'Artagnan seinen Ring verkaufen kann, da er nicht von einer Geliebten kommt, und somit kein Liebespfand ist.« »Mein Lieber, sprecht; Euer Rat ist also?« »Den Diamant zu verkaufen,« antwortete Aramis. »Gut,« sagte d'Artagnan heiter; »verkaufen wir den Diamant, und reden wir nichts weiter davon.«

»Nun?« fragte der Kardinal, als er La Houdinière zurückkehren sah. »Monseigneur,« antwortete dieser, »drei Musketiere und ein Garde haben mit einem Herrn von Busigny gewettet, in der Bastei Saint-Gervais zu frühstücken; sie hielten sich zwei Stunden lang gegen den Feind, und erlegten, ich weiß gar nicht wie viele Rocheller.« »Habt Ihr Euch nach den Namen der drei Musketiere erkundigt?« »Ja, Monseigneur.« »Wie heißen sie?« »Es sind die Herren Athos, Porthos und Aramis.« »Immer meine drei Wackern!« murmelte der Kardinal; »und der Garde ist...?« »Herr d'Artagnan.« »Immer mein junger Brausekopf; diese vier Männer müssen entschieden mir zugehören.« Am Abend desselben Tages beredete sich der Kardinal mit Herrn von Tréville über den Vorfall vom Morgen, der das Gespräch des ganzen Lagers bildete. Herr von Tréville, der sich denselben von denjenigen erzählen ließ, die dabei selbst die Helden waren, teilte ihn Seiner Eminenz mit allen Umständen mit und vergaß dabei nicht den Zwischenfall mit der Serviette. »Gut, Herr von Tréville,« sprach der Kardinal, »ich bitte Sie, mir diese Serviette zu verschaffen, ich lasse drei goldene Lilien darauf sticken, und gebe sie Ihrer Kompagnie als Standarte.« »Monseigneur,« versetzte Herr von Tréville, »damit geschähe den Garden ein Unrecht, denn Herr d'Artagnan gehört nicht mir, sondern Herrn des Essarts.« »Gut, so nehmen Sie ihn zu sich,« sagte der Kardinal, »es ist nicht mehr als billig, daß die wackeren Krieger, die sich so warm lieben, in derselben Kompagnie dienen.«

An demselben Abend überbrachte Herr von Tréville den drei Musketieren und d'Artagnan die frohe Botschaft, und lud alle vier zum Frühmahl für den folgenden Tag ein. D'Artagnan war voll des Entzückens; Musketier zu sein war ja, wie wir wissen, der Traum seines Lebens. Auch die drei Freunde waren voll Freude. »Meiner Treu!« sprach d'Artagnan zu Athos, »du hattest einen herrlichen Gedanken, wir erwarben uns Ruhm, wie du uns voraussagtest, und konnten ein höchst wichtiges Gespräch führen.« »Das wird jetzt nach unserm Belieben fortsetzen können, denn wir werden von jetzt an mit Gottes Hilfe als Kardinalisten gelten.« An diesem Abend machte d'Artagnan Herrn des Essarts seine Aufwartung, um ihm seine Beförderung mitzuteilen. Herr des Essarts, der d'Artagnan sehr gewogen war, bot ihm seine dienstfertige Hand an, denn diese Übersiedlung war in bezug auf die Equipierung mit großen Kosten verknüpft. D'Artagnan lehnte das Anerbieten ab, wollte jedoch die gute Gelegenheit nutzen, und ersuchte ihn, daß er den Diamant schätzen lasse, den er ihm übergab und zu veräußern wünschte. Am folgenden Tag um acht Uhr in der Früh kam der Bediente von des Essarts zu d'Artagnan, und überbrachte ihm einen Sack voll Gold im Werte von siebentausend Franks. Das war der Preis für den Diamant der Königin.

Eine Familienangelegenheit

Athos hatte den richtigen Ausdruck gefunden, man mußte aus dieser Angelegenheit von Buckingham eine Familienangelegenheit machen. Eine Familienangelegenheit unterlag nicht der Nachforschung des Kardinals; sie ging niemanden an; man konnte sich vor aller Welt mit einer Familienangelegenheit befassen. Das Frühstück bei Herrn von Tréville war mit der heitersten Freude gewürzt. D'Artagnan trug bereits seine

Uniform; da er fast gleichen Wuchses mit Aramis war und da Aramis von dem Buchhändler für sein Gedicht, wie man sich erinnern wird, glänzend honoriert worden war, und alles doppelt besaß, so trat er d'Artagnan eine vollständige Equipierung ab. Nach dem Frühmahl war man übereingekommen, sich abends in Athos' Wohnung zu versammeln, und dort die Angelegenheit abzutun. D'Artagnan brachte den Tag damit zu, daß er seine Musketierkleidung im ganzen Lager zur Schau trug. Am Abend kamen die vier Freunde zur festgesetzten Stunde zusammen; es gab da noch zwei Dinge zu entscheiden: Was man dem Bruder der Mylady schreiben sollte! Was man jener geschickten Person in Tours berichten sollte! Athos meinte, es sei sehr schwierig einen unverfänglichen Brief über diese Dinge zu schreiben. »Ganz und gar nicht,« erwiderte d'Artagnan, dem daran gelegen war, die Sache durchzusetzen; »mir scheint sie ganz leicht. Bei Gott! es versteht sich von selbst, daß, wenn man an Lord Winter von schändlichen Dingen, von Niederträchtigkeiten...« »Leiser,« mahnte Athos. »Von Intrigen, Staatsgeheimnissen schreiben würde,« fuhr d'Artagnan, sich der Mahnung fügend, hinzu, »so versteht es sich von selbst, sage ich, daß man uns bei lebendigem Leibe rädern würde; aber bei Gott, vergesset nicht, daß wir ihm, wie Ihr selbst sagtet, in Familienangelegenheiten schreiben, daß wir uns bloß nur an ihn wenden, damit er Mylady bei ihrer Ankunft in London außer stande setzen würde, uns zu schaden. Ich will ihm einen Brief schreiben, etwa folgenden Inhalts.« »Nun sprecht,« sagte Aramis, und gab sich im voraus die Miene eines Kritikers. »Mein Herr und teurer Freund!« »Ach ja, teurer Freund – zu einem Engländer,« – fiel Athos ein, »das fängt gut an, d'Artagnan, schon wegen dieses einzigen Wortes würde man Euch nicht rädern, sondern vierteilen.« »Wohlan, so will ich ganz kurz sagen: Mein Herr!« »Ihr könnt ihn sogar Mylord nennen,« versetzte Athos, der viel auf Wohlstand hielt. »Mylord – erinnert Ihr Euch noch an das kleine Ziegengehege nahe dem Luxembourg?« »Gut, jetzt kommt die Reihe an den Luxembourg, man wird das für eine Anspielung auf die Königin-Mutter halten, das ist sinnreich,« sagte Athos. »Nun, so schreiben wir ganz einfach: Mylord, erinnert Ihr Euch an ein gewisses kleines Gehege, wo man Euch das Leben gerettet hat?« »Lieber d'Artagnan,« sagte Athos, »Ihr werdet immerhin ein schlechter Briefschreiber sein. Wo man Euch das Leben gerettet hat – pfui, das ist nicht würdevoll; einen anständigen Mann erinnert man nicht an solche Dienste; eine Wohltat vorrücken, heißt beleidigen.«

»Ach, mein Lieber,« antwortete d'Artagnan, »Ihr seid unerträglich, und wenn ich unter Eurer Zensur schreiben muß, so leiste ich darauf Verzicht.« »Daran tut Ihr wohl. Handhabt Büchse und Degen, lieber Freund, diese Übung versteht Ihr recht gut, aber überlaßt die Feder Herrn Aramis, das ist sein Geschäft.« »Ja, fürwahr,« sagte Porthos,

»überlaßt die Feder Aramis, der Thesen in lateinischer Sprache komponiert.« »Nun wohlan,« erwiderte d'Artagnan, »so verfaßt Ihr diesen Brief, Aramis; aber beim Himmel, ich sage es Euch, gebt wohl acht, denn ich will Euch gleichfalls durchgeißeln.« »Das ist mir ganz recht,« entgegnete Aramis mit dem naiven Selbstvertrauen, das jeder Dichter hegt; »man sage mir nur die betreffenden Umstände. Ich hörte wohl so nebenher, diese Schwägerin sei eine schändliche Person, und habe sogar selbst den Beweis erhalten, als ich ihre Unterredung mit dem Kardinal belauschte...« »Leiser – Donnerwetter!« rief Athos. »Ich weiß jedoch die Einzelheiten nicht,« fuhr Aramis fort. »Ich gleichfalls nicht,« sprach Porthos. D'Artagnan und Athos blickten sich ein Weilchen stillschweigend an. Als sich endlich Athos, der noch blasser als gewöhnlich wurde, ein bißchen gefaßt hatte, gab er ein Zeichen der Einwilligung. D'Artagnan erkannte, daß er reden dürfe, und sagte: »So hört denn, was zu schreiben ist: Mylord! Eure Schwägerin ist eine Ruchlose, die Euch umbringen lassen wollte, um Euch zu beerben; allein sie durfte Euern Bruder nicht heiraten, da sie schon in Frankreich verehelicht war...« D'Artagnan hielt an, als suchte er den Ausdruck, und blickte wieder auf Athos. »Und von ihrem Gemahl fortgejagt wurde,« – ergänzte Athos. »Weil sie gebrandmarkt war,« fuhr d'Artagnan fort. »Bah, unmöglich,« rief Porthos, »sie wollte ihren Schwager umbringen lassen?« »Ja.« »Sie war verheiratet?« fragte Aramis. »Ja.« »Und ihr Gemahl bemerkte, daß sie eine Lilie auf ihrer Schulter hatte?« fragte Porthos. »Ja.« Athos hatte dieses dreimalige »Ja« mit stets dumpferer Betonung ausgesprochen. »Wer hat denn die Lilie gesehen?« fragte Aramis. »D'Artagnan und ich, oder vielmehr in chronologischer Ordnung: ich und d'Artagnan,« erwiderte Athos. »Und der Gemahl dieses schändlichen Geschöpfes lebt noch?« sagte Aramis. »Er lebt noch.« »Wißt Ihr das gewiß?« »Ich weiß es gewiß.«

Es trat ein kurzes Stillschweigen ein, währenddessen jeder seine eigentümlichen Eindrücke im Gemüt hatte. Athos brach das Stillschweigen zuerst und sagte: »Diesmal gab uns d'Artagnan ein vortreffliches Programm, das man vor allem schreiben muß.« »Teufel! Ihr habt recht, Athos,« rief Aramis; »der Entwurf ist schwierig. Der Herr Kanzler selbst käme in Verlegenheit, sollte er einen so wichtigen Brief abfassen, obwohl er ein Protokoll sehr gut aufnimmt. Aber gleichviel, seid still, ich schreibe.« Aramis ergriff eine Feder, sann einen Augenblick nach, schrieb mit zierlicher Frauenhandschrift acht bis zehn Zeilen, und las dann mit weicher Stimme, als hätte er ängstlich jedes Wort erwogen: »Mylord! Die Person, die Euch diese Zeilen schreibt, hatte einmal die Ehre, in dem kleinen Gehege der Gasse d'Enfer den Degen mit Euch zu kreuzen. Da Ihr seither wiederholt so gütig gewesen, Euch den Freund dieser Person zu nennen, so glaubt sie, Euch für diese Freundschaft mit einem guten Rate danken zu müssen. Ihr waret nahe daran, wiederholt das Opfer einer nahen Verwandten zu werden, die Ihr für Eure Erbin haltet, weil Ihr nicht wisset, daß sie schon in Frankreich verheiratet war, ehe sie in England eine Ehe schloß; doch könntet Ihr jetzt das drittemal der bedrohlichen Gefahr unterliegen. Eure Verwandte ist von La Rochelle nach England abgesegelt. Überwacht ihre Ankunft, denn sie führt Großes, Schreckliches im Sinne. Wollet Ihr durchaus wissen, was sie zu tun fähig ist, so leset ihre Vergangenheit auf ihrer linken Schulter.« – »Nun, das ist vortrefflich,« sprach Athos; »lieber Aramis, Ihr führet die Feder eines Ratssekretärs. Lord Winter wird sich wohl in acht nehmen, wenn anders der Rat zu ihm gelangt, und fiele er in die Hand Seiner Eminenz, so brächte uns das keine Gefahr. Da aber der Bediente, der die Bestellung hat, uns glauben machen könnte, er sei in London gewesen, während er nur in Châtellerault verweilte, so wollen wir ihm nur die Hälfte der Summe geben, und die andere Hälfte für die Antwort zusagen. Habt Ihr den Diamant?« fuhr Athos fort.

»Ich habe etwas Besseres,« antwortete d'Artagnan, »ich habe den Betrag dafür.« Er warf den Geldsack auf den Tisch. Beim Klange des Goldes erhob Aramis die Augen, Porthos zitterte, Athos blieb regungslos. »Wieviel enthält dieser Sack?« »Siebentausend Livres in Louisdor zu zwölf Franks. »Siebentausend Livres!« rief Athos, »dieser kleine elende Diamant kostet siebentausend Livres.« »Doch scheint es, Porthos, weil sie hier liegen; denn ich glaube nicht, daß unser Freund d'Artagnan etwas von den Seinigen beifügte.« »Doch, meine Herren, wir denken ja bei alledem gar nicht an die Königin; sorgen wir doch ein bißchen für die Gesundheit Ihres lieben Buckingham, wir sind ihm das wenigstens schuldig.« »Allerdings,« versetzte Athos, »aber das geht Aramis an.« »Nun.« sprach dieser, »was habe ich da zu tun?« »Das ist ganz einfach,« entgegnete Athos, »Ihr schreibt an die geschickte Person in Tours einen zweiten Brief.« Aramis ergriff abermals die Feder, sann ein bißchen nach, und schrieb dann die folgenden Zeilen, die er dem Urteil seiner Freunde unterzog. »Meine liebe Base…« »He,« rief Athos, »ist diese geschickte Person mit Euch verwandt?« »Eine Cousine,« antwortete Aramis. »Also Base.« Aramis fuhr fort. »Meine liebe Base! Seine Eminenz der Kardinal, den Gott zu Frankreichs Wohlfahrt und zum Verderben der Feinde des Landes erhalten wolle, steht im Begriff, den ketzerischen Aufrührern von La Rochelle den Garaus zu machen; wahrscheinlicherweise kann die Hilfe der englischen Flotte nicht in die Nähe des Platzes gelangen; fast möchte ich sagen, ich weiß gewiß, daß Herr von Buckingham durch ein großes Ereignis abgehalten wird, abzureisen. Seine Eminenz ist der großartigste Politiker der Vergangenheit, der Gegenwart und vermutlich auch der Zukunft. Er würde die Sonne auslöschen, wenn sie ihm lästig fiele. Liebe Base! Setzet davon Eure Schwester in Kenntnis. Ich träumte, dieser verdammte Engländer sei gestorben, doch weiß ich nicht mehr, ob durch Eisen oder Gift; nur soviel weiß ich gewiß, er starb und Ihr wisset, meine Träume lügen nie. Seid nun versichert, daß Ihr mich bald werdet zurückkehren sehen.« »Das ist herrlich,« rief Athos, »lieber Aramis, Ihr seid der König der Dichter. Nun hat man nur noch die Adresse auf den Brief zu setzen.« »Das ist sehr leicht,« sagte Aramis. Er faltete niedlich den Brief und schrieb dann: »An Mademoiselle Michon, Näherin in Tours.« Die drei Freunde blickten sich lachend an. Sie waren betört. »Jetzt seht Ihr wohl ein, meine Freunde,« sprach Aramis, »daß nur Bazin diesen Brief nach Tours bestellen kann. Meine Base kennt bloß Bazin und setzt nur in ihn Vertrauen. Bei jedem andern würde die Sache scheitern. Außerdem ist Bazin ehrsüchtig und gelehrt; er hat die Geschichte gelesen, meine Herren, er weiß, daß Sixtus V. Papst geworden, nachdem er vormals die Schweine gehütet hatte, und hofft selbst einmal etwas Tüchtiges zu werden. Begreift Ihr wohl? Ein Mensch mit solchen Hoffnungen läßt sich nicht fangen, und wenn er auch ergriffen wird, so erduldet er lieber den Märtyrertod, als er sprechen würde.« »Ganz wohl,« versetzte d'Artagnan, »ich will gern Bazin gelten lassen, wenn Ihr mir Planchet gelten lasset. Mylady trieb ihn einmal mit dem Stock aus dem Haus. Aber Planchet hat ein gutes Gedächtnis, und kann er auf irgend eine Rache bauen; so ließe er sich lieber lebendig rädern, als daß er Verzicht darauf leisten wollte. Sind die Angelegenheiten von Tours die Eurigen, Aramis, so sind jene von London die meinigen. Ich bitte somit, Planchet zu wählen, der ohnedies schon einmal mit in London war, und ganz verständlich spricht: London, Sir, if you please, und my master, Lord d'Artagnan. Seid unbekümmert, damit findet er seinen Weg dahin und wieder zurück.« »Für diesen Fall«, sagte Athos, »muß Planchet siebenhundert Livres für die Hinreise und siebenhundert für die Rückreise erhalten, sowie Bazin dreihundert für die Hinreise und wieder dreihundert für die Rückreise. Damit sinkt nun die Summe auf fünftausend Livres herab. Wir nehmen jeder tausend Livres, um sie nach Belieben zu verwenden, und bewahren uns noch einen Fonds von tausend Livres, den Aramis für ungewöhnliche Fälle oder gemeinschaftliche Bedürfnisse in Händen behält. Ist Euch das recht?«

Man berief Planchet und gab ihm die nötigen Weisungen. Er wurde von d'Artagnan unterrichtet, der mit ihm ernstlich von Reisen, dann von dem Geld und zuletzt von der Gefahr sprach. »Ich will den Brief in meinem Rocklatze tragen,« sagte Planchet, »und ihn verschlingen, wenn man ihn mir zu entreißen versucht.« »Dann kannst du aber deinen Auftrag nicht vollziehen,« versetzte d'Artagnan. »Geben Sie mir diesen Abend eine Abschrift, daß ich sie auswendig lerne.« D'Artagnan blickte auf seine Freunde, als wollte er sie fragen: »Nun, was habe ich Euch versprochen?« »Du hast acht Tage,« fuhr er fort, zu Planchet gewendet, »um zu Lord Winter zu gelangen, und wieder acht Tage, um hierher zurückzukehren, also im ganzen sechzehn Tage. Bist du am sechzehnten Tage nach deiner Abreise bis Abends nicht zurückgekehrt, so bekommst du kein Geld und wäre es acht Uhr fünf Minuten.« »Nun, gnädiger Herr,« versetzte Planchet, »so kaufen Sie mir eine Uhr.« In dem Moment, als Planchet am folgenden Morgen zu Pferde steigen wollte, berief ihn d'Artagnan, der für den Herzog von Buckingham eine gewisse Vorliebe empfand. »Höre mich, sobald du Lord Winter den Brief eingehändigt hast, und er ihn gelesen hat, so sage ihm ferner: ›Behüten Sie Seine Herrlichkeit den Lord Buckingham, denn man will ihn umbringen.‹ – Doch sieh, Planchet, das ist so ernst und so wichtig, daß ich es nicht einmal meinen Freunden anvertrauen wollte, ja nicht einmal für eine Kapitänsstelle zu Papier bringen möchte.« »Seien Sie ruhig, mein Herr,« entgegnete Planchet, »Sie sollen sehen, ob man auf mich bauen kann.« Er bestieg sein vortreffliches Pferd, das er zwanzig Meilen von da aufgeben mußte, um die Post zu nehmen, und sprengte hinweg, das Herz ein wenig beklommen durch das für ihn traurige Versprechen, das die Musketiere getan hatten, im Grunde aber doch heiter gestimmt.

Bazin ging erst am folgenden Morgen nach Tours ab und hatte acht Tage Zeit zur Besorgung seines Auftrags. Am Morgen des achten Tages trat Bazin aufgeräumt und lächelnd, wie gewöhnlich, in das Wirtshaus »Zum Parpaillot« ein, wo eben die vier Freunde beim Frühmal saßen, und sagte laut der Verabredung: »Herr Aramis, hier ist die Antwort Ihrer Base.« Die vier Freunde wechselten einen frohen Blick, die Hälfte des Geschäftes war abgetan, doch war es das kürzeste und leichteste. Aramis errötete unwillkürlich, als er den Brief nahm, der von plumper Handschrift und ohne Orthographie war. »Guter Gott!« rief er lachend, »ich muß wahrscheinlich noch verzweifeln, die arme Michon wird doch nie schreiben lernen, wie Herr von Voiture.« Inzwischen verging der Tag und der Abend kam noch langsamer, er kam aber doch endlich heran; die Trinkstuben füllten sich mit Zechern. Athos, der seinen Anteil an dem Diamant in die Tasche gesteckt hatte, kam vom »Parpaillot« nicht mehr weg. Übrigens fand er an Herrn von Busigny, der ihnen ein köstliches Mittagmahl bestellt hatte, einen würdigen Zechbruder. Sie spielten gewöhnlich mitsammen, bis es sieben Uhr schlug; man hörte die Patrouillen vorüberziehen, welche die Posten verdoppelten. Um halb acht Uhr schlug man zum Rückzug. »Wir sind verloren,« flüsterte d'Artagnan in Athos' Ohren. »Ihr wollet sagen, wir haben verloren,« entgegnete Athos gelassen, und warf zehn Louisdor auf den Tisch, die er aus seiner Tasche genommen hatte. »Auf, meine Herren,« rief er, »man trommelt den Rückzug, gehen wir zu Bett.« Athos ging vom »Parpaillot« hinweg und d'Artagnan folgte ihm, Aramis reichte Porthos den Arm und schritt hinter ihnen her. Aramis murmelte Verse, und Porthos zupfte sich von Zeit zu

Zeit aus Verzweiflung einige Haare aus dem Schnurrbart. Auf einmal aber zeigte sich in der Dunkelheit ein Schatten, dessen Umrisse d'Artagnan bekannt waren, und eine Stimme rief: »Gnädiger Herr, ich bringe Ihnen Ihren Mantel, denn der heutige Abend ist kühl.« »Planchet!« schrie d'Artagnan, vor Freude berauscht. »Planchet!« riefen Porthos und Aramis. »Nun ja, Planchet,« sagte Athos, »was gibt es da zu verwundern? Er hat ja versprochen, um acht Uhr zurückzukommen, und eben schlägt es acht Uhr! Bravo, Planchet! Du bist ein Bursche, der Wort hält, und trittst du je aus deinem Dienste, so will ich dich aufnehmen.« »O, nein, niemals,« entgegnete Planchet, »ich werde Herrn d'Artagnan nie verlassen.«

In diesem Moment fühlte d'Artagnan, daß ihm Planchet ein Briefchen in die Hand schob. D'Artagnan empfand große Lust, Planchet zu umarmen; allein er fürchtete, dieser Beweis seiner Liebe gegen seinen Lakai auf offener Straße möchte einen Vorübergehenden befremden, und er hielt an sich. »Ich habe das Briefchen,« sprach er zu Athos und den andern Freunden. »Das ist gut,« versetzte Athos, »kehren wir heim, um es zu lesen.« Das Briefchen glühte in d'Artagnans Hand. Er wollte seine Schritte verdoppeln, doch Athos faßte ihn bei der Hand, und so mußte der junge Mann gleichen Schritt mit seinem Freunde gehen. Endlich gelangte man in das Zelt, und zündete eine Lampe an. Während Planchet bei der Tür stehenblieb, damit die vier Freunde nicht überrascht würden, erbrach d'Artagnan mit bebender Hand das Siegel und eröffnete den heißersehnten Brief: Er enthielt eine halbe Zeile in echt britischer Schrift, und mit lakonischer Kürze. Thank you; be easy; das heißt: »Ich danke Euch; seid ruhig.« Athos nahm den Brief aus d'Artagnans Händen, hielt ihn zur Lampe hin, brannte ihn an, und ließ ihn nicht aus den Augen, bis er in Asche verwandelt war. Dann rief er Planchet und sprach: »Jetzt, mein Lieber, kannst du siebenhundert Livres erlangen; doch wagtest du nicht viel mit einem Briefchen, wie das hier war.« »Ich habe nichtsdestoweniger alle möglichen Mittel ersonnen, um es zu bewahren,« versetzte Planchet. »Erzähle uns nun,« sagte d'Artagnan. »O, das dauert lang, mein Herr!« »Du hast recht, Planchet, außerdem hat man den Rückzug geschlagen, und man würde uns bemerken, wollten wir länger als die andern Licht brennen.« »Wohlan,« sprach d'Artagnan, »wir begeben uns zur Ruhe. Planchet, schlaf wohl.«

Fatalitäten.

Inzwischen war Mylady, die auf dem Verdeck gleich einer Löwin schnaubte, die eingeschifft wird, in Versuchung gekommen, sich in das Meer zu werfen, um wieder an die Küste zu schwimmen; sie konnte ja den Gedanken nicht ertragen, daß sie von d'Artagnan beleidigt, von Athos bedroht worden war, und nun Frankreich verlassen sollte, ohne sich an ihnen gerächt zu haben. Dieser Gedanke wurde ihr alsbald so unausstehlich, daß sie auf die Gefahr hin, was auch Schreckliches erfolgen möge, den Kapitän bat, er wolle sie ans Land setzen; da aber dieser zwischen die französischen und englischen Kreuzer gestellt war, wie die Fledermaus zwischen die Ratten und Vögel, so lag ihm alles daran, sobald als möglich England zu erreichen. Infolgedessen weigerte er sich standhaft, dem nachzugeben, was er für eine Frauenlaune hielt, versprach aber seiner Reisenden, die ihm vom Kardinal besonders empfohlen worden war, er werde sie, wenn es das Meer und die Franzosen gestatten würden, in einem von den Häfen der Bretagne, entweder in Lorient oder in Brest ans Land setzen. Allein das Meer war feindselig, der Wind widrig, man mußte längs des Gestades lavieren. Erst neun Tage darauf, als man von Charente abgesegelt war, sah Mylady, ganz blaß vor Verdruß und Ingrimm, die bläulichen Küsten von Finistère. Ihren Berechnung gemäß brauchte man mindestens drei Tage, um die Ecke von Frankreich zu umschiffen und wieder in Nähe des Kardinals zu kommen. Dazu noch einen Tag zum Ausschiffen gerechnet, macht vier Tage. Rechnete sie nun zu diesen vier Tagen die neun andern, so ergaben sich dreizehn Tage, während welcher in London so viel des Wichtigen geschehen konnte. Auch erwog sie, der Kardinal würde ob ihrer Rückkehr zweifelsohne entrüstet und sonach viel mehr geneigt sein, solchen Klagen Gehör zu schenken, die man wider sie erheben, als den Anschuldigungen, die sie gegen andere vorbringen würde. Sie segelte somit bei Lorient und Brest vorüber, ohne daß sie bei dem Kapitän auf ihrem Willen beharrte, der sich seinerseits wohl hütete, sie daran zu erinnern. Sonach setzte Mylady ihre Reise fort, und an demselben Tage, wo sich Planchet in Portsmouth nach Frankreich einschiffte, steuerte die Botschafterin Seiner Eminenz triumphierend in den Hafen.

Die ganze Stadt war in einer ungewöhnlichen Bewegung. Vier große, erst fertig gewordene Schiffe wurden eben vom Stapel gelassen. Buckingham stand auf dem Hafendamm, wie gewöhnlich von Gold, Diamanten und Edelsteinen funkelnd, den Hut geziert mit einer Feder, die auf seine Schulter herabfiel, und umgeben von seinem glänzenden Generalstab. Es war einer jener schönen und seltenen Tage, da sich England erinnert, daß es eine Sonne gibt. Man segelte in die Reede hinein; wie man aber daselbst die Anker werfen wollte, näherte sich ein kleiner, furchtbar bemannter Kutter dem Handelsschiff, und ließ ein Boot ins Meer setzen, das nach der Leiter zuruderte. Der Offizier allein stieg an Bord, wo er mit der Ehrfurcht empfangen wurde, welche die Uniform einflößt. Der Offizier besprach sich ein Weilchen mit dem Patron, gab ihm einige Papiere zu lesen, die er bei sich führte, und alle auf dem Schiffe befindlichen Personen, Matrosen und Passagiere wurden auf das Verdeck berufen. Als diese Art Aufruf geschehen war, erkundigte sich der Offizier nach dem Abfahrtspunkt der Brigg, nach ihrem Wege, nach ihren Landungen und der Kapitän beantwortete diese Fragen ohne Anstand und Schwierigkeit. Sodann hielt der Offizier über alle Personen Musterung, und als die Reihe an Mylady kam, faßte er sie mit der größten Aufmerksamkeit ins Auge, ohne daß er ein Wort zu ihr sprach. Hierauf kehrte er zu dem Kapitän zurück, sagte ihm noch einige Worte und gebot dann, als ob das Schiff jetzt ihm zugehörte, eine Bewegung, welche die Schiffsmannschaft auf der Stelle ausführte. Die Brigg ward stets von dem kleinen Kutter begleitet, der Bord an Bord mit ihr steuerte, und ihr mit den Mündungen seiner fünf Kanonen drohte, wogegen sich die Barke wie ein schwacher Punkt unter diesen Schiffsmassen ausnahm.

Während der Offizier Mylady forschend ins Auge faßte, hatte ihn Mylady, wie sich wohl erachten läßt, mit dem Blicke verschlungen. Allein wie sehr auch diese Frau mit ihren Flammenaugen daran gewöhnt war, im Herzen derjenigen zu lesen, in deren Geheimnis zu dringen sie für notwendig hielt, so fand sie doch diesmal ein Gesicht von solcher Festigkeit, daß ihr Forschen ohne Erfolg blieb. Es war schon Nacht, als man in den Hafen einlief. Wie stark auch Mylady war, so fühlte sie sich doch vom Schauer durchrieselt. Der Offizier ließ sich die Pakete der Mylady vorzeigen, sie sodann in das Boot schaffen, und nachdem das abgetan war, forderte er sie auf, selber hinabzusteigen und bot ihr dabei hilfreiche Hand. Mylady blickte ihn an und zauderte. »Wer sind Sie, mein Herr,« fragte sie, »der Sie so gütig sind, sich insbesondere mit mir allein zu beschäftigen?« »Das sollten Sie wohl an meiner Uniform erkennen, Madame; ich bin Offizier der englischen Marine,« entgegnete der Offizier. »Allein, sagen Sie mir, ob es denn herkömmlich sei, daß sich die Offiziere der englischen Marine ihren Landsleuten zu Befehl stellen, wenn sie in einen Hafen Großbritanniens einlaufen, und ihre Artigkeiten sogar so weit treiben, daß sie dieselben ans Land begleiten?« »Ja, Mylady, es ist herkömmlich, doch nicht aus Höflichkeit, sondern aus Klugheit, daß man die Fremden zur Zeit eines Krieges in ein gewisses Gasthaus führt, damit sie die Regierung überwachen könne, bis man volle Auskunft über sie erhält.« Diese Worte waren mit aller Artigkeit und vollkommener Ruhe gesprochen, waren jedoch nicht imstande, Mylady zu überzeugen. »Mein Herr,« sprach sie in der reinsten Mundart, wie man sie zwischen Portsmouth und Manchester hörte, »ich bin keine Fremde. Ich heiße Lady Winter, und diese Maßregel –« »Diese Maßregel ist allgemein, Mylady, und Sie würden sich fruchtlos ihr zu entziehen suchen.« »Nun, so folge ich Ihnen, mein Herr!« Sie faßte die Hand des Offiziers und stieg die Treppe hinab, unter welcher das Boot harrte. »Fahret zu!« rief er zu den Matrosen. Die acht Ruder fielen mit einem Schlag ins Meer, hielten ein gleiches Tempo, und so schien das Boot auf der Oberfläche des Wassers hinzufliegen. Nach fünf Minuten war man ans Land gekommen. Der Offizier sprang auf das Kai und bot Mylady die Hand. Es wartet ein Wagen. »Ist dieser Wagen für uns?« fragte Mylady. »Ja, Madame,« erwiderte der Offizier. »Liegt also das Gasthaus fern von hier?« »Am andern Ende der Stadt.« »Wohlan!« rief Mylady und sprang entschlossen in den Wagen.

Ein so seltsamer Empfang mußte Mylady reichlichen Stoff zum Nachdenken darbieten. Als sie bemerkte, daß der Offizier ganz und gar nicht geneigt sei, in ein Gespräch einzugehen, lehnte sie sich in eine Ecke des Wagens, und ließ alle Vermutungen, die in ihrem Geist aufstiegen, an ihrem inneren Blick vorüberziehen. Aber betroffen ob der Länge des Wegs, neigte sie sich nach Verlauf einer Viertelstunde über den Kutschenschlag hinaus, um zu sehen, wohin sie geführt werde. Man gewahrte keine Häuser mehr; Bäume zeigten sich in der Dunkelheit wie große, schwarze, sich verfolgende Gespenster. Mylady schauderte. »Mein Herr,« sprach sie, »wir sind nicht mehr in der Stadt.« Der Offizier beobachtete immer dasselbe Stillschweigen. »Ich fahre nicht mehr weiter, mein Herr, wenn Sie mir nicht sagen, wohin Sie mich führen; hören Sie?« Auf diese Anrede erfolgte keine Antwort. »Ha, das ist doch zu arg,« rief Mylady. »Zu Hilfe! zu Hilfe!« Keine Stimme antwortete der ihrigen. Der Wagen rollte ebenso schnell dahin wie bisher. Der Offizier war wie eine Bildsäule. Mylady sah dem Offizier mit jenem furchtbaren Ausdruck ins Antlitz, der nur selten seine Wirkung verfehlte. Ihre Augen funkelten vor Ingrimm in der Dunkelheit. Der junge Mann blieb regungslos. Mylady wollte den Kutschenschlag aufreißen und hinausspringen. »Haben Sie acht, Madame,« sprach der junge Mann kalt, »Sie töten sich, wenn Sie hinausspringen.« Mylady setzte sich knirschend wieder zurück. Der Offizier neigte sich vor, blickte sie gleichfalls an und war erstaunt zu bemerken, wie dieses kurz vorher noch so schöne Gesicht durch die Wut ganz verstört und fast häßlich geworden war. Das spitzfindige Weib fühlte, es gereiche ihr zum Nachteil, wenn sie sich in ihr Inneres blicken lasse. Sonach suchte sie ihre Züge wieder aufzuheitern und sagte mit seufzender Stimme: »Mein Herr, in des Himmels Namen sagen Sie mir doch, ob ich Ihnen, Ihrer Regierung oder irgend einem Feinde die Gewalttätigkeit, die Sie an mir üben, zuschreiben muß?« »Man übt gegen Sie keine Gewalttätigkeit, Madame, und was

Ihnen da begegnet, ist die Folge einer ganz einfachen Maßregel, die wir bei allen, die in England anlanden, zu nehmen genötigt sind.« »Sie kennen mich also nicht?« »Es ist das erstemal, daß ich die Ehre habe, Sie zu sehen.« »Und auf Ihr Wort, Sie haben keine Ursache zu einem Hasse gegen mich?« »Keine, das schwöre ich Ihnen.« In der Stimme des jungen Mannes lag so viel Freimütigkeit, Festigkeit und Sanftmut, daß Mylady beschwichtigt wurde. Als man etwa eine Stunde lang gefahren war, hielt der Wagen vor einem eisernen Gitter an, das einen Hohlweg einschloß, der zu einem pomphaften Schlosse von ernstem Aussehen führte. Wie nun die Räder über einem feinen Sande dahinrollten, vernahm Mylady ein dumpfes Geräusch, daß sie als ein Getöse des Meeres erkannte, das an einem steilen Ufer brandete. Der Wagen fuhr unter zwei Gewölben hindurch, und hielt endlich in einem düsteren, viereckigen Hof an. Fast in demselben Moment ging der Kutschenschlag auf, der junge Mann sprang leicht auf die Erde und reichte Mylady die Hand. Sie stemmte sich darauf und stieg ziemlich gelassen aus dem Wagen. Indem nun Mylady um sich blickte, und dann ihre Augen mit dem holdseligsten Lächeln auf den jungen Mann warf, sprach sie zu ihm: »Es wird immer klarer, daß ich eine Gefangene bin. Doch werde ich es nicht lange bleiben, dessen bin ich versichert,« fügte sie hinzu. »Dafür bürgen mir mein Gewissen und Ihre Artigkeit, mein Herr.« Wie schmeichelhaft auch dieses Kompliment war, so gab doch der Offizier darauf keine Antwort, sondern zog aus seinem Gürtel eine kleine silberne Pfeife hervor, der Art, wie die Bootsmänner auf Kriegsschiffen haben, und pfiff dreimal in drei verschiedenen Modulationen. Alsogleich erschienen mehrere Männer, spannten die Pferde aus, und schoben den Wagen in einen Schuppen. Der Offizier forderte seine Gefangene, immer mit gleich ruhiger Artigkeit, auf, in das Haus zu treten. Diese ergriff, immer mit demselben lächelnden Gesicht, seinen Arm, und schritt mit ihm zu einer niedrigen Tür, die durch ein bloß im Hintergrund beleuchtetes Gewölbe nach einer steinernen Treppe führte; hier hielt man vor einer zweiten massiven Tür an, die sich, nachdem sie der junge Mann mit einem Schlüssel aufgesperrt hatte, den er bei sich trug, schwerfällig in ihren Angeln drehte, und den Eingang in das Zimmer gewährte, das für Mylady bestimmt war. Die Gefangene hatte dieses Gemach mit einem einzigen Blick in all seinen Teilen umfaßt. Es war ein Zimmer, dessen Einrichtung ein für ein Gefängnis reinliches und anständiges, für die Wohnung eines freien Menschen aber ein ziemlich strenges Aussehen hatte. Die Eisenstangen an den Fenstern und die Riegel an der Tür entschieden den Prozeß zu Gunsten eines Gefängnisses. Obwohl diese Kreatur ihre ganze Kraft aus einer mächtigen Quelle geschöpft hatte, so ward sie von derselben doch einen Augenblick lang vergessen. Sie sank auf einen Stuhl nieder, kreuzte die Arme, neigte den Kopf und erwartete jeden Augenblick einen Richter, der sie ins Verhör nehmen würde. Es kam jedoch niemand, ausgenommen zwei oder drei Marinesoldaten, welche die Koffer und Pakete brachten, diese in einer Ecke niederstellten und, ohne ein Wort zu reden, wieder fortgingen. Der Offizier leitete alles das mit derselben Ruhe, die Mylady stets an ihm bemerkt hatte, sprach selber kein Wort, und ließ sich auf eine Bewegung seiner Hand oder auf einen Ton seines Pfeifchens gehorchen. Mylady vermochte endlich nicht länger mehr an sich zu halten; sie brach das Schweigen und sagte: »Im Namen des Himmels! Mein Herr, was hat das alles zu bedeuten, was hier vorgeht? Ich habe den Mut, jeder Gefahr zu trotzen, die ich voraussehe, und jedem Unglück, das ich kenne. Wo bin ich? Bin ich frei? warum diese eisernen Gitter und Türen? Bin ich Gefangene? was für ein Verbrechen beging ich denn?« »Madame, Sie befinden sich hier in der für Sie bestimmten Wohnung. Ich habe den Auftrag erhalten, Sie im Seehafen abzuholen und in dieses Schloß zu bringen. Dieser Auftrag vollzog ich mit aller Strenge eines Soldaten und zugleich mit aller Artigkeit eines Edelmanns, wie ich glaube. Damit geht, wenigstens für jetzt, der Befehl zu Ende, den ich bei Ihnen zu erfüllen habe; das übrige geht eine andere Person an.« »Und wer ist diese andere Person?« fragte Mylady. »Dürfen Sie mir nicht ihren Namen nennen?« In diesem Moment hörte man auf der Treppe ein lautes Klirren von Sporen, einige Stimmen ließen sich im Vorübergehen vernehmen und verhallten dann wieder. Das Geräusch eines einzelnen Trittes kam der Tür näher. »Madame, hier ist diese Person,« sprach der Offizier, indem er den Gang öffnete, und eine ehrfurchtsvolle Haltung annahm. Zu gleicher Zeit erschien ein Mann an der Schwelle; er war ohne Hut, trug einen Degen an der Seite, und zerkrümmte zwischen seinen Fingern ein Taschentuch. Mylady glaubte diesen Schatten im Schatten zu erkennen, sie stemmte sich an den Arm eines Lehnstuhls und streckte den Kopf lauschend vor, um Gewißheit zu erlangen. Der Fremde trat langsam näher; als er sich im Lichtkreis der Lampe befand, wich Mylady unwillkürlich zurück. Als ihr kein Zweifel mehr übrigblieb, rief sie höchlich verwundert: »Wie, mein Bruder! Ihr seid es?« »Ja, schöne Dame,« erwiderte Lord Winter mit einer halb artigen, halb ironischen Begrüßung, »ich bin es.« »Aber dieses Schloß?« »Gehört mir.« »Dieses Zimmer?« »Ist das Eurige.« »Bin ich also eine Gefangene?« »So beiläufig.« »Das ist ja ein häßlicher Mißbrauch der Gewalt!« »Keine vielen Worte, setzen wir uns und reden wir ruhig zusammen, wie es sich für Bruder und Schwester geziemt.«

Gespräch zwischen einem Bruder und einer Schwester

»Ja, besprechen wir uns, mein Bruder,« sagte sie mit einer Art Freude, entschlossen, sich ungeachtet aller Verstellung, die Lord Winter anwenden möchte, Licht zu verschaffen, dessen sie bedurfte, um ihr Betragen danach einzurichten. »Sie haben also den Entschluß gefaßt, nach England zurückzukehren?« fragte Lord Winter, »und das taten Sie, wiewohl Sie mir in Paris oftmals erklärten, Sie wollten nie wieder einen Fuß auf den Boden Großbritanniens setzen?« Mylady antwortete auf eine Frage mit einer andern Frage. »Vor allem sagen Sie mir,« fragte sie, »weil Sie mich so streng beobachten ließen, daß Sie nicht allein von meiner Ankunft, sondern auch von dem Tage, von der Stunde und sogar von dem Hafen, wo ich einlief, in Kenntnis gesetzt waren?« Lord Winter beobachtete dieselbe Taktik wie Mylady. denn er dachte, sie müsse die richtige sein, weil sie sich derselben bediente. »Sagen Sie mir doch, liebe Schwester, was Sie in England zu tun vorhaben?« »Nun, ich kam, um Sie zu sehen,« entgegnete Mylady, ohne dabei zu ahnen, wie sehr sie mit dieser Antwort den Verdacht vermehrte, den d'Artagnans Brief bei ihrem Schwager erweckt hatte, und bloß in der Absicht, sich durch eine Lüge das Wohlwollen ihres Zuhörers zu erwerben. »Um mich zu sehen?« fragte Lord Winter. »Ja, um Sie zu sehen. Was gibt es da Staunenswertes?« »Sie hatten also mit Ihrer Reise nach England keinen andern Zweck, als den, mich zu besuchen?« »Nein!« »So haben Sie sich bloß meinetwegen die Mühe gemacht, den Kanal zu übersetzen?« »Bloß Ihretwillen.« »Potz Wetter! welche Zärtlichkeit, o Schwester!« »Bin ich denn nicht Ihre nächste Verwandte?« fragte Mylady im Tone der rührendsten Naivität. »Und sogar meine einzige Erbin – nicht wahr?« sprach Lord Winter, indem er seine Blicke auf Mylady heftete, »nämlich durch Ihren Sohn!« Wie groß auch die Herrschaft war, die Mylady über sich selbst ausübte, so konnte sie doch nicht umhin zu beben, und da Lord Winter bei den letzten Worten seine Hand auf den Arm seiner Schwester gelegt hatte, so entging ihm keineswegs dieses Beben. »Mylord, ich begreife nicht,« sagte sie, um Zeit zu gewinnen und ihren Gegner zum Sprechen zu bringen; »was wollen Sie mit Ihren Fragen, bergen Sie vielleicht einen unbekannten Sinn?« »Ach, mein Gott, nein,« versetzte Lord Winter mit anscheinender Gutmütigkeit. »Sie hatten den Wunsch, mich zu sehen, und kamen nach England. Von diesem Wunsch aus weiß ich nun, oder vermute es wenigstens, daß Sie es empfinden, und damit ich Ihnen alle Unannehmlichkeiten einer nächtlichen Ankunft in einem Hafen, alle Mühsale des Anlandens ersparte, stellte ich Ihnen einen Wagen zur Verfügung. Er brachte Sie in dieses Schloß, dessen Gouverneur ich bin, und da ich täglich hierherkomme, so ließ ich ein Zimmer für Sie einrichten, um dem doppelten Wunsch, uns zu sehen, vollkommen zu genügen. Was liegt darin mehr Staunenswertes, als in dem, was Sie mir sagten?« »Nein, ich verwundere mich bloß darüber, daß Sie im voraus von meiner Ankunft in Kenntnis gesetzt waren.« »Das ist das einfachste von der Welt, meine Schwester! Sie haben zuverlässig gesehen, daß der Kapitän Ihres kleinen Fahrzeugs, ehe er noch in die Reede einlief, um die Erlaubnis zu bekommen, in den Hafen einzulaufen, einen Kahn vorausgeschickt hat, der sein Frachtbuch und Personenregister überbrachte. Ich bin Hafenkommandant, und man übergab mir dieses Buch, worin ich Ihren Namen erkannte. Mir sagte mein Herz, was mir soeben Ihr Mund bekräftigt hat; es sagte mir, in welcher Absicht Sie sich den Beschwernissen einer so gefahrvollen oder wenigstens so ermüdenden Reise unterzogen, und ich sandte Ihnen meinen Kutter entgegen. Das übrige ist Ihnen bekannt.« Mylady wußte, daß Lord Winter log, und war darüber nur noch mehr beängstigt. »Mein Bruder,« fragte sie, »war es nicht Lord Buckingham, den ich diesen Abend bei meiner Ankunft auf dem Hafendamm gesehen?« »Ja, er selbst. Ah, ich begreife, daß Sie bei seinem Anblick betroffen waren,« sprach Lord Winter. »Sie kommen aus einem Lande, wo man sich viel mit ihm beschäftigen muß, und ich weiß, daß seine Rüstungen gegen Frankreich Ihren Freund, den Kardinal, in große Unruhe versetzen.« »Meinen Freund – den Kardinal!« rief Mylady, da sie merkte, Lord Winter sei über diesen Punkt wie über den andern durchaus unterrichtet. »Ist er nicht Ihr Freund?« fragte der Baron mit gleichgültigem Ton. »Ah, verzeihen Sie; denn ich glaubte das. Allein wir wollen auf Mylord Herzog später zurückkommen, und uns nicht von der sentimentalen Wendung, die unsere Unterredung genommen hat, entfernen. Sie sagten, daß Sie gekommen sind, um mich zu sehen?« »Ja.« »Nun gut, so antworte ich Ihnen, Sie sollen nach Wunsch bedient werden, und wir werden uns täglich sehen.« »Soll ich denn ewig hierbleiben?« fragte Mylady mit einem gewissen Schrecken. »Dünkt Ihnen diese Wohnung zu schlecht, meine Schwester, so begehren Sie, was Ihnen abgeht, und ich will mich beeilen, es Ihnen geben zu lassen.« »Ich habe meine Frauen, meine Dienstleute nicht mitgenommen.« »Das sollen Sie alles haben, Madame. Sagen Sie mir nur, wie Ihr erster Gemahl das Haus eingerichtet hat, und ich will es ebenso einrichten, obwohl ich nur Ihr Schwager bin.« »Mein erster Gemahl?« rief Mylady und blickte Lord Winter mit verwirrten Mienen an. »Ja, Ihr französischer Gemahl; ich rede nicht von meinem Bruder. Wenn Sie es aber vergessen haben, so könnte ich ihm schreiben, da er noch lebt, und er wird mir darüber gewiß Auskunft erteilen.« Kalter Schweiß perlte auf Myladys Stirn. »Sie höhnen,« sprach sie mit dumpfer Stimme. »Sehe ich danach aus?« fragte der Baron, indem er sich erhob und einen Schritt zurückwich. »Oder vielmehr, Sie beleidigen mich,«

fuhr sie fort, umspannte mit krampfhaften Händen die zwei Arme des Lehnstuhls und bemühte sich aufzustehen.

»Ich, Sie beleidigen – ich?« versetzte Lord Winter verächtlich. »Wahrlich, Madame, halten Sie das für möglich?« »Mein Herr,« entgegnete Mylady, »entweder sind Sie betrunken oder verrückt. Gehen Sie doch, und schicken Sie mir meine Frauen.« »Frauen sind sehr indiskret, meine Schwester; könnte ich Ihnen nicht als Zofe dienen? Solcherart würden die Geheimnisse in der Familie bleiben.« »Unverschämter!« rief Mylady. Und gleich, als würde sie von einer Feder emporgeschnellt, sprang sie gegen den Baron, der sie ganz gelassen erwartete, die eine Hand aber an seinen Degengriff legte. »Ei doch,« sprach er, »ich weiß es wohl, daß es Ihre Gewohnheit ist, die Leute umzubringen, allein ich werde mich verteidigen, das sage ich Ihnen.« »O, Sie haben recht!« entgegnete Mylady. »Sie scheinen mir feige genug, um Hand an eine Frau zu legen.« »Für diesen Fall wäre ich entschuldigt; und außerdem, denke ich, wäre meine Hand nicht die erste, die sich an Sie gelegt hätte.« hier zeigte der Baron mit langsamer, anschuldigender Gebärde auf die linke Schulter Myladys und berührte sie fast mit dem Finger. Mylady erhob ein dumpfes Stöhnen und wich bis in die Ecke des Zimmers zurück, wie ein Panther, der sich zum Sprung ansetzt. »O, brüllen Sie, so lange es Ihnen beliebt,« sagte Lord Winter, »nur versuchen Sie nicht zu beißen; denn ich warne Sie, die Sache würde nachteilig für Sie ausschlagen; wir haben da keine Prokuratoren, die im voraus die Erbfolge ordnen; wir haben da keinen fahrenden Ritter, welcher der schönen Dame zuliebe, die ich gefangen halte, mit mir Streit anfangen wollte; doch habe ich ganz in der Nähe Richter, die über eine Frau verfügen werden, die ruchlos genug ist, durch eine Doppelehe in die Familie von Lord Winter, meinem älteren Bruder, einzudringen, und die Richter werden Sie einem Henker überantworten, der Ihre beiden Schultern gleichmachen wird. Ja, ich sehe wohl ein, nachdem Sie meinen Bruder beerbt haben, wäre es Ihnen lieb gewesen, auch mich zu beerben. Allein, wissen Sie im voraus: Sie mögen mich umbringen ober umbringen lassen, meine Vorsichtsmaßregeln sind schon getroffen. Es soll nicht ein Pfennig von dem, was ich besitze, in Ihre Hände oder in die Ihres Sohnes gelangen. Sind Sie nicht reich, besitzen Sie nicht fast eine halbe Million, und konnten Sie nicht anhalten auf Ihrem heillosen Wege, wenn es nicht Ihre unbegrenzte Lust wäre, Böses zu tun? O, ich sage Ihnen, wäre mir das Andenken an meinen Bruder nicht so heilig, müßten Sie in einem Staatsgefängnis verkümmern, oder in Tilbury die Neugierde der Matrosen werden. Ich will schweigen, doch Sie haben Ihre Gefangenschaft ruhig zu ertragen. In vierzehn Tagen bis drei Wochen gehe ich mit dem Heere nach La Rochelle ab, aber am Vorabend meiner Abfahrt wird Sie ein Schiff abholen, das ich werde fortsteuern sehen, und das Sie nach unsern

Kolonien im Süden führt, und seien Sie ruhig, ich gebe Ihnen an die Seite einen Gesellschafter, der Ihnen den Kopf zerschmettern wird bei dem ersten Versuch, den Sie wagen sollten, um nach England oder auf den Kontinent zurückzukehren.« Mylady hörte mit einer Spannung zu, die ihre entflammten Augen noch mehr erweiterte. Er ging nach der Tür und machte sie rasch auf. »Man rufe Herrn Felton!« sprach er. »Warten Sie noch ein bißchen, ich will Sie ihm empfehlen.« Es trat auf ein Weilchen zwischen diesen beiden Personen ein seltsames Stillschweigen ein, währenddessen man das Geräusch eines langsamen und regelmäßigen Ganges vernahm, der sich dem Zimmer näherte. Bald darauf bemerkte man im Schatten des Korridors eine menschliche Gestalt, und der junge Leutnant, den wir bereits kennen, erscheint an der Türschwelle, um die Befehle des Barons einzuholen. »Tretet ein, lieber John!« sprach Lord Winter, »tretet ein und macht die Tür zu.« Der junge Offizier trat ein. »Seht Euch nun diese Frau an,« sprach der Baron, »sie ist jung, sie ist schön, sie ist im Besitz aller möglichen Verführungsmittel. Hört mich wohl, sie ist ein Ungetüm, das sich mit fünfundzwanzig Jahren so vieler Verbrechen schuldig gemacht hat, wie Ihr in einem Jahr in den Archiven unserer Tribunale lesen könnt. Ihre Stimme ist einnehmend, ihre Schönheit wird zum Köder für ihre Opfer. Sie wird Euch zu verlocken trachten, sie wird Euch selbst umzubringen versuchen. Ich habe Euch aus dem Elend gerissen, Felton, ich habe Euch zum Leutnant wählen lassen, ich habe Euch einmal das Leben gerettet, Ihr wisset, bei welcher Gelegenheit. Ich bin nicht bloß Euer Beschützer, sondern Euer Freund, ich bin nicht bloß Wohltäter, sondern ein Vater. Diese Frau kam nach England, um mir nach dem Leben zu trachten. Ich habe diese Schlange in meiner Gewalt; ich ließ Euch rufen und sage Euch nun: Freund Felton! John, mein Sohn, hüte dich und hüte mich vor dieser Frau. Schwöre mir bei deinem Seelenheil, daß du sie für die wohlverdiente Strafe aufbewahrst. Felton, ich baue auf dein Wort; John Felton, ich verlasse mich auf deine Redlichkeit.« »Mylord,« entgegnete der Offizier, indem er sein Auge mit all dem Haß anfüllte, der in seinem Herzen aufflammte; »Mylord, ich schwöre Ihnen, daß es so kommen wird, wie Sie wünschen.« Mylady nahm diesen Blick auf wie ein Opfer, das sich in sein Schicksal ergibt. Es war unmöglich, einen ergebeneren und sanfteren Ausdruck zu sehen, als den, der sich jetzt in ihrem schönen Gesicht kundgab. Lord Winter erkannte kaum in ihr die Tigerin, gegen die er kurz zuvor noch anzukämpfen hatte. »Sie darf dieses Zimmer nie verlassen, John, hört wohl,« fuhr der Baron fort, »sie darf mit niemandem Briefe wechseln, sondern bloß mit Euch reden, wenn Ihr Euch überhaupt herablassen wollt, ein Wort mit ihr zu sprechen.« »Genug Mylord, ich habe geschworen.« »Und jetzt, Madame,« sagte der

Baron, »jetzt versuchen Sie es, Frieden mit Gott zu schließen, denn von den Menschen sind Sie abgeurteilt!«

Offizier

Inzwischen erwartete der Kardinal Nachrichten aus England. Es kam jedoch keine Botschaft, außer eine unangenehme bedrohliche. Wie gut auch La Rochelle eingeschlossen war, wie sicher der Erfolg schien durch die Maßregeln, die man getroffen, und insbesondere durch den aufgeführten Damm, so konnte doch die Belagerung noch lange dauern, und das war eine große Schmach für die Waffe des Königs, und eine schwere Wucht für den Herrn Kardinal, der zwar nicht mehr Anna von Österreich mit Ludwig XIII. zu entzweien hatte, was schon geschehen war, wohl aber Herrn Bassompierre versöhnen sollte, der sich mit dem Herzog von Angoulême verfeindet hatte. Die Belagerer verhafteten von Zeit zu Zeit Boten, welche die Rocheller an Buckingham aussandten, oder Kundschafter, die Buckingham an die Rocheller schickte. Der Prozeß war in dem einen wie in dem andern Falle schnell abgetan. Der Kardinal sprach das einzige Wort: »gehenkt!« Man lud den König ein, die Exekution mit anzusehen; er kam herbei, und erkor sich einen guten Platz, denn das diente ihm einigermaßen zur Zerstreuung. Indes verstrich die Zeit, und die Rocheller ergaben sich nicht. Der letzte Kundschafter, den man ergriff, war der Überbringer eines Briefes. Dieser Brief meldete allerdings Buckingham, daß in der Stadt die äußerste Hungersnot herrschte, allein statt des Zusatzes: »Trifft Ihre Hilfe nicht noch vor vierzehn Tagen ein, so werden wir uns ergeben« – war ganz einfach beigefügt: »Trifft Ihre Hilfe nicht vor vierzehn Tagen ein, so wird uns bis zu Ihrer Ankunft der Hunger aufgerieben haben.« Somit setzten die Rocheller ihre Hoffnung auf Buckingham. Hätten sie eines Tages auf eine zuverlässige Weise erfahren, daß sie nicht mehr auf Buckingham zählen dürfen, so wäre ihnen der Mut offenbar mit der Hoffnung gesunken. Der Kardinal erwartete also sehr ungeduldig Kunde aus England, die ihm melden würde, daß Buckingham nicht komme. Der Kardinal konnte sich von der Besorgnis nicht losmachen, in die ihn seine furchtbare Emissärin versetzt hatte, denn auch er hatte die seltsamen Verhältnisse dieser Frau durchblickt, die bald eine Schlange, bald eine Löwin war. Hatte sie ihn verraten? War sie tot? Er kannte sie gut genug, um zu wissen, daß sie als Freundin oder Feindin, für ihn oder wider ihn handelnd, ohne große Hemmnisse nicht untätig blieb. Von welcher Seite kamen aber diese Hemmnisse? Das war es, was er nicht ermitteln konnte. Er faßte somit den Entschluß, den Krieg ganz allein zu führen, und auf einen fremden Erfolg nur so wie auf einen günstigen Zufall zu warten, und fuhr fort in dem Bau des furchtbaren Dammes, der La Rochelle aushungern sollte. Als Heinrich IV. Paris belagerte, ließ er Brot und Lebensmittel über die Stadtmauer werfen. Der Kardinal aber ließ kleine Briefchen hinüber werfen, worin er den Rochellern vorstellte, wie ungerecht, selbstsüchtig und grausam das Verfahren ihrer Häupter sei. Diese Häupter hatten Getreide in Menge und verteilten dasselbe nicht. Ihr Grundsatz war – denn sie hatten Grundsätze – es liege wenig daran, ob die Weiber, Kinder und Greise umkommen, wenn nur die Männer, welche die Mauern zu verteidigen hatten, gesund und stark verbleiben. Bis jetzt war dieser Grundsatz, war es aus Ergebenheit oder aus Ohnmacht, dagegen anzukämpfen, von der Theorie zur Praxis übergegangen, ohne daß man ihn allgemein anerkannt hätte; durch die erwähnten Briefchen aber geschah auf ihn ein Angriff. Diese Briefe erinnerten die Männer daran, daß die Kinder, Weiber und Greise, die man umkommen ließ, ihre Söhne, Töchter, Frauen und Väter waren, und daß es billiger wäre, jedermann dem allgemeinen Elend zu unterwerfen, damit eine gleiche Lage aller zu einmütigen Entschließungen führen sollte.

Doch in dem Moment, wo der Kardinal sein Mittel schon Früchte bringen sah, und sich ob der Anwendung desselben Glück wünschte, kam ein Einwohner von La Rochelle, der durch die königlichen Linien geschlüpft war – Gott weiß, auf welche Art, denn Bassompierre, Schomberg und der Herzog von Angoulême beobachteten, selbst wieder vom Kardinal überwacht, eine strenge Wachsamkeit – ein Einwohner von La Rochelle, sagen wir, der von Portsmouth anlangte, kam in die Stadt und meldete, er habe eine prachtvolle Flotte gesehen, die noch vor acht Tagen absegeln würde. Außerdem ließ Buckingham dem Bürgermeister sagen, endlich habe sich das große Bündnis wider Frankreich erklärt, und es werden zu gleicher Zeit die englischen, kaiserlichen und spanischen Truppen das Königreich überfluten. Man verlas dieses Schreiben öffentlich auf allen Plätzen, klebte davon eine Abschrift an die Straßenecken, jene, die Unterhandlungen angeknüpft hatten, brachen dieselben wieder ab, da sie in so kurzer Zeit angekündigte Hilfe abzuwarten beschlossen. Dieser unvorhergesehene Umstand erweckte in Richelieu die vorigen Besorgnisse wieder, und zwang ihn, seine Blicke abermals nach dem Meere zu richten. Der Kardinal gelangte eines Tages, nur von Cahusac und La Houdinière begleitet, indes er längs der Küste hinritt und die Unermeßlichkeit seiner Träume mit der Unermeßlichkeit des Meeres vermengte, im kurzen Trabe seines Pferdes auf einen Hügel, von dessen Höhe herab er sieben Menschen, von leeren Flaschen umgeben, lagern sah. Vier von diesen Männern waren unsere Musketiere, die eben bedacht waren, das Vorlesen eines Briefes zu hören, den einer von Ihnen erhalten hatte. Dieser Brief war so wichtig, daß man um seinetwillen Karten und Würfel auf einer Trommel liegen ließ. Die andern drei waren eben bemüht, eine ungeheure, mit Stroh umflochtene Flasche Colliourewein zu öffnen, es waren die Bedienten jener Herren. Wie schon bemerkt, war der Kardinal in übler Gemütsstimmung, und in diesem Falle vermehrte seine düstere Laune nichts so sehr, wie die Heiterkeit anderer. Außerdem nährte er einen seltsamen Argwohn, denn er dachte, daß eben die Heiterkeit der Fremden die Ursache seiner Traurigkeit sei. Er gab La Houdinière und Cahusac einen Wink, anzuhalten, stieg vom Pferd und näherte sich diesen verdächtigen Lachern, in der Meinung, er könnte mit Hilfe des Sandes, der seine Tritte unhörbar machte, und des Gebüsches, das ihn barg, einige Worte von dem Gespräch erlauschen, das ihm so anziehend vorkam. Erst zehn Schritte von der Hecke erkannte er die gascognische Mundart d'Artagnans, und da er bereits wußte, daß diese Leute Musketiere waren, so zweifelte er nicht daran, die drei andern seien diejenigen, die man die drei Unzertrennlichen nannte, nämlich Athos, Porthos und Aramis.

Es läßt sich erachten, daß durch diese Entdeckung sein Wunsch, etwas von dem Gespräch zu hören, noch mehr gestachelt wurde; er vermochte noch nicht viel aufzufassen, als ihn plötzlich ein kurzer starker Ruf erschütterte, und zugleich die Musketiere aufmerksam machte. »Offiziere!« rief Grimaud, streckte den Zeigefinger in der Richtung der Hecke aus, und verriet mit dieser Gebärde den Kardinal und seine Begleitung. Die vier Musketiere standen mit einem Sprung auf den Beinen und grüßten ehrerbietig. Der Kardinal schien wütend. »Mich dünkt,« sprach er, »daß man sich bei den Musketieren bewachen läßt. Kommt der Engländer zu Land, oder betrachten sich die Musketiere als hohe Offiziere?« »Monseigneur,« entgegnete Athos, denn er allein behielt bei dem allgemeinen Schrecken die Ruhe und Kaltblütigkeit eines vornehmen Mannes, die ihn nie verließ, »Monseigneur, wenn die Musketiere nicht im Dienste stehen, oder wenn ihr Dienst beendigt, so trinken sie und spielen Würfel, und sind für ihre Bedienten sehr hohe Offiziere.« »Bediente!« rief der Kardinal unwillig, »die den Auftrag haben, ihren Herren zu melden, wenn jemand vorüberkommt, das sind keine Bedienten, sondern Wachen.« »Seine Eminenz sieht aber, hätten wir diese Vorsichtsmaßregeln nicht getroffen, so würden wir uns der Unannehmlichkeit ausgesetzt haben, Sie vorübergehen zu lassen, ohne Ihnen unsere Ehrfurcht zu bezeigen und unsern Dank zu sagen für die Huld, womit Sie uns vereinigt hat. – Und Sie d'Artagnan!« fuhr Athos fort, »der Sie soeben nach einer Gelegenheit seufzten, Monseigneur Ihren Dank zu beweisen, Sie haben sie nun gefunden und können sie benützen.« D'Artagnan trat herbei und stammelte einige Worte des Dankes, die alsbald unter dem düstern Blick des Kardinals verhallten. »Gleichviel, meine Herren,« sagte der Kardinal, der sich durch den Zwischenfall, den Athos benutzt hatte, ganz und gar nicht von seiner ersten Absicht abbringen zu lassen schien; »gleichviel, ich habe es gar nicht gern, wenn einfache Soldaten bloß deshalb, weil sie in einem bevorzugten Korps dienen dürfen, auf diese Weise die großen Herren spielen; denn für sie ist die Kriegszucht dieselbe, wie für alle andern.« Athos ließ den Kardinal seinen Satz ganz aussprechen, verneigte sich dann zum Zeichen, daß er ihm beistimme und sagte: »Monseigneur, die Kriegszucht, glaube ich, ist von uns in keiner Hinsicht vergessen worden, wir stehen nicht im Dienste und da wir nicht im Dienste stehen, so dachten wir, unsere Zeit nach unserm Gefallen verwenden zu dürfen. Sollte uns Ew. Eminenz durch einige besondere Aufträge beglücken wollen, so sind wir bereit, zu gehorchen. Wie Monseigneur sieht,« fuhr Athos mit gerunzelter Stirn fort, da er über dieses Verhör ungeduldig zu werden anfing, »sind wir mit unsern Waffen ausgezogen, um auf den ersten Trommelschlag gerüstet dazustehen.« »Wolle sich Ew. Eminenz für überzeugt halten,« fügte d'Artagnan hinzu, »daß wir Ihr entgegengeeilt wären, hätten wir nur vermuten können, Sie würden in so kleiner Begleitung zu uns herankommen.« Der Kardinal äußerte sichtlich seinen Ärger und sagte: »Wisset Ihr, wie Ihr Euch ausnehmet, da Ihr stets, wie in diesem Moment beisammen, bewaffnet, und von Euren Bedienten bewacht seid? – Ihr nehmt Euch aus wie Verschworene.« »O, was das betrifft, Monseigneur, so ist das wahr,« versetzte Athos. »Wir sind allerdings verschworen, wie Seine Eminenz an jenem Morgen sehen konnte, doch nur gegen die Rocheller.« »Nun, meine Herren Politiker,« erwiderte der Kardinal gleichfalls die Stirn runzelnd, »es ließe sich in Eurem Gehirn vielleicht das Geheimnis von allerlei Dingen finden, wenn man darin lesen könnte, wie Ihr in dem Briefe gelesen habt, den Ihr verstecktet, als Ihr saht, daß ich herbeikomme.« Athos stieg die Röte ins Antlitz, er machte einen Schritt gegen Seine Eminenz und sagte: »Man möchte glauben, Ew. Eminenz hege wirklich einen Verdacht gegen uns, und wir müßten ein wahrhaftes Verhör bestehen.« »Und wenn es in der Tat ein Verhör wäre?« fragte der Kardinal. »Monseigneur, ich habe gesagt: Ew. Eminenz habe nur zu fragen, und wir stehen bereit, zu antworten.« »Was war das für ein Brief, den Ihr eben gelesen habt, Herr Aramis, und was habt Ihr versteckt?« »Einen Brief von einer Frau, Monseigneur.« »O, ich begreife,« versetzte der Kardinal, »bei derlei Briefen muß man diskret sein; allein mir, denke ich, könntet Ihr ihn doch wohl zeigen.« »Monseigneur,« sprach Athos mit einer um so furchtbareren Gelassenheit, als bei dieser Antwort sein Kopf auf dem Spiele stand, »Monseigneur, der Brief ist von einer Frau, doch ist weder Marion Delorme, noch Frau von Combalet, noch Frau von Chalnes unterschrieben.« Der Kardinal wurde blaß wie der Tod. Ein grimmiger Blitz fuhr aus seinen Augen. Er wandte sich um, als wolle er Cahusac und La Houdinière einen Auftrag erteilen. Athos bemerkte diese Bewegung und machte einen Schritt gegen die Musketen, auf welche die drei Freunde ihr Auge richteten, die sehr wenig geneigt waren, sich festnehmen zu lassen. Der Kardinal war zu zweien, die Musketiere mit Einschluß ihrer Lakaien waren sieben. Er dachte, die Partie wäre um so ungleicher, wenn Athos und seine Gefährten wirklich sich verschworen hätten, und durch eine der schnellen Wendungen, die ihm stets zu Gebot standen, hatte sich sein Ingrimm in ein Lächeln verwandelt. »Nun ja,« sprach er, »Ihr seid brave junge Männer, stolz in der Sonne und getreu in der Dunkelheit, und es ist kein Fehler, über sich selbst zu wachen, wenn man so gut über andere wacht. Meine Herren, ich vergaß ganz und gar nicht auf jene Nacht, wo Ihr mir auf meinem Ritt nach dem ›Roten Taubenschlag‹ als Begleiter gedient habt. Stände irgend eine Gefahr auf dem Wege zu befürchten, den ich zu machen habe, so würde ich mir Euer Geleit erbitten. Da jedoch das nicht der Fall ist, so bleibt wo Ihr seid, und endigt Eure Flaschen, Eure Spielpartie und Euren Brief. Adieu, meine Herren!«

Alle machten bestürzte Gesichter, denn obwohl sie der Kardinal freundlich verlassen hatte, sahen sie doch, daß Seine Eminenz mit Groll im Herzen geschieden war. Athos allein lächelte gleichgültig. Als nun der Kardinal außer dem Bereich der Stimme und des Gesichts war, rief Porthos, der große Lust hatte, seine böse Laune auf andere fallen zu lassen: »Dieser Grimaud hat gar so spät gerufen!« Grimaud machte Miene, sich zu entschuldigen, doch Athos erhob seinen Finger und Grimaud schwieg. »Ich,« entgegnete Aramis mit einer flötenartigen Stimme, »ich war entschlossen. Hätte er die Auslieferung begehrt, so würde ich ihm mit der einen Hand den Brief übergeben, und mit der andern den Degen durch den Leib gestoßen haben.« »Das habe ich auch erwartet,« versetzte Athos, »deshalb warf ich mich zwischen Euch und ihn. Dieser Mann ist wirklich unklug, daß er auf solche Weise mit andern Menschen spricht.« »Lieber Athos,« sprach d'Artagnan, »ich bewundere Euch, allein im ganzen hatten wir doch unrecht.« »Wie denn unrecht?« erwiderte Athos; »wem gehört diese Luft, die wir einatmen, wem dieses Meer, an dem wir gelagert sind? Wem dieser Brief von Eurer Geliebten? Etwa dem Kardinal, der sich ja nicht einbilden darf, ihm gehöre die ganze Welt. Ihr seid stammelnd, betroffen, vernichtet dagestanden, als ragte die Bastille vor Euch empor, und als hätte Euch die riesige Medusa in Stein verwandelt. Heißt verliebt sein sich verschwören? Ihr seid in eine Frau verliebt, die der Kardinal gefangen setzen ließ, das ist die Partie, die Ihr mit Seiner Eminenz spielt. Dieser Brief ist Euer Spiel. Was sollet Ihr Euer Spiel dem Gegner zeigen? Er mag es erraten; wir durchblicken recht gut das seinige.« »Dann sei nicht mehr die Rede von dem, was vorgegangen ist, und Aramis fahre in dem Briefe seiner Base da zu lesen fort, wo er vom Kardinal unterbrochen wurde.« Aramis nahm den Brief wieder aus der Tasche. Die drei Freunde traten näher, und die drei Bedienten lagerten sich aufs neue um ihre Strohflasche. »Ihr habt erst ein paar Zeilen weit gelesen,« sagte d'Artagnan. »Fangt also wieder von vorn an.« »Recht gern,« versetzte Aramis. »Mein lieber Vetter! Ich denke wohl den Entschluß zu fassen, nach Bethune abzureisen, wohin meine Schwester unsere kleine Magd in ein Kloster der Karmeliterinnen gebracht hat. Dieses arme Kind hat sich gefügt, denn es weiß, daß es ohne Gefahr für sein Seelenheil anderswo nicht leben kann. Wenn aber unsere Familienangelegenheiten in Ordnung sind, wie wir es wünschen, so glaube ich, daß die Arme Gefahr laufen und zu denjenigen zurückkehren wird, nach denen sie sich um so mehr sehnt, als sie weiß, daß man immer an sie denkt. Ihr einziges Verlangen ist ein Brief von ihrem Bräutigam. Ich weiß recht gut, daß solche Waren schwierig durch die Gitter gelangen, allein im ganzen, lieber Vetter, bin ich – und ich gab Euch schon Beweise – gar nicht so ungeschickt, und will diesen Auftrag übernehmen. Meine Schwester dankt Euch für Eure beständige Erinnerung; sie war eine Weile in großer Besorgnis, doch sie ist jetzt wieder beruhigt, weil sie ihren Gehilfen hinabschickte, damit nichts Unvorhergesehenes geschehen könne. Adieu, lieber Vetter, gebt so oft wie möglich von Euch Nachricht, das heißt, so oft Ihr es mit Sicherheit tun zu können glaubt. Ich umarme Euch – Marie Michon.« »O, wie bin ich Euch dankbar, Aramis!« rief d'Artagnan. »Constance, sie lebt in Sicherheit, lebt in einem Kloster; sie ist in Bethune! Athos, wo ist Bethune gelegen?« »An der Grenze von Artois und Flandern; ist einmal die Belagerung vorüber, so können wir dahin reisen.« »Und das wird nicht lange mehr dauern, wie ich hoffe,« versetzte Porthos, »denn es wurde diesen Morgen wieder ein Spion aufgeknüpft, der behauptet hat, daß die Rocheller am Leder ihrer Schuhe nagen. Da ich nun annehme, daß sie ihre Sohlen essen, wenn sie das Oberleder zernagt haben, so sehe ich nicht ein, was ihnen dann noch übrigbliebe, außer sie wollten einander selbst aufzehren.«

In der Gefangenschaft

Mylady träumte, sie habe endlich d'Artagnan erhascht, und wohne seiner Hinrichtung bei; der Anblick seines verhaßten Blutes, das unter dem Beil des Henkers floß, erzeugte jenes reizende Lächeln auf ihren Lippen. Sie schlief, wie ein Gefangener schläft, den seine erste Hoffnung einwiegt. Als man am folgenden Morgen in ihr Gemach kam, war sie noch im Bette. Felton blieb im Korridor; er brachte die Frau, von der er tags zuvor gesprochen hatte. Diese Frau trat ein, näherte sich dem Bette Myladys und trug ihr ihre Dienste an. Mylady war blaß, somit konnte ihre Gesichtsfarbe diejenige berücken, die sie zum erstenmal sah. »Ich habe das Fieber,« sagte sie, »und konnte die ganze Nacht keinen Augenblick lang schlafen. Ich leide entsetzlich; werdet Ihr doch menschlicher sein, als man es gestern gegen mich war? Alles, was ich wünsche, ist, daß ich liegenbleiben kann.« »Wollen Sie, daß man einen Arzt hole?« fragte die Frau. Felton hörte dieses Gespräch an, ohne daß er ein Wort sagte. »Einen Arzt holen,« entgegnete sie, »wozu? Diese Herren haben gestern erklärt, daß mein Übel nur eine Komödie sei; und heute würden sie sicher dasselbe sagen, denn seit gestern hätte man Zeit genug gehabt, einen Arzt zu rufen.« »Nun, so sprechen Sie selbst,« sagte Felton ungeduldig, »was für eine Behandlung Sie wollen!« »Ach, mein Gott! weiß ich es? Ich fühle nur, daß ich leidend bin. Man gebe mir, was man will, mir gilt es gleich.« »Beruft Lord Winter!« sagte Felton der ewigen Klagen müde. »Ach, nein, nein!« rief Mylady, »nein, mein Herr, ich beschwöre Sie, rufen Sie ihn nicht; ich fühle mich wohl, ich bedarf nichts, holen Sie ihn nicht.« Sie legte in die Bitte so viel natürlichen Nachdruck, daß Felton, davon hingerissen, einige Schritte vorwärts trat. »Er ist gerührt,« dachte Mylady. »Wenn Sie wirklich leidend sind, Madame,« sprach Felton, »so wird man nach einem Arzt schicken; und wenn Sie uns täuschen, nun, so fällt es für Sie um so schlimmer aus, wir haben uns mindestens keinen Vorwurf zu machen.« Mylady gab keine Antwort, sondern lehnte ihren schönen Kopf zurück auf das Kissen, vergoß Tränen und brach in Schluchzen aus. Felton betrachtete sie ein Weilchen mit seiner gewöhnlichen Fühllosigkeit; da er aber sah, daß sich die Krisis zu verlängern drohe, entfernte er sich. Die Frau folgte ihm. Lord Winter kam nicht. »Mich dünkt, daß ich klar zu sehen anfange,« murmelte Mylady mit wilder Freude und wühlte sich in ihre Kissen, um allen denen, die sie belauschen könnten, ihre innere Wonne zu verbergen. Zwei Stunden gingen so vorüber. »Nun ist es Zeit,« sagte sie, »mit der Krankheit aufzuhören. Wir wollen aufstehen, und noch heute einigen Erfolg zu erzielen trachten. Ich habe nur zehn Tage, und mit diesem Abend sind schon zwei Tage vorüber.« Als die Leute des Morgens in Myladys Zimmer kamen, brachten sie ihr das Frühmahl. Sie dachte, man würde nicht lange säumen, es wegzutragen, und da würde sie Felton wiedersehen. Mylady irrte nicht. Felton kam abermals, und ohne darauf zu achten, ob Mylady das Frühstück eingenommen habe oder nicht, gab er Befehl, den Tisch wegzuschaffen, der gewöhnlich ganz serviert hereingetragen wurde. Felton blieb zurück. Er hatte ein Buch in der Hand. Mylady, die neben dem Kamin in einem Armsessel lehnte, war schön, blaß und ergeben und glich einer Jungfrau, die des Märtyrertums gewärtig ist. Felton trat zu ihr hin und sagte: »Lord Winter, der Katholik ist, wie Sie, Madame, dachte, daß Ihnen die Entbehrung der Gebräuche und Zeremonien Ihres

Glaubens beschwerlich fallen dürfte; er erlaubte sonach, daß ich Ihnen dieses Erbauungsbuch bringe.« Bei der Miene, mit welcher Felton dieses Buch auf den Tisch legte, an dem Mylady saß, bei dem Tone seiner Worte: »Erbauungsbuch«, bei dem verächtlichen Lächeln, womit er dieselben begleitete, erhob Mylady den Kopf und faßte ihn aufmerksamer ins Auge. An dem ernsten Zuschnitt seiner Haare, an der höchst einfachen Kleidung, an der marmorglatten Stirn, die ebenso hart und undurchdringlich wie Marmor war, erkannte sie einen von den finsteren Puritanern, wie sie solche so oft an dem Hofe des Königs Jakob, wie an dem des Königs von Frankreich gesehen hatte, wo sie bisweilen ungeachtet der Erinnerung an die St. Bartholomäusnacht Zuflucht gesucht haben.

Sie hatte eine von den plötzlichen Eingebungen, wie sie nur Menschen von Genialität in großen Krisen und wichtigen Momenten haben, die über Glück und Leben entscheiden sollen, und sagte: »Lord Winter weiß recht gut, daß ich nicht seines Glaubens bin, und es ist nur eine Schlinge, die er mir zu legen beabsichtigt.« »Aber welchen Glaubens sind Sie denn, Madame?« fragte Felton mit einer Verwunderung, die er ungeachtet seiner Selbstbeherrschung nicht ganz verbergen konnte. »Ich werde es sagen,« sprach Mylady mit erkünstelter Begeisterung, »ich werde es an dem Tage sagen, da ich genug für meinen Glauben gelitten haben werde.« Feltons Blick enthüllte vor Mylady den ganzen Umfang des Raumes, den sie durch dieses einzige Wort aufgeschlossen hatte. Indes verhielt sich der junge Mann schweigend und unbeweglich. Nur sein Blick war beredt. »Ich befinde mich in den Händen meiner Feinde,« fuhr sie in jenem Tone der Begeisterung fort, der, wie sie wußte, den Puritanern eigen war. »Gott wolle mich erretten, oder ich will für meinen Gott untergehen. Diese Antwort bitte ich Lord Winter zu bringen,« fügte sie bei und zeigte mit dem Finger auf das Erbauungsbuch, ohne es aber zu berühren, »und das hier können Sie wieder mitnehmen und selbst gebrauchen, denn Sie sind zweifelsohne ein doppelter Mitschuldiger des Lord Winter; mitschuldig bei seiner Verfolgung und mitschuldig bei seiner Ketzerei.« Felton gab keine Antwort. Er nahm das Buch mit demselben Gefühl des Widerwillens, das er schon geäußert hatte, und entfernte sich tiefsinnig. Gegen fünf Uhr abends kam Winter. Mylady hatte den ganzen Tag Zeit, ihre Operationspläne zu entwerfen. Sie empfing ihn als eine Frau, die schon wieder im Besitz ihrer Vorteile ist. Der Baron setzte sich in einen Lehnstuhl, dem gegenüber, den Mylady einnahm, streckte die Füße bequem nach dem Kamin aus und sagte: »Es scheint, daß wir eine kleine Apostasie gemacht haben.« »Was wollt Ihr damit sagen, mein Herr?« »Ich will damit sagen, daß Ihr, seit wir uns das letztemal sahen, den Glauben verändert habt. Nun, habt Ihr etwa einen dritten protestantischen Gemahl genommen?« »Erklärt Euch, Mylord,«

erwiderte die Gefangene mit Majestät, »denn ich versichere, daß ich zwar Eure Worte höre, dieselben aber nicht verstehe.« »Dann habt Ihr gar keinen Glauben, und das ist mir um so lieber,« entgegnete Lord Winter höhnisch lachend. »Das ist dann gewiß mehr nach Euren Grundsätzen,« sagte Mylady kalt. »Ich muß Euch bekennen, daß mir das ganz gleichgültig ist. Bekennt immerhin diese religiöse Gleichgültigkeit, Eure Laster und Verbrechen sind dafür zureichende Beweise.« »Wie doch, Ihr redet von Lastern, Frau Messalina? Ihr redet von Verbrechen, Lady Macbeth? Entweder habe ich falsch verstanden, oder bei Gott! Ihr seid höchst unverschämt.« »Ihr sprecht so, weil man uns hört, mein Herr!« versetzte Mylady mit kaltem Ton, »und weil Ihr Eure Kerkermeister und Henker gegen mich stimmen wollt.« »Meine Kerkermeister, meine Henker! Potz Wetter, Madame, Ihr stimmt da einen seltsamen Ton an, und die Komödie von gestern verwandelt sich heute Abend in eine Tragödie. Übrigens werdet Ihr in acht Tagen da sein, wo Ihr sein sollt, und mein Geschäft ist abgetan.« »Ruchlosigkeit, schändliche Ruchlosigkeit!« rief Mylady mit der Begeisterung des Opfers, das seinen Richter herausfordert. »Auf Ehre,« sprach Lord Winter aufstehend, »ich glaube, die drollige Person kommt von Sinnen. Gebt Euch zur Ruhe, Frau Puritanerin, oder ich lasse Euch in das Gefängnis stecken. Beim Himmel, mein spanischer Wein geht Euch zu Kopfe, nicht wahr? Doch seid unbekümmert, diese Trunkenheit ist gefahrlos und wird keine Folgen nach sich ziehen.«

Hier entfernte sich Lord Winter unter Flüchen, was damals eine ganz ritterliche Gewohnheit war. Felton, der stets an der Tür stand, hatte kein Wort von dieser Unterredung verloren. Mylady hatte ihn richtig durchblickt. »Ja geh nur, geh,« rief sie ihrem Schwager nach, »die Folgen kommen gewiß nach; doch, du sollst sie erst erfahren, wenn es nicht mehr Zeit ist, denselben auszuweichen.« Es trat abermals ein Stillschweigen ein; zwei Stunden vergingen, und man brachte das Abendbrot; man fand Mylady mit ihrem Gebet beschäftigt, mit einem Gebet, das sie von einem Diener ihres zweiten Gemahls, einem sehr eifrigen Puritaner, gelernt hatte. Sie schien derart in Andacht versunken, daß man hätte glauben mögen, sie achte gar nicht auf das, was um sie her geschah. Felton gebot durch einen Wink, sie nicht zu stören, und als alles in Ordnung war, ging er mit den Soldaten geräuschlos fort. Mylady wußte wohl, daß sie belauscht werden konnte, darum setzte sie auch ihr Gebet bis ans Ende fort, und es dünkte sie, als ob der Soldat, der an ihrer Tür wachte, nicht mehr denselben Schritt hielt, sondern horchte. Für jetzt wollte sie nicht mehr; sie erhob sich, setzte sich zu Tisch, aß wenig und trank nichts als Wasser. Einige Stunden darauf kam man herbei, um den Tisch wegzutragen. Aber Mylady bemerkte, daß Felton diesmal die Soldaten nicht begleitete. Er war also beängstigt, daß er sie zu oft sehe. Sie wandte sich ab, um zu lächeln, denn in diesem Lächeln lag ein so triumphierender Ausdruck, daß sie sich schon dadurch hätte verraten können. Sie ließ wieder eine halbe Stunde vorübergehen, und da in diesem Augenblick im alten Schloß alles still war, und nur das ewige Rauschen des Meeres, dieses ungeheure Atemholen des Ozeans, gehört wurde, so stimmte sie mit ihrer reinen, klangvoll vibrierenden Stimme die erste Strophe eines Liedes an, das damals bei den Puritanern sehr beliebt war: »O Herr, du ziehst dich nur zurück, um uns zu prüfen in dem Leben, und dann nach Leid und Mißgeschick den Preis für unsre Kraft zu geben.« Diese Verse waren keineswegs ausgezeichnet, hierzu hätte noch viel gefehlt; allein die Protestanten kümmerten sich nicht um die Poesie. Während Mylady sang, lauschte sie zugleich. Der Soldat, der vor ihrer Tür Wache stand, verhielt sich still, als wäre er in Stein verwandelt worden. Danach konnte Mylady die Wirkung ihres Gesangs beurteilen. Indes scheint es, daß der wachhabende Soldat, der zweifelsohne eines andern Glaubens war, den Zauber abschüttelte, denn er öffnete das Gitter an der Tür und sagte: »Sind Sie doch still, Madame; Ihr Gesang ist so traurig wie eine de profundis, und müßte man außer der Freude, hier in Garnison zu liegen, auch noch solche Dinge anhören, so wäre es nicht zu ertragen.« »Stille!« rief eine ernste Stimme, an der Mylady Felton erkannte. »In was mengt Ihr Euch, Bursche! Hat man Euch befohlen, dieser Frau das Singen zu wehren? Nein, man hat Euch gesagt, sie zu bewachen, und auf sie zu schießen, wenn sie es versuchen sollte, zu entfliehen. Bewacht sie, schießt auf sie, wenn sie entfliehen will, doch ändert nichts an Eurem Auftrag.« Mylady begann hierauf wieder zu singen: »Für so viel Tränen, so viel Schmerz, den ich in meinem Bann erleide, belohnet Gott mein reines Herz mit Jugend, mit Gebet und Freude.« Die höchst umfangreiche Stimme voll erhabener Leidenschaft verlieh der rohen Poesie dieses Liedes eine Zauberkraft, die selbst die begeisterten Puritaner in den Gesängen ihrer Brüder nur selten fanden. Felton glaubte den Engel singen zu hören, der die drei Jünglinge im Feuerofen tröstete. Mylady fuhr fort: »Der Tag der Freiheit kommt heran. Gott wird zur Flucht die Feinde treiben, und trügt uns auch der fromme Wahn, wird doch der Märtyrtod uns bleiben!« Diese Strophe, in welche die furchtbare Zauberin ihre ganze Seele ergoß, hatte das Herz des jungen Offiziers vollends verwirrt. Er öffnete hastig die Tür, und Mylady sah ihn, zwar blaß, wie immer, doch mit funkelnden, fast irren Augen eintreten. »Warum singen Sie so?« fragte er, »und mit einer solchen Stimme?« »Um Vergebung, mein Herr,« versetzte Mylady in sanftem Ton, »ich vergaß, daß meine Lieder in diesem Hause nicht üblich sind. Ich bin Ihnen gewiß in Ihrem Glauben nahegetreten, allein ich schwöre, daß es unwillkürlich geschah. Vergeben Sie mir also einen Fehler, der vielleicht groß, doch sicher absichtslos war.« »Jawohl,« erwiderte er, »ja, Sie stören die Leute in diesem Schlosse, Sie bringen sie in

Aufregung.« Der arme Verrückte gewahrte nicht einmal das Unzusammenhängende seiner Worte, während Mylady mit ihrem Luchsauge in den tiefsten Grund seiner Seele drang. »Ich will schweigen,« sagte sie und schlug die Augen mit der ganzen Weichheit nieder, die sie ihrer Stimme zu geben vermochte, mit der ganzen Resignation in Miene und Gebärde. »Nein, nein, Madame,« entgegnete Felton, »singen Sie nur etwas weniger laut, zumal des Nachts.« Nach diesen Worten stürzte Felton aus dem Gemach, da er fühlte, er vermöge seine Haltung der Gefangenen gegenüber nicht länger zu behaupten.

Felton war gekommen, doch blieb noch ein Schritt zu tun übrig; man mußte ihn zurückhalten, oder aber er mußte ganz allein bleiben und Mylady erblickte nur dunkel das Mittel, das sie zu diesem Resultat bringen sollte. Mylady konnte aber ungeachtet dieser Macht der Verführung an der geringsten Zufälligkeit scheitern, weil Felton schon in Kenntnis gesetzt war. Es war ein ziemlich hübscher Sommertag, und ein Strahl der blassen Sonne Englands, die wohl erleuchtet, aber nicht erwärmt, fiel durch die Gitter des Gefängnisses. Mylady sah durch das Fenster und tat, als hörte sie das Öffnen der Tür nicht, durch die Lord Winter jetzt eintrat. »Ah, ah,« rief Lord Winter, »nachdem man Komödie gespielt hat und nachdem man Tragödie gespielt hat, spielt man jetzt Melancholie?« Die Gefangene gab gar keine Antwort. »Ja, ja, ich begreife wohl,« fuhr Lord Winter fort; »Ihr wäret auf diesem Seegestade gern in Freiheit, Ihr möchtet gern auf einem guten Schiffe die Fluten dieser smaragdenen See durchsteuern; Ihr möchtet mir gern, ob nun zu Wasser oder zu Land, eine jener guten, kleinen Schlingen legen, die Ihr so trefflich zu werfen versteht. Geduld, nur Geduld! In vier Tagen ist Euch das Gestade erlaubt, steht Euch das Meer offen, vielleicht weiter als Ihr wünschen möget, denn in vier Tagen ist England von Euch erlöst.« Mylady faltete die Hände und erhob ihre schönen Augen zum Himmel. »Herr, Herr!« rief sie mit engelmilder Weichheit in Ton und Miene, »vergib diesem Manne, wie auch ich ihm vergebe.« »Ja, bete nur, Verdammte,« sprach der Baron, »dein Gebet ist um so edelmütiger, als du dich, das schwöre ich dir, in der Gewalt eines Menschen befindest, der dir nicht verzeihen wird.« Dann ging er fort. In dem Augenblick, wo er sich entfernte, glitt ein Blick durch die halb geöffnete Tür, und sie bemerkte Felton, der sich schnell zurückzog, damit sie ihn nicht sehen sollte. Sonach fiel sie auf die Knie und fing an zu beten. »Mein Gott, mein Gott,« sprach sie, »du weißt, weshalb ich leide; gib mir nur Kraft, mein Leid ertragen zu können.« Die Tür ging langsam auf; die schöne Andächtlerin stellte sich, als hätte sie es gar nicht gehört, und fuhr mit kläglicher Stimme fort: »O Gott, du Rächer! Gott der Güte! wirst du es zugeben, daß die schrecklichen Pläne dieses Mannes in Erfüllung gehen?« Jetzt erst machte sie Miene, als hörte sie das

Geräusch der Tritte Feltons, und indem sie rasch wie ein Gedanke in die Höhe sprang, errötete sie, als ob sie sich schämte, daß man sie auf den Knien überrascht habe. »Madame, ich störe nicht gern die Andächtigen,« sagte Felton in ernstem Ton. »Ich beschwöre Sie also, lassen Sie sich durch mich nicht unterbrechen.« »Wie wissen Sie denn, daß ich andächtig war, mein Herr?« fragte Mylady mit schluchzender Stimme. »Sie irren, ich habe nicht gebetet.« »Glauben Sie denn, Madame,« erwiderte Felton mit demselben Ernst, doch mit etwas weicherer Betonung, »glauben Sie, daß ich mich für berechtigt halte, ein Geschöpf, das sich vor seinem Schöpfer niederwerfen will, daran zu verhindern? Verhüte es Gott! Außerdem steht dem Schuldbewußten die Reue gut; welche Sünde Sie auch begangen haben mögen, so ist mir ein Schuldiger zu Gottes Füßen jederzeit heilig.« »Ich eine Schuldige,« versetzte Mylady mit einem Lächeln, das einen Engel des Jüngsten Gerichts hätte täuschen können. »Ich eine Schuldige, o mein Gott! Du weißt es, ob ich es bin! Sagen Sie, mein Herr, ich sei verdammt; doch Sie wissen, der die Märtyrer liebt, läßt es oftmals geschehen, daß die Schuldlosen hienieden verurteilt werden.« »Mögen Sie verurteilt, mögen Sie schuldlos, mögen Sie eine Märtyrin sein,« erwiderte Felton, »Sie haben um so mehr Ursache, andächtig zu sein, und ich will Sie mit meinem Gebet unterstützen.« »O, Sie sind ein Gerechter!« rief Mylady und fiel ihm zu Füßen, »ach, ich kann mich nicht länger mehr zurückhalten, denn ich fürchte, daß es mir in dem Moment an Kraft gebreche, wo ich den Kampf bestehen und meinen Glauben bekennen soll: hören Sie das Flehen einer Frau, die ein Raub der Verzweiflung ist. Man hintergeht Sie, mein Herr, doch davon sei nicht die Rede. Ich bitte Sie nur um eine Gnade, und wenn Sie mir dieselbe gewähren, so segne ich Sie dafür in dieser und jener Welt.« »Reden Sie mit dem Herrn, Madame,« antwortete Felton, »ich bin glücklicherweise nicht bevollmächtigt, zu verzeihen oder zu bestrafen. Gott hat diese Verantwortlichkeit einem Höheren eingeräumt.« »Nein, mit Ihnen, nur mit Ihnen. Hören Sie mich, und tragen Sie nicht bei zu meiner Schmach, zu meinem Verderben.« »Wenn Sie diese Schmach verdienen, wenn Sie diese Schande selbst auf sich geladen haben, Madame, so müssen Sie sich auch geduldig unterwerfen und dem Willen Gottes ergeben.« »Was sprechen Sie da? O, Sie verstehen mich nicht. Wenn ich von Schande rede, so wähnen Sie, ich rede von einer Bestrafung, von Kerker oder Tod. Möchte es dem Himmel so gefallen. Was ist mir an Tod oder Kerker gelegen?« »Nun begreife ich Sie nicht mehr, Madame,« sagte Felton. »Oder Sie stellen sich nur, als verständen Sie mich nicht, mein Herr,« versetzte die Gefangene mit einem verzweifelten Lächeln. »Nein, Madame, bei der Ehre eines Soldaten, bei dem Glauben eines Christen!« »Wie doch, Sie kennen hinsichtlich meiner Person die Absichten von Lord Winter nicht?« »Ich kenne sie nicht.« »Unmöglich! Sie, sein Vertrauter?«

»Madame, ich lüge niemals.« »O, er verstellt sich wenig, als daß man dieselben nicht erraten könnte.« »Ich suche nichts zu erraten, Madame, sondern ich warte, bis man mir das Vertrauen schenkt, und über das, was mir Lord Winter in Ihrem Beisein sagte, hat er mir nichts anvertraut.« »Nun,« rief Mylady mit einem unglaublichen Ausdruck von Wahrheit, »Sie sind also nicht sein Mitschuldiger! Sie wissen also nicht, daß er mir eine Schmach anzutun willens ist, die alle Strafen der Welt an Häßlichkeit übertrifft?« »Sie irren, Madame,« erwiderte Felton errötend, »Lord Winter ist nicht fähig eines solchen Verbrechens.« »Der Freund des Schändlichen ist zu allem fähig.« »Wen nennen Sie den Schändlichen?« fragte Felton. »Gibt es in England zwei Menschen, denen dieser Name zukommen könnte?« »Sprechen Sie von George Villiers?« fragte Felton mit funkelnden Augen. »Den die Heiden, die Ungläubigen, die Gotteslästerer Herzog von Buckingham nennen,« rief Mylady; »ich hätte nicht gedacht, es gebe in ganz England einen Menschen, der einer so langen Erörterung bedürfe, um den zu erkennen, von dem ich reden wollte.« »Die Hand des Herrn ist über ihn ausgestreckt, er wird der Züchtigung nicht entgehen, die er verdient.« Felton sprach rücksichtlich des Herzogs nur das Gefühl der Verwünschung aus, das alle Engländer gegen ihn nährten, von denen ihn viele ganz schlechthin Satan hießen. »O, mein Gott, mein Gott!« rief Mylady, »wenn ich zu dir flehe, du wolltest diesen Menschen bestrafen, wie er es verschuldete, so weißt du, es ist nicht mein eigenes Rachewerk, das ich verfolge, sondern die Befreiung eines Volkes, um die ich den Himmel bestürme.« »Sie kennen ihn also?« fragte Felton. »Ob ich ihn kenne – ach, ja! zu meinem Unheil, zu meinem ewigen Unheil!« – dabei rang Mylady die Hände, als wäre sie von einem Paroxysmus des Schmerzes befallen. Felton empfand zweifelsohne in sich, daß ihn die Kraft verließ; er tat einige Schritte gegen die Tür; allein die Gefangene, die ihn nicht aus den Augen ließ, eilte ihm nach und hielt ihn zurück. »Mein Herr,« rief sie, »o seien Sie barmherzig, hören Sie meine Bitte, das Messer, das die unselige Vorsicht des Barons weggenommen hat, weil er weiß, welchen Gebrauch ich davon machen will . . . O, hören Sie mich bis zu Ende. Dieses Messer, ach! geben Sie es mir nur auf eine Minute zurück, geben Sie es mir aus Gnade, aus Mitleid. Ich umklammere Ihre Knie! – Sie schließen die Tür. – Ach, ich will nicht Ihnen ans Leben gehen, Gott! Ihnen ans Leben gehen, Ihnen, dem einzigen gerechten, gütevollen und teilnehmenden Wesen, das ich hier gefunden habe – Ihnen – vielleicht meinem Retter! Eine Minute, nur eine Minute lang dieses Messer, und ich gebe es Ihnen wieder zurück durch das Gitter der Tür! Nur eine Minute, Herr Felton! und Sie haben mir die Ehre gerettet.« »Sie töten!« rief Felton voll Schrecken, und vergaß seine Hände aus den Händen der Gefangenen zurückzuziehen; »Sie töten!« »Ich habe es ausgesagt, mein Herr,« murmelte Mylady, senkte ihre Stimme und fiel kraftlos auf den Boden nieder, »ich habe mein Geheimnis ausgesagt, er weiß alles, mein Gott, ich bin verloren.« Felton blieb regungslos und unentschlossen stehen. Man hörte im Korridor gehen, Mylady erkannte den langsamen Tritt des Lord Winter. Auch Felton erkannte ihn und näherte sich der Tür. Mylady erhob sich rasch und sprach mit gedämpfter Stimme: »O, nicht ein Wort, reden Sie nicht ein Wort zu diesem Menschen von alledem, was ich Ihnen gesagt habe, oder ich bin verloren – und Sie – Sie – –« Felton drückte Mylady sanft zurück, und diese sank auf einen Stuhl. Lord Winter schritt an der Tür vorbei, ohne daß er anhielt, und man hörte das Geräusch der Tritte, wie sie sich entfernten. Felton war blaß wie der Tod und horchte ein Weilchen mit gespannten Ohren, doch als das Geräusch gänzlich verhallte, atmete er wie ein Mensch, der aus dem Traum erwacht, und verließ eilig das Zimmer. »Wenn er mit dem Baron spricht,« sagte sie sich, »so bin ich verloren; denn der Baron, der recht gut weiß, daß ich mir das Leben nicht nehme, wird mir in seiner Gegenwart ein Messer in die Hände geben, und Felton wird sehen, daß diese ganze bedrohliche Verzweiflung nichts weiter war als ein Schauspiel.« Sie stellte sich vor den Spiegel und betrachtete sich; sie war noch nie so schön gewesen. Am Abend kam Lord Winter zugleich mit dem Mahl. Er nahm sofort einen Lehnstuhl, stellte ihn neben sie, nahm darauf Platz, zog ein Papier aus seiner Tasche und entfaltete es langsam. Dann sprach er: »Hört, ich wollte Euch diesen Reisepaß zeigen, den ich selbst abgefaßt habe, und der Euch als Verhaltungsnorm in dem Leben dienen soll, das ich Euch lasse.« Dann wandte er sich unter Myladys Augen und las: »Befehl. Die . . . – der Name ist noch ausgelassen,« unterbrach sich Lord Winter, »gebt Ihr einem Ort den Vorzug, so nennt mir denselben, beträgt die Entfernung mindestens eintausend Meilen von London, so soll Eurem Wunsche willfahrt werden. – Ich fahre nun fort: Befehl. – Charlotte Backson, gebrandmarkt durch die Gerichte des Königreichs Frankreich, doch nach der erhaltenen Strafe wieder in Freiheit gesetzt, ist zu bringen nach . . . Sie hat in diesem Orte zu verbleiben, ohne sich jemals über drei Meilen weit zu entfernen. Für den Fall eines Fluchtversuches soll über sie die Todesstrafe verhängt werden. Für Wohnung und Kost hat sie täglich fünf Schilling zu beziehen.« »Dieser Befehl geht mich nicht an,« versetzte Mylady kalt, »indem ein anderer Name als der meinige eingeschrieben steht.« »Ein Name! – habt Ihr denn einen Namen?« »Ich habe den Eures Bruders.« »Ihr irrt; mein Bruder ist nur Euer zweiter Gemahl, und der erste ist noch am Leben. Nennt mir den Namen, und ich will ihn an die Stelle von Charlotte Backson setzen. Nun, wollt Ihr nicht? – Ihr schweigt. Gut, Ihr werdet unter dem Namen Charlotte Backson in die Gefangenenliste gesetzt.«

Mylady blieb stumm; nur geschah es diesmal nicht aus Heuchelei, sondern aus Schrecken. Sie dachte, man werde schnell diesen Befehl vollziehen, sie fürchtete, Lord Winter habe ihre Abreise beschleunigt und hielt sich schon für verurteilt, daß man sie diesen Abend noch wegbringen werde; für einen Augenblick wähnte sie schon alles verloren, als sie plötzlich bemerkte, daß der Befehl noch nicht mit einer Unterschrift ausgefertigt sei. Die Freude ob dieser Bemerkung war so groß, daß sie nicht im Stande war, dieselbe zu verhehlen. »Ja, ja!« sagte Lord Winter, als er gewahrte, was in ihr vorging, »ja, Ihr vermißt die Unterschrift, und sagt Euch, es wäre noch nicht alles verloren, weil das Aktenstück nicht unterfertigt ist. Man zeigt es mir bloß, um mich in Schrecken zu versetzen, das ist alles. – O, Ihr irrt, morgen wird dieser Befehl Lord Buckingham zugeschickt, übermorgen kommt er, von seiner Hand unterschrieben, und mit seinem Siegel versehen zurück, und vierundzwanzig Stunden darauf, das bürge ich, wird mit der Vollstreckung angefangen. Adieu, Madame, ich habe Euch nichts weiter mitzuteilen.« »Und ich, mein Herr, sage Euch noch, dieser Mißbrauch der Gewalt, diese Verbannung unter einem fremden Namen ist eine Ruchlosigkeit.« »Nun, Mylady, ist es Euch lieber, unter Eurem wahren Namen gehenkt zu werden? Ihr wißt, die englischen Gesetze sind unerbittlich in betreff einer Doppelehe; erklärt Euch freimütig; wiewohl mein Name, oder vielmehr der meines Bruders, in diese Sache verwickelt ist, so wehre ich mich doch vor dem Skandal eines öffentlichen Prozesses, wenn ich überzeugt sein kann, mit einem Schlag Euer los zu werden.« Mylady, antwortete nicht, doch wurde sie leichenfahl. »Felton hat nicht geplaudert,« sprach Mylady zu sich selbst, »noch ist nichts verloren.« »Und jetzt, Madame, auf Wiedersehen; morgen werde ich Euch die Abreise meines Boten mitteilen.« Lord Winter stand auf, verneigte sich ironisch vor Mylady und ging fort. Mylady atmete wieder; sie hatte noch vier Tage vor sich; vier Tage waren für sie hinreichend, um Felton zu verführen.

Als Felton am folgenden Margen zu Mylady kam, traf er sie auf einem Lehnstuhl, wie sie eben einen Strick in der Hand hielt, den sie aus mehreren Streifen zerrissener Batistsacktücher gedreht hatte. Bei dem Geräusch, das Felton mit dem Aufschließen der Tür verursachte, sprang Mylady leicht vom Stuhl herab und versuchte diesen improvisierten Strick mit der Hand hinter sich zu verstecken. Der junge Mann sah noch blasser aus als gewöhnlich, und seine von Schlaflosigkeit geröteten Augen gaben Zeugnis, daß er die Nacht im Fieber zugebracht hatte. Indes war seine Stirn mit einem tieferen Ernst bewaffnet als je. Er näherte sich langsam Mylady, die sich gesetzt hatte, ergriff das mörderische Geflecht, das sie mit einem Ende hervorblicken ließ und fragte kalt: »Was soll das heißen, Madame?« »Das? nichts,« entgegnete sie mit jenem schmerzhaften Ausdruck lächelnd, den sie ihrem Lächeln so gut zu geben verstand. »Die Langweile ist der Todfeind der Gefangenen, wie Sie wissen. Ich langweilte mich, und suchte Zerstreuung, indem ich diesen Strick drehte.« Felton wandte seine Augen nach dem Punkte der Wand, vor dem er Mylady auf dem Stuhl stehend angetroffen hatte, auf dem sie jetzt saß, und bemerkte über ihrem Kopf einen in der Mauer befestigten goldenen Haken, der zum Aufhängen von Waffen oder Kleidungsstücken gehörte. »Und warum sind Sie auf diesem Stuhl gestanden?« fragte er. »Was kümmern Sie sich um das?« erwiderte Mylady. »Nun, ich möchte es gern wissen.« »Fragen Sie mich nicht,« entgegnete die Gefangene, »Sie wissen ja, uns wahren Christen ist das Lügen verboten.« »Nun,« versetzte Felton. »Ich will es Ihnen sagen, was Sie taten, oder vielmehr tun wollten. Sie wollten einen unseligen Gedanken ausführen, den Sie bei sich gefaßt haben. Wenn Ihr Gott das Lügen verbietet, Madame, so verbietet er noch viel strenger den Selbstmord.« »Wenn Gott eines seiner Geschöpfe ungerecht verfolgt und zwischen Selbstmord und Schande gestellt sieht,« erwiderte Mylady im Tone tiefer Überzeugung, »glauben Sie mir, mein Herr, so ist Gott dem Selbstmord gnädig, wenn er dabei zum Märtyrertum wird.« »Sie sagen da zu viel oder zu wenig; reden Sie, Madame, im Namen des Himmels! erklären Sie sich.« »Was soll ich denn die Unglücksfälle meines Lebens erzählen, damit Sie dieselben etwa für Märchen halten! Was soll ich Ihnen meine Pläne mitteilen, damit Sie dieselben meinen Verfolgern verraten! Nein, mein Herr; und was liegt Ihnen an dem Leben oder dem Tod einer unglücklich Verurteilten? Sie sind nur verantwortlich für meinen Leib, insofern man, wenn Sie einen Leichnam vorzeigen, den man als den meinigen erkennt, nicht mehr von Ihnen fordern wird; ja, man wird Ihnen vielleicht den Lohn sogar verdoppeln.« »Mir, Madame, mir?« rief Felton; »Sie können glauben, daß ich den Preis Ihres Lebens annehmen würde? O, Sie denken nicht so, wie Sie da reden.« »Lassen Sie mich gewähren, Felton, lassen Sie mich gewähren,« rief Mylady in großer Aufregung. »Jeder Soldat ist ehrsüchtig, nicht wahr? Sie sind Leutnant, nun, Sie werden meinen Leichenzug mit dem Rang eines Kapitäns begleiten.« »Doch was habe ich Ihnen getan,« rief Felton erschüttert, »daß Sie mir vor Gott und den Menschen eine solche Verantwortlichkeit aufladen? In wenigen Tagen sind Sie von hier entfernt, Madame! Ihr Leben steht nicht mehr unter meiner Obhut, und dann,« fügte er mit einem Seufzer hinzu, »dann werden Sie tun, was Sie wollen.« Mylady erwiderte, als könnte sie einem heiligen Unwillen nicht widerstehen: »Sie also, ein heiliger Mann, Sie, den man einen Gerechten nennt, Sie fordern weiter nichts, als daß man Sie wegen meines Todes nicht einer Fahrlässigkeit beschuldige?« »Ich muß Ihr Leben behüten, Madame, und werde es behüten.« »Doch wissen Sie auch, welchen Befehl Sie da vollziehen? Ist er schon an und für sich grausam, selbst wenn ich schuldig wäre, welchen Namen werden Sie ihm geben, wenn ich schuldlos bin?« »Ich bin Soldat, Madame, und vollziehe, was man mir befiehlt.« »Glauben Sie wohl, Gott werde beim Jüngsten Gericht die verblendeten Henker von den ungerechten Richtern absondern? Sie wollen nicht, daß ich meinen Leib töte, und machen sich doch zum Werkzeug des Mannes, der meine Seele töten will.« »Ich wiederhole Ihnen,« erwiderte Felton tiefbewegt, »daß Ihnen keine Gefahr droht; ich bürge Ihnen für Lord Winter wie für mich selber.« »Unsinniger!« rief Mylady, »armer Unsinniger! der für einen andern Menschen bürgen will, indes die Weisesten, die Gottergebensten Anstand nehmen, für sich selbst zu bürgen und der sich zur stärksten, glücklichsten Partei wendet, um diese schwächste, unglücklichste zu zermalmen!« »Unmöglich, Madame, unmöglich!« stammelte Felton, der im Grunde seines Herzens die Nichtigkeit dieser Worte empfand. »Sie werden durch mich als Gefangene nicht die Freiheit und als Lebende nicht den Tod erhalten.« »Ja,« erwiderte Mylady, »ich werde verlieren, was mir kostbarer ist als das Leben; Felton, ich werde die Ehre verlieren, und Sie will ich über meine Schmach und Schande vor Gott und Menschen verantwortlich machen!« Sie bemerkte seine Unruhe, und gleich einem geschickten Heerführer erhob sie sich, ging würdevoll auf ihn zu, und rief mit ihrer so süßen Stimme, der sie nach Gelegenheit eine furchtbare Macht zu geben verstand: »Den Löwen wirft die Märtyrin, Und Baal das Opfer vor – du sollst es bereuen, Gott weiß es, daß ich schuldlos bin, Ich will zu ihm aus meinem Abgrund schreien.« Felton war wie versteinert und rief, die Hände faltend: »Wer sind Sie? Ha, wer sind Sie? O, sind Sie Engel oder Teufel? Heißen Sie Eloa oder Astartes?« »Hast du mich nicht erkannt? Felton, ich bin weder ein Engel noch ein Teufel. Ich bin eine Tochter der Erde, bin eine Schwester deines Glaubens, weiter nichts.« »Ja, ja,« versetzte Felton, »ich zweifelte noch, aber jetzt glaube ich.« »Du glaubst, und doch bist du der Mitschuldige des Kindes Belials, Lord Winter zubenannt? Du glaubst, und kannst mich in den Händen des Mannes lassen, der mein Feind, der Englands Feind und Gottes Feind ist? Du glaubst, und doch überlieferst du mich demjenigen, der die Welt mit seinen Ketzereien und Ausschweifungen erfüllt und besudelt, diesem ruchlosen Sardanapal, welchen die Blinden Herzog von Buckingham und die Gläubigen Antichrist heißen.« »Ich überliefere Sie Buckingham? Was sprechen Sie da?« »Sie haben Augen,« rief Mylady, »und werden nicht sehen, Sie haben Ohren und werden nicht hören.« »Ja, ja!« versetzte Felton, und fuhr mit der Hand über seine mit Schweiß bedeckte Stirn, als ob er den letzten Zweifel wegwischen wollte; »ja, ich erkenne die Stimme wieder, die in meinen Träumen mit mir spricht; ja, ich erkenne die Züge des Engels, der mir in jeder Nacht erscheint, und meiner schlaflosen Seele zuruft: ›Schlage, rette England, rette dich, denn du wirst sterben, ohne Gott entwaffnet zu haben.‹ Reden Sie, ach, reden Sie,« rief Felton, »denn jetzt kann ich Sie verstehen.« Ein Blitzstrahl entsetzlicher Freude, doch rasch wie der Gedanke, zuckte aus Myladys Augen. Wie flüchtig auch dieser mörderische Schimmer war, so entging er doch Felton nicht, und er schauderte, als hätte dieser Blitzstrahl die Abgründe des Herzens dieses Weibes erleuchtet. Felton gedachte auf einmal der Bemerkungen des Lord Winter, der Verführungen Myladys, und ihrer ersten Versuche, als sie ankam. Er trat einen Schritt zurück, senkte den Kopf, unterließ es aber dabei nicht, sie anzublicken, als wäre er von diesem seltsamen Wesen verzaubert, und als könnten sich seine Augen von ihr nicht losmachen. »Doch nein,« sagte sie, »mir geziemt es nicht, die Judith zu sein, die Bethulien von diesem Holofernes befreien wird. Das Schwert des Ewigen ist meinem Arme zu schwer. Lassen Sie mich also der Schande durch den Tod entgehen, lassen Sie mich zum Märtyrertum meine Zuflucht nehmen. Ich begehre von Ihnen nicht die Freiheit, wie dies eine Schuldige täte, nicht die Rache, wie es eine Heidin tun würde. Ich bitte Sie, ich bestürme Sie auf meinen Knien, lassen Sie mich sterben, und mein letzter Seufzer sei noch ein Segen für meinen Erretter.« Bei dieser sanften, bittfälligen Stimme, bei diesem schüchtern gesenkten Blick trat Felton näher. Die Zauberin hatte sich allmählich mit jenem magischen Gewand angetan, das sie nach Gefallen anlegte und ablegte, nämlich die Schönheit, die Sanftmut, die Tränen, vor allem aber jenen unwiderstehlich mystischen Reiz, der verzehrender als jeder andere wirkt. »Ach,« sagte Felton, »ich kann nur eins, Sie beklagen, wenn Sie mir beweisen, daß Sie ein Opfer sind. Allein Lord Winter erhebt wider Sie grausame Anschuldigungen. Sie sind Christin, sind meine Glaubensschwester; ich fühle mich zu Ihnen hingezogen, ich, der ich nie einen andern Menschen geliebt habe, als meinen Wohltäter, ich, der ich auf meinem Lebensweg nur Verräter und Gottesleugner fand! Doch Sie, Madame, die Sie in Wirklichkeit so schön, und dem Anschein nach so rein sind, Sie haben also große Sünden begangen, weil Sie Lord Winter auf eine solche Weise verfolgt?« Da wiederholte Mylady mit einem Ausdruck unbeschreiblicher Wehmut: »Sie haben Augen und sehen nicht; Sie haben Ohren und hören nicht.« »O, so reden Sie doch!« rief der junge Offizier, »reden, ach, reden Sie!« »Soll ich Ihnen meine Schmach anvertrauen?« sprach Mylady; das Antlitz mit Schamröte übergossen, »denn oft wird das Verbrechen des einen zur Schande des andern. Ich soll Ihnen meine Schande anvertrauen, ich, eine Frau einem Mann? Ach,« fuhr sie fort, die Hand verschämt über die schönen Augen breitend, »o, nie – nie werde ich dieses vermögen.« »Mir, einem Bruder,« versetzte Felton. Mylady blickte ihn lange mit einem Ausdruck an, den der Offizier für Zweifel hielt, da es doch nichts anderes war, als Beobachtung und vorzüglich die Absicht zu berücken. Jetzt faltete auch Felton die Hände. »Wohlan denn,« rief Mylady, »ich will mich einem Bruder anvertrauen, ich will es wagen.« In diesem Moment vernahm man die Tritte des Lord Winter; allein diemal war der furchtbare Schwager Myladys nicht damit zufrieden, daß er, wie tags zuvor, an der Tür vorbeiging und sich wieder entfernte, sondern er hielt an und wechselte ein paar Worte mit der Wache; die Tür ging auf und er trat ein. Felton hatte sich, während diese paar Worte gewechselt wurden, schnell zurückgezogen, und als Lord Winter eintrat, stand er von der Gefangenen einige Schritte weit entfernt. Der Baron ging langsam in das Zimmer, und ließ seinen Blick von der Gefangenen auf den jungen Offizier hinübergleiten. »Ihr seid schon recht lange hier, John!« sprach er. »Hat Euch diese Frau ihre Missetaten erzählt? Dann begreife ich die Dauer der Unterredung.« Felton zitterte und Mylady fühlte, wenn sie dem aus der Fassung gekommenen Puritaner nicht zu Hilfe käme, so wäre sie verloren, »Ha, Ihr seid in Furcht, daß Euch Eure Gefangene entschlüpfe,« sagte sie. »O, fragt nur Euren Kerkermeister, welche Gnade ich mir eben von ihm erbat.« »Hm, Ihr batet um eine Gnade?« fragte der Baron argwöhnisch. »Ja, Mylord,« versetzte der junge Mann befangen. »Um welche Gnade? sagt an,« sprach Lord Winter. »Ein Messer, das sie mir eine Minute, nachdem sie es bekommen, durch das Gitter der Tür wieder zurückreichen will,« entgegnete Felton. »Ist also hier jemand versteckt, den diese allerliebste Person totstechen will?« erwiderte Lord Winter in einem höhnischen und verächtlichen Ton. »Ich bin hier,« versetzte Mylady. »Ich ließ Euch die Wahl zwischen Amerika und Tyburn, sagte Lord Winter. »Wählt Tyburn, Mylady, glaubt mir, der Strang ist sicherer als das Messer.« Felton erblaßte und machte einen Schritt vorwärts, indem er daran dachte, daß Mylady einen Strick in der Hand hatte, als er eintrat. »Ihr habt recht,« sagte Mylady, »und ich habe bereits daran gedacht.« Dann fügte sie mit dumpfer Stimme hinzu: »Ich werde wieder daran denken.« Felton empfand einen Schauer durch das Mark seiner Knochen rieseln, und Lord Winter, der wahrscheinlich diese Erschütterung bemerkte, sprach: »Traue nicht, John! O, John, mein Freund, ich habe auf dich gebaut; nimm dich in acht, wie ich dich gewarnt habe. Sei übrigens guten Mutes, mein Kind! In drei Tagen werden wir dieses Geschöpf los sein, und an dem Orte, wohin ich sie schicke, wird sie niemandem einen Schaden zufügen.« »Sie hören ihn,« rief Mylady mit zitternder Stimme, so daß der Baron meinte, sie wendete sich zum Himmel, und Felton erkannte, daß es ihm gelte. Felton senkte das Haupt und träumte. Der Baron faßte den Offizier am Arm und wandte sogleich den Kopf über seine Schulter zurück, damit er, bis er das Zimmer verließ, Mylady nicht aus den Augen verlor.

Als die Tür wieder geschlossen war, sagte die Gefangene zu sich selbst: »Ach, ich bin noch nicht so weit, wie ich dachte. Der Baron Winter hat seine gewöhnliche

Dummheit in eine bisher unbekannte Klugheit umgewandelt; das ist die Rachsucht, die den Menschen bildet. Felton nimmt noch Anstand. Ach, dieser Mensch ist nicht so entschlossen wie der verfluchte d'Artagnan.« Indes harrte Mylady voll Ungeduld, denn sie vermutete mit Recht, der Tag würde nicht vergehen, ohne daß Felton zurückkehrte. Endlich nach einer Stunde vernahm sie an der Tür ein leises Gespräch. Diese ging auf, und sie erkannte Felton. Der junge Mann trat lebhaft in das Gemach, ließ hinter sich die Tür offen und gab Mylady einen Wink, daß sie schweigen möchte. Sein Antlitz war ganz verstört. »Was wollen Sie von mir?« fragte sie. »Hören Sie,« erwiderte Felton mit leiser Stimme, »ich habe die Wache fortgeschickt, um hierbleiben zu können, ohne daß man weiß, daß ich hierher kam, um mit Ihnen zu sprechen, und ohne daß man hört, was ich Ihnen mitteile. Der Baron erzählte mir eine schreckliche Geschichte.« Mylady nahm wieder das Lächeln eines ganz ergebenen Opfers an und schüttelte den Kopf. »Sie sind entweder ein Dämon,« fuhr Felton fort, »oder der Baron, mein Wohltäter, mein Vater, ist ein Ungetüm. Ich kenne Sie erst seit vier Tagen, ihn liebe ich schon zehn Jahre lang. Ich darf somit zwischen Ihnen beiden Bedenken haben. Erschrecken Sie nicht über das, was ich Ihnen sage. Ich komme nach Mitternacht zu Ihnen, und Sie sollen mich überzeugen.« »Nein, Felton! nein, mein Bruder!« sprach sie, »das Opfer ist zu groß, und ich fühle, was es Sie kostet. Nein, ich bin verloren; o, richten Sie sich nicht auch selbst zu Grunde. Mein Tod wird viel beredter sein als mein Leben, und das Schweigen des Leichnams wird Sie mehr überzeugen als die Sprache der Gefangenen.« »O, schweigen Sie, Madame, und lassen Sie mich nicht solche Worte vernehmen. Ich kam hierher, daß Sie mir bei Ihrer Ehre beteuern und mir bei allem, was Ihnen heilig ist, schwören, sich nicht Gewalt anzutun.« »Ich will nicht schwören,« erwiderte Mylady, »denn niemand achtet den Eid so sehr wie ich, und wenn ich einen Schwur machte, so müßte ich ihn auch halten.« »Wohl,« versetzte Felton, »so geloben Sie es mindestens bis zu dem Augenblick, wo wir uns wiedersehen werden. Beharren Sie auch dann noch auf Ihrem Vorhaben, so sind Sie frei, und ich gebe Ihnen selbst die Waffe, die Sie von mir begehrt haben.« »Nun ja,« sprach Mylady. »Ihretwegen will ich warten.« »Schwören Sie.« »Ich schwöre bei unserm Gott! – Sind Sie jetzt zufrieden?« »Wohl,« antwortete Felton, »also in dieser Nacht.« Die Zeit bis Mitternacht schien Mylady eine Ewigkeit zu sein.

Es war noch nicht die verabredete Stunde, und Felton trat nicht ein. Als es zwei Stunden darauf Mitternacht schlug, wurde die Wache abgelöst. Jetzt war die Stunde gekommen, und Mylady harrte von diesem Augenblick an mit der größten Ungeduld. Der neue Wachposten ging im Korridor auf und nieder. Zehn Minuten danach kam Felton und ging zu Mylady hinein. Diese stand auf und sagte: »Ha! Sie sind hier?«

»Ich habe Ihnen versprochen zu kommen,« entgegnete Felton, »und so bin ich denn gekommen.« »Sie haben mir noch etwas anderes versprochen.« »Was denn? mein Gott!« stammelte der junge Mann, der ungeachtet seiner Selbstbeherrschung fühlte, wie ihm die Knie zitterten, und wie der Schweiß an seiner Stirn perlte. »Sie haben mir versprochen, ein Messer zu bringen, und es mir nach unserer Unterredung zu lassen.« »O, reden Sie nicht solches, Madame,« sagte Felton, »es gibt keine Lage, die so entsetzlich wäre, daß sie ein Geschöpf Gottes berechtigt, sich selbst den Tod zu geben. Ich habe das bei mir bedacht, und könnte mich nie einer solchen Schuld teilhaftig machen.« »Ha, Sie haben das bedacht,« rief die Gefangene, indem sie sich verächtlich lächelnd in ihrem Lehnstuhl warf. »Auch ich habe es bedacht.« »Was?« »Daß ich einem Menschen nichts zu sagen habe, der sein Wort nicht hält.« »Ach, mein Gott!« stammelte Felton. »Sie können wieder fortgehen, ich werde nichts sprechen.« »Hier ist das Messer,« sagte Felton und zog die Waffe hervor. »Lassen Sie sehen,« sprach Mylady. »Was wollen Sie damit tun?« »Auf meine Ehre, ich stelle Ihnen das Messer sogleich wieder zurück. Sie legen es auf diesen Tisch, und bleiben zwischen ihm und mir.« Felton übergab Mylady die Waffe, sie prüfte bedächtig die Schärfe und versuchte an ihren Fingern die Spitze. »Gut,« sprach sie und reichte dem jungen Offizier das Messer zurück. »Das ist ein guter und hübscher Stahl, Felton. Sie sind ein getreuer Freund.« Felton nahm die Waffe und legte sie auf den Tisch, wie er mit der Gefangenen übereingekommen war. Mylady folgte ihm mit den Augen und zeigte eine Miene der Zufriedenheit. »Felton,« sprach Mylady in einem feierlich-melancholischen Tone, »Felton, wenn Ihre Schwester, die Tochter Ihres Vaters, zu Ihnen sprechen würde: ›Da ich noch jung und für das Unglück ziemlich schön war, hatte man mich in eine Schlinge gelockt, wiewohl ich widerstrebte; man verdoppelte die Fallstricke, die Hinterhalte, die Gewaltstreiche rings um mich – ich widerstrebte; man lästerte die Religion, der ich zugetan bin, den Gott, den ich anbetete – ich widerstrebte; dann überschüttete – man mich mit Schimpf, und weil man meine Seele nicht zu verderben im stande war, so wollte man meinen Leib für immer brandmarken: endlich...‹« Mylady hielt inne, ein bitteres Lächeln schwebte über ihre Lippen. »Endlich,« wiederholte Felton, »was geschah endlich?« »Endlich beschloß man eines Abends, dieses Widerstreben zu lähmen, weil man es nicht zu bewältigen vermochte, man vermengte mein Wasser mit einer narkotischen Substanz; ich hatte mein Mahl kaum eingenommen, so wurde ich schon von einem seltsamen Schlaf befallen; wiewohl ich kein Mißtrauen faßte, so ergriff mich doch eine gewisse Angst, und ich suchte den Schlaf zu bekämpfen; ich stand auf, und wollte zum Fenster eilen und um Hilfe rufen, doch meine Beine versagten mir den Dienst, mir kam vor, als stürzte der Plafond auf mich nieder; ich streckte den Arm aus und versuchte zu sprechen; allein ich konnte nur unartikulierte Töne ausstoßen; mich befiel eine unabwendbare Erstarrung, ich stützte mich an einen Stuhl, da ich mich dem Fallen nahe fühlte, aber alsbald war diese Stütze für meine schwachen Arme nicht mehr hinreichend, ich sank auf ein Knie, dann auf beide; ich wollte beten, doch meine Zunge war zu Eis erstarrt. Zweifelsohne sah und hörte mich Gott nicht, und ich glitt auf den Boden als Beute des Schlafes, der dem Tode glich. Ich habe von alledem keine Erinnerung mehr, was in diesem Schlafe vorging, ich weiß nur noch, daß ich in einem runden, reich geschmückten Zimmer erwachte, in welches das Tageslicht durch eine Öffnung in der Decke drang. Keine Tür schien da angebracht, so daß man es für ein herrliches Gefängnis hätte halten mögen. Mir kam der Zustand, in dem ich mich befand, eine Zeitlang so seltsam vor, daß ich zu träumen wähnte. Allein die Wirklichkeit stellte sich allmählich schreckenvoll vor mich; ich war nicht mehr in dem Hause, welches ich sonst bewohnte; insoweit ich es nach dem Sonnenlicht zu beurteilen vermochte, war der Tag bereits zu zwei Drittel vorüber; am Abend vorher war ich eingeschlummert, und so hat mein Schlaf vierundzwanzig Stunden gewährt. Was war in dieser langen Zwischenzeit vorgegangen? Ich erhob mich schwankend. Alle meine langsamen und gehemmten Bewegungen deuteten an, daß der Einfluß des narkotischen Mittels noch nicht zu Ende war. Übrigens war das Zimmer zur Aufnahme eines weiblichen Wesens eingerichtet, und der empfindsamsten Kokette wäre kein Wunsch übriggeblieben, den sie nicht erfüllt gesehen hätte, wenn sie die Blicke in diesem Zimmer herumkreisen ließ. Ich war zuverlässig nicht die erste Gefangene, die sich in diesem prunkvollen Kerker eingeschlossen sah, doch Sie begreifen wohl, Felton, je schöner das Gefängnis war, um so mehr Angst mußte es mir einflößen. Ja, es war ein Gefängnis, denn ich suchte umsonst hinaus zu kommen: ich prüfte alle Wände, um eine Tür aufzufinden, doch überall gaben sie einen vollen und matten Klang zurück. Ich hatte wohl zwanzigmal die Runde im Zimmer gemacht, um irgendwo einen Ausgang zu entdecken, doch gab es keinen. Ich sank, von Ermattung und Schreck aufgerieben, in einen Lehnstuhl. Inzwischen kam die Nacht schnell heran, und mit der wachsenden Dunkelheit wuchs auch meine Angst; ich war unschlüssig, ob ich da sitzenbleiben sollte, wo ich saß, denn es war mir, als sei ich umrungen von unbekannten Gefahren, in die ich mit jedem Schritt geraten müßte. Ich hatte seit dem Tage zuvor nichts genossen, und empfand doch aus Furcht keinen Hunger. Auf einmal knarrte eine Tür in ihren Angeln und machte mich erbeben; eine feurige Kugel zeigte sich über der gläsernen Öffnung des Plafonds und ich gewährte mit dem größten Schrecken einen Mann, wenige Schritte von mir entfernt. Ein Tisch mit zwei Gedecken, auf dem ein vollkommenes Abendmahl kredenzt war, erhob sich mitten im Zimmer wie auf einen Zauberschlag. Das war derselbe Mann, der mich seit Jahresfrist verfolgte, der auch meine Entehrung geschworen hatte, und mir mit dem ersten Worte, das er sprach, zu verstehen gab, daß mich sein Entschluß der Hoffnung beraube, jemals frei zu werden.« »Der Ruchlose!« stammelte Felton. »Jawohl, der Ruchlose! Er gab sich der Hoffnung hin, ich werde meine Schmach hinnehmen, weil einmal die Tat geschehen war, und bot mir gegen mein Herz sein Vermögen an. Ich ergoß alles das über diesen Menschen, was nur ein weibliches Herz an stolzer Verachtung, an Worten des Abscheus in sich zu fassen vermag; er war zweifelsohne schon gewöhnt an derlei Vorwürfe, denn er hörte mich ruhig und gelassen an, die Arme über die Brust gekreuzt. Als er nun glaubte, daß ich alles gesagt hätte, trat er näher, um mich an der Hand zu fassen; allein ich sprang zu dem Tisch, ergriff ein Messer, zückte es auf meine Brust und rief: ›Einen Schritt noch und Sie haben sich selbst nebst meiner Schmach auch noch meinen Tod vorzuwerfen.‹« ›Ihren Tod?‹ sprach er zu mir, ›o nein! Sie sind eine zu reizende Gefangene, als daß ich es zugeben könnte, Sie auf solche Weise zu verlieren. Gott befohlen, meine Schönste! Um Sie wieder zu besuchen, will ich warten, bis Sie in einer besseren Laune sind.‹ Nach diesen Worten pfiff er; die feurige Kugel stieg in die Höhe und er verschwand; ich war wieder in Finsternis gehüllt. Bald darauf vernahm ich dasselbe Geräusch einer Tür, die auf und zu ging. Die feurige Kugel senkte sich wieder und ich befand mich allein. Dieser Augenblick war entsetzlich: hätte ich an meinem Unglück nur noch einigen Zweifel gehabt, er wäre verschwunden unter einer schreckenvollen Wirklichkeit; ich lag in der Gewalt eines Mannes, der mir bereits einen unseligen Beweis von dem, was er zu tun fähig war, geliefert hatte.« »Wer war aber dieser Mann?« fragte Felton. Mylady antwortete auf diese Frage nicht, sondern fuhr fort zu erzählen: »Ich brachte die Nacht auf einem Stuhle zu, und bebte bei dem leisesten Geräusch. Um Mitternacht erlosch die Lampe und ich saß wieder in schwarzer Dunkelheit, allein die Stunden verflossen, ohne daß mein Verfolger zum zweitenmal gekommen wäre. Der Tag brach an, der Tisch war verschwunden; nur hielt ich noch immer das Messer in der Hand. Dieses Messer war meine ganze Hoffnung. Ich war von Ermattung aufgerieben, die Schlaflosigkeit glühte mir in den Augen, denn ich getraute mich nicht einen Augenblick lang zu schlummern. Der Tag machte mich etwas ruhiger, ich streckte mich auf mein Bett hin, ohne mein Befreiungsmesser von meiner Seite zu lassen; ich versteckte es hinter dem Kopfkissen. Als ich erwachte, stand abermals ein gedeckter Tisch im Zimmer. Diesmal hatte sich ungeachtet meiner Besorgnisse und meiner Angst ein peinlicher Hunger eingestellt, denn ich hatte seit achtundvierzig Stunden nichts genossen. Ich aß Brot und ein wenig Obst. Da ich mich jedoch an das narkotische Mittel erinnerte, mit dem das Wasser, das ich getrunken, vermengt war, so rührte ich das nicht an, was auf dem Tische stand, sondern füllte mein Glas an einem marmornen Handbrunnen, der sich an der Wand über meiner Toilette befand. Ich blieb jedoch ungeachtet dieser Vorsichtsmaßregel fortwährend in großer Beängstigung, nur war meine Furcht diesmal grundlos, ich brachte den Tag hin, ohne von dem etwas zu erfahren, wovor ich mich fürchtete. Auf daß man mein Mißtrauen nicht merken sollte, hatte ich die Flasche zur Hälfte ausgeleert. Der Abend kam heran, allein wie finster es auch wurde, meine Augen gewöhnten sich allmählich, und sahen auch in der Dunkelheit, wie der Tisch verschwand. Nach einer Viertelstunde kam er wieder mit einem Nachtmahl besetzt, und einen Augenblick darauf ward mein Gemach von derselben Lampe erhellt. Ich beschloß, nur solche Speisen zu genießen, die man unmöglich mit einem Schlaftrunk mengen konnte; zwei Eier und etwas Obst machten meine Mahlzeit aus, dann schöpfte ich aus meinem Schutzbrunnen ein Glas Wasser und trank dasselbe. Beim ersten Schluck dünkte es mich, als ob es nicht mehr denselben Geschmack hätte wie am Morgen, und schnell stieg ein Verdacht in mir auf; ich hielt inne, allein ich hatte schon ein halbes Glas getrunken. Den Rest verschüttete ich mit Ekel und wartete, mit Angstschweiß auf der Stirn. Zweifelsohne belauschte mich ein unsichtbarer Zeuge, als ich Wasser aus dem Brunnen schöpfte und nutzte geradezu mein Vertrauen, um mein so kalt beschlossenes Verderben ins Werk zu setzen. Eine halbe Stunde verfloß, als sich dieselben Symptome erneuerten; nur erwehrte ich mich länger, da ich kaum ein halbes Glas Wasser getrunken hatte, und anstatt völlig einzuschlummern, versank ich in eine Art Schlaftrunkenheit, wobei ich das Gefühl von allem, was um mich vorging, behielt, aber ohne fliehen zu können. Ich wankte nach meinem Bett, um dort das einzige Schutzmittel zu holen, das mir übrigblieb, mein Messer, allein ich konnte das Kopfkissen nicht mehr erreichen, sondern sank in die Knie, und klammerte mich mit den Händen an eine der Bettsäulen.« Felton wurde entsetzlich blaß, und ein krampfhafter Schauer durchrieselte seinen Körper. »Das Schrecklichste hierbei war,« fuhr Mylady mit zitternder Stimme fort, als wäre sie noch von derselben Angst erfüllt, wie in jenem schaudervollen Augenblick, »das Schrecklichste hierbei war, daß ich diesmal das Bewußtsein von dieser Gefahr hatte, die mir drohte, daß meine Seele sozusagen in einem entschlummerten Körper wachte, dass ich sah und hörte, das alles war freilich nur wie im Traum, allein deshalb war es um nichts weniger martervoll. Ich sah die Lampe hinaufziehen, und mich allmählich wieder in Dunkelheit versetzt. Dann vernahm ich das mir so wohlbekannte Knarren der Tür, wiewohl sich dieselbe nur zweimal öffnete. Ich fühlte instinktartig, daß man sich mir näherte.« »Doch sagen Sie endlich, wer war Ihr Verfolger?« fragte der junge Offizier. »Als er mich bemerkte, hörte ich ihn rufen: ›Diese elenden Puritaner. Ich wußte wohl, sie würden ihre Henker ermüden, doch habe ich sie hier weniger stark gegen ihre Verführer gehalten.‹ Meine erste Bewegung, als ich wieder zu mir kam, war, daß ich hinter dem Kopfkissen das Messer suchte, das ich vordem nicht zu erreichen vermochte; hatte es nicht zur Schutzwehr gedient, sollte es mindestens zur Sühnung dienen. Als ich aber dieses Messer anfaßte, Felton, kam mir ein schrecklicher Gedanke. Ich habe geschworen, Ihnen alles zu sagen, und werde Ihnen auch alles sagen; ich habe Ihnen Wahrheit versprochen, und will mein Wort halten, sollte es auch zu meinem Verderben ausfallen.« »Es kam Ihnen der Gedanke, sich an diesem Manne zu rächen, nicht so?« fragte Felton. »Jawohl,« rief Mylady, »obgleich ich weiß, daß das nicht der Gedanke einer Christin war; zweifelsohne hatte ihn der Feind unserer Seele meinem Geist eingeflüstert. Nun, was soll ich Ihnen noch weiter sagen, Felton!« fuhr Mylady mit dem Ton eines Weibes fort, das sich einer Schuld anklagt. »Dieser Gedanke kam mir, und verließ mich nicht wieder. Vielleicht habe ich jetzt für dieses mörderische Vornehmen meine Strafe zu erleiden.« »Fahren Sie fort, ach, fahren Sie fort, es drängt mich schon zu hören, wie Sie zur Rache gelangen.« »Der Abend kam,« fuhr Mylady fort, »mit ihm traten die gewöhnlichen Vorfälle ein; mein Nachtmahl ward mir wie vordem im Dunkeln kredenzt, dann erhellte sich die Lampe und ich setzte mich zu Tisch. Ich aß nur ein bißchen Obst und tat, als ob ich ein wenig Wasser aus der Flasche einschenkte, trank hierauf das, welches ich mir in meinem Glas aufbewahrt hatte, suchte aber dabei so geschickt zu verfahren, daß meine mutmaßlichen Lauscher keinen Verdacht schöpfen konnten. Nach der Abendmahlzeit stellten sich dieselben Merkmale der Erstarrung ein, wie tags zuvor, doch diesmal stellte ich mich, als ob ich einschliefe, der Ermattung unterliegend, oder als ob ich schon all die Gefahr gewöhnt wäre. Jetzt fand ich mein Messer, und während ich tat, als ob ich schliefe, preßte ich das Heft krampfhaft in der Hand. Zwei Stunden verflossen, ohne daß etwas Neues vorgegangen wäre. Jetzt, ach, mein Gott! wer mir das am Tage vorher gesagt hätte, jetzt fürchtete ich, daß er nicht kommen möchte. Endlich gewahrte ich, wie sich die Lampe langsam erhob und in der Öffnung des Plafonds verschwand, in meinem Zimmer ward es ganz finster; allein ich strengte mich an, die Dunkelheit mit den Augen zu durchdringen. Es verflossen ungefähr zehn Minuten und ich vernahm noch kein anderes Geräusch als das meiner Herzschläge. Ich flehte zum Himmel, daß er ihn kommen lasse. Endlich vernahm ich das wohlbekannte Knarren der Tür, die auf- und wieder zuging; obwohl der Boden mit einem dichten Teppich belegt war, erschallte er doch unter einem Fußtritt, und ich sah trotz der Finsternis, wie sich mir ein Schatten näherte.« »Ich nahm alle meine Kräfte zusammen, ich gedachte, es habe die Stunde der Rache oder vielmehr der Gerechtigkeit geschlagen; ich betrachtete mich als eine Judith, ich hielt mein Messer in der Hand, und als ich sah, daß er mir nahe genug war, stieß ich es ihm mit einem letzten Schrei des Schmerzes und der Verzweiflung mitten in die Brust. Der Ruchlose, er sah das alles vorher, denn seine Brust war mit einem Panzer bedeckt und das Messer glitt ab. ›Ha,‹ rief er, indem er mich bei dem Arme packte und mir die Waffe entwand, die mir so schlecht gedient hatte. ›Sie streben mir nach dem Leben, schöne Puritanerin, allein das ist mehr als Haß, das ist Undank! Beschwichtigen Sie sich, schönes Kind, ich dachte, daß Sie sanfter geworden wären. Ich bin keiner von den Tyrannen, welche die Frauen gewaltsam festhalten. Sie lieben mich nicht? Ich habe in meiner Eitelkeit daran gezweifelt, doch jetzt bin ich überzeugt. Morgen sind Sie in Freiheit.‹ Ich hatte nur einen Wunsch, den, von ihm getötet zu werden. ›Seien Sie auf Ihrer Hut,‹ versetzte ich, ›denn meine Freiheit ist Ihre Schande.‹ ›Erklären Sie sich, schöne Sibylle!‹ ›Ja, wenn ich von hier weggekommen sein werde, will ich alles sagen; ich werde es sagen, wie Sie gegen mich gewaltsam waren, ich werde aller Welt von meiner Gefangenschaft und von diesem Schlosse der Ruchlosigkeit erzählen. Sie sind wohl sehr hochgestellt, nichtsdestoweniger zittern Sie; über Ihnen ist ein König, und über dem König regiert ein Gott.‹ ›Dann sollen Sie nicht von hier wegkommen,‹ sprach er. ›Gut,‹ versetzte ich, ›gut, so wird der Ort meines Todes auch der Ort meines Grabes sein. Ich werde sterben, und Sie sollen sehen, ob ein Phantom, das Klage führt, nicht schrecklicher ist als ein Lebender mit seinen Drohungen.‹ ›Man wird Ihnen keine Waffe lassen.‹ ›Doch gibt es eine, welche die Verzweiflung in den Bereich eines jeden Menschen gelegt hat, der Mut genug besitzt, dieselbe zu gebrauchen. Ich will Hungers sterben.‹ ›Ha,‹ rief der Nichtswürdige, ›ist denn der Friede nicht besser als ein solcher Krieg? Ich lasse Sie auf der Stelle frei, ich erkläre Sie als eine Tugend, ich gebe Ihnen den Namen: Englands Lukretia.‹ ›Und ich werde Sie Sextus nennen, ich klage Sie an vor den Menschen, wie ich Sie vor Gott angeklagt habe, und wenn es sein muß, will ich, wie Lukretia, meine Anklage mit Blut unterschreiben.› ‹Ah, ah,› entgegnete mein Feind in höhnischem Tone, ›das ist etwas anderes. Meiner Treue, Sie befinden sich hier recht wohl, es soll Ihnen an nichts mangeln, und wenn Sie Hungers sterben, so ist es nur Ihre Schuld.‹ Nach diesen Worten zog er sich zurück, ich hörte die Tür auf- und zumachen, und so blieb ich, offengestanden, weniger in dem Schmerz begraben, als vielmehr in der Schmach, daß ich nicht geräcbt war. Er hielt mir Wort. Es vergingen der ganze Tag und die ganze Nacht, ohne daß ich ihn wieder sah; allein auch ich hielt Wort, und berührte weder Speise noch Trank, da ich mich durch Hunger zu töten, fest entschlossen war. In der zweiten Nacht ging die Tür auf. Ich lag auf dem Boden, die Kräfte fingen an, mich zu verlassen. Bei dem Geräusch erhob ich mich, auf meine Hand gestützt. ›Nun,‹ sprach eine Stimme, die zu schreckenvoll in meine Ohren schallte, als daß ich sie nicht erkannt hätte, ›nun, sind wir ein bißchen sanfter geworden? Werden wir unsere Freiheit mit dem einzigen Versprechen des Schweigens erkaufen? – Hören Sie mich,‹ fügte er hinzu, ›ich bin ein guter Mensch, und wiewohl ich den Puritanern nicht gewogen bin, so lasse ich Ihnen doch wie den Puritanerinnen Gerechtigkeit widerfahren, wenn sie hübsch sind. Nun, leisten Sie mir einen kleinen Eid auf das Kreuz, ich begehre nichts weiter.‹ ›Auf das Kreuz!‹ rief ich mit Zittern, denn bei dem Tone der verhaßten Stimme gewann ich wieder meine ganze Kraft; ›auf das Kreuz schwöre ich, daß mir kein Versprechen, keine Drohung, keine Folter den Mund verschließen soll; auf das Kreuz schwöre ich, Sie anzuklagen als einen Mörder, als einen Ehrenräuber, als einen Feigen; auf das Kreuz schwöre ich, daß ich, wenn ich jemals wieder diesen Ort verlasse, im Namen der ganzen Menschheit gegen Sie Rache fordern werde.‹ ›Haben Sie wohl acht,‹ entgegnete er in drohendem Tone, wie ich ihn noch nicht vernommen hatte, ›ich besitze ein Mittel, das ich nur im äußersten Fall anwenden werde, um Ihnen den Mund zu verschließen, oder mindestens zu verhindern, daß man von dem, was Sie aussagen, nur ein Wörtchen glaubt.‹ Ich strengte alle Kräfte an, um ihm mit einem schallenden Gelächter zu antworten. Er sah, daß nun zwischen uns Krieg sei auf Leben und Tod. ›Hören Sie,‹ sprach er, ›ich gebe Ihnen noch den Rest der Nacht und den morgigen Tag. Überlegen Sie das wohl. Geloben Sie zu schweigen, und Reichtum, Ansehen, Ehre soll Sie umgeben; drohen Sie zu sprechen, so werde ich Sie der Schande überliefern.‹ ›Sie?‹ rief ich, ›Sie?‹ ›Der ewigen, unverlöschbaren Schande!‹ ›Sie?‹ wiederholte ich. Ha, ich sage Ihnen, Felton, ich hielt ihn für verrückt. ›O, lassen Sie mich,‹ sagte ich, ›und gehen Sie, wenn Sie nicht wollen, daß ich mir den Kopf an der Wand zerschlage.‹ ›Gut, Sie wollen es so haben, also morgen abend.‹ ›Morgen abend,‹ stammelte ich, stürzte auf den Boden nieder und biß vor Wut in den Teppich.« Felton stemmte sich an einen Schrank, und Mylady sah mit dämonischem Entzücken, der junge Offizier habe vielleicht gar nicht die Kraft, ihre Erzählung bis ans Ende anzuhören.

Ein Stoff zu einer klassischen Tragödie

Nach kurzem Stillschweigen, wobei Mylady den jungen Mann, der ihr zuhorchte, fest ins Auge faßte, fuhr sie fort zu erzählen: »Drei Tage hindurch hatte ich weder etwas gegessen noch getrunken, und dabei schreckliche Martern ausgestanden, bisweilen schwebte es wie Wolken um meine Stirn und verdüsterte mir die Augen; das war eine Geisteszerrüttung. Der Abend rückte heran, ich war so schwach, daß ich jeden

Augenblick in Ohnmacht sank, und sooft das geschah, dankte ich Gott, weil ich meinen Tod schon nahe glaubte. Ich hörte mitten in einer solchen Ohnmacht die Tür aufgehen; der Schrecken brachte mich zum Selbstbewußtsein. Mein Verführer trat mit einem vermummten Mann ein; auch er selbst war vermummt; ich erkannte das imponierende Wesen, das die Hölle seiner Person zum Unheil der Menschen verliehen hat. ›Nun,‹ sprach er, ›sind Sie entschlossen, den verlangten Eid zu schwören?‹ ›Sie sagten ja schon, die Puritaner haben nur ein Wort; das meinige haben Sie bereits gehört, ich habe beteuert, daß ich Sie hienieden vor dem Gericht der Menschen und im Himmel vor dem Gericht Gottes belangen werde.‹ ›Sie verharrten also auf Ihrem Entschluß?‹ ›Das schwöre ich vor Gott, der mich hört.‹ ›Sie sind eine nichtswürdige Dirne!‹ rief er mit Donnerstimme, ›und sollen als eine solche gezüchtigt werden – Sie, gebrandmarkt in den Augen der Welt, die Sie anrufen, suchen Sie es dieser Welt zu beweisen, daß Sie weder schuldig sind, noch auch verrückt.‹ Darauf wandte er sich zu dem Manne, der ihn begleitete, und rief: ›Henker, versieh dein Amt!‹« »O, seinen Namen, seinen Namen!« stammelte Felton aufs neue, »nennen Sie seinen Namen.« »Ungeachtet meines Schreiens, ungeachtet meines Widerstrebens – denn ich fing jetzt an einzusehen, man beabsichtigte mit mir noch etwas Schlimmeres als den Tod –, faßte mich der Henker an, riß mich zu Boden, band mir die Arme fest, und ich, fast erstickt von Schluchzen, fast ohne Bewußtsein und Gott anrufend, der mich nicht hörte, ich stieß plötzlich einen entsetzlichen Schrei des Schmerzes und der Schande aus; man drückte mir ein glühendes Eisen, ein rotes Eisen, das Eisen des Henkers auf die Schulter.« Felton brach in ein Stöhnen aus. »Sehen Sie,« sagte Mylady, indem sie sich mit der Majestät einer Königin erhob, »sehen Sie, wie man für das reine Mädchen, das der Wildheit eines ruchlosen Übeltäters zum Opfer ward, ein neues Märtyrtum ersonnen hat. Lernen Sie das Herz der Menschen kennen und dienen Sie fürder nicht so leicht als Werkzeug ihrer ungerechten Rache.« Mylady öffnete mit einer raschen Bewegung ihr Kleid, zerriß den Battist, der ihre Schultern umhüllte, und zeigte, glühend vor entstelltem Zorn und erkünstelter Schamhaftigkeit, dem jungen Manne das unverlöschbare Merkmal, das ihre schöne Schulter entehrte. »Aber,« rief Felton, »was ich da sehe, ist eine Lilie.« »Nun, das ist gerade die Ruchlosigkeit,« versetzte die Mylady. »Die Brandmarkung von England ... er hätte es beweisen müssen, von welcher Gerichtsbarkeit mir dieselbe aufgedrückt sei, und ich hätte an alle Behörden des Reiches einen öffentlichen Aufruf ergehen lassen. Durch die Brandmarkung von Frankreich hingegen bin ich wirklich gebrandmarkt worden.« Das war zu viel für Felton. Blaß, regungslos, niedergeschmettert durch diese schreckliche Offenbarung, geblendet durch die übermenschliche Schönheit dieser Frau, die sich ihm mit einer Schamhaftigkeit entdeckte, die er erhaben fand, warf er sich endlich vor ihr auf die Knie nieder, wie dies die ersten Christen vor jenen Märtyrerinnen taten, welche die Verfolgung der Kaiser im Zirkus der blutgierigen Wildheit des Volkes preisgab. Das Brandmal verschwand, nur die Schönheit blieb übrig. »Vergebung! Vergebung!« rief Felton, »o, Vergebung!« Mylady las in seinen Augen: »Liebe! Liebe!« »Vergebung, – für was?« fragte sie. »Dafür, daß ich mit Ihren Verfolgern verbunden war.« Mylady bot ihm die Hand. »So schön, so jung,« stammelte Felton, indem er ihre Hand mit Küssen bedeckte. Mylady ließ auf ihn einen jener Blicke fallen, die Könige zu Sklaven machen. Felton war Puritaner; er ließ die Hand dieser Frau los, um ihr die Füße zu küssen. Er liebte sie bloß nicht mehr, er betete sie an.

Als diese Krisis vorbei war, als Mylady ihre Kaltblütigkeit, die nie von ihr gewichen war, wiedergewonnen hatte, sagte er: »Ha, jetzt habe ich Sie nur noch um eines zu befragen, nämlich um den Namen Ihres wirklichen Henkers, denn für mich gibt es nur einen, der andere weiter nichts als das Werkzeug war.« »Wie doch, Bruder,« sagte Mylady, »ich soll ihn dir nennen? Du hast ihn noch nicht erraten?« »Was,« entgegnete Felton, »Er? – wieder er? immer nur er? Was, er der wahrhafte Schuldige?« »Der wahrhafte Schuldige ist der Zerstörer Englands, der Verfolger der Rechtgläubigen! Er, der aus bloßer Laune England so viel Blut vergießen läßt, der heute die Protestanten beschützt und morgen wieder verraten wird.« »Buckingham, also Buckingham!« rief Felton in höchster Bewegung. »Die Menschen fürchten ihn und schonen seiner.« »O, ich fürchte ihn nicht,« rief Felton, »und werde seiner nicht schonen.« Mylady fühlte, wie ihre Seele in höllischem Entzücken schwamm. »Wie ist aber,« fragte Felton, »wie ist Lord Winter, mein Beschützer, mein Vater, in dieser Sache verwickelt?« »Hören Sie, Felton,« entgegnete Mylady; »neben feigen und verachtungswürdigen Menschen stehen auch große und edle Naturen; ich hatte einen Bräutigam, einen Mann, der mich liebte, und den ich liebte, ein Herz wie das Ihrige; Felton, ein Mann, so wie Sie. Ich ging zu ihm, und erzählte ihm alles. Er kannte mich, und zweifelte nicht einen Augenblick. Es war ein vornehmer Herr, ein Mann vom Range Buckinghams. Er sprach nichts, gürtete bloß sein Schwert um, hüllte sich in seinen Mantel und ging in den Palast Buckingham.« »Ja, ja,« sagte Felton, »ich begreife, wiewohl für solche Menschen nicht das Schwert gehört, sondern der Dolch.« »Buckingham war tags zuvor abgereist, als Gesandter nach Spanien geschickt, wo er für König Karl I., damals noch Prinz von Wales, um die Hand der Infantin zu werben hatte. Mein Bräutigam kehrte zurück. »Hören Sie«, sprach er zu mir, »dieser Mensch ist fortgereist, und somit für den Augenblick meiner Rache entschlüpft; allein inzwischen schreiten wir zu unserer Verbindung, wie es unsere Absicht war, und dann rechnen Sie auf Lord Winter, daß er seine und die Ehre seiner Gattin zu behaupten wissen wird.« »Lord Winter!« rief Felton aus. »Ja,« entgegnete Mylady, »Lord Winter, und nicht wahr, jetzt ist Ihnen alles einleuchtend. Buckingham blieb fast ein Jahr abwesend. Acht Tage vor seiner Ankunft starb Lord Winter plötzlich, indem er mich als seine einzige Erbin hinterließ. Woher kam der Schlag? Gott, der alles weiß, weiß gewiß auch das; ich will niemanden anklagen.« »Ha, welch ein Abgrund!« rief Felton, »welch ein Abgrund!« »Lord Winter war gestorben, ohne daß er vorher seinem Bruder etwas mitgeteilt hätte. Das schreckliche Geheimnis sollte allen verhüllt bleiben; bis es gleich einem Ungewitter über das Haupt des Schuldigen hereinbrechen würde. Ihr Beschützer sah die Heirat seines Bruders mit einem jungen, armen Mädchen nur mit Unwillen an. Ich fühlte, daß ich keine Stütze von einem Mann erwarten durfte, der in seinen Erbschaftshoffnungen getäuscht worden war, und so begab ich mich nach Frankreich, wo ich mein ganzes übriges Leben zubringen wollte. Da jedoch mein Vermögen in England lag, und durch den Krieg jede Verbindung abgebrochen wurde, so mangelte es mir an allem, und ich mußte notgedrungen wieder dahin zurückkehren; vor sechs Tagen bin ich in Portsmouth gelandet.« »Und dann?« fragte Felton. »Nun, Buckingham erfuhr zweifelsohne meine Zurückkunft, er sprach darüber mit Lord Winter und sagte ihm, daß seine Schwägerin eine Entehrte, eine Gebrandmarkte sei. Die edle und reine Stimme meines Gemahls konnte mich nicht mehr in Schutz nehmen. Lord Winter glaubte alles, was man ihm sagte, um so leichter, als er dabei ein Interesse hatte; er ließ mich festnehmen, hierherführen, und unter Ihre Bewachung stellen. Das übrige ist Ihnen bekannt; übermorgen schickt er mich in die Verbannung, verstößt mich unter die ehrlosen Deportierten. Ach, der Faden ist gut gesponnen, das Komplott trefflich geschmiedet, doch meine Ehre wird es nicht überleben. Sie sehen wohl ein, Felton, daß ich sterben muß; Felton, geben Sie mir das Messer.« Mylady sank nach diesen Worten, als wäre sie an allen Kräften erschöpft, schwach und schmachtend in die Arme des jungen Offiziers. »Nein, nein,« rief er, »du sollst leben, geehrt und rein sollst du leben und triumphieren sollst du über deine Feinde.« Mylady stieß ihn sanft mit der Hand zurück, zog ihn aber mit dem Blick an sich; verschleiere die Stimme und die Augen und rief: »O, den Tod, den Tod! Viel lieber den Tod als die Schande! Felton, mein Bruder, mein Freund, ich beschwöre dich!« »Nein,« rief Felton, »nein, du sollst leben und gerächt werden.« »Felton, ich bringe allem, was mich umgibt, nur Unglück; Felton, gib mich auf, Felton, laß mich sterben.« »Wohlan, so sterben wir zusammen!« rief er. Mehrere Schläge schallten an der Tür. »Horch,« sprach sie, »man hat uns belauscht; man kommt, es ist um uns geschehen, wir sind verloren!« »Nein,« sagte Felton, »es ist die Wache, die mir bloß bedeutet, daß eine Runde kommt.« »Nun, so gehen Sie schnell zur Tür, um selbst zu öffnen.« Felton tat es. Diese Frau war bereits sein ganzes Denken und Fühlen. Er stand dem Sergeanten gegenüber, der eine Wachpatrouille befehligte. »Nun, was ist's?« fragte der junge Leutnant. »Sie sagten mir, daß ich die Tür öffnen soll, wenn ich um Hilfe rufen hörte,« sagte der Soldat, »allein Sie haben vergessen, mir den Schlüssel zu lassen. Ich hörte Sie nun rufen, ohne zu verstehen, was Sie verlangten, und wollte die Tür öffnen, doch war sie inwendig abgesperrt und so habe ich den Sergeanten gerufen.« »Und da bin ich,« versetzte der Sergeant. Felton war sinnverwirrt, fast verrückt und sprachlos. Mylady sah ein, sie müsse sich hier der Umstände bemächtigen. Sie eilte nun zum Tisch und erfaßte das Messer, das Felton dort niedergelegt hatte. »Mit welchem Rechte«, sprach sie, »wollen Sie mir wehren, zu sterben?« »Großer Gott!« rief Felton, als er das Messer in ihrer Hand blitzen sah. In diesem Moment ließ sich im Korridor ein ironisches Lachen hören. Der Baron ward von dem Lärm herbeigezogen, und stand im Schlafrock an der Türschwelle mit dem Degen in der Hand. »Ach, ach!« rief er, »wir sind nun beim letzten Akt der Tragödie. Ihr seht, Felton, das Drama ist durch alle Phasen gegangen, die ich bezeichnete, aber seid ruhig, es wird kein Blut fließen.« Mylady fühlte, daß sie verloren wäre, würde sie nicht Felton einen unmittelbaren und fürchterlichen Beweis ihres Mutes geben. »Ihr irrt Euch, Mylord, das Blut wird fließen, und möchte es auf diejenigen zurückfallen, die daran schuld find.« Felton stieß einen Schrei aus und eilte zu ihr: es war zu spät, Mylady hatte schon gezückt. Zum Glück – wir sollten sagen, geschickterweise – traf das Messer auf das stählerne Blankscheit, das damals wie ein Panzer die Brust der Frauen schirmte. Es durchbohrte wohl das Kleid, glitt jedoch ab und drang quer zwischen dem Fleisch und den Rippen ein. Nichtsdestoweniger ward Myladys Kleid sogleich mit Blut befleckt. Mylady fiel um und schien ohnmächtig. Felton entriß ihr das Messer und sprach mit finsterer Miene: »Seht, Mylord, diese Frau ward meiner Behütung anvertraut, und hat sich entleibt.« »Seid ruhig, Felton!« entgegnete Lord Winter, »sie ist nicht tot.« »Doch, Mylord!« »Geht nur, ich befehl es.« Felton gehorchte dem Befehl seines Vorgesetzten, doch steckte er, als er fortging, das Messer in sein Wams.

Die Flucht

Wie es Lord Winter gedacht hatte, so war Myladys Wunde nicht gefährlich; als sie mit der Frau allein war, die der Baron gerufen hatte und die sie entkleidete, öffnete sie die Augen wieder. Indes mußte man Schwachheit und Schmerz heucheln; und das war für eine Schauspielerin wie Mylady keine Schwierigkeit. Auch ward die arme Frau von der Gefangenen in der Art betört, daß sie ungeachtet aller Gegenvorstellungen darauf beharrte, die ganze Nacht bei ihr zu wachen. Aber die Anwesenheit dieser Frau störte Mylady in ihren Gedanken nicht. Es gab keinen Zweifel mehr, Felton war überzeugt, Felton gehörte ihr. Gegen vier Uhr traf der Arzt ein, allein in der Zwischenzeit hatte sich Myladys Wunde wieder geschlossen; somit konnte der Arzt weder ihre Richtung, noch ihre Tiefe ermessen. Er fühlte nur an dem Pulse der Kranken, daß der Fall nicht von Bedeutung war. Am Morgen entließ Mylady die Frau, die bei ihr wachte, unter dem Vorwand, sie habe die ganze Nacht nicht geschlafen, und habe jetzt Ruhe nötig. Sie gab der Hoffnung Raum, daß Felton beim Frühmahl erscheine, allein er kam nicht. Waren ihre Besorgnisse in Erfüllung gegangen? Sollte ihr Felton, von dem Baron in Verdacht gezogen, in diesem Moment fehlen? Sie hatte nur noch einen Tag. Lord Winter verkündete ihr die Einschiffung auf den dreiundzwanzigsten und man war bereits am Morgen des zweiundzwanzigsten. Nichtsdestoweniger wartete sie noch duldsam bis zur Mittagsstunde. Wiewohl sie am Morgen nichts genossen hatte, wurde doch das Mittagmahl zur gewöhnlichen Stunde aufgetragen. Mylady bemerkte mit Schrecken, daß sich die Uniform der wachhabenden Soldaten verändert habe. Jetzt wagte sie es zu fragen, was mit Felton geschehen sei. Man gab ihr zur Antwort: »Felton habe sich vor einer Stunde zu Pferde gesetzt und sei fortgeritten.« Sie erkundigte sich, ob der Baron noch immer im Schlosse sei. Der Soldat bejahte diese Frage mit dem Bemerken, er habe den Auftrag erhalten, es ihm zu melden, wenn die Gefangene mit ihm sprechen wollte. Mylady erwiderte, für den Augenblick wäre sie zu schwach und möchte gern allein bleiben. Felton war fort, die Seesoldaten abgelöst; also mißtraute man Felton. Das war der letzte Schlag für die Gefangene. Um sechs Uhr kam Lord Winter, bis an die Zähne bewaffnet. Dieser Mann, in dem Mylady vordem nur einen feinen, artigen Edelmann gesehen, war ein merkwürdiger Kerkermeister geworden. Er schien alles zu ahnen, alles zu erraten, allem zuvorzukommen. Ein einziger Blick, den er auf Mylady geworfen, sagte ihm, was in ihr vorging. »Wohlan,« sprach er, »doch heute werdet Ihr mich noch nicht töten; Ihr habt keine Waffen mehr, und außerdem bin ich auf meiner Hut. Ihr hattet bereits angefangen, meinen armen Felton zu umgarnen; er verspürte schon Euren höllischen Einfluß, allein ich will ihn retten, er wird Euch nicht mehr sehen. Alles ist vorüber. Bindet Eure Siebensachen zusammen, morgen reiset Ihr ab. Ich hatte die Abfahrt für den dreiundzwanzigsten festgesetzt, allein je näher die Sache gerückt wird, um so sicherer ist sie. Morgen mittag ist Euer Verhaftungsbefehl von Buckingham unterfertigt in meiner Hand. Redet Ihr ein einziges Wort zu irgend jemandem, ehe Ihr auf dem Schiffe seid, so jagt Euch laut Befehl mein Sergeant eine Kugel durch den Kopf. Redet Ihr ein einziges Wort auf dem Schiff, ehe es der Kapitän erlaubt, so läßt Euch dieser ins Meer hinausschleudern, das ist schon abgemacht. Auf Wiedersehen; das hatte ich Euch heute mitzuteilen, morgen sehe ich Euch wieder, um Euch mein Lebewohl zu sagen.«

Nach diesen Worten ging der Baron wieder fort. Mylady hörte diese ganze, bedrohliche Tirade an mit einem Lächeln auf den Lippen und mit Wut im Herzen. Man brachte das Abendbrot. Mylady fühlte, daß sie Kräfte nötig habe. Sie wußte nicht, was in dieser Nacht, die so drohend heranrückte, geschehen konnte; denn schwere Wolken jagten am Himmel, und ferne Blitze deuteten auf Sturm. Gegen zehn Uhr abends brach der Sturm auch wirklich los. Mylady fand darin einen Trost, daß die Natur die Zerrüttung ihres Herzens teilte. Der Donner dröhnte in der Luft, wie der Ingrimm in ihrer Seele. Es kam ihr vor, als ob der Wind über ihre Stirn hinbrauste, wie über die Bäume, deren Äste er beugte, und deren Blätter er fortriß: sie heulte wie der Orkan, und ihre Stimme verlor sich in der großen Stimme der Natur, die gleichfalls zu seufzen und zu verzweifeln schien. Sie betrachtete von Zeit zu Zeit einen Ring, den sie am Finger trug. Der Kasten dieses Ringes enthielt ein feines, heftiges Gift; das war ihre letzte Zuflucht. Auf einmal hörte sie an einer Fensterscheibe pochen, und bei dem Schein eines Blitzes bemerkte sie hinter dem Gitter ein männliches Gesicht. Sie eilte zum Fenster, machte es auf und rief: »Felton! ich bin gerettet!« »Ja,« sprach Felton, »doch stille, stille. Ich habe einige Zeit nötig, um diese Gitterstangen zu durchsägen. Haben Sie acht, daß man Sie nicht durch das Türgitter bemerke.« »O, Felton, das beweist, daß der Herr für uns ist,« sagte Mylady; »man hat das Gitter mit einem Brett vernagelt.« »So ist es recht,« versetzte Felton, »Gott hat sie der Sinne beraubt.« »Doch, was habe ich zu tun?« fragte Mylady. »Nichts, nichts! machen Sie nur dieses Fenster wieder zu. Gehen Sie schlafen, oder legen Sie sich wenigstens ganz angekleidet in das Bett. Wenn ich fertig bin, klopfe ich an die Scheibe. Können Sie mir aber folgen?« »O ja!« »Ihre Verwundung?« »Verursacht mir wohl Schmerz, hindert mich aber nicht am Gehen.« »Machen Sie sich also bereit auf den ersten Wink.« Mylady machte das Fenster zu, verlöschte die Lampe und streckte sich auf das Bett, wie es ihr Felton empfohlen hatte. Mitten unter dem Brausen des Sturmes vernahm sie das Scharren der Feile an der Stange, und bei dem Schein jedes Blitzes bemerkte sie hinter dem Schein Feltons Schatten. Sie brachte schweratmend eine Stunde zu, Schweiß auf der Stirn, das Herz von schrecklicher Angst beklommen bei jedem Geräusch im Korridor. Nach Verlauf einer Stunde pochte Felton aufs neue. Mylady sprang aus ihrem Bett und schloß auf; zwei durchsägte Spangen bildeten eine Öffnung, so daß ein Mensch hindurch konnte. »Sind Sie bereit?« fragte Felton. »Ja; habe ich etwas mit mir zu nehmen? Zum Glück ließ man mir das, was ich hatte.« »Um so besser, denn ich verwendete das meinige, um ein Schiff zu mieten.« »Nehmen Sie,« sagte Mylady und legte in Feltons Hände eine Börse voll Gold. Felton nahm die Börse und warf sie zum Fuß der Mauer. »Wollen Sie jetzt kommen?« fragte er. »Hier bin ich schon.« Mylady stieg auf einen Stuhl und schlüpfte mit dem ganzen Oberleib durch das Fenster. Sie sah, daß der junge Offizier über einem Abgrund auf einer Strickleiter stand. Sie ward durch eine Bewegung des Schreckens zum erstenmal daran erinnert, daß sie ein Weib sei. Es graute ihr vor der Tiefe des Abgrunds. »Das habe ich gedacht,« sprach Felton. »Es ist nichts,« versetzte Mylady, »ich will mit geschlossenen Augen hinabsteigen.« »Setzen Sie Vertrauen in mich?« fragte Felton. »Wie können Sie so fragen!« »Reichen Sie Ihre beiden Hände, kreuzen Sie dieselben; so ist's gut.« Felton band ihr mit seinem Sacktuch die zwei Faustgelenke zusammen, und wickelte darüber einen Strick. »Was tun Sie da?« fragte Mylady betroffen. »Schlingen Sie die Arme um meinen Hals und seien Sie ohne Angst.« »Doch Sie werden durch mich das Gleichgewicht verlieren und wir fallen beide in den Abgrund.« »Seien Sie ruhig, ich bin ein Seemann.« Es war keine Sekunde zu verlieren; Mylady schlang ihre Arme um Feltons Nacken und ließ sich aus dem Fenster gleiten. Felton stieg allgemach von Sprosse zu Sprosse hinab. Der Orkan schaukelte die zwei Körper ungeachtet ihrer Schwere in der Luft. Auf einmal hielt Felton an. »Was ist's?« fragte Mylady. »Still,« flüsterte Felton, »ich höre Tritte.« »Wir sind entdeckt!« Es ward wieder ein Weilchen stille. »Nein,« sagte Felton, »es ist nichts.« »Doch was für ein Geräusch ist denn das?« »Das ist die Patrouille auf ihrer Runde.« »Wo ist die Runde?« »Gerade unter uns.« »Sie wird uns entdecken.« »Wenn keine Blitze zucken, nicht.« »Sie wird unten an die Leiter stoßen.« »Zum Glück ist diese um sechs Fuß zu kurz.« »Mein Gott, da sind sie!« »Stille!« Beide blieben zwanzig Fuß über der Erde schweben, ohne Atem zu holen. Inzwischen gingen die Soldaten unter ihnen lachend und schwätzend weiter. Für die Flüchtlinge war das ein schreckenvoller Augenblick. Die Patrouille schritt vorüber; man vernahm, wie ihre Tritte stets entfernter verhallten und das Gemurmel ihrer Stimmen stets schwächer wurde. »Jetzt sind wir gerettet,« sagte Felton. Mylady stieß einen Seufzer aus und wurde ohnmächtig. Felton fing wieder an tiefer zu steigen. Als er unten an der Leiter ankam, und für seine Füße keine Stütze mehr fühlte, klammerte er sich mit den Händen an, und als er bei der letzten Sprosse anlangte, ließ er sich an dem Handgelenk herab, und kam so auf die Erde. Er bückte sich, hob die Geldbörse auf und faßte sie zwischen die Zähne. Hierauf faßte er Mylady unter die Arme und ging rasch fort in entgegengesetzter Richtung von jener, welche die Patrouille genommen hatte. Er verließ alsbald den Rundgang, kletterte zwischen den Felsen hinab und ließ einen scharfen Ton mit der Pfeife hören, als er ans Meeresufer kam. Ein ähnliches Signal gab Antwort, und fünf

Minuten darauf sah er einen Mann auf einer Barke heranrudern. »Zur Schaluppe!« rief Felton, »und schnell vorwärts!« Die vier Männer fingen an zu arbeiten, allein die See ging zu hoch, als daß sie viel auszurichten vermocht hätten. Zum wenigsten entfernte man sich vom Schloß, und das war die Hauptsache. Die Nacht hüllte Wasser und Land in tiefe Dunkelheit, und schon konnte man von der Barke aus das Ufer nicht mehr wahrnehmen, wonach die Barke vom Ufer aus noch schwerer zu bemerken war. Ein schwarzer Punkt schwankte auf der See. Das war die Schaluppe. Indes die Barke unter dem kräftigen Ruderschlag der vier Männer vorwärtsrückte, band Felton den Strick und das Taschentuch los, welche Myladys Hände zusammenschnürte. Als er ihre Hände befreit hatte, schöpfte er Seewasser und spritzte ihr davon ins Angesicht. Mylady stieß einen Seufzer aus und rief dann: »Ha, wo bin ich?« »Gerettet!« antwortete der junge Offizier. »O, gerettet,« stammelte sie, »gerettet! Ja, hier ist der Himmel, hier ist das Meer! Die Luft, die ich atme, ist die Freiheit. Ha, Dank, Felton, tausend Dank!« Der junge Mann preßte sie an sein Herz. »Doch was habe ich denn an den Händen?« fragte Mylady; »es ist, als hätte man sie mir in einen Schraubenstock gepreßt.« Mylady erhob die Arme; die Handgelenke waren wirklich gequetscht. »Ach!« seufzte Felton, indem er die schönen Hände anblickte und schmerzvoll den Kopf hin und her wiegte. »O, es ist nichts,« sagte Mylady, »es ist nichts; jetzt erinnere ich mich wieder.« Sie ließ ihre Augen herumkreisen. »Er ist hier,« sagte Felton und stieß mit dem Fuß an den Säckel des Goldes. Man näherte sich der Schaluppe. Der Matrose von der Wache rief die Barke an. Die Barke gab Antwort. »Was für ein Schiff ist das?« fragte Mylady. »Das, welches ich für Sie gemietet habe.« »Wohin wird es mich führen?« »Wohin Sie wünschen, nur müssen Sie mich in Portsmouth ans Land setzen.« »Was wollen Sie tun in Portsmouth?« fragte Mylady. »Die Aufträge des Lord Winter vollziehen,« erwiderte Felton düster lächelnd. »Welche Aufträge?« »Sie erraten nicht?« »Nein, ich bitte, erklären Sie sich.« »Aus Mißtrauen gegen mich wollte er Sie selbst bewachen, und schickte mich fort, daß ich Ihren Deportationsbefehl von Buckingham unterfertigen lasse.« »Doch wenn er Ihnen mißtraute, wie konnte er Ihnen diesen Auftrag geben?« »Konnte er denn glauben, daß ich darum wisse, was ich trage, da er mir nichts davon sagte, und ich das Geheimnis bloß von Ihnen habe?« »Das ist wahr, und Sie gehen nach Portsmouth?« »Ich habe keine Zeit zu verlieren; morgen ist der Dreiundzwanzigste und Buckingham segelt morgen mit der Flotte ab.« »Er segelt morgen ab, und wohin?« »Nach La Rochelle.« »Er soll nicht absegeln,« rief Mylady und vergaß auf ihre gewöhnliche Geistesgegenwart. »Seien Sie unbekümmert,« sagte Felton, »er wird nicht absegeln.« Mylady zitterte vor Freude; sie las tief im Herzensgrund des jungen Mannes, der Tod Buckinghams stand mit allen Buchstaben darin geschrieben.

»Felton,« sprach sie, »Sie sind groß wie Judas Makkabäus. Wenn Sie sterben, so sterbe ich mit Ihnen; das ist alles, was ich Ihnen sagen kann.« »Still,« sagte Felton, »wir sind angelangt.« Man hatte wirklich die Schaluppe erreicht. Felton kletterte zuerst die Leiter hinan, und bot Mylady die Hand, indes die Matrosen unterstützten, denn die See ging noch hoch. Einen Augenblick danach waren sie auf dem Verdeck. »Kapitän!« fügte Felton, »das ist die Person, von der ich mit Ihnen gesprochen habe, und die Sie gesund und wohlbehalten nach Frankreich führen sollen. »Gegen tausend Pistolen,« versetzte der Kapitän. »Ich habe Ihnen bereits fünfhundert gegeben.« »Allerdings«, entgegnete der Kapitän. »Und hier sind die andern fünfhundert,« sagte Mylady und fuhr mit der Hand in den Goldsäckel. »Nein,« antwortete der Kapitän, »ich habe nur ein Wort, und dieses gab ich dem jungen Manne; die andern fünfhundert Gulden ist man mir erst schuldig, wenn wir in Boulogne landen.« »Und wir werden landen?« »Gesund und wohlbehalten,« versetzte der Kapitän, »so wahr ich Jack Buttler heiße.« »Gut,« sagte Mylady, »wenn Sie Ihr Wort erfüllen, will ich Ihnen nicht fünfhundert, sondern tausend Pistolen geben.« »Dann, Hurra, schöne Dame!« rief der Kapitän, »und Gott schicke mir häufige Kunden wie Ew. Herrlichkeit.« »Indes steuern Sie uns nach der kleinen Bucht von Chichester,« sprach Felton, »in der Nähe von Portsmouth; Sie wissen, wir sind dahin übereingekommen.« Der Kapitän antwortete damit, daß er Befehl zu dem notwendigen Manöver gab, und um sieben Uhr abends schon warf das kleine Fahrzeug in der benannten Bucht den Anker aus. Man kam überein, daß Mylady um zehn Uhr Felton erwarten sollte, kehrte er um zehn Uhr nicht zurück, so sollte sie fortsegeln. Für den Fall, daß er frei sei, sollte er mit ihr in Frankreich zusammenkommen, und zwar im Klöster der Karmeliterinnen zu Bethune.

Was sich am 23. August 1628 in Portsmouth ereignet hat

Felton beurlaubte sich von Mylady wie ein Bruder, der nur einen Spaziergang machen will, und küßte ihr die Hand wie einer Schwester. Es schien, als wäre seine ganze Person in den Zustand der Ruhe zurückgekehrt, nur strahlte aus seinen Augen ein ungewöhnlicher Glanz, ähnlich dem Widerschein eines Fiebers. Seine Stirn war noch blasser als früher, seine Zähne waren zusammengepreßt und seine Sprache war ein kurzes Abstoßen von Tönen, woraus erhellte, daß es in seinem Innern düster aussah. Felton stieg ans Land, kletterte auf den Damm, der nach der Höhe des abschüssigen Ufers führte, grüßte Mylady zum letztenmal und schlug den Weg nach der Stadt ein. Er kam gegen acht Uhr früh in Portsmouth an. Die ganze Bevölkerung war auf den

Beinen. Die Trommeln wirbelten in den Straßen und im Hafen. Die zum Einschiffen bestimmten Truppen wogten nach dem Gestade hin. Felton erreichte, mit Schweiß übergossen und mit Staub bedeckt, den Admiralitätspalast. Sein sonst blasses Antlitz wurde purpurrot vor Hitze und Zorn. Die Wache wollte ihn zurückweisen, allein er rief den Anführer des Postens, nahm den Brief aus der Tasche, den er zu bestellen hatte und sprach bloß die Worte: »Eilbote von Lord Winter.« Auf den Namen eines Lords, von dem man wußte, daß er der vertrauteste Freund Seiner Herrlichkeit sei, gab der Anführer des Postens Befehl, Felton vorwärts zu lassen, da er noch überdies die Uniform eines Marineoffiziers trug. Felton stürzte in den Palast. In dem Moment, wo er in den Vorhof trat, erschien auch ein staubbedeckter, keuchender Mann, der vor der Tür ein Postpferd stehen ließ, das vor Ermattung in die Knie sank. Dieser und Felton wandten sich zugleich an Patrik, den ersten Kammerdiener des Herzogs. Felton nannte den Baron Winter, der Unbekannte wollte niemand nennen und gab vor, er dürfe sich bloß dem Herzog zu erkennen geben. Jeder wollte sich den Vorzug anmaßen. Patrik, der wohl wußte, daß Lord Winter durch Dienstgeschäfte, wie durch Freundschaft mit dem Herzog verbunden war, gab auch demjenigen den Vorzug, der im Namen des Lords kam. Der andere mußte warten, und wie er diesen Aufschub verwünschte, läßt sich leicht erachten. Der Kammerdiener ließ Felton in einen großen Saal treten, worin die Deputierten von La Rochelle mit dem Prinzen Soubise an der Spitze harrten, und führte ihn von da in ein Kabinett, wo Buckingham, der eben aus dem Bade kam, mit mehr Sorgfalt als gewöhnlich seine Toilette vollendete. »Der Leutnant Felton,« meldete Patrik, »geschickt von Lord Winter.« »Von Lord Winter,« wiederholte Buckingham, »er möge eintreten.« Felton trat ein. In diesem Moment warf Buckingham einen reichen, goldgestickten Schlafrock auf das Kanapee, um ein ganz mit Perlen geschmücktes Wams von blauem Samt anzuziehen. »Weshalb kam denn der Baron nicht selber?« fragte Buckingham. »Ich habe ihn diesen Morgen erwartet.« »Er gab mir den Befehl, Ew. Herrlichkeit zu melden,« versetzte Felton, »daß er es ungemein bedaure, nicht die Ehre haben zu können, doch sei er durch eine notwendige Bewachung im Schlosse verhindert.« »Ja, ja,« sagte Buckingham, »ich weiß, er hat eine Gefangene.« »Gerade von dieser Gefangenen wollte ich mit Ew. Herrlichkeit sprechen,« erwiderte Felton. »Gut, so sprecht.« »Mylord, nur Ew. Herrlichkeit darf hören, was ich zu sagen habe.« »Verlaß uns, Patrik,« sagte Buckingham, »doch bleib im Bereich der Glocke, ich werde dich sogleich wieder rufen.« Patrik entfernte sich. »Wir sind allein, mein Herr,« sagte Buckingham, »reden Sie.« »Mylord,« sprach Felton, »der Baron von Winter hat Ihnen unlängst geschrieben, und Sie in seinem Briefe gebeten, Sie wollten in bezug auf eine junge Frau, namens Charlotte Backson, einen

Deportationsbefehl unterfertigen.« »Ja, mein Herr, und ich antwortete ihm, er soll mir diesen Befehl zur Unterfertigung schicken oder selbst bringen.« »Hier ist er, Mylord.« »Gebt,« sprach der Herzog. Er nahm aus Feltons Händen den Brief, und warf einen flüchtigen Blick darauf. Als er ihn als denjenigen erkannt, der ihm angekündigt worden war, legte er ihn auf den Tisch und nahm eine Feder, um ihn zu unterschreiben. »Um Vergebung, Mylord!« rief Felton und hielt den Herzog zurück. »Weiß es Ew. Herrlichkeit, daß der Name Charlotte Backson nicht der wirkliche Name dieser jungen Frau ist?« »Ja, mein Herr, das weiß ich,« entgegnete der Herzog und tauchte die Feder in die Tinte. »Kennt also Ew. Herrlichkeit ihren wirklichen Namen?« fragte Felton in kurzem Ton. »Ich kenne ihn.« Der Herzog näherte die Feder dem Papier, Felton erblaßte. »Und obwohl Ew. Herrlichkeit mit dem wahren Namen vertraut ist,« sagte Felton, »wird Sie dennoch unterfertigen?« »Ja«, versetzte Buckingham, »lieber zweimal als einmal.« »Ich kann es nicht glauben,« fuhr Felton mit einer Stimme fort, die immer kürzer und abgestoßener wurde, »ich kann es nicht glauben, daß Eure Herrlichkeit weiß, es handle sich hier um Lady Winter.« »Ich weiß es ganz gewiß, wiewohl ich mich verwundere, daß Ihr es wisset.« »Und Ew. Herrlichkeit wird diesen Befehl ohne Gewissensbisse unterschreiben?« Buckingham blickte den jungen Mann befremdet an und sagte: »He doch, mein Herr, wißt Ihr, daß Ihr an mich ganz sonderbare Fragen stellt, und ich albern wäre, sie Euch beantworten zu wollen?« »Antworten Sie, Monseigneur,« sagte Felton, »die Lage der Dinge ist bedeutsamer, als Sie vielleicht glauben.« Buckingham dachte, weil der junge Mann von Lord Winter abgesandt war, so rede er gewiß in dessen Namen und besänftigte sich. »Ohne Gewissensbisse,« antwortete er, »und der Baron weiß es so gut wie ich, daß Mylady eine große Verbrecherin ist, und daß die auf Deportation beschränkte Strafe als eine Gnade anzusehen sei.« Der Herzog hielt die Feder an das Papier. »Mylord, Sie werden diesen Befehl nicht unterschreiben,« sprach Felton und trat einen Schritt gegen den Herzog vor. »Ich werde ihn nicht unterschreiben?« fragte Buckingham, »und warum das nicht?« »Nun, Sie werden in sich selbst gehen, und Mylady Gerechtigkeit widerfahren lassen.« »Man würde ihr damit, daß man sie nach Tyburn schickte, Gerechtigkeit widerfahren lassen, denn Mylady ist eine Ruchlose,« sagte Buckingham. »Monseigneur, Mylady ist ein Engel; Sie wissen das recht gut, und ich verlange für sie die Freiheit.« »He doch,« rief Buckingham, »seid Ihr verrückt, daß Ihr so redet?« »Mylord, entschuldigen Sie, ich rede, wie ich kann. Allein, bedenken Sie, Mylord, was Sie zu tun beabsichtigen, und fürchten Sie, das Maß zu überschreiten.« »Was? Gott vergebe mir!« rief Buckingham, »ich glaube gar, er will mir drohen?!« »Nein, Mylord, ich bitte noch und sage Ihnen, ein Wassertropfen reicht hin, um ein volles Gefäß zum Überlaufen zu bringen. Ein geringer Fehltritt kann die Strafe auf das Haupt herabrufen, das, ungeachtet so vieler Verbrechen, bis heute verschont geblieben ist.« »Herr Felton!« sagte Buckingham, »fort von mir und auf der Stelle in Haft.« »Und Sie, Mylord! Sie werden mich bis zum Schluß anhören. Sie haben das junge Mädchen verleitet, mißhandelt, gebrandmarkt. Machen Sie Ihre Schuld gegen sie wieder gut, lassen Sie sie frei, und ich will von Ihnen nichts weiter verlangen.« »Ihr werdet nichts weiter verlangen?« wiederholte Buckingham, indem er Felton voll Staunen anblickte, und auf jede Silbe dieser fünf Worte einen besonderen Nachdruck legte. »Mylord,« fuhr Felton fort, und zwar mehr aufgeregt, je länger er sprach, »man ist Ihrer Frevel müde, Sie haben die Gewalt mißbraucht, die Sie sich anmaßten; Gott wird Sie später dafür bestrafen, aber ich – ich bestrafe Sie heute.« »Ha, das ist zuviel!« rief Buckingham und trat gegen die Tür vor. Felton versperrte ihm den Weg und sagte: »Ich bitte in Demut, unterzeichnen Sie den Freilassungsbefehl für Lady Winter, gegen die Sie sich vergangen haben.« »Hinweg, mein Herr,« gebot Buckingham, »oder ich rufe meine Leute und lasse Euch forttreiben.« »Sie werden nicht rufen,« sagte Felton und stellte sich schnell zwischen den Herzog und die Glocke, die auf einem mit Silber getäfelten Tischchen stand. »Haben Sie acht, Mylord, Sie sind jetzt in Gottes Hand.« »In des Teufels Hand, wollt Ihr sagen!« rief Buckingham mit verstärkter Stimme, um Leute aufmerksam zu machen, ohne daß er sie unmittelbar gerufen hätte. »Unterschreiben Sie, Mylord, unterschreiben Sie die Freilassung der Lady Winter,« sprach Felton und stieß ein Papier gegen den Herzog hin. »Gewalt? was ist's? Holla, Patrik!« »Unterschreiben Sie, Mylord!« »Niemals!« »Niemals?« »Herbei!« schrie der Herzog und sprang auf seinen Degen los. Doch Felton ließ ihm nicht Zeit, denselben zu zücken, er hielt das entblößte Messer, mit dem sich Mylady verwundet hatte, unter seinem Wams verborgen, und mit einem Satz war er an dem Herzog. In diesem Moment trat Patrik in den Saal und rief: »Mylord, ein Brief aus Frankreich.« »Aus Frankreich?« entgegnete der Herzog, der alles andere vergaß und nur daran dachte, von wem dieser Brief komme. Felton nützte diesen Moment und bohrte ihm das Messer bis ans Heft in die Seite. »Ha, Verräter!« schrie Buckingham, »du hast mich ermordet!« »Mörder! Zu Hilfe!« kreischte Patrik, Felton wandte seine Blicke umher, um zu entfliehen; als er die Tür offen sah, stürzte er in das Nebenzimmer, worin, wie schon gesagt, die Deputierten von La Rochelle warteten, eilte durch dasselbe und floh der Treppe zu. Allein schon auf der ersten Stufe begegnete er Lord Winter, der ihn, als er ihn blaß, verstört, leichenfahl, an Hand und Gesicht mit Blut bespritzt, hereileilen sah, an der Kehle packte und ihm zurief: »Ich habe es geahnt, ich habe es gewußt! Eine Minute zu spät – o, ich Unglücklicher!« Felton leistete keinen Widerstand. Lord Winter überlieferte ihn den Wachen, und diese führten ihn, bis auf weitere Befehle, nach einer kleinen, das Meer beherrschenden Terrasse, während er selbst in das Kabinett Buckinghams eilte.

Auf das Geschrei, das der Herzog ausgestoßen, und auf Patriks Hilferuf, stürzte der Mann, den Felton im Vorhof angetroffen, eilfertig in das Kabinett. Er fand den Herzog auf einem Sofa liegend, die Wunde mit krampfhafter Hand zusammenpressend. »Laporte!« rief der Herzog mit ersterbender Stimme, »Laporte, kommst du von ihr?« »Ja, Monseigneur!« versetzte der getreue Diener der Königin Anna, »– aber ach, vielleicht schon zu spät.« »Stille, Laporte, man könnte dich hören. O, ich sollte nicht mehr erfahren, was sie mir sagen läßt; mein Gott, ich sterbe!« Der Herzog ward ohnmächtig. Mittlerweile waren Lord Winter, die Deputierten, die Anführer der Expedition, die Beamten des Hauses Buckingham in das Kabinett gekommen. Überall erschallte ein Geschrei der Verzweiflung. Die Kunde, die den Palast mit Wehklagen und Seufzern erfüllte, verbreitete sich alsbald durch die ganze Stadt. Ein Kanonenschuß verkündete ein neues, unerwartetes Ereignis. Lord Winter raufte sich die Haare aus und stöhnte: »Um eine Minute zu spät, ach, um eine Minute zu spät! O, Gott, was ist das für ein Unglück!« Man hatte ihm in der Tat um sieben Uhr früh gemeldet, daß eine Strickleiter an einem Fenster des Schlosses hänge. Er lief auch zugleich in Myladys Zimmer, fand dasselbe leer, das Fenster geöffnet und die Gitterstangen durchgesägt. Er erinnerte sich wieder, was ihm d'Artagnan durch seinen Boten mündlich empfohlen hatte. Er zitterte für den Herzog, eilte in den Stall und ohne daß er sich Zeit nahm, ein Pferd satteln zu lassen, bestieg er das erste beste, sprengte im stärksten Galopp von hinnen, stieg im Hof ab, stürzte die Treppe hinauf und traf da Felton auf der ersten Stufe, wie wir erwähnt haben. Der Herzog war indes nicht gestorben. Er kam wieder zu sich, öffnete die Augen; und Hoffnung drang in aller Herzen. »Meine Herren,« sprach er, »laßt mich mit Patrik und Laporte allein. Ha, Ihr seid hier, Lord Winter? Ihr habt mir diesen Morgen einen sonderbaren Narren gesendet, seht nur, in welchen Zustand er mich gebracht hat.« »O, Mylord,« ächzte der Baron, »ich werde nie wieder Trost finden.« »Daran tätest du unrecht, mein guter Winter,« versetzte Buckingham und bot ihm die Hand; »ich kenne keinen Menschen, der es verdiente, daß ihn ein anderer Mensch durch seine ganze Lebenszeit beklage. Doch bitte ich dich, laß uns allein.« Der Baron ging schluchzend hinaus. Im Kabinett blieben nur noch der verwundete Herzog, Laporte und Patrik. Man suchte einen Arzt, doch ließ er sich nicht finden. »Sie werden am Leben bleiben, Mylord,« wiederholte der Bote aus Frankreich, vor dem Bett des Herzogs kniend. »Was hat sie mir geschrieben?« fragte der Herzog mit matter Stimme, von Blut triefend und furchtbare Schmerzen niederkämpfend. »Was hat sie mir geschrieben? lies ihren Brief mir vor.« »O, Mylord!« seufzte Laporte. »Nun,

Laporte, siehst du nicht, daß ich keine Zeit zu verlieren, habe?« Laporte entsiegelte das Pergament und legte es dem Herzog vor Augen, allein Buckingham versuchte umsonst, die Schrift zu lesen. »Lies nur,« sagte er, »lies. Ich sehe nichts mehr, lies also, denn vielleicht werde ich bald auch nicht mehr hören und sterben, ohne daß ich erfuhr, was sie mir geschrieben hat.« Laporte machte keine Schwierigkeiten mehr und las: »Mylord! Ich beschwöre Sie bei dem, was ich für Sie und durch Sie gelitten habe, seit ich Sie kenne, daß Sie, wenn Ihnen anders an meiner Ruhe etwas gelegen ist, von den großen Zurüstungen gegen Frankreich ablassen, und einen Krieg aufgeben, von dem ganz laut gesagt wird, die Religion sei bloß die scheinbare Ursache, und von dem ganz leise gesagt wird, Ihre Neigung zu mir sei der geheime Grund. Dieser Krieg kann nicht allein für Frankreich und England große Katastrophen, er kann auch für Sie ein Unglück herbeiführen, worüber ich nie wieder Trost fände. Behüten Sie Ihr Leben, das man bedroht, und das mir von dem Augenblick an teuer sein wird, wo ich nicht mehr gezwungen sein werde, Sie als einen Feind zu betrachten. Ihre wohlgeneigte Anna.« Buckingham raffte den ganzen Rest seiner Kraft zusammen, um diesen Brief anzuhören; und als er beendigt war, fragte er, als hätte er darin eine bittere Enttäuschung gefunden: »Laporte, hast du mir mündlich nichts mehr zu melden?« »Ja, Monseigneur, die Königin gab mir den Auftrag, Ihnen zu sagen, daß Sie auf Ihrer Hut sein sollen, weil sie zuverlässige Kunde habe, daß man Ihnen nach dem Leben strebe.« »Und das ist alles? Ha, das ist alles?« fragte Buckingham mit Ungeduld. »Auch hat sie mich noch beauftragt, Ihnen zu sagen, daß sie Ihnen fortan wohlgeneigt bleibe.« »Ha!« rief Buckingham, »Gott sei gelobt! Mein Tod wird für sie nicht der Tod eines Fremden sein.« Laporte zerrann in Tränen. »Patrik,« sagte der Herzog, »bringe mir das Kästchen, worin die diamantenen Nestelstifte gelegen sind.« Patrik brachte den geforderten Gegenstand, den Laporte sogleich als ein vormaliges Eigentum der Königin erkannte. »Nun bring das kleine, weiße Atlaskissen, worauf ihre Namenschiffre in Perlen gestickt ist.« Patrik kam auch diesem Befehl nach. »Sieh, Laporte,« sagte Buckingham, »das sind die einzigen Pfänder, die ich von ihr besitze. Dies silberne Kästchen und diese zwei Briefe. Bring sie Ihrer Majestät zurück, und als letztes Andenken – er suchte nach einem kostbaren Gegenstand – füge noch bei . . .« Er suchte abermals, doch seine vom Tode schon verdunkelten Augen begegneten nur dem Messer, das den Händen Feltons entglitten, und dessen Klinge noch rauchend war von frischem Blut. »Füge noch dieses Messer bei,« fuhr der Herzog fort und drückte Laporte die Hand. Sonach legte er das kleine Kissen in das silberne Kästchen, ließ das Messer hineinfallen und gab Laporte ein Zeichen, daß er nicht mehr zu reden vermöge. Hierauf befiel ihn eine letzte krampfhafte Zuckung, der er sich nicht mehr erwehren konnte, und glitt vom Sofa auf die Erde nieder. Patrik stieß einen entsetzlichen Schrei aus. Buckingham wollte zum letztenmal lächeln, allein der Tod fesselte schon seine Gedanken, und so blieb dieses als ein letztes Lebewohl auf seinen Lippen und seiner Stirn abgedrückt.

Als Lord Winter sah, daß Buckingham ausgeatmet habe, ging er schnell zu Felton zurück, den die Soldaten auf der Terrasse des Palastes bewachten. »Niederträchtiger!« sprach er zu dem jungen Manne, der seit Buckinghams Hingang wieder jene Ruhe und Kaltblütigkeit gefunden hatte, die nicht mehr von ihm weichen sollte. »Niederträchtiger, was hast du getan?« »Ich habe mich gerächt,« erwiderte Felton. »Du,« rief der Baron, »sage, du hast diesem verfluchten Weib als Werkzeug gedient; doch schwöre ich es dir, daß diese Missetat ihre letzte sei.« »Ich weiß nicht, was Sie damit sagen wollen,« versetzte Felton ruhig, »und begreife nicht, wovon Sie reden. Mylord, ich habe den Herzog von Buckingham getötet, weil er es Ihnen selbst zweimal verweigerte, mich zum Kapitän zu machen. Ich bestrafte ihn ob dieses Unrechts, das ist alles.« Lord Winter sah betroffen auf die Leute, die Felton fesselten, und wußte nicht, was er von einer solchen Unempfindlichkeit halten sollte.

Indes hatte sich nur eines gleich einer Wolke auf Feltons Stirn gelagert. Der naive Puritaner glaubte bei jedem Tritt, den Tritt und die Stimme Myladys zu vernehmen, die herbeieilte, um in seine Arme zu fallen, sich mit ihm anzuklagen und dem Verderben zu überliefern. Auf einmal erbebte er. Sein Blick war auf einen Punkt im Meere geheftet, das man von einer Terrasse aus beherrschte, auf der er sich befand. Er hatte mit dem Adlerblick eines Seemanns dort, wo ein anderer nichts als eine auf den Fluten sich wiegende Möwe erblickt hätte, das Segel der Schaluppe wahrgenommen, die in der Richtung nach der Küste Frankreichs steuerte. Er wurde blaß, griff mit der Hand nach seinem brechenden Herzen und fühlte, daß er verraten sei. »Eine letzte Gnade,« sprach er zu dem Baron. »Was für eine?« fragte dieser. »Wieviel Uhr ist es?« Der Baron nahm seine Uhr hervor und sagte: »Neun Uhr, weniger zehn Minuten.« Sonach hatte Mylady ihre Abfahrt um anderthalb Stunden vorgerückt. Als sie den Kanonenschuß hörte, der einen unglücklichen Vorfall im Schlosse anzeigte, ließ sie sogleich die Anker lichten. Die Barke schwamm unter blauem Himmel weit entfernt vom Ufer.

In Frankreich

Die erste Besorgnis, die Karl I., König von England, bei der Todesnachricht des Herzogs fühlte, war, daß die Rocheller auf diese schreckenvolle Kunde den Mut verlieren könnten. Wie nun Richelieu in seinen Memoiren bezeigt, suchte ihnen der König diesen Tod so lange wie möglich zu verheimlichen, ließ die Häfen im ganzen Königreich sperren und alle Sorge tragen, daß kein Schiff auslaufen könnte, bis das von Buckingham ausgerüstete Heer abgesegelt wäre, wobei er es auf sich nahm, die Abfahrt an Buckinghams Stelle zu leiten. Übrigens hatte sich im Lager von La Rochelle in der Zwischenzeit nichts Neues ergeben. Der König, der sich im Lager vielleicht noch mehr langweilte als anderswo, beschloß, das Fest des heiligen Ludwig inkognito in Saint-Germain mitzufeiern, und ging den Kardinal an, daß er für ihn eine Eskorte von zwanzig Musketieren bereit halte. Der Kardinal besorgte mit Vergnügen, was sein königlicher Gebieter verlangte, der ihm versprach, bis zum 15. September wieder zurückzukehren. Herr von Tréville traf, von Sr. Eminenz benachrichtigt, sogleich Anstalten zur Reise, und da er, ohne die Ursache zu erfahren, den lebhaften Wunsch und sogar das dringende Bedürfnis seiner Freunde, nach Paris zurückzukehren, kannte, so nahm er sie in die Eskorte auf. Die vier jungen Männer erfuhren die Neuigkeit eine Viertelstunde nach Herrn von Tréville, da er sie ihnen zuerst bekanntmachte. Jetzt wußte d'Artagnan die Gunst zu schätzen, die ihm der Kardinal durch die Aufnahme unter die Musketiere erwiesen hatte. Widrigenfalls hätte er, während seine drei Freunde abreisten, im Lager zurückbleiben müssen.

Man wird es weiter unten sehen, daß dieser Wunsch, wieder nach Paris zu kommen, seinen Grund in der Furcht vor der Gefahr hatte, der Madame Bonacieux ausgesetzt sein mußte, träfe sie im Kloster zu Bethune mit Mylady, ihrer Todfeindin, zusammen. Auch Aramis hatte, wie schon gesagt, unmittelbar an Marie Michon, die Näherin in Tours, geschrieben, die sich so schöner Bekanntschaften erfreute, auf daß sie von der Königin für Madame Bonacieux die Erlaubnis erbitten möge, das Kloster verlassen und sich nach Lothringen oder Belgien zurückziehen zu dürfen. Die Antwort blieb nicht lange aus, nach acht bis zehn Tagen erhielt Aramis schon dieses Schreiben: »Mein lieber Vetter! Hiermit bekommt Ihr die Erlaubnis, unsere kleine Dienerin aus dem Kloster in Bethune wegnehmen zu dürfen, da ihr, Eurer Vermutung nach, die Luft daselbst nicht behagt. Meine Schwester sendet Euch diese Erlaubnis mit großen Freuden, denn sie ist dem kleinen Wesen recht liebreich zugetan und behält sich vor, ihm künftig nützlich zu sein. Ich umarme Euch, Maria Michon.« Diesem Schreiben war eine Vollmacht beigefügt, folgenden Inhalts: »Die Vorsteherin des Klosters in Bethune wird den Händen der Person, die ihr dieses Briefchen überbringt, die Novize übergeben, die auf meine Empfehlung und unter meinem Schutz in ihr Kloster getreten ist. Im Louvre, am 10. August 1628. Anna.« Es läßt sich erachten, daß diese Verwandtschaftsverhältnisse zwischen Aramis und einer Näherin, welche die Königin ihre Schwester nannte, unsere Freunde belustigte, da aber Aramis bei den derben Späßen von Porthos bis ins Weiß der Augen errötete, so bat er seine Freunde, sie möchten diesen Gegenstand nicht wieder berühren, und erklärte auch, sollte man ihm hierüber nur noch ein Wort sagen, so würde er seine Base niemals wieder benutzen, in solchen Angelegenheiten Vermittlerin zu sein.

Der Kardinal begleitete Se. Majestät von Surgères bis Maubes, und hier trennten sich der König und sein Minister unter großen Freundschaftsbezeigungen; in der Nacht vom Dreiundzwanzigsten zog die Eskorte in Paris ein. Der König dankte Herrn von Tréville und erteilte ihm die Vollmacht, auf vier Tage unter der Bedingung Urlaub auszugeben, daß sich keiner voll den Begünstigten, bei Strafe der Bastille, an einem öffentlichen Platz sehen lasse. Wie es sich erachten läßt, so hatten die vier ersten Urlaube, die erteilt wurden, unsere vier Freunde erhalten. Athos erhielt sogar sechs Tage statt vier, und fügte diesen sechs Tagen noch zwei Nächte bei, da sie am Vierundzwanzigsten abends um fünf Uhr abreisten, und der Urlaub durch Herrn von Tréville vom Fünfundzwanzigsten morgens ausgestellt wurde. »Ach, mein Gott!« sagte d'Artagnan, der, wie wir wissen, nie an einer Sache verzweifelte, »wir zerbrechen uns die Köpfe über etwas ganz Einfaches, wir reiten ein paar Pferde zu Tode, was ist daran gelegen, ich habe Geld; in zwei Tagen bin ich in Bethune, übergebe der Vorsteherin den Brief der Königin und führe den kostbaren, heißersehnten Schatz nicht nach Lothringen oder Belgien, sondern nach Paris, wo er in besserer Sicherheit ist, zumal so lange, als der Herr Kardinal vor La Rochelle gelagert ist. Wenn wir einmal aus dem Felde zurückgekehrt sind, bekommen wir von der Königin, teils durch die Protektion ihrer Base, teils für unsere geleisteten Dienste, alles, was wir nur wollen. Bleibt also hier und müht Euch nicht ab unter fruchtlosen Anstrengungen. Ich und Planchet sind für eine so einfache Expedition hinreichend genug.«

Am Fünfundzwanzigsten abends, wo sie in Arras eintrafen und d'Artagnan, um ein Glas Wein zu trinken, vor dem Gasthaus »Zur goldenen Egge« abstieg, kam ein Reiter vom Hofe des Posthauses hervor, wo er die Pferde gewechselt hatte, und sprengte in aller Eile auf der Straße nach Paris fort. In diesem Moment, wo er durch das Haustor auf die Straße ritt, schlug der Wind seinen Mantel auseinander, in den er sich gewickelt hatte, obschon es August war, und hob auch schon seinen Hut, den jedoch der Reisende noch schnell genug anfaßte und wieder in die Stirn drückte. D'Artagnan faßte diesen Mann ins Auge, wurde blaß und ließ sein Glas fallen. »Was ist Ihnen, gnädiger Herr?« fragte Planchet; »holla, meine Herren, herbei! mein Gebieter ist unwohl.« Die drei Freunde stürzten herbei, sahen aber, daß d'Artagnan, statt sich unwohl zu befinden, nach seinem Pferd eilte. Sie hielten ihn an der Türschwelle auf. »Zum Teufel!« rief Athos, »wohin willst du denn?« »Er ist's!« rief d'Artagnan blaß vor Ingrimm und die Stirn mit Schweiß bedeckt; »er ist's, laßt mich ihn einholen. Zu Pferde, meine Herren, zu Pferde, wir wollen ihn verfolgen und werden ihn wohl erreichen.« »Mein Lieber,« versetze Aramis, »bedenkt aber, er ritt auf der entgegengesetzten Straße, die wir einschlagen müssen; er reitet ein frisches Pferd, während die unsrigen ermattet sind, so daß wir sie ohne Hoffnung, ihn einzuholen, zu Tode reiten müßten.« »He, mein Herr!« rief ein Stalljunge, der dem Unbekannten nacheilte; »He, mein Herr, da ist ein Papier, das aus Ihrem Hut fiel. He, mein Herr!« »Mein Freund!« rief ihm d'Artagnan zu, »da hast du für dein Papier eine halbe Pistole.« »Meiner Treu! mit der größter Freude; hier ist's.« Der Stalljunge war über den guten Taglohn entzückt und kehrte in den Hofraum zurück; d'Artagnan entfaltete das Papier. »Nun?« fragten seine Freunde voll Neugier. »Nichts als ein einziges Wort,« versetzte d'Artagnan. »Ja,« sagte Aramis, »doch dieses Wort ist der Name einer Stadt. »Armentières,« las Porthos. »Armentières, das kenne ich nicht.« »Und dieser Name der Stadt ist von ihrer Hand geschrieben,« sagte Athos. »Nun, lasset uns das Papier sorgsam aufbewahren,« versetzte d'Artagnan, »vielleicht ist meine halbe Pistole nicht hinausgeworfen. Zu Pferde, meine Freunde! zu Pferde!« Die vier Freunde sprengten im Galopp von hinnen auf der Straße nach Bethune.

Das Kloster der Karmeliterinnen zu Bethune

Die großen Verbrecher tragen in sich eine Art Vorausbestimmung, vermöge der sie alle Hindernisse bewältigen und allen Gefahren entgehen, doch nur bis zu dem Moment, den die Vorsehung, ihrer Frevel müde, als Klippe ihres unseligen Glückes bezeichnet. So war es auch bei der Mylady. Sie steuerte mitten durch die Kreuzer der beiden Nationen und landete ohne Unfall in Boulogne. Als sie in Portsmouth anlangte, war sie eine Engländerin und durch Frankreichs Verfolgungen aus La Rochelle vertrieben. Als sie sich nach einer zweitägigen Fahrt in Boulogne ausschiffte, gab sie sich für eine Französin aus, die von den Engländern in ihrem Haß gegen Frankreich mißhandelt worden sei. Sie gab in Boulogne einen Brief folgenden Inhalts auf: »An Se. Eminenz, Monseigneur Kardinal von Richelieu, im Lager von La Rochelle.

Monseigneur! Ew. Eminenz mögen unbekümmert sein; Seine Herrlichkeit, der Herzog von Buckingham, wird nicht nach Frankreich kommen. Boulougne, den 25., abends. P. S. Dem Verlangen Ew. Eminenz gemäß verfüge ich mich in das Kloster der Karmeliterinnen nach Bethune, wo ich weiterer Befehle gewärtig sein werde.« Mylady begab sich auch in der Tat noch an demselben Abend auf den Weg. Die Nacht überraschte sie. Sie sah sich gezwungen anzuhalten, um in einem Wirtshaus zu schlafen. Am folgenden Morgen um fünf Uhr reiste sie wieder ab, und nach drei Stunden kam sie nach Bethune. Sie ließ sich das Kloster der Karmeliterinnen zeigen, und begab sich auf der Stelle dahin. Die Vorsteherin kam ihr entgegen, Mylady wies ihr den Befehl des Kardinals vor; die Äbtissin ließ ihr ein Zimmer einräumen und das Frühmahl auftragen. Später kam die Äbtissin zu ihr. Es gibt wenig Zerstreuungen im Kloster, und so kam es, daß die Vorsteherin alsbald Bekanntschaft mit der neuen Kostgängerin schloß. Mylady lenkte das Gespräch unter anderm auf den Kardinal. Hierbei geriet sie jedoch in große Verlegenheit, da sie nicht wußte, ob die Äbtissin Royalistin oder Kardinalistin sei. Sie hielt sich sonach wohlweise in der Mitte. Allein die Äbtissin, die eine noch klügere Zurückhaltung bewies, verneigte sich mit dem Kopfe, sooft die Reisende des Namens Seiner Eminenz gedachte, hörte ihr bedächtig zu und lächelte. Die Mylady ging sodann auf die Verfolgung über, die sich der Kardinal gegen seine Feinde erlaubte. Die Äbtissin zeigte weder eine Miene der Billigung noch der Mißbilligung. Dies bestärkte Mylady in der Meinung, daß die Nonne mehr Royalistin als Kardinalistin sei, und sie fuhr mit steigendem Eifer fort. Endlich sprach die Äbtissin: »Ich bin sehr unwissend in all diesen Dingen; allein wie entfernt wir auch am Hofe leben, und außerhalb des Kreises weltlicher Interessen, so haben wir doch sehr traurige Beispiele von der Wahrheit dessen, was Sie uns da sagen. Eine unserer Kostgängerinnen hat viel gelitten unter dem Zorn und den Verfolgungen des Kardinals.« »Eine Ihrer Kostgängerinnen?« fragte Mylady; »so, mein Gott! wie sehr beklage ich die arme Frau.« »Sie haben auch recht, sie ist sehr zu beklagen. Gefängnis, Drohungen, Mißhandlungen, alles mußte sie ausstehen. Indes«, fuhr die Äbtissin fort, »hatte der Kardinal wohl triftige Gründe, so zu verfahren, uud wiewohl sie aussieht wie ein Engel, so darf man die Menschen doch nicht nach ihrem Gesicht beurteilen.« »Gut,« sprach Mylady zu sich selbst, »wer weiß, hier kann ich vielleicht etwas entdecken.« »Ach, ich weiß es wohl,« versetzte Mylady, »man sagt, daß den Physiognomien nicht zu trauen sei. Wem soll man aber Glauben schenken, wenn nicht dem schönen Werke des Herrn? Was mich anbelangt, so wird man mich mein ganzes Leben lang hintergehen, allein, ich werde jederzeit einem Menschen vertrauen, wenn mir sein Gesicht Teilnahme einflößt.« »Sie sind also geneigt, diese junge Frau für schuldlos zu halten?« fragte die Äbtissin. »Man pflegt nicht bloß immer die Verbrechen zu bestrafen,« versetzte Mylady, »es gibt gewisse Tugenden, die oft heftiger als gewisse Frevel verfolgt werden.« »Erlauben Sie, Madame,« sagte die Äbtissin, »daß ich mein Erstaunen ausdrücken darf.« »Worüber denn?« fragte Mylady in naivem Ton. »Über die Sprache, die Sie führen.« »Was finden Sie denn sonderbares in dieser Sprache?« fragte Mylady lächelnd. »Der Kardinal hat Sie hiergeschickt, und dennoch sprechen Sie von ihm – wenigstens nichts Gutes.« »Weil ich sein Opfer bin,« versetzte Mylady mit Seufzen. »Allein dieser Brief, worin er Sie mir empfiehlt...« »Ist für mich ein Befehl, daß ich in einer Art Gefängnis bleibe, bis er mich abfordern wird...« »Warum haben Sie aber nicht die Flucht ergriffen?« »Wohin mich flüchten? Glauben Sie wohl, es gibt irgendwo einen Ort auf Erden, wohin der Kardinal, wenn er seinen Arm ausstrecken wollte, nicht reichen würde? – hat die junge Kostgängerin zu entfliehen gesucht, die Sie bei sich haben?« »Nein, das ist wohl wahr, allein mit ihr verhält es sich ganz anders. Sie wird durch irgend eine Liebschaft in Frankreich zurückgehalten, wie ich glaube.« »Wenn sie liebt, ist sie nicht ganz unglücklich,« sprach Mylady seufzend. »So sehe ich denn,« fragte die Äbtissin und blickte Mylady mit steigender Teilnahme an, »so sehe ich denn wieder vor mir eine arme Verfolgte?« »Ach, ja!« erwiderte Mylady. Die Äbtissin betrachtete Mylady ein Weilchen mit großer Unruhe, als hätte sich in ihrem Geist ein neuer Gedanke geregt. Dann sagte sie: »Nicht wahr, Sie sind keine Feindin unseres heiligen Glaubens?« »Ich?« erwiderte Mylady, »ich eine Protestantin? Ich rufe Gott zum Zeugen, daß ich eine eifrige Katholikin bin.« »Dann, Madame,« entgegnete die Äbtissin lächelnd, »dann können Sie ruhig sein, denn das Haus, worin Sie sich befinden, soll für Sie kein harter Kerker sein, und wir wollen tun, was wir aus Kräften vermögen, um Ihre Gefangenschaft angenehm zu machen. Außerdem finden Sie hier die junge Frau, die zweifelsohne wegen einer Hofintrige verfolgt wird. Sie ist liebenswürdig, einnehmend und wird Ihnen gefallen.« »Wie heißt sie?« »Sie wurde von einer sehr vornehmen Person unter dem Namen Ketty empfohlen. Ihren andern Namen suchte ich nicht zu erfahren.« »Ketty?« murmelte Mylady, »sind Sie dessen gewiß?« »Daß sie sich so nennen läßt? Ja, Madame. Ist Sie Ihnen etwa bekannt?« Mylady lächelte bei dem Gedanken, daß diese junge Frau ihre vormalige Zofe sein könnte. In der Erinnerung an dieses Mädchen mengte sich eine Erinnerung des Zornes, und die Rachsucht verstörte sogleich Myladys Züge – doch nahm sie fast in demselben Moment wieder den ruhigen, wohlwollenden Ausdruck an, den sie ihren hundertfachen Gesichtern einverleibt hatte. »Wann könnte ich denn diese junge Dame sehen?« fragte Mylady, »ich empfinde für sie bereits eine große Sympathie in mir.« »Diesen Abend – noch heute,« antwortete die Äbtissin. »Da Sie aber, wie Sie sagten, schon vier Tage lang reisen uud diesen Morgen um fünf Uhr aufgestanden sind, so bedürfen Sie der Ruhe. Legen Sie sich zu Bett und schlafen Sie; wir wollen Sie gegen Mittag aufwecken.« Obwohl sich Mylady recht leicht des Schlafes hätte begeben können, da sie durch alle ihre Aufregungen unterstützt war, die ein neues Abenteuer in ihrem intrigensüchtigen Gemüt hervorbrachte, so nahm sie nichtsdestoweniger das Anerbieten der Äbtissin an. Sie war ja seit zehn bis vierzehn Tagen von so verschiedenartigen Gemütserschütterungen hergenommen, daß wenigstens ihre Seele der Ruhe bedurfte, wenn auch ihr eiserner Körper die Anstrengungen zu ertragen imstande war. Sie beurlaubte sich somit von der Äbtissin und legte sich zu Bett, sanft gewiegt durch die Rachegedanken, die natürlich der Name Ketty in ihr erweckt hat.

Sie ward von einer sanften Stimme aufgeweckt, die am Fuß ihres Bettes ertönte. Mylady schlug die Augen auf, und sah die Äbtissin, begleitet von einer jungen Frau mit blonden Haaren und zartem Teint, die einen Blick voll wohlwollender Neugierde auf sie richtete. Das Gesicht der jungen Frau war ihr gänzlich unbekannt. Beide blickten sich forschend und mit ängstlicher Aufmerksamkeit an, indes sie sich wechselweise begrüßten. Beide waren sehr schön, nur war ihre Schönheit verschiedenartig. Die Äbtissin stellte sie gegenseitig vor, und als diese Förmlichkeiten vorüber waren, ließ sie die beiden jungen Frauen allein, da sie ihre Pflicht in die Kirche berief. Da die Novize sah, daß Mylady noch im Bett liege, wollte sie der Äbtissin folgen, doch Mylady hielt sie zurück und sagte: »Wie doch, Madame, ich habe Sie noch kaum gesehen, und schon wollen Sie mich wieder Ihrer Gegenwart berauben, auf die ich, freigestanden, während meines Aufenthalts an diesem Ort ein bißchen gerechnet habe.« »Nein, Madame,« erwiderte die Novize, »ich fürchte nur, die Zeit schlecht gewählt zu haben; Sie schliefen und sind ermüdet.« »Wohl,« entgegnete Mylady, »was kann Schlafenden Angenehmeres zu teil werden, als ein gutes Erwachen? Dieses Erwachen wurde mir durch Sie zu teil; lassen Sie es mich nun genießen.« Hiermit faßte sie die junge Frau bei der Hand und zog sie auf einen Stuhl, der neben ihrem Bette stand. Die Novize setzte sich und sprach: »Ach, Gott! wie unglücklich bin ich nicht! Sechs Monate lang lebe ich bereits hier ohne einen Schatten von Zerstreuung; Sie kommen an; Ihre Gegenwart sollte für mich eine freundliche Gefährtin sein, und wahrscheinlich, muß ich in den nächsten Augenblicken schon das Kloster verlassen.« »Wie,« versetzte Mylady, »Sie gehen bald von hier weg?« »Ich hoffe es wenigstens,« antwortete die Novize mit einem Tone der Freude, die sie ganz und gar nicht zu verhehlen suchte. »Sie hatten viel auszustehen, wie ich gehört habe,« fuhr Mylady fort; »das ist ein Grund mehr zur Sympathie zwischen uns beiden.« »Ist es also wahr, was mir unsere fromme Mutter gesagt hat – Sie sind gleichfalls ein Opfer des Kardinals?« »Stille,« sagte Mylady, »wir dürfen selbst hier nicht von ihm sprechen. Mein ganzes Unglück rührt davon her, daß ich ungefähr das, was Sie zu mir sagen, in Gegenwart einer Frau gesprochen habe, die ich für meine Freundin hielt, die mich aber verraten hat. Sind nicht auch Sie ein Opfer der Verräterei?« »Nein,« erwiderte die Novize, »sondern meiner Anhänglichkeit an eine Frau, die ich liebte, für die ich mein Leben hingegeben hätte, und auch noch jetzt hingeben würde.« »Und die Sie dann verlassen hat, nicht so?« »Ich war ungerecht genug, das zu erwähnen, doch seit einigen Tagen erhielt ich den Beweis vom Gegenteil und danke Gott dafür. Ich wäre darüber gestorben, hätte ich glauben müssen, daß sie mich ganz und gar vergessen hat. Allein Sie, Madame,« fuhr die Novize fort, »Sie scheinen mir frei zu sein, und wenn Sie fliehen wollten, so stände das nur bei Ihnen.« »Aber wohin sollte ich denn gehen – ohne Freunde, ohne Geld, in einem Teile Frankreichs, den ich nicht kenne…« »O,« entgegnete die Novize, »was die Freunde betrifft, so werden Sie dieselben überall finden, wo Sie nur wollen, da Sie so gut zu sein scheinen und so schön sind.« »Ich bin aber darum nicht weniger allein und verfolgt,« sprach Mylady mit einem so milden Lächeln, daß es wahrhaft einen seraphischen Ausdruck annahm, »hören Sie,« sagte die Novize, »man muß seine Hoffnung auf den Himmel setzen. Sehen Sie, es kommt immer ein Moment, wo das Gute, das wir getan, vor Gott zu Gunsten unserer Sache spricht, und vielleicht ist es ein Glück für Sie, daß Sie, wie niedrig auch meine Stellung sei, und wie wenig Macht ich habe, mich getroffen haben; denn wenn ich diesen Ort verlasse, so werde ich einige mächtige Freunde haben, die auch für Sie zu Felde ziehen können, nachdem sie für mich ins Feld gerückt sind.« »O, wenn ich gesagt habe, daß ich allein sei,« versetzte Mylady, in der Hoffnung, wenn sie selber spräche, würde sie auch die Novize zum Sprechen auffordern, »so bemerke ich das keineswegs, als hätte ich nicht auch Bekanntschaften, sondern weil diese Bekanntschaften vor dem Kardinal zittern. Selbst die Königin wagt es nicht, mir gegen diesen Mächtigen beizustehen.« »Glauben Sie mir, Madame, es kann bei der Königin nur den Schein haben, als hätte sie diese Personen verlassen, doch soll man nicht dem Scheine glauben. Je mehr sie verfolgt werden, desto mehr denkt Ihre Majestät an dieselben, und sie erhalten den Beweis einer herzlichen Erinnerung oft in dem Augenblick, wo sie meinen, daß die Königin gar nicht ihrer gedenke.« »Ach,« sagte Mylady, »ich glaube es; die Königin ist so gut…« »Sie kennen also diese schöne, edle Königin, da Sie derart von ihr sprechen?« sprach die Novize mit Begeisterung. »Das heißt,« antwortete Mylady bedrängt in ihrem Rückhalt, »ich habe nicht die Ehre, sie persönlich zu kennen, doch kenne ich viele von ihren vertrautesten Freunden. Ich kenne zum Beispiel Herrn Putange, ich lernte in England Herrn Dujart kennen; ich kenne Herrn von Tréville.« »Herrn von Tréville?« rief die Novize, »Sie kennen Herrn von

Tréville?« »Ja, und zwar recht gut.« »Den Kapitän der Musketiere des Königs?« »Den Kapitän der Musketiere des Königs.« »O, jetzt werden Sie sehen,« sagte die Novize, »daß wir alsbald ganz gut miteinander bekannt, ja fast Freundinnen sein werden. Wenn Sie Herrn von Tréville kennen, so waren Sie gewiß auch in seinem Haus?« »Oft,« entgegnete Mylady, welche die Lüge aufs äußerste treiben wollte, da sie sah, sie nähere sich auf diesem Pfad ihrem Ziele. »Sie mußten bei ihm wohl auch einige Musketiere gesehen haben?« »Alle diejenigen, welche er gewöhnlich empfängt,« versetzte Mylady, für die diese Unterredung stets anziehender zu werden anfing. »Nennen Sie mir doch einige derselben, die Sie kennen, und Sie werden sehen, daß es meine Freunde sind.« Mylady antwortete etwas verlegen: »Ich kenne Herrn von Louvigny, Herrn von Coutivron, Herrn von Férussac.« Die Novize ließ sie ausreden, doch als sie sah, daß sie anhielt, so fragte sie: »Kennen Sie nicht auch einen Edelmann namens Athos?« Mylady wurde so blaß wie die Decke ihres Bettes, und wie sehr sie sich auch zu beherrschen verstand, konnte sie doch nicht umhin, einen Schrei auszustoßen, indem sie die Novize bei der Hand nahm und mit dem Blicke verschlang. »Wie, was ist Ihnen? mein Gott!« fragte die arme junge Frau; »sagte ich etwas, das Sie beleidigte?« »Nein, allein der Name ist mir aufgefallen, weil ich diesen Mann gleichfalls kenne, und weil es mich seltsam befremdet, hier jemanden zu finden, der mit ihm so gut bekannt ist!« »O, ja! recht gut bekannt und nicht bloß mit ihm, sondern auch mit seinen Freunden, den Herren Porthos und Aramis.« »Wirklich? Auch ich kenne sie,« versetzte Mylady und fühlte dabei eine eisige Kälte durch ihr Herz schauern. »Nun, wenn Sie dieselben kennen, werden Sie auch wissen, daß sie gute und redliche Freunde sind. Warum wenden Sie sich nicht an sie, wenn Sie eines Beistands bedürfen?« »Das heißt,« stammelte Mylady, »ich stehe nicht gerade in einer Verbindung mit irgend einem von ihnen. Ich kenne sie nur, weil ich einen ihrer Freunde, Herrn d'Artagnan, von ihnen reden hörte.« »Sonach kennen Sie Herrn d'Artagnan?« fragte die Novize, während sie gleichfalls ihre Hände erfaßte und sie mit den Augen verschlang. Dann sprach sie, als sie in Myladys Blicke den seltsamen Ausdruck bemerkte: »Um Vergebung, Madame, in welcher Hinsicht kennen Sie ihn?« »Nun,« erwiderte Mylady verlegen, »in freundschaftlicher Hinsicht.« »Sie hintergehen mich, Madame,« versetzte die Novize, »Sie sind seine Geliebte gewesen.« »Sie sind es gewesen, Madame,« erwiderte Mylady. »Ich!?« rief die Novize. »Ja, doch, Sie – jetzt kenne ich Sie. Sie sind Madame Bonacieux.« Die junge Frau trat betroffen und erschreckt zurück, »O, leugnen Sie nicht, antworten Sie,« sagte Mylady. »Nun ja, Madame, ich liebe ihn. Sind wir Nebenbuhlerinnen?« Myladys Antlitz erleuchtete sich von einem so wilden Feuer, daß sich Madame Bonacieux unter allen andern Umständen angstvoll gefühlt hätte; doch jetzt wurde sie einzig nur durch die Eifersucht beherrscht. »Reden, sprechen Sie, Madame,« fuhr Madame Bonacieux mit einer Energie fort, deren man sie gar nicht für fähig hielt, »waren Sie seine Geliebte?« »Ach, nein,« erwiderte Mylady in einem Tone, der an der Wahrheit dessen, was sie sagte, gar nicht zweifeln ließ, »niemals, niemals!« »Ich glaube Ihnen,« sagte Madame Bonacieux, »doch warum jenen Schrei?« »Wie doch, Sie begreifen das nicht?« versetzte Mylady, die sich in ihrer Erschütterung gefaßt und wieder ihre volle Geistesgegenwart gewonnen hatte. »Wie soll ich es begreifen? Ich weiß ja nichts.« »Sie begreifen nicht, daß mich Herr d'Artagnan, der mein Freund war, in sein Vertrauen einweihte?« »Wirklich?« »Sie begreifen nicht, wie ich alles weiß: Ihre Entführung aus dem kleinen Haus in St. Germain, seine Verzweiflung, das Leid seiner Freunde, ihre Nachforschungen seit jener Stunde? und ich soll nicht überrascht sein, wenn ich mich wider alles Vermuten in Ihrer Nähe befinde, nachdem wir so oft von Ihnen gesprochen haben, von Ihnen, die er mit der ganzen Innigkeit seiner Seele liebt, von Ihnen, die er mich lieben machte, ehe ich Sie noch gesehen habe! Ha, meine teure Konstanze! endlich – endlich habe ich Sie gefunden!« hier spannte Mylady ihre Arme gegen Madame Bonacieux aus, die jetzt in dieser Frau, die sie kurz zuvor noch für ihre Nebenbuhlerin hielt, einzig und allein eine ergebene und herzliche Freundin erblickte. »O, vergeben Sie, vergeben Sie mir,« stammelte sie und sank auf ihre Schulter hin, »ich liebe ihn so warm!« Die beiden Frauen hielten sich ein Weilchen umschlungen. Wären Myladys Kräfte ihrem Hasse gleichgekommen, so hätte diese Umarmung nur mit dem Tode der Madame Bonacieux geendet. Da sie aber die junge Frau nicht zu ersticken vermochte, so lächelte sie ihr zu und sprach zu ihr: »O, meine Liebe! meine schöne Kleine! wie fühle ich mich glücklich, Sie zu sehen! Lassen Sie meine Augen an Ihnen weiden.« »Ja, Sie sind es! nach dem, was er mir von Ihnen erzählt hat, erkenne ich Sie zur Stunde, erkenne Sie ganz und gar.« »Nun, Sie wissen, was ich ausgestanden habe,« sagte Madame Bonacieux, »da er Ihnen meine Lebensgeschichte erzählt hat. Doch achte ich es als ein Glück, für ihn zu dulden.« Mylady wiederholte mechanisch: »Ja, es ist ein Glück!« Sie dachte an etwas anderes. »Und dann,« fuhr Madame Bonacieux fort, »mein Unglück erreicht bald sein Ende; morgen, vielleicht diesen Abend schon werde ich ihn wiedersehen, und dann gibt es für mich keine Vergangenheit mehr.« »Diesen Abend? morgen?« fragte Mylady, durch diese Worte aus ihren Träumen gerüttelt. »Was wollen Sie damit sagen? Erwarten Sie etwa von ihm Nachricht?« »Ich erwarte ihn selber!« »Ihn selber? – d'Artagnan hier!« »Ihn selber!« »Das ist unmöglich; er ist mit dem Kardinal bei der Belagerung von La Rochelle, und wird erst nach der Eroberung dieser Stadt nach Paris zurückkommen.« »Das glauben Sie, allein meinen Sie denn, daß meinem d'Artagnan, diesem vortrefflichen und wackeren Edelmann, etwas unmöglich sei?« »O, ich kann es nicht glauben.« »Nun, so lesen Sie!« rief im Übermaß der Freude und des Stolzes die unglückselige junge Frau, indem sie Mylady einen Brief überreichte. »Das ist die Handschrift der Frau von Chevreuse!« sagte Mylady zu sich selbst. »Ich war versichert, daß von dieser Seite ein Einvernehmen statthatte.« Sie las die folgenden Zeilen mit Begierde: »Mein liebes Kind, sei gewärtig, unser Freund wird Euch bald besuchen, um Euch aus dem Gefängnis zu führen, wo Ihr Eurer Sicherheit halber versteckt sein mußtet. Macht Eure Anstalten zur Abreise und verzweifelt nie an uns. Unser wackerer Gascogner hat sich auch kürzlich wieder, wie immer, brav und getreu bewiesen. Sagt ihm, daß man ihm irgendwo recht dankbar sei für den Rat, den er gegeben hat!« »Ja, ja,« versetzte Mylady, »ja, dieser Brief lautet bestimmt. Wissen Sie vielleicht, worin dieser Rat bestanden hat?« »Nein, aber ich vermute, daß er die Königin von irgend einer Machination ihrer Feinde in Kenntnis gesetzt hat.« »Ja, so wird es zweifelsohne sein,« entgegnete Mylady, reichte den Brief der Madame Bonacieux zurück und senkte ihr Haupt nachdenkend auf die Brust herab. In diesem Moment vernahm man den Galopp eines Pferdes. »Ha!« rief Madame Bonacieux und stürzte an das Fenster, »sollte er es sein?« Mylady war, von Betroffenheit verstimmt, im Bette geblieben. Es begegneten ihr plötzlich so unerwartete Dinge, daß sie zum erstenmal ihren Kopf verlor. »Er, er!« stammelte sie. »sollte er es sein?« sie verblieb in ihrem Bette mit stierem Blicke. »Ach, nein!« sagte Madame Bonacieux, »es ist ein Mann, den ich nicht kenne. Wie es scheint, kommt er hierher; er ritt langsamer – nun hält er vor dem Tore – nun läutet er.« Mylady sprang aus dem Bette. »Sind Sie dessen gewiß, daß er es nicht ist?« sagte sie, »Ach ja, ganz gewiß.« »Sie haben doch vielleicht schlecht gesehen?« »O, ich würde ihn kennen, erblickte ich nur die Feder seines Hutes, den Saum seines Mantels.« Mylady kleidete sich an. »Gleichviel, Sie sagen, daß dieser Mann hierherkomme?« »Ja, er ist schon in das Kloster getreten.« »Das geschieht entweder Ihretwillen oder meinetwegen.« »O mein Gott! wie sind Sie doch aufgeregt!« »Ich gestehe, daß ich nicht Ihre Zuversicht teile, sondern von seiten des Kardinals alles befürchte.« »Stille!« mahnte Madame Bonacieux, »man kommt.« In der Tat ging die Tür auf und die Äbtissin trat ein. »Kommen Sie von Boulogne?« fragte sie Mylady. »Ja,« erwiderte diese und bemühte sich, ihre Kaltblütigkeit wiederzugewinnen. »Wer erkundigt sich nach mir?« »Ein Mann, der seinen Namen nicht nennen will, aber von dem Kardinal kommt.« »Und er will mich sprechen?« fragte Mylady. »Er will eine Dame sprechen, die von Boulogne gekommen sein soll.« »Dann, Madame, bitte ich, ihn eintreten zu lassen.« »Ach, mein Gott! mein Gott!« klagte Madame Bonacieux, »sollte er etwa schlimme Nachrichten bringen?« »Das befürchte ich.« »Ich lasse Sie allein mit diesem Fremdling; doch wenn er sich entfernt hat, komme ich mit Ihrer Erlaubnis wieder zurück.« »Ich bitte Sie darum.« Die Äbtissin und Madame Bonacieux gingen mitsammen fort. Mylady blieb allein, die Augen starr nach der Tür gerichtet. Alsbald hörte man auf der Treppe das Klirren von Sporen. Darauf näherten sich die Tritte, die Tür ging auf und ein Mann trat ein. Mylady stieß einen Jubelschrei aus. Dieser Mann war der Graf von Rochefort, die ergebenste Seele Seiner Eminenz.

Zwei Spielarten von Teufeln.

»Ha!« riefen zu gleicher Zeit Rochefort und Mylady, »Sie sind es!« »Ja, ich bin es.« »Und Sie kommen?« fragte Mylady. »Von La Rochelle. Und Sie?« »Von England.« »Buckingham?« »Tot – oder gefahrvoll verwundet. Als ich abreiste, ohne daß ich von ihm etwas zu erlangen vermochte, hat ihn ein Fanatiker umgebracht.« »Ah!« sagte Rochefort lächelnd; »das ist ein ungemein glücklicher Zufall, worüber sich Se. Eminenz sehr freuen wird. Haben Sie ihm schon Nachricht gegeben?« »Ich habe ihm aus Boulogne geschrieben. Doch wie kommen Sie hierher?« »Seine Eminenz war beunruhigt und sandte mich ab, um Sie aufzusuchen.« »Ich bin erst gestern hier angekommen.« »Und was haben Sie seit gestern getan?« »Ich habe meine Zeit nicht verloren.« »O, das läßt sich wohl erraten.« »Wissen Sie, wen ich hier angetroffen habe?« »Nein.« »Raten Sie.« »Wie soll ich raten?« »Die junge Frau, welche die Königin aus dem Gefängnis befreit hat.« »Die Geliebte des kleinen d'Artagnan?« »Ja, Madame Bonacieux, deren Aufenthalt dem Kardinal unbekannt war.« »Nun,« sagte Rochefort, »das ist wieder ein Zufall, der das Seitenstück des andern bildet. Der Kardinal ist wirklich vom Glück bevorzugt.« »Können Sie sich meine Verwunderung darstellen,« fuhr Mylady fort, »als ich hier diese Frau antraf?« »Weiß sie, wer Sie sind?« »Nein.« »Sie glaubt, daß Sie eine Fremde sind?« Mylady sagte lachend: »Ich bin ihre beste Freundin.« »Auf Ehre!« rief Rochefort, »nur Sie, meine liebe Gräfin, können solche Wunder verrichten.« »Es geschah zu rechter Zeit, Chevalier,« versetzte Mylady, »denn wissen Sie, was vorgeht?« »Nein.« »Man will sie morgen oder übermorgen im Auftrag der Königin abholen.« »Wirklich? wer denn?« »D'Artagnan und seine Freunde.« »In Wahrheit? Sie treiben es so weit, daß man sie in die Bastille stecken muß.« »Weshalb ist das nicht schon geschehen?« »Nun, der Herr Kardinal hat für diese Menschen eine Schwäche, die mir unbegreiflich ist.« »Was hat Ihnen der Kardinal hinsichtlich meiner Person gesagt?« »Ich soll Ihre geschriebenen oder mündlichen Depeschen in Empfang nehmen, und mit Postpferden zurückeilen. Wenn er einmal weiß, was Sie getan haben, wird er Befehl geben, was Sie weiter tun sollen.« »Jetzt soll ich also hier bleiben?« »Hier oder in der Umgebung.« »Sie können mich nicht mitnehmen?« »Nein, der Befehl lautet bestimmt.« »Nun, es ist wahrscheinlich, daß hier meines Bleibens nicht sei.« »Weshalb?« »Sie vergessen, daß meine Feinde jeden Augenblick eintreffen können.« »Das ist wohl wahr, dann aber wird diese kleine Frau entkommen.« »Bah,« versetzte Mylady mit einem ihr eigentümlichen Lächeln, »Sie vergessen wieder, daß ich ihre beste Freundin bin.« »Ah, das ist wahr, ich darf also dem Kardinal sagen, bezüglich dieser Frau...« »Dürfe er unbekümmert sein.« »Ist das alles? und weiß er, was das sagen will?« »Er wird alles erraten.« »Nun, was soll ich jetzt tun?« »Auf der Stelle abreisen, denn mich dünkt, die Nachrichten, die Sie überbringen, sind des Eilens wert.« »Mein Wagen zerbrach im Hineinfahren nach Lilliers.« »Recht hübsch.« »Wie, recht hübsch?« »Nun, ich brauche Ihren Wagen.« »Wie soll ich dann reisen?« »Flink zu Pferde.« »Sie haben gut reden, hundertachtzig Meilen!« »Was tut das?« »Ich will sie zurücklegen. Und dann?« »Wenn Sie durch Lilliers reiten, so schicken Sie mir den Wagen, und stellen Sie mir Ihren Bedienten zur Verfügung.« »Gut.« »Sie tragen sicher einen Befehl des Kardinals bei sich?« »Ja, eine Vollmacht.« »Zeigen Sie dieselbe der Äbtissin vor, mit der Meldung, man werde heute oder morgen kommen, mich abzuholen, und ich habe der Person zu folgen, die in Ihrem Namen kommen wird.« »Sehr wohl!« »Vergessen Sie nicht, mich streng zu behandeln, wenn Sie bei der Äbtissin von mir reden.« »Wozu das?« »Ich bin ein Opfer des Kardinals. Auch muß ich dieser armen, kleinen Madame Bonacieux Vertrauen einflößen.« »Wollen Sie eine Karte?« »O, ich kenne dieses Land recht gut.« »Sie – wann waren Sie denn hier?« »Ich wurde hier erzogen.« »Wirklich?« »Nun, sehen Sie, es ist doch zu etwas gut, wenn man irgendwo erzogen wurde.« »Sie werden mich also erwarten?« »Lassen Sie mich einen Augenblick nachdenken – gut, ja, in Armentières!« »Was ist Armentières?« »Eine kleine Stadt am Ufer des Lys. Ich brauche nur über den Fluß zu gehen, so bin ich in einem fremden Lande.« »Recht gut, doch wohlverstanden, Sie setzen nur über den Fluß im Fall einer dringenden Gefahr.« »Natürlich.« »Wie kann ich aber wissen, wo Sie sich befinden?« »Brauchen Sie Ihren Bedienten nicht?« »Nein.« »Ist er ein zuverlässiger Mensch?« »In jeder Hinsicht.« »Überlassen Sie ihn mir, niemand kennt ihn; ich lasse ihn an dem Orte zurück, von dem ich mich entferne, und er führt Sie dahin, wo ich bin.« »Und Sie sagen, daß Sie mich in Armentières erwarten wollen?« »Ja, in Armentières.« »Schreiben Sie mir diesen Namen auf ein Blättchen Papier, damit ich ihn nicht vergesse. Nicht wahr, der Name einer Stadt kann nicht bloßstellen.« »Wer weiß? Aber gleichviel,« versetzte Mylady und schrieb den Namen auf ein Stück Papier, »ich setze mich damit in Gefahr.« »Gut,« sagte Rochefort, nahm Mylady das Papier aus der

Hand, legte es zusammen und schob es in das Futter seines Hutes. »Seien Sie im übrigen unbekümmert, ich mache es wie die Kinder, und wiederhole den Namen auf dem ganzen Wege, wenn ich das Papier verliere. Nun, ist weiter nichts?« »Ich glaube nicht.«

Ein Tropfen Wasser

Rochefort hatte sich kaum entfernt, als Madame Bonacieux zurückkehrte und Mylady mit lachendem Gesicht antraf. »Nun,« sagte die junge Frau, »was Sie befürchtet haben, ist auch eingetroffen. Diesen Abend oder morgen läßt der Kardinal Sie abholen.« »Wie wissen Sie das?« »Ich hörte es aus dem Munde des Boten.« »Setzen Sie sich zu mir,« sagte Mylady. »Hier sitze ich.« »Warten Sie, ich will mich versichern, daß uns niemand behorche.« »Wozu diese Vorsicht?« »Sie sollen es erfahren.« Mylady erhob sich, ging zur Tür. öffnete sie, blickte hinaus in den Korridor, kehrte wieder zurück und nahm neben Madame Bonacieux Platz. »Er hat also seine Rolle gut gespielt!« sagte sie. »Wer denn?« »Der Mann, der sich bei der Äbtissin als Gesandter des Kardinals angemeldet hat.« »Hat er denn eine Rolle gespielt?« »Ja, mein Kind!« »Dieser Mensch ist also kein...« »Dieser Mensch,« versetzte Mylady mit gedämpfter Stimme, »dieser Mensch ist mein Bruder.« »Ihr Bruder!« rief Madame Bonacieux. »Um dieses Geheimnis weiß niemand, als Sie, mein Kind, und wenn Sie es irgend jemanden mitteilen, so bin ich verloren, und Sie vielleicht mit mir.« »Ach, mein Gott!« »Hören Sie, was geschehen ist: mein Bruder, der mir zu Hilfe kam und mich nötigenfalls gewaltsam von hier wegbringen wollte, traf den Emissär des Kardinals, welcher mich abholen sollte. Er folgte ihm nach, und als sie sich auf einem einsamen, verborgenen Wege befanden, zog er seinen Degen und begehrte vom Boten die Papiere, die er bei sich trüge. Dieser wehrte sich, und mein Bruder tötete ihn. »Ach!« seufzte Madame Bonacieux erschüttert. »Aber bedenken Sie, daß dieses das einzige Mittel war. Sonach beschloß mein Bruder, List statt Gewalt zu gebrauchen. Er nahm die Papiere, trat hier als Abgesandter des Kardinals auf, und in ein paar Stunden wird mich auf Befehl Seiner Eminenz ein Wagen abholen.« »Ich begreife, diesen Wagen sendet Ihnen Ihr Bruder.« »Richtig, doch das ist noch nicht alles. Der Brief, den Sie empfangen haben, und von dem Sie glauben, er komme von der Frau von Chevreuse...« »Nun?« »Er ist falsch.« »Wieso?« »Ja, falsch; es ist ein Fallstrick, damit Sie, wenn man Sie abholen will, keinen Widerstand leisten.« »Aber d'Artagnan wird kommen und mich abholen.« »Sie irren; d'Artagnan und seine Freunde sind bei der Belagerung von

La Rochelle.« »Woher wissen Sie das?« »Mein Bruder ist Emissären des Kardinals in Musketieruniform begegnet. Man würde Sie vor die Tür gerufen haben, Sie wären der Meinung gewesen, Ihre Freunde seien angekommen; man hätte sie festgenommen, und nach Paris zurückgeschleppt.« »Ach, Gott, mein Kopf verwirrt sich mitten in diesem Chaos von Schändlichkeiten. Ich fühle, daß ich verrückt werden müßte, wenn das noch lange fortdauern würde –« klagte Madame Bonacieux und preßte die Stirn in ihre Hände. »Hören Sie.« »Was?« »Ich höre den Tritt eines Pferdes. Es ist das meines Bruders, der wieder abreist. Kommen Sie, ich will ihm ein letztes Lebewohl sagen.« Mylady öffnete das Fenster und gab Madame Bonacieux einen Wink, daß sie zu ihr treten möge. Rochefort ritt im Galopp vorbei. »Leb' wohl, Bruder!« rief Mylady. Der Edelmann blickte in die Höhe, sah die zwei jungen Frauen und winkte Mylady im schnellen Ritte freundlich zu. »Der gute George,« sagte sie, indem sie mit einem Ausdruck von Zärtlichkeit und Schwermut das Fenster wieder zuschloß. Dann setzte sie sich abermals auf ihren Platz, als wäre sie in rein persönliche Gedanken vertieft. »Liebe Dame,« sagte Madame Bonacieux, »um Vergebung, daß ich Sie störe, doch, mein Gott! was raten Sie mir denn zu tun? Sie haben mehr Erfahrung wie ich, sprechen Sie, ich höre.« »Fürs erste,« entgegnete Mylady, »kann ich irren, und es ist wohl möglich, daß Ihnen d'Artagnan und seine Freunde in der Tat zu Hilfe kommen.« »O, das wäre schön!« rief Madame Bonacieux, »aber so viel Glück gibt es für mich nicht auf dieser Welt.« »Sie begreifen, daß es ganz einfach eine Zeitfrage, eine Art Wettlauf wäre, wer zuerst ankäme; tragen in der Schnelligkeit Ihre Freunde den Sieg davon, so sind Sie gerettet; gewinnen die Boten des Kardinals den Vorsprung, so sind Sie verloren.« »Ach, ja! ja! ohne Barmherzigkeit verloren. Doch was tun; was anfangen?« »Da gäbe es ein ganz einfaches, ganz natürliches Mittel.« »O, nennen Sie es.« »Es bestände darin, daß Sie, in der Umgebung verborgen, harren, um sich zu überzeugen, welche Menschen nach Ihnen verlangen.« »Aber wo soll ich harren?« »O, das hält nicht schwer, ich selbst verberge mich einige Meilen von hier, und bleibe dort, bis mich mein Bruder holt; wenn es Ihnen beliebt, so nehme ich Sie mit, wir verstecken uns mitsammen und harren gemeinschaftlich auf Rettung.« »Man wird mich aber nicht fortlassen, da ich gleichsam als Gefangene hier bin.« »Bei dem Glauben, daß ich im Auftrag des Kardinals reise, wird man nicht dafür halten, daß Sie große Eile hätten, mir zu folgen.« »Und dann?« »Der Wagen steht vor der Tür. Sie sagen mir Lebewohl, steigen auf den Fußtritt, um mich zum letztenmal zu umarmen, der Bediente meines Bruders, der mich fortführt, wird in Kenntnis gesetzt, er gibt dem Postillon einen Wink und wir rollen im Galopp von hinnen.« »Aber d'Artagnan – wenn d'Artagnan kommt.« »Werden wir das nicht erfahren?« »Wie denn?« »Nichts ist leichter als das, wir schicken den

Bedienten meines Bruders, auf den wir rechnen können, zurück; er mietet unter einer Verkleidung eine Wohnung dem Kloster gegenüber; kommen Emissäre des Kardinals, so rührt er sich nicht, kommen aber d'Artagnan und seine Freunde, so führt er sie an den Ort, wo wir verborgen sind.« »Er kennt sie also?« »Allerdings; hat er denn nicht Herrn d'Artagnan bei mir gesehen?« »O ja, ja, Sie haben recht. Auf diese Weise wird alles gut gehen. Aber machen wir uns nicht bald auf den Weg?« »Um sieben Uhr oder längstens um acht Uhr sind wir an der Grenze und verlassen Frankreich bei dem ersten Lärm.« »Und was soll ich bis dahin tun?« »Warten.« »Wenn sie aber kommen?« »Der Wagen meines Bruders wird noch vor ihnen eintreffen.« »Wenn ich in dem Moment, da man Sie abholt, von Ihnen fern bin, etwa beim Mittag- oder Abendessen?« »So hören Sie, was zu tun ist.« »Was?« »Bitten Sie unsere gute Äbtissin, das Mahl mit mir einnehmen zu dürfen, damit Sie mich so wenig wie möglich zu verlassen brauchen.« »Wird sie das erlauben?« »Was ist denn an der Sache Ungereimtes?« »O schön, schön, auf diese Weise trennen wir uns nicht einen Augenblick.« »Nun, gehen Sie jetzt hinab, und tragen Sie ihr die Bitte vor; mein Kopf ist mir so schwer, ich will einen Gang durch den Garten machen.« »Gehen Sie, und wo werde ich Sie wieder treffen?« »Hier, nach einer Stunde.« »O, ich danke; wie gütig sind Sie doch!« »Wie sollte ich nicht eine warme Teilnahme für Sie empfinden, da Sie so schön und liebenswürdig sind, und sind Sie nicht auch die Freundin von einem meiner besten Freunde?« »Der liebe d'Artagnan, wie dankbar wird er Ihnen sein!« Die zwei Frauen wechselten ein holdseliges Lächeln und schieden.

Nach Verlauf einer Stunde vernahm Mylady eine süße Stimme, die ihr zurief. Es war Madame Bonacieux. Die gütige Äbtissin gab ihr natürlich die Erlaubnis zu allem, und für den Anfang sollten sie das Abendbrot gemeinschaftlich verzehren. Als sie in den Hof kamen, hörten sie einen Wagen rollen, der vor dem Tor anhielt. Mylady lauschte und sagte dann: »Hören Sie?« »Ja, das Rollen eines Wagens.« »Es ist derjenige, den uns mein Bruder sendet.« »O, mein Gott!« »Auf, nur mutvoll!« Man läutete an der Klosterpforte. Mylady hatte nicht geirrt. »Gehen Sie hinauf in Ihr Zimmer,« sprach sie zu Madame Bonacieux. »Sie haben wohl einige Kleinodien, die Sie gern mitnehmen.« »Ich habe seine Briefe,« antwortete sie. »Gut, so holen Sie dieselben; kommen Sie dann wieder schnell zu mir, daß wir geschwind ein kleines Abendbrot nehmen; vielleicht reisen wir einen Teil der Nacht, wo wir Kräfte nötig haben.« »Großer Gott!« rief Madame Bonacieux, »mein Herz droht zu brechen, ich kann nicht von hinnen.« »Nur Mut, meine Teure, nur Mut! Bedenken Sie, daß Sie in einer Viertelstunde schon gerettet sind, und das, was Sie tun, nur für ihn tun.« »Ja, ja, alles für ihn, alles. Sie erwecken mir durch ein einziges Wort den Mut wieder. Gehen Sie, ich folge.« Madame

Bonacieux nahm das Glas, das vor ihr stand, zur Hand. In demselben Moment aber, wo sie trinken wollte, erstarrte ihre Hand. Sie hörte von der Ferne das herannahende Stampfen eines Galopps, und fast zu gleicher Zeit glaubte sie Pferdegewieher zu vernehmen. Dieses Getöse riß sie aus ihrer Freude, wie uns das Brausen eines Sturmes mitten aus einem schönen Traume weckt; sie wurde blaß und lief nach dem Fenster, indes sich Madame Bonacieux am ganzen Leibe zitternd erhob und sich auf den Stuhl stemmte, um nicht umzusinken. Man sah noch nichts, doch hörte man den Galopp immer lauter. »O, mein Gott!« rief Madame Bonacieux, »was hat dieses Geräusch zu bedeuten?« »Es kommt von unsern Freunden, oder von unsern Feinden,« entgegnete Mylady mit schauerlicher Kaltblütigkeit. »Bleiben Sie, wo Sie sind, ich werde es Ihnen sagen.« Madame Bonacieux blieb auf ihrem Platze stehen, stumm, regungslos und blaß wie eine Bildsäule. Indes wurde das Geräusch immer stärker. Die Pferde konnten nicht mehr über fünfhundert Schritte entfernt sein. Man konnte sie bloß deshalb nicht sehen, weil die Straße eine Biegung hatte. Allein das Stampfen war so deutlich, daß man fast die Anzahl der Pferde an dem Hufschlag unterscheiden konnte. Mylady spähte mit aller Anstrengung der Aufmerksamkeit. Es war gerade noch hell genug, um die Ankömmlinge erkennen zu können. Auf einmal sah sie an der Krümmung des Weges Tressenhüte schimmern und Federn flattern. Sie zählte zwei, dann fünf, endlich acht Reiter. Einer davon ritt den andern um zwei Pferdelängen voran. Mylady brach in Stöhnen aus. Sie erkannte in demjenigen, der voraus ritt, d'Artagnan. »O, mein Gott! seufzte Madame Bonacieux, »was ist es denn?« »Es ist die Uniform der Leibwachen des Kardinals, verlieren wir keinen Augenblick,« schrie Mylady, »entfliehen wir, schnell hinweg!« »Ja, ja, entfliehen wir,« wiederholte Madame Bonacieux, vermochte aber keinen Schritt zu tun, da sie der Schrecken an ihren Platz fesselte. Man hörte die Reiter unter dem Fenster vorübertraben. »So kommen Sie, kommen Sie doch,« rief Mylady und suchte die junge Frau am Arme fortzuzerren; »mit Hilfe des Gartens können wir noch entschlüpfen; ich habe den Schlüssel, doch schnell, denn in fünf Minuten wäre es schon zu spät.« Madame Bonacieux versuchte zu gehen, tat ein paar Schritte und sank in die Knie. In diesem Augenblick vernahm man das Rollen eines Wagens, der beim Anblick der Musketiere im Galopp davonsprengte. Darauf erdröhnten drei oder vier Schüsse. »Zum letztenmal,« rief Mylady, »wollen Sie kommen?« Plötzlich funkelte ein fahler Blitz aus ihrem Auge. Sie lief zu dem Tisch und goß in das Glas von Madame Bonacieux den Inhalt eines Ringkastens, den sie mit eigentümlicher Hastigkeit geöffnet hatte. Es war ein rotes Kügelein, das auf der Stelle zerfloß. Hierauf ergriff sie das Glas mit fester Hand und sprach zu Madame Bonacieux: »Trinken Sie, dieser Wein wird Ihnen Kraft geben, trinken Sie.« Sie hielt das Glas an die Lippen der jungen Frau, die maschinenartig trank. »Ha! ich wollte mich nicht auf diese Weise rächen,« stammelte Mylady, während sie mit einem höllischen Grinsen das Glas auf den Tisch stellte; »aber meiner Treu, man tut nur, was man kann.« Darauf stürzte sie aus dem Zimmer. Madame Bonacieux sah sie fliehen, konnte ihr aber nicht folgen. Es war ihr wie jenen Menschen, die träumen, daß man sie verfolge, und umsonst zu laufen versuchen. So vergingen einige Minuten. Ein entsetzlicher Lärm entstand vor der Tür. Madame Bonacieux erwartete jeden Augenblick Myladys Zurückkunft, doch erschien sie nicht wieder. Es trat ihr zu öfterenmalen ein kalter Schweiß auf die brennende Stirn, zweifelsohne eine Wirkung des Schreckens. Endlich hörte sie das Knarren der Gitter, die man öffnete. Der Lärm von Stiefel u«d Sporen erdröhnte auf der Treppe; sie glaubte in einem starken Gemurmel von Stimmen, die sich näherten, ihren Namen nennen zu hören. Auf einmal erhob sich ein lautes Jubelgeschrei, und man stürzte nach der Tür; sie erkannte d'Artagnans Stimme. »D'Artagnan« rief sie, »d'Artagnan, sind Sie es? Hierher!« »Konstanze! Konstanze!« erwiderte der junge Mann; »o Gott, wo sind Sie denn?« In demselben Moment ward die Tür der Zelle durch einen gewaltsamen Stoß aufgesprengt. Mehrere Männer traten in das Zimmer; Madame Bonacieux war in einen Lehnstuhl gesunken, ohne daß sie sich von der Stelle zu rühren vermochte. D'Artagnan schleuderte eine noch rauchende Pistole von sich und sank vor seiner Geliebten auf die Knie. Athos steckte seine Pistole in den Gürtel; Porthos und Aramis, die ihre entblößten Degen in der Hand hielten, steckten sie in die Scheide. »O, d'Artagnan, mein geliebter d'Artagnan, endlich kommst du; ha, du hast mich nicht getäuscht, du bist es.« »Ja, ja, Konstanze! endlich vereinigt.« »O, *sie* hatte gut sagen, daß du nicht kommest, ich hoffte dennoch und wollte nicht entfliehen. O, wie wohl tat ich daran, wie bin ich glücklich!« Bei dem Worte *sie* erhob sich Athos plötzlich, nachdem er sich schon gesetzt hatte. »*Sie*, wer *sie*?« fragte d'Artagnan. »Meine Gefährtin, diejenige, die mich aus Freundschaft meinen Verfolgern entreißen wollte, diejenige, die eben entflohen ist, weil sie Euch für Leibwachen des Kardinals gehalten hat.« »Ihre Gefährtin?« fragte d'Artagnan und wurde so blaß wie der weiße Schleier seiner Geliebten. »Von welcher Gefährtin reden Sie?« »Von derjenigen, deren Wagen vor der Tür stand; von einer Frau, die sich Ihre Freundin nannte, d'Artagnan; von einer Frau, der Sie alles vertraut haben.« »Ihr Name!« rief d'Artagnan, »mein Gott! wissen Sie ihren Namen nicht?« »Ja, man hat ihn in meiner Gegenwart genannt. Warten Sie, doch das ist sonderbar ... ha, mein Gott! meine Sinne verwirren sich ... ich sehe nichts mehr ...« »Seht nur, meine Freunde, seht; ihre Hände sind kalt wie Eis,« sprach d'Artagnan. »Großer Gott! sie verliert das Bewußtsein.« Während Porthos mit der ganzen Gewalt seiner Stimme um Hilfe rief, eilte Aramis zu dem Tisch, um ein Glas Wasser zu holen. Er blieb jedoch auf einmal stehen, als er die schreckliche Verstörung in Athos Gesichtszügen gewahrte, der am Tische stand, die Haare gesträubt, die Glieder starr vor Schreck, eines von den Gläsern betrachtete und von einer entsetzlichen Vermutung hingerafft schien. Dann sprach er: »O nein, das ist nicht möglich! Gott würde ein solches Verbrechen nicht zulassen.« »Wasser, Wasser!« schrie d'Artagnan, »Wasser!« »O, arme, arme Frau!« seufzte Athos mit gebrochener Stimme. Madame Bonacieux schlug unter d'Artagnans Küssen die Augen wieder auf. »Sie kommt zu sich!« rief der junge Mann, »o mein Gott, mein Gott! ich danke dir.« »Madame,« fragte Athos. »Madame, in des Himmels Namen, wem gehört dieses leere Glas?« »Mir,« erwiderte die junge Frau mit ersterbender Stimme. »Wer hat aber den Wein eingeschenkt, der in diesem Glase war?« »*Sie.*« »Doch, wer *sie?*« »Ha, ich erinnere mich,« stammelte Madame Bonacieux. »die Gräfin Winter.« Die vier Freunde stießen einen einzigen, gleichzeitigen Schrei aus, aber Athos' Stimme beherrschte die andern. In diesem Moment wurde das Gesicht der Madame Bonacieux leichenfahl. Ein dumpfer Schmerz warf sie nieder. Sie sank schwer atmend in Porthos' und Aramis' Arme. D'Artagnan erfaßte Athos' Hände mit unsäglicher Angst und sagte: »Wie – du meinst?« Seine Stimme ward von einem heftigen Schluchzen erstickt. »Ich glaube alles,« versetzte Athos und biß in seine Lippen, daß das Blut hervorrann. »D'Artagnan, d'Artagnan!« rief Madame Bonacieux, »ach wo bist du? Verlaß mich nicht; du siehst; daß ich sterbe.« D'Artagnan ließ Athos' Hände los, die er in seinen krampfhaft gepreßten Fäusten gehalten hatte. Ihr so schönes Angesicht war ganz verstört, ihre glasigen Augen hatten schon keinen Blick mehr, ein krampfhaftes Beben schüttelte ihren ganzen Leib, und der Schweiß floß ihr in Strömen von der Stirn. »Im Namen des Himmels, eilt!« rief Porthos. Aramis schrie um Hilfe. »Umsonst,« versetzte Athos, »umsonst! für das Gift, das sie eingeflößt, gibt es kein Gegengift.« »Ja, Hilfe, Hilfe!« ächzte Madame Bonacieux. »Hilfe!« Dann raffte sie alle ihre Kräfte zusammen, nahm den Kopf des jungen Mannes zwischen ihre beiden Hände, starrte ihn eine Sekunde lang an, als wäre ihre ganze Seele in ihren Blick übergeschmolzen, und preßte mit einem jammervollen Schrei ihre Lippen auf die seinigen. »Konstanze, Konstanze,« stammelte d'Artagnan. Ein Seufzer ertönte aus dem Munde von Madame Bonacieux, der den von d'Artagnan berührte. Dieser Seufzer war die so reine, so liebevolle Seele, die zum Himmel emporschwebte. D'Artagnan hielt nur noch eine Leiche in seinen Armen. Der junge Mann stieß einen Schrei aus und stürzte neben seiner Geliebten nieder, so blaß und starr wie sie. Porthos weinte. Athos streckte die geballte Hand zum Himmel empor. Aramis schlug ein Kreuz. In diesem Augenblick erschien ein Mann an der Tür, der fast so blaß war wie diejenigen, die im Zimmer waren. Er blickte um sich, sah

Madame Bonacieux entseelt und d'Artagnan ohnmächtig. Er traf gerade in dem Moment der Erstarrung ein, die immer auf große Katastrophen erfolgt. »Ich habe mich nicht geirrt,« sprach er, »hier ist Herr d'Artagnan, und Sie sind seine drei Freunde: Athos, Porthos und Aramis.« Die drei genannten Männer blickten den Fremden verwunderungsvoll an; allen dünkte, daß sie ihn kennen sollten. »Meine Herren,« sprach der Fremde, »Sie suchen wie ich eine Frau, und diese«, fügte er mit einem schauerlichen Lächeln hinzu, »muß wohl hier durchgereist sein, da ich dort eine Leiche sehe.« Die drei Freunde blieben stumm; nur erinnerte sie die Stimme wie vorher das Gesicht an einen Mann, den sie schon einmal gesehen hatten; sie konnten sich aber nicht entsinnen, unter welchen Umständen. »Meine Herren,« fuhr der Fremde fort, »indem Sie mich nicht wieder als denjenigen erkennen wollen, der Ihnen zweifelsohne sein Leben zu verdanken hat, so muß ich meinen Namen sagen: ich bin Lord Winter, der Schwager jener Frau.« Die drei Freunde drückten laut ihr Erstaunen aus. Athos erhob sich, bot ihm die Hand und sagte: »Willkommen, Mylord! Sie gehören zu uns.« »Ich bin fünf Stunden nach ihr von Portsmouth abgesegelt,« sprach Lord Winter; »ich kam drei Stunden nach ihr in Boulogne an; ich verfehlte sie um zwanzig Minuten in Saint-Omer; endlich habe ich in Lilliers ihre Spur verloren. Ich reiste nun auf gut Glück und erkundigte mich nach Ihnen, als ich Sie im Galopp vorübersprengen sah. Ich erkannte Herrn d'Artagnan, rief Ihnen auch zu, doch gaben Sie keine Antwort. Ich wollte Ihnen nachreiten, doch war mein Pferd zu erschöpft, um mit den Ihrigen gleichen Schritt halten zu können, und doch scheint es, daß Sie bei all Ihrer Hast zu spät gekommen sind.« »Sie sehen es,« versetzte Athos und zeigte auf die entseelte Madame Bonacieux und auf d'Artagnan, welchen Porthos und Aramis ins Leben zurückzurufen bemüht waren. »Sind denn beide tot?« fragte Lord Winter kalt. »Glücklicherweise nicht,« antwortete Athos, »d'Artagnan ist nur ohnmächtig.« »Um so besser,« versetzte Lord Winter. D'Artagnan schlug die Augen wieder auf. Er entwand sich den Armen von Porthos und Aramis und stürzte sich wie ein Wahnsinniger auf den Leichnam seiner Geliebten. Athos stand auf, ging langsamen, feierlichen Schrittes auf seinen Freund zu, und als dieser in ein Schluchzen ausbrach, sagte er mit seiner so edlen, beschwichtigenden Stimme zu ihm: »Freund! sei du Mann, nur Weiber beweinen die Toten, aber Männer rächen sie.« »O ja,« versetzte d'Artagnan, »wenn du von Rache sprichst, so bin ich bereit, dir zu folgen.« Athos nützte diesen Augenblick der Kraft, die seinem Freunde die Hoffnung auf Rache wieder erweckte, und gab Porthos und Aramis einen Wink, sie möchten die Äbtissin holen. Die Freunde trafen sie im Korridor, tief bestürzt ob dieser Vorfälle. Sie berief einige Nonnen, und diese erschienen gegen die klösterliche Regel vor den fünf Männern. »Madame,« sprach Athos und faßte d'Artagnan am

Arme, »wir überlassen Ihrer frommen Obsorge den Leib dieser unglücklichen Frau. Sie war ein Engel auf Erden, ehe sie ein Engel im Himmel wurde. Behandeln Sie dieselbe so wie eine Ihrer Schwestern, wir wollen eines Tages zurückkommen, um auf Ihrem Grabe zu beten.« D'Artagnan verbarg sein Gesicht an seines Freundes Brust und brach abermals in ein Stöhnen aus. »Weine,« sprach Athos, »weine, du Herz voll Liebe, Jugend und Leben; ach! könnte ich doch so weinen wie du.« Er zog seinen Freund nach sich, zärtlich wie ein Vater, trostreich wie ein Priester, groß wie einer, der viel ausgestanden hat. Sonach begaben sich alle fünf mit ihren Bedienten, die ihre Pferde am Zügel nachführten, in die Stadt Bethune, und hielten vor der ersten Herberge an, die sie sahen. »Verfolgen wir denn nicht diese Frau?« fragte d'Artagnan. »Später,« erwiderte Athos, »erst muß ich meine Maßregeln treffen.« »Sie wird uns entschlüpfen,« versetzte der junge Mann, »sie wird uns entschlüpfen, Athos, und daran bist du schuld.« »Ich bürge für sie,« entgegnete Athos. »Ich glaube aber,« sagte Lord Winter, »es gehe mich an, wenn Maßregeln gegen die Gräfin zu nehmen sind, da sie meine Schwägerin ist.« »Und sie ist meine Gemahlin,« sagte Athos. D'Artagnan bebte, denn er fühlte, daß Athos seiner Sache gewiß war, weil er ein solches Geheimnis kundgab; Porthos und Aramis sahen sich erbleichend an; Lord Winter hielt Athos für wahnwitzig. »Ziehen Sie sich nun zurück,« sprach Athos, »und lassen Sie mich gewähren. Sie sehen wohl, daß die Sache mich angeht, als den Gemahl. Gebt mir nun das Papier, d'Artagnan, wenn Ihr es nicht verloren habt, das aus dem Hute jenes Mannes gefallen ist, und worauf der Name der Stadt geschrieben stand.« »Ah,« rief d'Artagnan, »ich begreife, der Name von ihrer Hand geschrieben.« »Du siehst wohl,« sagte Athos, »daß es einen Gott im Himmel gibt!«

Der Mann mit dem roten Mantel

Bei Athos wich die Verzweiflung einem niedergepreßten Schmerz, der die glänzenden Eigenschaften dieses Mannes noch heller ans Licht stellte. Er beschäftigte sich ganz allein mit dem Versprechen, das er geleistet, und mit der Verantwortlichkeit, die er auf sich genommen, begab sich in ein Zimmer, ersuchte den Wirt, ihm eine Karte dieser Gegend zu besorgen, beugte sich über dieselbe hin, betrachtete die Linie darauf, sah, daß von Bethune nach Armentières vier verschiedene Wege gingen, und ließ die Bedienten herbeikommen. Planchet, Grimaud, Mousqueton und Bazin eilten herbei und erhielten klare, genaue und ernste Aufträge von Athos. Sie sollten mit Tagesanbruch abgehen, wobei jeder einen andern Weg nach Armentières einzuschlagen hatte.

Planchet, von allen der gewandteste, sollte auf demjenigen fortziehen, den der Wagen mit dem Bedienten von Rochefort genommen, und auf den die drei Freunde gefeuert hatten. Alle vier sollten sich am nächsten Morgen um elf Uhr an einem bezeichneten Orte versammeln, hätten sie Myladys Aufenthalt entdeckt, sollten drei zurückbleiben, um sie zu bewachen, der vierte sollte nach Bethune zurückeilen, um Athos Kunde zu bringen und den drei Freunden als Führer zu dienen. Als diese Maßregeln getroffen waren, begaben sich die Bedienten zur Ruhe. Nun erhob sich Athos von seinem Stuhle, gürtete sich das Schwert um, wickelte sich in seinen Mantel und verließ das Gasthaus. Es war zehn Uhr, und bekanntlich lassen sich in der Provinz um diese Zeit nur selten Menschen auf der Straße treffen. Es war offenbar, daß Athos jemanden suchte, an den er eine Frage stellen könnte. Endlich ging ein Verspäteter vorbei, er trat zu ihm hin und sprach mit ihm einige Worte. Dieser Mann, an den er sich gewandt hatte, zog sich erschreckt zurück, doch beantwortete er durch Gebärden die Frage des Musketiers. Athos bot ihm eine halbe Pistole, wenn er ihn begleiten wollte, allein der Mann weigerte sich. Athos vertiefte sich in eine Gasse, die ihm dieser Mann mit dem Finger bezeichnet hatte, als er aber zu einem Querweg kam, geriet er aufs neue in sichtliche Verlegenheit. Er blieb jedoch an diesem Querweg stehen, weil er hier sicherer als irgendwo einen Menschen zu treffen hoffte. Bald darauf ging wirklich ein Nachtwächter vorüber. Athos wiederholte dieselbe Frage, die er bereits an jenen Mann gestellt hatte. Der Nachtwächter zeigte denselben Schrecken, weigerte sich gleichfalls, Athos zu begleiten, und wies ihm mit der Hand den Weg, den er zu nehmen hatte. Athos schritt in der angedeuteten Richtung weiter und erreichte die am entgegengesetzten Ende liegende Vorstadt. Hier schien er aufs neue unruhig und verlegen, und hielt zum drittenmal an. Glücklicherweise kam ein Bettler vorüber, der zu Athos trat und ihn um Almosen anflehte. Athos bot ihm einen Taler an, wenn er ihn begleiten wollte. Der Bettler zögerte einen Augenblick, da er aber in der Dunkelheit das Geldstück funkeln sah, entschloß er sich und ging Athos voraus. Als sie zu einer Straßenecke kamen, zeigte er ihm von fern ein kleines, einsam gelegenes und düsteres Haus. Athos ging rasch dahin, indes sich der Bettler nach empfangener Belohnung in aller Hast aus dem Staube machte. Athos ging rund um das Haus, ehe er an dem rotbemalten Hause die Tür wahrnahm. Kein Licht flimmerte durch die Spalten der Fensterbalken, kein Geräusch ließ vermuten, daß es bewohnt sei; es war stumm und traurig wie ein Grab. Athos pochte dreimal an, ohne daß man Antwort gab: beim dritten Schlage näherten sich im Innern Tritte, die Tür ging zur Hälfte auf und ein Mann von hohem Wuchs, blasser Gesichtsfarbe, schwarzen Haaren und schwarzem Barte kam zum Vorschein. Athos sprach mit ihm einige Worte ganz leise, dann gab der Mann von hoher Gestalt dem

Musketier einen Wink, daß er eintreten könne. Athos kam der Aufforderung nach, und hinter ihm schloß sich die Tür wieder. Der Mann, den Athos in so großer Entfernung aufgesucht, und nur mühevoll gefunden hatte, ließ ihn in ein Laboratorium eintreten, wo er eben damit beschäftigt war, die klappernden Gebeine eines Gerippes mittels Eisendraht zusammenzufügen. Bereits war der ganze Leib zusammengesetzt, und nur der Kopf lag noch auf dem Tisch. Die ganze übrige Einrichtung zeigte an, daß sich dieser Mann, bei dem man sich befand, mit Naturwissenschaften befasse. Es gab hier gläserne Gefäße voll von Schlangen mit Aufschriften, je nach den Arten, getrocknete Eidechsen glänzten wie Smaragde in großen, hölzernen Rahmen, Bündel von wildwachsenden aromatischen Kräutern, sicherlich von Eigenschaften und Kräften, die dem gemeinen Haufen unbekannt waren, hingen am Plafond und in den Winkeln des Gemachs. Athos richtete einen kalten, gleichgültigen Blick auf diese erwähnten Gegenstände und setzte sich zu dem Manne, der ihm neben sich einen Platz angewiesen hatte. Er eröffnete ihm den Zweck seines Kommens und den Dienst, den er von ihm verlangte; aber kaum hatte er ihm seinen Wunsch mitgeteilt, als der Unbekannte, der vor dem Musketier stehengeblieben war, voll Schreck zurückwich unb sich weigerte, ihm Folge zu leisten. Athos nahm aus seiner Tasche ein kleines Papier, worauf zwei Zeilen standen, mit Unterschrift und Siegel versehen, und bot es demjenigen dar, der sein Widerstreben zu frühzeitig geäußert hatte. Der Mann von hoher Gestalt hatte die paar Zeilen kaum gelesen, die Unterschrift gesehen und das Siegel erkannt, als er sich verneigte, zum Zeichen, daß er keine Einwendung mehr mache, sondern Folge zu leisten bereit sei. Athos verlangte nichts weiter, stand auf, verließ das Haus, ging auf demselben Wege, den er gekommen war, wieder durch die Gassen, kehrte in das Gasthaus zurück und sperrte sich in seinem Zimmer ab. Mit Tagesanbruch kam d'Artagnan zu ihm und fragte, was zu tun sei. »Warten,« entgegnete Athos.

Bald darauf ließ die Äbtissin des Klosters den drei Musketieren melden, daß das Begräbnis des Opfers von Mylady um die Mittagsstunde stattfinde. Was die Giftmischerin betrifft, so hörte man nichts von ihr; man wußte nur, daß sie durch den Garten entschlüpft war, erkannte am Boden die Spuren ihrer Tritte, und fand die Tür, von welcher der Schlüssel verschwunden war, wieder zugeschlossen. Lord Winter und die vier Freunde verfügten sich zur angegebenen Stunde in das Kloster; alle Glocken wurden geläutet, die Kapelle stand offen, und nur das Chorgitter war geschlossen. Mitten im Chor war der Leichnam des Opfers in Novizenkleidung ausgesetzt. Auf jeder Seite des Chores und hinter dem Gitter waren alle Karmeliterinnen versammelt, hörten von hier aus den Gottesdienst an und vereinigten ihren Gesang mit dem Gesang der Priester, ohne daß sie die Laien sahen, oder von ihnen gesehen wurden. Am Eingang der

Kapelle fühlte sich d'Artagnan abermals mutlos; er wandte sich um, Athos aufzusuchen, doch dieser war verschwunden. Athos ließ sich, seiner Rachesendung getreu, in den Garten führen, verfolgte im Sande die leichten Fußstapfen der Frau, von der überall, wo sie nur erschien, eine blutige Spur zurückblieb, kam bis zu der Pforte, schloß sie auf und vertiefte sich in den Wald. Alle Vermutungen bestärkten sich; der Weg, auf dem der Wagen fortgefahren war, ging um den Wald herum. Athos ging auf demselben eine Strecke fort, die Augen auf den Boden geheftet; leichte Blutspuren, die entweder von der Verwundung des Mannes herrührten, der den Wagen als Kurier begleitete, oder von einem verletzten Pferde, besprengten den Pfad. Etwa nach dreiviertel Meilen, fünfzig Schritte von Festubert entfernt, zeigte sich ein größerer Blutfleck; der Boden war von Pferden zerstampft. Zwischen dem Wald und dieser verräterischen Stelle, eine kleine Strecke hinter dem zerstampften Boden, traf man dieselbe Spur von kleinen Tritten; hier hatte der Wagen angehalten. An dieser Stelle hatte Mylady den Wald verlassen, und war in den Wagen gestiegen. Athos war mit dieser Entdeckung zufrieden, wodurch sich alle seine Vermutungen bestärkten, und kehrte in das Gasthaus zurück, wo er Planchet fand, der schon sehnlichst auf ihn wartete. Alles war so, wie es Athos vorausgesehen hatte. Planchet bemerkte auf dem Wege, den er genommen, ebenso wie Athos die Blutspuren, und erkannte die Stelle, wo die Pferde anhielten; er ging jedoch weiter als Athos. denn er hatte im Wirtshaus des Dorfes Festubert, wo er einsprach, erfahren, daß um halb neun Uhr tags zuvor ein verwundeter Mann, der in einer Postchaise eine reisende Dame begleitete, einzukehren gezwungen war, weil es ihm die Schmerzen nicht erlaubten, weiterzureisen. Man setzte diesen Unfall auf Rechnung von Räubern, die den Wagen in jenem Wald angegriffen haben sollten. Der Mann war im Dorfe zurückgeblieben, aber die Frau nahm frische Pferde und setzte ihre Reise fort. Planchet suchte den Postillon auf, und fand ihn auch. Er hatte die Dame bis Fromelles geführt, von wo sie weiter nach Armentières reiste. Planchet kam auf einem Seitenpfad um acht Uhr nach Armentières. Hier war nur ein Gasthaus, das »Zur Post«. Planchet gab sich für einen dienstlosen Lakai aus, der einen Herrn suchte. Er unterhielt sich noch nicht zehn Minuten lang mit den Leuten dieses Hauses, als er schon in Erfahrung gebracht hatte, um elf Uhr abends sei eine Frau ganz allein angekommen, habe ein Zimmer genommen, den Wirt gerufen und ihm gesagt, daß sie sich einige Zeit in dieser Gegend aufhalten wolle. Planchet hatte nicht mehr zu wissen nötig. Er eilte an den bestimmten Ort der Zusammenkunft, traf da die Lakaien pünktlich an ihrem Posten, stellte sie als Schildwachen vor alle Ausgänge des Wirtshauses und kehrte zu Athos zurück, der eben die letzte Kunde von Planchet vernommen hatte, als seine Freunde wieder zu ihm kamen. Auf den Gesichtern aller hatten sich düstere

Wolken gelagert, selbst auf Aramis' Antlitz. »Was soll nun geschehen?« fragte d'Artagnan. »Warten,« entgegnete Athos. Um acht Uhr abends gab Athos Befehl, die Pferde zu satteln, und Lord Winter und seinen Freunden zu melden, da sie sich zu dem Zuge bereithalten mögen. Alle fünf waren im Augenblick bereit. Jeder suchte seine Waffen und setzte sie in gehörigen Stand. Athos kam zuletzt hinab, und traf d'Artagnan schon ungeduldig zu Pferde. »Geduld, d'Artagnan!« rief Athos, »es fehlt noch einer.« Die vier Freunde blickten erstaunt umher, denn es konnte ihnen nicht einleuchten, wer noch fehlen sollte. In diesem Moment führte Planchet Athos' Pferd herbei. Der Musketier schwang sich leicht in den Sattel. »Warten Sie auf mich,« sprach er, »ich komme alsbald wieder.« Er ritt im Galopp davon. Nach Verlauf einer Viertelstunde kam er wirklich in Begleitung eines maskierten und in einem großen roten Mantel gehüllten Mannes wieder zurück. Lord Winter und die drei Musketiere warfen sich fragende Blicke zu. Sie wußten einander keine Auskunft zu geben, da keiner diesen Mann kannte. Indes dachten sie, es müsse so sein, weil es auf Athos' Anordnung geschah. Um neun Uhr setzte sich die kleine Reiterschar, von Planchet geführt, in Bewegung und schlug den Weg ein, den der Wagen genommen hatte.

Das Gericht.

Es war eine sturmbewegte, finstere Nacht; unheilschwangere Wolken trieben am Himmel hin und umflorten den Glanz der Sterne; der Mond sollte sich erst um Mitternacht erheben. Bisweilen bemerkte man beim Schein eines Blitzes, der am Horizont funkelte, die Straße, die sich weit und einsam hinzog; und mit dem Erlöschen des Blitzes kehrte dieselbe Dunkelheit zurück. Athos rief jeden Augenblick d'Artagnan zu, der immer dem kleinen Zug vorausritt, und forderte ihn auf, in sein Glied zurückzukehren, das er aber sogleich wieder verließ. Er hatte nur einen Gedanken, den, vorwärts zu gehen und er ging. Lord Winter, Porthos und Aramis hatten es wiederholt versucht, den Mann im roten Mantel anzusprechen, allein dieser verneigte sich auf jede an ihn gestellte Frage, und gab keine Antwort. Somit sahen die Reisenden ein, daß der Unbekannte aus triftigen Ursachen stillschweige, und drangen nicht länger forschend in ihn. Außerdem nahm der Sturm immer mehr zu, die Blitze folgten sich rascher, der Donner brüllte, und der Wind, der Vorläufer des Orkans, brauste durch die Fläche. Der Reiterzug setzte sich in schnellen Trab. Als man über Frommelles hinaus war, brach der Sturm los. Man zog die Mäntel zusammen. Es waren noch drei Meilen zurückzulegen, man legte sie unter Regengüssen zurück. D'Artagnan hatte seinen Hut abgenommen, und den Mantel nicht angetan. Es machte ihm ein Vergnügen, das Wasser über seine glühende Stirn und seinen von Fieberfrost geschüttelten Leib rinnen zu lassen. Als die kleine Schar durch Goskal ritt und eben vor dem Posthaus stand, trat ein an einen Baum gelehnter Mann hervor, legte seinen Finger auf die Lippen und ging bis in die Mitte der Straße. Athos erkannte Grimaud. »Was ist es?« rief d'Artagnan. »hat sie etwa Armentières verlassen?« Grimaud machte mit dein Kopf ein bejahendes Zeichen. D'Artagnan knirschte mit den Zähnen. »Stille, d'Artagnan,« rief Athos, »ich nahm alles über mich, und so kommt es mir zu, Grimaud zu fragen.« »Wo ist sie?« fragte Athos. Grimaud streckte die Hand in der Richtung des Lysflusses aus. »Weit von hier?« Grimaud wies seinem Herrn seinen gebogenen Zeigefinger. »Allein?« fragte Athos. Grimaud bejahte es durch ein Zeichen. »Meine Herren,« sprach Athos, »sie befindet sich eine halbe Meile von hier, in der Richtung des Flusses.« »Gut,« versetzte d'Artagnan; »führe uns, Grimaud!« Grimaud schritt quer durch das Feld und diente dem Zug als Führer. Es zuckte ein Blitz; Grimaud streckte den Arm aus, und bei dem bläulichen Glanze der Feuerschlange gewahrte man ein kleines, vereinzeltes Haus am Ufer des Flusses, hundert Schritte von der Furt. Ein Fenster war erleuchtet. »Wir sind am Ziele,« sagte Athos. In diesem Moment erhob sich ein Mann in einem Graben, wo er lag; es war Mousqueton. Er zeigte mit dem Finger nach dem erhellten Fenster hin und sagte: »Hier ist sie.« »Und Bazin?« fragte Athos. »Indes ich das Fenster bewachte, hütete er die Tür.« »Wohl,« versetzte Athos, »Ihr seid alle treue Diener.« Athos sprang von seinem Pferde, dessen Zügel er in Grimauds Hände gab, und ging auf das Fenster zu, nachdem er den andern durch einen Wink bedeutet hatte, sich nach der Tür zu wenden. Das kleine Häuschen ward von einer lebenden, zwei bis drei Fuß hohen Hecke umschlossen. Athos setzte über diesen Zaun und kam bis zu dem Fenster, das ohne Balken war, dessen Halbvorhänge aber sorgsam zugezogen waren. Er kletterte ats das steinerne Gesims, um sich mit dem Auge über die Höhe der Vorhänge zu erheben. Er sah beim Schimmer einer Lampe eine in einen dunkelfarbigen Mantel gehüllte Frau, die neben einem verglimmenden Feuer auf einem Schemel saß. Sie stemmte ihren Ellbogen auf einen armseligen Tisch, und legte ihren Kopf in ihre elfenbeinweißen Hände. Man vermochte ihr Antlitz nicht wahrzunehmen, doch zog ein finsteres Lächeln über Athos Lippen hin. Es war kein Irrtum annehmbar; es war dieselbe, die er suchte. In diesem Moment wieherte ein Pferd. Mylady blickte rasch empor, bemerkte dicht am Fenster das blasse Angesicht von Athos und stieß einen Schrei aus. Athos ersah, daß sie ihn erkannt habe, stieß mit dem Knie und der Hand an das Fenster; dieses wich, die Scheiben zerbrachen, und so sprang Athos in das Gemach, ähnlich einem Rachegespenst. Mylady stürzte nach der Tür und riß sie auf.

D'Artagnan stand an der Schwelle, noch blasser und bedrohlicher als Athos. Mylady sprang mit einem Schrei zurück. D'Artagnan dachte, daß sie Mittel zur Flucht hätte, und da er ihr Entwischen befürchtete, zog er eine Pistole hervor; aber Athos hob die Hand und sagte: »Gib diese Waffe wieder an ihren Platz, d'Artagnan, diese Frau soll gerichtet und nicht umgebracht werden. Warte noch einen Augenblick, d'Artagnan, und du sollst zufriedengestellt werden. Meine Herren, tretet ein.« D'Artagnan leistete Folge, denn Athos' Stimme war so feierlich, seine Gebärde so mächtig, als wäre er ein vom Herrn des Himmels abgesandter Richter; hinter d'Artagnan traten Porthos, Aramis, Lord Winter und der Mann im roten Mantel ins Gemach. Die vier Lakaien bewachten die Tür und das Fenster. Mylady war auf ihren Sitz zurückgesunken und streckte die Hände aus, als ob sie diese schreckliche Erscheinung beschwören wollte. Als sie ihren Schwager erblickte, stieß sie einen furchtbaren Schrei aus und rief: »Was verlangt Ihr von mir?« »Wir verlangen«, erwiderte Athos, »Anna von Breuil, die sich anfangs Gräfin de la Fère und hierauf Lady Winter, Baronin von Sheffield nannte.« »Ich bin es,« stammelte sie mit der größten Gemütserschütterung. »Was wollt Ihr von mir?« »Wir wollen Sie nach Ihren Verbrechen richten,« versetzte Athos. »Es steht Ihnen frei, sich zu verteidigen; rechtfertigen Sie sich, wenn Sie es vermögen. Herr d'Artagnan! Euch steht die erste Anklage zu.« D'Artagnan trat vor und sprach: »Vor Gott und den Menschen klage ich diese Frau an, daß sie Konstanze Bonacieux, die gestern abend gestorben ist, vergiftet hat.« Er wandte sich um zu Porthos und Aramis. Diese zwei Musketiere riefen: »Wir bezeugen das« – und d'Artagnan fuhr fort: »Vor Gott und den Menschen klage ich diese Frau an, daß sie mich zur Ermordung des Grafen von Wardes angereizt hat, und da niemand vorhanden ist, damit er die Wahrheit dieser Beschuldigung bezeuge, so bezeuge ich sie. Ich habe gesprochen.« Nach diesen Worten trat d'Artagnan mit Porthos und Aramis auf die andere Seite des Gemachs. »Nun ist's an Ihnen, Mylord,« sagte Athos. Der Baron trat gleichfalls vor und sagte: »Vor Gott und den Menschen klage ich diese Frau darüber an, daß sie den Herzog von Buckingham ermorden ließ.« »Der Herzog von Buckingham ermordet!« riefen alle Anwesenden mit einem Schrei. »Ja,« entgegnete der Baron, »ermordet! Auf den Brief, den Sie mir geschrieben haben, um mich zu warnen, ließ ich diese Frau festnehmen, und übergab Sie einem rechtschaffenen Diener zur Behütung; sie verführte aber diesen Mann, steckte ihm den Dolch in die Hand, hieß ihn den Herzog durchbohren, und vielleicht muß in diesem Augenblick Felton mit seinem Kopfe die Missetat dieser Furie bezahlen.« »Das ist noch nicht alles,« sprach Lord Winter. »Mein Bruder, der Euch zur Erbin erklärt hatte, starb innerhalb drei Stunden an einer sonderbaren Krankheit, die am ganzen Leibe schmerzliche Male hinterläßt. Meine

Schwester, sagt, wie starb Euer Gemahl?« »Das ist schaudervoll!« riefen Porthos und Aramis. »Mörderin von Buckingham! Mörderin von Felton! Mörderin meines Bruders! Ich fordere gegen Euch Gerechtigkeit, und wird sie mir nicht gegeben, so nehme ich sie mir selber.« Lord Winter trat nun zu d'Artagnan hin und räumte den Platz für einen andern Kläger. Mylady ließ ihre Stirn in die beiden Hände niedersinken und suchte ihre Gedanken zu entwirren, die von einem tödlichen Schwindel herumgewirbelt wurden. »Jetzt ist an mir die Reihe,« sagte Athos, selber bebend, wie ein Löwe beim Anblick einer Schlange bebt, »jetzt ist an mir die Reihe. Ich heiratete diese Frau, da sie noch ein junges Mädchen war, ich heiratete sie wider Willen meiner Familie; ich gab ihr mein Vermögen, ich gab ihr meine Hand, und eines Tages entdeckte ich, daß diese Frau gebrandmarkt war. Diese Frau trägt an der linken Schulter das Brandmal einer Lilie.« »Ha!« rief Mylady sich aufraffend, »ich fordere Euch auf, das Tribunal aufzufinden, das dieses schmähliche Urteil über mich verhängt hat; ich fordere Euch auf, denjenigen zu stellen, der es vollstreckt hat.« »Still!« rief eine Stimme, »das zu beantworten kommt mir zu!« Der Mann im roten Mantel trat gleichfalls vor. »Wer ist dieser Mann? Wer ist dieser Mann?« rief, vom Schrecken fast zermalmt, Mylady, während ihre Haare sich lösten und sich auf dem leichenfahlen Haupte sträubten, als wären sie lebendig. Aller Augen wandten sich nach diesem Manne, denn er war, Athos ausgenommen, allen unbekannt. Aber auch Athos starrte ihn mit ebensoviel Verwunderung an als die andern; er wußte nicht, wie derselbe mit dem schaudervollen Drama, das sich eben entwickelte, im Zusammenhang stehen könne. Nachdem sich nun der Unbekannte langsamen und feierlichen Schrittes und auf eine Weise Mylady genähert hatte, daß ihn nur der Tisch von ihr schied, nahm er seine Vermummung ab. Mylady stierte eine Weile lang mit allen Zeichen eines wachsenden Schreckens das blasse, mit schwarzen Haaren und schwarzem Bart umwachsene Gesicht an, dessen einziger Ausdruck eine eisige Fühllosigkeit war. Dann sprang sie plötzlich in die Höhe, wich bis an die Mauer zurück und rief: »O nein! nein! nein! das ist eine höllische Erscheinung! Er ist es nicht! Ha, zu Hilfe! zu Hilfe!« kreischte sie mit heiserer Stimme und kehrte sich nach der Wand um, als wollte sie sich mit ihren Händen einen freien Ausweg bahnen. »Doch wer seid Ihr?« riefen alle Zeugen dieses Auftritts. »Fragen Sie diese Frau,« entgegnete der Mann im roten Mantel, »denn Sie sehen wohl, daß sie mich wiedererkannt hat.« »Der Henker von Lille! Der Henker von Lille!« kreischte Mylady, von einem wahnsinnigen Schrecken erfaßt und sich mit den Händen an die Mauer klammernd, um nicht zu fallen. Alle Anwesenden traten zurück, und der Mann im roten Mantel stand allein mitten im Gemach. Die Ruchlose stürzte auf die Knie und ächzte: »O Gnade! Barmherzigkeit!« Der Unbekannte wartete, bis es wieder still wurde, dann sprach er: »Ich sagte es, daß sie mich wiedererkannt hat. Ja, ich bin der Henker von Lille. Vernehmen Sie meine Geschichte.«

Die Augen aller waren auf den Mann gerichtet, dessen Worten man mit ängstlicher Spannung entgegenhorchte. »Diese junge Frau war einst als ein junges Mädchen so schön, wie sie heute ist. Sie war in dem Kloster der Benediktinerinnen von Templemar. Ein junger Mann von unbefangenem, gläubigem Herzen, der sich dem geistlichen Stande widmen wollte, lernte sie kennen. Sie unternahm es, ihn zu verführen, und ihren Künsten ist es auch gelungen. Ihr Liebesverhältnis konnte nicht lange bestehen, ohne beide ins Verderben zu bringen. Sie wußte ihn zu bereden, mit ihr die Gegend zu verlassen; um aber gemeinschaftlich zu entfliehen, und einen andern Teil von Frankreich zu erreichen, wo sie unbekannt und eben deshalb ruhig leben könnten, war Geld vonnöten, das keines von beiden besaß. Der junge Mann entwendete die Kirchengefäße und verkaufte sie, doch wurden sie beide in dem Moment verhaftet, wo sie abreisen wollten. Acht Tage darauf hatte sie den Sohn des Kerkermeisters verführt, und sich geflüchtet. Jener liebende Jüngling wurde zu zehnjähriger Kettenstrafe und Brandmarkung verurteilt. Ich war, wie diese Frau sagte, Henker in der Stadt Lille. Ich mußte den Schuldigen brandmarken, und der Schuldige, meine Herren, war – mein Bruder. Ich schwur es dieser Frau, die ihn ins Verderben brachte und mehr als seine Mitschuldige war, da sie ihn zum Verbrechen anstachelte, daß sie mindestens seine Strafe teilen sollte. Ich vermutete den Ort ihres Aufenthaltes, verfolgte sie, erreichte sie auch, knebelte sie, und drückte ihr dasselbe Mal auf, das ich meinem Bruder eingebrannt habe. Am Tage nach meiner Zurückkunft nach Lille gelang es meinem Bruder, gleichfalls zu entwischen. Man klagte mich der Mitschuld an und verurteilte mich so lange zum Gefängnis, bis er wieder dahin zurückgekehrt wäre. Mein armer Bruder wußte von diesem Richterspruch nichts. Er war mit seiner Geliebten wieder zusammengekommen und mit ihr nach Berry gegangen, wo er eine Bedienstung erhielt. Er gab diese Frau für seine Schwester aus. Der Herr jenes Gutes lernte diese vorgebliche Schwester kennen und verliebte sich in sie derart, daß er ihr die Ehe antrug. Sie verließ nun denjenigen, den sie ins Verderben gestürzt hatte, um dem Manne zu folgen, den sie zu Grunde richten sollte, und wurde Gräfin de la Fère.« Alle blickten nun Athos an, denn das war sein wirklicher Name. Athos bekräftigte mit einem Kopfnicken, daß alles das wahr sei, was der Henker gesprochen. Dieser fuhr wieder fort. »Mein armer Bruder, dem sie Ehre, Glück und alles geraubt hatte, geriet in Verzweiflung, kehrte mit dem Entschluß, sein Dasein zu enden, nach Lille zurück, und als er von dem Urteilsspruch hörte, der mich anstatt seiner verdammt hatte, begab er sich freiwillig in das Gefängnis, erhängte sich aber noch an demselben Abend am Luftloch seines Kerkers.

Um denen Recht widerfahren zu lassen, die mich verurteilt hatten, muß ich anführen, daß sie Wort gehalten haben. Die Identität des Leichnams war kaum nachgewiesen, als man mich wieder frei ließ. Das ist das Verbrechen, weshalb ich sie anklage, das ist die Ursache, weshalb ich sie gebrandmarkt habe.« »Herr d'Artagnan,« sagte Athos, »welche Strafe fordert Ihr gegen diese Frau?« »Die Todesstrafe!« erwiderte d'Artagnan. »Mylord von Winter,« fuhr Athos fort, welche Strafe fordern Sie gegen diese Frau?« »Die Todesstrafe!« entgegnete Lord Winter. »Meine Herren Porthos und Aramis,« sprach Athos, »Ihr, die Ihr Richter seid, welche Strafe verhängt Ihr über diese Frau?« »Die Todesstrafe!« antworteten die beiden Musketiere mit dumpfer Stimme. Mylady brach in entsetzliches Heulen aus und zerrte sich auf den Knien einige Schritte gegen ihre Richter. Athos streckte seine Hand gegen sie aus und sagte: »Anna von Breuil, Gräfin de la Fère, Mylady Winter, Eure Missetaten, haben hienieden die Menschen und Gott im Himmel ermüdet. Wenn Ihr ein Gebet wisset, so verrichtet dasselbe, denn Ihr seid verurteilt und müsset sterben!« Mylady richtete sich bei diesen Worten, die ihr keine Hoffnung mehr übrigließen, in ihrer ganzen Höhe empor und versuchte zu sprechen. Es versagte ihr jedoch die Stimme. Sie fühlte es: eine gewaltige, unwiderstehliche und unversöhnliche Hand faßte sie an den Haaren und zerrte sie unaufhaltbar fort, wie das Verhängnis den Menschen fortzieht. Sie versuchte daher auch keinen Widerstand mehr und verließ das Häuschen. Lord Winter, d'Artagnan, Athos, Porthos und Aramis folgten ihr nach.

Die Hinrichtung

Zwei Bediente führten Mylady, indem sie jeder von ihnen an einem Arme hielt. Hinter ihr schritt der Henker und hinter diesem gingen Lord Winter, d'Artagnan, Athos, Porthos und Aramis. Planchet und Bazin kamen zuletzt. Die zwei Bedienten schleppten Mylady nach dem Fluß. Ihr Mund war wohl verstummt, doch ihre Augen sprachen mit jener unbeschreiblichen Beredsamkeit und flehten wechselweise jeden an, der sie anblickte. Als sie einige Schritte voraus war, sprach sie zu den Bedienten: »Tausend Pistolen bekommt jeder von Euch, wenn Ihr mir zur Flucht verhelft: liefert Ihr mich aber Euren Herren aus, so habe ich Rächer in der Nähe, die Euch meinen Tod schwer büßen lassen.« Grimaud zögerte, Mousqueton bebte an allen Gliedern. Athos, der Myladys Stimme vernommen hatte, trat schnell vor, Lord Winter tat dasselbe. »Schickt diese Bedienten weg,« sprach er, »sie hat mit ihnen gesprochen, wonach sie nicht mehr sicher sind.« Man berief Planchet und Bazin, die auch an die Stelle von Grimaud und

Mousqueton traten. Als man zum Gestade des Flusses kam, näherte sich der Henker Mylady und band ihr die Hände und die Füße. Nun brach sie ihr Schweigen und rief: »Ihr seid feige und elende Mörder! Ihr versammelt Euch zu zehn, um eine Frau zu erwürgen, habt acht, kommt man mir auch nicht zu Hilfe, so wird man mich doch rächen!« »Ihr seid kein Weib,« entgegnete Athos kalt, »Ihr gehört nicht dem Menschengeschlecht an. Ihr seid ein Dämon, aus der Hölle entwischt, und wir wollen ihn wieder dahin zurücktreiben!« »O, meine tugendhaften Herren,« sagte Mylady, »habt wohl acht, daß nicht auch derjenige von Euch ein Mörder ist, der ein Haar auf meinem Kopfe berührt.« »Der Henker kann töten, ohne daß er deshalb Mörder ist, Madame,« versetzte der Mann im roten Mantel und schlug dabei an sein breites Schwert. »Er ist der Nachrichter, er ist der letzte Richter und weiter nichts.« Während er sie unter diesen Worten band, stieß Mylady wiederholt ein Geschrei aus, das gar schaurig und seltsam klang, als es durch die Nacht ertönte und gar in der Tiefe des Waldes widerhallte. »Bin ich schuldig und habe ich die Verbrechen begangen, deren Ihr mich anklagt,« kreischte Mylady, »so führt mich vor einen Richterstuhl, Ihr seid nicht die Richter, die mich verurteilen dürfen.« »Ich brachte Tyburn in Vorschlag,« versetzte Lord Winter, »warum habt Ihr es nicht angenommen?« »Weil ich nicht sterben will,« entgegnete Mylady, gegen den Henker sich wehrend, »weil ich zu jung bin, um zu sterben.« »Die Frau, die ihr in Bethune vergiftet habt, war noch jünger als Ihr und ist doch gestorben,« sprach d'Artagnan. »Ich will in ein Kloster gehen, und den Schleier nehmen,« sagte Mylady. »Ihr waret in einem Kloster,« erwiderte der Henker, »und seid daraus entflohen, um meinen Bruder zu Grunde zu richten.« Mylady erhob wieder ein Angstgewimmer und sank auf die Knie. Der Henker hob sie bei den Armen empor und wollte sie nach dem Kahne tragen. »Ach, mein Gott! mein Gott!« wimmerte sie; »wollt Ihr mich denn ertränken?« Dieses Wehklagen war so herzzerreißend, daß sich d'Artagnan, der anfangs im Verfolgen Myladys der heftigste war, auf einen Baumstrunk setzte, das Haupt neigte und die Ohren mit seinen flachen Händen zuhielt; nichtsdestoweniger hörte er, wie sie heulte und drohte. D'Artagnan war der jüngste von diesen Männern, sein Herz ward weich. »Ach,« seufzte er, »ich kann dieses schreckliche Schauspiel nicht ansehen; ich kann es nicht zulassen, daß diese Frau sterbe.« Mylady, welche die letzten Worte vernahm, gab sich wieder einem Strahle von Hoffnung hin und stammelte: »D'Artagnan! d'Artagnan! gedenkst du noch, daß ich dich liebte?« Der junge Mann erhob sich, und trat ihr einen Schritt näher. Auch Athos stand auf, entblößte seinen Degen, stellte sich in den Weg und rief: »Tut Ihr noch einen Schritt, d'Artagnan, so sollen sich unsere Schwerter kreuzen.« D'Artagnan sank auf die Knie und betete. Athos fuhr fort: »Auf, Henker, und verrichte dein Geschäft.« »Gern, gnädiger Herr.«

versetzte der Henker, »denn so wahr ich Christ bin, so glaube ich, daß ich Gerechtigkeit übe, wenn ich mein Geschäft an dieser Frau verrichte.« Athos näherte sich Mylady und sagte: »Ich verzeihe Euch das Böse, das Ihr mir angetan, ich verzeihe Euch meine zerstörte Zukunft, meine verlorene Ehre, meine verunreinigte Liebe und mein Glück, das Ihr durch die Verzweiflung, in die Ihr mich gestürzt, für immer vernichtet habt. Sterbet in Frieden.« Lord Winter trat gleichfalls herbei und sprach: »Ich verzeihe Euch die Vergiftung meines Bruder. Die Ermordung Sr. Herrlichkeit des Lord von Buckingham, ich verzeihe Euch den Tod des armen Felton, und verzeihe Euch das, was Ihr mir selber anzutun im Sinne gehabt. Sterbet in Frieden!« »Und mir vergebt, Madame,« sprach d'Artagnan, »daß ich durch eine Täuschung, die eines Edelmanns unwürdig war, Euren Zorn entflammt, wogegen ich Euch die Ermordung meiner armen Freundin und die grausame Rache vergebe, die Ihr an mir verübt habt. Sterbet in Frieden!« »I am lost« (Ich bin verloren!)« stammelte Mylady englisch. »I must die« (Ich muß sterben!)« Darauf erhob sie sich und warf einen von den funkelnden Blicken um sich, die aus einem Flammenauge hervorzusprühen schienen. Sie gewahrte nichts. Sie lauschte und hörte nichts. Sie hatte rings um sich nur Feinde. »Wo soll ich sterben?« fragte sie. »Am andern Ufer,« entgegnete der Henker. Sodann ließ er sie in einen Kahn steigen, und als er auf denselben den Fuß setzte, um ihr zu folgen, reichte ihm Athos eine Summe Geldes. »Nehmt,« sagt« er, »das ist der Lohn der Hinrichtung, damit man sehe, daß wir als Richter zu Werke gehen.« »Gut,« erwiderte der Henker, »nun soll diese Frau erfahren, daß ich nicht mehr Gewerbe treibe, sondern meiner Pflicht nachkomme.« Damit schleuderte er das Geld in den Fluß. »Hört,« sprach Athos, »diese Frau hat ein Kind, und doch gedachte sie mit keinem Wort ihres Kindes.« Der Kahn ruderte nach dem linken Ufer der Lys, und trug die Schuldige und den Nachrichter mit sich. Die andern blieben am rechten Ufer und fielen auf ihre Knie. Der Kahn schaukelte langsam den Strick der Fähre entlang unter dem Widerschein einer blassen Wolke, die eben über dem Gewässer schwebte. Man sah, wie er jenseits anlandete. Die Personen zeichneten sich schwarz ab am rötlichen Horizont. Während der Überfahrt gelang es Mylady, den Strick aufzulösen, der ihre Füße band. Als sie nahe am Ufer waren, sprang sie mit Leichtigkeit ans Land und ergriff die Flucht. Allein der Boden war feucht, als sie oben an der Böschung ankam, glitt sie aus und sank auf ihre Knie. Es stieg ihr zweifelsohne ein abergläubischer Gedanke auf. Sie fühlte, daß ihr der Himmel seinen Beistand verweigere, und verharrte in der Stellung, in der sie sich befand, das Haupt geneigt und die Hände fest geschlossen. Nun sah man vom andern Ufer, wie der Henker langsam seine Arme erhob, und wie sich ein Strahl des Mondes auf der breiten Klinge seines Schwertes abspiegelte. Die zwei Arme fielen nieder, man vernahm das Sausen der Klinge, und unter dem Streiche zuckte eine verstümmelte Masse. Hierauf nahm der Henker seinen roten Mantel ab, legte den Körper darauf, fügte den Kopf hinzu, knüpfte den Mantel an den vier Enden zusammen, lud ihn auf seine Schultern und stieg wieder in den Kahn. Als das Schiff in die Mitte der Lys kam, hielt er an, hob seine Last empor und sprach mit lauter Stimme: »Lasset Gottes Gerechtigkeit walten!« Sonach versenkte er den Leichnam in die Tiefe des Wassers.

Eine Botschaft vom Kardinal.

Drei Tage darauf befanden sich die vier Musketiere wieder in Paris. Sie waren in den Grenzen ihres Urlaubs geblieben, und statteten noch an demselben Abend Herrn von Tréville ihren Besuch ab. »Nun, meine Herren,« fragte sie der würdige Kapitän, »habt Ihr Euch bei Eurem Ausflug gut unterhalten?« »Vortrefflich,« antwortete Athos in seinem und im Namen seiner Freunde. Am sechsten des nächsten Monats verließ der König, seinem Versprechen gemäß, das er hinsichtlich seiner Rückkehr nach La Rochelle dem Kardinal gemacht hatte, die Stadt Paris, noch ganz betäubt von der Kunde, die sich über Buckinghams Ermordung verbreitet hatte. Obschon die Königin von der Gefahr wußte, die ihrem Günstling drohte, so glaubte sie doch nicht an die Nachricht seines Todes, und erklärte sie für falsch, da er ihr kurz zuvor noch geschrieben hatte. Allein am folgenden Tage mußte sie wohl dieser Nachricht Glauben beimessen. Laporte wurde, wie alle Menschen in England, auf den Befehl des Königs Karl I. zurückgehalten, und kam als Überbringer des letzten traurigen Geschenks an, das Buckingham der Königin zusandte. Der König war über die Botschaft ungemein erfreut. Er suchte nicht einmal die Freude zu verbergen, sondern äußerte sich sogar absichtlich in Gegenwart der Königin; denn Ludwig XIII. gebrach es an Edelmut. Doch bald darauf ward der König wieder düster und übelgelaunt. Seine Stirn ließ sich nie auf längere Zeit aufheitern. Er fühlte wohl, daß er sich wieder in seine Sklaverei begab, wenn er in das Lager zurückkehrte, und dennoch reiste er dahin ab. Auch war die Rückkehr nach La Rochelle ungemein trübselig. Insbesondere setzten unsere Freunde ihre Waffengefährten in Erstaunen. Sie ritten eng nebeneinander, düsteren Blickes und gesenkten Hauptes. Athos allein hob von Zeit zu Zeit seine breite Stirn, ein Blitz funkelte in seinen Augen, ein bitteres Lächeln schwebte über seine Lippen hin, und er versank abermals, wie seine drei Freunde, in seine finsteren Traumgedanken. Wenn die Eskorte in einer Stadt anlangte, begaben sich die vier Freunde, sobald sie den König nach seiner Wohnung begleitet hatten, entweder in ihre Quartiere, oder zogen sich in eine abgelegene Herberge zurück, wo sie weder spielten noch auch zechten, sondern sich leise unterredeten und dabei herumspähten, ob sie niemand belausche. Als der König eines Tages anhielt, um Elstern zu beizen, und die vier Freunde, statt der Jagd beizuwohnen, wie gewöhnlich in einer Schänke an der Landstraße saßen, kam ein Mann von La Rochelle mit verhängten Zügeln herangesprengt, hielt vor der Tür, um ein Glas Wein zu trinken, und blickte in das Innere der Stube, wo die vier Musketiere saßen. »Hallo, Herr d'Artagnan!« rief er, »seid Ihr es nicht, den ich dort sitzen sehe?« D'Artagnan sah empor und erhob ein Jubelgeschrei. Der Unbekannte, der ihm zurief, war sein Gespenst, jener Fremde von Meung, von der Gasse Fossoyeurs und von Arras. D'Artagnan entblößte den Degen und stürzte nach der Tür. Doch der Unbekannte sprang, statt zu entfliehen, vom Pferde herab und schritt d'Artagnan entgegen, »Ha, mein Herr,« rief der junge Mann, »endlich treffe ich Euch, und diesmal werdet Ihr mir nicht entkommen.« »Das ist auch diesmal gar nicht meine Absicht, indem ich Euch selber aufsuchte. Ich verhafte Euch in des Königs Namen.« »Wie, was sprecht Ihr da?« sagte d'Artagnan. »Ihr habt mir Euren Degen auszuliefern, mein Herr, und zwar ohne alle Widersetzlichkeit. Ich sage Euch, es handelt sich um Euren Kopf.« »Wer seid Ihr denn?« rief d'Artagnan, indem er den Degen senkte, ohne ihn auszuliefern. »Ich bin der Chevalier von Rochefort, der Stallmeister des Herrn Kardinal von Richelieu, und habe den Auftrag, Euch vor Se. Eminenz zu führen.« »Wir kehren zurück zu Seiner Eminenz, Herr Chevalier,« versetzte Athos. »und Ihr werdet wohl dem Worte des Herrn d'Artagnan trauen, daß er sich unmittelbar nach La Rochelle verfügt.« »Ich habe ihn den Händen der Wachen zu übergeben, daß sie ihn nach dem Lager bringen.« »Wir werden seine Wache sein, mein Herr, bei unserm edelmännischen Ehrenwort! Doch sage ich Euch auch,« fügte Athos mit gerunzelter Stirn hinzu, »ich sage Euch, Herr d'Artagnan wird sich nicht von uns trennen.« Der Chevalier von Rochefort schleuderte einen Blick zurück und bemerkte, daß sich Porthos und Aramis zwischen ihn und die Tür gestellt hatten. Er sah ein, daß er ganz der Willkür dieser vier Männer preisgegeben sei. »Meine Herren,« sprach er, »wenn mir d'Artagnan seinen Degen überliefern und Eurem Worte das seinige beifügen will, so begnüge ich mich mit Eurem Versprechen, daß Ihr Herrn d'Artagnan in das Quartier von Monseigneur, dem Herrn Kardinal führen werdet.« »Ihr habt mein Wort,« sagte d'Artagnan, »und hier ist mein Degen!« »Mir ist das um so lieber,« versetzte Rochefort, »als ich meine Reise fortsetzen muß.« »Wenn Ihr es tut, um Mylady aufzusuchen,« sprach Athos kalt, »so gebt Euch keine Mühe, da Ihr sie nicht finden würdet.« »Was ist denn mit ihr geschehen?« fragte Rochefort heftig. »Kommt zurück in das Lager, dort sollt Ihr es erfahren.« Rochefort blieb ein Weilchen in Gedanken vertieft. Da man aber nur noch eine Tagereise von Surgères entfernt war, bis wohin der Kardinal dem König entgegenziehen wollte, so entschloß er sich, Athos zu folgen, und mit ihm zurückzukehren. Außerdem hatte er bei dieser Rückkehr den Vorteil, daß er seinen Gefangenen selbst bewachen konnte. Man setzte sich in Bewegung.

Am folgenden Tag um drei Uhr nachmittags gelangte man nach Surgères. Der Kardinal harrte dagegen auf Ludwig XIII. Der König und der Minister sagten sich viel Schmeichelhaftes und beglückwünschten sich über den günstigen Zufall, der Frankreich von dem erbitterten Feinde befreite, der gegen dasselbe ganz Europa in Bewegung gesetzt hatte. Als das geschehen war, beurlaubte sich der Kardinal, der durch Rochefort d'Artagnans Ankunft erfahren hatte, und diesen auf der Stelle vernehmen wollte, von dem König, wobei er ihn einlud, am nächsten Tage die fertig gewordenen Dammarbeiten in Augenschein zu nehmen. Als der Kardinal abends in sein Quartier an der Brücke Pierre zurückkehrte, fand er d'Artagnan ohne Degen und die drei Musketiere bewaffnet vor dem Hause, das er bewohnte. Da er ihnen mehr Kräfte entgegenzusetzen hatte, so faßte er sie streng ins Auge, und gab d'Artagnan mit dem Blick und der Hand einen Wink, daß er ihm folge. D'Artagnan gehorchte. »Wir warten deiner, d'Artagnan!« rief Athos so laut, daß es der Kardinal hören konnte. Seine Eminenz faltete die Stirn, hielt einen Augenblick an, und setzte erst dann wieder stillschweigend seinen Weg fort. D'Artagnan trat hinter dem Kardinal, Rochefort hinter d'Artagnan ein. Die Tür wurde bewacht. Seine Eminenz verfügte sich in sein Arbeitskabinett und gab Rochefort einen Wink. daß er d'Artagnan zu ihm führe. Rochefort gehorchte und entfernte sich. D'Artagnan stand allein dem Kardinal gegenüber. Es war das seine zweite Zusammenkunft mit Richelieu, und später äußerte er, er sei überzeugt gewesen, daß es auch seine letzte sei. Richelieu blieb am Kamin stehen. Ein Tisch war zwischen ihm und d'Artagnan. »Mein Herr,« sagte der Kardinal, »Ihr wurdet auf meinen Befehl verhaftet.« »Man sagte mir das, Monseigneur.« »Wisset Ihr auch weshalb?« »Nein, Monseigneur, denn der einzige Umstand, weshalb ich verhaftet werden könnte, ist Seiner Eminenz noch unbewußt.« Richelieu blickte den jungen Mann fest an und sprach: »Hm, was wollet Ihr damit sagen?« »Will mir Monseigneur zuerst die Verbrechen bekanntgeben, die man mir zur Last legt, so will ich sagen, was ich getan habe.« »Man legt Euch Dinge zur Last,« sagte der Kardinal, »wegen die schon höhere Häupter gefallen sind, als das Eurige ist.« »Welche denn, Monseigneur?« fragte d'Artagnan mit einer Ruhe, worüber der Kardinal erstaunte. »Man beschuldigt Euch des Verkehrs mit den Feinden des Landes; man klagt Euch an, Staatsgeheimnisse belauscht zu haben; man gibt Euch Schuld, daß Ihr die Pläne Eures Generals zu vereiteln getrachtet habt.« »Und wer beschuldigt mich dessen, Monseigneur?« fragte d'Artagnan in der

Vermutung, daß die Anklage von Mylady sei. »Ein von den Gerichten gebrandmarktes Weib, ein Weib, das einen Mann in Frankreich und einen andern in England geehelicht, ein Weib, das seinen zweiten Gemahl vergiftet und auch mich zu vergiften gesucht hat.« »Ha, was redet Ihr da?« rief der Kardinal erstaunt, »von welchem Weibe sagt Ihr das?« »Von Mylady Winter,« versetzte d'Artagnan, »deren Verbrechen Eure Eminenz gewiß nicht kannte, als Sie dieselbe mit Ihrem Vertrauen beehrte.« »Mein Herr,« versetzte der Kardinal, »hat sich Mylady dieser Verbrechen, die Ihr da angebt, schuldig gemacht, so soll sie bestraft werden.« »Sie ist bestraft.« »Wer hat sie bestraft?« »Wir.« »Ist sie im Gefängnis?« »Sie ist tot.« »Tot!« rief der Kardinal, der an das, was er hörte, nicht gleich glauben konnte. »Habt Ihr nicht gesagt, daß sie tot sei?« »Sie hat es dreimal versucht, mich umzubringen, und ich vergab ihr; allein sie vergiftete eine Frau, die ich liebte; dann nahmen wir sie, meine Freunde und ich, gefangen, hielten Gericht und verurteilten sie.« Nunmehr erzählte d'Artagnan die Vergiftung von Madame Bonacieux im Kloster der Karmeliterinnen zu Bethune, das Gericht in dem einsam gelegenen Haus und die Exekution am Ufer der Lys. Der Kardinal war im ganzen Leibe durchschauert, obwohl das sonst bei ihm so leicht nicht geschah. Jedoch, als erfaßte ihn plötzlich ein stiller Gedanke, erhellte sich allgemach sein bisher so düsteres Antlitz und ward endlich völlig aufgeheitert. »Ihr habt Euch somit«, sprach er mit einer Stimme, deren Weichheit mit der Strenge seiner Worte seltsam kontrastierte, »Ihr habt Euch somit das Richteramt angemaßt, ohne zu bedenken, daß diejenigen Mörder sind, die ohne höheren Auftrag strafen.« »Monseigneur! ich schwöre, daß es nicht einen Augenblick lang meine Absicht war, gegen Sie meinen Kopf zu verteidigen; ich will mich der Strafe unterwerfen, die Eure Eminenz über mich verhängt. Mir ist das Leben nicht in dem Grade lieb, daß ich den Tod fürchten sollte.« »Ja, ich weiß, daß Ihr beherzt seid,« sagte der Kardinal in einem fast gutmütigen Ton; »ich kann Euch also im voraus melden: man wird über Euch Gericht halten, Euch sogar verurteilen.« »Ein anderer könnte Seiner Eminenz erwidern, er trage seine Begnadigung in der Tasche, ich aber antworte bloß: Monseigneur! ich bin Ihres Befehles gewärtig.« »Eure Begnadigung? fragte Richelieu verwundert. »Ja, Monseigneur,« versetzte d'Artagnan. »Von wem unterfertigt? Etwa vom König?« »Nein, von Eurer Eminenz.« »Von mir? Ha, mein Herr, Ihr seid verrückt!« »Monseigneur, Sie werden sicher Ihre Handschrift kennen.« Mit diesen Worten reichte d'Artagnan dem Kardinal jenes kostbare Papier, das Athos Mylady abgenötigt und d'Artagnan zugestellt hatte, damit es ihm als Schutzwehr diene. Seine Eminenz las es langsam und betonte jede Silbe. »In meinem Auftrag und zur Wohlfahrt des Staates hat der Träger des Gegenwärtigen gehandelt. Im Lager von La Rochelle, 3. August 1628. Richelieu.« Der Kardinal versank in tiefes

Nachsinnen; doch gab er das Papier, nachdem er es gelesen, d'Artagnan nicht wieder zurück. »Er erwägt, durch welche Strafe er mich dem Tod überliefern soll,« sprach der Gascogner zu sich selbst. »Wohl, er sehe, wie ein Edelmann stirbt.« Der junge Musketier war in der besten Gemütsstimmung, um sich heldenmütig vom Leben zu trennen. Richelieu blieb immer gedankenvoll, und rollte das Papier in seiner Hand auf und zu. Dann richtete er seinen Adlerblick auf diese edlen, offenen und geistvollen Züge, auf dieses Gesicht, das infolge eines monatelangen Leidens von Tränen durchfurcht war, und dachte zum dritten- und viertenmal, welche Zukunft dieser Knabe von zwanzig Jahren vor sich habe, und welche Mittel seine Regsamkeit, sein Mut und sein Geist einem guten Gebieter an die Hand geben könnten. Von der andern Seite hatte ihn die Zahl der Verbrechen, die Macht und der höllische Geist Myladys öfter als einmal mit Schreck erfüllt. Er empfand gleichsam eine geheime Freude darüber, daß er diese gefährliche Gläubigerin für immer los war. Sonach zerriß er langsam das Papier, das ihm d'Artagnan so edelmütig überlassen hatte. »Ich bin verloren.« sagte d'Artagnan zu sich selbst. Er verneigte sich tief vor dem Kardinal, wie ein Mensch, der da sagt: »Gnädiger Herr, es geschehe Ihr Wille!« Der Kardinal trat an den Tisch und schrieb, ohne daß er sich setzte, ein paar Zeilen auf ein Pergament, das schon zu zwei Dritteln vollgeschrieben war, und drückte darunter sein Siegel. »Das ist meine Verdammnis,« dachte d'Artagnan, »er verschont mich mit den Martern der Bastille und einem langwierigen Gerichtsgang. Ich finde es von ihm noch recht edelmütig. »Nehmt hier,« sprach der Kardinal zu dem jungen Mann, »ich nahm Euch ein Blankett, und gebe Euch dafür ein anderes. Der Name fehlt. Ihr mögt ihn selbst darauf setzen.« D'Artagnan faßte das Papier zögernd an und blickte darauf. Es war ein Leutnantspatent bei den Musketieren. D'Artagnan stürzte dem Kardinal zu Füßen und stammelte: »Monseigneur, von nun an gehört mein Leben Ihnen; verfügen Sie darüber; allein ich bin dieser zugestandenen Gnade nicht wert – ich habe drei Freunde, die würdiger wären...« »Ihr seid ein wackerer Junker, d'Artagnan,« fiel der Kardinal ein und klopfte ihm, entzückt, diese halsstarrige Natur überwunden zu haben, traulich auf die Schulter. »Macht mit dieser Vollmacht, was Euch beliebt, da der Name weiß ist; nur erinnert Euch, daß ich sie Euch erteile.« »Ich will nie darauf vergessen, dessen darf sich Ew. Eminenz versichert halten.« Der Kardinal wandte sich um und rief mit lauter Stimme: »Rochefort.« Der Chevalier verweilte wahrscheinlich vor der Tür, denn er trat sogleich ein. »Rochefort,« sprach der Kardinal, »Ihr seht hier Herrn d'Artagnan, ich versetze ihn unter die Zahl meiner Freunde. Man umarme sich somit, und sei vernünftig, wenn man sein Leben liebt.« Rochefort und d'Artagnan berührten sich mit den Spitzen ihrer Lippen, doch der Kardinal war hier und faßte sie scharf ins Auge. Sie entfernten sich zugleich aus dem Zimmer. »Wir treffen uns wieder, nicht wahr, mein Herr?« sagten sie. »Wann es beliebig ist,« entgegnete d'Artagnan. »Die Gelegenheit wird kommen,« versetzte Rochefort. »He doch!« rief Richelieu, indem er die Tür öffnete. Die Männer lächelten sich zu, drückten sich die Hände und verneigten sich vor Seiner Eminenz.

Epilog

Nachdem La Rochelle der Unterstützung der englischen Flotte und der zugesagten Leitung Buckinghams beraubt war, hatte es sich nach einjähriger Belagerung ergeben; am 28. Oktober 1628 wurde die Kapitulation unterzeichnet. Der König hielt seinen Einzug in Paris den 23. Dezember desselben Jahres. Man feierte ihm einen Triumph, als hätte er nicht Franzosen, sondern auswärtige Feinde besiegt. Er hielt seinen Einzug unter Bogen von grünem Laubwerk durch die Vorstadt Saint-Jacques. D'Artagnan trat in seinen Rang ein. Porthos verließ den Dienst, und vermählte sich während des folgenden Jahres mit Madame Coquenard. Die so sehr beanspruchte Kiste hatte 800.000 Livres enthalten. Mousqueton bekam eine prachtvolle Livree und erfuhr die Freude, wonach er sein lebelang gestrebt hatte, nämlich hinter einer vergoldeten Kutsche stehen zu dürfen. Aramis war auf einer Reise nach Lothringen plötzlich verschwunden und hörte auch auf, seinen Freunden zu schreiben. Später erfuhr man von Frau von Chevreuse, daß er zu Nancy ins Kloster gegangen sei. Bazin ist Laienbruder geworden. Athos blieb Musketier unter d'Artagnans Kommando bis zum Jahre 1633, wonach er infolge einer Reise, und unter dem Vorwand, daß er eine kleine Erbschaft gemacht habe, in Roussillon gleichfalls quittierte. Grimaud war Athos gefolgt. D'Artagnan hat sich dreimal mit Rochefort geschlagen und ihn dreimal verwundet. »Das viertemal werde ich Euch wahrscheinlich töten« sprach er zu ihm, während er ihm die Hand reichte, um ihn aufzurichten, »Es wäre sonach für mich wie für Euch besser, daß wir hier blieben,« sagte der Verwundete. »Potz Wetter! ich bin weit mehr Euer Freund, als Ihr dafür haltet, denn ich brauchte bei unserm ersten Zusammentreffen nur ein Wort zum Kardinal zu sprechen, und der Hals wäre Euch abgeschnitten worden.« Sie fielen sich in die Arme, doch diesmal mit voller Herzlichkeit und ohne einen Hintergedanken. Planchet erhielt von Rochefort den Rang eines Sergeanten im Regiment Piemont. Herr Bonacieux lebte in vollkommener Ruhe, er wußte ganz und gar nicht, was seiner Gemahlin geschehen war, und kümmerte sich auch gar nicht darum. Eines Tages war er so unklug und rief sich dem Kardinal ins Gedächtnis zurück; und der Kardinal erteilte ihm den Bescheid, er werde Sorge tragen, daß ihm in der Zukunft nichts fehlen möge. Am folgenden Tage war Herr Bonacieux in der Tat um sieben Uhr abends ausgegangen, um sich nach dem Louvre zu begeben, doch war er nie wieder in der Gasse Fossoyeurs erschienen. Diejenigen, die sich für sehr gut unterrichtet hielten, waren der Ansicht, daß er auf Kosten Seiner freigebigen Eminenz in irgend einem königlichen Schloß untergebracht und erhalten werde.

Inhalt

Die drei Geschenke des Herrn d'Artagnan, des Vaters. 3

Das Vorgemach des Herrn von Tréville. 13

Die Audienz. 18

Die Schulter des Athos, das Wehrgehänge des Porthos. 26

Die Musketiere des Königs und die Garden des Herrn Kardinals. 32

Seine Majestät der König Ludwig XIII. 39

Die innere Wirtschaft der Musketiere. 53

Eine Hofintrige. 56

D'Artagnan zeigt sich uns deutlicher. 61

Eine Mausefalle im siebzehnten Jahrhundert. 67

Die Intrige verwickelt sich. 73

George Villiers, Herzog von Buckingham 83

Herr Bonacieux. 88

Der Mann von Meung. 93

Leute aus dem Bürgerstand und Militärs. 100

Wo der Herr Siegelbewahrer Séguier öfter die Glocke suchte 106

Die Hauswirtschaft des Bonacieux. 112

Der Liebhaber und der Gemahl. 121

Feldzugsplan. 125

Die Reise. 130

Das Ballett der Merlaison. 144

Das Rendezvous. 148

Der Pavillon. 154

Porthos. 160

Der Brief von Aramis.	171
Die Frau des Athos.	176
Die Rückkehr.	186
Die Jagd nach der Equipierung.	195
Mylady.	200
Ein Duell und ein ungalantes Abenteuer	204
Wo von der Equipierung des Aramis und Porthos gehandelt wird.	209
Des Nachts sind alle Katzen grau.	213
Ein Rachetraum.	218
Das Geheimnis der Mylady.	221
Wie Athos seine Equipierung fand, ohne sich dabei anzustrengen.	225
Eine süße Erscheinung	230
Eine schreckliche Erscheinung.	235
Die Belagerung von La Rochelle	240
Das Gasthaus »Zum roten Taubenschlag«	247
Von dem Nutzen der Ofenröhren.	251
Eine Eheszene.	255
Der Rat der Musketiere	258
Eine Familienangelegenheit	268
Fatalitäten.	275
Gespräch zwischen einem Bruder und einer Schwester	280
Offizier	284
In der Gefangenschaft	289
Ein Stoff zu einer klassischen Tragödie	310
Die Flucht	314

Was sich am 23. August 1628 in Portsmouth ereignet hat..................319

In Frankreich 326

Das Kloster der Karmeliterinnen zu Bethune..................328

Zwei Spielarten von Teufeln..................336

Ein Tropfen Wasser..................338

Der Mann mit dem roten Mantel..................345

Das Gericht..................349

Die Hinrichtung..................354

Eine Botschaft vom Kardinal..................357

Epilog..................362

Milton Keynes UK
Ingram Content Group UK Ltd.
UKHW051608011224
451694UK00012B/169